KB109421

문헌공 최충 이야기 평전

해동공자 최충의 철학적 초상

저 자 와
협의하여
인지 생략

문헌공 최충 이야기 평전
해동공자 최충의 철학적 초상

지은이 | 최운선
경영총괄 | 사단법인 해동공자 최충선생 기념사업회 사무총장 최강민
편집교열 | 김은진, 최강민, 최창순
주 소 | 서울 영등포구 대방천로175 문헌빌딩 4층
펴낸이 | 노우혁
펴낸곳 | 앤바이올렛

초판 인쇄 | 2023년 2월 20일
초판 발행 | 2023년 2월 24일
등 록 | 2021년 9월 29일, 제 2021-30호
주 소 | 02046 서울특별시 중랑구 동일로144가길 25-18(중화동)
전 화 | (편집) 02-491-9596
e-mail | powerbrush88@naver.com
ISBN 979-11-977103-8-4
ⓒ 2023, 최운선

문헌공 최충 이야기 평전

해동공자
최충의 철학적 초상

지은이 최운선

경세치용지학(經世致用之學)의 역량이 남달랐던 탁월한 업적을
남긴 대학자요, 훌륭한 정치가

최충(崔沖)을 읽는 다는 것, 변화의 시작

새로운 자아 만들기

& 앤바이올렛

최충 할아버지

최문결 (해주최씨 38세/서울 신미림초1)

최충 할아버지
동상을 보았다
책을 들고
서 계셨다

바람이 세게 불었다
할아버지가 든 책은
책장이 날아가지 않았다

할아버지가 바람보다
힘이 세다

할아버지가 훌륭한
학자니까
힘이 센 것이다.

그렇다! 춥고 혹독한 시련을 견딘 열매는 맛이 달다. 인간에게 시련이 없다면 의지조차 잃게 된다. 의지란 마음, 그 이상의 어떤 것이 녹아 있는 삶의 에너지다. 어떠한 시련이 닥칠지라도 끝까지 이겨 나가겠다는 의지가 바로 해동공자 문헌공 최충의 철학적 초상이었다. 형식이 존재하지 않는 최충의 철학적 초상은 말과 행동이 모두 단단하였다.

확고한 지도자상

우리 사회의 구성원들, 누구나 무실역행(務實力行)을 생활신조로 삼고 성실하게 자기의 본분을 지키며 살아간다면 대한민국은 아름답고 잘 사는 사회가 될 것입니다. 그러기 위해서는 우리 스스로 강해지기 위해 부단히 노력하여야 합니다.

그 이유는 인간이 끝까지 믿을 수 있는 것은 자신의 능력과 노력밖에 없기 때문입니다. 우리는 자기의 힘으로 자신의 운명을 개척하고 자신만의 노력으로 미래를 건설하는 인생관을 가지고 살아가야 합니다. 행복과 성공, 승리의 열쇠는 오직 자신의 손아귀에 있기 때문입니다.

"운명아, 비켜라! 내가 나아간다."라는 말과 함께 '파랑새'를 쓴 작가 마테를링크는 인생은 한 권의 책과 같다고 하였습니다. 그 이유는 우리가 살아간다는 것은 자신의 삶을 하루하루 한 페이지씩 써나가는 것과 같기 때문입니다. 그런데 자신의 삶을 통하여 써 가는 자신만의 책을 어떤 사람은 잘 쓰고 어떤 사람은 잘못 씁니다. 그런가 하면 아름답게 쓰는 사람도 있고 추하게 쓰는 사람도 있습니다. 그리고 자신이 쓴 책 속에서 희망의 노래를 부르는 이도 있고 절망의 노래를 읊조리는 사람도 있습니다. 어떤 사람은 충실하게 고운 글씨로, 어떤 사람은 나쁜 글씨로 공허하게 제각기 살아가는 모습대로 매일매일 쓰고 있습니다. 한 페이지 한 페이지를 온 정성을 다하여 써나가는 사람이 있는가 하면 성의 없이 아무렇게나 써나가는 사람들도 있습니다. 그러나 정작 중요한 것은 이것들이 모두 모여서 "나의 일생"이라는 한 권의 책이 된다는 것입니다. 인생의 책이 세상의 책과 다른 점이 있다면 세상의 책은 잘못 쓰면 지우고 다시 쓸 수 있지만, 인생의 책은 한번 쓰면 다시는 지울 수가 없습니다. 그 이유는 자기가 생활한 모습 그대로 쓰여 끝까지 존재하기 때문입니다.

해동공자 최충 선생은 자신의 책임과 판단, 노력으로 인생의 훌륭한 책을 쓰셨습니다. 모든 것을 혼자 외롭게 써나가야 하는 것이 인생의 책입니다. 해동공자 최충 선생은 역사의 길목에 선 선택에서 타인보다 더 민감하고 아름다운 인간적 삶을 선택하시며 인생의 책을 써 오신 것입니다. 이러한 연유로 차제에 문헌공 최충선생기념사업회에서는 최충 평전에 해당하는『해동공자 최충의 철학적 초상』의 서적을 발간하게 되었습니다. 그간 문헌공 최충 선생 기념사업회에서는 여러 분야의 학자들이 문헌공에 대해 여러모로 분석하고 연구하여 학술발표회를 개최하고 이를 정리하여『최충연구논총』(崔冲研究論叢, 1984)을 발간하였고, 그 후에는 문헌공(文憲公)의 사상 학적 관점에서의 유학사적 위상과 교육평가에 관한 연구를 거듭한 결과『유학사상 최충의 위상』(儒學史上 崔冲의 位相, 1999)이라는 서적을 연구논총 발간 이

후 15년 만에 출간한 바 있습니다. 이제 새롭게 발간되는『해동공자 최충의 철학적 초상』이라는 서적은『유학 사상 최충의 위상』(儒學史上 崔冲의 位相, 1999) 발간 후 실로 23년 만에 발간되는 역작입니다. 이번에 발간되는 서적은 가독성을 높이기 위해 이야기식 평전 형식으로 누구나 쉽게 접하고 읽을 수 있도록 한 필자의 집필 의도를 알 수 있습니다.

출판계에서는 아직 까지 최충에 관한 전기적 평전 형식의 서적은 출간한 바가 없어 이번 기회에 심혈을 기울여 제작 편찬하게 된 것입니다.『해동공자 최충의 철학적 초상』라는 서적은 두 번의 학술연구를 바탕으로, 한발 더 나아가 고려시대 문헌공의 구재학당(九齋學堂)이 우리 민족교육의 중추를 담당했다는 것을 알리는 데 큰 의미가 있다는 것과, 문헌공(文憲公)의 정치, 사회, 외교, 국방, 법치 등이 어떠한 상호작용 아래 고려의 명재상으로서 한 시대를 이끌 수 있었는가 하는 정치철학을 역사적으로 조명하여 알리는데 커다란 의미가 있다고 봅니다. 사학의 원조요 해동공자 칭호로 추앙을 받아온 최충 선생은 구재학당을 개설하고 인재 양성에 진력하였습니다.

우리 교육사에서 이러한 사실 하나만 가지고도 최충선생은 크게 대접받으실 분입니다. 또한 고려 유학의 진흥과 성리학 수용에 이바지한 경위를 살펴볼 때 최충선생은 고려조에서 5대 조정을 거치면서 국정 전반에 걸친 경세치용지학(經世致用之學)

의 역량이 남달랐던 탁월한 업적을 남긴 대학자요, 훌륭한 정치가였습니다. 이런 관점에서 최충선생의 업적을 재조명하고, 한국 유학사와 정치사를 새롭게 정립하는 데 기여할 것으로 믿습니다. 끝으로 서적 출간을 위해 성심성의껏 집필해 주신 최운선 박사님과 최선을 다해 교열 및 교정을 해 주신 본 기념사업회 사무총장 최강민 님과 해주최씨 대종회 사무총장 최창순 님, 그리고 연천중학교 김은진 님께 감사의 말씀을 드리며 발간사에 대신합니다.

감사합니다.

2023년 2월 24일
㈔해동공자최충선생기념사업회
이사장 최창섭

마음 속으로 그리면 반드시 이루어 진다

사람들은 누구나 나름대로 삶의 목적과 희망이 있으며 이를 실현하기 위해 노력하며 살아갑니다. 해동공자 문헌공 최충 선생도 지향하는 목적이 있었으며 그 나름대로 보람과 기쁨의 생활을 펼쳐보고자 평생을 사셨습니다. 인생은 항상 행복한 마감이어야 한다는 말이 있습니다. 그런데 사람들의 삶은 슬픔과 기쁨, 생과 사, 쓴 것과 단 것, 음과 양으로 극명하게 양극화되어 나타나고 있습니다. 이러한 양극화된 세상에 해동공자 문헌공 최충 선생의 진정한 삶의 목적과 역할은 고려 사회의 정치와 교육에 대한 균형 잡힌 새로운 안목과 시각이었습니다.

문헌공 최충 선생은 고려 사회를 새로운 문화생활권으로 만들고자 고려의 정치, 경제, 문화, 군사, 교육 등 여러 분야의 제도를 고쳐 새로운 생활 방식이 될 수 있는 견인차 구실을 하셨던 것입니다. 이러한 견인차 역할은 우리들에게 과거와 현재와 미래가 공존하는 마음의 양식이 되었고, 고난을 희망으로 극복하고자 하는 많은 백성들의 행복한 시간이 될 수 있었습니다. 문헌공 최충 선생은 고려 목종 8년 갑과에 장원한 이후 다섯 임금을 섬기며 출장입상(出將入相)하여 고려의 문물제도를 세우는 데 크게 공헌하시고 고려조의 국운을 일으키신 분입니다. 그 후 후손들은 세칭 홍전칠세(紅牋七世)라는 문명文名의 가풍을 이어가며 선조님의 뜻을 받들고 실천하는 것이 사명이 되었습니다. 회고해 보건대 해주최씨 대종회는 1957년 4월 28일 종친들의 뜻을 모아 선조 숭모 정신으로 어언 63년이라는 긴 세월을 지나 오늘에 이르게 되었습니다.

숭모 정신으로 설립된 대종회가 그간 힘든 세월 속에서도 선조님들이 공들여 닦아 오신 터전에 문헌공 최충 선조님의 동상을 우뚝 세워 오산 문헌 공원을 조성하는 데 이바지하였습니다.

그리고 『계이자시』(戒二子詩)를 바탕으로 『문헌공 최충 연구논총』 발간과 『유학사상 최충의 위상』 발간, '문헌공 학술연구 포럼', 『수양 열전(首陽列傳)』 발간, 『최만리의 행적연구 논총』 발간 및 '학술 강연회' 그리고 '최충 문학상'을 제정하여 140여 명의 문사를 배출하게 된 것은 천년의 역사를 이어온 해동공자 문헌공 최충 선생의 후손으로서 해주최씨의 위상을 드높여 온 결과라고 생각합니다.

이에 더하여 『해동공자 최충의 철학저 초상』을 출간하게 된 것은 해동공자 문헌공 최충 선생을 기리는 또 하나의 쾌거라고 할 수 있습니다. 이제 이야기 평전 발간은 역사상 찬연한 기록으로 남아 후학들에게 물려 줄 수 있는 유산이 될 것입니다.

  살면서 세월이 흐르다 보면 사람들은 동물과는 달리 집단체를 유지하고 특유特有한 문화를 갖게 됩니다. 바로 역사 인물을 찾아 발굴하고 그의 행적을 본받아 실천하는 인간만의 아름다운 문화입니다. 사람들은 자기 가문의 전통을 유지하고 씨족의 유래를 밝혀 자신들의 존재적 배경을 규명하려고 노력해 왔습니다. 이는 스스로의 체통을 존중하고 조상 숭배의 사상을 발흥케 하는 가문의 주체적인 얼을 길러주는 소산이라고 할 것입니다. 그러나 일부 몰지각한 젊은이들 가운데 외래문화의 수용으로 민족문화의 전통적 가치 체계를 부정하려는 경향이 있어 매우 안타까운 현실입니다.

  인간의 삶이라는 것은 여러 가지 관심사가 혼연일체로 내재한 복합적 총체로서 그 삶 속에는 질서적 체계를 확보하며 살아왔습니다. 이번에 출간되는 이야기식 평전은 최충 선생이 국가의 미래를 추구하고자 하는 일들과 현실적인 어려움을 극복하고자 했던 일들이 한꺼번에 용해되어 들어있습니다.

  따라서 이야기식 평전의 중요성은 우리의 삶이 여러 국면에 긴밀하게 상호 관련이 있다는 데에 그 의미가 있습니다. 평전은 시대적 표현을 보여주는 것으로 각 시대의 삶은 역사적 연속성으로 우리의 삶과 근본적으로 같습니다. 이는 현재 우리들이 지니고 있는 현실적인 문제이며 시간의 흐름에 따라 오늘날에도 자각해야 할 우리의 문제이기도 합니다. 그러므로 문헌공 최충 선생이 살았던 시대적 삶을 이해한다는 것은 우리의 삶을 이해하는 것이요, 최충 선생의 인간 됨을 이해한다는 것은 곧 우리 자신을 이해하는 것이 됩니다. 이제 종친분들의 호응과 협찬으로『해동공자 최충의 철학적 초상』을 출간하게 되었음을 진심으로 축하드리며 매우 기쁘게 생각합니다. 출간되는 문헌공 최충 이야기 평전이 문화창조에 구심점이 되어 시간적 역사여행에 통로가 되기를 기대합니다.

   끝으로 최충 이야기 평전 발간을 위해 여러 가지로 도움을 주신 관계자 여러분과 집필을 맡아 주신 최운선 교수님 그리고 교정 및 교열을 맡아 주신 대종회 사무총장 최강민님과 사무국장 최창순님, 연천중학교 김은진 선생님 노고에 진심으로 깊은 감사의 말씀을 드립니다.
   감사합니다.

2023년 2월 24일
해주최씨 대종회
고문 **최순현**
회장 **최동석**

- 차 례 -

서두

최충의 철학적 초상 어떻게
읽어야 할까

최충의
철학적 초상
어떻게 읽어야 할까

1. 최충(崔冲)을 읽는 다는 것, 변화의 시작

우리가 생각하는 지식과 관념, 그리고 도그마와 이데올로기에 오염된 사람들은 자연과 우주와의 대화에 대한 감수성은 이미 퇴화하였을 것이다. 그렇게 퇴화한 감수성sensitivity을 지닌 사람들은 죽은 사람들이며 지식과 관념의 노예일 것이다. 현대인의 상황인식을 살펴보면 우리 주위에는 인공적인 컬러로 화려하게 채색된 지식과 관념의 소유자들이 너무도 많다. 특히 생태주의자, 생명주의자라고 자처하는 사람들까지도 생명과 생태의 이론으로 무장되어 지식과 관념의 노예화가 된 사람들도 있다. 과연 이 시대에 어느 누가 진정한 생태주의자이며 생명주의

자라고 말할 수 있을까. 우리는 더 이상 관념과 지식에 사로잡힌 생태주의자들이 필요하지는 않다. 이제는 맑은 공기와 강렬한 햇빛이 빚어내는 대자연의 작품을 발견해 낼 수 있는 감수성이 절실히 필요한 때이다. 아름다운 삶은 감수성을 전제로 한다. 좌절과 극한 상황속에 삶을 자포자기한 사람들 그리고 미래의 주인인 청소년들에게, 삶의 감수성은 생명 양식과 같다.

그러나 사람들은 대부분 물질적 가치를 중시한다. 우리는 정신적 가치가 더 중요하다고 이야기하지만 현실적으로는 물질에 목숨을 걸고 일상에서 투쟁한다. 이런 삶의 태도는 추하고 천박하며 사람으로서 인격이라는 가치를 상실한 것으로 여겨진다. 모든 것이 물질적 가치의 잣대 기준이다.

작가 황대권이 쓴 『야생초 편지』를 읽어보면 삭막한 교도소에서 만난 상처투성이들의 야생초들과 대화하는 내용이 나온다.

작은 생명체라도 무한한 애정을 갖고 바라보는 가운데 감수성을 갖고 대화를 끌어낸 것이다. 무한한 인내심을 바탕으로 감수성에 대한 실천적 의지를 보여준, 이 시대 진정한 감수성의 안내자라고 할 수 있다. 또한 소외당한 자의 고통을 외면했던 사람들의 비겁함을 생명 사랑이라는 강한 열정을 보여 우회적 준엄함으로 질책한 작가정신이기도 하다. 여린 생명을 끝까지 보살펴 끈질기게 튼튼하도록 자연과의 대화를 이룬 작가정신의 진지함은 우리를 새로운 세계로 안내하고 우리 사회의 본보기가 된다. 그리고 우리들의 지난 궤적을 다시 한번 돌아보게 하고, 삶의 자세에 대해 새로운 마음의 눈을 뜨게 한다. 생명과 삶에 대한 사색은 우리 모두의 생명 양식이다.

진정한 자연과의 조화를 원한다면 잡초와 농작물을 구분해서 가르는 것 자체가 무의미할 것이다. 또한 새로운 인식의 변화란 쥐와 거미와도 친하게 이야기를 나눌 수 있는 따뜻한 생명 일기가 필요할 것이다. 최충을 읽는다는 것은 감수성과 함께하는 새로운 변화의 시작이다. 그리고 낯섦 속에 감춰져 낯익음의 세계를 볼 수 있는 탁월한 감수성도 새로운 변화의 시작이 된다. 이러한 감수성을 바탕으로 우리 모두의 성찰이 직관을 통해 빛날 때, 새로운 세상의 지평은 열릴 것이다.

문헌공 최충의 삶의 행적인 정치, 경제, 국방, 교육, 외교, 정책, 인사 등 감수성을 바탕으로 읽어보기로 하였다. 최충은 교육하는 변혁적 지성인이었다. 그러나 교육활동에 있어 중요한 지점은 교육사상과 그 사상의 실천적 조건인데, 이 실천적 조건을 누가, 어떤 시각으로 보는가에 따라서 교육자는 평가받게 된다. 성공의 기준이 사람마다 다르듯이 교육에 대한 가치 기준도 사람마다 다른 까닭이다.

보부아르의 저서 『The second sex』에서 '여자는 여자로 태어나는 것이 아니라 여자가 되는 것이다. 어떤 생물학적 심리적 경제적 운명도 사회에서 여자가 제시하는 모습으로 결정하지는 않는다.'라고 이야기한다. 이 이야기는 사람들은 각각 남자, 여자로 태어나는 것이 아니라 문명에 의해 남자와 여자로 구별된다는 것이다. 그 까닭은 여성은 남성 우월적인 사회에서 지금까지 길러내지거나 조작한 것이라고 주장하는 논리가 이를 뒷받침하고 있다. 감수성을 배제한 독단이다. 세상을 자기만의 독단으로 보아서는 안된다 이제 우리가 살아가는 이상적인 사회에서 현대 젊은 남녀들이 이 사회적 젠더의 문제에 대해 취할 태도는 무엇인가? 이러한 물음에 대하여 작가 현경(유니온 신학대학원 종신교수)의 『미래에서 온 편지』 내용 일부를 인용하면

첫째, 남성들은 평등화된 원칙을 받아들여야 한다고 생각하고 있으며,

둘째, 개인의 성향과 사회의 성격 등에 대한 성 역할의 고려가 필요하다고 보며,

셋째, 지금까지 성 역할에 대한 고정관념들을 비판하고 현대 사회의 성격과 남녀평등의 원칙을 만족시키는 새로운 성 역할의 개념을 추구해야 한다는 전진적인 자세가 들어있다.

이는 자신의 신념을 평등과 이해라는 두 원칙에 따라 구체화한 서술로써 자라나는 젊은이들에게 새로운 희망을 심어준 감수성을 전제로 한 메시지였다.

감수성과 관련된 또 다른 예화

중국 송나라 때 가장 많은 신동을 배출한 고장으로 요주 땅을 꼽는다. 그 비결은 이곳에서 유명한 스승이 있었는데, 재능이 '넘치지도 모자라지도 않은' 다섯 살 된 아이에게 학문·예술·무예 등 그 독특한 재능을 감수성을 배제하고 집중적으로 가르쳤기 때문이라 한다.

미국 학자 루이스 터만은 천재 아동 4천 명을 추적 조사한 결과 IQ 170 이상의 초超 천재는 대부분 정신질환 증세에다 사회생활 면에서는 오히려 '바보스러운' 면을 보인 데 비해 IQ 130~150 정도의 사람들은 다빈치·뉴턴·아인슈타인과 같은 특정 분야에서 두각을 나타냈다는 사실을 알아냈다.

사회발전 측면에서 볼 때, 농업사회가 단순사회였다면 산업사회는 세분화·전문화 사회, 그리고 정보화 사회는 그 전문화·세분화 된 영역을 수많은 시스템으로 엮는 멀티미디어 사회인 것이 역사 발전의 기본 골격이었다. 사실 단순사회였던 과거 농업사회에서는 여러 분야의 영재가 필요하지 않았다. 그러나 세분화,전문화된 산업 사회에서는 여러 분야에서의 소수 영재가 필요하다. 그러나 정보화 사회에서는 세분화·전문화의 여러 가지 능력을 순열 조합으로 엮인 시스템 사회로써 감수성이 절대적으로 필요한 역할을 하는 사회가 되었다. 타인의 삶을 읽어가는데 왜 감수성이 필요한가? 우리는 살아가면서 때때로 감추고 사는 것들이 있다.

금빛 태양 같은 잊을 수 없는 빛나는 이름들이다. 먼 기억들은 아득할 뿐이지만 젊은 날의 환성과 희망 몇 조각이 타인의 생각에 대한 그리움의 등불을 밝히고 스스로 감수성에 눈물을 섞어 한 잔의 차를 타서 마실 때가 있다. 이는 타인의 삶이 내 안으로 들어와 오래 오래 마주 앉아 바라볼 수만 있어도 좋다. 나 자신에게 스스로 미소 지으며 타인의 삶을 읽어 갈 때마다 내 자신을 한 번 돌아볼 수 있는 순수한 감수성이 나의 삶을 위로할 수도 있을 것이다. 순수한 감수성으로 타인의 삶을 읽어 간다는 것은 비판적이지도 않고, 남과 비교하지도 않고, 흠집을 찾아내려 하지도 않고, 공명심에 휘둘리지도 않고, 뭔가를 판단하거나 조종하려는 마음조차 다 버리고, 마음을 완전히 비운 채 읽어 볼 수 있는 순수한 시간, 바로 감수성으로 나 자신을 돌아다 보는 새로운 변화의 기회가 될 것이다.

2. 최충(崔冲)의 철학적 초상, 어떻게 읽어야 할까

병마개로 코르크가 사용되던 시절이 있었다. 코르크 마개를 따기 위해 송곳과 젓가락이 동원되었으나 아쉽게도 병 모가지 상단 부분만 떨어져 나가고 말았다. 그래서 급기야는 남은 코르크 마개를 안으로 빠뜨리고서 음료를 마시곤 했다. 이러한 불편에도 모든 사람은 그러려니 하고 사용하였지만 한 사나이가 또 다른 방안을 궁리하게 되었다. 그것이 오늘날 주름 집게 모양 의 병뚜껑이다. 이 병뚜껑의 고안으로 인류의 문명은 또 한 걸 음 나아가게 되었다.

그렇다. 최충의 철학적 초상은 지금까지의 고정관념에서 약 간만 비켜서서 읽다 보면 또 다른 세상을 만나게 된다. 코페르 니쿠스적 발상의 전환, 어찌 보면 인류의 역사는 바로 현재 상 태에 안주하지 않으려는 새로운 발상의 역사라고 보아도 무리 는 아니다. 최충의 교육적 발상의 전환은 당시 고려 사회에서 는 획기적 발상이었다. 지금 우리의 현실도 이와 다르지 않다.

다가올 정보 지식 사회, 무한 경쟁 사회를 대비하기 위하여 지금까지의 생각에서 벗어나 창의적인 인간 육성이 절실한 시 점이다. 그래서 지금까지의 좌뇌 중심의 지식체계보다는 우뇌 중심의 창의적 사고력을 향상하기 위하여 교육의 질적 전환이 요구되고 있다. 학교 현장에서도 창의성 계발이 학교 교육의 중 요한 과제로 떠올랐다.[1]

특히, '무조건 암기하라' 얼마 전까지도 이해하며 질서를 배 워가는 학습방법을 허락하지 않는 암기 위주의 주입식 교육은 학생들에게 창의력이나 사고력을 키우는데 튼튼한 밑거름이 되

---

1) 조영식, 『창조적 독서교육』 책머리에 서문에서 인용. 인간과 자연사. 1999.

는 토의와 토론 교육을 사치스러운 일이라고까지 여기게 되었다.[2] 그러한 환경에서는 자기만의 독창적인 생각을 펼친다거나, 그것을 합리적인 행동을 통해 창조적 결과로 승화시킨다는 것은 엄두조차 내기 어렵다. 그러나 우리는 이제 생각을 바꾸어야 한다.

"머리는 암기하라고 있는 것이 아니라, 창조하라고 있는 것이다."

그러나 아직도 이에 대한 고정관념을 벗어버리지 못하고 있어서 부작용이 뒤따르고 있다. 우리는 설거지하기 전에 어떤 마음이 들까? 아마도 흐르는 물과 함께 떠오른 생각, 영상, 기억을 흘려버릴 것이다.

그릇을 닦고 있는 자기의 생각도 그렇게 사라지게 한다. 자기의 몸과 마음, 모든 것들이 사라지고 오직 설거지에만 열중하게 된다. 그리고 설거지를 끝낸 후 곧장 쉬지 않고, 몸과 마음에 남은 긴장이나 현상, 생각 등이 있으면 완전히 사라질 때까지 바라보게 된다. 이는 하기 좋은 일과 하기 싫은 일, 가치 있다거나 보잘것없다는 등의 상대적인 개념들에서 벗어날 수 있는 기회가 된다.

비록 '허드렛일'이지만 그릇들 속에서 자신의 참가치를 발견

---

2) 송은영, 『과학원리로 떠나는 창의력 여행』, 한울림. 1998.

할 수가 있다. '힘들다는 것'과 '힘들지 않다'라는 고정관념에서 벗어난 것이다. 우리는 산을 오르기에 앞서, 산에 대해 싫고 좋고의 마음이 아닌 정복하고자 하는 마음, 두려워하는 마음, 힘들다 하는 마음이 앞선다. 이러한 다 버려진 상태의 겸허한 마음으로 산을 오른다. 이때 산을 오른다는 마음조차 내려놓고 산을 오르면서 산이 주는 느낌이나 나무, 새, 계곡의 물 등 모든 자연현상이 주는 느낌을 온몸으로 받으면서 발걸음을 옮긴다. 그리고 발걸음을 뗄 때마다 억지로 많이 떼거나 빨리 오르려 하지 않고 몸이 움직이는 대로 발에 몸을 맡겨 산을 오른다.

우리가 공부한다는 것도 이와 같은 모습이다. 최충의 구재학당에서 학문에 열중하는 학생들의 모습도 산에 오르는 것과 같은 모습이다. 산의 정상에서 눈 앞에 펼쳐지는 산들의 파도 같은 모습을 바라보며 명상하듯이 공부하며 이루어낸 학문에 대한 자신감이 충만할 때 구재학당의 학생들도 명상에 젖을 것이다. 우리는 공부하기 전에 자신의 마음에서 일어나는 감정을 모두 내려놓는다. 오직 공부하고자 하는 마음만 남을 때 시작한다. 공부하면서, 잡념이나 감정이 일어나면 화가 난다. 그러나 꾹 참고 이겨낸다. 그만큼 공부한다는 것은 힘이 든다. 최충은 구재학당 학생들에게 학문에 임할 때 일어나는 잡념이나 감정, 느낌을 거부하고 오직 학문에 마음을 두되, 학문에 열중하고 있는 동안 주변 사물이나 주위 환경과 하나가 되어야 한다고 강조하였다.

그 까닭은 학문이란 일정한 속도로 끝까지 가야하고 서두르거나 늦추지 않기 때문이었다. 학문에 열중하다 보면 삶의 활력을 키우고, 자신감을 회복하고, 자기 속에 쌓인 이런저런 부정적인 면들이 소멸된다. 그러나 학문을 하다 중단하면 그것을 거부하는 마음이 더욱 힘들게 하는 실상을 여실히 알 수 있었다. 이는 또한 흔들림 없는 마음을 터득하게 한다. 아름다운 세상이란 풍경이 아름다워서 아름다운 세상이 결코 아니다. 아름다운 사람이 많아서 아름다운 세상이다. 나라가 부강해지는 것은 물질적 재물이 많아서가 결코 아니라 나라의 동량이나 훌륭한 인재가 많아야 한다. 공부하는 학생이 많아야 아름다운 학습 분위기를 만들고 아름다운 동량이나 인재를 많이 길러낼 수 있다.

학생들이 학문에 열중하는 시간은 현재의 자기 모습을 있는 그대로 자신에게 미소를 지어 보이는 시간이다. 구재학당의 학생들은 동기생들과 함께 미소를 나누며, 영혼과 학문을 중심으로 고요한 속삭임도 주고받는다. 이는 정지선 앞에서 신호가 바뀌기를 기다리며 학업으로 초조해하는 동기생들에게 조용한 미소로 웃음을 선사하는 것과 같다. 이는 진심에서 우러나오는 기쁨의 웃음이며, 영혼의 유쾌함에서 생겨나는 웃음으로 누구에게도 해가 되지 않아 동기생의 학문적 열정까지 들뜨게 한다.
우리는 살아가면서 미소는 은밀한 것이며 순간의 마법이 담겨 있다고 믿는다. 그리고 한순간에 표정을 바꿔놓는다.

미소의 위력은 그 어떤 웃음보다 강력해서 언제 어디서든 분위기를 흐리지 않고 강요하지 않으며 수 많은 의미를 담을 수 있는 넉넉한 매력을 갖고 있다. 따라서 나이 든 사람, 몸이 아픈 사람, 의심이 많은 사람 등 소외감 때문에 따스함을 더욱 그리워하는 동기생들에게 서로가 미소를 보내며 구재학당은 아침 강학을 맞이한다. 미소는 먹구름을 뚫고 쏟아지는 햇빛이며, 자기 스스로 문을 닫아버려 어두워진 공간의 어느 한구석을 비집고 들어오는 한 줄기 빛과 같은 것이다. 구재학당 학생들은 빛이 들어 올 수 있도록 한구석이라도 열어놓았을 때 비로소 학문의 길도 열릴 수 있다는 것을 절대 잊지 않는다.

최충의 철학적 초상을 읽다 보면 분명 독자와 필자의 생각이 충돌하는 부분이 나타날 것이다. 필자는 이러한 다양한 생각의 충돌을 통해 최충에 대한 바른 가치관을 정립하고자 한다. 우리는 타인의 가치를 깎으려 하거나 나를 내세워 과시하고자 하는 욕망을 경계해야 한다. 각자가 세우는 삶의 원칙 중에서 세상을 바라보는 다양한 관점의 차이를 인정하는 태도는 무엇보다 중요한 삶의 원칙이자 자신의 변화이다.

그렇다. 세상을 살다 보면 많은 것을 보고 느끼며 경험하지만 내 생각과 같은 사람을 만나기도 드물다. 사람들마다 생김이 각자 다르듯 살아가는 모습도 모두가 다르고 생각도 다 다르다. 그러나 살아가는 사고방식이 나와 다르다고 성격 또한 다르다고 나만 고집할 수도 없다. 예컨대 아프리카 수단에서 의료봉사 활동에 헌신하다가 젊은 나이(48세)에 대장암으로 선종한 이태석 신부의 이야기에서 어떤 이는 그 숭고한 정신에 절로 고개를 숙이지만, 어떤 사람은 의사라는 직업으로 물질적 풍요를 누리는 편안한 삶을 마다하고 왜 사서 고생을 하느냐며 반문할 수도 있다. 나와 생각이 다르다고 타인의 생각을 비난할 필요는 없다.

이는 가치관의 차이일 따름이다. 다만 여기서 중요한 것은 바른 가치관에 대한 나름의 평가는 필요하다는 것이다. 그렇다면 '최충의 철학적 초상'을 어떻게 읽어야 할까? 사람마다 다르지만, 물질적 가치보다는 정신적 가치를 중심으로 읽어가야 할 것이다.

대학에서 강의할 때 '심청전의 주인공은 누구인가?'라는 질문을 하였더니 학생들은 생각해볼 겨를도 없이 대부분 심청이라는 즉답이 나왔다. 그래서 심청전 전체 줄거리에서 오분의 일은 심청이, 오분의 사는 뺑덕어멈이 등장하기 때문에 분량상, 뺑덕어멈이 주인공이 되어야 한다고 반론을 제기했더니 학생들은 바로 주제 이야기를 꺼내 든다. 학생들은 심청전의 주제가 효이고 주제와 일치하는 행동을 보여주는 심청이가 주인공이 되어야 한다는 것이다. 그래서 "심청전의 주제를 효로만 국한에서 볼 것인가? 심청전은 윤리와 도덕적인 면에 충실한 인물이고, 뺑덕어멈은 인간적 욕구에 충실한 인물이기에 심청전의 주제를 윤리 도덕적인 면에 충실한 인물과 인간적 욕구에 충실한 인물들 사이의 갈등으로 볼 수 있지도 않은가?"하였더니 학생들은 잠시 생각의 충돌 현상으로 이어졌다. 제기한 문제에 따라 심청전의 주제와 주인공이 모두 바뀔 가능성이 있기 때문이다.

내 생각만 고집하고 타인의 잘못된 점만 들추길 좋아하는 사람도 있지만, 남을 탓하기 전 자기 생각을 먼저 돌아본다면 자기의 행동과 말로 다른 사람들에게 상처를 주었다는 사실도 깨달을 수 있을 것이다. 자신만의 학문적 탑을 높이 쌓아가면서도 조금은 겸손한 마음으로 살아가려고 노력하는 자세를 지닌 사람들이 구재학당의 학생들이다.

우리는 인생을 살아가면서 저마다의 경험과 지식, 지혜를 축적하고 연마해 나간다. 또한 현실이라는 삶의 현장에서 직접 사람과 관계를 맺고 자기 삶을 가꾸어 나간다. 그러나 서로가 공감한다는 것은 그것을 재확인하는 정서 작용에 한정되지 않는다.

'있다와 없다', '차다와 덥다'의 경계 기준은 어디쯤일까? 이는 바깥 경계에 따라 마음이 움직이는 데서 벗어나고 나면 '차다와 덥다'로 나누고 시비하는 마음은 벗어날 수 있다.

살아가면서 닥칠 수 있는 부정적인 상황 속에서 긍정으로의 귀환은 불현듯, 느닷없이 이루어지지 않는다. 성찰하고 숙고하는 과정에서 이루어진다. 그러나 최충의 철학적 초상을 읽다 보면 사회적 상상력이나 정치적 감수성 또한 교육적 성찰이나 감수성에서 제 방향을 찾을 수 있다. 조화로운 인간관계란 주는 마음에서부터 시작된다. 받고자 하는 마음이 앞서면 상대는 문을 열지 않는다. 문을 열기는커녕 경계하는 마음이 된다. 주는 마음은 열린 마음이다. 교육하는 태도나 받아들이는 태도에서도 내 것만 고집하지 않고 남의 것을 받아들이는 자세도 필요하다. 스승의 말을 들어주고 스승의 마음을 받아 주는 것 그것이 교육받는 열린 마음이다. 나를 낮춘다는 것은 교육을 받고자 하는 열린 마음의 시작이다.

나를 낮추고 또 낮춰 저 평지와 같은 마음이 되면 거기엔 더 이상 울타리가 없다. 벽도 없고 담장도 없다. 거기엔 아무런 시비도 없다. 갈등도 없다. 장애도 없다. 거칠 것이 없기 때문이다. 따라서 주는 마음은 열린 마음이요. 열린 마음은 자유로운 마음이다. 울타리가 좁으면 들어 설 자리도 좁다. 많이 쌓고 싶으면 울타리를 넓게 쳐야 한다. 더 많이 쌓고 싶으면 아예 울타리를 허물어야 한다. 열린 마음은 강하다. 아무 것도 지킬 게 없으니 누구와도 맞설 일이 없다. 진정 강해지고 어디에도 구속받지 않는 자유인이 되려면 마음을 열고 끝없이 자신을 낮추어야 한다. 낮은 것이 높은 것이고 열린 마음이 강한 것이다. 손은 두 사람을 묶을 수도 있지만, 서로를 밀어 낼 수도 있다. 손가락은 두 사람을 연결하게 하기도 하지만 접으면 주먹으로 변하기도 한다.

경계의 벽이 허물어진 것이다. '최충의 철학적 초상, 어떻게 읽어야 할까' 읽어가면서 경계의 벽을 허물어야 한다. 아직도 많은 사람이 살아가면서 어색하게 두 손을 내린 채로 서서서로를 붙잡지 못하고 있다. 안타까운 현실이다. 지혜와 어리석음은 모두 자기 손에 달려있는 것이다.

1부

최충과의 만남은
새로운 자아 만들기

1. 최충(崔冲, 986~1068) 위대한 스승

　신념과 용기 그리고 실천력을 겸비한 해동공자(海東孔子) 최충은 우리 민족 문화사가 낳은 가장 위대한 스승 중의 한 사람이었다. 그는 탁월한 학자였고 관료였으며 경세가였을 뿐 아니라 군사 전략가이기도 하였지만, 후세에 구체적으로 알려진 면모는 그가 역시 불세출의 교육자였다는 점이다. 이것은 다른 분야에서 그의 업적이 과소 평가되기 때문이 아니라 우선 그 부분에 관해 전수된 사史료가 부족하여 입증하기 어려운 데다가 민족 사학私學을 일으킨 그의 업적이 워낙 두드러지고 사상사 전반에 걸쳐 남긴 그의 발자취가 이 분야에서 가장 큰 의미를 지닌다고 판단되기 때문이다. 역사적으로 고찰해보면 '해동공자'라는 칭호는 최충을 단순한 보존 차원의 대상이 아닌 대중 속에서 다시 태어나게 하여 최충의 심오한 교육 철학이 대중 속에 살아 움직이는 출발점을 마련하는데 그 연유가 있었다. 필자도 그리고 강조하는 것은 최충의 학덕과 교육 정신을 바탕으로 삶의 지표를 삼아 새로운 정신문화 운동으로 변화되기를 간절히 바라는 마음에서 『해동공자 최충의 철학적 초상』의 집필이 시작되었다는 것을 일러둔다.

2. 정신문화 고양은 문화 화폐의 가치

미국 개척사에 보면 18세기 초 마르크 슐츠와 에드워드 조나단이라는 두 젊은 청년이 청운의 꿈을 안고 신대륙인 미국에 왔다고 한다. 이 두 사람은 똑같이 새로운 미래를 개척하기 위해서 신대륙을 찾아왔는데, 마르크 슐츠는 '내가 이곳에서 큰돈을 벌어 부자가 되어 내 자손에게는 가난이라는 것을 모르고 살도록 하겠다'라는 생각으로 뉴욕에 술집을 차려서 밤낮없이 일을 했다고 한다. 그 결과 마르크 슐츠는 엄청난 돈을 벌어 그의 소원대로 당대에 큰 부자가 되었다. 그리고 에드워드 조나단은 '내가 여기까지 온 것은 신앙의 자유를 찾아왔으니 이곳에서 신앙생활을 더 열심히 해야 되겠다.'라고 하며 신학교에 들어가 목사가 되었다.

그후, 어느덧 150여 년의 세월이 흘렀다. 뉴욕시 교육위원회에서는 이 두 사람의 자손들을 추적해 그 후손들이 어떻게 살아

왔는지 조사를 하게 되었는데 놀라운 결과가 나왔다. 오로지 재산만 모아 가난을 모르고 잘 살 수 있게 해 주겠다고 결심했던 마르크 슐츠는 5대를 내려가면서 1,062명의 자손을 두었는데 그 자손들 대부분이 불행한 삶을 살았다. 뉴욕시 교육위원회가 조사한 바에 의하면, 교도소에서 5년 이상 형을 살은 자손이 96명, 창녀 65명, 정신이상자 및 알코올 중독자 58명, 자신의 이름도 쓸 줄 모르는 문맹자 460명 정부의 보조를 받아가며 살아가는 극빈자가 286명 등으로 정부의 재산을 축낸 돈이 우리나라 돈으로 환산하면 무려 1,800억 원의 거액이었다는 것이다.

반면에 목사가 된 에드워드 조나단의 후손들은 5대를 내려가면서 1,394명의 자손을 두었는데 그 자손들 중에 선교사와 목사가 116명, 예일대학 총장을 비롯한 교수, 교사 86명, 군인 76명, 국가의 고급 관리 80명, 문학가 75명, 발명가 21명, 실업가 73명, 그리고 부통령과 상·하의원 주지사가 나왔고, 장로 집사는 286명이나 되었다고 한다. 그리고 이 가문은 국가 지도자로서 미국 발전에 지대한 공헌을 했으며, 정부 재산을 한 푼도 축내지 않았다는 것이다. 이상의 두 가문의 사례를 잘 살펴보면 부모가 자식에게 물질적 유산을 남겨주는 것보다 정신적 가치인 문화 화폐cultural currency를 남겨주는 것이 최고의 유산임을 다시 한번 일깨우게 된다. 문화 화폐란 문화해독 능력cultural literacy이다. 다시 말해 문해력이 뛰어난 사람이 그 사회에서 성공한 사람으로 평가받는 것이다. 따라서 어느 시대나 그 사회의 사고와 습성을 잘 이해하는 사람이 그 집단 내에서 위대해지거나 성공할 확률이 높다.

위대하고 훌륭한 많은 인물들이 존재했거나, 존재하고 있었다. 그런데도 우리에게 위인은 여전히 세종대왕, 이순신만 있는 것처럼 여겨지고 있다. 왜 그러한 현실이 되었을까? 그 이유는 간단하다. 지금까지 우리 역사 속의 인물에 대한 집중적인 연구가 매우 부족했던 탓이다. 하지만 문화화폐는 수시로 통화량이 변동될 수 있다. 오늘날 세계 각국의 환율이 매일 달라지듯이 인물에 대한 문화의 맥락지수도 수시로 변화할 수 있는 것이다.

최충은 당대의 문화와 사상, 고유한 특질과 그 의미를 제대로 읽어내고 시대를 통찰하는 능력이 있었던 것이다. 문화화폐 cultural currency의 가치를 인식한 최충은 재물이 아닌 존경과 덕망을 갖춘 인간적인 아름다움을 소유하게 되었다.

3. 향기를 품고 살아가는 삶

최충과 같은 한시대를 이끈 인물의 위대함은 꽃보다 사람이 아름다운 것처럼 인간적인 아름다움에 있다. 인간적인 아름다움이란, 겨울 끝자락에서 들려오는 이른 봄소식과 같은 아름다운 것으로 우리들 가슴에 희망을 안겨주고 힘을 불어넣어 주는 메시지인 것이다. 미국의 링컨, 영국의 처칠, 우리나라의 세종대왕과 이순신 장군 등 이러한 분들이 그분들만의 인간적인 아름다운 희망의 메시지를 지금도 우리에게 전해 주고 있다. 그분들의 인간다운 공통점은 시대의 과제를 인식하고 시대의 변화를 읽어 실천한 것이다. 그런데 인간적인 아름다운 인물의 평가기준은 무엇일까? 위대한 인물인가 아니면 성공한 인물인가, 성공한 인물이라면 성공의 기준은 무엇인가, 위대한 인물이라면 위대함의 기준은 무엇인가, 우리는 사회구성원들이 암묵적으로 합의한 게임의 규칙에서 승리한 사람을 성공한 사람으로 규정하고 있다. 게임의 규칙이란 당시 사회적 코드에 얼마나 잘 적응했는가에 좌우되는데, 이러한 사회적 코드는 게임의 규칙과 같은 것이다. 게임의 규칙은 선수들이 승자의 결정을 합의하는 데 도움이 되도록 만들어졌으며, 승자는 오랜 세월 승리를 누릴 권리가 있었다.

세상을 등지고 무인도에 혼자 살면서 고기 잡기 같은 수렵채집에서 최고의 수준에 도달하여 홀로 승리한들, 우리는 그를 위대하게 보거나 성공한 사람으로 평가하지 않는다. 그 이유는 사회적 코드나 게임의 규칙과는 거리가 먼 동떨어진 삶을 살았기 때문이다. 그렇다면 살아가면서 성공이란 무엇인가? 그리고 위대한 인물이라는 명성은 어떻게 이루어지는 것일까? 사람들은 누구나 자기중심에 소중한 무엇인가를 품고 살아간다.

어떤 이는 슬픈 기억을, 어떤 이는 서러운 마음을, 어떤 이는 아픈 상처를 안고 살아간다. 그러나 어떤 이는 행복한 추억을, 어떤 이는 희망에 찬 내일을 품고 살아간다. 사람들의 행복과 불행, 성공과 실패는 평생 동안 어느 것을 마음에 품고 살아가느냐에 따라 그 사람의 미래가 결정된다. 오동나무는 천년이란 긴 세월 속에 아름다운 노래를 담고, 매화는 평생 북풍한설에 시달려도 아름다운 향기를 품고 살아간다. 최충은 아름다운 향기를 품고 살아간 사람이다. 성공한 사람들은 누구나 어떠한 어려움도 꿋꿋하게 이겨 내며 자신의 몸을 태워 빛을 밝히는 촛불과도 같은 마음을 품고 살아간다. 그리고 이들은 자기가 부족해도 남을 도우려 하고, 남이 어려울 때 위로가 되고, 남의 허물을 감싸주며 그들을 고운 눈길로 바라보는 사람들이다. 오랜 세월 인연을 깨뜨리지 않고 유지하며 삶이 진솔하여 잘 익은 과일향이 나는 사람들이다. 최충은 그런 마음, 그런 향기를 품고 살아간 사람이었다.

최충과의 만남은 변화의 시작이다. 그리고 변화해야 한다. '창승부기 미치천리(蒼蠅附驥 尾致千里)'라는 말이 있다. 이 말은 '쇠파리도 천리마 꼬리에 붙으면 천 리를 간다.'는 뜻이 담겨있다. 역사서의 걸작인 2천여 년 전 사마천의 사기史記 백이전伯夷傳에 나오는 글귀로, 좀 더 자세히 이야기하면 한평생을 살면서 누구를 만나느냐에 따라 삶이 바뀔 수 있다는 뜻이다.

예를 들어 소나무가 저택을 짓는 대목수를 만나면 대주택의 목재가 되지만, 동네 목수를 만나면 고작 오두막이나 축사를 짓는 데 쓰이게 될 것이다. 삶은 만남으로 시작하며 살아가면서 많은 만남을 갖는다. 산다는 것이 곧 만남이고, 새로운 만남은 인생에 새로운 계기를 가져다주고 새로운 관계도 만들어 준다.

따라서 사람의 행복과 불행은 만남을 통해서 결정되는 것이다. 속담에, "향을 싼 종이에서는 향내가 나고, 생선을 싼 종이에서는 비린내가 난다."라는 말이 있다. 만나면 만날수록 삶이 윤택해지는 만남이 있는데 이런 만남이야말로 삶의 향기가 묻어 나오는 만남이다. 그런가 하면 꽃송이처럼 화려할 때만 좋아하며 시들면 내버리고, 권력이 있을 때만 환호하고 힘이 없으면 등을 돌리는 약삭빠른 만남도 있다. 이처럼 자신의 삶에 누구와 동행할 것인지 잘 선택하는 만남이 변화의 시작인 것이다.

1장. 최충의 생애는 아름다운 이력서

1. 이력서 살펴보기

아름다운 이력서를 작성하기 위해서는 새로운 변화에 적응할 줄 알아야 한다. 옛것만 고집한다면 우리는 새로운 길을 개척할 수도 없고 아름다운 이력서도 작성할 수가 없다. 역사에 큰 발자취를 남긴 한 인물들을 찾아 발굴하고 그가 남긴 이력서를 살펴본다는 것은 그 자체만으로도 삶의 의미가 있다. 그러나 그보다 더 중요한 것은 오늘날 족적을 남긴 큰 인물이 우리에게 어떤 의미이고 또 누구이어야 하는지를 그의 이력서를 통해 평가해 보고 분석하는 일일 것이다. 이러한 맥락에서 1981년 겨울, 독일의 세계적인 사회학자 보르노 박사가 우리나라를 방문하였다가 돌아가기 직전에 기자회견 한 이야기를 소개한다.

우리나라 기자가 보르노 박사에게 "앞으로 한국이 어떻게 하면 잘 되겠습니까?"라고 하자, 보르노 박사는 "한국은 다른 것은 할 것 없고 지금껏 해 온 것처럼 한국인의 족보를 잘 지켜나가면 됩니다"라고 했다. 우리나라 기자들은 전혀 예상 밖의 답을 듣고 어리둥절하였다. 우리나라 사람들이 낡은 제도로 여기는 족보를 서양의 세계적인 학자가 왜 그렇게 칭찬을 했을까? 서양학자의 눈에는 사회와 가정의 질서를 잡아 주고, 개인을 도덕적으로 인도하는 기능으로서 족보의 가치가 매우 높게 보였다.

우리나라 사람들은 어떤 말이나 행동을 할 때, 자기의 조상을 생각하고, 자기의 후손을 생각한다. "내가 이런 언행을 하면 조상들에게 욕이 되지 않을까? 먼 훗날 나의 후손들에게 누가 되지 않을까?"라고 되새기며, 말 한마디, 언행에 있어 언제나 신중하게 한 번 더 생각하고 돌아봤다.

그러나 서양 사람들에게는 이런 관념이 없다. 오늘날 범죄자가 증가하고 사회가 혼란한 것은 가정에서의 교육이 되지 않았기 때문이다. 학교가 책임지지 않는다고 나무라는 사람이 있지만 학교가 교육하고 책임지는 것은 한계가 있다.

사람의 기본은 집에서 이루어진다. 보통 남을 욕할 때 "누구 자식인지, 참 못됐다?", "누구 집 자식인지, 본데없다."라고 하지, "어느 선생 제자인지 참 못됐다."라고는 하지 않는다. 족보를 만들어 자기가 누구의 후손이고, 누구의 자식인지 그 사람의 위치를 확인시켜 주면, 사람이 함부로 처신하지 못한다. 또 옛날에는 대부분 동족 마을을 이루어 살았기 때문에 동네 안에서 문밖에 나가도 모두가 할아버지, 아저씨, 형님, 동생, 조카 관계이기 때문에 감히 함부로 하면서 살 수가 없다. 훌륭한 조상이 있으면 그 행적을 새긴 비석을 새기고, 학문이나 덕행이 뛰어난 조상은 후손들이 유림들과 협력하여 서원을 지어 제사를 지냈다. 이런 것은 단순히 조상을 자랑하려는 것이 아니고, 훌륭한 조상을 교육의 자료로 활용하여 후손들을 바른길로 인도하려는 것이다. 조상을 다 버리고 도시에 나와서, 문밖에만 나가면 어디 출신이고 누구 집 자식인지 모르는 상황에서는 쉽게 범죄행위를 할 수 있고, 언행을 함부로 하기 쉽다. 조상을 존경하고 높이는 좋은 전통이 너무 빨리 무너지는 것이 안타깝다.

좋은 전통마저 다 버리는 것이 발전이고 개혁이라면 큰 착각이다. 교육 사상가로서 최충이 남긴 아름다운 발자취를 살펴보고 현現 시대를 살아가는 우리들에게 최충의 생애가 어떠한 의미를 지니고 있으며, 어떠한 모습으로 다가올 수 있는지 한 번쯤 짚어볼 필요가 있다.

이로 인해 최충의 생애가 고려에서 어떠한 중흥의 계기를 마련하였고, 교육의 지침으로 삼은 최충의 신유학 사상이 이 시대를 살아가는 우리들에게 어떠한 삶의 철학적 의미로 다가오고 있는지 편견의 뿌리에서 벗어나는 일이다.

좀 더 구체화하면 최충의 가르침 중에서 유교적 덕목의 가치를 재발견하여 그것을 우리들의 실생활에 어떻게 적용하고 받아들일 것인지 최충의 아름다운 이력서를 맛깔스럽게 살펴보는 일이다.

2. 아름다운 이력서, 누구나 쓸 수 있다

최충의 생애는 아름다운 이력서가 되어 우리들에게 전해지고 있다. 아름다운 이력서란 누구나 마음만 먹으면 작성할 수 있다. 이제 우리들의 이력서를 다시 한번 더 생각해 보자. 지금도 우리들은 자신을 밝히려고 노력하는 발걸음이 뜨거울 것이다. 살아가면서 설움도 토하다 보면 시간은 나를 놓아준다. 판에 박은듯한 이력서로 더 큰 불안에 시달렸던 젊음은 오랜 세월이 흐른 뒤에야 살아온 날들의 이력서를 살펴보게 된다. 부끄러운 이력서가 꽃을 피웠고 죄 많은 이력서도 살아남았다는 갈등 속에 우리들에게 주어진 이력서가 병든 이력서라는 것을 스스로 깨닫는 순간 우리들의 격한 숨소리는 점점 깊어갈 것이다. 살아있는 언어의 비늘들이 이력서의 뒷골목을 행진하고 있다. 젊은 날 무모한 소비와 희망에 흔들려 주어진 이력서대로 살아온 우리들의 불태웠던 삶이 헛된 것이 아닐까 생각한다.

다음은 어두운 과거를 지닌 학생들도 아름다운 이력서를 쓸 수 있다는 희망을 주기 위해 어느 선생님이 교실에서 수업한 에피소드를 소개한다. 수업한 내용 중에서 '과거로 인해 현재의 눈

이 감긴다면, 미래를 향한 눈도 감긴다.'라는 선생님의 말씀이
가슴에 와닿는다.

미국 뉴저지의 작은 학교에 26명의 아이가 가장 허름한 교실 안에 옹기종기
앉아 있었다. 그 아이들은 저마다 그 나이 또래에게서 찾아보기 힘든 화려한
전적이 있다. 어떤 아이는 마약을 상습 복용했고, 어떤 아이는 소년원을 제집
드나들 듯이 하기도 했다. 심지어 어린 나이에 세 번이나 낙태를 경험한 소
녀도 있었다. 이 교실에 모인 아이들은 하나같이 부모들이 교육을 포기한 아
이들로, 말 그대로 문제아들이었다. 그러한 아이들에게 선생님이 웃으며 다
음과 같은 문제를 냈다.
"다음 세 명 중에서 인류에게 행복을 가져다줄 사람이 누구인지 한번 판단해
보세요" 선생님은 칠판에 다음과 같이 썼습니다.

A : 부패한 정치인과 결탁하고 점성술을 믿으며 두 명의 부인이 있고 줄담배
　　와 폭음을 즐긴다.
B : 두 번이나 회사에서 해고된 적이 있고 정오까지 잠을 자며 아편을 복용
　　한 적이 있다.
C : 전쟁영웅으로 채식주의자이며 담배도 안 피우고 가끔 맥주만 즐긴다. 법
　　을 위반하거나 불륜관계를 가진 적이 없다.

선생님의 질문에 학생들은 의심의 여지 없이 만장일치로 C를 선택했다. 하
지만 선생님의 답변은 뜻밖이었다,

"절대적 기준의 잣대는 없어요. 여러분이 옳다고 믿는 것이 때로는 잘못된 선택이 될 수 있으니까요. 이 세 사람은 우리가 이미 알고 있는 인물이에요. A는 대통령이었던 프랭클린 루스벨트, B는 영국 제일의 수상인 윈스턴 처칠, C는 수천만 명의 소중한 목숨을 앗아간 아돌프 히틀러예요."

순간 교실에는 알 수 없는 침묵이 흘렀다. 선생님은 다시 입을 열었다.

"여러분의 인생은 이제부터가 시작이라는 걸 기억하세요. 과거에 어떤 일이 있었는지는 중요하지 않아요. 그 사람을 판단하게 해 주는 건 그 사람의 과거가 아니라 미래니까요. 이제 어둠에서 나와 나 자신이 가장 하고 싶은 일을 찾아보세요. 여러분은 모두 소중한 존재이고 얼마든지 성공할 수 있답니다."

선생님의 말씀을 들은 그 후부터 아이들은 선생님의 말씀을 마음에 담았고, 커가면서 아이들의 운명도 변화하기 시작했다. 그리고 그 아이들은 훗날 사회 각 분야에서 전문가로 활동하며 새로운 미래를 창조해 나갔다. 어떤 아이는 심리학자가 되었고, 어떤 아이는 의사, 어떤 아이는 법관, 또 어떤 아이는 비행사가 되었다. 누구인가 선생님의 이야기를 듣고 다음과 같은 말을 남겼다.

"과거는 과거로 남겨 두지 않으면 앞으로 나갈 수 없다."

– 〈좋은 글 중에서 일부 편집해서 옮겨 온 글〉

그렇다. 아무리 못나고 나약한 의지를 가진 사람이라도, 적어도 하나쯤은 누군가의 부러움을 받을 만한 장점이 있게 마련이다. 중요한 것은 자신이 지닌 재능을 발견하고 미래로 나아가기 위해 과거에 집착했던 나를 버리는 것부터 시작해야 한다.

그것이 자신을 변화시킬 수 있는 인생의 첫걸음일 것이다. 그런데 아름다운 이력서는 진실이 살아있어야 한다. 스스로 날카로운 인식과 예리한 통찰로 이력서를 집필하여 새롭게 이력서를 생산하는 자세가 되어야 한다. 병든 이력서를 치료할 수 있는 용기, 어둠과 위선의 이력이 있다면 그것을 바로 세울 수 있는 용기가 필요하다. 그러나 이력서의 무게가 너무 버겁다면, 아름다운 맥박으로 다시 살아날 수 있도록 생명을 불어넣어야 한다. 지금도 지우려 하나 지워지지 않는 이력이 있다면 강인한 호흡으로 스스로 지울 수 있어야 한다.

이쯤에서 최충의 후손들이 소장한 해주최씨 가문의 아름다운 이력서, 갑자보(1744) 서문을 소개한다. 우리나라 역사를 조금이라도 아는 사람이라면, 최충(崔冲, 986~1068)이라는 이름은 생소하지 않을 것이다. 그리고 언뜻 '해동공자'라는 단어를 떠올릴 것이다.

3. 해주최씨 갑자보 서문을 소개하며

고려 제11대 임금인 문종(文宗) 22년(1068) 초가을의 어느 날[3]

---

3) 초가을 어느 날, 문헌록에는 5월, 연보에는 5월 戊戌이라 하였음.

이었다. 한낮이 기울 무렵 아직도 제법 따가운 햇볕을 받으며, 두 대의 수레가 한적한 길을 천천히 달리고 있었다. 그 뒤를 몇 명의 하인들이 부지런히 따르고 있었다. 앞의 수레에는 이미 80세가 넘은 노인이 타고 있었다. 흰 얼굴에 불그스레한 입술, 길게 늘어진 눈썹과 가슴까지 내리덮은 탐스러운 수염이 온통 새하얗다. 예복을 단정히 갖추어 입은 노인은 어딘지 모르게 신선과 같은 위엄이 있었다. 이 노인은 10여 년 전에 문하시중(門下侍中)까지 지냈고 그 뒤에 내사령(內史令)[4]으로 벼슬길에서 물러났다. 뒤의 수레에는 노인의 두 아들이 함께 타고 있었다. 큰아들은 중서령(中書令) 벼슬에 올라있으며 문장이 뛰어나 과거科擧의 을과乙科에 수석으로 급제한 선비였다. 둘째 아들은 지금 상서령(尙書令)의 벼슬자리에 있었다. 상서령은 나라의 모든 일을 직접 집행하는 상서성(尙書省)의 으뜸가는 종1품 벼슬이다.

두 대의 수레에 나누어 탄 이들 삼부자父子는 궁궐에서 베푸는 잔치에 참석하기 위하여 가는 길이었다. 오늘의 이 잔치는 팔십 평생을 오직 나라와 겨레를 위하여 몸 받쳐 온, 원임대신(原任大臣, 대신을 지낸 사람)인 이 노인의 노고를 위로하기 위하여 문종이 특별히 베푼 잔치이었다. 이윽고 두 대의 수레가 궁궐 문 앞에서 멈추어 섰다. 그러자 하인들이 다가와 수레의 문을 열었다. 뒤의 수레에서 성큼 내려선 중년의 두 아들은 재빨리 앞의 수레에 다

---

4) 내사령(內史令),중서문하성이 내사문하성으로 바뀜으로써 문하시중이 내사령으로 명칭만 바뀌었다.

가가 노인을 부축해 내렸다. 두 아들은 노인을 양쪽에서 부축하여 천천히 궁궐 문을 들어섰다. 주위에는 벼슬아치들이 이미 자리 잡고 앉아 있었다. 노인이 들어서자 자리에 앉아 있던 사람들이 일제히 일어나, 그 노인에게 머리 숙여 경의를 표하였다.

문종은 친히 앞으로 나가 노인의 손을 덥석 잡으며, "먼 길을 오시느라고 수고하시었소, 노구에도 불구하시고 이렇게 나와 주시니 비로소 이 자리가 빛나는구려." 하고 웃음을 함박 띠었다.

"이 늙은이를 이토록 아껴주시니 황공하올 따름입니다. 상감마마." 노인은 깍듯이 예를 해 보였다. "자, 이리 앉으시오. 오늘이야말로 과인寡人이 가장 즐거운 날이오. 경과 함께 마음껏 즐겨보려 하오." 문종은 노인을 자기의 옆자리에 앉혔다. 그리고 나서 문종은 손수 잔을 들어 노인의 손에 쥐여 주고 술을 가득 따랐다. "자, 이 잔을 비우시오. 지금에 이르러 우리나라의 학문이 크게 떨치게 된 것은 오로지 경의 공이 큰 덕이요.", "성은이 망극 하옵니다.", "경이 이 나라에 끼친 공에 비하면, 이 자리가 너무 초라한 것 같구려. 하나, 오늘만큼은 마음껏 즐겨 이 자리를 더욱 빛내 주시기 바라오.", "황공하옵니다, 상감마마." 노인은 두 손으로 공손히 잔을 잡고 다시 한번 예를 해 보인 다음, 천천히 잔을 비웠다. 그리고는 자리에서 일어나 문종에게 잔을 건네어 술을 따르려고 하였다. 그러자 문종은 노인의 소맷자락을 잡아 자리에 앉히며 "임금과 신하의 예가 있지마는, 오늘만은 잠시 그런 예를 잊고 오로지 즐겁게 지내기로 합시다. 자 어서 드시오." 하고 다시 잔에 술을 따라 주었다.

문종이 이토록 노인을 공경하는 것을 보고 모든 신하들도 매우 흡족해하였다. 이렇게 하여 자리는 점점 흥겨워졌다. 은은한 음악이 울리는 가운데 무녀들의 춤이 더욱 흥을 돋우었다.

임금도 노인도 그리고 신하들도 모두 얼굴이 제법 불그레하게 술기운이 돌았다. 그들은 조금도 거리낌 없이 마음껏 웃고 즐겼다. 음악과 웃음소리가 가득한 잔치자리에는 흥분과 즐거움뿐이었다. 한참 흥이 무르익어 갈 무렵, 얼굴이 불그레해진 한림학사(翰林學士) 김행경(金行瓊)이 벌떡 일어서더니, "소신이 비록 글재주는 없사오나, 오늘 이 자리의 흥을 돋우기 위해 시를 한 수 읊어 볼까 하나이다."하고 말하였다. 이 말을 듣고 문종은 무릎을 '탁' 치며, "거, 좋은 말이요. 허허, 훗날 문하시랑중서평장사(門下侍郎中書平章事)에 까지 오를 인물이니 어디 한번 읊어 보구려." 하고 재촉하였다. 김행경은 시(詩)에 능한 선비로 "그러면 중서령께서 들어오시던 광경을 읊어 보겠습니다." 김행경은 목청을 가다듬어 시를 읊기 시작하였다. 잔치자리에 들어앉은 사람들은 일제히 귀를 기울였다.

| 紫綬金章子及孫 | 자수금장자급손 |
| 共陪鳩杖醉皇恩 | 공배구장취황은 |

尙書令侍中書令	상서령시중서령[5]
乙壯元扶甲壯元	을장원부갑장원[6]
曠代唯聞四人到	광대유문사인도
一門今有兩公存	일문금유양공존
家傳冢宰猶爲罕	가전총재유위한
世襲魁科[7]最可尊	세습괴과최가존
幾日縉紳相藉藉	기일진신상자자
今朝街路更喧喧	금조가로갱훤훤
聯翩[8]功業流靑史	연편공업류청사
雖禿千毫不足言	수독천호부족언

"벼슬을 지낸 경사는 아들과 손자에게 물려주고

함께 구장[9]을 모시면서 황은에 취했네.

상서령이 중서령을 모시고

을장원이 갑장원을 부축하시네.

오랜 대를 걸쳐서는 오직 네 사람에 이르렀다고 들었는데

지금은 한 가문에 양공兩公이 있네.

집안에서 재상이 이어나기도 드문 일이거늘

---

5) 당시 문헌공과 큰 아드님 유선(문화공)은 중서령이었고, 둘째 아드님(문장공)은 상서령이었음.

6) 을장원은 큰 아드님 문화공이고, 갑장원은 문헌공을 이름.

7) 괴과, 문과의 장원.

8) 연편, 잇따른

9) 구장,비둘기를 새긴 지팡이를 노대신(80~90세)에게 왕이 하사함.

대를 물려 이어나는 장원은 더없이 훌륭하다.

진신[10]들의 칭찬이 언제까지 자자하려나

오늘 아침 길거리가 다시금 떠들썩해지네.

잇따른 공업功業이 청사靑史에 흐르니

千자루의 붓이 닳은들禿 어찌 다 말하겠는가."

– 한림학사 김행경(翰林學士 金行瓊)[11] 지음

이 시는 바로 문헌공 3父子가 잔치자리(國老宴나라레서 노안들위한 잔치)에 들어오던 모습을 그들의 벼슬과 과거급제에 비유하여 읊은 것이다.(고려사열전, 수양열전/사단법인 최충 선생 기념사업회에서 빌려 온 글) 김행경이 읊은 시를 들은 사람들은 모두 손뼉을 치며 즐거워했다. 노인의 입가에도 엷은 미소가 어렸다. 이처럼 임금과 모든 신하들의 우러름을 받는 이 노인이 바로, 늙은 몸을 이끌고 사학私學을 열어 학문을 크게 발전시킴으로서 '해동공자(海東孔子)'로 불리게 된 성재(惺齋) 문헌공(文憲公) 최충(崔冲)이다.(이상은 한국인물전기 전집제4권 인용.국민서관[1976. 11. 30.]) 다음에 소개하는 것이 해주최씨 갑자보 서문이다.

대저 한 사람의 몸이 나누어져 길거리에서 보는 사람들과 같이 아무 관계 없는 정도에 이르게 된다고 한 것은 소순(蘇洵,北宋의 문장가)의 깊은 슬픔을 표현한 말이다. 사람이 성姓을 받은 것

---

10) 진신: 벼슬아치의 총칭.

11) 김행경, 본관은 영광, 문하시랑평장사, 문종 때에 문명이 높았음.

은 처음에는 하나의 본本에서 시작하여 그 지파支派가 천만가지로 나누어진다. 또 그 나누어진 무리가 날이 갈수록 소원해지니 천륜天倫의 떳떳한 도리를 가지고서도 서로 길거리에서 만나도 모를 정도로 무관한 사이가 되지 않는 사람이 거의 없게 될 것이니 저 소순이 그렇게 표현했을 것이다. 그러한 까닭에 인심人心을 포섭하고 풍속을 돈후하게 하며 보계(譜系: 한집안의 혈통과 역사를 기록한 책)를 밝히는 것이다. 보계가 밝혀지지 아니한다면 그 누가 백 가지의 파派가 같은 근원에서 나왔다는 사실을 알 수가 있을 것이며, 같은 것이 아니면서도 같은 것이라는 사실을 그 누가 밝힐 수 있겠는가?

최씨는 해주(海州)의 큰 성姓씨이다. 해주최씨는 고려의 태사(太師), 중서령(中書令)을 지낸 문헌공(文憲公) 충(冲)을 선조로 하여 고려 이래로 지금에 이르기까지 칠팔백 년 동안 고관대작이 끊이지 아니하였고, 후손이 번창하여 마침내 나라 안의 큰 성姓이 되었다. 만약 세상의 다른 씨족氏族이 족보를 만들지 아니한다면 그만이겠지만 최씨와 같은 큰 성姓이 족보가 없을 수 있겠는가.

아! 최씨 일문一門은 참으로 번성하였구나! 크게는 우리 동방에 사학을 일으켜 해동공자(海東孔子)라 칭송을 받게 된 분이 있으니 문헌공이 바로 그분이요, 이름난 부친을 잘 이어받아 높고 귀한 벼슬을 형제가 같이 역임하여 그 이름과 덕망이 찬연히 빛나는 분이 있으니 문헌공의 자제인 문화공(文和公) 유선(惟善)과 상서령(尙書令) 유길(惟吉)이 바로 그분들이다. 그리고 이름난 공경과 위대한 인물은 세대를 거듭하면서 후한 덕을 갖추어 태어났다. 그리하여 재상宰相의 지위에 오르고 역사에 그 이름을 빛낸 분 또한 많아서 서로가 우러러볼 정도이다.

우리 조(朝鮮朝)에 들어와서는 집현전 14世 부제학(副提學, 萬里) 공이 세종 임금을 섬기어 문치文治를 보좌하였다. 이때 이후부터는 간언諫言을 받아들이고 정사를 살피는 바른 도가 회복되지 못하여 앞서거니 뒤서거니 혼란한 시절에 화를 당하게 되었다.

17世 절도사(절도사, 慶會)공은 검은 상복을 입고서 전쟁에 임하여 진양(晉陽)의 외로운 성에서 용맹함을 떨쳤고, 19世 월담공(月潭公) 20세 (추봉공秋峰公, 有源)은 二世에 걸쳐 아름다운 일을 하여 그 공훈과 충성이 성대하게 세상에 드러났다. 그리하여 어떤 분은 간특한 역모의 싹을 잘라 버렸고, 어떤 분은 떳떳한 윤리 기강을 바로 세웠으니 모두 다 당 시대를 빛내고 후세에 전해질 일을 한 분이었다. 그 뒤를 이어 문장文章과 의열毅烈로서 저명하였던 분은 하나둘 수를 헤아릴 수가 없다. 그 중 19世 고죽(孤竹, 慶昌), 19世 양포(楊浦)의 시는 그 빼어난 격조와 신령한 운치가 그 어찌 성대한 국가의 문운을 드러내며 한 시대의 문화를 빛낸 것이 아니었다고 할 수 있겠는가. 근래에 상국을 지낸 23世 간재(艮齋)공은 조용한 성품에 은거하기 좋아하였고 정숙하고 충성스러웠던 분으로 뛰어난 분이다. 이분이 바로 현재의 우리 성왕(英祖)께서 "한결같은 충정으로 나라의 안일을 도왔도다 일사부

정一絲不紊"이라는 포상의 어필을 하사한 분으로 그 글이 하늘의 해와 별처럼 밝게 빛나고 있다. 최씨의 가문이 여기에서 더욱 빛을 내었으니. 아! 참으로 성대하구나! 최씨가 어찌 족보를 보존하지 않겠는가. 그렇지만 족보가 어찌 유례없이 만들어지겠는가. 반드시 그 선세先世의 빛나는 삶과 쌓아 온 음덕과 기반이 후세 사람을 인도하고 도와줄 뿐만 아니라 그들이 넓게 베풀어 준 덕택과 멀리 까지 미친 복록이 크다는 사실을 증명할 수 있어야 한다. 최씨의 후손 되는 사람이 만약 집안을 무너뜨리려 한다면 깃털을 태우는 것처럼 쉬울 것이고, 집안을 바로 세우려는 것은 하늘에 오르는 오르기처럼 어렵다는 사실을 안다면 두려운 마음을 가지고 깊이 성찰함으로써 선조의 체모를 훼손하는 것을 두렵게 여기어야 한다. 그리고 충효로 서로를 권고하고 우애와 친목을 상호 전해주고, 영원토록 아름다운 명예를 지켜나가야 한다. 선조에 대하여 욕을 끼치지 아니한다면 세상에 덕은 지니지 못하면서 그 성姓만을 짊어지고 모철로보(冒鐵爐步: 쇠를 탐하여 화로를 딛는다.)하다는 꾸지람을 받는 사람은 부끄러운 줄을 알게 될 것이다. 만약 이 사실과 같은 효과가 없다면 무엇 때문에 족보를 만들겠는가.

당초에 양포(楊浦)의 아들인 묵수공(有海)이 세보(世譜) 두 책을 만들어 집안에 보관하고 있었다. 그러나 전보全譜는 아직 없었다. 이에 간재공의 둘째 아들인 삼척 부사 상정(尙鼎)씨 및 추봉공 유해(有源)의 현손인 상보(相甫)가 여러 종인과 더불어 계획을 하여 자료를 모아 족보를 만들었다. 족보(甲子譜)가 이미 이루어져 인쇄함으로써 그 전승을 장구하게 하고자 하였으니 참으로 그 집안을 잘 이은 일이라고 할 수 있었다. 그러니 이 또한 기록할 만한 일이다. 이윽고 수채(邃采: 副擠學, 자신)가 최씨의 먼 외손이 된다고 하여 족보의 서문을 써달라고 하니 이러한 일에 일에도 친척과 친분을 유지하여 나를 길거리에서 만나는 무관한 사람으로 보지 아니하였다는 사실을 알 수 있다. 그러니 내가 사양하려고 한들 사양할 수 있겠는가(英祖 20년 1744 갑자 4월 하한(下澣)에 통정대부(通政大夫)원임 홍문관부제학(原任弘文館副提學) 수양(首陽), 海州 오수채(吳邃采)는 삼가 서문을 쓰다.))

이상, 갑자보에서 보여준 민족과 사회는 전통적으로 공통의 언어와 역사, 문화로 묶인 비슷한 사람들로 구성되었다. 이와 같은 집단은 어느 집단을 막론하고, 하나의 국가이건 하나의 공동체이건 공통의 언어와 역사와 문화를 공유하는 사람들이 그들만의 사고와 습성을 발전시켜 가며 각자의 정체성을 확립하는 사회화 발전의 과정이 내포되어 있다. 한 시대를 살아가면서 게임의 규칙이나 사회적 코드는 중세나 근세라고 해서 크게 다르지 않다. 우리가 생각하는 위대한 인물이나 성공한 사람들은 당대의 사회와 문화를 예리하게 읽어낼 줄 아는 사람으로 시대의 흐름을 분명하게 인식한 사람들이다. 이러한 사람들이 가문의 이력을 순풍에 돛을 올린 것같이 새롭게 출항하게 한다. 시대를 관통하는 새로운 메시지가 되어 이력서의 문법도 사육이 아닌 이 땅에 정기 어린 역사적 훈육으로 남게 될 것이다.

4. 최충의 탄생 설화

최충의 출생에 관한 이야기가 있다. 영웅이 탄생할 때 신화神話가 존재한다는 것은 주지의 사실이다. 최충은 986년(고려, 성종)[12] 황해도 해주(海州, '수양首陽'은 옛 해주의 별칭이며, 해주최씨는 수양산首陽山 아래서 나왔다.) 대령군[13] 지금의 향교 자리인 옛집에서 온(溫)[14]의 아들로 태어났다.

---

12) 문헌공 생년: 병자보(1636, 公州목사 묵수당 有海공 편)에는 성종4 을유(985) 수 84세로 기록됐고, 갑자보(1744) 이후에는 성종5 병술(986)로 고려사 등 여타 사료에는 성종3 甲申(984)로 되어있다. 해주최씨 대종회는 986년으로 통일하기로 하였다.

13) 대령군은 대령(大寧),고양(高陽),서해(西海),안서(安西) 등은 모두 해주(海州)의 옛 이름.

14) 시조 온(溫), 해주인(海州人) 또는 대령군인(大寧郡人). 고려국수태사중서령충경최공묘지명(高麗國守太師中書令忠景崔公(墓誌銘))에 증조휘온증태자태보(曾祖諱溫贈太子太保, 正一品) 이자이귀(以子而貴)〈아들 충(冲)이 귀하게 됨에 따라 증조 휘 온(溫)께 증태자태보(贈太子太保)의 직이 추증되다. 고려 예종 11년, 서기 1116년, 서울대 부속죽(孤竹), 수양(首박물관 소장)

해주문헌서원(海州文憲書院) 1550년 해주목사 정희홍(鄭希弘)과 황해감사 주세붕(周世鵬)
이 해주향교 서편으로 옮겼다(고죽지)

– 사단법인 해동공자 최충 선생 기념사업회에서 빌려온 글

　범복애(고려말 학자, 저서로 『화해사전』(華海師全)이 전함)는 말하기를, "최
충 선생은 부모님께서 규성이 엉기는 꿈을 꾸고 낳으셨기 때문
에 풍채가 크고 훌륭하셨으며, 성품은 굳세고 행실은 곧으셨
다."라고 하였다. 권양촌(권근, 조선시대 대제학 지냄)도 말하기를, "문
신이 규성(별자리 28중 하나)을 빛나게 하니, 문교가 이때부터 일어
났다."고 하였다.

최충 선생의 부친이자 해주 최씨 시조인 온(溫)은 후에 아들 충(沖)의 벼슬이 높아지니 태자태보(太子太保)에 추증되었다. 이는 고려국 수태사 중서령 충경공 최사추 묘지명(高麗國守太師中書令忠景公崔思諏墓誌銘)15)에 증조휘온증태자태보이자이귀(曾祖諱溫贈太子太保以子而貴)라고 기록된 것으로 보아 알 수 있다.

문헌공 충(沖) 연보年譜에 당초 최씨는 신라를 지나 고려에 이르기까지 대대로 글과 행실로 세상에 알려졌는데 온(溫)은 재산을 많이 불려 생활이 풍요로워 세간에서 장자長者라고 부르게 되었다. 해주 목사(牧使) 김흥조(金興祖)가 한때 이를 알고 온(溫)을 향리 호장(鄕戶長)16)으로 임명하였다. 그 후 2~3일이 채 못된 날 밤에 목사 김흥조는 큰 별이 동북쪽에 떨어지는 것을 보았다.

그때 수양산(首陽山) 봉우리 위로 구름과 노을이 온 마을을 둘러싸고 3일 동안이나 걷히지 아니하였다. 김흥조가 마음속으로 그것을 몹시 이상히 생각하여, 이튿날 아침에 일찍 아전을 별이 떨어진 곳으로 보내어 그 사실을 더듬어 알아보게 하였다. 아전이 돌아와 아뢰기를 "최호장 댁에서 간밤에 아들을 낳았을 뿐 다른 변고는 없더이다."라고 하니 목사(牧使) 김흥조가 그 말을 듣고 몹시 기이한 일이라 생각하고 온(溫)을 호장의 일로부터 면하게 하였다고 하였다.(최목 가전유집崔穆 家傳遺集에서)

---

15) 고려묘지명 집성(上), 서울대 부속박물관 소장(고려 예종 11년, 1116년).
16) 고려 때 지방 관리의 맨 우두머리.

또한 주신제(주세붕周世鵬, 조선시대학자 백운동서원 창건)는 말하기를, "정묘년에 다섯 별이 규성에 모이니, 그 상서로움이 너무도 컸네! 훌륭하도다! 우리 공이시여, 바로 이러한 때에 태어나시었네."라고 하였다. 이러한 일은 고려 광종(4대, 光宗) 18년 정묘(967)년 3월에도 '다섯별이 규성에 모여드니 이때부터 천하가 태평하였다'라는 기록이 있었다. 두의(중국 송나라 사람, 벼슬은 예부상서, 5형제가 문과에 급제함)는 천문과 역법을 잘 관찰하였는데 일찍이 사람들에게 말하기를, "정묘년에 다섯별이 규성에 모이게 되면 이로부터 천하가 태평해질 것이다."라고 하더니, 마침내 그의 말과 같이 되었다.

　그 후 중국 주나라 대리 평사 쌍기(중국사람으로 고려에 귀화하여 과거를 제도화 하였음)가 천문에 정통하여 책봉사를 따라 고려에 왔다가 과거제도를 시행하여 선비를 취하니 문풍이 비로소 일어나게 되었다. 이때에 쌍기가 말하기를, "문명의 운세가 열릴 때에는 아름다운 징조가 먼저 드러나게 된다. 저 천문의 이치를 가지고 역상을 논하자면, 올해는 정묘년이니, 대체로 형제와 부부가 있고 난 뒤에는 그 기가 반드시 모이는 바가 있으니, 이로써 미루어 생각해 보면, 이 뒤 병술년(986)에는 반드시 문명한 선비가 이 별의 운행에 따라서 우리나라에서 날 것이다."라고 하였다.(최목 가전유집)에서

　최충에 대한 또 다른 탄생 신화로 '수양산(해주) 남쪽 기슭에

풀과 나무가 불에 타 말라 죽었다'라는 이야기에 의심하는 바가 있었으나, 목은(이색, 고려말 학자)이 태어날 때도 풀과 나무가 말라 버린 이변이 있었고, 퇴계(이황)가 태어날 때에도 '단양에서도 풀과 나무가 말라버린 것을 볼 수 있다.'라는 이야기가 전해 온다고 하였다, 그런데 최충의 태몽은 꿈에 문운文運의 상징인 규성(奎星)[17]이 서로 엉겨 환하게 세상을 비추었다는 이야기가 해주 문헌서원 묘정비문에 다음과 같이 그대로 전해져 온다.

오성五星이 규성(奎星)에 모여들어서 송(宋)나라의 여러 학자가 한꺼번에 일어났는데 우리나라에서는 그보다 먼저 문명文明의 운運이 들어와서 고려의 태사(太師) 문헌공(文憲公) 최충(崔冲) 선생이 탄생하였다. 海州 文憲書院 廟庭碑文(해주 문헌서원 묘정비문)

이와 같이 최충에 관한 자세하고 확실한 기록으로는 조선 초기에 편찬된 〈고려사〉에 있는 열전이다. 〈고려사〉 열전에 최충의 가계나 생장에 관한 기록은 적지만, 최충은 '풍채가 훌륭하고, 천성과 지조가 굳고 곧았다.'라는 설명으로 최충의 인물됨이 묘사되고 있다.

---

17) 규성, 오성(五星)은 금목수화토성(金木水火土星)이며 규(奎)는 28숙(宿)의 별자리이니 송태조 건국 5년 정묘(967)에 오성(五星)이 규성(奎星)에 모였는데 이는 천하(天下)가 태평하고 문명(文明)이 열리는 상서(祥瑞)라고 하여 송나라 성리학(性理學)이 등장하게 되는 예시로 풀이됨.

5. 최충의 일별적 생애

이제 다시 〈고려사〉 열전에 기술된 최충의 생애를 살펴보면, 최충은 해주의 지방 세력이던 최온의 아들로 태어나 1005년(목종 8)에 갑과 장원으로 과거에 급제한 후 습유(拾遺)에서부터 간의대부(諫議大夫)까지 관료 진출의 기간을 압축하여 서술하였다.

최충이 22세에 급제하여 내사문하성(뒤에 중서문하성으로 개칭)의 종6품인 습유에서부터 정4품의 간의대부에 오르기까지는 약 25년이란 긴 세월이 걸렸다. 최충은 습유 시절부터 수찬관(修撰官)을 겸하여 왔고, 1031년 현종이 세상을 떠나자 사신(史臣)으로 현종의 졸기(卒記)를 썼는데, 이때 최충의 나이는 48세였다. 그 후 덕종·정종·문종에 이르기까지 주요 관직을 거쳐 문하시중이 되었고, 최충의 사후에는 정종의 묘정(廟庭)에 배향(配享)되는 영광까지 누렸다. 최충은 유학적 덕목이 뛰어나 대대로 유종(儒宗)이라는 칭송까지 받았다. 최충의 출생연도에 대해서는 다소 혼선이 있지만, 고려사와 고려사절요의 기록에 의거 986년(성종3)으로 확정짓는다.〈고혜령, 제1회 문헌공 최충포럼 발표문, 2016. 10〉에서 발췌

최충이 과거에 급제하기까지는 해주지역의 지방 토착세력으로서 경제적 기반을 가진 부모님 밑에서 교육을 받았다. 충(沖)은 어려서부터 배우기를 좋아하고 글짓기를 잘하여 나이 10세 때 목사 김흥조(金興祖)가 직접 개성(開城)으로 데리고 올라가 최충의 학문을 시험하였는데, 너무나 지식이 해박하고 모난 구석

이 없어 모두가 경탄하며 장차 문운文運을 주름잡을 큰 인물로 여기게 되었다. 또한 풍채가 컸으며 몸가짐이 훌륭하고 성품과 행실은 정도正道에 어긋남이 없었다고 한다. 최충이 공부한 학문은 경서(經書)와 사서(史書)였는데 이를 깊이 연구하고 깨달았기에 아는 것이 많았고, 천리天理와 인사人事에도 두루 통달하였다고 한다. 그야말로 금옥金玉같은 지조志操요, 수월水月 같은 정신의 소유자였다. 최충의 이름은 충(沖), 자(字)는 호연(浩然), 호는 성재(惺齋), 월포(月圃), 방회재(放晦齋)라고 한다. 자(字)를 호연(浩然)으로 한 것은 부친 최온 선생께서 최충을 호연지기浩然之氣를 지닌 인물로 키우고자 함이었다.

　고려시대 최대 문벌 가운데 하나가 된 해주최씨는 최충의 출세로부터 시작된 것이다. 최충의 아버지 최온에 대해서는 『고려사』 열전에는 언급이 없으나, 해주의 주리州吏 출신이었고[18], 최충이 출세하자 태자태보(太子太保: 명예직으로 태자의 스승)를 추증(죽은 후에 벼슬을 받음)받았다고 한다. 최씨 문중 가장(家藏, 자기 집에 보관해오던 물건)에는 "해주최씨는 여러 대에 걸쳐 글과 행실을 돈독히 숭상하였고, 재산을 잘 늘리어 생활이 매우 넉넉하여 세력이 있었다."라고 하였다. 최충과 그의 손자 최사추·최사순(崔思諏·崔思順)·최사량(崔思諒)때에는 가문이 최고 명문으로 성장하였는데, '5명

---

18) 《동국여지승람》 43, 해주목 인물

이상의 지공거(고려시대 과거 시험관)와 4명의 배향공신(임금의 위패를 종묘에 모실 때 큰 공이 있는 신하의 위패도 함께 모심), 그리고 6명의 수상과 10여 명의 재상을 배출하였다.'라는 기록이 전해지고 있다. 특히 최사추의 세 부자는 당대 최고의 관직을 역임하였고, 최사추는 이자겸(李資謙, 고려때 문신)·문공인(文公仁, 고려때 문신)등을 사위로 삼았다. 당대의 문벌인 인주이씨(仁州李氏)들이 해주최씨와 혼인 관계를 맺었다. 해주최씨 가문의 이러한 가세는 정중부의 무신정변을 계기로 큰 타격을 받아 고려 전기처럼 그 성세를 유지하지 못하였으나, 관료 배출은 끊이지 않았다.

2장. 최충의 유맥이 시작되다

1. 고려 초 유학을 발전시킨 사람들과 빈공과

고려 초기 유학자 중에서 삼국사기 열전에 제일 먼저 언급된 유현 유학에 정통한 학자는 최언위(868~944)였다. 신라 3최를 꼽을 때 최치원(857~?), 최승우(~935, 후에 후백제 신하), 최언위 세 사람이었는데, 최언위는 18세에 당나라로 유학을 떠나 그곳에서 빈공과에 급제하여 24년간 활동하다가, 42세에 귀국한 중진 학자로서, 최치원의 후배이자 4촌 동생이었다. 빈공과(賓貢科)는 중국에서 외국인을 대상으로 실시한 과거科擧제도로써 당(唐)나라에서 처음 실행하였다. 당은 주변의 많은 종족·국가들과 관계를 맺으면서 국제적인 문화를 꽃피웠다. 당에는 외국에서 온 사람들이 많았는데, 당 조정은 이들을 대상으로 과거제도인 빈공과를 시행한 것이다. 통일 신라는 당과 활발한 교류를 하였고, 당으로 많은 유학생들이 건너갔다. 이들 유학생 중에는 빈공과에 응시하여 당에서 관직 생활을 하는 사람들도 많았다. 빈공과에 합격한 사람들을 빈공이라 하는데, 신라인 빈공은 80여 명에 이르렀다. 신라 출신 빈공은 주로 골품제 사회에서 출세에 한계가 있었던 6두품 출신이 많았다. 대표적인 인물이 앞에서 언급한 최치원(崔致遠), 최승우(崔承祐), 최언위(崔彦撝) 등이다.

또 신라인 중에는 수석 합격한 사람도 많았는데, 발해 역시 10여 명에 이르는 빈공들을 배출하였다. 특히 872년(발해13대 왕 대현석2년)에는 오소도(烏沼度)가 수석으로 합격하였다. 이에 통일 신라와 발해 사이에 신경전이 벌어지기도 하였다. 송(宋)나라에서도 빈공과가 시행되었는데, 고려에서는 이에 응시하여 합격한 사람들이 많았다.

대표적으로 최한(崔罕), 왕림(王琳), 김성적(金成績) 등이 있다. 그후 원(元)나라에서도 외국인을 대상으로 과거가 시행되었는데, 그 이름을 제과(制科)로 바꾸었다. 하지만 명(明)나라는 외국인을 대상으로 하는 과거제도를 폐지하였다. 당나라 때에 빈공과는 발해와 신라의 대립이 첨예한 경쟁의 장이었다. 872년(발해 대현석 2년, 신라 경문왕 12년) 발해의 오소도(烏昭度 또는 烏炤度)가 신라의 이동(李同)을 제치고 빈공과에서 수석의 영광을 차지하였다. 이 사건은 신라 사회에 큰 충격을 주었다. 과거시험에서 발해와 신라의 빈공과 합격자 순위가 자국 문화의 척도가 되기에 자존심

강한 신라인은 이를 커다란 수치로 느꼈다. 이에 최치원은 "이미 사방 이웃 나라에 웃음거리가 되었으며, 일국의 수치로 영원히 남을 것"이라고 하여, 치욕스럽게 여겼다. 그런데 최치원이 경문왕 14년(874) 빈공과에서 합격함으로써 그 수치를 씻을 수 있었다. 빈공과를 둘러싼 신라와 발해의 순위 싸움은 그 후에도 계속되었다. 877년(신라 헌강왕 3년, 발해 대현석 7년) 빈공과에서 발해 유학생이 한 명도 뽑히지 못하였지만 신라의 박인범(朴仁範)과 김악(金渥)두 사람이 합격하였다. 이에 최치원은 당나라 고상(高湘)에게 감사의 편지(新羅王與唐江西高大夫湘狀)를 보내 "추한 오랑캐(발해인)로 합격시키지 않아 과거에 흠집이 나지 않았다."라고 칭송까지 하였다.

한편 906년(신라 효공왕 10년, 발해 14대왕 대위해 13년)에는 신라의 최언위(崔彦撝,868~944)가 오소도의 아들인 오광찬(烏光贊)을 제치고 합격하자, 오소도는 당나라에 자기 아들의 순위를 최언위보다 올려 달라고 요구했다가 거절당하기도 하였다. 이러한 사건은 모두 신라와 발해, 즉 남국과 북국의 경쟁의식에서 비롯된 것이었다. (발해인 오소도烏沼度는 당의 과거시험인 빈공과에 수석으로 합격, HBM에서 빌려온 글)

신라말에서 고려 초는 천 년 동안 유지되던 신라의 '귀족적 문화 요소 양식'과 고려의 '호족적 문화 요소 양식'이 공존하였던 변혁기였다. 이러한 두 개의 문화는 신라말 고려 초에 활동하였던 유학지식인을 통해서 계승되거나 구현되었다. 신라말 유학지식인들은 대개 당나라에서 유학을 하고 돌아와 왕실과 긴밀한 관계를 가지면서 유교적 정치이념을 구현하려고 애썼다. 이러한 유학지식인 가운데 대표적인 사람이 바로 경주최씨 유학지식인이었다. 이들은 '3최'라고 불렸던 "최치원·최언위·최승우" 등으로 시대의 변화에 따라 각각 다른 의식을 가지고, 신라, 고려, 후백제 등 서로 다른 국가에서 외교 사신으로 종사하였다. 최언위는 신라 사람으로는 마지막으로 빈공진사에 급제한 후 909년에 귀국하여 집사시랑과 서서원학사 등의 문한직(과거 급제자만이 할 수 있는 문필에 관한 일을 담당하는 관직)을 담당하였다.

그는 경명왕-경애왕 때 최치원 이후 계승된 문한직을 담당하면서 사신으로 활동하였다. 그 후에는 신라에서 집사성(신라 진덕여왕 때 국왕 직속 최고 행정기관) 시랑(오늘날 차관급), 서서원(문서관리 및 왕의 자문기구) 학사(문필과 학술을 맡은 관리)를 지내다가 고려 태조 왕건이 고려를 건국하자 50세에 태자사부(태자의 스승)를 거쳐 평장사(고려시대 내사문하성, 정2품)에 오른, 그야말로 신라말에서 고려 초기까지의 유맥(유학의 맥)을 연결시킨 유학자이자, 고려 건국의 밑돌을 쌓은 최초의 인물이었다.

최언위를 이어가는 유맥으로는, 이 땅에 처음으로 과거제를 실시한 광종 때 957지공거(과거 시험관)를 맡았던 쌍기였는데, 그는 중국의 후주 사람으로 그곳에서 벼슬을 지내다가 광종 7년

957에 고려에 귀화하였고, 중국의 과거제를 본받아 고려에 과거제를 설치한 후 그 기초를 튼튼하게 다진 인물이었다. 쌍기는 조선 초에 권근(1352~1409)이 제기한 문묘배향(공자를 모신 사당에 함께 신위를 모시는 일) 문제가 거론될 때, 배향 가능한 인물로 열거될 정도로 중요시된 인물이었다. 쌍기 다음이 최승로이고, 최승로 다음은 최충이었다.

2. 고려 초 유학을 발전시킨 세 사람

고려에서 유학을 발전시키는 데 중추적인 역할을 한 사람 셋을 꼽는다면, 첫 번째는 성종(982~997), 두 번째는 경주계 유학자인 최승로(927~989), 세 번째가 유교의 학문적 차원을 고양시키고 교육을 확장시키는 데 앞장선 '해동공자' 칭호를 받은 최충(986~1068)이다. 고려 초기 역사의 산증인이었던 최승로는 고려 건국 이래 60년간의 고려 정치사를 평론식으로 엄정하고 솔직하게 기술하였는데, 그 정평은 위정자들의 간담을 서늘하게 할 정도였다. 이에 성종은 유교의 덕치를 실현하는 데 무형의 채찍이 되었다. 최승로의 학문적 자세는 춘추필법(엄정하고 비판적인 태도로 대의명분을 밝히는 논법)을 충실히 계승한 것으로, 학자만이 갖는 역사의 심판권을 유감없이 발휘한 전형적인 선비정신이 있었다.

그의 정평에 의하면, 태조 왕건은 인덕으로 나라를 창업하고, 건국 이후에도 교만하지 않고 근검절약하였으며, 상벌이 공평했던 제왕의 모범을 드리운 현군으로 호평하였다. 그러나 혜종은 덕을 잃었고, 정종은 도참설에 미혹되어 서경 천도를 계획하나 민심이 이에 반대해 뜻을 이루지 못하였고, 광종은 과거제를 실시하여 인재를 뽑는 등 학문을 숭상하고 선비를 중히 여겼으나 낭비가 심하였던 까닭에 공로와 허물이 반으로 나뉘었다. 경종은 무능하면서 쾌락을 탐닉하였고, 상벌을 공평하게 펼치지 못하였으며 일의 시작은 있었으나 끝이 없었다고 비판하였다. 이러한 최승로의 왕에 대한 정평은 유교 정치의 방향을 알리는 등대요, 잘잘못을 가려주고 조정하는 방향타 역할을 한 것이다.

덕승재(德勝才)라는 말이 있다. 덕이 재주를 이긴다는 뜻이다. 덕과 재주를 갖춘 사람을 성인, 덕이 재주보다 앞서면 군자, 재주가 덕보다 앞서면 소인이라고 한다. 이 이야기는 우리가 처한 정치 현실에서 '나라가 어지러우면 훌륭한 재상이 생각난다.(國難思賢相)'라는 선현들의 말씀과 함께 현재의 답답한 인사실패를 극복할 수 있는 대안이 될 수 있다. 나라의 중책을 맡은 관리들이 욕심 없는 마음으로 살아간다면 훌륭한 나라 건설은 그리 어렵지 않다. 최충과 함께한 학맥의 인연들은 모두가 덕승재를 몸소 실천한 사람들이다. 이들은 자신의 능력을 알고 순리대로 받아들이며 살아간 사람들이다.

우생마사牛生馬死라는 이야기가 있다. 이 이야기는 장마철에 홍수로 큰물이 질 때 말과 소가 동시에 물에 빠지면, 둘이 헤엄쳐 나오다가 소는 살아서 나오고 말은 익사한다는 것이다. 그런데 말의 헤엄치는 속도가 소보다 훨씬 빠른데 왜 말이 헤엄쳐 나오지 못하고 빠져 죽은 것일까? 그 이유는 갑자기 홍수로 몰아닥친 강한 물살이 말을 떠밀어내기에 그 물살을 이겨내려고 물을 거슬러 헤엄쳐 올라가다가 문제가 생긴 것이다. 말은 자신이 헤엄을 잘 칠 수 있다는 자기의 능력만 믿고 강한 물살을 전진하다가 물살에 밀려 후퇴하고 다시 전진하다가 또다시 후퇴하기를 반복하다가 지친 나머지 제자리에서 맴돌다가 나중에는 지쳐서 물을 마시고 익사한 것이다. 그러나 소는 물살을 거슬러 위로 올라가지 않고 그냥 물살을 등에 지고 같이 떠내려가는 와중에 강 가장자리로 가까이 가고, 또 떠내려가기를 그렇게 반복하다가 어느새 강가의 얕은 모래밭에 발이 닿아 엉금엉금 걸어서 살아 나온 것이다. 헤엄을 두 배나 잘 치는 말은 물살을 거슬러 올라가다 힘이 빠져 익사하고, 헤엄이 둔한 소는 물살에 편승해서 조끔씩 강가로 나와 살아난 것이다.

이처럼 '소는 살고 말은 죽는다'라는 우생마사牛生馬死에서 우리가 얻을 수 있는 메시지는 '인생은 순리대로 살아야 한다.'라는 것을 깨닫게하는 깨달음이다. 똑똑하거나 명석해야 지혜롭게 사는 것만은 아니다. 덕승재의 실천은 '남보다 뛰어나게'가 아닌, 자기능력을 스스로 알고 순리대로 살아가라는 것이다. 덕승재를 바탕으로 한 인물에 관한 집중 탐구는 훌륭한 경세가들의 탁월한 지도력과 비전을 통해 국가경영에 있어 성공의 요체가 무엇이었는지를 밝혀내는 일이다. 우종철은 그의 저서[19]에서 우리나라 훌륭한 13명의 재상을 선정한 후 최승로와 최충을 개혁혁신형의 재상으로 꼽았는데, 최승로는 유학으로 체제를 겸비한 소통의 지도력을 지닌 인물로, 최충은 인재 양성에 평생을 바친 교육의 지도력을 지닌 인물로 평가하였다. 두 재상의 공통점은 덕승재를 겸비한 과감한 개혁론자였다는 점이다

3. 최충으로 이어진 최승로의 유교 사상

최승로는 소통을 강조한 고려 초기 문인이자 재상이었다. 경주에서 태어나 경순왕이 고려에 투항할 때(935년, 태조18) 6두품이던 아버지와 함께 고려에 들어와 그가 관직에 중용(982년, 성종1)된 것은 '정광행선관어사상주국(正匡行選官御事上柱國, 고려시대 중앙행정문관으로 종2품)'에 선임되면서부터이다. 이때 성종은 "중앙의 5품이상 관리는 모두 봉사(밀봉된 채 임금에게 고하는 글)를 올려 현실 정치에 대해 옳고 그름을 논하라."하고 지시했는데 최승로가 올린 상소문에는 왕실이 불교에 지나치게 의존한다고 비판하였다. 그리고 광종 때부터 백성의 고혈을 짜내 시행하는 공덕제(功德齋, 미래의 성불을 위하여 행하는 불교 의식)의 폐단이 크다며 폐지해야

---

19) 우종철, 『역사에서 배우는 포용의 리더십』, 승연사, 2015.

한다고 주장하였다. 또한 금과 은을 과도하게 사용하여 불상을 제작하는 행위도 비판하였다. 당시 왕실에서는 불교를 숭상함에 따라 사찰 건립, 불화 제작 등에 막대한 세금을 사용하는 등 폐단이 많았었다.

그렇게 비판하면서도 왕권의 비대화를 우려한 최승로는 궁궐의 노비와 말의 숫자를 줄이고 국왕이 신하를 예로써 대우해야 한다고 이야기하였다. 이와 같은 최승로의 다양한 제안은 유교적 통치이념에 입각한 정치체제로 귀결된다. 최승로는 유교적 정치이념에 따라 군주가 정치의 주체가 되어 신권(신하의 권리)과 왕권(왕의 권리)이 긴밀한 협조 관계를 맺으며 서로 견제해야 함을 강조한 것이다. 특히 "임금은 신하를 예(禮)로써 대하고, 신하는 임금을 충忠으로써 섬겨야 한다."라는 최승로의 상소에 성종은 크게 감동하여 그의 조언에 귀를 기울여 최승로를 문하시랑 평장사(고려 정2품 관직)로 승전(983년)시켰다가 5년 뒤에 문하수시중(고려 때 종1품)에 임명하였다.

최승로가 올린 '시무28조'(時務二十八條)는 태조에서 경종까지 다섯 왕의 치적을 바르게 평가하고, 불교의 폐단을 건의란 파격적인 내용은 고려 정치체제의 기초를 세웠다는 평가를 받고 있다. 이에 더하여 중앙집권 체제를 지향해 12목을 설치하고 각 지방에 목사를 파견하도록 한 것은 최승로의 정치적 업적이었다.

그 당시 유학자로는 최승로와 최충 사이에 문안공(文安公)이라는 시호를 받은 김심언(封事2조, 왕에게 밀봉하여 올린 글, 육정육사와 자사육조)이라는 유학자 출신의 훌륭한 관리가 있었다. 그는 관리로서는 높이 평가할 만하나, 유학을 진흥시킨 측면에서는 그 시대를 대표하는 유학자로 평가하기는 기대치가 낮았다. 따라서 고려 초 유학의 학통은 최승로 다음에 곧바로 최충을 넣는 것이 더 무게감이 있다고 할 수 있다. 이는 최충의 학맥 전수나 사승(스승의 가르침을 이어받음)관계가 경주계 유학의 맥을 정통으로 계승하였다는 점에도 그 위상을 공고히 할 수가 있다. 더욱이 최충은 학문의 깊이, 인격의 성숙도, 정치 행정 관료로서 자질 등을 살펴볼 때 고루 갖춘 인재였으며 많은 인재를 길러낸 훌륭한 교육자로서 평가를 받는다. 또한 최충의 유맥(儒脈: 유학의 맥) 사승과 사학의 발흥 관계를 살펴보면, 고려의 유학이 정착되는 데 주춧돌 역할을 한 최승로와 성종의 뒤를 이어, 처음으로 사학을 일으켜 학문의 수준을 높이고 교과 내용과 교육과정을 신설하여 정규 학교의 체제를 세운 교육자는 바로 최충이었다.

최충은 최승로보다 오십 세 가량 적은 나이기에 최승로와 직접적인 연관은 없었겠지만, 유학을 진흥시킨 맥락으로 볼 때, 최승로와 최충의 관계는 선현들의 가르침을 이어받아 후세의 학자들에게 가르쳐 전하는 관계였다고 볼 수 있다. 따라서 최충과 최승로의 관계를 부정할 수는 없다. 왜냐하면 신라말에서 고려 초기의 유학을 전수하는 맥락에서 볼 때, 최승로는 경주계 유학의 맥을 마지막으로 장식하였고, 최충은 이를 이어 새롭게 고려의 문교 중심인 개경계 유학의 맥을 열어가는데 개단자(開壇者: 처음으로 단을 쌓아 문을 연 사람)가 되었기 때문이다.

최승로가 성종에게 올린 시무이십팔조(時務二十八條)를 보면, 정세를 총체적으로 정확하게 파악하면서 그 대처 방안을 구체적이고 명확하게 제시하고 있다. 고려 500여 년의 역사를 통틀어 이처럼 새로운 정치의 방향과 주도면밀한 실천 계책을 제시한 것은 전무후무(前無後無)하다고 할 수 있다. 오늘날까지 전해지고 있는 시무(時務) 중에서 유학의 위상 문제와 직접적인 관계를 지닌 20조를 제시해 보면 다음과 같다.

"삼교(유교, 불교, 도교)는 각각 작용하는 바가 다르므로 혼동해서 어느 하나에만 치중해서는 안 됩니다. 이를테면 불교를 믿는 것은 수신의 근본이요, 유교를 닦는 것은 이국(理國: 나라를 다스리는)의 근본입니다. 수신은 내세의 바탕이요, 이국은 금세에 마땅히 힘써야 할 일입니다."

위의 내용으로 보아 고려 초 유교의 기능은 정치적 결정보다는 결정된 정책을 시행하는 행정 차원에 머물러 있었다. 이에 최승로는 내세를 위한 종교가 불교라고 단정하여 현실 정치에 간여치 못하게 하였고, 대신 유교가 현세적 치국과 윤리적 교화를 전담하도록 주장한 것이다. 이러한 최승로의 확고한 유교 사상은 후에 최충에게 정신적 지주가 되어 최충의 신유학이 학문적 성과를 이루는 계기가 되었다. 최승로는 성종 즉위 초에 이미 환갑을 바라보는 노사숙유(나이 많은 스승)로 덕망 있는 선비요, 역대 왕들로부터 두터운 신임을 받아 상당한 권위를 지닌 선비였지만, 투철한 용기와 사명감으로 무장된 선비이기도 하였다. 유교가 도덕 정치와 백성을 위한 정치로 그 위상과 기능이 정치적·사상적 전환을 가져오게 한 것은 최승로의 공이 아닐 수 없다. 이러한 공로에 성종은 최승로가 세상을 떠나자(989년) 태사(太師)에 추증하였고, 후에 목종은 최승로를 성종의 묘에 함께 모셨다.(998년, 목종1)

4. 최충과 최항과의 만남

최충은 고려의 새로운 학제를 따라 공부하여 과거제도를 통해 선발된 정규 관료 학자였다. 그런데 그를 갑과의 장원으로 뽑은 지공거(과거시험을 관리하는 시험관)는 고려 초 경주계 유학의 대학자 최언위의 손자인 최항(崔沆, 972~1024)이었다. 최충의 관직 생활에 절대적인 영향을 준 사람 또한 최항(崔沆)이었다.

최항은 장원으로 급제한 최충을 눈여겨보았다. 과거시험 집행관인 최항은 최충과 좌주(座主: 과거시험의 시험관)와 문생(門生: 과거에 급제한 사람)이라 하여 유대관계가 더욱 돈독해졌다. 1013년(현종4) 이부상서(이부에서 가장 높은 벼슬) 참지정사(고려때 중서문하성의 종2품, 중서

문하성은 고려때 통치기관)로서 감수국사(고려때 史官으로서 최고의 관직)가 된 최항의 휘하에 최충은 수찬관(역사편찬 담당)으로 발탁되었다. 최충은 거란의 침입으로 소실된 역대 문적을 재편수하여 칠대실록(고려 태조에서~목종까지 7대)을 편찬하는 데 참여한 것이다.

최항은 평장사(고려, 정2품 관직) 최언위(崔彦撝)의 손자이다. 성종 때 나이 스물로 갑과에 급제하여 우습유(右拾遺: 중서문하성, 6품벼슬)·지제고(知制誥: 문서작성 담당관)로 발탁되었다. 이후 거듭 승진해 내사사인(內史舍人: 고려, 내사성 종4품)이 되었고 목종 때 두 차례나 지공거를 맡았는데, 왕이 신뢰하고 소중히 여겼으며 모든 정사를 반드시 함께 상의하였다. 최항은 천추태후(목종의 母)와 정을 통한 김치양(金致陽)이 모반을 꾀하므로, 채충순(蔡忠順: 목종때 문신)등과 함께 대책을 세워 현종을 등극시켰다. 현종은 최항을 한림학사승지(翰林學士承旨)·좌산기상시(左散騎常侍: 고려, 중서문하성, 정3품)로 임명하고 이어 정당문학(중서문하성, 종2품)으로 임명하였다. 총명하고 침착했으며 과묵하고 판단을 잘 내렸다. 대대로 유학을 가업으로 삼았으며 청렴과 검소가 몸에 배어 오랫동안 권력을 잡았으나 재물을 남으로부터 빼앗는 일이 없었고, 진귀한 물건을 가까이하지 않았으며, 한 달을 단위로 봉록(관리들의 봉급)을 청구하였기에 집에는 쌀 한 섬의 여유도 없었다고 한다. 후後에 현종의 묘정(종묘)에 배향되었고, 덕종 2년(1033)에는 정광(正匡, 고려의 문신)으로 추증되었으며, 정종(靖宗)은 시중(侍中: 문하성 으뜸벼슬)으로 올려 추증하였다. 이러한 인물을 스승으로 삼아 정치를 한 현종의 시대에, 최항의 문생 최충은 관직 생활을 영위하는 데 최항을 본보기로 삼았을 것이다. 최충에게 최항은 참 스승이었다. 진정한 깨우침에 관한 참 스승의 이야기가 있어 다음과 같이 전한다.

스승이 제자들을 데리고 들판으로 나가 제자들에게 물었다. "지금 우리가 앉아 있는 이 들판에는 잡초가 가득하다. 어떻게 하면 이 잡초들을 없앨 수 있느냐?" 평소에 생각해 본 질문이 아니었기에 제자들은 건성으로 대답하기 시작했다. "삽으로 땅을 갈아엎으면 됩니다.", "불로 태워버리면 없앨 수 있을 것 같습니다.", "뿌리째 뽑아 버리면 됩니다." 스승은 제자들의 모든 대답을 다 듣고 나서는 일어섰다. 이어 스승은 "이것이 우리의 마지막 수업이다. 집으로 돌아가 각자가 말한 대로 자신의 마음에 있는 잡초를 없애 보아라. 만약 잡초를 없애지 못했다면, 일 년 뒤 다시 이 자리에서 만나자."라고 말하고는 헤어졌다. 일 년 뒤 제자들은 무성하게 자란 자기 마음속 잡초 때문에 고민하다가 다시 그곳으로 모였다. 그런데 잡초로 가득했던 그 들판은 곡식이 가득한 밭이 되어 있었다. 그리고 들판 한편에 이런 팻말 하나가 꽂혀 있었다. "들판의 잡초를 없애는 방법 중 가장 좋은 방법은 그 자리에 곡식을 심는 것이다. 마찬가지로 마음속에 자라는 잡초 또한 너희들이 훌륭한 생각을 가지고 실천할 때 그 잡초를 뽑아낼 수 있다."

그렇다. 이기심, 자만심, 욕심, 허영심, 등 우리가 지닌 마음의 잡초는 지금, 이 순간에도 우리 마음속에 무성히 자라나고 있다. 시간을 갖고 내 마음 안에 자라고 있는 잡초를 거둬낸 다음, 그 자리에 희망, 기쁨 등을 심는다면, 살아가는 동안 자신도 모르게 마음속에 잡초는 다시 자라나지 못할 것이다. 이제 마음의 잡초가 얼마나 있는지 각자 살펴볼 필요가 있다. 최충에게 그러한 지혜를 길러 준 사람이 최항이었다.

최항은 채충순(蔡忠順: 고려전기 문신)과 함께 계책을 세워 대량원군 순(고려8대 현종)을 왕으로 세운 사람이었다. 후에 최항은 정당문학(政堂文學: 중서문하성종, 2품)으로 승진한 후 왕(현종)의 사부(師傅: 왕을 가르쳐주고 이끌어주는 역할)가 되었다. 현종에게 성종 이후 폐지된 팔관회(八關會)를 부활시키도록 주청하였고, 왕건의 훈요십조를 발견하여 현종에게 바쳤으며 고려 태조 이래 칠대실록을 편찬하고 경주 황룡사 탑을 수리하였다. 불심이 깊어 황룡사탑의 수리를 자청해 몸소 감독하기도 했고, 또 말년에는 자기 집에 불경과 불상을 만들어 두고 중처럼 지내다가 마침내 자기 집을 희사해 절로 만들었다.

3장. 최충의 언어가 세상의 변화를 주다

1. 최충의 마음에 담겨 있는 언어

아버지가 아이들을 타이르듯 하는 평범한 이야기가 회자(膾炙: 사람들의 입에 오르내리는 일)하는 말들이 있다. '어른들을 공경하고, 존중하며, 우러러 받들어라. 그리고 가르침이 있으면 공손히 믿고 따르라.' 이 말은 평범한 이야기 같지만, 마음에 새겨들으면 아버지의 애정이 담겨 있다. 아이들을 교육하면서 때로는 훈계하듯 아버지로서 큰소리로 야단치며 주눅을 들게 하는 흥분된 목소리도 있지만, 그보다는 아버지의 낮은 목소리가 더 위력이 있을 때도 있다. 자녀 교육을 위해 덕담은 많이 들려줄수록 좋다. 그런데 덕담을 들려주는 아버지들은 다 같은 아버지이지만, 바람보다 더 가벼운 덕담을 들려주는가 하면, 돌보다도 더 무거운 덕담을 들려주는 아버지들도 있다. 바람보다도 더 가볍다는 덕담은 후후 불면 바람처럼 떠다니는 솜털 같은 덕담이지만, 돌보다 더 무거운 덕담은 물 아래에서 풍파를 일으키지 않고 고요히 자기 자리를 지켜가게 하는 무게 있는 덕담이다.

여기서 아버지가 지닌 덕담의 무게는 아이들의 말과 행동으로 표출된다. 아버지로부터 표출되는 무거운 덕담은 아이들의 겸손함으로 나타나고, 아버지로부터 표출되는 가벼운 덕담은 아이들의 경솔함으로 나타나 다른 사람들에게 마음에 상처를 입히게 된다. 그런데 문제는 아버지 자신들은 자신들의 무게를 잘 알지 못한다는 것이다. 따라서 아버지라면 누구나 언제든지 저울 위에 자기 자신을 올려놓고 스스로 자신의 무게를 재어 보아야 한다.

이러한 모습은 아버지로서 도금鍍金할 필요가 없는 아버지의 상像이 될 것이다. 그런데 이와 같은 순금의 아버지 상像이 되기 위해서는, 물도 아름다운 폭포가 되기 위해 험난한 바위나 절벽을 만나야 하듯, 석양도 구름을 만나야 붉은 노을로 더욱 곱게 빛나듯, 아버지들도 훌륭한 언어를 만나야 순금(純金: 아버지 상(像))이 될 수 있다. 누구나 살다 보면 '좋은 일', '슬픈 일', '힘든 일'도 있고, 오르막길이 있으면 평지도 있고, 내리막길도 있게 마련이다. 살아가면서 폭우가 쏟아질 때도 있고, 보슬비와 가랑비가 내릴 때도 있다. 또한 구름 한 점 없이 맑고 깨끗한 날도 있다. 그런데 보람 있는 삶이란, 역경과 고난을 만나고 난 후에야 비로소 뒤늦게 알게 되는 것이 우리들의 인지상정(人之常情: 누구나 가질 수 있는 마음)이다. 아버지가 아이들을 교육하다 보면 수많은 역경도 따르게 된다. 따라서 아버지는 수많은 역경을 극복하고, 아이들을 어떻게 교육하느냐에 따라 아이들의 미래가 결정된다, 예를 들어 병甁에 꿀을 담아 교육하면 "꿀병"이 되고 꽃을 담아 교육하면 "꽃병", 술을 담아 교육하면 "술병"이 된다. 그런데 쓰레기를 담아 교육하면 "쓰레기통"이 된다. 아이들의 교육은 아버지가 자신의 마음에 어떠한 언어를 담아 교육하는가에 따라 달라질 수 있는 것이다. 불만不滿, 시기猜忌, 오만傲慢 등 좋지 않은 것들을 가득 담아주면 자녀들은 다른 사람들로부터 천덕꾸러기가 되는 것이고, 감사, 사랑, 겸손, 용서 등 좋은 것을 담아주면, 아이들은 다른 사람들로부터 대접받는 자녀가 되는 것이다. 따라서 아버지 마음에 무엇을 담느냐 하는 것은 어느 누구의 책임도 아니고, 오직 "아버지 자신의 책임"이다. 최충 선생은 자신의 마음에 계이자시(戒二子詩)라는 시 2편을 담아 두었다가 두 아들에게 주었다.

2. 계이자시(戒二子詩)〈1〉

때로는 침묵이 대화보다 강한 메시지를 전할 때가 있다. 따라서 자녀들에게 이야기할 때는 말 한마디 한마디에 아버지로서 정성이 실려 있어야 한다. 듣기 좋은 말만 한다고 해서 좋은 아버지라고 평가받는 것은 아니다. 그리고 아버지의 말투는 아버지 언어를 담아내는 그릇이다. 따라서 훈계하고자 하는 아버지가 자신의 자존심만 내세워 말을 하게 되면, 말을 듣는 자녀들은 자존심이 무척 상하게 된다. 말이라고 하는 것은 말하는 사람의 입을 떠나게 되면 책임이라는 것이 뒤따른다. 또한 어떤 경우에라도 짜증 나는 잔소리는 사랑이라는 이름으로도 용서가 잘 안 된다. 따라서 훈계는 말의 내용과 행동이 일치되어야 인정받을 수 있다. 아무리 바보 같은 자녀라도 자신을 무시하는 말은 다 알아듣는다. 다음은 최충이 두 아들에게 준 계이자시(戒二子詩)〈1〉이다.

吾今戒二子	오금계이자	나는 이제 두 아들에게 경계하며
付與吾家珍	부여오가진	우리 집안의 보배를 내려주니
淸儉銘諸己	청검명제기	청렴과 검소함을 몸에 새기고
文章繡一身	문장수일신	문장으로 한 몸을 장식하여라
傳家爲國寶	전가위국보	집안에 전하여 나라의 보배가 되고
繼世作王臣	계세작왕신	대를 이어 임금의 신하가 되어라
莫學紛華子	막학분화자	허영을 숭상하는 자를 본받지 마라
花開一餉春	화개일향춘	꽃이 피어도 봄 한 철뿐이니라.

– 계이자시(戒二子詩)〈1〉

우리나라 교육으로 밥상머리 교육이 있다. 가족과 함께 식사하면서 대화를 통해 가족 간 유대감을 형성하는 동시에 인성을 바르게 하는 전통적인 교육 방법이다. 계이자시(戒二子詩)〈1〉는 밥상머리 교육에서 다루기보다는 엄격한 가정교육에서 다루어야할 내용이다. 유대인의 가정교육이 세계적으로 정평이 나게 된것은 유대인이 전 세계에서 0.2%에 불과하지만, 노벨상 수상자중 유대인이 23%를 차지했기 때문이다.

유대인이 이러한 성과는 가정교육에 기인한다는 것이다. 유대인의 가정교육, 특히 아버지가 자녀들과 대화하는 것이 자녀들을 올곧고 우수하게 키운다는 것이다. 그런데 유대인의 가정교육 내용을 살펴보면 성경 이야기 중 잠언과 시편 그리고 탈무드 이야기가 빠지지 않는다. 이는 잠언을 통하여 논리를, 시편을 통하여 고도의 상징과 비유를, 탈무드를 통해 지혜를 교육한다는 것이다. 최충의 계이자시(戒二子詩)에도 상징과 비유 그리고 논리와 지혜가 담겨 있다. 연암 박지원이 쓴 '황금대기(黃金臺記)'라는 이야기에도 논리와 지혜, 상징과 비유가 담겨 있어 소개한다.

도둑 셋이 무덤을 도굴해 많은 황금을 훔쳤다. 훔치고 난 후축배를 들기로 해서 한 놈이 술을 사러 갔다. 그는 오다가 술에독을 탔다. 혼자 황금을 다 차지할 속셈이었다. 그가 도착하자두 놈이 다짜고짜 벌떡 일어나 술을 사 온 그를 죽였다. 둘이 황금을 나눠 갖기로 합의를 보았다. 둘은 기뻐서 독이 든 술을 나눠 마시고 공평하게 죽었다. 황금은 지나가던 사람의 차지가 되었다. 이는 처음부터 황금을 도굴한 자체가 잘못된 것이었고 황금을 본 뒤로는 세 명 모두가 다 눈이 뒤집힌 것이다. 권세權勢 또한 마찬가지다. 권력權力을 잡고 나면 안하무인眼下無人으로 눈에 보이는 것이 없기 마련이다. 내 것만이 옳고 남이 한 것은 모두 적폐積弊로 보이는 것이다. 욕심의 탑을 쌓아가며 마음 맞는 자들이 작당하여 더 많은 것을 차지하기 위해 사악한 마음을 갖는다면, 도둑이 술병에 독이 든 것을 모르고 마신 것처럼, 자신이 죽는 줄도 모르면서 패가망신敗家亡身의 길을 자초하는 것이다. 까닭 없이 갑작스레 큰돈이 생기면 으레 경계해야 할 줄 알고, 갑자기 권세가 주어지면 나에게 합당한 것인가? 다시 한번 자신을 뒤돌아보아야 망신은 물론이거니와 죽음도 면할 수 있을 것이다.

황금과 권력은 귀신이요 독사다. 보면 피해야 하고 오직 땀흘려 얻은 것만이 진정 내 것이라는 최충의 계이자시를 우리도 마음속에 담아야 한다. 계이자시는 최충이 두 아들 최유선과 최유길에게 준 자녀 사랑의 언어다. 집안의 보배는 청검清儉이니 이것을 통해서 명제기銘諸己하라는 것은 곧 수신修身을 뜻하는 것이며 예(禮)를 뜻한다. 수신을 통해서 문장文章을 갖추게 되었으니 문文이다. 이어서 대대로 왕신(王臣: 왕의 신하)이 되어서 치국治國에 도움이 되라는 뜻이니 계이자시에는 수신제가치국修身齊家治國이 함께 들어있다. 그리고 마지막은 화려함을 버리고, 검소해야 함을 또 한 번 강조하고 있다. 이처럼 계이자시에는 명철한 최충의 언어가 깊은 물과 같아 지혜의 샘이 솟구쳐 흐르는 내川와 같은 것이다. 우리는 심지心志가 없으면 불을 밝힐 수 없고, 의지가 없으면 삶을 밝힐 수 없다. 최충의 계이자시(戒二子詩)〈1〉에 담긴 언어의 의미는 사람이 길道이요 사람이 희망希望이란 의미로 귀결된다.

3. 계이자시(戒二子詩)〈2〉

삶의 현장에서 무식한 자들의 목소리만 커간다면 자랑스런 삶은 잡동사니雜同散異처럼 보이지 않고, 이리저리 굴러다니게 된다. 살면서 망치 들고 헛소리만 하는 사람들이 있다면 우리는 그들을 생활권에서 영원히 지워버려야 할 것이다. 그동안 부끄러운 삶이 고개를 들었고, 죄 많은 삶이 살아남았다는 갈등 속에 우리에게 주어진 환경도 병든 환경이라는 것을 깨닫는 순간, 우리는 삶의 패배자가 된다. 그러나 오직 삶의 건강성만을 고수(固守: 굳게 지킴)했던 최충은 날카로운 인식과 예리한 통찰로 계이자시戒二子詩를 통해 새로운 생활문법을 창조하였다. 이는 위선의 삶을 바로 세울 수 있는 용기, 보이지 않는 최충의 위대함이요 세상 사람들과의 화합이었다. 최충의 강인한 호흡과 아름다운 맥박이 두 아들에게 전해져 새로운 삶의 힘을 불어넣은 것이다. 다음은 최충이 두 아들에게 준 계이자시戒二子詩 두 번째 작품이다.

家世無長物	가세무장물-집에 대물릴 자랑스러운 물건 없으나
惟傳之寶藏	유전지보장-마음속에 간직해온 보배를 전하노니
文章爲錦繡	문장위금수-글을 비단에 수놓듯이 새기고
德行是珪璋	덕행시규장-덕행이 바로 귀한 옥돌 그릇이네
今日相分付	금일상분부-오늘 마주하여 간곡히 이르노니
他年莫敢忘	타년막감망-후세에도 부디 잊지 말려무나
好支廊廟用	호지랑묘용-나라에 동량되어 훌륭히 쓰인다면
世世益興昌	세세익흥창-대대로 더욱더 번창하리라.

- 계이자시(戒二子詩)〈2〉

계이자시(戒二子詩)〈2〉는 덕행과 명예를 지켜 국가의 동량이 되라는 간곡한 내용으로 되어 있다. 우리가 살면서 남의 명예를 깎아내리면 내 명예도 땅으로 떨어 질 것이다. 그러나 자기 잘못을 진심으로 뉘우치면 진실성을 인정받는다. 그리고 때아닌 공치사는 누구나 싫어한다. 그리고 지나친 아첨은 누구에게나 역겨움을 주고, 허세에는 한 번 속지 결코 두 번은 속지 않는다. 또한 잘난 척만 하면 적(敵)들이 많아지는데, 이는 상대에게 두고 두고 괘씸한 생각까지 들게 할 수 있는 위험한 언어다. 따라서 누구든 바른 언어를 구사해야 할 것이다. 속말도 내가 먼저 털어놓아야 다른 사람들도 털어놓듯이, 겸손과 사양의 말은 항상 자기 가슴에 대고 이야기해야 할 것이다. 최충은 계이자시(戒二子詩)〈2〉에 자랑스러운 물건은 없으나 마음속에 간직한 보배를 전한다고 하였다. 어떠한 보배인지 '공자와 자로'의 이야기를 소재로 삼아 이야기하고자 한다.

어느 날, 공자가 자로 와 지공을 데리고 여기저기 다니다가 그만 길을 잃어 산간 오두막집에서 하룻밤을 묵게 되었다. 오두막집에 사는 늙은 부인은 공자 일행에게 온갖 정성을 다하였다. 늙은 부인은 심한 감기로 콧물을 훌쩍이면서도, 흙 냄비에 좁쌀죽을 끓이고, 이가 빠진 허술한 그릇이지만 정성을 다해 저녁을 대접하였다. 공자의 제자들은 늙은 부인의 추한 옷차림과 콧물을 들이마시는 모습, 그리고 더러운 그릇을 보고 그만 식욕을 잃어 음식이 목에 넘어가지 않았다. 모두 그릇에 담긴 음식만 물끄러미 바라볼 뿐이었다. 그러나 식성이 까다롭기로 유명한 공자는 음식을 맛있게 받아먹으며 다음과 같이 제자들에게 말하였다.

"너희들은 이 빠진 그릇이나 콧물밖에 보지 못하고 그 노인의 정성과 친절을 받아들이지 못하느냐. 슬프도다! 대접은 할 줄도 알아야 하지만 받을 줄도 알아야 하느니라." 이 말에 담겨 있는 공자의 메시지는 더러움만 보고 한쪽으로 지나치게 집착하다 보면, 오히려 모든 것을 잃을 수도 있다는 것을 이야기한 것이다. 최충도 재물에 집착하다 보면 모든 것을 잃을 수 있기에 덕행과 명예를 강조한 것이다. 이처럼 공자와 최충의 언어에는 세상의 겉과 속을 들여다볼 수 있는 보배로운 내용이 담겨 있다. 그래서 최충을 해동(우리나라를 말함)의 공자라 일컫지 않았는가 생각해 본다.

어떤 일을 하다가 마음에 들지 않으면 때로는 '밥맛이 없다.' 또는 '밥맛 떨어진다.'라고 말을 할 때가 있다. 공자의 제자들도 이와 같은 상황이었다. 그런데 얼마 전부터 사람들은 '밥맛이야!'라고 말을 한다. 똑같은 의미인데 '~이 없다.'가 '~이야'로 바뀐 것이다. 왜 그렇게 변하게 되었을까? 오래전 밥이 아주 귀하던 시절에는 밥맛을 잃는다는 것은 아주 큰 일 날 일이었다. 그러나 요즘 젊은이들에게 밥은 여러 먹거리 가운데 하나일 뿐이다. 따라서 밥맛이 없으면 피자나 라면을 먹으면 그만인 것이다. 밥에 관한 생각이 달라졌기에 말의 쓰임도 바뀌게 된 것이다. 그리고 쌀이 곧 밥이라는 공식은 젊은이들에게 불식拂拭되었다. 이제는 밥에 대한 의식까지 바뀐 것이다. 그 이유는 쌀을 솥에 넣고 물을 부어 끓이면 밥이 되지만, 물을 약간 적게 부어 단단하게 찌면 고두밥이 되고, 물을 아주 넉넉하게 부어 오래 쑤면 흰죽이 되고, 물을 더욱 많이 붓고 낟알이 없어지도록 쑤면 미음이 되기 때문인 것이다. 이처럼 말은 세상을 비추고 담아내는 것에 그치지 않고 세상을 변화시키는 구실도 한다. 최충의 언어도 어떤 말을 마음에 담아내느냐에 따라 세상은 변화될 수 있다고 본다.

4. 청렴과 근면의 실천적 언어

내가 가진 것은 무엇인가? 또 내가 가질 수도 있고, 가질 수도 없는 것은 무엇인가? 우리는 지금까지 욕심만 무겁게 짊어지고 살아오지 않았는가? 이러한 물음에 대해 한 번쯤 반문해볼 필요가 있다. 최충은 나에게 없는 것을 욕심내기보다는 내가 가진 것을 소중히 하고 감사하게 여기는 것을 자녀들에게 이야기하였다. 그리고 두 아들에게, 가진 것에 너무 집착하지 말고, 말을 쉽게 하지 말고, 남에게 책임을 전가하지 말라고 당부하였다. 최충의 무거운 언어가 두 아들의 마음속에 자리 잡은 것이다. 언어의 무게는 마음의 깊이, 두터움, 한마디로 '자기희생'이라고 할 수 있다. '내가 나라를 위해 나 자신을 얼마나 바칠 수 있는가'하는 도량의 크기를 최충은 계이자시(戒二子詩)를 통해 두 아들에게 이야기하였다. 최충은 나라를 위해서는 기꺼이 자신을 희생하여야 한다고 하였다. 그리고 항상 나라의 이익을 생각해서 판단하라고 하였다. 이는 사소한 욕심을 부려 이득을 챙기지 말아야 한다는 최충의 삶의 방정식이었다. 두 아들에게 삶의 법도를 지켜가며 살아가야 한다는 삶의 원칙을 각인시킨 것이다. 아니, 두 아들의 언어에 힘을 불어넣어 준 것이다. 최충은 자기 몸에 문장으로 수를 놓으라고 강조하였다. 이는 평생 학업에 힘쓰라는 이야기이다. 그러나 이를 지켜가며 살아가기란 그리 쉽지만은 않다. 따라서 가끔은 자신의 마음 안에 놓인 그릇이 제대로 놓여 있는지 확인해 볼 필요가 있다고 하였다. 예를 들면, 비가 억수같이 쏟아질 때 잘못 놓인 그릇에는 물이 담길 수 없고, 가랑비가 내려도 제대로 놓인 그릇에는 물이 고인다는 것을 깨우쳐 준 것이다. 이는 노력하고 인내하는 삶은 언젠가는 꽃을 피워 내게 된다는 뜻이 담겨 있는 언어다. 최충이 언어를 통해 두 아들에게 변화의 메시지를 전한 뜻을 한마디로 귀결시킨다면, '보이지 않는다고 없다는 말 하지 말라'는 의미가 들어있다. 그리고 최충이 쓰는 말 가운데 "감사感謝"라는 아름답고 훌륭한 말이 있었다. 최충은 감사가 있는 곳에는 항상 인정이 있고, 웃음이 있고, 기쁨이 있고, 넉넉함도 있다고 하였다. 계이자시(戒二子詩)〈1〉에 보면 '허영을 숭상하는 자를 본받지 말라'고 하였다. 그리고 '선비가 세력으로 진출하면 유종의 미를 거두는 일이 드물고 문행으로 나아가야 경사가 있는 법이다.'라고 하였다. 이와 함께 '나는 다행히 문행으로 청검, 근신을 마음에 다져 세상을 잘 마칠 수 있었다.'라는 이야기가 전한다. 이 모두가 감사하다는 마음의 의미가 담겨 있는 귀중한 언어들이다. 이를 재해석해 보면 선비가 세력으로 진출해서는 유종의 미를 거두기 어렵다고 표현한 것이다. 최충은 과거시험 출신자로서 자신의 자부심은 자신이 행한 수신을 바탕으로 하여 이루어진 것이라고 하였다. 그리고 문행을 닦은 후, 현달(顯達: 세상에 나아가 높은 지위를 차지함)해서는 청렴과 근면을 생활신조로 삼고 살아왔다. 이는 후손들에게도 과거를 통해서 현달해야 함을 강조한 것이다. 후손들은 최충의 언어를 가슴에 새겨 홍전칠세(紅牋七世: 과거시험 합격자가 7대까지 이어짐)라는 쾌거를 이루었다. 이는 대학의 수신제가치국(修身齊家治國)의 내용을 '계이자시'에 담아낸 최충의 바람(희망)이 표출된 것이다. 누구든지 힘들어도 참아가며 일하다, 습관처럼 했던 일들이 쌓이면 실력이 되고, 고수高手가 될 수 있다. 이는 버릇처럼 하는 일에 젖어들다 보면 최고가 될 수 있다는 것을 깨닫게 한다.

2부

희망 에너지를 심어 주다

희망 에너지를
심어 주다

　교육에 있어 가장 중요한 것은 교육자의 철학이다. 교육자로서 교육철학이 없다면 의미 없는 교육으로 학생들은 기능적 기계화된 삶을 꾸려나갈 뿐이다. 무언가 새로운 희망 에너지를 심어 주지 못한다면 교육은 썩기 마련이다. 흐르는 물에 물꼬를 터주는 것이 필요하듯 교육자는 학생들에게 희망 에너지를 불어 넣는 것은 가장 필요한 필요 충분 조건이라고 할 수 있다. 대개 교육자들의 생각은 지나간 과거에 집착한다. 그리고 다가오지 않은 미래에 불안해한다. 지금 이 순간에도 교육자들은 교육을 위해 집중해야 하는데 그 방법은 철학적 명상이다. 무의식 속에 "나는 처음부터 교육하지 말았어야 해" 라는 부정적인 교육관이 뿌리가 되면 교육하는데 평생을 악귀처럼 괴롭힘을 받을 것이다. 교육자들은 자신의 신념만이 옳다는 중독 환자들이다. 그 어떤 중독보다 가장 무서운 것 중 하나가 자신만의 생각

중독이다. 교육자들은 생각하는 주체이지만 생각이 교육자들을 조종한다. 생각이라는 것과 함께 두렵고 불편한 동거를 하는 것이다. 교육자들은 훌륭한 교육을 위해서는 독사로부터 독을 빼내야 하듯 불편하다는 것과 두렵다는 두 가지를 빼낸 교육적 철학이 필요하다.

그런데 교육자들의 가슴속에는 무엇을 품었을까? 사람들은 누구나 자기 가슴에 소중한 무엇인가를 품고 살아가고 있다. 어떤 사람은 슬픈 기억을 품고 살아가고 어떤 사람은 서러운 기억을 품고 살아가고, 또 어떤 사람은 아픈 상처를 안고 평생을 살아간다. 그러나 교육자들은 아름다운 기억을 품고 살아간다. 기쁜 일을 즐겨 떠올리며 반짝이는 좋은 일들을 글로 써가며 감사하며 살아간다. 교육하는 사람들의 행복과 불행은 바로 여기에서 결정된다. 교육자들은 누구에게나 똑같이 주어지는 기쁨과 슬픔, 만족과 불만 중 어느 것을 마음에 품느냐에 따라 행복한 삶이 되기도 하고 불행한 삶이 되기도 한다. 따라서 교육자들이 맑고 푸른 하늘을 가슴에 품고 아름다운 명상을 하면서 살아간다면 훌륭한 교육이 된다. 아름다운 꽃 한 송이를 품어도 되고 누군가의 맑은 눈동자 하나, 미소 짓는 그리운 얼굴 하나 따뜻한 말 한마디가 아름다운 교육이 된다. 그러면 흔들리지 않는 교육자로 사는 삶을 살 수 있다. 좋은 것을 품고 명상하면서 교육한다면 좋은 교육이 탄생할 수 밖에 없을 것이다.

교육자들에게 두려움이란 길을 밝히는 등불을 가리고, 실수와 절망의 도랑에서 헤어 나올 수 없게 한다. 교육자들은 두려움의 질곡에서 벗어나야 한다. 교육할 때 걱정한다고 달라지는 것은 없다. 교육할 때 모든 도전을 당당하고 의연하게 이겨 내야 한다. 교육이 머무는 자리마다 긍정적으로 변해야 한다. 내가 사랑하는 것, 두려워하는 것, 기대하고 있는 것은 무엇이든지 내가 하는 교육에서 실현된다는 것을 알고 좋은 것만 생각하도록 노력해야 한다.

교육자들은 자신의 기억에 살아가는 방법이 아름다운 희망으로 남아 있다는 것은 매우 가슴 설레는 일이다. 때로 예상치 못하고 길을 잃은 한밤중 소나기 같은 인생 속에서 길을 밝혀주는 교육이란 등불은 험악한 이 세상을 살아가는 데 위안이 되고 또한 우리가 살아가는 희망이기도 하다. 그러나 살아가는 그 희망이 잘못된 방법이라는 것도 있다.

한 아들이 가출 했다. 가출한 아들은 혼자 속으로 "그래, 나도 곧 이 도시의 남자들처럼 멋지게 차려입게 될 거야. 그리고 내가 하고 싶은 대로 살 수 있을 거야."하고 마음속으로 부르짖었다. 그러나 얼마 지나지 않아 아들은 가지고 온 돈이 떨어지기 시작했다. 아들은 할 수 없어 일자리를 구하게 되어 어느 음식점에 들어가 허드렛일을 시작하게 되었다. 그런데 어느날, 멋진 여자가 나타났다. 아들은 그 여자와 사귀게 되었다. 돈도 조금씩 모아 목돈을 갖게 된 어느 날, 사귀던 여자의 하소연에 가지고 있던 돈을 모두 빌려주었다.

이때부터 아들의 인생은 빗나가기 시작했다. 돈을 빌려 간 그 여자는 그 길로 도망을 가버렸고, 아들은 몸도 마음도 망가져 버렸다. 아들에게는 무서움과 외로움이 엄습해오고, 거대한 도시가 괴물처럼 덮치는 것 같았다. 세상이 자신에게 차갑게 등을 돌려버린 것 같았다. 배도 고프고 춥고 사무치게 자신이 못나 보였다. 그러자 그동안 잊고 지낸 고향이 그리워지며 부모 형제가 보고 싶어졌다. 그러나 돌아갈 수 없었다. 부모님이 자신을 용서하지 못할 것 같았다. 이제 몸은 지칠 대로 지쳤다. 그런 어느 날, 아들은 고향의 부모님께 편지를 써서 보냈다. "제가 잘못했습니다. 이제 고향으로 돌아가고 싶습니다. 제 잘못을 용서해 주시겠다면 집 감나무에 흰 손수건을 한 장 걸어주세요. 지나가면서 그것을 발견하면 저를 받아주시는 것으로 알고 집으로 돌아가겠습니다. 그 편지를 보낸 후 아들은 고향 가는 버스를 탔다. 저만치 고향 마을이 다가오고 그립던 집이 보였다. 그런데 뜻밖의 광경이 아들을 놀라게 했다. 흰 손수건 한 장이 아니라, 감나무는 온통 흰 수건으로 덮여 있었고, 흰 옷가지며, 흰 솜 등 하얗다는 것은 있는대로 다 내걸려 있었다. 그것들은 어서 돌아오라고 말하는 듯 속삭이며 바람에 나부끼고 있었다. 그런데 아버지는 밭을 갈고 계셨다. 태양이 뜨겁게 내리 쬐고, 아버지는 땀을 흘리시면서 소를 몰며 밭고랑을 내고 계셨다. 시골에 내려온 아들이 아버지에게 다가가 도와드리겠다고 하자 아버지는 그렇게 하라고 허락했다. 아들이 쟁기질을 시작했다. 그런데 아들이 소를 몰며 간 고랑은 삐뚤삐뚤 구부러지게 패였지만, 아버지가 갈아놓은 고랑은 똑바르게 나 있었다. 아버지는 안 되겠다 싶어 아들에게 다가가 말했다.

"쉬운 일이 아닐 거야. 그러나 목표를 잡고 해 보면 그렇지 않을 게다. 아들아, 정해 놓은 목표가 있느냐?"

이 말을 들은 아들은 아버지의 말에 아무런 대꾸없이 저만치서 한가롭게 풀을 뜯고 있는 젖소에 목표를 두고 밭을 갈아 나갔다. 역시 똑바르지 못했다.

"그럴 수밖에 없을 게다. 네가 둔 목표는 움직이는 동물이야. 목표가 움직이면 어떻게 되겠느냐. 움직이지 않는 저 앞산의 산봉리에 맞춰 놓고 한번 해 보아라."

그제야 아들은 아버지의 말에 따라 앞산의 봉우리에 목표를 두고 밭을 갈아 보았다. 계속 산봉우리를 바라보며 갈아 나갔더니, 똑바르게 밭고랑이 났다.

"아버지, 아버지만큼 가지런하게 밭고랑은 내지 못하지만, 요령을 알았어요."

"그래. 나는 공부를 제대로 하지 못했지만, 살아가는 지혜는 너보다 나을 게다. 네가 공부를 열심히 해 성공하는 것도 중요하겠지만, 삶에 생각도 깊이 할 줄 알아야 한다. 살아가는 데는 지혜가 있어야 하는 거지."

잠시 아버지와 아들은 나무 그늘에 앉았다.

"인생의 목표가 있어야 하는 게야."

아들은 말씀하시는 아버지의 주름살과 햇볕에 그을린 아버지의 얼굴을 바라보았다. 어느덧 해가 서산에 지고 있었다. 아버지가 일어나 소를 몰며 집으로 향했다. 그 뒤를 아들이 뒤따르고 있었다.

– 〈인터넷이서 빌려온 글〉

인간은 홀로 태어났다. 그리고 홀로 떠나간다. 그렇지만 혼자서는 살아갈 수가 없다. 인간은 한없이 외롭고 나약한 존재이다. 사람을 통해서 지극한 기쁨을 느끼고 사람으로 인해서 지옥을 겪기도 한다. 무언가에 좋은 경험이 있으면 우리는 그것을 접할 때 자연스럽고 무언가에 나쁜 경험이 있으면 우리는 그것을 기피하고 두려워한다. 최충은 부모와의 애착 형성이 아름다웠다. 모든 인간관계 사회생활 첫걸음의 시작은 부모일 수밖에 없다. 대체로 부모와의 소통, 교감이 잘 된 사람은 인간관계와 사회성이 골고루 발달하지만 부모가 없거나, 부모가 매일 싸우거나, 부모가 집착하고, 잔소리할 때에 경우에 자녀들은 당연히 심리적으로 위축된다. 그렇다. 구재학당의 교육 목표는 바른 교육에 있었다. 한때 자신이 잘못 선택한 방법에 바른 목표를 찾아주고 희망 플러스 에너지를 찾게 해 주는 곳이 구재학당이다.

제우스신은 이 세상에서 최고로 아름답고 가장 완벽한 여인을 만들어서 '판도라'라는 이름을 붙여주었다. '판도라'라는 말은 '모든 선물을 가진 여인'이라는 뜻이기도 하다. 제우스신은 선물이 들어 있는 상자를 판도라에게 주면서 지금처럼 편안하고 유토피아처럼 살기 좋은 세상에서 살아가려면 어떤 경우에도 이 상자는 절대 열어보지 말라고 신신당부 하였다. 그러나 판도라는 '판도라의 상자' 속에 무엇이 들어 있는지 날이 갈수록 너무너무 궁금해서 더 이상 참을 수 없어 끝내 뚜껑을 열고 말았다. 그랬더니 그때까지 이 세상에 없었던 온갖 재앙과 질병이 쏟아져 나와 깜짝 놀라서 얼른 뚜껑을 덮었으나 이미 다 쏟아져 나오고, 딱 하나만 못 나오고 갇혔다. 그 결과 세상은 재앙과 질병으로 그야말로 아비규환阿鼻叫喚의 지옥이 되고 말았는데, 갇혀 있는 그것 때문에 그 상황에서도 살아가려는 욕망이 생겼다고 한다. 지금도 갇혀서 알 수 없는 그것은 바로 희망 이었다. 우리도 희망이 있어 살아간다. 지금 당신과 당신 자녀의 희망은 무엇인가? 그것은 튼튼하고 충실하게 잘 자라도록 하는 것이다. 희망이 있기에 자녀 교육에 헌신하고 있고, 희망이 있기에 세상은 살맛이 나며, 희망이 있기에 뭔가를 열심히 할 힘이 생긴다. 그런 희망이 건강하고 충실하게 쑥쑥 자라려면 무엇이 있어야 할까? 그 중심과 주변에는 희망 에너지를 충만하게 할 교육이 있어야 한다.

　에너지에는 희망 플러스 에너지와 불만으로 가득한 마이너스 에너지가 있다. 어린이든, 청소년이든, 어른이든, 노인이든 간에 '희망 플러스 에너지'가 많으면 많을수록 성취욕구가 강해지고, 그 성취의 수준도 높아질 것이다. 예를 든다면 대개 희망 플러스에너지는 '내가 이것을 이루면 이러이러하겠지' 라는 긍정적인 생각을 가질 때나, 꿈과 기대에 찬 상상을 한다거나, 하고 싶은 공부나 놀이로 즐거움을 느낄 때나, 부모나 선생님으로부터 칭찬을 듣거나, 어떤 일의 성취로 인하여 기쁨을 얻을 때, 영혼이 충만해지며 가슴이 벅찰 때 생긴다. 그러나 불만으로 가득한 마이너스 에너지는 억지로 공부한다거나, 하기 싫은 일을 할 때나 잘못된 일, 부끄러운 일, 나쁜 생각을 떠올릴 때 또는 남의 허물을 트집 잡거나, 짜증 낼 때 기분이 바닥으로 가라앉으며 마이너스 에너지가 발생한다. 최충의 구재학당은 학생들에게 희망 에너지를 담아주고 심어주는 곳이었다.

4장. 보다 밝은 내일, 보다 행복한 내일

인간은 누구나 다양한 삶을 누리며 살아간다. 그러나 삶을 누리는 그 안에서 기쁘고 즐거운 일들은 그다지 많지 않다. 이는 우리가 누리는 삶은 괴로움과 고통의 연속이라는 말과 통하는 대목이기도 하다. 그러므로 일상생활에서 자주 기쁨을 맛보기 위해서는 인위적으로라도 즐거움을 자아냄으로써 삶을 즐겁게 전환할 수 있어야 한다.

교육이란 어쩌면 살아 있다는 행복보다는 이성적인 방법으로 무거운 책가방을 들게하여 괴로움의 정서로써 고통을 맛 보게 하는 감정 표출의 한 형태인지도 모른다. 그 이유는 교육에 있어 이상적인 교육자상은 교육의 가치를 구현한 존재라기보다는 현실의 공간과 가상공간에서 성장, 변화 과정 중에 있는 존재이기 때문이다. 그러므로 교육자를 역동적인 개념으로 볼 필요가 있다. 그렇다면 거시적인 안목으로 당위적 교육목표를 설정함과 동시에 교육자의 현재 상황에서의 교육수용자들이 받는 즐거움을 유발한 발상 능력이 어떠한지에 대해 생각해보며, 교육의 목표와 현실 사이의 틈새를 메우는 교육을 받는 즐거운 요인에 대해 모색해 보는 작업이 필요하게 된다. 그리고 여기에는 필연적으로 교육적 즐거움을 유발하는 과정 중에 존재하는 '교육자'와 '교육수용자'의 즐거움을 유발한 발상 능력을 활용하는 '교육자'라는 주체의 위치와 그들의 역할이 무엇인가 살펴보아야 한다.

교육 수용자와 교육 생산자는 즐거움을 유발한 장면에서 즐거움으로 소통하는 당사자들이다. 교육수용자의 즐거움을 유발한 교육 생산자는 교육 텍스트를 구성하는 가장 중요한 요인 중의 하나이다. 그러므로 교육수용자와 교육 생산자 사이에 이루어지는 상호작용의 질과 텍스트상에서 유발되는 기제야말로 즐거운 교육이라는 반응에서 가장 중요하게 여겨져야 할 부분 중하나일 것이다. 즐거움을 유발시킨 반응의 지점을 찾아 사회·문화적으로 교육에 있어 즐거움의 가치를 높이는 방안을 모색해 보는 것도 교육의 문제점을 해결하는 방식의 하나일 것이다.

그러한 논의의 연장선에서 구재학당의 교육적 텍스트를 매개로 이루어지는 교육의 즐거움을 분석하는 데 교육수용자의 결과를 사회, 문화의 영역 속에서 그 반응 양상을 살펴보는 것도 의의가 있을 것이다.

지식인은 지식인으로서, 살아 나가야 할 길이 있다. 그 길은 지식인으로서 주어진 의무이며 스스로가 자각해야만 한다. 시대의 어려움이 지식인에게 요구하는 것은 지성으로써 나설 수 있기를 바라는 것이다. 그렇다면 나선다는 것은 무엇을 의미하는가. 그것은 보다 밝은 내일보다 행복한 내일에 대한 의식적 가치 기준의 정립과 실천 그리고 지식인의 의무가 아닐는지, 고려의 미래를 근심하는 최충은 삶의 원형을 설계하는 지혜를 보여주었다.

그렇다면 진정한 지식인의 의미는 무엇일까? 또한 지식인이 갖는 특별한 역할은 무엇인가? 이러한 물음들을 최충의 구재학당을 통해 찾고자 한다.

고려시대 지식인들은 지식인이라는 특별한 소임 의식도 없었고, 스스로 지식인이라는 역할 정의도 내리지 않는 심각한 의식의 부재 속에서 정치활동을 하고 있었다. 그런데 왜 고려의 많은 학자가 스스로 지식인으로 자각하지 않고, 스스로 책임 의식을 부여하지 않았는가. 문제의 제기는 스스로 의미있다는 가치를 인식하지 못하고 있는데 있었다.

고려시대의 국학 교육은 당시 국자감(國子監)으로 대표되는 관학을 중심으로 이루어졌다. 태조 12년 서경에 학교가 창설된 이후 성종 11년(992)에 국자감이 설치되었고, 이는 고려의 최고 교육기관으로 자리 잡으며 고려 말까지 이어져 나갔다.

이에 거슬러 고려의 사학은 문종 때 최충이 설립한 이래 초기에는 흥성하였으나 명맥을 오래 잇지 못한 채 관학 체계에 흡수되어 버린다. 그런데 고려시대 사학은 최충이 설립한 문헌공도(文憲公徒)를 비롯한 12개의 사학이 '사학십이도'라 불리며 관학의 침체기에 고려의 유학 교육을 주도했다는 데에 그 의의가 있다.

최충의 문헌공도 설립 이후 개경을 중심으로 문신 귀족들이 뒤이어 사학을 설립했고, 이 사학십이도가 유학 교육의 중심 임무를 수행해 나갔다. 이들 사학은 국자감이 교육기관으로서 기능을 다 하지 못하게 된 상황에서 유학 진흥을 도모하고 유교적 관리를 양성하고자 했다. 이에 배움을 얻고자 하는 학생들이 과거시험에 도움을 얻기 위해 관학보다 사학으로 운집하는 현상이 나타나게 되었다. 그리고 사학십이도는 관학의 유학 교육을 대신했을 뿐만 아니라 관학 부흥에 결정적인 동력으로 작용하기도 했다. 국자감으로 대표되는 관학의 견제를 받으면서도 사학십이도는 활발한 교육활동으로 관학을 자극하여 부흥에 일조했고 교육수용자들에게 많은 희망과 즐거움을 주었다. 특히 최충의 구재학당은 고려시대 교육의 향기 그대로였다.

세상엔 참으로 향기가 많다. 꽃향기가 있는가 하면 풀 향기가 있고, 그런가 하면 음악의 향기가 있다. 숲 향기, 자연의 향기, 보랏빛 향기, 천년의 향기, 여름 향기, 고향의 향기, 흙의 향기, 절의 향기, 신록의 향기, 연인의 향기, 전통의 향기, 문학의 향기, 입술의 향기, 아기의 향기, 먹 향기, 누룽지 향기가 있는가 하면 최충이 추구해온 교육의 향기도 있다.

나이 많은 세대들은 어린 시절 저녁 무렵 굴뚝에 피어오르는 연기를 볼 때마다 부엌에 들어가 어머니가 새까만 가마솥 뚜껑을 열 때 풍겨오는 구수한 밥 냄새를 맡으며 살아왔다. 그 냄새가 우리를 한없이 행복하게 했다. 이렇게 세상은 향기의 천지다. 향기가 없으면 악취라도 나는 것이 세상이다. 누가 악취를 좋아하랴. 사람들은 예부터 향과 함께 생활해 왔다.

그 예는 경복궁에서도 찾을 수 있다. 경복궁 안에는 1867년 고종이 건청궁 남쪽에 못을 파 향원지(香遠池)로 이름 지은 작은 연못이 있다. 못 가운데는 섬처럼 떠 있는 향원정(香遠亭)과 이 정자로 이어지는 구름다리 취향교(醉香橋)가 있다. 이곳은 이름처럼 온통 '향기'의 세상이다. 그런가 하면 우리 겨레는 선비가 사는 집을 '난 향기가 나는 집'이라 하여 '난향지실蘭香之室'이라 했다. 예부터 선비들은 운치 있는 네 가지 일(四藝)로 차를 마시고, 그림을 걸고, 꽃을 꽂고, 향을 피우고 즐겼다 한다. 심신수양 방법으로 방안에 향불을 피운다 하여 분향묵좌(焚香默坐)라는 말도 있다. 구재학당에도 분향묵좌가 있었다. 『고려도경』(高麗圖經)을 보면 고려에는 향을 끓여 옷에 향기를 쐬는 '박산로(博山爐)'가 있었다. 또 고려 귀부인들은 비단 향주머니 차기를 좋아했으며, 흰 모시로 자루를 만들어 그 속을 향초香草로 채운 자수 베개를 즐겨 썼다 한다.

어떤 이는, 고려시대 구재학당에서 여름철에 벌레를 쫓으려고 피우는 모깃불도 이는 향 문화의 한 갈래이고, 추석에 먹는 솔잎 향기가 밴 송편과 이른 봄의 쑥과 한증막 속의 쑥 냄새, 그리고 단옷날 머리를 감는 창포물도 우리 삶을 건강하게 만드는 향기의 하나였다고 말한다. 또 장롱 안에 향을 피워 향냄새를 옷에 배게 하여 늘 옷에서 스며 나오는 향기를 즐기기도 하고, 옷을 손질하는 풀에 향료를 넣어 옷에서 절로 향기가 스며 나오게도 하였다고 한다.

한자 말 향香이란 글자는 벼 화禾 자에 날 일日 자가 보태진 것이다. 즉 벼가 익어 가는 냄새를 향이라 하는 것이다. 다시 말하면 사람을 살리는 물질에서 향기가 난다는 얘기다. 향을 싼 종이에서는 향기가 우러나오게 마련이다. 구재학당 생도들도 그들의 삶 속에 "향기를 품고 사는지, 아니면 악취를 안고 사는지" 그 생도들의 품격이 결정될 것이다.

그런데 최충은 왜 직접 구재학당이라는 학교를 세우고 인재 양성에 매진했던 것일까? 최충은 우리의 삶을 공생 관계로 서로 얽히고설켜 있는 관계속에 살아간다는 점을 인식했을 것이다.

보다 밝은 내일, 보다 행복한 내일, 오늘보다 더 나아진 내일, 희망과 보람으로 가득 채워진 내일, 그러한 내일을 최충은 진정으로 원했기에 자신에게 주어진 일에 집중한 것이다. 따라서 교육에 온전히 온신의 힘을 다하는 것이 자신의 본분이라고 생각한 것이다. 그리고 그렇게 하는 것이 희망찬 미래의 삶을 여는 단초가 된다는 확신이 있었다. 그러나 좀 더 주의 깊게 생각해 볼 것은, 여기서 말하는 내일이란 단순히 내일이라는 시간적 측면이 아닌 실제로 교육한다는 최상의 궁극적인 목적으로 교육에 참여한 모든 사람들이 교육 과정을 통해 학습한 사항을 행동화하여, 미래 자기가 원하는 바를 이루도록 하는 것이다.

교육이란 사람을 변화시키는 일이다. 기능적으로 보면 개인의 출세와 사회문화의 계승 발전의 수단일 수도 있고, 규범적으로는 인격 완성이나 자아실현이라는 내재적 성취 또는 영원한 진리나 가치를 추구하는 길일 수도 있으며, 조직적으로는 인간 행동의 특성을 계획적으로 변화시키는 과정일 수도 있다.

칸트도 '사람은 교육을 필요로 하는 유일한 존재이며, 현실적 존재를 이상적 존재로 이끄는 교육을 통해서 만이 진정한 인간이 될 수 있다.'라고 말함으로써 사람다운 사람이 되려면 교육이 필수라고 역설했다. 코메니우스도 '사람은 교육이 아니면 짐승과 같고 교육에 의해서만 인간이 된다.'라고 했다.

문헌공 최충은 72살에 벼슬을 놓고 개인재산을 털어 새 학당을 지어 여러 개의 방을 만들고 교육에 전념했다. 이는 지식인의 역할을 다한 것이다. 최충은 1055년(문종9) 내사령(內史令)으로 벼슬을 사직한 후 구재학당(九齋學堂)이라는 최초의 사학私學을 설치하고 중국 고전인 아홉 가지 경서인 구경(九經)과 중국의 세 가지 역사책인 삼사(三史)를 가르쳤다. 그는 중국 고전과 역사인 『경전사서』(經典史書)를 읽는 외에 산수山水를 노래하고, 학생들에게는 학문에 정진하도록 권진勸進하는 목표로 마땅히 인간의 도리로서 지켜나가야 할 인의仁義와 인륜도덕人倫道德을 가르쳤다. 그리고 여름에는 이름난 산과 큰 사찰을 돌아다니며 시부를 짓고, 향음鄕飮 주례 등 예절과 법도를 익히는 것을 교육하며 많은 인재를 배출했는데, 이들을 최문헌공도(崔文憲公徒)라 하였다. 마치 신라 화랑도의 수련을 연상시킨다.

구재학당을 효시로 해서 그 당시 유학에 조예가 깊은 신하들도 각기 학당을 짓고 학도를 모아 교학에 힘썼으니 이름난 학당이 12도(十二徒)나 된다. 이들은 대부분이 개경(開京)을 중심으로 성행하였다.

고려가 국가로서 제대로 된 시스템을 가동하게 된 것은 건국한 지 100여 년이 지나서였다. 현종 이후 덕종과 정종, 문종 등 훌륭한 군주들이 연이어 보위를 이으면서 제도를 개선하고 국방을 강화하면서 민생을 안정시킨 것이다. 특히 문종은 형법과 조세제도, 지방통치체제를 완비하여 중앙집권국가로서의 기틀을 확립했고, 거듭된 여진의 침략을 모두 격퇴하는 등 군사 강국으로서의 면모를 보였다. 학문과 예술 등 문화 분야에서도 큰 발전을 이룩함으로써 고려의 황금기를 열었다고 평가받는다.

최충이 처음으로 중국의 공자에 비유된 것도 문종 때이다. 문종은 즉위와 함께 최충을 문하시중(수상)에 임명하고 그에게 중요한 임무를 맡겼다. 문종 때에 확립된 법과 제도, 문종이 시행한 개혁은 대부분 최충의 손을 거치게 된다. 문종은 최충을 최상의 예로 대우했는데, 최충의 공을 예찬하고 포창褒彰하는 교서를 여러 차례 내렸으며 자손들에게도 관직을 주고 승진시켰다. 이는 최충이 훌륭한 신하여서 고마움을 표시한 것이기도 하지만 다른 목적도 있었던 것으로 보인다. 그 목적은 국가를 위해 헌신하고 왕에게 충성을 바치면 본인에게 영예가 갈 뿐만 아니라, 집안과 자손까지 영달하게 된다는 것을 보여주기 위함일 것이다. 문종은 최충의 사례를 모범으로 제시하며 다른 신하들을 독려한 것이라고 판단된다.

정치를 비롯한 모든 교육도 궁극적으로 개인의 구제救濟를 위해 있는 것이라고 전제할 때, 인간은 교육화된 동물로서 다른 사람들과의 관계는 결국 인간과 사회를 잇는 원초적통로가 교육이 된다. 그리고 사람들은 교육을 통해 사회와 연대連帶의식을 갖게 된다. 연대의식 속의 개인은 교육을 통해 증대된 자신을 발견하게 되며 동시에 교육화된 개인이 그 사회에 의하여 통제받게 될 때, 개인은 다시 그 사회로부터 소외되어 고독Solitude을 경험하게 된다. 교육이란 바로 이 연대와 고독의 중간지점에 서서,

개인과 사회, 시간과 상황을 동시에 함축시키면서 양자 간의 완벽한 조화, 연대와 고독의 합일을 추구하는 것이라 볼 수 있다.

최충은 교육적 수단으로 신유학을 선택하였다. 그의 신유학은 학문적 표현의 형식일 뿐 아니라, 내용까지 이차적 특질을 가지며 시간과 공간을 동시에 제압하고 단순한 교육적 감각에 호소하는 데 그치지 않고 신유학의 사상과 의식에 개입한다. 따라서 최충이 신유학을 학문적 표현 수단으로 선택했다는 것은 당연히 인간의 일상적인 생활을 배제할 수 없게 됨을 뜻한다. 신유학에서 최충은 그의 의식과 상황과의 기초적인 만남의 계기가 된 것이다. 교육은 공동체의 생명을 지속화 하는 데 있어서 가장 중요한 삶의 형태다. 그러므로 개인이나 사회가 발전하려면 그 지속화의 교육적 의지를 어떠한 여건에 맞추어 형태화시키느냐에 따라 결정된다. 단순한 시대적 산물의 결과보다 밝은 내일, 행복한 내일로 그 사회가 지향하는 문화 인식의 각성에서 교육이 발전한다는 사실을 우리는 알아야 한다.

그러한 문화적 공감대를 생각할 때, 교육은 당연히 그 문화 인식의 역동적 기능을 수행하는데 있어 가장 중요한 위치를 가진 것 중의 하나가 된다. 이러한 문화적 관점에서 볼 때, 최충에게 있어 전통적 교육이란 우리의 삶에 원형적인 테마를 성찰하고, 그 성찰을 통한 완전한 행복감의 충족이다. 흔히 전통Tradition이란 의미는 오랜 과거가 현재에 물려준 신념, 관습, 방법 등 오랜 역사를 통하여 형성된 한 집단의 문화적 흐름을 포괄한 살아 있는 자가 느껴보는 숨소리일 것이다.

5장. 새로운 교육의 장을 열어 가다

뛰어난 경륜으로 고려의 번영을 이끌었던 명재상 최충은 해동의 공자로 평가받은 인물이었다. 물론 이 호칭은 그가 모든 면에서 공자에 비견될만하다는 뜻은 아니다. 최충의 학문과 인품이 훌륭하다고해서, 성인聖人으로 추앙받는 공자와 같은 수준은 아니지만, 수많은 제자를 길러내어 문도門徒를 거느린 공자에 필적했다는 점에서 이와 같은 이름을 얻게 된 것이다. 이에 대해 조선 초, 서거정은

"사학私學에 대하여 세상에서는 이들을 12도라하고 하였으나 그들 중에서 최충의 도가 가장 성하였다. 우리나라에 학교가 일어난 것은 대개 최충으로부터 시작되었으므로 당시에 그를 해동공자(海東孔子)라고 불렀다. 고려가 개국한 후 나라에 여러 가지 일들이 있어 문교文敎에 힘쓸 겨를이 없었다. 광

종은 글을 좋아하여서 비록 쌍기에게 문교의 일을 맡겼으나 그 문사文辭가 기교에 병들어 후학들에게 모범이 되기에는 부족했다. 최충이 현종·덕종·정종·문종의 4대를 지키면서 차례로 벼슬하여 문학으로서 세상에 이름이 났고, 우리가 유학을 일으키는 것을 자기의 책임으로 삼아서 후진들을 불러모아 열심히 가르쳤다. 우리나라의 학교가 일어남이 대체로 최충으로부터 비롯되었다. 이때부터 문장 호걸의 선비들이 활발하게 배출되었고 우리나라에서 지어진 저술들이 많이 퍼지니 중국인들이 우리나라를 '시서詩書의 나라'라고 칭송하여 오늘날에 이르렀다. 이것이 어찌 최충의 은혜가 아니라고 할 수 있겠는가?" 하였다.[20]

위의 서술을 보면, 새로운 교육의 장을 연 최충의 학문적 성취가 얼마나 높았는가를 짐작할 수 있고 구재학당의 위상이 얼마나 높았던 가를 짐작할 수 있다. 또 이 구재를 운영하는 최충의 학문적 수준도 그 명칭에 걸맞은 수준이었음은 말할 것도 없다. 최충은 사립 학교 교육의 아버지였다. 그가 세운 구재학당은 사학교육의 원조였고, 고려시대 문신 배출의 산실이었다. 고려 역사에서 성종 대의 최승로가 유교적 정치개혁에 공헌한 인물이라면, 최충은 유교 교육을 제대로 받은 인물을 배출하는 데 이바지한 인물이라 평가할 수 있다. 실제 유교 경전에 바탕을 둔 그의 교육은 유학이 꽃피울 수 있는 터전을 마련해 주었다.

---

20) 고혜령 〈문헌공 최충의 삶과 구재학당〉 최충포럼 발표문, 2016

현종이 즉위한 뒤로 전쟁이 겨우 멈추어 문교文教에 겨를이 없었는데, 최충이 후진들을 불러 모아서 가르치기를 부지런히 하니, 여러 학생들이 많이 모여들었다. 드디어 낙성(樂聖)·대중(大中)·성명(誠明)·경업(敬業)·조도(造道)·솔성(率性)·진덕(進德)·대화(大和)·대빙(待聘)이라는 9재(齋)로 나누었는데, 시중최공도(侍中崔公徒)라고 일렀으며, 무릇 과거를 보려는 자는 반드시 먼저 그 도(徒)에 들어가서 배웠다. 해마다 더운 철이면 귀법사(歸法寺)의 승방僧房을 빌려서 여름 공부[夏課]를 하며, 도(徒) 가운데 급제한 자로 학문은 우수하면서 벼슬하지 않은 자를 골라 교도教導로 삼아 구경(九經)과 삼사(三史)를 가르치게 하였다. 간혹 선진先進이 오면 촛불에 금을 그어 시한을 정하고 시를 짓게 하여 글의 등급 차례로 이름을 불러드려서 작은 술자리를 베푸는데, 아이와 어른이 좌우에 벌여 서서 술과 안주를 받들어 진퇴의 예의가 있으며, 장유長幼의 질서가 있어 종일토록 수작하니, 보는 자가 아름답게 여기고 찬탄하지 않는 자가 없었다. 『고려사절요』5, 문종 22년(1068년 9월)

위의 글은 최충의 사학에 관한 글이다. 『고려사』 최충 열전과 『고려사절요』 제5권 문종 조에 위와 같은 내용의 글이 들어 있다. 최충이 은퇴하던 무렵인 문종 초기는 거란의 침입과 전화戰禍가 아물고 세상은 태평해졌지만, 중앙 정부가 교육까지 돌아볼 여력은 없었다. 중앙의 교육기관인 국자감은 유명무실한 상태였고 지방의 향학은 갖추어지기 이전이었으므로 교육에 대한 새바람이 절실하던 때였다. 최충이 최고의 관직을 마치고 물러나 다시 생도들을 교육하고자 하는 뜻은 바로 고려 국가와 사회의 발전을 위한 인재의 육성을 깊이 깨달았기 때문이었을 것이다. 『고려사』 학교조에서는 최충이 후진들을 불러 모아서 가르치기 시작한 것을 사학私學의 단초로 삼고 있다.

> 사학이란 문종(文宗)때, 태사(太師)중서령(中書令) 최충이 후진을 불러 모아 싫증 내지 않고 열심히 가르치고 깨우치자[教誨不倦], 푸른 깃옷을 입은 생도들(青衿)과 흰옷을 입은 민(民)들 백포(白布)을 중심으로 평민, 양반 가리지 않고 가르치니 최충의 집 앞의 문과 거리를 가득 메우고 넘치게 되었다. 『고려사』誌
> 28 선거2, 학교

당시 정계에서 은퇴한 유학자들이 향리郷里 자제들을 교육하고 학문을 전수하는 모습은 그 이전부터도 있었다. 그러므로 사학이 최충에 의해 처음 시작되었다는 말은 어폐가 있지만, 학교라는 규모로 조직이 확대 발전된 단초가 된 것은 최충에 의해서라고 할 수 있다. 구재학당은 말 그대로 큰 학문을 하는 곳, 즉 가장 고급의 교육을 베푸는 지성인의 요람이다. 구재학당의 사명을 크게 두 가지 면에서 지적하면

첫째는 학문 탐구의 측면이고,
둘째는 사회인 양성 측면이다.

여기서 구재학당에 들어온 학생들이 뚜렷한 학문적 목적을

갖고 진학을 희망하기보다는 "남들도 하니까, 나도 해야 한다." 라는 막연한 생각을 하고 있다면 심도 있는 학문 탐구의 장소라기보다는 과중한 과거시험에서 벗어날 수 있는 일종의 도피처로 여길 것이다. 그렇게 되면 새로운 교육의 장을 열은 구재학당은 의미를 잃게 되고 학문 연구의 깊이는 얕아지게 된다. 그런데 이런 문제점이 생기게 된 근본 원인은 구재학당에 대한 그릇된 인식이다. 살아가는 데 조금 더 유리한 조건을 만들기 위한 수단으로만 구재학당이 인식된다면, 최충의 교육적 사명은 공허한 외침이 되고 만다. 이런 인식의 변화를 위해서는 학벌 위주의 인식이 바뀌어야 한다. 당시 구재학당에 들어온 학생들이 자신의 학문적 연마와 역할에 충실할 때, 구재학당의 발전과 아울러 고려 사회 전반에 걸쳐 올바른 학문 탐구의 면학적 자세가 형성될 수 있다. 이를 위해서 제도적 지원도 필요하겠지만 무엇보다도 중요한 것은 학생들 자신의 자세이다. 스스로 탐구하고자 하는 자세로 학생들이 구재학당에 임할 때 진정한 자신의 사명에 충실할 수 있을 것이다.

송악산 밑의 자하동은 경치 좋기로 소문난 곳이었다. 그곳은 고려시대 사람들이 자주 즐겨 찾는 곳이었다. 최충의 자택은 자하동에 있었고, 최충은 그곳에 학당을 열었다. 학생들은 경치 좋은 곳에서 공부에 침잠하였고 여름이 되면 귀법사 승방에 가서 초에 눈금을 그어놓고 그 눈금이 다 타기 전까지 시를 짓는다는 각축부시를 남녀노소가 함께 즐겼다. 이러한 이야기를 전해 들은 목은 이색도 자주 이곳을 찾았다고 한다.

귀법사는 광종 때 개경에 창건한 사원으로 당대 고승이던 균여가 주지였다. 귀법사는 자하동과 반대 방향인 동쪽 탄현 문밖에 있었다. 최충은 은퇴 후 10여 년간 후진을 양성하였다. 최충의 가르침이 알려지자 배우고자 하는 젊은이들이 모여들어 학교는 확장되었다. 이른바 구재학당이라는 이름을 얻게 된 것이다. 이후 최충이 만든 학당을 모방하여 개경에는 사학이 11개나 더 만들어졌다. 이른바 사학 12도가 성립된 것이다. 물론 모두 학덕과 경륜을 겸비한 당대의 학자들이 설립한 것이지만, 최충의 사학은 '시중최공도'라 하여 생도가 가장 많이 몰려들었다. 최공도가 이렇게 성공한 원인은 어디에 있을까? 『조선왕조실록』〈태종11년 7월 27일〉을 살펴보면 그 내용을 알 수 있다.

[사간원 건의로 구재(九齋)의 노비를 오부 학당에 소속시키게 하다]
전조 前朝때에 문헌공(文憲公) 최충이 사는 집과 창적(蒼赤,노비)을 내놓아서 구재(九齋)에 붙이어 생도를 교육하였으니, 비록 사장 詞章만을 숭상했더라도 문교文敎에는 도움이 있었다고 하겠습니다.

이상은 사간원(司諫院)에서 상소한 내용이다. 이를 보면 최충이 학당을 시작할 때는 자기 집에서 시작한 듯하며 나아가서 구재를 설립하고는 그 비용을 위하여 집과 창적(노비)를 내놓아서 운영하였던 것을 알 수 있다. 최충이 살던 송악산 밑의 자하동에는 최충의 자취가 남아 있는 그곳에 구재유허비가 건립되어있다. 구재학당의 위치에 대해서는 구재학당이 설립된 후 약 300년이 지나 목은 이색이 쓴 글에서 찾아볼 수 있다.

> 어제 구재에 갔다가 소나무 밑에 앉아 보니 소나무 그늘이 엷어서 한낮이 되자 열기가 더욱 심해졌다. 그래서 제생諸生에게 고하기를 "자하동(紫霞洞)에 들어가 서늘한 곳에서 부영賦詠을 하는 것이 어떻겠는가?" 했더니, 제생이 매우 기뻐하면서 길을 인도하였다. 마침내 안심사(安心寺) 앞의 어지러이 흐르는 물가에 이르러 남쪽 언덕에 앉아서 각촉刻燭하고 시제詩題를 냈는데, 촛불 눈금이 절반도 타기 전에 소낙비가 내리므로 제생들을 거느리고 안심사로 달려 들어가니, 의관衣冠은 다 젖었으나 자못 아름다운 풍취가 있었다.
>
> 『목은시고』(牧隱詩藁) 18

씨앗이 싹트기 시작하는 장소를 살펴보면 그곳은 빛도 신선한 공기도 없는 곳이다. 그러나 어둠 속에서 새로운 생명과 새로운 교육의 장이 열리듯 새로운 지혜가 나올 수 있다. 자연과의 접촉은 어떠한 방법으로든 내일에 대한 가능성을 보여주기에 무엇이든 치유할 수 있고 새 생명을 싹틔울 수 있다. 생기 없이 메말라 보이던 수국도 그토록 멋진 생명과 빛깔로 다시 피어나듯이 새로운 출발은 항상 어둠이었다. 겨울 하늘도 때로는 어두컴컴한 색으로 변하다가 굵은 눈물방울과도 같은 진눈깨비를 쏟아낸다. 그러나 우울한 겨울 하늘도 봄 햇살과 신선한 내음 그리고 숨 막히도록 아름다운 무지개로 자신을 장식할 때가 있다. 땅만 기어 다니던 애벌레가 나비의 날개를 달고 희망을 찾아 날아오를 방법을 찾듯이 구재학당에는 희망이 살아 있었다. 구재학당이 어떠한 시련을 겪고 있든, 어떻게 발버둥을 치고 있든, 새롭게 성장할 가능성은 항상 존재하고 있었다. 이제 구재학당이 새롭게 출발할 수 있는 기회가 다가온 것이다. 이는 최충의 벼슬이 높아서였거나, 그가 국가 원로로 받들어지고 있고, 그의 영향력이 국가의 대사를 관장하고, 국정의 자문에 응했다는 권위의 정상에 있다고 해서 가능했던 것은 아니다. 다만 최충의 뛰어난 개인적 학덕과 무르익은 인간성취, 이러한 인간성의 바탕 위에 적절한 시운時運과 재력이 함께 어우러져서 비로소 가능할 수 있었던 것이라고 하겠다.[21]

그런데 최충의 구재학당에 모여든 생도들은 어떤 계층의 자제들이었을까? 당시 배우고자 모여든 사람들은 성균관 유생들인 청금青衿과 벼슬 없는 백포白布까지 모두 아우르고 있다. 이는 사회적 기반이 없는 일반 백성들의 자식들도 함께 배울 수 있었다는 의미로 해석될 수 있다. 다시 말해 귀족이 아닌 일반 백성들의 자제들도 최충의 구재에 와서 공부할 수 있었다는 것이다.

---

21) 김충열, 『최충연구논총』 최충 사학과 고려 유학, 경희대학교 전통문화연구소, 1984, pp.23-24.

그리고 그러한 학풍의 모습은

"아이와 어른이 좌우에 벌여 서서 술과 안주를 받들어 진퇴의 예의가 있으
며, 장유長幼의 질서가 있어 종일토록 수작하니, 보는 자가 아름답게 여기고
찬탄하지 않는 자가 없었다."

라고 하였으니 구재학당에는 나이 제한 없이 들어올 수 있었
던 것으로 추측된다. 익재 이제현은

"공은 문하의 생도들을 구재로 나누어서 위로는 공경公卿의 적서嫡庶로부터
아래로는 시골에 과거 보는 사람들에 이르기까지 모두 구재의 적籍에 이름
을 올려서 이로써 성인의 도를 익히게 하였는데, 이로부터 말미암아 문물이
더욱 흥성하게 되었다."[22]

라고 하였다. 실제 구재학당의 학생들을 보면, 숙종 초인
1100년경 성명재에 입학하여 훗날 복야僕射로 승진한 박복야
는 지방 출신이었고, 1160년대 솔성재에 입학한 이승장李勝章
은 가난을 이유로 내세운 의부義父의 반대를 무릅써야 했으며,
1181년에 성명재에 입학한 이규보李奎報도 중견 관리의 자제였
다. 이와 같은 사례를 살펴 보면 최충의 9재학당에는 국자감에

22) 경희대학교 전통문화연구소, 『최충연구논총』 1984, p.589

서와 같은 신분적 차별은 거의 없었던 듯하다. 생각해보면 최충이 학교를 설립한 목적은 국자감과 달리 교육의 기회를 보다 넓은 계층에게 제공하는 한편, 그들에게 유교적 가치와 윤리를 널리 보급하고자 한 데 있었던 것은 아닌가 한다. 그리고 이러한 배경에는 그가 어린 시절 해주에서 혼자서 공부하여 중앙에 관료로 진출한 자기 경험이 큰 영향을 끼쳤을 것이다.[23] 고려 사회 성격을 귀족제 사회로 보는 시각에서 이 부분은 좀 더 면밀하게 검토해야 할 부분이라 생각된다.[24]

'전통을 고수한다.'라는 말이 있다. 이 말은 보수적이고 회고적이며 진보적이지 못한 색깔로 선반 위에 올려놓은 유물과 같다는 개념으로 치부된다. 그리고 이렇게 치부될 때 전통은 현재를 잠식하는 힘없는 대상이 되고 만다. 그러나 전통이라는 것은 단지 물려받는 것이 아니라, 물려받은 것을 새롭게 변화시키기 위한 중심점이 되어야 한다. 그렇게 될 때 전통은 새로운 의미의 전통으로서 신선한 뜻을 부여받게 된다. 우리의 의식 속에 뿌리 깊은 역사의식을 오늘의 생각들과 어떻게 융합되어 새로움을 부추기고, 새로움을 만들어 나가느냐를 생각할 때부터 우리는 보다 현대적인 개성을 소유하게 된다고 믿는다.

---

23) 김봉선, 〈최충의 활약과 가문의 번성〉, 〈한국사 시민강좌〉 39, 일조각, 2006
24) 고혜령, 〈문헌공 최충의 삶과 구재학당〉, 최충포럼 발표문 재인용

이러한 관점에서 새로움을 부추기고 새로움을 만들어 가는 전통을 수용한 구재학당의 개성미가 돋보이는데, 이는 교육적인 감성의 섬세함과 함께 어우러진 구재학당이 가꾸어 가야 할 교육의 정서라고 생각한다. 우리들의 의식은 항상 새로움을 추구하는 데 집착되어야 한다. 새로움은 뿌리가 없는데서가 아니라 깊은 뿌리에서 새로움을 용해할 수 있는 공통의 인자因子에서 비롯될 때 참된 가치를 획득하게 된다. 특히 각 시대의 교육 정신은 그 전시대의 교육에서 영향을 받고 그 전통을 계승하여 새로운 것을 이룩해 나가는 법이다. 그런데 만약 전통이라는 것이 없다면 모든 세대는 항상 무에서 비롯되어야 할 것이다.

우리 민족교육의 주체성을 찾고 새로운 교육을 창조하기 위해서는 최충과 같은 전통적 교육의 지성적 승화가 절대적으로 필요할 것이다.

인간이 지향해야 할 바른 교육의 모습은 동서고금을 통해 많은 현인이 고민하고 나름대로 답을 제시해 왔다. 우리는 흔히 인간적이라는 말의 의미에 초점을 맞추어 살아왔다. 인간사회에서는 인간이라면 누구나 지키고 따라야 할 보편적인 도덕원리가 존재한다. 이와 함께 각 사회의 독특한 상황에 맞는 개별적인 교육도 존재하고 있다. 이런 교육을 통해 인간은 동물과는 다른 인간만의 특성을 갖게 된다.

그러나 '인간답다'라는 것은 무엇을 의미하는가? 이는 이성의 소유이다. 인간이 다른 동물보다 우월할 수 있는 까닭은 바로 이성을 지니고 있기 때문이다. 즉 이치에 맞는 언행, 합리적 사고, 남을 위한 배려, 과욕의 절제 등이 인간 고유의 특성이다. 그리고 인간의 삶은 배움의 연속이다. 교육을 통해 새것을 습득하기도 하고 보다 객관화된 학문을 익히기도 한다.

그리고 교육을 통해 자신이 습득한 지식을 객관화하고 사고의 폭을 점차 확대해감으로써 삶의 지혜도 터득하게 된다. 우리에게 지식과 지혜는 공존하면서 다가온다. 그러나 지식과 지혜의 수용화 과정에서 수용 주체에 따라 대상에 대한 대상의 차이는 알파와 오메가라는 상당한 차이가 있다. 이 경우 최충의 구재학당은 알파에 해당 된다. 그 이유는 높은 지적 수준을 갖춘 언어 학습 과정이 탁월하기 때문이다. 또한 구재학당은 인간성 타락의 위기를 극복하기 위해 인간에 대한 이해와 탐구가 절대적으로 필요함을 깨우쳐 주고 있다. 그러나 고려 사회에 나타난 현실은 어디까지나 관념이나 추상이 아닌 현실 경험의 덩어리이기 때문에 최충의 구재학당 교육은 숨어 있는 의미를 설득력 있는 담론으로 엮어가고 있다. 물론 이를 위해서는 끊임없는 고도의 지적 훈련도 함께하고 있다. 교육의 텍스트는 단순히 그 자체로만 머무르는 것은 아니다. 우리에게 분석 대상이 되는 구재학당의 교육은 특수하고 보편적인 상황을 나타내고 있다. 질그릇과 놋그릇에 비유하여 유추한다면 구재학당의 교육은 세련된 언어로 담론형식을 빌린 교육이 된다. 우리의 과거와 현재, 그리고 미래를 비춰볼 수 있는 거울과 같은 기능을 다 하는 구재학당의 교육은 잘 다듬어진 항아리를 빚어내는 것과 같은 질감과 창의성이 돋보이는 교육이다. 학문한다는 기계적인 공식만을 강조한다면 학생들의 창의성 사고를 경직시킬 수 있다. 그리고 교육에서 역동성, 창의성이 상실된다면 짠맛을 잃은 소금과 같다. 이러한 의미에서 구재학당의 교육은 역동적인 맛이 살아 있다. 지금까지의 형식적 교육에서 과감히 탈피하여 멋스러운 교육에 호감이 가는 교육이다. 이는 학생들의 눈을 끌어당기는 힘이 있었다. 다시 말해 교육에서 좋은 기술을 보여 준 것이다.

그러나 좋은 교육이 되기 위해서는 학생 자신의 주체적 의식이 돋보여야 하는데 이 부분에서 공감이나 감동을 얻는데 다소 미흡한 점이 있다. 이는 담론적인 교육으로 너무 치중했기 때문이라는 생각이 들기도 한다.

6장. 교육적 브랜드 가치와 정중동(靜中動) 교육

오늘날 물질문명은 하루가 다르게 발전하는데 정신문명은 점점 황폐하게 쇠퇴해져 간다. 이는 정신이 물질의 시녀 노릇을 자청하기 때문이다. 물질을 얻기 위해 정신을 팔고 있기 때문인지도 모른다. 정신은 삶의 가장 우선순위에 있어야 한다. 정신적 가치는 너무도 귀한 것이라 팔고 살 수 없는 것이 되어야 우리 스스로 성숙한 의식으로 존재감을 내세울 수가 있다. 구재학당은 전통 회귀에 대한 안이한 정신에서 벗어나 내면세계를 깊숙히 탐색한 맑고 깨끗한 교육으로 아름답게 돋보이는 정신의 산물이다.

우리는 청소를 하기 전에 집안을 구석구석 살펴보며 자신의 마음을 바라다볼 때가 있다. 그리고 정돈과 흐트러짐에 대해 생각해 본다.

- 혹시 깨끗함을 위해 치우려 하는 것은 아닌가?
- 하기 싫은데 억지로 습관적으로 하고 있지는 않은가?

이러한 생각으로 자신의 마음 상태를 그대로 느끼면서 청소를 시작한다. 그리고 먼지를 털 때 자신의 마음에 있는 번뇌의 먼지를 터는 마음으로 털어 간다. 또한 미워하는 사람이 떠오르면 방바닥에 온통 그 사람의 이런저런 모습이 가득 있다고 생각하고 걸레로 벅벅 문지른다. 생각이 많은 날에는 방바닥에 자기 생각을 도장 찍듯이 찍으면서 하나하나 문질러 버린다. 청소를 다 마친 후에는 다시 자신과 집안을 바라다본다. 그런데

- 이 모든 것이 엉망이 되어도 웃을 수 있는가?
- 늘 하는 일이라 지겨움이 일지는 않았는가?

그렇게 생각한 후에 아직도 남아 있는 마음이 있다면 걸레와 함께 나 자신을 빨아 본다. 청소하는 도중에 명상의 핵심은 더러워진 것을 깨끗이 하려는 데 있는 것이 아니라, 본래의 자리, 본래의 모습으로 환원시키는 데 있다는 것을 우리는 깨달아야 한다. 마치 숨이 들이쉬고 내쉬듯이 반복하는 일상의 청소가 삶 자체인 것처럼 최충의 구재학당 교육철학도 생도들이 본래의 자리, 본래의 모습으로 환원시키는 데 있었다. 더럽다, 깨끗하다 하는 고정관념에서 벗어난 교육으로 모든 물건이 항상 제 자

리에 있도록 할 수 있는 기본이 서는 교육, 청소하면서도 청소의 즐거움을 맛볼 수 있는 교육이었다. 이는 자기 주변을 철저하게 정리 정돈 함으로써 자신의 마음까지 정리 정돈할 수 있는 기본을 갖춘 정중동靜中動 교육의 구조였다. 최충의 구재학당 재명도 '솔성(率性)·성명(誠明)·대중(大中)' 등 성리학자들이 특별히 중시한 텍스트였던 『중용』의 용어로 되어 있다는 것도 정중동靜中動 교육을 떠받든 최충의 교육사상이었다. 당시 유학자들도 평가하기를 구재학당의 교육 내용을 성리학의 선구자 역할로 보고 있다. 또한 구재의 명칭은 모두 유교 경전 속에서 따왔는데

낙성은 '성인의 도를 좋아한다.'는 의미로 양웅(揚雄)의 법언(法言)에서 나왔고, 대중은 '조금도 치우침이 없이 바름을 의미하라.'는 것으로 주역(周易) 대유괘(大有卦)에서 나오고, 성명(誠明)은 '정성을 다함으로써 현명해짐을 의미하라.'는 것으로 중용(中庸) 21장에서 나오고, 경업은 '정성을 다해 학업을 닦음'으로서라는 예기(禮記) 학기(學記)편에 나온다.

다음 조도(造道)는 '인격의 수양함'을 의미하는 것으로 동파집(東坡集)에서 나왔고, 솔성(率性)은 '본성을 따른다는 의미'로 중용 1장에 나오며, 진덕(進德)은 '도덕을 증진시킴'이라는 뜻으로 주역 건괘에 나오며 대화(大和)는 '크게 화합함'으로 라는 뜻으로 좌전(左傳) 양공(襄公)에 나왔다. 마지막 대빙(待聘)은 '초빙을 기다림'이라는 뜻으로 예기(禮記) 유행(儒行)에 나온다.

위에 열거한 말의 내용을 살펴보면 그 뜻은 주로 인간의 내재

적 심성을 순화시키거나 인격도야를 지향하는 공통점을 가지고 있다.[25] 바로 최충의 교육적 브랜드 가치이다. 또한 정중동 교육 시스템으로서 명상학인 것이다.

청소란 순간적 이별을 예약하는 보통 이상의 마력이 있다. 유년의 의식 속에 자리하는 청소는 삶의 한 과정으로 회자되기한다. 그리고 낯설지 않고 친숙한 동반자가 된다. 청소는 자유의지와 현실초월의 중간자로써 삶의 패턴을 승화시키는 하나의 이미지로 승화되었다. 청소의 이미지는 빛과 존재에 대한 인식으로 삶의 예찬이라는 한 과정으로 이해되어야 할 것이다. 청소에 대한 인식은 삶의 경직된 시간과 공간을 벗어나려는 인간 의지의 한 표상으로 자리매김이 되었다.

청소하고 난 후에 지나는 것은 모두 흰 빛으로 하얀 햇살이 청소한 자리에서 멈칫한다. 하얀 햇살이 흰빛인 이미지는 더욱 희게 보인다. 훌륭한 교육의 결과를 얻기 위해서는 어떠한 방법으로든 자기의 생명을 고조된 상태로 넘겨준다. 그 까닭은 교육에 대한 기쁨을 기쁨으로서가 아니라 어떤 형태나 형용으로 교육의 율동을 메타포로 환원시키기 때문이다. 그리고 교육한 결과 그 빛은 흰빛일 수도 있고 검은 빛일 수도 있다. 그러나 최충은 최초의 빛인 동시에 마지막 빛인, 교육결과의 빛깔까지 승화

25) 박찬수, 『유학사상 최충의 위상』 사학 12도의 변천과 그 역사적 의의, 1999. pp. 369~370.

되기를 기대하였다. 이는 최충의 교육적 브랜드 가치와 정중동 교육시스템으로 유교 경전에 있는 교훈적인 어구를 찾아 붙인 최충의 철학적 초상이었다. 그리고 인지할 수 있는 기대치였다.

최충은 신유학을 바탕으로 한 그의 사상적 내면세계가 성리학자로 평가되고 있다. 그런데 구재 학당에서는 구재의 명칭에 따라 학습 내용이 전개되는 것은 아니었다. 지도하는 교재는 구경(九經)과 삼사(三史)를 가르쳤다고 한다. 구경은 삼경(시경, 서경, 역경), 삼례(주례, 의례, 예기), 삼전(춘추좌씨전, 공양전, 곡량전)을 말하는 것이고, 삼사는 사기, 한서, 후한서였다.[26]

사실 고려의 유학교육은 그 목적이 백성을 교화하여 좋은 풍속을 이루게 하는 화민성속化民成俗에 있었다. 따라서 교육내용은 9경과 삼사에 통달하게 하고, 정치와 법률제도를 잘 알게 하며, 그것을 운용할 만한 관리양성에 있었다고 볼 수 있다.[27]

그런데 지금까지 유교 경전에서 따온 구재 명칭의 연원을 살펴보면 오늘날 국가 교육 과정 정책에 내포된 인성 교육의 내용과 흡사하다는 것을 알 수 있다. 그렇다면 우리는 최충의 어떤 교육 정신을 본받고 인성 교육은 어떠한 방향으로 나가야 할 것인가? 이에 관한 결과는 자명해진다. 우리는 사회와 국가, 인류

---

26) 9경은 주역 시경 서경 효경 예기 춘추 주례 논어 맹자를 들기도 하고, 삼례(주례, 의례, 예기), 삼전(춘추좌씨전, 공양전, 곡량전), 시경 서경 역경을 들기도 한다.(김상기, 『고려시대사』 p.131) 고혜령 글 재인용
27) 손인수, 〈한국사학의 전통과 최충의 위치〉, 『최충연구논총』 p.89 고혜령글 재인용

를 위해서 필요한 인물을 길러내며 인간으로서 어떤 가치를 지향하고 살아가야 하는가를 가르치기 위함이라는 명제로 귀결된다. 따라서 한국 사회가 추구하는 인성 교육이 효율성을 갖기 위해서는 구재의 명칭인 낙성, 대중, 성명, 경업, 조도, 솔성, 진덕, 대화, 대빙을 현대적으로 재해석하여 함의含意된 의미를 중심으로 한 인성교육의 방향을 설정해야 할 것이다. 이는 최충이 지향해온 신유학 사상이다.

고혜령 문화재위원은 구재의 명칭을 살펴볼 때, 최충이 사학을 시작한 의도는 성인을 좋아하고, 성인을 흠모하여, 성인을 본받게 하는 신유학에 기저 한 인성 교육의 출발점이라고 전제한다. 그 이유는 인간교육을 지향하였기 때문이라고 한다. 또한 사학을 창설한 목표도 근본적으로 인간의 내재한 심성을 존양하고, 유학자들의 도덕적 실천을 표방한 사회를 정화할 수 있는 인재를 길러내고자 하는 데 있었다라고 단정하였다.[28]

이러한 논의에서 고혜령 문화재위원의 담론은 현행 한국 사회에서 추구하는 인성 교육의 가장 큰 목표인 전인교육과 최충의 신유학 사상을 같은 개념으로 보고 있다.

우리 사회는 인성 교육을 통해 길러진 바람직한 인간상을 현명한 의사결정 능력을 지닌 인간으로 본다. 따라서 우리는 개

---

28) 고혜령, (2016), 최충포럼 발표논문, 대종회 종회지 게재문 인용.

성 존중과 적극성 함양 그리고 긍정적 사고와 미래 지향성 등을 인성 교육의 방향으로 제시하고 있다. 이처럼 인성 교육을 전인 교육과 같은 개념으로 파악하여 가치 지향적 활동으로 규정한 교육부는 인성 교육의 특성을 다음과 같이 세 가지로 전제하여 내세우고 있다.

첫째, 인성 교육은 인간 대 인간의 만남이란 점

둘째, 인성 교육은 가치를 추구하는 활동이라는 점

셋째, 인성 교육의 목표는 개인적 차원에서 인간 형성이요, 사회적 맥락에서는 공동체적 생활문화 발전

이라는 점을 들고 있다. 최충이 독자적으로 사학을 설치하고 중용, 주역 등의 뜻으로 구재 명칭을 만들어 성인의 도를 가르친 유교 사상은 사장학을 바탕으로 한 신유학을 수용하고 있다. 이는 북송신 유학을 수용하고 있는 것인데, 그 이유는 『대학』, 『논어』, 『맹자』, 『중용』 등에서 명칭을 인용하고 있기 때문이다. 따라서 최충의 신유학에서는 심학(心學)을 정립할 필요성이 있다.

동아시아에서 가장 주요한 전통문학인 신유학의 특성은 '인간의 몸과 마음과의 관계, 마음의 작용과 기능, 마음의 수양법' 등에 대해 매우 적극적 관심을 갖게 하였다. 원래 신유학은 중국 송대의 신유학자들이 제시한 심신 수양 방법의 하나로 아무

움직임이 없이 마음을 고요히 가라앉히는 적연부동寂然不動의 태도를 가짐으로써 자신의 본성을 깨닫게 하는 것을 말한다. 다시 말하자면 신유학Neo-Confucianism은 마음이 방탕했던 사람이 그 마음을 거두어들이는 심신수렴心身收斂 혹은 심신수양법으로 몸을 바르게 하고 앉아 있는 정좌靜坐였다. 이러한 정좌靜坐에 대해 신유학의 탄생에 이바지한 북송오자(北宋五子) 가운데 이정(二程) 형제가 정좌의 중요성을 설파하였고, 신유학의 집대성자 주희(朱熹)도 정좌의 유교 수양법에 대해서는 매우 긍정적이었다. 그 예가 '사람의 마음과 몸은 둘이면서도 하나이고, 하나이면서도 둘이다. 즉 마음이 있으니 몸이 있고, 몸이 있으니 마음이 있다'는 것이었다. 이는 우리 마음속의 생각이나 의식에 해당한다. 따라서 몸이 달라지려면 생각과 감정을 바꾸는 것이 좋은 방법의 하나라는 것이다. 이처럼 신유학은 인간의 몸과 마음의 관계인 마음의 수양법을 제시하고 있다. 특히 조선 후기에 와서 최충의 학문이 심학(心學)으로 인식된 이후에는 최충 가문의 후손 최유해(崔有海, 1587~1641)가 『구재명당서』(九齋名堂書)에 다음과 같이 기술하였다.

정자·주자가 일어난 뒤에 강유(綱維)를 만들고 후인을 인도한 것이 이 구재의 뜻으로 중시하지 않은 것이 없으니 선조의 도학의 연원이 올바른 것이었음은 또 이것들을 근거해서도 미루어 알 수 있는 것이다. 그러므로 체體와 용用을 들어서 함께 말한 뒤에라야 그 뜻이 정밀하게 되는 것이니 이것은 성(性)에 따르는 솔성(率性)하는 데에 중요함이 되고, 도로 나가는 조도(造道)가 시작되는 것이다.[29]

　이상의 논의에서 구재학당의 명칭을 현대적으로 재해석하여 현행 인성 교육과의 접점을 찾기 위해 교육부가 제시한 인성 덕목과 비교해 보면 다음과 같이 정리할 수 있다.[30]

〈표1〉

구재명칭	현대적 재해석	교육부 제시덕목
낙성	성인의 도와 경지를 추모하고 따르려고 노력함.	행복, 창의
대중	조금도 치우침이 없는 중도를 지키는 공정과 정도(正道).	용기, 공감
성명	진실로써 선을 밝힘, 성실함.	정직, 창의
경업	정성을 다해 학업을 닦고 공경하는 마음으로 일에 매진함.	효, 예절
조도	도에 나아감, 인격을 수행함, 인격 도야, 자기 수양.	책임, 약속
솔성	인간의 본성을 따른다, 휴머니즘.	존중, 사랑
진덕	덕 있는 곳으로 나아감, 남에게 베풀 줄 아는 태도, 사랑, 배려.	배려, 사랑
대화	크게 화합함, 융화, 융합.	소통과 갈등해결
대빙	자신의 실력을 길러 때가 오기를 기다림.	책임

〈표1〉에서 비교한 내용을 정리하면 한마디로 정중동(靜中動)이었다.

29) 이성호, 최충과 신유학, 도서출판 역사문화(2016), p.388~389.
30) 최운선, 〈최충 신문학 사상을 기저로한 인성교육 실천 방안〉 최충포럼 발표논문, 2016

정중동(靜中動, Movement of Silence)이란 고요할 정靜, 가운데 중中, 움직일 동動으로 이뤄진 말로, 고요한 가운데 움직이는 모습 혹은 표면적으로는 조용하지만 내면적으로는 부단히 움직이고 있는 모습이라고 해석할 수 있다. 마치 백조가 물 위에 떠 있기 위해 쉼 없이 물 갈퀴질을 하는 듯한 움직임을 말한다. 물 위에 떠 있는 백조는 남이 보기에는 우아해 보이지만 백조 자신은 물속에 가라앉지 않기 위해 안간힘을 다하고 있다. 구재학당의 교육은 백조의 그러한 움직임에 비견될 수 있다. 교육도 교육을 나누는 당사자가 귀하게 여기면 귀한 가치를 지닌 제자를 길러낼 수 있지만, 교육을 가볍게 여기는 교육자에겐 싸구려 신발만도 못한 제자를 길러 내게 되는 것이다. 아름다운 세상은 교육의 가치를 가장 높일 수 있을 때, 그리고 그러한 가치가 높은 교육이 바로 삶의 목표가 될 때 이루어질 수 있다. 이는 다른 모든 교육 수단들을 제자리로 돌아가게 할 수 있는 일이다.

어느 산골, 동쪽 산과 서쪽 산의 중턱쯤에 노스님들이 사는 절이 있었다. 스님들은 해가 지면 물을 긷기 위해 똑같은 시간에 산 아래 계곡으로 내려가곤 했다. 그러기를 1년이 지났을까? 그렇게 지내다가 동쪽 산에 사는 스님이 서쪽 산에 사는 스님이 한 달 동안 보이지 않기에 안부가 궁금하여 물을 길으러 내려간 김에 서쪽 산의 스님이 살고 있는 절에 갔다. 혹시나 병이 들어 한 달 동안 물을 못 긷는 것은 아닌지 걱정이 이만저만이 아니었다. 그런데 아파서 아랫목 신세를 지고 있을 거로 생각했던 서쪽 스님이 절 뒷마당에서 땀을 뻘

뻘 흘리며 장작을 패는 것이 아닌가? 하도 의아한 나머지 동쪽에 사는 스님이 서쪽에 사는 스님에게 물었다.

"스님이 계곡으로 한 달 동안이나 물을 길으러 내려오지 않아서 걱정되어 이렇게 올라왔습니다. 그런데 막상 올라와서 보니 이렇게 건강하게 잘 지내고 계시니 한편으로 반갑고 또 한편으로는 놀랍기 그지없습니다. 그건 그렇고 어떻게 물도 없이 한 달 넘게 지내셨는지요?"

그러자 서쪽 스님이 살며시 동쪽 스님의 소맷자락을 끌고 절 모퉁이로 가면서 하는 말,

"제가 이곳에 이렇게 지난 1년간에 걸쳐 우물을 팠답니다. 물이 안 나와서 중간에 포기할까 몇 번을 망설였는데 쉼 없이 우물을 파다 보니 결국에는 물이 나오더군요."라고 말하는 것이다.

그렇다. 구재학당은 위의 두 스님에 관한 이야기가 말해 주듯 바쁜 생활 속에서 자투리 시간을 이용하여 열정을 다해 자기 계발을 하는 정중동(靜中動) 교육이었다. 그리고 구재학당은 브랜드 가치가 높은 교육기관이었다. 브랜드아이덴티티Brand identity란 말이 있다. 기업이 고객들에게 자기 회사의 브랜드에 대하여 믿음을 갖게 하고 기대하는 이미지나 생각을 지니도록 하는 것을 말한다. 아마도 최충은 교육생들에게 교육적 브랜드의 가치를 높여주기 위하여 온갖 지혜를 다 모았을 것이다. 뛰어난 인재일수록 브랜드 가치는 높다. 최충은 교육생들이 어떤 분야에 브랜드를 가져야 할 것인가를 잘 찾아내서 그 분야에서 최고의

명품 브랜드를 갖게 하기 위해서는 어떻게 해야 할 것인가를 치밀하게 계획을 수립하고 실천하였다. 강한 소망은 반드시 이루어지듯이 교육생들에게 간절히 바라는 것이 있다면 그것을 이루어지게 하는 강력한 힘이 있어야 한다. 그것은 교육생들의 브랜드 가치를 높이기 위한 계획을 구체적으로 수립하고 실천하면서 할 수 있다는 자신감과 자기 암시 효과를 활용하여 멋진 브랜드를 갖게 하는 것이다. 최충은 학생들에게 스스로 철저하게 자기관리를 통하여 자신을 단련하는 일에 게을리하지 않도록 도와주었다. 그리고 최고의 브랜드 가치를 유지하려면 자신의 이미지를 잘 관리하고 열심히 하는 방법뿐이라고 생각한 최충은 교육생들을 명품 인재로 키우기 위해서 설정된 교육생들의 브랜드 비전을 지속해서 관리하고 비슷한 능력을 갖춘 사람과 차별화하기 위해 부단한 노력을 아끼지 않았다. 그 결과 구재학당에서는 고려시대 이규보(동국이상국집)와 같은 명품 브랜드를 많이 키워내게 되었다.

3부

교육은 미래요, 희망이요, 우선이다

교육은 미래요,
희망이요, 우선이다

　사람이 사람답다는 것은 교육의 가치를 삶의 우선순위에 놓을 줄 안다는 데서 찾을 수 있다. 교육의 순위를 물질 밑에 두게 되면 비인격적인 수단이 동원되기 시작한다. 교육의 순위가 밑으로 내려갈수록 사람은 인면수심이 된다. 교육은 역사의 시간과 세계에 대한 통찰력을 제공한다. 선택의 갈림길에서 교육은 무수한 경험과 다양한 선례를 제시하여 어두운 길에 환한 등불처럼 길을 밝혀준다. 따라서 교육은 미래요, 희망이요, 우선이다. 교육은 시험을 치기 전 무수한 연습문제를 풀 듯이, 교육은 수많은 예제와 다양한 풀이를 제공하여 다가올 미래를 맞이할 최적의 상태를 갖추게 한다. 우리 사회가 어디서 왔다가 어디로 갈 것인가, 그리고 지금은 무엇을 해야 할 것인가 하는 것도 교육이　일러준다. 즉 교육은 '역사의 시계'를 제공해 준다. '역사의 시계'는 역사를 통해 얻게 되는 행동 선택의 기준을 말한다.

우리가 일상생활에서 손목시계를 보며 생활하듯이, '역사의 시계'는 변화하고 있는 사회와 세계 속에서 내가 어떻게 행동해야 하는가를 알려준다.

최충은 국가발전과 교육에 관하여 깊이 생각하였다. 이와 관련지어 이규보의 이야기를 살펴보면, 이규보는 개성적인 견해를 저술로 남긴 최초의 논술 전문가였다. 어느 글이든 글쓴이의 개성과 견해가 드러나지 않는 글은 없지만, 당대의 대표적인 고전 『삼국사기』와 『삼국유사』는 일정한 사실을 기록한 기록문의 성격만 강했다. 근대적인 개인 글쓰기의 의미를 사물과 세계에 대한 독창적인 해석으로 이해할 때, 이규보의 글은 그런 기준에 전혀 손색이 없는 탁월한 고전이다. 그중 「슬견설」은 일반인들의 상식적인 사고의 허를 찌르는 예리한 지적으로 지금 현행 교과서에 실릴 정도의 독특한 논리를 펼치고 있다. 이를 소개하면 다음과 같다

어느 손이 이규보를 찾아와 개를 때려 잡는 광경이 참혹하였다고 전하면서 너무 마음이 아파 다음부터 개나 돼지의 고기를 먹지 않겠다고 다짐한다. 그러자 이규보는 이를 잡아 불에 넣어 태워 죽이는 잔인한 장면을 보고 다시는 이를 잡아 죽이지 않겠다고 맹세한다. 손이 〈이는 미물이고 개는 육중한 짐승인데 같이 비교하는 것이 옳지 않다〉고 항변하자 이규보는 무릇 모든 생명 있는 것은 다 살기를 바란다는 의미에서 동일한데 큰 것만 존엄하고 작은 것

은 하찮을 수 있느냐고 반문한다. 큰 손가락도 아프고 작은 손가락도 아프니 달팽이의 뿔(더듬이)을 쇠뿔과 같이 보고, 메추리를 대붕과 동일시할 수 있어야 도(道)의 경지에 드는 것이라고 가르친다.

이 글에서 이규보의 의도는 사물의 외형만 보고 그 속에 감춰진 본질적인 의미는 무시하는 세간의 피상적이고도 경박한 현실관을 비판하고 있다. 이러한 비판의 속뜻은 최충헌의 무신 정권에 기대어 벼슬을 살면서도 이규보는 모든 인간이 본질적으로 평등하다고 말하고 싶었던 것이다. 권력을 쥐고 있는 무신도 최충헌에 눌려 지내는 나약한 문신도 우국충정에서 무엇이 다르며, 나아가서 양반도 상민도 인간이라는 점에서 무엇이 다를 것인가를 이야기하고 싶었다. 그러나 이규보는 텍스트가 끝나는 곳에서 다시 생각할 화두를 던지고 있었다.

『그렇다고 인간은 모두 존엄하며 동등한 가치를 가지는가?』

여기서 교육의 문제가 대두된다. 교육을 받은 사람과 받지 않은 사람은 사뭇 다르다는 것을 이야기한 것이다. 그 당시 백성들의 작은 의견은 이해관계로 결정되지만, 큰 의견은 교육과 정치적 철학으로 결정되었다. 여기에는 문화적 교육을 받았는가에 대한 차이가 중요하게 다루어졌다. 그 이유는 국민성을 보존하는 것이나, 수정하고 향상하는 모든 것도 문화와 교육의 힘이기 때문이다. 또한 삶의 방향도 문화와 교육으로 결정됨이 큰 까닭이 된다. 교육이란 결코 생활의 기술을 가르치는 것만을 의미하는 것이 아니다. 교육의 기초가 되는 것은 사회적인 삶을 바탕으로 한 철학이다. 어떠한 철학의 바탕 위에, 어떠한 삶의 자세를 가르치는가? 이것이 바로 교육의 기본이다. 이규보가 반문한 인간은 모두 존엄하며 동등한 가치를 가지는가도 이를 바탕으로 문제 제기한 것이다. 훌륭한 정치는 좋은 교육에서 시작된다. 건강한 교육철학의 기초 위에 서지 아니한 삶의 교육은 그 개인과 그를 포함한 국가에 해가 된다. 이는 인류 전체를 보아도 그러하다.

최충은 이러한 교육관을 마음에 담아 열심히 국가발전과 교육을 위해 마음의 마루를 닦아 냈다. 어제도 닦았지만 오늘 또 닦는다. 어제도 마음 구석구석을 닦았고 오늘도 힘껏 닦았다. 그러나 오늘도 어제처럼 다 닦지는 못했다. 아무리 잘 닦고 깨끗하게 빤 걸레로 다시 닦아 내도 때가 묻어났다. 그 이유는 햇빛이 들어오면 먼지들의 요란한 비행을 볼 수 있었기 때문이었다. 그래도 그러는 동안 마루는 깨끗하고 정돈된 마루이고 앉아 있으면 기분 좋은 마루였다. 마음의 방을 닦은 것이다. 교육도 이러하다. 최충의 교육관은 어제도 닦았지만 오늘 또 닦는다. 어제도 좋은 생각으로 닦았고 오늘도 겸손한 자세로 닦았다. 그러나 오늘도 어제처럼 다 닦지 못하였다. 아무리 애써 닦아도 욕심의 때가 남아 있고 불만의 먼지가 마음 한구석에 쌓여 있기 때문이었다. 그렇게 교육이 이루어지는 동안 학생들은 최충의 교육 신념이 자신들을 밝고 따뜻한 사랑으로 이끌어준다고 생각하였다.

오늘날과 같이 고도의 문명을 이룩할 수 있었던 것은 교육에 의한 지식의 축적 및 전달 때문이었음은 그 누구도 부인할 수 없을 것이다. 21세기는 지식혁명의 시대라고 한다. 평생 끊임없이 새로운 정보를 받아들여야 삶을 영위해나갈 수가 있다. 그러나 받아만 들여서는 안 된다. 쌀이 바로 밥이 될 수 없듯이 받아들인 정보를 교육적으로 언어디자인 화할 수 있어야 한다. 우리가 가지고 있는 정보를 교육적으로 디자인화 할 수 있는 능력이 바로 교육 실천가의 능력이다. 그것을 이 시대는 요구하고 있다. 요즈음엔 교육할 것이 참으로 많다. '교육을 잘 받으면 잘 풀린다.'라는 말이 성공학에서 까지 자리 잡게 되었다. 이제는 기업의 성패도 교육의 능력에 달려있다. 기업이 교육에 대한 각별한 관심을 보이기 시작한 것도 이 때문이다.

삼성, 두산, 엘지, 포스코, 코오롱, 롯데, 우리홈쇼핑, 교보문고, 네오위즈 등 많은 기업이 외부강사를 초빙해 특강을 열고 있다. 사원들도 업무 분야를 막론하고 퇴근 후에 이루어지는 교육을 받겠다고 몰려든다. 그 바람에 각 회사는 교육 수강 대상의 폭을 넓히고 교육 기간을 연장하는 추세다. 이러한 과정에서 교육을 통해 사물에 대한 분석력·구성력·적응력·종합력·비판력 등이 신장한다. 그런데 이러한 고등 정신 기능에 속하는 교육의 능력도 기초단계부터 차근차근 수련을 쌓아가는 동안에 괄목할 정도의 수준으로 향상될 수 있다. 최충의 교육 기본원리가 바로 여기에 있었다. 충분히 익혀야 교육을 받는 사람도 자신감을 가질 수 있다. 부단한 연습 과정이 없이는 실력 향상은 불가능하다. 결국, 교육은 이론이 아니다. 땀과 눈물이다. 고려시대 사람들은 교육을 받는데 부담이 있었다. 그리고 교육을 받는 데에는 어떤 특별한 능력이 필요하다고 생각하였다. 그러나 누구나 교육을 받을 수 있는 능력이 있다. 우리말의 구조에 대한 전문적인 문법 지식이 있어야만 교육을 받는 것은 아니다. 말을 할 줄 아는 사람이라면 누구나 교육을 받을 수 있다.

시선일여詩禪一如라는 말이 있다. 시는 선의 세계와 같다는 의미이다. 훌륭한 시는 사변적 지식이나 논리적 이치로 따지는 것이 아니다. 공자는 시詩에서 교육적 흥취를 추구하였다. 이는 실천 교육이다. 다음은 공자의 이야기이다.

공자(BC 551~BC 479)에게 혈육은 아들 하나뿐인데 이름이 백어(伯魚) 였다. 공자는 아들이 지나가는 것을 불러 세워 '학시이언 학예이립'學詩以言 學禮以立 시를 배우지 않으면 말할 수 없고, 예를 배우지 않으면 남 앞에 나설 수 없다는 8자를 가르친 것이 교육의 전부였다.

공자가 詩를 유독 강조한 것은 『논어』 태백편에서도 볼 수 있다. '흥어시 입어례 성어락'興於詩 立於禮 成於樂 시를 많이 읽고 나면 예에 설 수 있으며, 시의 리듬(흥취)에서 완성 될 수있다.『논어』 이는 인문학적 통찰력으로 자기의 삶을 아름답게 꾸밀 수 있다는 것이다. 그러나 공자도 다음과 같은 기이한 출생의 비밀을 가지고 있다. 바로 야합野合이었다.

성은 불길에 휩싸여 검은 연기가 하늘을 뒤덮고 화살이 비 오듯 쏟아졌다. 노나라 노양공 10년, 진나라가 제후의 군사를 동원해 노나라로 쳐들어와 핍양성을 공격하자 노나라 군사들은 가을바람에 낙엽이 쓸리듯 우왕좌왕하고 있었다. 설상가상 출입문이 내려앉았다. 노나라 군사들의 퇴로가 막혀 '독 안에 든 쥐' 꼴이 됐을 때 기골이 장대한 노군 한 사람이 혼자서 문을 들어 올렸다. 노나라 군사들이 물밀듯이 성을 빠져나갔다. 키가 팔척에 어깨가 태산처럼 벌어진 대부 공흘(孔紇)은 노나라의 구국 영웅이 됐다. 그의 무공(武功)은 그 후에도 이어졌다. 하급 무관 공흘은 백성으로부터 추앙받는 대부였지만 그 자신은 개인적으로 한평생 번민에 휩싸여 웃음을 잃고 살았다. 첫 부인 시(施)씨가 딸을 낳았다. "그래, 첫 딸은 부자라더라" 했지만 둘째도 딸, 셋째도 딸, 넷째·다섯째도 딸딸. 그는 딸을 줄줄이 아홉이나 낳았다. 술로 세월을 보내던 공흘은 첩을 얻었다. 마침내 득남을 하고 선 그는 하루에도 열두 번씩 아들 바지를 내려 고추를 확인하고 하늘 높이 치켜들어 '껄껄' 웃었다. "이놈은 장군감이야, 장군." 공흘이 아들을 안고 마실을 나오면 동네 사람들은 그의 어린 아들을 '공 장군'이라고 불렀다. 그런데 마른하늘에 날벼락이 떨어졌다. 장군감인 그 녀석은 네 살이 돼도, 다섯 살이 돼도 스스로 걷지를 못하는 것이었다. "반듯한 아들 하나 낳지 못해 이렇게 대가 끊어지는가." 그는 주막 술독에 빠져 살았다.

동네 노인 한 사람이 주막에 들렀다가 술 취한 공흘을 만났다. 공흘은 회갑을 넘긴 나이에도 덩치는 태산이요, 완력은 황우 같았다. 그 큰 덩치에 어울리지 않게 술을 마시다 말고 흐느껴 울었다. 노인이 합석을 하고 "여보게 공흘, 아직 늦지 않았네." 하자 공흘의 귀가 번쩍 열렸다. "산 너머 북촌에 무녀가 딸 셋을 데리고 있는데 무슨 연유인지 시집을 보내지 않아 셋 모두 혼기를 넘기고 이제야 부랴부랴 신랑감을 찾는다네. 한번 가보게." 노인네가 일러줬다. 무녀 딸이면 어떻고 기녀 딸이면 어떤가. 어디 찬밥, 더운밥 가릴 때인가. 이튿날, 젊은 시절에 입던 대부 군복을 차려입고 뒷산을 넘고 들판을 지나 강을 건너 북촌으로 갔다. 무녀에게 인사를 올리고 자리를 잡고 앉자 첫째 딸이 찻잔을 들고 들어왔다. 머리가 희끗한 공흘을 쳐다보더니 고개를 저었다. 둘째 딸도 마찬가지였다. 고개를 푹 숙인 공흘이 일어서려는데 셋째가 들어왔다. 첫째·둘째도 고개를 저었는데 가장 어린 셋째야 어련하랴. 그런데 마주친 눈빛에 불꽃이 튀었다. 제 어미와 소곤거리더니 셋째가 보따리 하나 달랑 들고 공흘을 따라나서는 게 아닌가. 꽃 피고 새 지저귀는 춘삼월, 온 산은 진달래로 붉게 물들었고 만화방창(萬化方暢·만물이 봄기운을 받아 힘차게 자람)으로 벌·나비가 꽃을 찾아 날아들었다. 종달새는 남풍을 타고 하늘에서 사랑을 속삭였다. 강을 건널 때 공흘은 새색시를 등에 업었다. 두 손으로 새색시 엉덩이를 떠받쳤다. "네 이름이 뭐냐?" "안징재(顔徵在)라 하옵니다." "몇 살이냐?" "열여섯 살이옵니다."

엉덩이를 받친 두 손에 힘이 들어가고 배꼽 아래에 피가 쏠렸다. 강을 건너자 둑 옆 새파란 잔디밭이 마치 비단을 깔아놓은 것 같았다. 공흘이 안징재를 잔디밭에 내려놓았다. 이어 새색시를 잔디밭에 눕히고 품에 안았다. 타고난 장골이라 환갑을 넘겼어도 아직도 뜨거운 피가 끓었다. 열여섯 살 새색시 안징재도 첫날밤 화촉을 밝힌 금침 속은 아니었지만 늙은 새신랑의 포옹에 중천의 해를 바라보며 그의 품에 안겼다. 들판에서 야합(野合)을 치른 것이다. 잔디밭에 깔아놓았던 공흘 군복에 새빨간 핏자국이 선명했다. 공흘의 피가 또 쏠려 야합을 삼합이나 치르고서야 일어나 차림새를 추스르고 서로 손을 잡고 춤을 추면서 봄을 밟고 들판을 가로질렀다. 그야말로 성어락成於樂이었다. 새 신부 안징재는 무녀의 딸로 나이도 어렸지만 얌전한 공흘의 처로 가정을 꾸려갔다. 안징재가 헛구역질을 하더니 배가 불러왔다. 열 달 만에 공흘은 그렇게도 바라던 옥동자를 낳았다. 공흘은 야합으로 얻은 아들 이름을 구(丘)라고 지었다. 구는 어려서부터 예절이 바르고 영리했다. 구가 세 살 때 아버지 공흘은 이승을 하직하고 열일곱 살 때 어머니 안징재를 여의었다. 공구는 창고지기로, 가축 사육으로 고생을 하면서도 공부를 게을리하지 않았다. 공구가 바로 대학자요, 사상가요, 논어(論語)의 주인공, 유학의 아버지, 공자(孔子)였다. 공자는 세상이 갈기갈기 찢어져 어지럽던 춘추전국시대, 30여 년 동안 이 나라, 저 나라를 유랑하며 왕 72명을 만나 인仁과 덕德의 통치를 설파했다. 〈인터넷에서 빌려온 글〉

상식을 깨는 교육일지 모르나 문제는 이러한 예를 교육으로 생각하지 않는 데 있다. 우리는 일반적인 교육 상식에서 벗어난 교육도 교육이고, 교육은 누구나 받을 수 있다는 생각의 전환이 필요하다. 우리나라는 세계 여러 나라와 비교해 볼 때 문맹률이 가장 낮다. 이제 글자를 읽지 못하거나 쓸 줄 모르는 국민은 거의 없다. 그러나 선진국과 비교해 볼 때, 우리나라 사람들의 독서 수준은 매우 낮다. 교육의 활성화를 위한 밑바탕에는 활발한 독서가 있어야 한다. 교육은 개인의 삶뿐만 아니라 우리 사회의 삶의 질을 높이고 문화적 저력을 높여 준다. 최충의 교육은 누구나 자기가 받고 싶은 교육을 받는 자유로운 교육 세상이 되어야 한다는 것이다. 이러한 교육은 맹목과 편견의 굴레에서 벗어난 교육이 될 것이다. 소수의 의견이 지배하는 교육이 아니라 다수의 입장이 고려되는 사회라면, 소수의 입장이라도 존중되는 교육을 가능케 할 것이다. 우는 아이 젖 준다고 했다. 남의 눈치를 보지 않고 자기의 생각을 당당하게 실천한 교육 정신 누구도 최충의 교육적 자존을 평가할 수 없고 재단할 수 없다. 최충이 하는 교육은 의미 있고 실천적이기에 존재가치가 있다. 무엇이든지 교육하지 않는 것은 존재하지 않는다. 그래야 교육은 미래요, 희망이요, 우선이 된다.

7장. 면학분위기를 조성하다

　바람직한 인간관계란 아낌없이 주는 마음에서부터 시작된다. 받고자 하는 마음만 앞선다면 상대는 문을 열어주지 않는다. 문을 열기는커녕 경계하는 마음이 앞선다. 주는 마음이 열린 마음이다. 바로 내 것을 고집하지 않고 남의 것을 받아들이는 마음이다. 그의 말을 들어주고, 그의 마음을 받아 주는 것, 그것이 열린 마음이다. 또한 나를 낮추는 것도 열린 마음의 시작이다. 나를 낮추고 또 낮춰 저 평지와 같은 마음이 되면 거기엔 더 이상 울타리가 없다. 벽도 없고 담장도 없다. 거기엔 아무런 시비도 없다. 백성들의 인간다운 삶을 보장해 주는 것이 곧 국가발전의 목표라고 볼 때, 이러한 국가 발전은 물질적 성장에 의해서 뿐만 아니라 정신적 가치의 교육 구현에 비로소 가능해진다. 특히 사회구성원에게 인간다운 교육의 기회를 더욱 확충하고 그 질적 발전 가능성을 최대한 실현하도록 돕고, 그런 것을 가능하게 하는 교육과정에 정당한 가치를 부여할 때 진정한 의미의 국가발전이 이룩된다.

'발전development'은 항상 '변화'를 내포하고 있다. 그러나 모든 형태의 변화가 전부 발전에 해당되는 것은 아니다. 이를테면 교통 신호등이 빨강에서 파랑으로, 파랑에서 빨강으로 바뀌는 변화를 발전으로 생각할 수는 없다. 발전이란 어떤 특정한 방향으로 일어나는 변화라는 의미를 내포하고 있다. 좀 더 구체적으로 말해, 그 이전의 단계에 내재적으로나마 존재했던 것의 전개에 해당하는 것이다. 이렇게 볼 때 발전은 선적線的인 특성이 있다. 따라서 반복의 과정으로만 보이는 것을 발전이라고 규정하지 않는 이유는 그 때문이다. 그러나 한편으로 우리는 비록 반복의 경우라도 때때로 그 과정 중의 특정 단계를 따로 떼 내어 그것을 발전이라고 생각하기도 한다. 이는 전체 과정에서 어떤 종류의 질質이 그 시기에 특정의 수준까지 진전된 경우이다.

따라서 우리는 발전에 대해 이야기할 때 최종 단계가 그 이전 단계보다 더 좋을 것으로 생각한다는 점이다. 하지만 언제나 그렇게 생각하는 것만은 아니다. 이를테면 자유시장 경제체제를 신봉하는 사람이 경제에 관한 국가 개입의 발전사를 추적해 볼 수 있는 것처럼. 우리는 부정적 가치로 여기는 어떤 현상의 발전에 관해서 이야기할 수도 있는 것이다. 따라서 교육 발전이라는 개념의 특성은 그 내포적 의미 속에 항상 교육적 가치 판단의 요소를 함축하고 있다.

고려시대 교육의 주된 목표는 자아실현과 인격 완성을 이룩하여 인간다운 삶의 질을 향유할 수 있도록 하는 데 있었다. 이와 같은 교육목표의 달성은 교육정책 입안과 실천의 끊임없는 쇄신을 통해서만 가능하고, 이는 교육 이외의 다른 사회 부문의 유기적인 협조와 지원이 있어야 가능한 것이다. 그리고 고려시대의 교육은 그 주된 목표인 자아실현과 인격 완성을 통하여 정치, 경제, 사회, 문화 등 여러 부문의 발전에 이바지하게 된다.

이처럼 고려의 교육은 과거 지나치게 국가 중심의 발전 논리만 전개하던 시대와는 다르게 시대적 상황이 전개되었다. 고려의 교육은 문제 제기와 함께 합리성이 존재했다. 제기된 문제에 관해 정의되는 개념을 우리는 문제 제기적 합리성이라 부른다. 고려의 교육에 관한 문제 제기는 국자감 속에 포함된 것은 물론이고, 내버려 둔 것, 침묵속에 묻혀 있는 것까지 제기되었다. 고려시대 교육이 언제나 가시적이고, 문자적인 것, 조작가능한 것만 짝지어져왔다는 사실을 기억한다면, 고려 교육에서 문제 제기된 것은 그 나름대로 의의가 있다. 당시 고려시대 국자감은 주어진 것, 현상적인 것을 넘어설 수 있는 언어나 분석은 없었다. 교육자의 관심은 오로지 형식적인 교육과정에 있었고, 그 결과 제기된 문제들은

-어떤 교과를 가르쳐야 하는가?

-어떤 수업 형식을 사용해야 하는가?

-어떤 목적을 개발할 것인가?

-그 목적에 적합한 평가 형식은 무엇인가?

하는 것이었다. 물론 고려시대 교육에 관한 이러한 관심사도 중요하지만, 이는 수박 겉핥기에 불과하다. 이런 관심사들은 특정 지식의 선별, 특정 관계의 활용, 조직적 구조의 특성 등을 통해 학생들에게는 암묵적으로 전달되는 메시지 역할 뿐이다. 따라서 진정한 교육적 가치들은 중요하게 다뤄지지 않았다. 당시 국립대학 격이었던 국자감이 인재의 인큐베이터와 같은 공급처가 되어야 하겠지만 실은 유명무실한 상태였다. 이에 최충은 자신이라도 직접 나서서 인재를 육성해야겠다고 마음먹은 것이다.

당시 고려시대 교육담당자들의 이데올로기는 다양한 지식, 사회적 실천, 문화 경험들 속에서 교육적 역할이 어떠한 의미로 증대되고, 구현되는지에 있었다. 이로 보아 고려시대 교육적 이데올로기는 다분히 역동적 구성 개념으로 자리 잡고 있었다는 것을 방증한다. 그리고 고려시대 교육자들은 자기의 경험과 자신이 속한 세계를 의식하는 이데올로기가 학생들을 지도하는 교리이자 매개물이 되었다. 그런데 당시 교육담당자로서 이데올로기가 어떻게 교육적 의미를 유지하고 생산하는지, 개인과 집단들은 어떻게 교육적 의미를 생산하고 합의하고 수정하고 저항하는지 이에 대한 이해가 필요하다.

따라서 교육자들의 이데올로기가 어떻게 작동하는지를 이해하려면 먼저 교육자들 자신의 지식관, 인간관, 가치관, 사회관이 어떠한 상식 수준으로 중재되는지를 검토해야 한다.

그리고 이에 대해 비판적으로 평가해 볼 필요도 있다. 아름다운 세상이란 풍경이 아름다워서 아름다운 세상이 아니라 아름다운 사람이 많아야 아름다운 세상이 된다. 교육의 풍경도 아름다워지려면 이데올로기에 사로잡힌 교육자들보다 훌륭한 교육자들이 많아야 아름다운 열매를 맺고 세상이 아름다워진다.

최충은 아름다운 열매를 많이 가꾸어낸 훌륭한 학자였다. 세상에 만들어 내는 모든 사람은 아름다운 사람의 지혜와 성품에 의해서 만들어 낸 열매로 가득하다. 그 이유는 물질의 세계는 결국 정신세계에서 구상한 것을 구체화한 것이기 때문이다. 그리고 아름다운 교육은 장애도 없고 거칠 것이 없기 때문이다. 그리고 교육에 있어 아름답게 아낌없이 주는 마음은 열린 마음이고 자유로운 마음이다. 울타리 안이 좁으면 들어 설 자리도 좁다. 많이 쌓고 싶으면 울타리 밖에서 안까지 넓게 쳐야한다. 그런데 더 많이 쌓고 싶으면 아예 울타리를 허물어 버려야 열린 마음도 더 넓어질 것이다. 최충은 후진 교육에 있어 마음의 울타리를 확헐어 버렸다. 최충은 이제 아무것도 지킬 게 없으니 누구와도 맞설 일도 없다. 진정 강한 교육이 되려면 어디에도 구속받지 않는 자유인이 되어야 한다. 그리고 마음의 문을 활짝 열고 끝없이 자신을 낮추어야 한다. 질 높은 교육은 자신을 낮추었을 때 이루어진다. 교육은 낮은 것이 높은 것이고 열린 교육이 강한 것이다. 손은 두 사람을 묶을 수도 있지만 서로를 밀어낼 수도 있다.

고려시대는 물질적 자본인 상품과 용역을 중요시하였다. 특정한 지식, 언어관습, 가치, 스타일 등 이른바 문화자본도 중요시하고 정당화하였다. 그래서 고려시대 귀족들은 국자감에서 고급지식이라고 딱지 붙인 것만을 생각하게 되어, 그로 인해 특정한 지식과 사회관습만을 정당화 하였다. 이때 문화자본의 개념은 제도적인 틀에서 특정한 방식의 말하기와 활동, 옷 입기까지 사회화를 표방하였다. 당시 국자감은 제도권 교육을 시행하는 장소일 뿐만 아니라, 지배사회의 지배적 기술 문화를 배우고, 사회에 존재하는 계층과 계급 간의 차이를 학생들이 스스로 경험하는 교육의 장이었다. 고려시대 국자감의 교육적 지식은 단지 소비해야 할 어떤 것-학생들이 조정朝廷에 나가 써먹을 수 있다는 효과성, 행동주의적 교육 목표, 학습 원리-에만 관심을 갖게 하였다. 이러한 자신들만의 합리성은 편협한 합리성이며, 때로는 잘못된 합리성이 된다. 이러한 자신들만의 합리성은 학생들에게 꿈도, 전망도, 역사도 무시되었다. 이러한 자신들만의 합리성은 고작해야 객관성을 내세운 허위의식에 근거를 두고 있으며, 교육의 보편적 원리를 도구주의나 이기적인 개인주의의 풍토에 머물게 하였다.

이러한 결과에 따라 최충은 교육적인 합리성의 본질을 찾기 위해 미래 교육에 대한 담론을 그 근거로 하여 구재학당의 면학 분위기를 조성하였다. 우리가 살아가면서 교육을 삶의 최우선 순위에 둔다면 인간관계와 가족관계에 있어 교육은 삶의 수단으로 전락하게 된다. 좋은 인간관계를 위한 교육이 수단이 된다면 교육이야말로 주객이 전도된 것이다. 이는 교육을 통해 물질을 모으는 것과 같다. 교육은 살아가면서 부딪히는 문제에 흔들리지 않고 지속성 있는 든든함으로 우리들의 삶에 희망을 주기에 교육을 받은 사람들은 교육받은 내용을 스스로 실천하고 적용하면서 안정감 속에 살아간다. 그리고 선택한 교육과정을 통해 약해진 생명력을 강화해 힘차게 살아가는 효율적 방법까지 터득하게 된다. 맹자 어머니도 공부의 끈은 계속 이어져야 그것이 나를 살리는 길이 된다고 하였다. 이 말은 합리성을 전제로 한 현재를 직시하고, 교육이 자동차의 타임벨트와 같이 끊어지지 않는 역할을 강조한 것이다.

잠시 한국 엄마K-Mom들의 교육열에 관해 잘못된 면학 분위기 조성에 관해 이야기하고자 한다. 한국 엄마K-Mom들은 가히 교육에 대해 위력적이다. 한국 엄마인 A도 그 안에 속하는 사람들 중의 하나였다. A의 딸인 B는 초등학교 입학하기 전 안양에서 유치원을 다닌 시절이 있었다. A는 엄하고 냉정해 보였지만 사랑이 많은 분이었다. 예쁜 옷도 입혀주고 머리도 단정하게 빗겨주며 피아노 교재도 가방에 항상 챙겨 주었다. 그 후 B는 초등학교 진학을 위해 서울로 오게 되었다. 리라 초등학교를 입학했고 평범한 모범생인 B를 A는 특별히 뭔가 시켜주고 싶어 했다. 그래서 바이올린을 시작했고 음악 전공을 꿈꾸며 매주 레슨을 받게 되었다. 특히 바이올린 연습에 집중할 수 있도록 최대한의 환경을 만들어 주었다. 학교에서도 오케스트라 활동도 하게 하고, 콩쿠르 준비하게 하거나, 바이올린 연주회 일정이 발표되면 아침 새벽부터 밤늦게까지 바이올린 연습부터 시키는 강행군을 하였다. 한국 엄마들만의 극성의 극치였다. 그런데 A와 B 사이에는 지배문화와 피지배 문화의 간극이 존재해 있다. 그 간극이란 A와 B가 각각 현재에 대한 특정 견해를 정하고 그것을 자기 정당화 시키는 힘이 있느냐 없느냐에 따라 지배자와 피지배자로 구분되는 것이다. A와 같은 열성적인 부모들은 자녀 교육에 관한 면학분위기 조성에 대해 지배적 구조는 절대적이다. 특히 교육에 대한 것만은 자녀들에게 절대 양보가 없다. 그러나 자녀들은 부모들의 교육문화 권력에서 벗어나려고 안간힘을 쓴다.

 우리나라는 삼국시대부터 조선왕조를 마감할 때까지 교육내용은 지속해서 유학에 바탕을 두고 있었다. 이러한 영향이 지금까지 계속 이어져 내려오고 있는데, 이러한 영향 아래 한국 엄마들만의 극성의 극치는 면학 분위기로 조성되었다.

그런데 B와 같은 아이들에게 인생에서 성공이란 어떤 의미로 쓰이게 될까? 행복일까? 아니면 출세일까? 어떠한 것을 성공이라고 생각하며 무엇을 가슴에 품고 살아갈까? 이 모든 것은 단기적인 결과로써 진정 성공한 삶을 살게하려면 바르게 성장하려는 자세가 생명력을 키운다는 것을 알게 하여야 한다. 실패, 실수, 좌절, 원치 않은 모습들이 보일 때 진정한 호흡을 시켜야 한다. 생각도 마음도 행동도 호흡하게 하여야 한다. 호흡은 보내고 들어오는 것이니 나가고 들어오는 리듬이 필요하다. 이 모두가 진정한 면학 분위기 조성인 것이다.

고려시대 교육은 국가에서 운영하는 관학과 개인들이 운영하는 사학을 통해 제공되었다. 교육의 대상은 지배 계급층 남자들만 이루어졌다. 따라서 교육은 관리임용 시험제도인 과거제도와의 긴밀한 관계 속에서 유지하고 운영되었다.

그러나 국가 교육은 기본적으로 사회의 생존과 진보에 필요한 기능들만 수행하였다. 국가 교육의 기본적 기능인력을 양성하고 배치에 중점을 두었다. 이러한 기능인력 양성은 공동체로써 통제사회의 지배적인 규범이나 가치 그리고 태도 등에 관련된 문화적 또는 사회적 암호체계를 다음 세대의 사회구성원들에게 전달함이 목적이었다. 이는 사회의 유지와 변화를 통제할 수 있다는 선에서 기능적 교육의 목적을 달성한 것이다. 그리고 개인의 측면에서 보면 사회화라는 사회질서에 순조롭게 적응할 수 있는 노하우를 습득하는 과정의 교육이었다. 그런데 인력양성 및 배치라는 교육의 기능은 국가공동체로서는 국가공동체의 물질적 존립 근거를 더 효율적으로 확보하기 위한 수단이라 볼 수 있고, 개인으로서는 더 풍요로운 삶을 영위하기 위한 준비 및 경쟁의 과정이라 볼 수 있다. 이에 최충은 본격적으로 제자들을 키워내기 위해 70세가 되던 해, 문종 7년 은퇴를 청원했다.

[예기]의 '곡례(曲禮)' 편에 '대부는 칠십 세가 되면 일을 그만둔다'고 하였으니 예법에 따라 자신도 사직하겠다는 것이었다. 그러자 문종은 사표 수리를 거절하며 "시중 최충은 유학의 대가이며 덕이 높은 이 땅의 어른이다. 지금 비록 늙었음을 이유로 스스로 관직에서 물러나고자 하나 차마 윤허할 수가 없다. 옛 법도를 살펴 계속 정무를 볼 수 있도록 하는 방법을 보고하라"는 명을 내린다.

이는 최충만 한 신하가 없었던 점도 있었겠지만, 문신의 영수로서 고려 정계에 미치는 영향력이 막강했던 최충의 권위와 협조가 여전히 유용했기 때문이다. 하지만 최충은 거듭해서 사직하겠다는 의사를 밝혔고 문종은 일선에서만 물러나게 하는 것으로 최충과 타협점을 찾았다. 이때 문종은 최충의 지위를 더욱 높여주며 이렇게 말한다.

"평소 경의 언행은 백성들이 따라 본받는 규범이 되어 왔는데 이제 백성들의 스승이 되었으니 지극히 높은 지위로 승진시키지 않는다면 어찌 이름 붙이기 어려울 정도의 그 큰 덕을 표창할 수 있겠는가. 경을 최고의 품계로 올리고 최고의 반열에 앉힘으로써 영예를 드높이고자 한다. 도를 논하고 나라를 경영하는 것은 재상이 힘써해야 하는 것이니 경이 힘써주어야 할 바이다. 경은 천하를 다스리는 책략을 힘써 베풀어 국운을 융성하게 하고 왕실을 편안하게 하라."

문종이 위와 같이 말한 것은 백성의 스승으로서 권위를 높일 수 있도록 최고의 지위를 부여하겠다는 것이고, 비록 일상적인 정무에서는 은퇴하도록 허락하지만, 수석 재상으로서 나라의 정신적 지주로 남아달라는 것이었다. 이와 같은 문종의 간곡한 당부 덕분에 최충은 사직 이후에도 국가의 중대사를 자문하며 문종을 위해 최선을 다한다. 그리고 정계에서 퇴진한 최충은 처음에는 집에서 "젊은 선비들을 모아 부지런히 가르쳤는데 이 소식을 들은 학도들이 줄지어 모여들어 넘칠 지경"에 이르렀다고 한다. 이에 체계적이고 본격적인 교육을 위해 학업 단계별로 아홉 개 학교를 세웠는데, 이것이 바로 '구재학당(九齋學堂)'이다.

최충의 학교를 두고 과거 급제를 위한 입시 위주의 교육에 불과하다는 비판도 있지만, 학교의 설립 목적 자체가 유교적 소양을 갖춘 관료의 양성에 있음을 생각할 때 이는 적절치 않다.

실제로 최충의 구재학당 학교를 통해서 훌륭한 신하들이 배출되었고, 학문에 관한 관심이 고조되었으며 고려 사회 전반에 면학 분위기가 만들어진 점도 높이 평가해야 할 부분이다. 최충은 사람을 키워낼 때 욕심 없는 마음으로 교육했기에 그의 삶은 그리 무겁지 않았다. 그리고 가벼운 생각과 항상 즐거운 마음으로 교육하며 살아갔기에 인생 또한 그리 괴롭지 않았다. 우리도 언제나 만족하는 마음으로 살아간다면 우리의 삶은 그리 나쁘지만은 않을 것이다. 최충은 세상의 이치를 순리대로 받아들이며 살아왔기에 그의 인생은 그리 어렵지 않았다. 살아가는 데 우리는 그리 많은 것이 필요하지 않다. 정답은 언제나 즐겁게 사는 것이다.

돈만 사랑한다면 악의 뿌리가 된다고 했다. 최충은 돈을 멀리하고 교육을 사랑했다. 어려운 환경과 한계가 있는 상황에서도 교육으로 성공하고 싶었다. 최충에게 교육적 성공이란 휘몰아치는 세상의 변화 속에서도 자신을 지켜내며 성장할 수 있는 힘이라고 생각하였다. 최충은 훌륭한 교육을 만들어 내기 위해 생각도 호흡하고, 마음도 호흡하고, 세상과도 호흡하였다. 세상과 호흡하다가 교육을 만나 마찰이 일어나면 최충의 교육은 새롭게 탄생한다.

좋은 교육은 말 한마디 한마디가 노래가 되고, 설득이 되어

파워 엔진의 슈퍼카가 된다. 최충은 자신이 원하는 교육 일기를 열심히 적기만 하는 것보다는 더 좋은 교육을 찾아 나섰다. 그리고 교육에 대한 사명감으로 제대로된 교육을 시작할 때가 왔다고 생각하였다. 또한 교육할 내용의 엑기스를 추출하여 교육의 장場에 오래 남는 향기를 만들어 내려고 노력하였다. 향기란 퍼져나가며 공유된다. 그런데 향기는 현실이다. 교육의 모습은 아름다운 향기로 기록되어야 한다. 교육의 성공을 위해서는 장기적인 목표도 수정되어야 한다. 불필요한 집착에서 벗어나, 웃으면서 용기낼 수 있는 교육이 리듬을 타야 한다. 실효성 있는 교육의 성공은 항상 보이지 않는 진실속에서 향기로 퍼지기 때문이다. 작은 성공이 큰 성공을 불러오듯이 교육도 가까운 데부터 시작하여 멀리까지 바라본다면 등잔 밑까지 밝아질 수 있다.

그 이유는 교육이란 긴 호흡안에서 짧은 호흡이 이루어지기 때문이다. 장기적 목표 안에서 단기적 목표가 이루어지는 교육은 매 순간 리허설이 없이 진행되는 즉흥 연주와 같다. 구재학당의 교육에서 즉흥연주와 같이 준비할 수 있는 것은 무엇일까?

바른 교육을 위한 교육적인 리듬이다. 교육도 비트감의 흐름에 따라 이루어지는 것처럼 교육도 진동수를 살려야 한다. 하나의 교육에 너무 집착하면 불균형이 생기게 된다. 교육에 있어 리듬이란 길고 짧은 교육인자들의 올바른 배열이다. 예를 들어, 중환자실에서 산소호흡기의 도움으로 숨을 쉬고 있다가 산소호흡기를 떼는 순간, 호흡 곤란 상태에 진입하게 된다. 그리고 잠시 후, 호흡이 완전 멈추게 된다. 이때 심장 박동수와 호흡 그래프는 거의 일직선의 모양을 그리게 된다. 교육에서도 리듬이 없는 일직선의 교육적 집착은 교육의 생명선을 멈추게하는 것과 같다. 살아 숨 쉬는 교육적 리듬에는 교육적인 스트레스로 인한 불안, 걱정, 두려움도 없다. 때로는 불규칙한 리듬도 발생하지만 이는 교육으로 단련할 수 있다. 그래야 교육적 변화도 체험할 수 있다. 진정한 교육자란 성공에 어울리는 행운 바이러스를 전하는 사명자가 되어야 한다. 우리는 예상하지 못하는 많은 일들이 언제든 일어날 수 있다는 것을 알고 있다. 경험을 통해서도 충분히 보아왔다. 그런데도 실생활에서 일어나는 갑작스러운 일들에 놀라며 당황해한다. 그러나 교육의 힘이 강해지면 이를 극복할 수가 있다. 그리고 직감적으로 모든 상황을 바라볼 수 있다.

최충은 죽기 직전까지도 강단을 지켰다고 한다. 문종 역시 최충의 구재학당에 대해 계속 지원을 아끼지 않았다. 구재학당에 대한 문종의 품격 높은 지원은 누구보다 임금인 문종 자신에게 도움이 되었다. 그 결과 최충과 같은 훌륭한 신하와 미래의 훌륭한 신하를 함께 얻을 수 있었다. 최충은 구재학당에서 교육적 가치를 형평성equity, 수월성excellence, 책무성accountability에 두었다. 약하지만 교육적인 새로운 시도는 항상 성장의 열쇠가 된다.

형평성equity은 교육적 평등을 다양한 의미로 이해할 수 있으나, 최충은 교육기회의 형평성equity을 학생들의 사회·경제적 출신 과정과 그 배경에 두었다. 이는 모든 학생에게 같은 수준으로 교육이 제공된다면, 개인별 능력의 차이, 사회·경제적 격차 등에 대해서 어느 정도 해소될 수 있다는 기대감과 교육의 정당성을 인정받을 수 있다는 생각에서 교육의 기회를 주고자 한 것이었다.

수월성excellence은 교육 결과에서 최고를 추구한 각촉부시의 시행이었다. 이는 교육비용의 정도와 관계없이 수월성 추구의 과정에서 생길 수 있는 엘리트주의의 한 형태로서 오늘날 영재교육과 유사하였다.

책무성accountability은 교육 결과에 대해 책임을 져야하는 교육자로서 당연한 것이었다. 교육 서비스 제공자에 대한 상황적 변화가 구재학당에서는 공급자 중심의 교육운영으로부터 수요자 중심의 교육 서비스로의 전환이 된 것이다.

이는 소통의 교육과정에서 교육의 책무성이라고 하는 개념이 최충에게 교육적 철학의 정진적 지주로 자리매김하게 된 것이다. 또한 고려의 유능한 젊은이들이 살아가면서 해결 안된 고민들을 더 이상 방치해 둘 수 없다는 최충의 강한 의지가 구재학당을 통해 펼쳐진 것이다.

고려 사회의 젊은이들은 희망으로 부풀어 오르고 있었다. 최충은 젊은이들의 목소리에 귀 기울이고 직면하면서, 교육을 통해 디테일하게 치유하고 돌보아주고 마음의 네비게이션을 따라 교육을 통해 젊은이들을 성장시켜 나갔다. 교육의 불꽃이 점화되는 순간이 도래한 것이다. 평생을 꿈꾸어오던 최충의 꿈! 너무나 어려운 일로만 생각되어 미루어 왔던 일을 실현할 수 있게 된 것이다. 최충은 교육 생산자로서 교육 소비자들의 면학분위기를 만족시키기위해 최선을 다한 것이다.

8장. 국가 교육이 흔들리다

평범한 사람들이 학문을 하는 까닭은 성인의 도道를 따르기 위함이다. 그 까닭은 이치를 밝히는 것이 아직 분명하지 못하고, 법칙으로 삼는 것이 없으며, 자기가 좋아하는 것만을 따라가며, 능력이 높은 자는 남보다 지나치고 능력이 낮은 자는 남보다 미치지 못하는데도 자기의 지나침과 모자람을 스스로 알지 못하기 때문이다. 평범한 사람들이 성인의 마음과 다름이 없다면 어찌 학문할 필요가 있겠는가?

그러나 진정한 교육의 진정성은 피지배 계급문화를 살리고 재등장시켜, 지배문화라는 최악의 영역을 없애는 것이다. 따라서 교육의 핵심은 지배문화를 비판하고 종속계급에 비판적 목소리를 낼 수 있어야 한다. 그것이 바로 교육개혁이다. 우리도 종속 문화의 장점과 약점을 발견하기 위해 스스로의 삶을 비판적으로 탐색하여야 한다. 그런데 고려의 국자감 교육은 특정한 언어와 지식만 스스로 갈고 닦게하여 지배계급에 종속시켜 왔다. 그리고 모방 교육이었다. 그 이유는 고려시대 교육이란 한 계급이 한 시대의 사회에 복무만 하기 위해서, 그리고 그 시대 사회를 지배하기 위한 교육이었기 때문이었다. 그 당시 국자감 교육은 관리를 양성하기위한 기본적이고 일반적인 교육이었으며, 개념과 사상, 원리의 교육이었고, 추상화와 범주화된 교육이었다.

고려에서 유교 교육이 본격화되는 시기는 성종 대부터였다. 성종은 '호문지주好文之主'로서 최승로(崔承老) 등 유신儒臣을 등용하여 유교 이념을 통한 문물제도를 개편, 정비하는 가운데, 국학國學을 국자감(國子監)으로 개편하여 유학 교육의 기틀을 확립하였다.

이는 『高麗史』 권3, 世家3 成宗8年條에,

여름 4월 임술일에 교서敎書를 내리시기를 "나는 지금 학교를 숭상하여 우리나라를 다스리려고 한다. (이를 위해) 선생들이 강의할 수 있는 자리를 열고, 학생들을 모집하되, 토지를 급여하여 학업을 익힐 수 있도록 하며, 학문이 뛰어난 사람을 파견하여 선생으로 삼을 것이다. 해마다 甲乙之科를 보여 여러 수재들을 부르고, 나날이 궁벽한 곳에 숨어있는 선비들을 방문하여 그 인재들을 우대토록 하라. (이리하여) 힘써 박학한 선비들을 얻어 (나의) 부족한 정치를 돕게 하되, 정치를 하매 게을리 하지 말고, 옆에서 피곤을 잊도록 하라"

고 하였다는 기록이 있다.

성종(成宗)은 유교를 숭상하고 주공(周公)과 공자(孔子)의 학풍을 일으키고자 하였다. 요임금과 순임금의 이상적인 시절인 당우지치唐虞之治에 이르게 하기 위하여 학교에서 인재를 기르고 과거科擧로써 인재를 등용하고자 하였다. 천하를 교화하는 데는 학교가 급선무라고 생각한 성종(成宗)은 최승로의 상소를 실천에 옮기면서 대학설립을 추진해 오던 중 성종 11년에 국자감을 설립하게 되었다. 그러나 이렇게 설립된 고려 최고의 교육기관인 국자감(國子監)은 거란(遼)과의 전란戰亂으로 소기의 성과를 거두지 못하였다.

『高麗史』 권3, 世家4, 顯宗3年條 敎書에

'백성들의 살림이 부족하다면, 임금은 누구와 함께 풍족하겠는가?'라고 하였다. 지난해에는 전쟁으로 인하여 백성들이 농사짓는 업을 잃었고, 길가에는 굶어 죽은 시체가 서로 마주하고 있었으니 백성들이 이와 같음을 생각할진대 어찌 임금이 되어 홀로 편안할 수 있겠는가? 상식대관(尙食大官)에게 명하여 일상식사의 반찬수를 줄이도록 하라! 는 기록이 보이는데,

이는 전란기 고려의 황폐한 현상임을 확인할 수 있다. 성종에서 현종대에 있었던 거란의 침입은 고려 사회 전반의 황폐화를

가져왔을 뿐 만 아니라, 이러한 사회상은 교육에 심각한 정체현상을 초래하였다. 그것은 무엇보다도 재정적인 빈곤과 정책의 부재에 있었다. 그리하여 국자감은 고려의 최고 교육기관으로 설립되었으나, 애초에 의도했던 대로 제대로 운영되지는 못하였다. 국가 교육이 흔들린 국자감(國子監) 교육의 침체는 『高麗史』卷74, 志28 選擧2 學校條에서도 보이는데,

> 문종(文宗) 17년 8월에 이르기를 '국자감(國子監)의 제생諸生' 가운데 근래 학업을 그만둔 자가 많은 것은 책임이 학관(學官)에게 있다. 이제부터 자세히 더욱 노력하고, 연말에는 많이 배웠는가 아닌가를 비교하여 국자감(國子監)에서 나가고 머무는 것을 정하되, 유생儒生으로 국자감에 있은 지 9년이 되고, 율생律生으로 6년이 되었는데도 황매荒昧하여 이룬 것이 없는 자는 모두 퇴출시키도록 하라'고 하였다. 라는 기록이 보인다.

이는 많은 국자감(國子監) 생도들이 학업을 폐하고, 국자감 교육이 침체를 면치 못한 데는 학관學官의 책임이 무엇보다도 크다고 하였다. 당시 학관의 자질이나 실력 정도가 어느 정도인지는 알 수가 없지만, 국자감의 교육내용이 전반적으로 학생들에게 큰 호응을 받지 못할 뿐 아니라 학생들도 꾸준하고 적극적인 학업 자세를 보여주지 못했음을 알 수 있다. 또한 국자감에서의 교육내용이 당시 과거의 추세에 부응하지 못하고 있었다는 점과 과거 합격자를 적게 배출하였다는 것은 국자감의 침체 요인

이 되었다. 고려에서는 과거제도를 도입하면서 관리의 등용이 공평해지기도 했지만 모두가 선행 학습에만 매달려 경학을 소홀히 하는 적폐가 나타났다. 이를 시정하고자 최충의 구재 학당이 설립되었는데, 이는 화랑도의 전통을 계승한 사숙私塾과 같았다. 유학의 전통으로 볼 때, 구재학당은 맹자의 신유학의 전통을 계승하고 송(宋)대 주자(朱子)학을 선행하였다. 구재학당의 교육은 인간의 존엄적 가치를 다루고, 가치 창조를 위해 노력 하였다. 교육은 인류에게 소중한 여러 가치를 일깨우고 성취해왔다. 서양의 근대를 떠받쳐 왔던 것은 공리주의 교육이었다. 그런데 이 공리주의 교육은 서양의 근대라는 성취와 가치라는 단순한 빛의 그림자만 보여 주었다. 이는 그림자로 은폐된 교육의 빛이었다. 이 점에서 진정한 교육의 빛을 위해 어떤 것들을 되살려야 하는지 살펴야 한다.

최충도 인간적인 공동체를 위한 새로운 교육 시스템이 절박하였을 것이다. 예나 지금이나 교육 문제는 천년 넘게 이어져 온 우리 민족의 담론이다. 그러나 이 문제를 국가 단위에서 집요하게 물고 늘어진 사례는 없었다. 교육은 국력과 개인 자신감의 징표이기 때문에, 힘이 없거나 자신이 없어서 외칠 수 없는 자들에게 힘을 주고 있다. 그러나 한 걸음 더 가보면 합리적으로 결정된다는 교육 시장도 교육의 질서를 은폐하고 있다. 교육시장의 힘의 논리는 이미 교육의 장場을 장악한 자들이 내세우는 가짜 교육의 공정성 주장이다. 교육에 있어 공정한 교육 경쟁은 애초부터 불가능했다. 부강의 질서는 돌이킬 수 없을 정도로 편성되어 버렸기 때문에 이미 달라진 체급 아래 교육적 경쟁은 무의미하기 때문이다. 현재의 지배자는 항상 과거를 지배함으로써 미래를 지배하려고 한다. 교육에 있어서도 미래를 위한 교육투쟁은 항상 과거를 소재로 벌어졌는데, 이는 과거의 교육을 어떻게 해석하느냐가 미래의 교육을 좌우한다. 국가 교육이 흔들리는 가운데 최충의 구재학당도 이러한 차원에서 시작되었다.

그러나 교육은 웃음으로 시작하고 웃음으로 마감해야 교육천국이 된다. 아름다운 교육은 기쁨으로 수용하면 기뻐할 일만 생겨난다. 힘든 교육도 그 나름대로 뜻이 있기에 감사함으로 수용하면 백배의 수확이 보장된다. 이처럼 교육이 모두를 위하는 지름길이라면 진리가 뒤따른다. 그러나 교육은 길을 한 번 잘못들면 평생을 후회하기에, 인연을 소중히 해야 하고 인연 중에 소중하지 않은 인연은 버릴 수 있어야 한다. 교육도 스스로 돕는 자를 돕듯이 지혜롭게 대처 하여야 한다.

그 예로 어리석은 사람은 길을 두고 모로 간다. 중요한 것은 교육도 머리를 써야 한다. 머리는 하늘이 나에게 준 보물 창고다. 그리고 실패를 하였을 때 뒤집어 보면 그 속에 성공이 들어있음을 알 수 있다. 그 이유는 샘물은 퍼낼수록 맑은 물이 솟아나는 것과 같기 때문이다. 최충은 구재학당을 설립하는 날 긴 하루가 무척 짧았을 것이다. 최충은 많은 것을 보고 듣고 말하기에 고려 사회의 이목을 끌 수 있었다.

이는 최충이 원하던 대로, 최충의 교육적인 말과 행동은 곧바로 확대 재생산되어 빛의 속도로 고려 사회에 전파되었다. 그당시 최충의 일거수일투족은 많은 사람을 자극하였다. 최충의 교육사상은 많은 사람들의 궁금증이 되었으며, 고단한 삶의 활력소가 되기도 하였다. 최충도 처음에는 무명 배우였다. 단역의 연속이었다지만 희망은 늘 간직했다. 최충은 자신의 생각을 무척 알리고 싶었다. 그리고 무엇이든 하려고 했다. 결국, 유명 배우가 되었다. 당시 최충은 무명이 아닌 유명인이다.

고려 사회는 최충 이름 두 자를 기억하고 매일 들먹인다. 어디에 있던지 최충의 이야기가 들려온다. 최충은 자신이 무엇을 기록하였는지 잘 기억하지 못할 것이다. 그러나 최충의 문장 하나 단어 한 개에도 의미와 분석, 연관과 해석이 추가되었다. 꿈의 해석으로 유명한 지그문트 프로이트가 꿈을 통해 '무의식적 욕구'를 관찰했듯이 최충은 꿈을 현실로 만드는 의식적 욕망에 충실했다. 최충은 끊임없이 자신의 미래를 구상하였다. 현실의 모든 가능성을 자신의 꿈으로 채웠다. 그리고 많은 것을 변형시켰다. 최충은 교육을 하면서 생도들에게 가치 있는 자신을 발견하게 하였다. 그러나 굴절과 왜곡은 없었다. 최충의 교육적 가치는 구부리고 덧붙임으로 비로소 완성된 것이다. 그러나 세상은 최충을 시기하는 자들로 가득하였다. 그 예가 나머지 11공도 이다. 선의의 교육 경쟁에서 출발하였다고 하나 이는 최충에 대한 시기적 출발이기도 하였다. 같은 직업군의 이들이, 높은 자존감을 버리고 최충을 질투의 시각으로 바라본 것이다. 이제 최충에게도 하루가 저물기 시작하였다. 어둠이 내려오면 모든 사물은 흑색이 된다. 최충이 걸친 옷조차 검어진다. 최충은 어둠 속에서도 검은 옷을 입고 벼슬에서 물러난 후 10년을 교육에 임했다.

누군가 그랬다. 행복은 고통이 덜한 상태라고, 결국 고통은 삶의 목적이라고 하지만, 최충의 고통을 형이상학으로 표현할 수 있다는 것은 극단적 자아도취도 아니고, 편집증적 망상도 아니고, 음모론도 아니다. 세상의 보이지 않는 거대한 힘은 최충을 매일 옥죄였을 것이다. 그러나 진정 위대한 자는 진실의 번거로움보다 거짓의 번뇌를 선택한다. 그리고 최대의 기쁨으로 하루를 맞이할 것이다. 최충은 살아가는 날, 그 자체가 매일 축복이었다. 최충은 먼저 부모를 공경했기에 자손 대대로 번영하였으며, 눈앞의 문제에 집착하지 않았기에 그 문제 뒤에서 해답을 찾아내었다. 따라서 나날이 향상했기에 퇴보하지 않았다. 이는 최충이 남의 말을 좋게 하였기에 없던 복도 굴러 들어오지 않았을까 한다. 최충은 가슴 펴고 당당하게 살아갔기에 자신의 시간을 창조할 수 있었다. 그리고 어떤 일에도 불평하지 않았기에 불운하지 않았다. 또한 남들이 만나고 싶어하는 사람이 되었기에 외면당하는 사람이 되지 않았다. 좋은 취미를 만들기 위해 독서를 하였고, 독서를 하였기에 풍요로운 삶을 만들어 갔다. 인연을 소중히 하고 진심으로 봉사하다 보니 후세에 10배 100배의 축복이 펼쳐진 것이다. 그리고 자신도 자기 노예가 아니라 주인이라는 생각에서 행복을 만드는 성전이라고 생각하였다.

우리 민족은 단군조선 이래 품앗이 정신과 홍익정신의 실천에 기반을 둔 선비정신의 구현으로 수기치인修己治人과 치국평천하治國平天下를 목표로 교육해왔다. 그 결과 고구려의 태학과 신라의 국학 그리고 백제의 오경박사, 발해의 주자감, 고려의 국자감으로 이어지는 국학國學 주도의 유학 교육이 우리 교육의 중심으로 자리잡았다. 통일신라에서도 화랑도 교육 이외에 유학에 의한 학교 교육이 시작되었다. 628년(신라 신문왕 2)에 설립된 국학國學이 바로 그것이다. 이어 당나라의 교육제도가 수입되어 그 명칭·학제·교과목에 이르기까지 당나라의 교육제도가 그대로 모방되었다. 당나라의 교육제도는 골품제 사회인 신라에 깊숙이 파고들었으나 큰 실효를 거두지 못하였다. 단지 그 타개책으로 독서삼품과가 나타났다. 유학은 삼국시대에 태학이나 경당 같은 교육기관에서, 또는 '임신 서기석', '진흥왕 순수비' 등 금석문에 보이는 유교 경전의 기록과 같은 국가 혹은 공동체 사회에서 지켜야 할 도리와 규범을 강조하는 정도였다. 그러나 독서삼품과 같은 정책의 시행을 통해 삼국시대보다 수준 높은 유학을 이해하게 된다. 그런데 그것은 주로 왕권을 강화하고 귀족세력을 약화하려는 차원에서 이루어졌다.

그 후에, 고려에 들어와서 유학은, 왕조의 건국이나 후삼국 통일의 정당성을 뒷받침해줌으로써 고려 왕조 존립의 합법성을 보장해주는 정치이념으로 작용하게 된다. 태조 이래 학교의 설립, 광종 대 과거제도의 실시, 성종 대 최승로·김심언·이양과 같은 유학자의 등용을 통해 유교적 정치이념이 확대 보급된 것이 바로 그것이다. 그 후에 현종 대를 거치면서 거란의 침입과 숭불정책으로 유학에 관한 관심이 약해지고 관학이 쇠퇴하게 된다. 바로 국가 교육이 흔들리기 시작한 것이다.

그러나 국학이 부진하고 향학鄕學이 아직 갖추어지지 않은 가운데에서도 과거는 중시되었다. 이러한 배경 속에서 최충은 관직을 은퇴한 후 유학의 보급과 유교적 지식에 밝은 관리의 양성을 목적으로 사숙私塾을 개설한 것이다. 그런데 고려의 대표적인 관학이자 당시 최고학부였던 국자감이 있었다. 국자감은 유교 군주의 지상과제인 교화를 수행하기 위한 교육기관이었다. 국자감의 특징으로는 묘학제(廟學制)가 있는데 이는 공자를 위시한 유교 성현들을 제사 지내기 위한 장소인 문묘와 학생들에게 강의를 하기 위한 학당이 별도로 있었는데, 문묘가 독립되어 있지 않고 학당 안에 부설되어 있었던 통일신라의 국학과는 다른 점이었다. 이러한 문묘 배향과 강학의 융합 기능은 조선의 성균관으로 이어졌다. 고려 사회에서 국자감은 귀족 자제들에게 유학 교육을 하는 교육기관으로서 계급 신분적인 기관이었다.

관원으로는 장관급 감(監) 1명, 그 밑에 장(長) 1명이 있었지만 당나라 국자감(國子監)을 그대로 본떴다. 유학과 국자학, 태학, 율학, 서학, 산학에 이르기까지 경사 6학을 교육하였다.

특히 학생들에게 주어지는 교육 기회는 처음부터 선별적이었으며, 학급 구조 간의 관계도 차별이 있었다. 학생들은 자신의 능력이 탁월해서가 아니라, 더 유력하고 운좋은 계급의 가정에서 태어났기 때문에 진학할 수 있었다. 누구는 아버지가 대신이라서 국자감 교육을 받을 기회가 공적 자금으로 주어지면서, 누구는 아버지가 하인이라서 기회를 차단당하는데, 이는 권위적인 재생산 이데올로기 사이에 괴리가 심하였다. 그래서 학생들이 받는 국가교육서비스는 교육의 양과 질, 심지어 학교 교육의 불평등까지 합법화한다.

이로 인해 낮은 트랙 계급의 자녀들은 자아존중감이 꺾이게 되고 학교는 계급에 따라 학생들을 재분류한다. 이에 불평하는 학생들도 나중에는 그들 부모처럼 똑같이 낮은 직업에 머물게 된다. 고려 사회에서는 이처럼 문벌을 숭상하여, 높은 벼슬아치의 자식들은 반드시 높은 벼슬아치가 되고, 재산으로 교만을 부리는 집에서 태어나면 죽어서도 재산으로 교만을 부리니, 이런 상황이 점점 심해져도 스스로 깨닫지 못하였다. 그러나 국가가 믿고 의지하는 것은 백성뿐인데, 백성들이 믿고 의지하는 것은 오직 재물뿐이었다. 이를 해결하기 위해서는 국가에서 현명한 사람을 먼저 등용하고 문벌을 가리지 말아야 한다.

그 이유는 재물이 부족하면 온갖 계책으로 재물을 구하려고 할뿐 불의라는 것을 생각하지 않기 때문이다. 어느 사회에서나 재물은 욕심에서 생기고, 욕심은 사치에서 생긴다고 하였다. 고려의 국자감은 고려의 귀족사회와 함께 그렇게 흔들리기 시작한 것이다.

9장. 사학의 원조가 되다

공자는 중국에서 처음으로 개인의 신분으로 사학을 창설하고 유가儒家의 학설을 강의하였다. 공자 이전에도 서국사회에서 소학과 중학이 설치되어 귀족 자제들을 교육시켰던 때가 있었다. 공자의 사학 창설은 관부(官府)에서 독점하는 교육을 타파하고, 교육 대상을 넓힐 뿐만 아니라 유학을 강의하여 학술 활동을 활발하게 진행하였다. 공자는 중국 역사상 처음으로 계통적인 교육사상을 내놓은 교육가였다. 공자는 교육종지教育宗旨에서 "가르침에 차별이 있을 수 없다."고 주장하면서 누구나 찾아오면 받아들여 가르쳐 주었다. 교육목적에서는 "누구나 잘 배우면 벼슬을 할 수 있다."고 하였다. 그것은 주나라의 세관세록제(世官世祿制)를 벗어나게 하려는 것이었다. 공자가 창설한 사학은 이미 체계를 이룬 학교로서 덕행, 언어, 정사, 문학 등 분과分課가 있었고 시, 서, 예, 악이 필수과목으로 되어 문, 행, 충, 신을 가르쳤다. 그것은 덕재겸비德才兼備의 인재를 양성하기 위하여 도덕교육을 강조하는 유학儒學 교육임을 시사하는 것이다.

교육 방법은 영활한 계발식啓發式이었으며 학생들은 배움을 싫어하지 않았고, 교사들은 가르침에서 게으름이 없었다. 그가 가르친 제자는 3천여 명이나 달하는데 육예에 통달한 훌륭한 제자만도 72명이 되었다고 한다.

사학의 원조가 된 해동공자 문헌공 최충에 대한 『고려사』에서의 호평好評은 바로 공자의 이런 교육사상에 근거한 것이다. 최충이 차별을 두지 않고 후진들을 불러 모아 가르치기를 게을리 하지 않았으니 학도들이 모여들어 거리를 메우게 된 것이다. 최충이 창설한 구재학당은 악성(樂聖), 대중(大中), 성명(誠明), 경업(敬業), 조도(造道), 솔성(率性), 진덕(進德), 대화(大和), 대빙(待聘) 등 분과(分課)가 있는 체계를 이룬 교육이며 교육내용도 구경삼사로 되어 있었다.

이는 최충이 스스로의 꿈을 키우기 위해 구재학당을 자신의 나침반으로 작용시킨 것이다. 구재학당이 사학의 원조로써 목표에 도달하기 위해서는 나침반을 가지고 있어야 길을 잃고 헤매더라도 교육의 방향을 제대로 잡을 수 있기 때문이다. 최충이 교육의 방향을 잡는 데 자신의 나침반을 작용시킨 것은 최충 자신에게는 엄하고 다른 사람에게는 관대해야 한다는 자신만의 다짐이었다. 자신에게는 관대하고 남에게 엄한 그러한 태도는 자신도 발전 없이 언제나 제자리에 머무르게 할 수 있다는 것을 깨달은 것이다. 특히 최충은 목표를 향한 삶의 자세에 있어서는 다른 사람과 비교하면서 살지 않았다. 이는 다른 사람과의 내적인 능력과 비교하는 것은 자신의 발전에 자극이 될 수도 있지만, 외적인 부분들만 가지고 비교한다면 여러 가지 부작용이 생길 수 있기 때문이었다. 또한 매사에 긍정적인 시각으로 사물과 현상을 해석하여 자신은 물론 주변까지 밝게 하였다. 이는 부정적이고 방어적으로 살기보다는 자신을 바꾸거나 환경을 바꾸도록 노력한 것이다. 그리고 매순간을 열심히 살면서, 어려움이 닥칠 때마다 쉽게 포기하기보다는 자신의 한계를 시험하는 순간이라고 생각하였다. 순간순간 자신의 한계를 넓히기 위해 노력한 것이다. 그리고 철저하게 미래에 대한 계획을 세워 왔다. 계획 없는 삶은 꿈이 없는 삶이고, 꿈이 없는 삶은 불행한 삶이기에 계획은 그 자체로써 의미가 있는 것이었다. 계획은 인생의 목표를 제시함으로써 활력을 줄 수 있었고, 발전적으로 살아가게 할 수 있는 원동력이 될 수 있었다.

최충은 지나간 일에 대해 돌이켜 보았다. 누구나 뼈를 녹일 것 같은 아픔이나 슬픔도 지나고 보면 그것마저도 그리워질 때가 있다. 어떻게 견디고 살았던가 싶을 만치 힘들고 어려웠던 일도 눈을 감고 생각해 보면 더욱 생생하고 애틋한 그리움으로 가슴에 남아있다.

그러나 세상이 무너지는 듯한 절망과 고통스러운 삶의 길목에 서 있다고 할지라도 결코 이겨 내지 못할 일은 없다. 우리는 가진 것의 조금을 잃었을 뿐인데, 자신의 전부를 잃었다고 절망하는 것은 부끄러운 일이다. 이는 남이 가진 것을 조금 덜 가짐에서 오는 욕심이며 비워야 할 것을 비우지 못한 허욕이며 포기와 버림에 익숙지 못한 자책일 수도 있다.

만약 최충도 생사를 넘나드는 갈림길에 서 있었다면 자신이 평생 일어서지 못한다고 할지라도 살아 숨 쉬고 있는 그 자체가 삶의 제목이 되었을 것이다. 우리는 살아가면서 때로는 남의 가슴에 틀어 박혀 있는 큰 아픔보다, 내 손끝에 작은 가시의 찔림이 더 아플 때가 있고, 자신만의 생각과 판단으로 자신을 절망의 늪으로 밀어 넣는 일이 있을 수 있다. 최충도 지난날을 되돌아보면 아쉬움도 많았고 후회와 회한으로 가득한 시간이었을지라도 앞에서 기다리고 있는 새로운 소망이 있었기에 더는 흘려보낸 시간 속에 자신을 가두어 두지 않았다. 아픔 없이 살아온 삶은 없듯이 시간 속에 무디어지지 않는 아픔도 없다. 이러한 연유로 최충은 구재학당 학생들에게 언행에 대해 다음과 같은 당부를 아끼지 않았다.

생각(思)을 조심하라는 것은 그것이 바로 말이 되기 때문이고, 말(言)을 조심하라는 것은 그것이 행동이 되기 때문이고, 행동(動)을 조심하라는 것은, 그

것이 습관이 되기 때문이고, 습관(習慣)을 조심하라는 것은 그것이 인격이 되기 때문이고, 인격(人格)을 조심하라는 것은 그것이 인생이 되기 때문이다

자신의 삶을 되돌아보고 그 삶 속에서 행동의 일관성을 찾다 보면, 자기 나름대로의 삶의 철학적 초상이 된다. 그러나 중요한 것은 그 일관성을 인식하는 것이다. 그 이유는 일관성을 인식함으로써 자신의 무게 중심을 잡을 수 있기 때문이다. 살아가면서 원칙이 없다면 삶을 영위하는 동안 우왕좌왕하다가 좌절하는 경우가 생긴다. 따라서 무게 중심을 잡아주기 위해 여름철이면 산속에 들어가 공부시키고, 때로는 저녁에 촛불을 켜놓고 시를 짓게하거나 술잔을 주고받으면서 예의를 습득시키기도 하였다. 이는 최충이 공자의 교육사상敎育思想을 참담게 계승하였다라는 것을 진솔하게 보여주는 것이었다. 이러한 연유로 안형(安珦)은

"선생(崔冲)이 공자가 강의하는 곳에 있었으면 반드시 훌륭한 제자가 되었을 것이고, 그가 행사한 범위는 중유(仲由, 자는子路, 공자의제자)와 염구(冉求, 자는자유子有, 정치능력이 뛰어난인물)를 훨씬 초과할 것이다."라고 극찬하였다.

최충이 활약하던 고려조 중기中期와 공자가 생활하던 춘추 말기는 시대 배경과 사회실정에서 다름이 많았다. 공자의 시대는 도, 불 등 종교가 없어서 유학에 대항하는 큰 체계적인 학설이 없었다. 그러나 최충은 불교가 성행하고 유학이 침체속에 들어

있을 때 사학을 창설하였기에 유학을 진흥시키는 데는 어려움
도 많았다.

고려 왕조는 건국 초기부터 숭불정책이었고 심지어는 불교
가 국교라고 불릴 정도로 정신세계에는 기복사상으로 가득 차
있었다. 건국 후 유, 불, 도의 혼성이론이 사회 이데올로기의 기
반을 이루었다고 하지만, 사실은 불교가 지배적 위치를 차지하
고 있었다. 그 예로 최승로가 성종에 올린 시무時務 28조에는 유
학의 정치 이념을 강조하며 다음과 같이 제기하였다.

'삼교는 각각 그 작용하는 범위가 다르므로 혼동해서 어느 하나에만 치중해
서는 안됩니다. 이를테면 불교를 믿는 것은 수신이 근본이요, 유교를 닦는 것
은 이국理國의 근본입니다.'

위 글에서 최승로는 유학을 국가의 정치적 이념으로 삼을 것
을 적극적으로 제기하였다. 그러나 도덕적 수양의 근본은 아직
도 불교에 두자는 내용이었다.

고려 왕조가 건립된 후에 나라를 잘 다스리기를 위한 정치이
론은 유학에 있었다. 광종 9년(958년), 과거제 실시로 문풍이 흥
성하기 시작하였다. 그러나 고려조의 지배층의 신앙체계는 불
교였고, 정치상 유학에 대한 믿음도 부족하였다. 또한 외세의 침
입으로 유학에 대한 진흥책이 시종 일관하게 실시되지 못하였

고, 유학 부흥의 고조를 이루지 못한 상태였다.

　나라에서는 학교를 세우고 과거제를 실시했지만, 그 내용은 제술(製述), 명경(明經)의 두 과와 의(醫), 복(卜), 지리(地理), 율(律), 서(書), 산(算), 하론업(何論業) 등 잡과雜科들이었다. 그러나 구재학당의 교육내용은 이와는 달랐다. 최충은 사학을 창설한 후 덕재 겸비된 훌륭한 인재를 많이 양성하면서, 인격수양을 중요시하는 새로운 학풍을 일으켜 나갔다. 그와 동시에 송나라에서도 불교에 대항하고 부진한 유학을 살리기 위한 새로운 학풍을 형성하기 시작하였는데, 대표인물은 주돈이(周敦頤), 정호(程顥), 정이(程頤), 선희(先熹) 등이었다. 그들은 공맹사상의 정통을 계승하여 심성론을 두드러지게 하였고 천인합일의 우주관을 형성하여 유학을 새로운 단계로 발전시켰다. 그와 함께 도처에 서원을 꾸리고 강의활동이 진행되었는데, 이는 공맹사상을 계승한 유학의 새로운 발전이었다.

　유학을 창립한 공자는 요(堯), 순(舜), 우(禹)의 가르침을 찬송하며 그들을 '선왕지도'라고 하였다. 맹자는 공자의 손자인 자사의 제자이며 공자사상을 계승, 발전시킨 대표적 인물이었으나 진시황이 분서갱유를 하면서 많은 유학저서가 불타 버리고 유학자들이 생매장 당하고 나서부터 맹자학파들에 대한 타격은 더욱 심해지자 맹자는 특별한 존중을 받지 못하였다.

　그 후, 당나라때 불교 승려의 특권에 반대했던 한유(韓愈

768~824)가 유학의 도통을 밝히면서 공자를 신성화하고 맹자(孟子)를 추앙하였다. 유교중심주의를 강조한 한유가 일상윤리와 사회질서를 강조한 인성론에 대해 주자가 집대성한 학문이 신유학의 기본 특성이 되었다. 신유학은 유학의 도통을 내세워 불교와 맞설 뿐만 아니라, 공맹사상을 기초로 하여 심성론을 강조하고 천리관을 구축하여 불교이론에 대처한 것이다.

유학이 어느 때 한반도에 전해 왔는지 정확하게 알 수는 없다. 『삼국사기』와 『삼국유사』에 의하면 고구려는 372년에 '입태학(立太學)' 하였고, 백제는 375년에 고흥 박사가 있었으며, 신라는 503년에 국호와 연호를 유학식으로 고쳤다. 그것은 유학이 이미 제도화된 것을 말하는 것이니 유학의 전래는 그보다 더 앞섰을 것이다. 그리하여 적어도 기원전 1세기 전후인 한사군 시기로 추측된다. 공자가 창립한 유학은 오랜 세월을 지나오면서 부단히 발전·변화하여 여러 단계를 거쳐 이루어졌을 것이다.

세상은 공평하지 않다. 인생은 매우 짧기에 유학도 계속 앞으로 전진해야 한다. 그러나 학문하면서 모든 논쟁에서 반드시 이겨야 하는 것은 아니다. 진실되게 논쟁할 수 있도록 노력하는 것이다. 살아가면서 신에게는 화를 내도 괜찮다. 신은 그것을 받아줄 수 있다. 그리고 모든 것은 눈깜짝할 사이에 변할 수 있으나 걱정할 필요가 없다. 신은 결코 눈을 깜빡거리지 않는다. 그러나 상황이 좋건 나쁘건, 상황은 반드시 변하기에 우리는 자신과 자신의 과거와 화해하여야 한다. 그래야 자신의 과거가 현재를 망가뜨리지 않는다. 숨을 깊이 들이쉬면 마음에 평화가 찾아온다. 그렇게 하기 위해서는 쓸모없는 것들을 제거해야 한다. 그 이유는 잡동사니들이 여러 가지 방식으로 무겁게 짓누르고 있기 때문이다. 어떤 고통이든 그 고통이 자신을 죽이지 못한다면, 그 고통은 항상 자기 자신을 강하게 만들어 준다. 최충의 교육은 어리석은 사람의 어리석음을 깨우치기 위한 것이었다. 하늘이 한 사람을 강하게 한다는 것은 여러 사람의 연약함을 강하게 하기 위한 것이었다. 사람들이 내가 가진 것만 믿고, 남의 가난을 업신여기거나 모든 물질을 부질없는 환상으로만 본다면, 부귀와 공명은 의미 없는 형체가 된다. 그러나 이 세상 모든 것을 참된 경지로 본다면 부모 형제는 물론, 만물도 모두 나와 일체가 된다. 만물이 나와 일체가 됨을 인식한다면 비로소 천하를 이끌어 나가는 참된 교육이 이루어진다. 교육을 받은 사람들은 지나치게 성을 내어서는 안 된다. 자신들이 깨닫지 못하면 다른 날을 기다려 다시 깨우치도록 하되, 다른 사람들의 허물도 말하기가 곤란하면, 다른 일에 비유하여 타일러야 한다. 최충의 진정성 있는 교육이란 모든 것을 결코 가볍게 여기지 않는 것이다.

통일신라시기 받아들인 유학은 유, 불, 도가 병행하는 조건하에서 사장학詞章學에 치우치는 유학이었다. 고려조의 과거시험 과목은, 제술업에는 주로 시부송詩賦頌이고 명경업明經業에는 주역周易, 예부禮部 등이 있었지만 논어와 맹자는 보이지 않았다. 최충의 운명도 맹자와 비슷하여 진시황이 "분서갱유" 할 때 맹자학파가 큰 타격을 받았듯이, 최충의 저서도 무신 정중부가 불태워 버렸기에 최충의 사상을 똑똑히 밝히기에는 어려움이 있는 것이 사실이다. 지금 남아있는 주요근거는 구재학당의 명칭인 낙성, 대중, 성명, 경업, 조도, 솔성, 진덕, 태화, 대빙이다.

구재학당의 명칭을 언어학적 각도에서 분석해보면, 9개 단어에서 앞의 글자 낙樂, 대大, 성誠, 경敬, 조造, 솔率, 진進, 대大, 대待는 동사나 형용사이고, 뒷글자 성聖, 중中, 명明, 업業, 도道, 성性, 덕德, 화和, 빙聘은 명사로 목적어가 된다. 이를 해석해보면 "성학聖學을 즐기고, 중中을 크게 하고, 명道을 정성껏 하고, 학업學業을 공경히 하고, 도道를 닦고, 덕德에 들어가고, 성性을 따르고 화和를 넓히고 부름을 기다린다."라는 뜻이 명백하게 나타난다. 이는 모두 유학의 주장이다.

행복해지는 것도 자신만이 할 수 있는 일이다. 자신 외에는 아무도 자신의 행복을 책임지지 않는다. 다른 사람들이 자신에 대해 어떻게 생각하는지는 신경 쓸 일이 아니다. 시간이 모든 것을 치유하기에 시간에도 시간을 주어야 한다. 최충의 교육 시간도 이와 같았다. 최충에게 정말로 중요한 것은, 구재학당에서 젊은이들이 자신을 기다리고 있었다는 것이다. 노인으로 죽어가는 자신보다 성장해가는 젊은이들을 위한 교육 시간을 결코 낭비하지 않은 것이다.

이러한 최충의 교육적 열의는 구재학당과 당시 관학의 교육 내용을 비교해보면 그 차별성을 쉽게 이해할 수 있다.

첫째, 맹자를 유학경전에 포함시켰고, 중용이 강조되었다.

둘째, 인성, 도덕, 수양을 중요시하는 심성론이 점차 중점으로 떠올랐다. 그 것은 송대(宋代) 이학(理學)의 기본 특성과 비슷한 점들이다.

송대宋代 이학理學의 선구자는 주돈이(1017~1073년)이고 그의 사상을 계승한 제자는 정호(1032~1085년)와 정이(1033~1107년) 두 형제였다. 주희(1130~1200년)는 그것을 집대성하였다. 최충의 나이는 주돈이와 정호,정이 두 형제보다 좀 위였지만 동일한 시기에 활약했던 사상가로 간주한다. 그 이유는 유학경전에 대한 견해가 비슷하였고, 맹자를 높이 숭상하였고, 중용을 강조하여 인간의 도덕수양을 중요시하였기 때문이었다. 이에 대해 포은 정몽주는 최충을 평하기를 후진을 위해 계획하고 교육한 것은 염(주돈이), 낙(정호, 정이) 선생들에 못지 않다고 하였다. 특히 최충이 제자를 가르치면서 보여준 새로운 견해들마다 독창성이 있다는 평과 함께, 주정이 송대이학(宋代理學)의 선구자라면 최충은 한국 성리학의 선구자라고 하였다. 그러나 최충의 저서가 정중부의 난에 전부 불타 버려 최충이 한국 성리학 발전에 남긴 영향을 찾아보기란 어렵다. 그렇지만 주자학이 안향에 의해 고려조에 전하여 쉽게 수용되고, 한국 성리학이 심성론에 치우치는 특성들은 최충의 신유학과 관계된다고 볼 수 있다.

최충은 어렸을 때 경사를 배우고 20세에 과거에 급제하여 50년동안 고려조의 목종, 현종, 덕종, 정종, 문종 등 5조를 섬긴 원로대신(元老大臣)이자 훌륭한 정치가였다. 그는 문관, 무관, 법관, 사관 등 여러 분야의 관직을 담당하여 고려조의 사회안정과 문화발전을 위해 많은 업적을 남겼으며, 사관으로서 역대 문적을 정리하고 국사를 편찬하였다. 그리고 무관으로서 변방을 지키며 장성長城을 쌓았으며, 유향이 유학의 정치이론과 윤리도덕을 모아 편찬한 설원(說苑)에 나오는 육정육사와 자사육조령을 각 관청의 벽에 다시 써 붙여 관리들을 주의시켰다. 특히 공물은 민의 '고혈'로 보고 공물을 줄일 것을 주장하였고 문덕을 닦을 것을 강조하였는데, 이는 맹자의 민본사상을 실제 정치에서 구현시킨 것이다. 고려 조정에서는 최충의 정적을 표창하여 "추충(推忠), 찬도(贊道), 좌리(佐理), 협모(協謨), 동덕(同德), 윤리(允理), 홍문(弘文), 의유(懿儒), 보정(保定), 수정(綏靜), 강제(康濟) 등" 공신의 칭호를 하사하였으며, 문종은 여러대의 유종이며, 삼한의 기덕耆德이라고 찬송하였다.

백성들은 사학의 원조로써 최충을 '동방의 공자'라고 칭송하고, 고려 조정에서도 '유종儒宗', '의유懿儒'라고 칭송했지만, 문묘에 배향하지는 못하였다. 사학이 조선시대까지 이어지지 못하고 명맥이 끊어지게 된 데에는 당시 고려의 국가적인 상황이 영향을 끼치기도 했지만, 사학 내부의 문제점 또한 사학이 유지되지 못한 한계점으로 지적될 수 있다.

그러나 고려의 교육을 주도하며 한국 유학 및 교육의 발전에 기여하며 학생들의 교육적 요구를 충족시켜 왔다. 이는 침체한 유풍儒風과 문풍文風을 부흥시키는 역할을 담당하며 고려의 학문적 기반을 마련한 것이었다.

또한 구재학당은 사학의 원조로써 자체적으로 교육을 활성화했을 뿐만 아니라 침체했던 관학을 자극하는 역할을 하며 결과적으로 관학에 직·간접적인 영향을 줌으로써 국가적으로 유학의 진흥이 이루어질 수 있었다.[31]

또한 사학십이도는 관학의 침체기에 사적으로 학교를 설립하여 후학을 양성함으로써 우리나라 최초의 본격적인 사립학교라는 의의가 있기도 하다. 고려 말에는 사학십이도가 비록 관학의 체계에 흡수되며 고려 국가의 운명과 함께 사라지게 되지만 설립 초기에는 국자감과 같은 수준의 교육기관의 역할을 하였다. 단지 과거시험을 위한 교육기관으로서가 아니라 수기치인을 통한 유교적 덕목의 실천을 중시하는 등 유학의 전통을 이어받고 계승하며 후대에도 영향을 주었다. 즉, 사학십이도는 고

---

31) 손인수, 『최충연구논총』, 한국사학의 전통과 최충의 위치, 경희대학교 출판부, 1984, 98쪽.

려 중기에 유학발전의 토대를 마련하였으며 그 영향이 조선시
대 유학에까지 영향을 주었다.

4부

최충의 교육문화 개혁

최충의
교육문화 개혁

1. 국자감

고려 개국초에 태조(왕건)가 교육에 공로가 많은 태학조교(太學助敎) 송승연(宋承演) 등을 국자박사(고려시대 교육담당 관리)에 제수했다(989년)는 기록으로 보아, 고려는 신라의 국학國學을 이은 국립대학이 있었다.(989년) 그 후에 성종(고려6대)대 당·송의 교육 제도를 참작하여 국립대학으로 개편된 국자감(國子監)은 교육 분야에 새로운 전환을 모색하기 위하여, 시험제도를 도입하면서 명실 공히 고려 제일의 교육기관으로 부상했다.(덕종1031년) 그 후 원나라의 간섭으로 관제를 개편할 때 국학으로 개칭했다가 충선왕이 즉위하여 성균감(成均監)으로 고쳤다.(1275년, 충렬왕1년) 성균감은 충선왕이 다시 즉위하면서 성균관(成均館)으로 고쳤다. 1308년 그 후에 반원개혁의 일환으로 관제를 복구할 때 국자감으로 환원

했다가(1356년 공민왕 5년), 다시 성균관으로 개칭되어 1362년 조선
으로 이어졌다.

국자감(國子監)은 강의를 하고 수업을 듣는 공간인 돈화당(敦化
堂: 후에 명륜당(明倫堂))과 학생들의 기숙사인 재(齋)가 있었고, 생도들
의 식사와 물품을 담당하는 양현고(養賢庫)가 있었다. 국자감에
서는 국자학(國子學)·태학(太學)·사문학(四文學)등의 유학부(儒學部)외에
서학(西學)·산학(算學)·율학(律學)등의 잡학부(雜學部)가 추가되어 문종
대(고려11대1047~1082)에는 6학이 갖추어졌다. 이런 편제에도 불구
하고 국자감은 재정의 어려움과 사학의 발달로 인해 위축되었
다. 한 때는 국학폐지론까지 대두하기도 하였으나, 그뒤 주자학
이 전래되어 경학經學과 사학史學을 중요시하면서부터 유학儒學만
을 중시하게 되었다.

입학 자격은 국자학에는 문무관 3품 이상의 자손, 태학에는
문무관 5품 이상의 자손, 사문학에는 문무관 7품 이상의 자손
이 입학할 수 있었고, 잡학 3부에는 모두 8품 이하의 자제와 서
인庶人이 입학할 수 있었다.

교육기간은 유학부의 경우 최고 9년까지 재학할 수 있었으
나, 국자감생으로 3년간 재학하면 과거에 응시할 수 있었다. 국
자감의 직제는 성종 때 국자사업(國子司業)·국자박사·국자조교·태
학조교·사문박사·사문조교를 두었다. 문종 때에 고문격인 제거

(提擧)·동제거(同提擧)·관구(管句)를 각각 2명, 판사(判事) 1명을 두었는데 모두 겸관이어서 그 아래의 제주(祭酒, 종3품)가 총장격이었다. 국자감에 입학시험을 설정했다는 것은 성종 대 이래 추진되던 지방교육기관 육성계획이 완료되었다는 것을 의미했다. 또한 이전에는 단순히 힘 있는 집안 자제들이 형식적으로 거쳐가던 국자감에 시험제도를 도입하면서 인재를 실력에 따라 뽑을 수 있게 되었다.

2.구재학당(九齋學堂)

최충은 사립학교 교육의 아버지였다. 그가 세운 9재학당은 사학교육의 원조였고, 고려시대 문신 배출의 산실이었다. 고려 역사에서 성종대의 최승로가 유교적 정치개혁에 공헌한 인물이라면, 최충은 유교 교육을 제대로 받은 인물을 배출하는 데 이바지한 인물이라 평가할 수 있다. 실제 유교 경전에 바탕을 둔 그의 학문 교육은 유학이 꽃피울 수 있는 터전을 마련해 주었다. 최충의 사학에 관한 기록을 살펴보면,

현종(고려 8대)이 즉위한 뒤로 전쟁이 겨우 멈추어 그간 문교(文敎)에 겨를이 없었는데 최충이 후진들을 불러 모아서 가르치기를 부지런히 하니, 여러 학생들이 많이 모여들었다. 드디어 낙성(樂聖)·대중(大中)·성명(誠明)·경업(敬業)·조도(造道)·솔성(率性)·진덕(進德)·대화(大和)·대빙(待聘)이라는 9재(齋)로 나누

없는데, 시중 최공도(侍中崔公徒)라고 일렀으며, 무릇 과거를 보려는 자는 반드시 먼저 그 도徒에 들어가서 배웠다. 해마다 더운 철이면 귀법사(歸法寺)의 승방(僧房)을 빌려서 여름 공부(夏課)를 하며, 도徒 가운데 급제한 자로 학문은 우수하면서 벼슬하지 않은 자를 골라 교도(敎導)로 삼아 구경(九經)과 삼사(三史)를 가르치게 하였다. 간혹 선진(先進: 먼저 과거에 오른 사람)이 오면 촛불에 금을 그어 시한을 정하고 시를 짓게 하여 글의 등급 차례로 이름을 불러들여서 작은 술자리를 베푸는데, 아이와 어른이 좌우에 벌여 서서 술과 안주를 받들어 진퇴의 예의가 있으며, 장유長幼의 질서가 있어 종일토록 수작하니, 보는 자가 아름답게 여기고 찬탄하지 않는 자가 없었다.

– 〈고려사절요〉5.(문종 22년 1068년 9월)

이상의 내용은 〈고려사〉최충열전에도 같은 내용의 글이 들어 있다.

최충이 은퇴하던 무렵, 문종초 거란의 침입과 전화戰禍가 아물고 세상은 태평해졌지만, 중앙 정부가 교육까지 돌아볼 여력은 없었다. 중앙의 교육기관인 국자감은 유명무실한 상태였고 지방의 향학은 갖추어지기 이전이었으므로 교육에 대한 새 바람이 절실하던 때였다. 최충이 최고의 관직을 마치고 물러나 다시 생도들을 교육하고자 하는 뜻은 바로 국가와 사회의 발전을 위한 인재의 육성을 깊이 깨달았기 때문이었다. 〈고려사〉학교조 에서는 최충이 후진들을 불러 모아서 가르치기 시작한 것을 사학의 단초로 삼고 있다. 이를 뒷받침하는 내용을 살펴보면,

사학私學이 문종(고려11대, 1047~1082)때에 태사(太師)·중서령(中書令) 최충이
후진을 불러 모아 싫증내지 않고 열심히 가르치고 깨우치자[敎誨不倦], 푸른
깃옷을 입은 생도들[靑衿]과 흰옷을 입은 백성들[白布]이 그 집의 문과 거리를
가득 메우고 넘치게 되었다.

- 〈고려사〉28.

그 당시에는 정계에서 은퇴한 유학자들이 향리鄕里의 자제들
을 교육시키고 학문을 전수하는 모습은 이전부터도 있어왔다.
그런데 사학이 최충에 의해 처음 시작되었다는 말은 학교라는
규모로 조직이 확대 발전된 단초가 되었기 때문이다. 조선왕조
실록 태종편을 보면,

사간원(司諫院)에서 상소하였다……. 전조(前朝)때에 문헌공(文憲公)최충이 사
는 집과 창적(蒼赤)을 내놓아서 구재(九齋)에 붙이어 생도를 교육하였으니, 비
록 사장(詞章)만을 숭상했더라도 문교(文敎)에는 도움이 있었다고 하겠습니
다.[사간원 건의로 구재(九齋)의 노비를 오부 학당에 소속시키게 하다.]

- 〈조선왕조실록〉.(태종11년 7월 27일)

이를 보면 최충이 학당을 시작할 때는 자신의 집에서 시작한
듯하며 나아가서 구재를 설립하고는 그 비용을 위하여 집과 창
적(노비)을 내놓아서 운영하였던 것을 알 수 있다.

최충이 살던 송악산 밑의 자하동에는 '구재유허비'가 건립되어 있다.[32] 구재학당의 위치에 대해서는 약 300년후 목은 이색의 글에서도 볼 수 있다.

어제 구재에 갔다가 소나무 밑에 앉았다 보니 소나무 그늘이 엷어서 한낮이 되자 열기가 더욱 심해졌다. 그래서 제생(諸生)에게 고하기를 "자하동(紫霞洞)에 들어가 서늘한 곳에서 부영(賦詠: 詩歌, 시를 지어 읊음)을 하는 것이 어떻겠는가?" 했더니, 제생이 매우 기뻐하면서 길을 인도하였다. 마침내 안심사(安心寺)앞의 어지러이 흐르는 물가에 이르러 남쪽 언덕에 앉아서 각촉(刻燭: 미리 촛불을 켜고 정한 시간)하고 시제(詩題)를 냈는데, 촛불 눈금이 절반도 타기 전에 소낙비가 내리므로 제생들을 거느리고 안심사로 달려 들어가니, 의관(衣冠)은 다 젖었으나 자못 아름다운 풍취가 있었다.

－〈목은시고〉18, 시

송악산 밑의 자하동은 경치 좋기로 소문난 곳인데, 고려시대 사람들이 자주 즐겨 찾는 곳이었다. 귀법사는 광종(고려4대)때 개경에 창건한 사원으로 당대 고승이던 균여가 주지하였다. 귀법사는 자하동과 반대 방향인 동쪽 탄현문밖에 있었다. 최충의 사학은 '시중최공도'라 하여 생도가 가장 많이 몰려들었다. 최공도가 이렇게 성공한 이유는 어디에 있을까? 최충이 만년에 학교

---

32) 洪養浩, 《耳溪集》30, 紫霞洞九齋遺墟碑銘

를 일으키고 인재를 키우는데 성공할 수 있었던 것은 결코 그의 벼슬이 높아서였거나, 그가 국가 원로로 받들어지고 있고, 그의 영향력이 국가의 대사를 관장하고 국정의 자문에 응했다는 권위의 정상에 있다고 해서 가능했던 것은 아니다. 그의 뛰어난 개인적 학덕과 무르익은 인간성취, 이러한 인간됨의 바탕위에 적절한 시운時運이 함께 어우러져서야 비로소 가능할 수 있었던 것이라고 하겠다.[33]

최충의 학당에 모여든 생도들은 어떤 계층의 자제들이었을까? 우선 배우고자 모여든 청금과 백포는 유생과 일반 백성을 말하는 것으로 이는 유생뿐 아니라 사회적 기반이 없는 일반 백성의 자식들도 와서 함께 배울 수 있었다는 의미로 해석된다.

귀족이 아닌 일반 백성들의 자제가 최충의 9재에 와서 공부할 수 있었다는 것이다. 그리고 "아이와 어른이 좌우에 벌여 서서 술과 안주를 받들어 진퇴의 예의가 있으며, 장유長幼의 질서가 있어 종일토록 수작하니, 보는 자가 아름답게 여기고 찬탄하지 않는 자가 없었다."라 하였으니 여기에는 나이 제한없이 들어올 수 있었던 것으로 추측된다.

익재 이제현은 "공은 문하의 생도들을 구재로 나누어서 위로는 공경公卿의 적서嫡庶로부터 아래로는 시골의 과거보는 사람(擧

33) 김충열, 『최충연구논총』, 최충 사학과 고려 유학, 경희대학교 전통문화연구소, 1984, pp.23~24.

子)들에 이르기까지 모두 구재의 적籍에 이름을 올려서 이로써 성인의 도를 익히게 하였는데, 이로부터 말미암아 문물이 더욱 흥성하게 되었다.[34]"고 하였다.

실제 9재의 학생들을 보면, 숙종(고려15대)초에 성명재에 입학하여 훗날 복야(僕射)로 승진한 박복야는 지방 출신이었고, 솔성재에 입학한 이승장(李勝章)은 가난한 집안 자제였으며, 성명재에 입학한 이규보(李奎報)도 중견관리의 자제였다. 이와 같은 사례를 보면 최충의 9재에는 국자감에서와 같은 신분적 차별은 거의 없었던 듯하다. 이와 같이 생각해보면 최충이 학교를 설립한 목적은 국자감과 달리 교육의 기회를 더욱 넓은 계층에게 제공하는 한편, 그들에게 유교적 가치와 윤리를 널리 보급하고자 한데 있었던 것은 아닌가 하다. 그리고 이러한 배경에는 그가 어린 시절 해주에서 혼자 공부하여 중앙에 관료로 진출한 자신의 경험이 큰 영향을 끼쳤을 것이다.[35] 고려 사회 성격을 귀족제 사회로 보는 시각에서 이 부분은 좀 더 면밀하게 검토해야 할 부분이라 생각된다. 구재의 분류는 학업 내용인가, 학업 단계인가 하는 문제이다. 유생이나 일반 백성의 구분 없이 받아들였던 사학에서 입학시험을 치렀을 리는 없고, 따라서 9재가 학업의 단계로 구분되는 것은 아닐 듯하다. 또 재명齋名으로 교육 내용을 구분할 수 있는 명칭은 아닌 것처럼 보인다.

---

34) 『최충연구논총』, 문집에 나타난 최충, 경희대학교 전통문화연구소, 1984, p.589.
35) 김용선, 최충의 활약과 가문의 번성, 한국사 시민강좌 39, 일조각, 2006

제10장. 인적자원 개발을 위한 실용주의 교육

실용주의(Pragmatism, 프래그머티즘)에서는 모든 사물은 끊임없이 변화하고 있으며 항상 유동적인 것이라고 생각한다. 이 관점에 따르면, 진리는 항상 변하는 것이므로, 과학적인 실험을 통한 검증이나 상황적인 맥락에 기초한 판단에 의해 그 유용성과 가치가 확인된다고 한다. 죤 듀이(John Dewey, 미국의 철학자, 심리학자, 교육학자)에 따르면, 인간의 문제는 초경험적이라기보다는 인간의 목적에 따라 제기되는 사건과 문제에 의존하게 된다고 한다. 또한 이론은 실재에서 나오며, 또 실재에서 검증된다고 하였다. 마음은 선험적인 범주가 아니라, 지적으로 문제를 해결하는 사회적 과정이며, 교육은 사회적.직업적 문제를 포함한 모든 문제를 다루기 위한 방법과 유용한 지식을 제공함으로써 인간을 보다 자유롭게 한다는 것이다. 그리고 학습의 동기는 문제를 직면했을 때 해결하는 과정에서 학습하고 성장하는 문제 구조 해결을 강조하였다. 또한 학습자는 환경과 상호작용하며 스스로 풀어나가야 성장한다는 것이다.

이러한 듀이의 교육관은 첫째, 학습자는 생명을 유지하기 위한 본능과 충동을 지닌 사회학적 존재이며, 둘째, 학습자는 자연적이며 사회적인 환경 속에서 살고 있고, 셋째, 학습자는 개인적인 본능과 충동에 의해서 움직이는 적극적인 존재이며, 넷째, 학습자는 환경과의 상호 작용을 통해 자기의 욕구를 충족시키려는 과정에서 문제의 상황을 만나는 존재라고 보았다.

따라서 배움의 과정에서 교사는 학습 상황을 통제한다기보다는 학습 상황을 안내하는 역할을 담당하게 된다. 듀이가 말하는 '성장'은 학생이 상호 관계를 맺고 있는 여러 경험 간의 맥락과 상호관계성을 이해하는 능력을 획득하는 것을 의미한다.

교육을 '미래를 위한 준비'로 보는 입장에 반대한 듀이는 학생들이 현재 겪고 있는 문제 상황에서 그들의 적응력을 키우는 것이 더 중요하고 그 결과로 그들이 성장했을 경우에도 그 적응력은 문제 해결에 도움이 된다고 보았던 것이다. 듀이의 교육론에서 '경험'의 의미는 매우 독특하고 중요하다. 학습자들에게 있어서 그들의 삶과 관련성이 없는 지식을 배우고 외우는 것은 실제적인 도움을 주지 못하며, 대신 그들의 삶에 직결된 문제를 해결하는 과정에서 얻어진 '특별한 경험'들이 그들에게 의미 있는 지식이 된다는 것이다. 그러한 경험들이 누적되고 재구성되면서 세계에 대한 그들의 이해력이 높아지며, 보다 넓게 사고할 수 있는 반성적 사고의 체계도 형성된다고 한다. 듀이는 경험 중에서 가장 높은 수준의 질적인 경험이 곧 '미적 경험'aesthetic이라고 보았다. 그는 예술적 경험이야말로 인간이 도달할 수 있는 가장 복합적이고 인지적인 경험이라고 생각했다.

최충의 각촉부시刻燭賦詩는 특별한 '미적 경험'aesthetic이 된다. 고려 시대를 통하여 시대적 변화를 줄 수 있는 꿈과 소망 그리고 열정, 그에 따른 인격과 역량을 갖춘 대찬大讚 인물로 역사가들은 문헌공 최충을 치켜세웠다. 고려가 개혁되고 다시 발전 국가가 되기 위해 필요한 인물로 최충을 내세운 것이다.

그 이유는 새로움은 항상 기존의 것들을 새롭고 알차게 꾸미는 것인데, 누구나 시작은 할 수는 있어도 그것을 새롭게 하기란 여간 쉽지가 않기 때문이다. 이에 최충은 전문적인 정무 감각을 기반으로 한 다양한 국가적 현실 문제를 해결할 수 있는 인재들과 함께 고려를 새롭게 환골탈태시켜보겠다는 강한 의지로 자신의 창조적인 역량을 선택적으로 집중화시킨 인물로 평가받은 것이다. 그런데 이렇게 위대한 인물을 강남의 사교육빨(?) 원조라고 매도한 어리석은 사람이 있었으니 최충선생이 들었으면 참으로 분개할 일이었다.

교육을 하는 사람들은 변혁적 지성인이다. 사학이나 사교육에 종사하는 분들 모두가 지성인이자 교육자이다. 교육활동에 있어 중요한 지점은 교육사상과 그 사상의 실천적 조건인데, 이 실천적 조건을 누가, 어떤 시각으로 보는가에 따라서 교육자는 평가받게 된다. 성공의 기준이 사람마다 다르듯이 교육에 대한 가치 기준도 사람마다 다른 까닭이다. 사람들은 대부분 물질적 가치를 중시한다. 우리는 정신적 가치가 더 중요하다고 이야기 하지만 현실적으로는 물질에 목숨을 걸고 일상에서 투쟁한다. 이런 삶의 태도는 추하고 천박하며 사람으로서 인격이라는 가치를 상실한 것으로 여겨진다. 잠시 여기에서 "고려에도 사교육 열풍이 있어다?"는 글을 쓴 전 대광고등학교 최태성 교사의 글 '도포바람 날리던 고려시대 교육'을 소개하고자 한다.

우리 교육계가 풀어야 할 오래된 고민 사교육은 오늘날 들어 새롭게 생긴 교육문제일까? 역사는 되풀이된다는 말처럼, 고려시대에도 공교육이 제 역할을 하지 못하고 사교육이 횡행하던 때가 있었다.

〈동명왕편〉의 저자 이규보 역시 사학기관 문헌공도에서 공부하며 과거 시험을 위해서 개인 과외를 받기도 했다. 사교육이 융성했던 고려시대 이규보와 그의 아버지 이윤수의 이야기를 통해 오늘날 사교육 문제를 다시 생각해보자. 사교육. 늘 우리 교육계의 뜨거운 감자 사교육. 사교육이 밀집되어 있는 강남. 이곳의 고등학생은 한 달 평균 사교육비만 130만 원을 지출한다는 통계도 있네요. 과연 이런 사교육 현상은 우리 시대에만 있는 기현상일까요? 애석(?)하게도 역사 속에 이미 사교육은 공교육과 함께했네요. 특히, 고려시대 사교육이 매우 융성했는데요. 당시에는 12공도라 불리는 12개의 사학기관이 존재했습니다. 문종 때 태사·중서령 최충이 후진을 모아 열심히 교육하고 훈도해, 귀족 집안의 자제들이 그 집의 문과 거리를 가득 메우게 되었으니 이것이 사학의 시초이다. 뒤에 9재로 나누었는데, (중략)

그것으로 이를 시중최공도라고 불렀다. 양반 자제들로서 과거에 응시하려는 자들은 반드시 먼저 문헌공도에서 학업을 익혀야만 했다. -고려사-

이 12공도 중에서도 해동공자라불리는 최충이 설립한 문헌공도가 가장 유명했죠. 지금도 과도한 사교육비 지출로 인한 가계 부담 증가, 사교육으로 인한 부의 대물림 현상 등 많은 문제가 발생하죠. 이걸 어떻게든 막아보려고 새로 들어서는 정부마다 공교육 정상화 방안을 내놓고 있습니다. 그런데 고려시대도 똑같았어요. 고려 정부는 사교육 편중 현상을 막기 위해 전문 강좌 개설이나 장학재단 마련 등 관학 진흥책 즉, 공교육 진흥책을 내놓습니다. 아… 역사는 어찌 이리 비슷하게 전개되는지.

그런데 이때 사교육빨(?)로 완전 무장한 인물이 있었으니 놀라지 마시라. 그는 바로 고려시대 문인이자 당대 문학의 새 지평을 연 인물로 평가받고 있으며, 〈동국이상국집〉이라는 문집과 주몽의 일대기를 소재로 한 서사시 〈동명왕편〉의 저자, 바로 이규보였습니다. 이 이규보 역시 최충의 문헌공도 출신이죠. 이규보는 어렸을 때부터 시와 문장에 뛰어나 주위에서 수재라고 불립니다. 그러다 보니 집안의 많은 기대를 한 몸에 받았습니다. 이규보의 집안은 문벌귀족이 아니었습니다. 그래서 이규보의 아버지 이윤수는 총명하고 영리한 이규보를 통해 가문을 일으키기 위해 아들을 당대 최고 명문사학인 문헌공도에 입학시킨 것이지요. 문헌공도에서는 '여름방학 특강'에 해당하는 '하과'라는 수업이 있었는데요. 당시 공교육에 해당하는 국자감에서는 이런 맞춤형 수업이 잘 운영되고 있지 못했죠. 하과에서는 '급작'이라는 모의고사, 말그대로 급하게 글을 짓는다 해서 급작이라고 불린 이 시험을 치렀는데요. 이규보는 이 시험에서 잇달아 1등을 하였으니 이규보의 집안은 의기양양. 이규보가 16세 되던 해에 이규보의 아버지 이윤수는 수원으로 발령이 납니다. 아들을 데리고 가야 하나 말아야 하나 고민 고민. 결국 이규보의 아버지는 이규보를 그대로 개경에 남겨둡니다. 그해 과거를 치러야 했기 때문이죠. 이규보의 아버지는 지금으로 치면 '기러기 아빠'가 되어 이규보를 뒷바라지한 것이죠. 그뿐만 아니라 과거 시험이 다가오자 이규보에게 '족집게' 개인 과외까지 붙입니다. 사교육의 모든 것을 총동원해서 아들의 과거 시험에 올인했던 이규보의 아버지. 드디어 이규보가 과거 시험장에 들어갑니다. 아버지 이윤수는 아마도 과거 시험장 문에 들어서는 아들에게 찹쌀떡을 먹였을 것이며, 시험장 기둥에 엿을 턱 하니 붙였을 것이며, 아들이 시험장에서 나올 때까지 간절히 두 손 모으고 시험장 앞에서 기도했을 겁니다. 요즘 모습으로 연상한다면 말이죠. 자. 결과는?

이규보. 낙방. 아버지. 멘붕. 다시 도전. 재수. 낙방. 다시 도전. 삼수. 낙방.다시 도전. 이번엔 이름도 바꿔보자. 이때 지은 이름이 사실 이규보랍니다. 겨우 합격.그랬습니다. 그렇게 이규보는 4수 만에 겨우 과거에 합격했던 것입니다. 가문을 위해서 공부했던 이규보. 그리고 비정상적으로 사교육에 많은 돈을 투자한 아버지 이윤수. 이 역시 문벌귀족 사회가 건강한 모습으로 성장하기에는 한계가 있는 모습임을 보여준 사례가 아닐까요? 결국 이렇게 지탱

되던 문벌귀족 사회는 무신들의 칼을 맞고 무너져버립니다. 어머니들의 '치맛바람'이 아닌 아버지의 '도포바람'이 다를 뿐 보이는 모습은 지금이나 옛날이나 비슷합니다. 이제는 이런 역사와 단절할 수 있는 새로운 교육의 바람이 와야겠죠? 우리 함께 해보죠. 비슷한 역사가 아닌 좀 다른 역사를 써보죠.

– 〈서울교육, 최태성의 교육저널 그날〉 전재

이상의 글은 '지금서울교육7+8' 56쪽에 실린 글이다. 최태성 교사는 성균관대학교 사학과를 졸업하고 대광고등학교에 근무하다 현재 학원, 방송가 등에서 인기를 끌고 있는 강사이다. 그런데 최태성 교사가 쓴 '고려에서도 사교육 열풍이 있었다?'라는 제목의 물음표는 무엇을 의미할까. 최태성 교사는 문헌공 최충 선생이 세운 최초의 사립학교 문헌공도 또는 구재학당을 오늘날의 부정적 의미로 인식하고 학원, 과외 등의 사교육私敎育으로 비하하려는 의도를 가지고 글의 내용을 전개하고 있다.

그러나 필자가 생각하는 교육의 가치에 따르면 구재학당은 공익을 목적으로 하는 사립학교[36]이기에 사적 영리를 목적으로 하는 학원이나 개인과는 당연히 구분하여야 한다. 고려 건국 초기는 후삼국과의 통일전쟁(936), 호족과의 세력다툼과 외세의 침범 속에 왕권강화를 노력하지만 미완未完 상태이고 성종(고려6

---

36) 최충이 九齋를 통해 한당학풍(漢唐學風)을 배제한 순정유학(純正儒學)을 가르치고자 했음을 강조하면서, 이를 높이 평가하였다. 이는 최충을 官學을 대신하여 인재를 양성한 교육자로 규정하기보다는 儒學者의 차원에서 긍정적으로 평가하려는 것이다. 李乙浩, 「韓國儒學史上 崔冲의 位置」, 『崔冲研究論叢』(慶熙大學校出版, 1984), pp 260-282.

대)때에 비로서 국학인 국자감(992)를 설비하게 된다. 그러나 거란의 침입(993), 강조의 정변(1009), 귀주대첩(1019), 천리장성 축조(1044) 등으로 고려정부는 교육에 투자할 여력과 의지가 없었다.

그로 인하여 국자감은 교육기능을 제대로 발휘하지 못하였다. 이때에 문헌공 최충선생은 사재私財를 출현하여 구재학당(九齋學堂)을 세우니 문종 9년(1055)이는 우리나라 사학의 효시라 할 수 있다. 구재학당은 관학과 더불어 고려 말까지 중요한 교육기관으로 유지되어 고려의 인재등용과 유학발전에 기틀이 되었다.〈고려사절요〉

최태성 교사는 "이규보가 '문헌공도'에서 공부하며 과거 시험을 위해 개인과외를 받기도 했다."는 언급을 하면서 문헌공도와 오늘날의 개인과외를 싸잡아 사교육 적폐로 몰아가고 있는데 이는 공익公益과 사학의 사익私益추구와 사교육을 구분하지 못한 가치판단의 오류인 것 같다. 이규보는 명문사학의 엄연한 문헌공도 학생이고 그가 집안에 돈이 많기에 개인과외를 받은 것이다. 그러나 문헌공도는 귀족의 자제만 입학되는 것이 아니라 이규보처럼 그 아버지가 하위직이거나 평민신분의 자제도 교육과정을 이수할 능력이 있다면 입학이 허가되었고 비록 집안형편이 가난하더라도 수학능력이 있다면 장학 혜택도 가능하였다.(솔성재에 입학한 이승장(李勝章)은 가난한 집안 자제였다)

이는 오늘날의 학원 같은 사교육에서는 있을 수 없는 일이다. 특히 최대성 교사는 과도한 사교육비를 운운하면서 사교육빨(?)로 완전무장한 인물로 이규보를 꼽고 있다. 그러나 이규보는 고려의 문인이자 당대 문학의 새 지평을 연 인물로 〈동국이상국집〉과 〈동명왕편〉의 저자이며 어렸을 때부터 시와 문장에 뛰어난 수재였다. 그런데 이규보가 과거시험 4수 낙방을 한 것을 최태성 교사는 문벌귀족사회의 폐단으로만 보고 있다. 하지만 이규보(1168~1241)가 살던 시기는 정중부에 의한 무신武臣의 난(1170) 이후의 삶이다. 이 시기에는 무신정권이 저지른 분서갱유(焚書坑儒)사건으로 가장 큰 피해를 본 사람들이 문벌귀족門閥貴族인 문신文臣들이었다. 따라서 이규보는 23세가 되어서야 진사에 합격하지만 말과末科를 기피한 탓에 중용되지 못하였다. 그리고 이규보는 10여 년에 걸친 은거와 유랑생활을 하다가 32세 때에 비로소 무신정권의 권력을 쥐고 있던 최충헌 부자의 눈에 띄어 벼슬길에 오르게 되니 당시 고려 사회는 권문세족權門勢族의 무신만 존재할 뿐이다.

이상의 논의에서 최충 구재학당의 교육적 가치에 대한 최태성 교사와 다른 필자의 의견은 다음과 같다.

첫째, 공익기관인 사학과 영리를 목적으로 하는 사교육과의 구분이다.

둘째, 최충선생은 사재를 털어 전 재산을 구재학당 설립에 헌납하였기에 사심私心이 없다.(전조(前朝) 때에 문헌공(文憲公) 최충이 자기의 사는 집과 창적

(蒼赤)을 내 놓아서 구재(九齋)에 소속시켜 생도를 교육하였으니〈고려사절요〉)

셋째, 구재학당은 신분을 가리지 않았고 능력 있는 자의 입학을 허가하였다.

넷째, 문헌공도는 오늘날의 사교육처럼 영리를 목적으로 하지 않았기 때문에 재학생들에게 수업료의 부담을 주지 않았고 가난한 자도 입학이 가능하였다.

다섯째, 당시 국학인 국자감의 부족한 교육 부분을 사학인 12공도가 대신하여 교육과 유학의 발전에 이바지 하였다.

여섯째, 이규보는 명문사학인 문헌공도의 학생으로 부친의 뜻에 따라 사교육을 받은 것은 별개의 문제이다.

일곱째, 이규보의 과거 시험 4차 낙방은 무신의 난(1170)이후 과거와 음서제도와 무신들이 관직을 독점하였기에 생겨난 일이다.

여덟째, 해동공자라 칭하는 최충 선생은 공직을 명예롭게 퇴임하였고 사재(私財)를 털어 제자양성에 심혈을 기울였으며 존립 가치를 인정받은 구재학당은 진정한 사학교육기관으로 항몽전쟁 중에도 강화 연미정에서도 지속적인 교육활동을 이어오게 되었다.

필자가 최충이야기 평전을 집필하면서 야기(惹起)하고자 하는 바는 다양한 생각의 충돌을 통해 최충에 대한 바른 가치관을 정립하는 것이다. 필자가 서술한 글을 읽다 보면 분명 독자와 필자의 생각이 충돌하는 부분이 나타날 것이다. 그때에 우리는 타인의 가치를 깎으려 하거나 나를 내세워 과시하고자 하는 욕망을 경계해야 한다. 각자가 세우는 삶의 원칙 중에서 세상을 바라보는 다양한 관점의 차이를 인정하는 태도는 무엇보다 중요한 가치관에 있다. 예컨대 아프리카 수단에서 의료봉사 활동에 헌신하다가 젊은 나이(48세)에 대장암으로 선종한 이태석 신부의 이야기에서 필자는 그 숭고한 정신에 절로 고개가 숙여지지만, 어떤 사람은 의사라는 직업으로 물질적 풍요를 누리는 편안한 삶을 마다하고 왜 사서 고생을 하는가라며 반문할 수 있다. 나와 다른 타인의 생각은 가치관의 차이일 따름이다. 다만 여기서 중요한 것은 바른 가치관에 대한 나름의 평가는 필요하다는 것이다. 바른 가치관이란 무엇일까? 그것은 공익성이다.

11장. 구재학당 교육은 희망 플러스 에너지

　한국사회에서 추구하고 있는 인성교육의 특성과 최충의 신유학新儒學사상을 기저基底로한 구재학당(九齋學堂)[37]의 9재 명名에 함의된 수기修己와 치인治人은 우리나라 인성교육의 실천방안과 같다. 국가 교육과정 정책은 인성교육의 내적 덕목인 긍정적, 도덕적, 윤리적, 정서적인 성품과 외적 덕목인 사회적성품, 타인존중, 공공질서의식, 경로효친, 사회연대의식, 배려와 나눔에 관한 실천방법을 설정하여 인성교육을 활성화시키고 있다.

---

37) "9재학당" 다음 홈페이지, http://seonjija.net/seon.ori/files/siteagent/100.daum.net/encyclopedia/ view/b02g2238a (2017-3-6 방문) 최충(崔冲 : 983~1068)은 문종대 (1047~83)에 관직을 은퇴한 후 유학의 보급과 유교적 지식에 밝은 관리의 양성을 목적으로 사숙(私塾)을 개설했다. 교사를 송악산(松岳山) 아래 자하동(紫霞洞)에 마련하고 학당을 9재로 나누어 가르쳤는데 이것이 바로 구재학당이다. 당시에는 관학이 부진했으므로 과거시험을 지향하는 많은 학생들이 모였다. 재명(齋名)은 악성(樂聖)·대중·성명(誠明)·경업·조도(造道)·솔성(率性)·진덕(進德)·대화·대빙 등이다.

이는 최충의 분재교학법(分齋敎學法)[38] 과 일치되는 점이 있다. 최충의 신유학 사상은 몸과 마음의 관계, 마음의 작용과 기능, 마음의 수양법 등에 적극적인 관심을 갖게 하여 수기修己와 치인治人을 동일선상에 놓았다. 이제 현실을 살펴보면, 인간성 상실과 갈등의 문제는 21세기 지식 정보화 사회가 고도로 급성장하면서 핵가족화, 맞벌이 현상과 함께 가정의 기능까지 약화시켰다.

이는 학교 생활에서도 자기중심적인 이기주의로 나타난 타인과의 협동심 내지 관계 형성에 커다란 문제를 일으키게 되었다고 한다.(김성록, 2006) 특히 사회적으로는 전통적인 가치의 상실, 황금만능주의, 공동체 의식의 상실 등이 점점 심해지고 있으며 이는 우리 사회를 병들게 하고 있다고 주장한다.(조은미, 2009) 그리고 이러한 환경들이 십대 청소년들을 각종 범죄에 물들게 하고 더 나아가 가출, 원조교제, 학교폭력 등 비윤리적인 사건에 몸 담게 하였다고 한다. 이제 인성교육의 부재로 인해 야기되는 청소년 문제는 더 이상 가정교육의 문제로만 둘 수 없게 되었다. 사회구성원 모두가 책임져야 할 과업이 된 것이다. 이처럼 교육현장에서 인성과 관련된 문제들은 인간성 회복과 함께 교육의 중대한 이슈가 된 것이다.(2007, 교육부)[39]

---

38) 이성호 (2014년 5월) 최충과 신유학, 역사문화, p.27 구재(九齋)자체가 분재교학(分齋敎學)이란 단정을 내림/ 북송의 호원(胡瑗)도 분재교학(分齋敎學)을 실시하였음

39) 박점숙, (2016.2), "초등학교 교과서 인성교육 내용 분석", 순천대학교 교육대학원 석사 학위논문, p.2 재인용

이에 최충의 신유학에 대한 교육적 사상의 이해와 인식을 함께 한 수행적 인성, 도덕적 인성, 사회적 인성을 고양시킬 수 있는 수기修己와 치인治人을 학교 교육과 연관지어 잠시 토로(吐露, 속마음을 죄다 드러내서 말함)한다.

현실에 있어 학교교육은 지나치게 경쟁 지향적이고 지식전달 위주의 교육에만 편중되어 있어, 균형 감각을 잃은 인성교육 실패 현상에 비판이 이어지고 있다. 그 결과 청소년들은 급격한 변화의 물결 속에 효과적으로 적응하지 못하고 경쟁에 탈락된 청소년들은 갖가지 일탈행동으로 이어져 청소년들도 이제는 그 책임을 면하기 어렵게 되었다. 이러한 청소년들의 일탈행동은 우리 사회의 심각한 문제로 발현되어 사회각계에서는 청소년에 대한 인성교육이 강화되어야 한다는 여론이 그 어느 때보다 거세어지고 있다.[40]

따라서 인성교육이 강화되기 위해서는 기존 지식위주의 교육을 역량중심의 실천적인 체험 위주 교육으로 접근할 필요가 있다. 이는 실천적 인성교육을 포함한 미래사회로 나가는 핵심역량중심교육의 필요성이다.[41]

그러나 핵심역량중심의 인성교육은 금과옥조 같은 성현의 말씀이나 규범을 내면화하는데 그쳐서는 아무런 의미가 없다.

---

40) 길잡이맨, 2015.3.22, 2017.3.6. "인성교육의 개념/필요성/특징/방향" http://blog.daum.net/presiea10/110

41) 김재춘 외 5명, (2012.9), "실천적 인성교육이 반영된 교육과정 개발 방향 연구" 교육과학기술부, p.2.

이제는 실천을 통한 체험적 활동을 할 수 있는 교육적 실천방안이 프로그램화 되어야 한다. 예를 들면 기본 생활습관 체험을 위한 나의 다짐, 우리들의 약속, 행동강령 등과 같은 실천 점검표를 제시하여 매주 점검하는 인성교육 프로그램이 마련되어야 한다. 또는 가정과 학교, 사회 각계에서 종합적인 생활지침서가 되는 생활본을 배부하여 지속적인 실천을 할 수 있는 인성교육 내용의 프로그램이 개발되어야 한다.[42]

이러한 일련의 활동이 최충의 신유학인 수기修己와 치인治人에 해당된다. 『대학』은 유학의 근본 체계를 명료하게 밝히고 있는데 그것을 요약하면 바로 수기치인修己治人이다. 따라서 수기는 곧 인성교육을 의미한다고 볼 수 있다. 여기서 수기의 원리는 뜻을 참되게 하고 마음을 바르게 하는 정의적 측면뿐만 아니라 사물의 이치를 철저히 탐구하여 온전한 앎에 이르는 지적인 측면을 포함하고 있다. 이를 현대적 의미로 재해석하면 수기는 자기 수양이며 치인은 타인을 위한 봉사를 의미한다.[43]

현대사회는 개인주의와 공동체 추구라는 역설적 관계에 있다. 여기서 공동체란 바로 생태계ecosystem라 불리는 관계망web of relations이다. 세상 어디에서나 볼 수 있는 것과 같이 수많은 개인으로 구성된 공동체가 그 속의 개개인 그리고 전체 시스템

42) 길잡이맨, "인성교육의 개념, 필요성/특징/방향" http://blog.daum.net/presiea10/110
43) 『인성교육』, 강선보 외 6인, 파주: 양서원. 2015. p.23.

을 유지하면서 존재하고 있다. 공동체들은 전체 시스템을 유지하는 동안 새로운 역량과 기능이 상호작용하면서 생성된다.[44]

여기서 바람직한 사회관계망을 계속 유지하기 위해서는 인간적 친화에 관심을 갖고 자연스럽게 인간이 지니는 특징적인 반응양식 내지는 행동양식의 관계를 이해하고 더욱 발전시켜 나가도록 하는 것이 인성교육의 중요한 역할이라 할 수 있다. 따라서 강요된 지식 위주의 인성교육보다 청소년들 스스로 인성personality에 관심을 갖고 수기와 치인을 실천해 나갈 수 있는 환경을 제공할 필요가 있다.

최충의 신유학(新儒學) 사상

구재학당(九齋學堂)과 신유학(新儒學)은 중국 송(宋)나라 때 유학인 성리학(性理學)을 신유학(新儒學)이라고 하였다(국어사전 정의). 따라서 신유학은 중국 송대(宋代)에 일어난 학술·사상의 총칭으로 볼 수 있다. 유학을 발전사적으로 볼 때 송명(宋明)의 성리학이라는 용어는 '성명의리지학(性命義理之學)'의 준말이다. 성리학은 가족을 중심으로 하는 혈연 공동체와 국가를 중심으로 하는 사회 공동체의 윤리 규범을 제시함으로써 유교 사회의 중심사상으로 발전

---

44) 피터 F. 드러커, 이재규 역, 2001, 『미래의 공동체』, 파주: 21세기북스, p.30

하였다. 특히 성리학은『대학』에 나오는 팔조목(八條目)인 격물(格物), 치지(致知), 성의(誠意), 정심(正心)으로 자신을 닦고 이를 바탕으로 수신(修身)한 후에 제가(齊家)치국(治國)평천하(平天下)한다는 것을 개인의 수양과 국가의 통치를 위한 행위 규범으로 삼았다.

이와 같이 성리학은 주로 사회적 인간관계와 개인의 수양이라는 두 측면에서 그 사상을 점진적으로 심화시켰다. 특히 북송초(北宋初) 신유학(新儒學)은 송초삼 선생을 중심으로 발전하고 있었는데 이때 신라말의 도당 유학생들은 새로운 학문적 분위기를 학습하고 귀국하여 많은 활동을 하였다. 그 대표적 인물은 최치원, 최언위였다. 그 중에서 최치원은 고려 건국 초기 학계를 주도하게 되었는데 그의 손자가 최항이고 최항의 문하생이 최충이었다는 점은 신유학을 이해하는데 있어 시사하는 바가 있고, 송(宋)의 호원(胡瑗)과 고려의 최충이 동일한 시기에 비슷한 사상을 바탕으로 유사한 교육방법인 분재교학법[45]을 창안한 것은 당시 유학자들에게 관심의 대상이 되었다. 사람에 비유한 분재교학법의 바탕은 체용(體用)론 인데 이는 최충의 신유학 사상으로, 계이자시(戒二子詩)[46]라는 시로 우리에게 함의(含意)되어 전해진다.

---

45) 분재교학법: 최충의 분재교학의 특징은 호원과는 달리 수기에는 낙성, 대중, 성명과 치인에는 경업, 조도, 솔성, 진덕, 대화, 대빙으로 구분하여 수기치인론을 실행하고 있다. 이는 존덕성 尊德性, 도문학 道問學을 종지하는 위기지학 爲己之學이었기 때문에 가능하였다.(이성호, 최충과 신유학, p.212 인용)

46) 吾今戒二子 付與吾家珍 淸儉銘諸己 文章繡一身 傳家爲國寶 繼世作王臣 莫學粉華子 花開一餉春

계이자시(戒二子詩)는 두 아들 유선과 유길에게 준 것으로서 그 내용 중 우리 집안의 보배는 청검淸儉이니 이것을 통해서 명저기(銘諸己)하라는 것은 곧 수신을 말하는 것이며 체(體)를 뜻한다.

또한 수신을 통해서 문장文章을 갖추게 되었으니 이는 문(文)이다. 전가傳家한다는 것은 제가齊家를 뜻하는 것으로 용(用)이라 할 수 있다. 이어서 대대로 왕신王臣이 되어서 치국에 도움이 되라는 뜻이니 역시 용(用)이다. 계이자시(戒二子詩)는 이렇게 체(體)·문(文)·용(用)과 수신제가치국(修身齊家治國)이 함께 어우러져 있다.

그러면서도 마지막은 화려함을 버리고, 검소해야 함을 다시 한번 강조하고 있다.[47] 학자였던 최충의 구재학당 재명이 '솔성(率性)·성명(誠明)·대중(大中)' 등 성리학자들이 중시한 『중용』의 용어로 되어 있는 데서 많은 학자들은 최충을 성리학의 선구자로 보고 있다. 또한 구재의 명칭이 모두 유교경전에서 따왔는데 낙성은 '성인의 도를 좋아한다'는 의미로 대중은 '조금도 치우침이 없이 바름을 의미하라'는 것으로 성명은 '정성을 다함으로써 현명해짐을 의미하라'는 것으로 중용,(中庸21장)에서 나왔다. 그리고 경업은 '정성을 다해 학업을 닦음'으로 조도(造道)는 '인격의 수양함'을 의미하는 것으로 솔성은 '본성을 따른다는 의미'로 진덕(進德)은 '도덕을 증진시킴'이라는 뜻으로 대화(大和)는 '크게 화합함'으로 라는 뜻이 담겨 있다. 이를 모두 살펴보면 어의는 주로 인

---

47) 이성호, 전게서 p.199

간의 내재적 심성을 순화시키거나 인격도야를 지향하는 공통점을 가지고 있다.[48]

그러므로 체體와 용用을 들어서 함께 말한 뒤에라야 그 뜻이 정밀하게 되는 것이니 이것은 성性을 따르는[率性] 중요함이 되고, 도道로 나가는[造道] 시작이 되는 것이다.[49]

우리나라는 '인성교육진흥법'을 제정(2015년 7월)하여 시행하고 있다. 이 법 제2조에서 "인성교육이란 자신의 내면을 바르고 건전하게 가꾸고 타인·공동체·자연과 더불어 살아가는데 필요한 인간다운 성품과 역량을 기르는 것을 목적으로 하는 교육"이라고 정의했다. 그리고 인성교육의 목표로 예禮, 효孝, 정직, 책임, 존중, 배려, 소통, 협동 등의 마음가짐이나 사람됨과 관련되는 8가지 핵심적 가치 덕목을 설정했다. 그러나 아직까지 우리 현실은 인성과 인성교육의 개념적 합의가 이루어지지 못한 채 다양하게 쓰이고 있다. 그 이유는 인성과 인성교육의 의미는 시대적인 변화와 교육 그리고 사회적 환경에 따라 강조하고자 하는 내용이 달라지기 때문이다.

일반적으로 인성의 개념은 인간 본성의 의미로 쓰이거나, 또는 성격character이나 인격personality과 같은 의미로 사용된다. 혹자는 인성을 전인全人, whole person의 특성을 의미하는 개념으로

---

48) 박찬수 『유학사상 최충의 위상』 사학 12도의 변천과 그 역사적 의의, 1999. pp.369~370.
49) 이성호, (2016). 전게서. pp.388~389.

이해하거나, 인간주의humanism적인 의미로 사용하기도 한다. 따라서 인격personality적 의미에서 인성은 도덕적 인지와 감정, 도덕적 행위의 합치를 지향한다.

리코나(T. Lickona)에 따르면 훌륭한 인격을 갖추기 위해서는 도덕적 인식과 도덕적 관점, 도덕적 추론, 의사결정, 자기에 대한 지식을 포함하는 도덕적 인지와 양심, 자긍심, 감정이입, 선을 사랑하기, 자기통제, 겸양 등의 도덕적 감정, 수행 의지와 습관을 담지하는 도덕적 행위가 조화를 이루어야 한다[50]고 한다.

이는 전인적 인간을 목표로 할 때 인성은 심성에 관한 것으로 개인적 차원의 '자아실현'과 사회적 차원의 '도덕적 삶'의 가치를 실현하도록 마음의 발달을 위한 정서교육, 자아실현을 위한 가치교육, 더불어 살기 위한 도덕교육을 그 내용으로 한다.[51]

인성은 성품·기질·개성·인격 등을 포함하는 말이다. 인성의 개념은 이론적 입장에 따라 다양하게 접근되는데, 프로이드(Freud)는 개인이 본능적 요구를 현실적, 도덕적 제약 가운데에서 합리적으로 충족시켜 나가는 방식을 인성으로 파악하려 하였고, 로저스(Roges)는 개인이 자신의 독특한 주관적인 경험세계 속에서 자아를 이루어 나가는 과정에서 인성을 이해하려고 하였다. 행동주의자인 스키너(B.F. Skinner: 조작적 조건형성 이론)는 인성에 대한 일체의 가설적 개념을 배제하고 인성이란 것은 개인이

---

50) 심성보. 『도덕교육의 담론』. 서울 학지사. 1999. pp.317~318.
51) 한국교육학회. 『인성교육』 서울 문음사. 1998. pp.16~17.

어떤 독특한 변화 과정을 통하여 학습한 행동형에 지나지 않는다고 주장하였다. 이처럼 인성이란 인간이 지니는 특징적인 반응 양식 내지는 행동 양식의 개념으로 쓰인다.

그런데 개인이 자신의 삶을 어떻게 영위해 나가느냐 하는 것도 인성과 밀접한 관계가 있다. 왜냐하면 인성은 삶의 과정 속에서 삶을 읽는 중요한 지표가 되어 개인과 타인이 어떤 인간관계를 형성하는가를 결정하는데 중요한 역할을 하기 때문이다.[52]

인성은 사람이 살아가는데 있어서 개인의 정신 건강과 신체 건강에 심각한 영향을 주기도 한다. 건강한 인성을 소유한다는 것은 청소년들의 정신 건강은 물론 신체 건강까지도 바람직한 수준을 유지할 수 있게 함으로써, 삶의 질을 높이게 함과 동시에 행복한 삶을 영위 할 수 있게 해 주는 역할을 한다.[53]

우리나라 교육기본법에서도 교육의 목적이 인성교육과 불가분의 관계를 맺고 있음을 단언하고 있다. 우리나라 교육기본법 제2조는 "교육은 홍익인간의 이념 아래 모든 국민으로 하여금 인격을 도야하고 자주적 생활능력과 민주시민으로서 필요한 자질을 갖추게 함으로써 인간다운 삶을 영위하게 하고 민주국가의 발전과 인류공영의 이상을 실천하는 데에 이바지하게 함을

---

52) 길잡이맨, 2015.3.22., 2017.3.6, "인성교육의 개념/필요성/특징/방향" http://blog.daum.net/presiea10/110
53) 위의 책과 같은 곳.

목적으로 한다."라고 규정하고 있다.[54]

인성을 인격charater, 성격personality, 도덕morality,인간본성, 인간의 본연이나 인간다운 품성으로 본다면 인성의 의미는 더욱 확대될 수 있다.[55] 이는 넓은 의미의 도덕성 개념이 포함된 인간 본연의 사람됨과 인간다운 품성, 도덕적 자질, 덕성, 인격 등을 포괄하는 것이라고 이해 될 수 있다. 이상의 진술한 내용을 정리하면, 우리나라 교육기본법에서 제시한 인성교육을 중심으로, 최충이 제시한 수기修己와 치인治人을 연관지어 현대적으로 재해석한 것이다. 인성교육의 내용은 도덕성, 사회성, 감성 3영역에 따른 6개의 핵심역량인데, 사회적인식능력social awareness, 대인관계능력interpersonal skills, 자기인식능력self-awareness, 자기관리능력self-management, 핵심가치인식능력core value awareness, 책임 있는 의사결정능력responsible decision-making으로 제시되고 있다.[56] 이 모두를 아우르는 것이 최충이 제시한 수기修己와 치인治人이다.

수행적 실천과 인성함양
수행적 실천과 인성함양에서 인성교육의 영역이라고 볼 수 있는 수기는 격물, 치지, 성의, 정심 등의 네 가지 요인으로 요약

---

54) 박점숙. '초등학교 교과서 인성교육 내용 분석', 순천대학교 교육대학원 석사 학위 논문, 2016.
55) 신재한.『인성교육의 이론과 실재』. 파주: 교육과학사. 2016. p.46.
56) 같은 책. p.57.

된다. 그 중 격물과 치지는 인식론에 속하고 성의와 정심은 수양론에 속한다고 볼 수 있다. 그러나 유교에서는 이 두 측면을 결코 분리하지 않고 모두 포함하는 것을 수기, 즉 인성교육이라고 본다. 따라서 격치(格致: 품격과 운치, 格物致知) 성정(性情: 사람의 성질과 마음씨)은 인성교육의 중요한 내용이며 이를 조화하고 통합하는 것이 인성교육의 궁극적 목표이며 군자 혹은 참된 선비의 길이라고 보았다. 유교적 인성교육에서 수기의 구체적 실천과 방법은 완전한 인격자의 표상인 성인이 되는 것을 목표로 설정하였다. 입지立志란 뜻을 세워야 한다는 말이니, 뜻은 마음이 나아가고자 하는 방향을 의미한다. 모든 행위가 참되고 실효와 실공을 얻으려면 목표를 먼저 세워야 한다는 뜻이다.

이이(李珥)는 학문적 목표를 설정할 때, '성인聖人이 되겠다는 것'으로 뜻을 세우고, 기질氣質을 바로 잡고, 예禮를 회복하여 인仁을 행할 것을 당부하였다. 그러나 성인이 되고자 목표를 세웠음에도 불구하고 앞으로 나아가지 못하는 것은 오래된 구습舊 習이 마음을 해치는 여러 요소들, 즉 기호와 욕망에 따라 움직이고 있다고 보고 이러한 구습을 개혁하고, 자신을 되돌아보는 '성찰省察'을 통해 학문에 나아가길 권고하였다. 또한 구사(九

思)[57]와 구용九容[58]으로 마음과 몸을 기르고 독서를 통해 그 사물의 이치를 궁리窮理[59]하고, 성현들의 뜻을 체득하여 거경(居敬)[60]으로 자신을 몸가짐을 바르게 하여야 한다고 하였다. 이이(李珥)는 거경居敬을 입지立志와 연결하고, 궁리(窮理: 개선하기 위해 이리저리 깊이 생각함)는 선善을 밝히는 일로서 궁리窮理의 대상이 윤리·도덕적 가치에 있음을 분명히 드러내었다. 또한 역행力行은 성실히 성誠을 실천하는 것으로, 성誠을 이루기 위해서는 성지誠之해야한다고 하였다. 이는 성의誠意·정심正心·수신修身을 통한 내면의 수양修養이 궁리窮理·거경居敬·역행力行이라는 실천으로 표면화되어 나타난 것이다. '내면의 수양'과 '표면화된 실천'은 동시에 이

---

57) 구사(九思)란 論語에 나오는 아홉가지 마음가짐의 규범(規範)으로써 예절(禮節)을 가르치는 소학(小學)이나 격몽요결(擊蒙要訣)에 소개되어 있다. ① 시사명(視思明) : 항상 눈에 가림이 없이 사물이나 사람을 바르게 볼 것/ ② 청사총(聽思聰) : 항상 남의 말과 소리를 똑똑하고 분별있게 들을 것/ ③ 색사온(色思溫) : 항상 온화하여 얼굴에 성난 빛이 없도록 할 것/ ④ 모사공(貌思恭) : 항상 외모를 공손하고 단정하게 가질 것/ ⑤ 언사충(言思忠) : 항상 진실하고 믿음이 있는 말만 할 것/ ⑥ 사사경(事思敬) : 모든 일에 공경하고 조심하고 삼갈 것/ ⑦ 의사문(疑思問) : 항상 의심이 있을 때는 반드시 선각에게 물어 알 것/ ⑧ 분사난(忿思難) : 분한 일이 있을 때는 반드시 사리로 따져서 참을 것/ ⑨ 견득사의(見得思義) : 항상 재물을 얻게 될 때는 의(義)와 이(利)를 구분하여, 얻어도 되는 것 과 버려야 할 것을 명확하게 가릴 것.

58) 구용(九容)은 예기(禮記)에 나오는 용모(容貌)에 관한 아홉 가지 가르침으로 ① 족용중(足容重) : 발을 무겁게 가져 경박하게 들어올리거나 흔들지 않는다/ ② 수용공(手容恭) : 손은 공손히 두어 만지작거리거나 함부로 내두르지 않는다/ ③ 목용단(目容端) : 눈동자를 단정히 하여 정면을 바로 보고 곁눈질 하지 않는다/ ④ 구용지(口容止) : 말할 때와 먹을 때를 빼고는 입을 다물고 움직이지 않는다/ ⑤ 성용정(聲容靜) : 맑은 음성으로 말하며 재채기나 기침 등 잡소리를 내지 않는다/ ⑥ 두용직(頭容直) : 고개를 똑바로 하여 한편으로 기울게 하지 않는다/ ⑦ 기용숙(氣容肅) : 호흡을 조절하여 늘 엄숙한 태도를 지니도록 한다/ ⑧ 입용덕(立容德) : 항상 반듯하게 서며 어디 기대지 말고 점잖은 태도를 가진다/ ⑨ 색용장(色容莊) : 낯빛을 늘 바로잡아 가지런히 하여 태만한 기색을 내지 않는다.

59) 외적수양방법으로 널리 사물의 이치를 궁구하여 정확한 지식을 얻음

60) 내적수양방법으로 항상 몸과 마음을 삼가서 바르게 가진다

루어지는 것으로서, 수양과 실천은 하나가 된다.[61]

그렇다면 최충의 신유학 사상에서 수양과 실천은 무엇일까? 이는 구재학당(九齋學堂) 재명齋名에서 확인된 수기修己에 해당된다. 그 내용을 살펴보면 성인의 도를 발견하고 그것을 사랑하고 즐겨하며 중도를 지켜 성인의 표준을 삼아 진실로 선을 밝히는 것이 바로 수기인데 이는 낙성·대중·성명에 내포되어 있다. 그런데 여기서 중요한 것은 먼저 뜻을 세워야 수기를 이룰 수 있다는 율곡 이이(李珥)의 「성학집요」를 살펴볼 필요가 있다.

> 신臣이 살피건대 배움에는 뜻을 세우는 것보다 앞서는 것이 없으니, 뜻이 서지 아니하고는 능히 공업功業을 이룬 자가 없습니다. 그러므로 '입지立志' 조목을 '수기修己' 조목보다 앞에 두었습니다. 공자는 "지어도志於道"라고 했습니다.『論語』 주자(朱子)는 이르기를, "지志라는 것은 마음의 가는 바를 이르는 것이요, 도道라는 것은 인륜人倫와 일용日用 사이에 마땅히 행해야 할 것을 이르는 것이니, 이것을 알고 마음이 가면 반드시 나아가는 바가 바르게 되어(正) 다른 길에 현혹되지 않을 것이다."『聖學輯要』성학집요, 立志章

최충은 구재학당 명칭을 중용(中庸)의 중요부문 문구를 따라 학도學徒들을 부문별로 배치하여 그 분야에 대한 연구와 토론을 거쳐 진리를 깨닫게 하였다.[62] 또한 최충의 문헌공도(文憲公徒)에

---

61) 안보경(2013.11), 격몽요결에 나타난 修己治人의 윤리 연구, 한국학대학원 석사논문, P78
62) 최영철, 전게서

서는 분재교학법(分齋教學法)을 시행하였는데 이는 북송 체용론(體用論)을 바탕으로 하고 있었다. 최충의 체용론은 「계이자시(戒二子詩)」에서 확인하였듯이 체(體)·문(文)·용(用)의 구조로 되어 있어 사서(四書)인 「대학(大學)」의 수행적 실천을 근본으로 하고 있었다는 점에서 최충의 교육적 사상을 짐작할 수 있다. 또한 최충의 구재 재명에서 교육적 사상을 확인할 수 있는데 수기(修己)에는 수기치인론을 실행하고 있다는 점이다.[63]

대학은 유학의 근본 체계를 명료하게 밝히고 있는데 이를 요약하면 바로 수기치인(修己治人)이 된다.

이이(李珥)는 격몽요결(擊蒙要訣)에서 '수기(修己)'를 통해 유가(儒家)가 추구하는 이상적인 삶을 살기를 원했다. 이는 행하기가 어려운 것이 아닌, 일상생활에서 배울 수 있는 것임을 이야기한 것이다. 이와 같은 이이(李珥)의 주장은 인간은 누구나 인간다움을 실현할 수 있는 가능성의 존재라고 인식한 데 따른 것으로 보아 이미 인간에게 천부된 도덕적 품성을 회복시키는 일에 신유학사상을 주목시킨 것이다. 따라서 최충의 신유학사상을 기저로 한 인성교육의 정립은 수기(修己)와 치인(治人)을 근간으로 하여 수기는 자신의 내면을 바르고 건전하게 가꾸는 인성함양에 두고,

---

63) 이성호(2014.5), 전게서, P.409

치인은 타인과의 공동체적 생활과 자연과 함께 더불어 살아가는데 필요한 인간다운 성품과 역량을 함양할 수 있는 자기수련과 사회봉사에 두었다.

유교는 그 핵심적 텍스트가 인의예지仁義禮智에 관한 윤리적 규범 혹은 역사적 기록과 시문 등으로 이루어져 있다. 이런 것들은 모두 수기치인修己治人의 원리를 기록한 것으로 인격적 수양의 원리와 통치의 원리가 주를 이룬다고 볼 수 있다. 따라서 유교적 교과는 인식론적 관점에서 볼 때 그 자체가 윤리학이며, 정치학이며, 교육학이라고 볼 수 있다. 다시 말하면 유가적 교육의 전 과정 즉, 교육의 목적과 내용과 방법이 모두 인성교육으로 귀결되고 있다[64]는 것이다. 이와 같은 교육으로 구재(九齋)는 최충 이 세상을 떠난 후, 후세까지 계속 이어져 내려와 많은 유학자儒學者들이 구재를 거쳐나가 고려 사회의 문화창달文化暢達과 교육진흥敎育振興에 기여한바가 컸다. 그 예로 역사에 빛나는 명망名望 높은 대학자 회헌(晦軒) 안유(安裕), 역동(易東) 우탁(禹倬), 불원재(不援齋) 신현(申賢), 목은(牧隱) 이색(李穡), 포은(圃隱) 정몽주(鄭夢周)등이 구재(九齋)에서 공부를 하였다.[65]

우리 인간은 비록 타고난 본성이 선하다고 하더라도 인간은 기질의 차이와 환경적 상황에 따라 선하게 혹은 악하게 표출된

---

64) 강선보 외 6인, 2015 「인성교육」 파주양서원, P.33
65) 최영철(2017. 3), 해동공자 최충선생의 위업과 이념, 해주최씨 대종회 종회지, P.130

다. 따라서 인간의 품성을 인의예지의 천리에 합당하도록 형성해 가는 과정이 곧 인성교육이다. 유교에서는 이상적 인간상인 성인이 되는 것을 궁극적 목표로 하여 오상과 오륜을 실천하려고 노력하는 사람을 군자 혹은 선비(眞儒, 進士)라고 했다.[66]

---

66) 강선보 외 6인, 전게서, P.34

12장. 최충의 교육은 승자가 아닌 강자를 만드는 일

    필자는 한 때, 사람은 평등하다는 가치에 입각立脚해서 세상을 바라 본 적이 있었다. 그러나 이런 것은 현재 절대 통하지 않는 가치가 되었다. 한국은 승자와 패자가 명확히 갈리는 곳이었다. 필자는 승자와 패자가 명확히 갈리는 것을 처음에는 반대하였으나 지금은 승자와 패자가 명확히 갈리는 것을 찬성하는 입장이다. 그래야 강자와 약자의 구분도 쉽게 되기 때문이다. 필자는 경험주의자이다. 경험주의로 인생을 접근하면서 살다보니 승자와 패자라는 말이 자연스럽게 우러나왔다. 그런데 이제는 승자와 패자를 떠나 사람들을 모두 강자로 만들어야 한다고 생각한다. 사람을 평등하게만 바라보면 안 된다. 사람에게는 강함과 약함이 존재한다. 사람들을 강자와 약자가 명확히 구분하어 강자는 더욱 더 강하게 만들어 주어야 하고, 약자도 더욱 더 강하게 만들어 주어야만 승자와 패자의 개념이 사라진다. 이제는 사람들을 강자와 약자로 나누어 강자에게 격려를 약자에게는 힘과 용기를 주어야 한다.

14세기 벨기에에 레이몬드 3세라는 군주가 국가를 통치하고 있었다. 국민들을 잘 보살피지 못했던 그는 혁명군에게 정권을 물려주고 감옥에 갇혔다. 새 군주는 레이몬드 3세를 차마 사형에 처할 수가 없었다. 그래서 특별하게 건축된 감옥에 가두었다.

엄청난 탐식가인 레이몬드 3세가 몸집을 줄이면 탈출할 수 있도록 조그마한 비상문까지 만들어 놓았다. 그리고 매일 맛있는 음식을 제공했다. 식욕을 절제하면 그는 얼마든지 자유의 몸이 될 수 있었다. 그러나 레이몬드 3세의 몸은 점점 더 뚱뚱해졌다. 식욕을 억제하지 못하고 매일 많은 음식을 먹어 치웠기 때문이다. 결국 그는 감옥에서 최후를 마치고 말았다. 절제만 했더라면 살 수 있었을 텐데 애석한 일이다. 성공할 수 있는 자질이 충분한데도 불구하고 실패한 사람들의 대부분은 절제를 하지 못했다. 승리를 위해서는 자기와의 싸움에서 이겨야하는데 우리는 남을 이기는 자를 '승자'라고 한다. 그러면 자기를 이기는 자를 무엇이라 할까? 이를 '강자'라고 한다. 세상에는 수단과 방법을 가리지 않고 남을 이기는 승자는 많지만 자기를 이기는 강자는 적다. 승자가 강자가 되기는 어렵지만 강자는 언제든지 승자가 될 수 있다. 우리는 승자가 되기보다 강자가 되기를 힘써야 한다. 자신의 약점을 정확하게 인식하고 보상심리로 자존감을 얻으려는 무익함에서 벗어나야 한다. 우리는 언제 꺾일지 모르면서도 자신의 강한 믿음과 확신, 성취와 아름다움에 의지하는 약자가 되어야 강자가 된다. 우리는 신 앞에 겸손함을 가진 약자이지만, 과연 우리는 강자인가? 아니면 약자인가? 스스로 반문해 볼 필요가 있다. 한국사회에서는 겉으로는 찌그러져도 안과 본질은 뭉개지거나 찌그러지지 않는 그러한 모습이 강자가 된다. [출처] 한국사회에서 성공하고 생존하는 것은 강자 feat.승자와 패자, 작성자/금을캐자

최충의 나이 42세, 태자동궁관에서 태자중원(太子中元)을 겸하게 된다. 현종17년(1026)동궁관은 태자의 책봉과 태자비의 납비(納妃)등 여러 의식을 주관하며 태자를 교육하고 태자 곁에서 태자를 호위하는 등 태자에 관한 여러 일들을 맡아보는 관청으로 대부분은 고관들이 겸직하게 된다. 그리고 녹봉도 추가로 지급받는데 그 당시 녹봉제를 살펴보면 태자중원은 매월 쌀13석5말을 더 지급받았다. 지금으로 계산하면 월 300만 원 정도 더 받는 셈이 된다.

우리들은 살아가면서 항상 새로운 시간, 새로운 사람, 새로운 사물, 새로운 감정과의 만남에서 살아가고 있다. 그리고 어떤 시작이나 원인도 항상 만남에서 이루어진다. 그러나 겉으로 보기에, 오늘도 어제 같고, 내일도 오늘 같은, 전혀 변화없는 생활인 것 같아도 관심을 갖고 잘 들여다보면 세상은 분명 변화하고 있다.

최충과 태자의 만남도 변화의 일환이지만, 서로가 잘 만나야 국가의 운영이 잘되고, 잘 만나야 교수-학습도 잘 이루어질 수 있다. 최충과 태자의 훌륭한 만남이 되어야 태자 교육도 극대화할 수 있을 것이다. 최충은 현종의 3왕자 덕종(9대), 정종(10대), 문종(11대)을 가르치면서 거침없고 매임 없는 교육을 실시하였다. 최충은 철저한 자기부정과 비움으로 왕자들을 교육하였기에 영성과 깨달음은 풍성했고 무엇보다도 행동과 실천은 힘차고 자유로웠다. 따라서 최충은 자기를 버리고 비우고 죽이는 만큼 독창적인 교육사상가로 평가 되었다. 최충은 소박한 삶의 언어로 유교적 문화를 끌어안는 깊이와 넓이를 지니고 있었다. 그가 남긴 교육사상은 고려 시대를 유교문화로 열어가는 사상의 원천으로 지금도 전해지고 있다.

영국 속담에 '서 있는 농부는 앉아 있는 신사보다 고귀하다.' 고 하였다. 그 까닭은 농부들이 새벽 일찍 일어나는 것은 해야 할 일이 많기 때문이고, 농부들이 밤에 일찍 자는 것은 생각할 것이 적기 때문이라도 한다. 매사에 힘들이지 않고 손쉽게 해결하고자 하는 것은 가치가 없다. 덕종(9대), 정종(10대), 문종(11대)의 고려시대가 태평성대를 이어가게 한 것은 최충의 세 왕자 교육의 목적과 방향이 내재되어 있었다.

우리는 가끔 이런 말을 듣는다. 「나는 그 때 그 선생님을 만났기 때문에 보람된 오늘이 있을 수 있었다.」는 참으로 제자가 스승에게 존경을 표하고, 스승의 은혜를 뼛속깊이 간직하는 경우를 보는가 하면, 이와는 상반되게 「나의 이 어둡고 부끄러운 인생은 그 선생님으로 인하여 비롯되었다.」는 이러한 말을 들었을 때, 선생님과 학생과의 만남이 얼마나 중요한 결과를 가져오는가를 알 수 있다. 또 다른 예로, 눈으로 볼 수도 없고, 귀로 들을 수도 없으며, 입으로 말할 수도 없던 헬렌 켈러는 세르반 선생을 만나 다시 태어났다. 이렇게 볼 때 최충과 왕자와의 만남이 얼마나 중요한가를 생각하지 않을 수 없다.

그러나 오늘날 교육은 지식과 정보, 그리고 창의성 교육이다. 창의성 교육은 과학기술 발달의 초석이며 국력 배양의 지름길이라고 할 수 있다. 이는 기존의 관념과 사물을 비교 검토하여 새로운 사실을 찾아보려는 교육방법이 절실히 요구될 것이다.

이에 비하여 최충의 태자 교육은 오늘날과 사뭇 다르다. 최충은 태자를 교육함에 있어 교육자로서 지녀야 할 본질적 전제 조건을 사랑에 두고, 왕자들을 관심있게 지켜보고 가까이에서 함께 하고자 하는 데에서 시작하였다. 사랑은 가치와 공동체를 창조하는 인간정신의 근본이다. 그러나 최충에게 있어 태자를 교육시키는 사랑은 감정이 아니라, 자아를 성숙하게 하고, 지원하고 보호하며, 좋은 일이 생기도록 하려는 일종의 의지였다. 다시 말해 전문적 객관성과 책임감을 동반한 사랑이었다. 교육이란 가능성을 의식하고, 그의 선함을 믿고 끊임없는 성장을 믿는 데서 오는 사랑의 행위이다. 최충은 하루하루 태자의 영혼이 자라고 있음을 지켜보는 가운데 태자로에게 샘솟는 사랑을 느꼈다. 그러나 태자에 대한 최충의 교육은 이중적이었다. 최충은 태자를 인간적으로 사랑하면서, 태자가 지닌 잠재능력을 태자가 실현하고자 하는 방향에 따라 성장해 나갈 수 있도록 최대한 강자로 키워주려고 노력하였다. 사랑과 함께 강하게 키워보겠다는 태자에 대한 이중적인 교육관이 최충의 교육철학이었다.

그러한 의미에서 슈프랑거(Spranger,Franz Ernst Eduard: 1882. 6. 27.~1963. 9. 17. 독일의 철학자·교육학자)는 "사랑의 매개 안에서 일어나지 않는 교육은 처음부터 실패하도록 되어있다." 고 하였다. 최충도 사랑이 없는 교육은 "정서적으로 죽은 교육"이며 사랑이 없는 교육은 지식전달의 시술자일뿐 교사는 아니다라는 생각을 하고 있었다. 이러한 교육의 개념은 누구보다도 장자크 루소(J.J.Rousseau: 1712.~1778. 프랑스 사회계약론자, 직접민주주의자, 계몽주의철학자)의 교육에 대한 관점에서 분명하게 드러난다. 루소의 교육철학은 인간은 본래 선하며, 자신을 둘러싸고 있는 해로운 환경 때문에 타락한다는 인간이해에 근거하고 있다. 따라서 루쏘에 의하면 '교육이란 자연적인 과정이지 인위적인 과정은 아니며, 안으로부터의 타고난 본능이나 흥미의 작용에 의해서 일어나는 것이지 외적인 힘에 대한 반응으로 일어나는 것은 아니다.'

라고 하였다. 그러나 최충은 무엇보다도 본래적으로 지니고 있는 자연적인 힘이 완전히 실현될 수 있도록 태자를 강하게 키워야만 했다. 이를 위해 발달요구를 주의깊게 관찰하고 철저하게 연구해야만 했다. 이러한 관찰과 연구를 바탕으로 최충은 현재를 즐기고 자신의 자연적인 발달을 이룩할 수 있는 환경을 조성할 수 있게 하였다. 최충이 하는 교육은 가치 규범적이고 실천적인 성격을 지니고 있었다. 교육에 대한 최충 나름대로의 문제의식 속에서 '어떤 교육이 올바른 교육인가?' 하는 문제의식은 현종에게 최충이 보석과 같은 존재로서 교육이 생명수가 되어 솟아 올랐다.

조정 개편에서 최충은 내사문하성 정4품 우간의대부(右諫議大夫)에 임명된다.(현종20년 1029.) 우간의대부는 간쟁봉박(諫諍封駁)을 관장하는 관직 중의 하나였다. 여기서 간쟁諫諍이란 간관(諫官)들이 국왕의 과오나 비행을 비판하는 일이고, 봉박封駁이란 왕의 조지(詔旨: 임금이 내리는 명령)내용이 합당하지 못할 경우 이를 봉함하여 되돌려 공박하는 일이다. 현종과 최충의 정치공동체를 구성하는 계약이론은 루소의 저서 『인간 불평등 기원론』과 연관시켜 볼 때 하나의 체계로 나타난다. 『인간 불평등 기원론』은 정치공동체의 정당성에 대한 근대적 문제 제기에 대한 답변으로, 정치공동체가 존재해야 할 필연적인 이유는 없으며, 오직 인간이 도덕적인 의지에 따를 때, 정치공동체가 존재의 정당성을 획

득한다고 주장한다.[67]

여기에서 도덕적이라 함은 어떤 특정 내용을 담는 것이 아니라, 어떠한 내용이건 현 사회의 복종함을 의미한다.[68]

인간의 본성상 타인과의 관계 맺음의 방식은 고정된 것이 아니라, 서로 다른 방식으로 맺을 수 있다는 〈우연〉이라고 한다. 그리고 이러한 우연에 의해, 특정의 인간형으로 만들어진다는 현종과 최충의 사회적 존재성이 설명된다.

최충과 태자와의 교육을 위한 사적 계약의 구속력은 환경적 조건의 가변성에 따라, 또는 최충이 제시하는 조건에 따라, 태자와의 관계 맺음에서 일시적으로 유리할 수도 있고 불리할 수도 있다. 특히, 특정한 시기에 합의 당사자간에 맺어진 특정의 기준이 법과 제도로 정착되어 버리는 것은, 강제에 의해 유지되기 때문이다.[69]

현종은 태자가 무한 경쟁속에서도 살아날 수 있는 강인한 교육을 필요로 하였다. 이를 위해 최충은 핵심인재로서 태자의 교육을 위해서나 국가경영에서 없어서는 안 될 사람이었다. 핵심

---

67) 슈트라우스, 『홉스의 정치철학 The Political Philosophy of Hobbs: Its Basis and its Genesis』(1963), 52쪽, 재인용
68) 위의 책. 만일 내가 요구하는 권리가 그 내용에 상관없이 동일한 권리를 모든 타인에게 허용한다면 나는 정당하다. 따라서 권리의 내용 자체에 대한 제한은 없다고 볼 수 있다.
69) 루소는, 난장이와 거인이 자연 상태의 삶 속에서 누구도 더 불리하거나 유리하지 않다고 본다.

인재는 미래를 예측하고 설계하며 한 나라의 현재의 가치뿐만 아니라 미래가치까지도 극대화 시킬 수 있는 인재이다. 또한 업무적인 능력에서 뿐만 아니라 인간관계 등 업무 외적인 분야에 있어서도 조정에서 함께 일해 나갈 수 있는 역량을 보유하는 사람이다. 따라서 현종에게 핵심인재는 승자가 아닌 강자가 되어야 한다. '사람이 재산이다'라는 말이 있다.

오래전 마을에는 하루도 쉬지 않고 두부를 팔러 오는 여든의 할아버지가 있었다. 이 할아버지는 이른 아침 시간에 늘 자전거를 타고 호루라기를 불며 신선한 두부를 팔러왔다는 소식을 알려주었다. 그날도 어김없이 호루라기를 불던 할아버지는 그만 자전거에서 중심을 잃고 쓰러졌다. 그 바람에 자전거에 실려 있던 두부들도 땅에 떨어져 일부는 흙투성이에 깨지고 말았다. 이때 지나가던 아주머니가 재빨리 할아버지를 일으켜 세웠는데 아주머니는 늘 이 할아버지에게 두부를 사던 분이었다. 할아버지는 늘 고마운 이 아주머니에게 말하기를 "미안한데 오늘은 다른 데서 두부를 사야겠어요."

그러자 아주머니는 활짝 웃으면서 대답했다. "할아버지 괜찮으니 두부 2모만 주세요. 늘 할아버지 것만 먹었는데 흙이 좀 묻었다고 다른 두부를 먹을 순 없잖아요. 할아버지 두부가 최고거든요." 할아버지는 그러지 않아도 된다고 몇 번이나 손을 내저었지만 아주머니의 막무가내로 결국 두부를 팔았다. 이 광경을 본 다른 사람들도 두부를 사려고 한바탕 소동이 벌어졌다. 할아버지의 눈에는 어느새 눈물이 가득 고였다. 친절은 절망에 빠진 사람을 일어나게 하며 다시 꿈꾸게 하는 힘이 있다. 친절을 주는 사람은 그리 힘들지 않고 사랑을 베풀 수 있지만 받는 사람에게는 매우 소중하기 때문이다.

살아가면서 우리들이 베푼 친절은 세상을 한결 아름답게 한다. 이는 인간관계를 뜻하는 말이다. 다른 사람에게 친절하고 관대한 것이 자기 마음의 평화를 유지하는 길인 것이다.

남을 행복하게 할 수 있는 사람만이 행복을 얻을 수 있다. 좋은 인간관계를 만들려면 상대방에 대한 관심과 배려가 구체적으로 이뤄져야 한다. 인맥은 마냥 나쁜 것도 좋은 것도 아닌 양날의 칼과 같은 것이다. 인맥은 내가 잘 활용하면 좋은 것이요, 제대로 활용하지 못하면 나쁜 것이다. 누군가가 인맥을 이용한다고 욕만 할 게 아니라 나 하나라도 바람직한 인간관계를 나누려고 노력해야 한다.

최충은 태자를 위해 이러한 점을 미리 간파하였다. 특히 군주로서 인맥관리는 매우 중요한 일이라는 것과 인맥관리의 핵심은 대인관계 역량인데 대인관계 역량이 뛰어나야 다른 사람들과 인간관계를 잘 유지. 발전 시켜 나갈 수 있다는 것을 교육 하였다. 군주로서 대인관계 역량은 기본적으로 다른 사람에게 호감, 기대감, 공감, 친밀감, 신뢰감을 잘 형성할 수 있는 역량을 의미한다. 인간관계 발전과정에는 복합적인 요소가 작용하기 때문에 한두 가지 스킬만 가지고 좋은 관계를 단시일 내에 만들기는 어렵다. 인맥은 땀과 노력, 정성을 기울이는 마음이 무엇보다도 중요하다. 인맥 관리에서 가장 중요한 것은 내가 먼저 다른 사람들에게 관심, 공감, 배려하는 것이다.

클린턴 부부가 주유소에 갔다가 우연히 힐러리의 옛 남자친구를 만났다. 돌아오는 길에 클린턴이 힐러리에게 물었다. "당신이 저 사람과 결혼했다면 지금쯤 주유소 사장 부인이 돼 있겠지?" 그 말을 들은 힐러리가 이렇게 대답했다. "아니, 바로 저 남자가 미국 대통령이 돼 있을 거야." 우스개 소리처럼 들릴 수도 있지만 이렇게 우리의 운명은 평생에 만나는 사람이 누구냐에 따라 달라진다.

인맥관리는 자신이 태어나서 죽을 때까지 인연을 맺는 여러 사람들과의 인간관계를 관리하는 것이다. 군주로서의 인맥관리는 성공관리, 위기관리, 행복관리요, 태자로서의 인맥관리는 자신의 책임과 역할을 관리하는 것이고, 좋은 인연을 구하고 악연을 피하는 인연 관리다. 따라서 태자의 인맥관리는 스스로의 삶이요, 운명이요, 인생이다. 흔히 말하기를 "현재 내 모습과 1년 후 내 모습의 차이는 내가 만나는 사람들과 내가 읽는 책의 양에 달려 있다"고 한다. 최충은 태자를 강자로 만들어 가는데 있어 사람과의 만남을 매우 중요시 하였다. 좋은 사람과의 만남에서 핵심 요소는 절실함, 간절함이다. 성공도 반드시 성공할 거라고 마음먹는 절실함, 간절함이 있어야 성공한다. 좋은 인맥 한 명은 행복, 두 명은 행운, 세 명은 축복이다. 그만큼 어려운 것이 좋은 인맥인데 태자도 대충대충해서는 절대로 좋은 인맥이 만들어지지 않는다. 최충의 마음 속에는 태자를 강자로 키우기위해 좋은 인맥이 정말로 필요하다는 신념이 있었다.

최충은 누구인가? 사람들은 흔히 그를 해동의 공자라고 한다. 최충은 교육사상가였고, 때로는 온 몸으로 절규하는 예언자였으며, 때로는 역사, 정치, 종교, 사회문제 등을 주제로 다방면의 글을 쓴 뛰어난 저술가이기도 하였다. 그는 틀에 박힌 고정된 인물이 아니었다. 백성을 위해 몸과 마음을 바친 구도자적 인물이고 시대의 부름에 따라 살고자 하는 진정한 사상가였다.

그는 교육에 대한 믿음과 사회적 실천의 일치를 추구했다. 그리고 유학의 사상을 창조적으로 융합하는 정신을 평생 추구했다. 그 결과 태자를 강자로 교육시켜 고려 문종시대를 태평성대로 만들어 갔다. 최충은 독창적인 민족사상가이면서 타고난 교육자였다. 그는 유교적 합리주의를 체계화하려고 노력하였고 교육에 있어서는 승자가 아닌 강자를 만들려고 힘썼다. 구재학당 교육에 있어 진리의 구도자였으며, 그의 일생은 교육의 진리를 찾는 순례자였다. 최충의 사상이나 사회적 실천 교육은 강자를 만들기 위한 노력이었고 몸부림이었다.

5부

인성교육과 구재학당

인성교육과
구재학당

널리 알려진 바와 같이 해동공자(海東孔子) 최충(崔冲)은 불세출의 교육자였다. 특히, 고려시대에 최충에게 붙여진 '유종儒宗, 문헌(文憲), 해동공자(海東孔子)'와 같은 다양한 칭호를 부여받은 학자도 드물다. 그 칭호에는 북송 성리학의 영향과 함께 문묘 종사의 자격을 충분히 갖추고 있다는 점이다.

세간에 평하기를 최충은 나비와 벌에게 달콤함을 내주는 꽃처럼, 교육의 소중함과 아름다움을 구재학당 학생들에게 베풀어주는 마음을 지니고 있었다고 한다. 최충이 교육에 임하는 자세의 여유로운 마음은 학생들에게 풍요를 선사하는 평화였다. 바람과 구름이 평화롭게 머물도록 끝없이 펼쳐진 하늘처럼, 최충은 마음은 언제나 교육으로 가득 채울 수 있는 봉사였다. 또한 최충이 교육하는 마음의 자세는 자기 존재에 대한 자신과의 약속이었다. 끊이지 않는 믿음의 날실에, 이해라는 구슬을 꿰어

놓은 염주처럼 정성을 쏟는 교육이었다. 교육에 있어 정성이 담긴 마음은 자신을 아끼지 않는 헌신이다. 뜨거움을 참아내며 맑은 눈빛으로 은은한 향과 맛을 선사하는 향차처럼 진심으로부터 우러나오는 실천인 것이다.

　최충은 구재학당에서 인성교육을 하며 참아낸 마음을 일러 '나를 바라보는 선禪'이라고 하였다. 그리고 인성교육을 하며 마음을 비우는 대나무와 같은 자세는, 세상 이치를 바로 깨닫게 하는 수행이라고 하였다. 또한 인성교육을 하면서 노력하는 마음은 교육의 목표를 향한 끊임 없는 투지라고 하였다. 특히 인성교육을 하면서 강직한 마음을 지니는 것은 자기를 지키는 용기이며, 깨우침을 위해 세상의 유혹을 떨치고, 머리칼을 자르며 공부하는 스님처럼 꾸준하게 한 길을 걷는 자세를 집념이라고 하였다. 최충은 깊게 뿌리 내려 흔들림 없이 푸르른 소나무를 보며 한결같은 믿음이라고 하며, 인성교육을 하면서 교육 내용을 선정하는 것은 나를 바라보게 하는 명상이라고 하였다. 싹을 틔우고 꽃을 피우며 보람의 열매를 맺게 하는 햇살처럼, 최충은 인성교육으로 어둠을 물리치고 세상을 환하게 하는 지혜로 '어떻게 교육할 것인가'를 항상 생각하였다.

　그러나 유교사상이 방대하고 오랜 세월 동안 진화의 과정을 거쳐 온 것이라 일률적으로 평가하기는 어려우나, 우리는 유교사상을 존재론적으로는 인본주의人本主義, 가치론적으로는 주지

주의主知主義, 정치 철학적으로는 덕치주의德治主義라고 평가 하였다. 이렇게 평가된 이유는, 유교의 근본정신이 인간 중심적 사고체계로서 삼라만상의 이치를 깨닫게 하고, 바람직한 삶을 영위해 나갈 수 있게 하기 위함이었다. 유교사상은 현세적 세계관 및 가치관의 사상 체계인데, 핵심을 이루는 것은 인애仁愛와 충의忠義에 근거한 도덕적 체계로써 다시 정리하면 수기치인修己治人으로 요약할 수도 있다. 따라서 교육적 차원에서는 그것을 이상적 인간형으로서의 '군자(君子)', 그리고 이것을 실천하고 그 목표에 도달할 수 있는 방편으로서의 '중용(中庸)' 이라고 할 수 있다. 그렇다면 이러한 덕목들이 지닌 가치가 무엇이며, 어떤 맥락에서 그것들이 아직도 우리에게 유효하고 실현 가능한 것인가? 바로 인성교육으로 가름할 수 있다. 그렇다면 최충이 생각한 구재학당에서의 인성교육이란 무엇인가? 이이(李珥)는 인성교육에 대해 본성을 회복하는 실천적 수행 방식이라고 이야기한다. 이이(李珥)가 그렇게 이야기한 까닭은

'사람의 본성本性이 선善하다'고 한 맹자(孟子)가 성선(性善)을 말할 때에는 "요·순(堯·舜)을 일컬으며, 사람이면 누구나 요·순(堯·舜)이 될 수 있다."는 맹자(孟子)의 말에 근거를 두고 있었다.

주자(朱子)도 이야기하기를

맹장(孟子)가 매번 성性의 선善함을 말하면서 반드시 요·순(堯·舜)을 거론하고 실증을 대고, 인의仁義는 밖에서 구하는 것을 기다리지 않고, 성인聖人은 배워서 이르게 되는 것을 아는 것이니, 힘을 씀에 게을리 하지 않아야 한다고 말하였는데 맹자(孟子)는 본래 성性이라는 것은, 하늘에서 온전함을 얻어 더럽히거나 파괴한 바가 없어서 닦는 것을 빌리지 않아도 되니, 성인聖人의 지극함이요, 회복하였다는 것은 닦아서 그 성性을 회복해서 성인聖人에 이른 것이다.라고 강조하였다.

여기에서 논의되는 성性은 '기질氣質의 성性'으로서, 형기形氣가 있은 뒤에 기질氣質의 성性이 있으니, 이것을 잘 회복한다면 천지의 본성本性이 그대로 보존 된다.

성性은 곧 이理이니, 이理는 요·순(堯·舜)으로부터 길가는 사람에게 이르기까지 같은 것이고, 재주는 기氣에서 받는 것이지만 기氣에는 맑고 탁함이 있어서, 맑은 기氣를 받은 자는 현인賢人이 되고, 탁한 기氣를 받은 자는 우인愚人이 된다. 그러나 배워서 알게 되면 기氣의 청탁에 관계없이 모두 선善에 이르게 되어 성性의 본성을 회복할 수 있다. 양무(湯武)가 몸으로 실천하였다는 것이 이것이고, 양무(湯武)가 몸으로 실천하여 성性을 회복했다. 는 것은 그 본성을 회복하였다는 것이다.

마땅히 항상 스스로 분발하여 말하길, "사람의 본성本性은 본래 선善하여, 옛날이나 지금이나 어리석은 자와 현명한 자의 차이가 없거늘 성인聖人은 무슨 연고로 홀로 성인聖人이 되시며 나는 무슨 연고로 홀로 보통사람이 되었는가?"라고 말 하였다.

이상의 논의에서 우리가 뜻을 세워(立志) 본연의 성性을 확고히 하는 것은 성인聖人을 제외한 보통 사람들에게는 쉬운 일이 아니다. 자기 수양修養에 있어 뜻을 세우는(立志)일은 본연의 성性을 회복하는 데 있어서 중요한 문제가 아닐 수 있다. 왜냐하면 기질氣質에 의해 왜곡되어 도덕적 판단 자체를 올바르게 하지 못하고, 그것을 자칫 내 마음의 도덕적 기준에 의해서 판단한 것으로 정당화시킬 수 있기 때문이다. 이것은 앎이 분명하지 못하는 데서 기인한 것이다.

주자(朱子)도 "대개 학문은 뜻을 세우는 것 보다 먼저 할 것이 없고 도道에 뜻을 두면 마음이 바르게 보존 되어 다른 것이 없게 된다."고 하였다. 이는 뜻을 세웠다면 그 뜻이 흔들리지 않아서 앎에 이르게 하고 앎에 이른 것을 실천하는 것이 학문하는 자세라고 해석 할 수 있다. 따라서 학문이라는 것은 배우는 자들이 스스로 힘쓰면 작은 것을 쌓아 많은 것을 이루지만, 중도에서 그만 두게되면, 지난날의 공력이 모두 허사가 되는 것이다. 따라서 학문을 대하는 자세는 중지함과 나아감이 모두 자신에게 달려있고 남에게 달려 있지 않다는 뜻이다. 그렇다. '불기자심'不欺自心이란 말이 있다. '자기 마음을 속이지 말라'는 뜻으로 이 말은 원래 성철스님 자신의 화두였다. 이는 인성 교육의 참된 화두가 아닐까 한다. 스님은 가끔 이 화두를 휘호로도 썼다고 한다. 백련암에는 성철 스님이 쓴 이 휘호가 액자로 걸려 있는데, 세상을 속일 수는 있어도 '자기 마음을 속일 수는 없다'는 것을 강조한 뜻으로, '산은 산이요 물은 물이다'라는 말과 함께 성철 스님의 '불기자심'은 서릿발 같은 자기 성찰과 실천을 강조하는 죽비소리로 지금도 세상에 남아 있다. 이 또한 구재학당에서 인성 교육을 하는, 자세일 것이다.

우리는 살면서 재력이 있어야 살기가 편안하나, 늙어서는 교육이 있어야 살기가 편안하다. 그리고 재산이 많을수록 늙어가며 죽는 것이 억울하나, 교육을 많이 받을수록 늙어가며 시간의 참된 가치를 알 수 있다. 육신이 약하면 하찮은 병균미저 달려들고, 교육이 약하면 하찮은 인간마저 달려든다. 그래서 교육하면서 꼭 알아야 할 진실眞實은 시간Time, 말Words, 기회Opportunity이고, 교육받는데 누구나 항상 갖고 있어야 하는 것은 희망Hope, 평화Peace, 정직Honesty인 것이다. 그리고 사랑Love, 친구Friend, 자신감Self-confidence은 교육을 생활화하는 것이고, 교육을 받으면서도 결코 확실確實하지 않은 것은 성공Success, 꿈Dreams, 행운Fortune이라는 것도 알아야 한다. 그러나 교육을 받고 훌륭한 사람이 되기위한 바탕은 성실Sincerity, 노력Hard Work, 열정Compassion일 것이다.

진정한 교육자는 프리랜서이다. 프리랜서는 게릴라식 직업이다. '자유기고가'自由寄稿家 즉 '프리랜서'Freelancer의 어원에도 그런 의미가 담겨있다. 자유를 뜻하는 'free'와 창기병이라는 'lancer'의 복합어인데, 용병 중에서도 자유로운 용병이니, 이는 게릴라와 같은 전사를 뜻한다. 그래서 어느 누구에게도 소속되어 있지는 않지만 계약 관계에 의해서 누구를 위해서든, 어디에서든 싸워줄 수 있는 사람이다. 곧, 해당 정규군이 아닌 게릴라식 전사를 일컫는 말로, 정확히 표현하면 '자유로운 창기의 용병' 이라는 뜻이다. 최충과 같은 진정한 교육자는 어디에도 소속되지 않고 자유롭게 자신과의 계약에 의해 자신있게 교육하는 사람이다. 따라서 '프리랜서Freelancer' 교육자라고 말할 수 있는 진정한 참 스승이다.

최충이 진정한 교육자가 되기 위해서는 형식적 틀의 교육을 버리고 최충만의 색깔 있는 교육이 필요했다. '성공한 인생'이란 유머 시리즈가 있다. "자기 나이 10대에 성공한 아버지를 두었으면 성공한 삶이고, 자신이 20대에 학벌이 좋으면 성공한 삶이고, 자신이 30대에 좋은 직장에 다니면 성공한 삶이고, 40대에 간부로 승진하였으면 성공한 삶이고, 50대에 공부 잘하는 자녀가 있으면 성공한 삶이고, 60대에 아직 돈 벌고 있으면 성공한 삶이고, 70대에 건강하면 성공한 삶"이라고 한다. 최충과 이 유머를 관련지어 다음과 같이 고쳐 보았다. 최충의 나이 10

대에 성공한 아버지를 두었으니 성공한 삶이었고, 20대에 장원 급제했으니 성공한 삶이고, 30대에 사헌부와 사간원 관원이 되었으니 성공한 삶이고, 40대에 한림학사 지제고가 되었으니 성공한 삶이고, 50대에 과거에 급제한 자녀가 있으니 성공한 삶이고, 60대에 아직 문하시중의 벼슬을 하고 있으니 성공한 삶이고, 70대에도 건강하여 나라일을 두루두루 살펴보았으니 성공한 삶이었다. 그런데 여기서 이러한 성공한 삶의 밑받침은 바로 인성교육이었다.

13장. 나눔과 배움의 구재학당

중국 송(宋)나라 때 유학인 성리학性理學을 신유학新儒學이라고 하였다.(국어사전 정의)따라서 신유학은 중국 송대(宋代)에 일어난 학술·사상의 총칭으로 볼 수 있다. 유학을 발전사적으로 볼 때 송명(宋明)의 성리학이라는 용어는 '성명의리지학性命義理之學'의 준말이다. 성리학은 가족을 중심으로 하는 혈연 공동체와 국가를 중심으로 하는 사회 공동체의 윤리 규범을 제시함으로써 유교 사회의 중심사상으로 발전하였다. 특히 성리학은 '대학'에 나오는 팔조목八條目인 격물格物, 치지致知, 성의誠意, 정심正心으로 자신을 닦고, 이를 바탕으로 수신修身한 후에 제가齊家, 치국治國, 평천하平天下한다는 것을 개인의 수양과 국가의 통치를 위한 행위 규범으로 삼았다. 이와 같이 성리학은 주로 사회적 인간관계와 개인의 수양이라는 두 측면에서 그 사상을 점진적으로 심화시켰다. 살아가면서 이러한 삶의 오묘한 섭리가 녹아 들어있는 예화를 다음과 같이 소개한다.

미국 시골의 통나무집에 한 병약한 남자가 살고 있었다. 그런데 그 집 앞에는 큰 바위가 있었는데 그 바위 때문에 집 출입이 너무 힘들었다. 어느 날 신이 꿈에 나타나 말하기를 "사랑하는 이여! 집 앞의 바위를 매일 밀어라!" 그때부터 그는 희망을 품고 매일 바위를 밀었다. 8개월이 지났다. 점차 자신의 꿈에 회의가 생겼는데 이상한 생각이 들어 바위의 위치를 자세히 측량해 보았다. 그 결과 바위가 1인치도 옮겨지지 않은 것을 발견하고 현관에 앉아 지난 8개월 이상의 헛수고가 원통해서 엉엉 울었다. 바로 그때 신이 찾아와 그 옆에 앉으며 말하기를 "사랑하는 이여! 왜 그렇게 슬퍼하지?"
"신 때문입니다. 신이 말씀대로 지난 8개월 동안 희망을 품고 바위를 밀었는데 바위가 전혀 옮겨지지 않았습니다." 그 말을 듣고 난 신이 말하기를
"나는 네게 바위를 옮기라고 말 한 적이 없단다. 그냥 바위를 밀라고 했을 뿐이야. 이제 거울로 가서 너 자신을 보렴." 그는 거울 앞으로 가서 보니 자신의 변화된 모습에 깜짝 놀랐다. 거울에 비쳐진 남자는 병약한 남자가 아니라 근육질의 남자였다.그리고 동시에 깨달음이 스쳐 지나갔다. 지난 8개월 동안 밤마다 하던 기침이 없어졌고, 매일 기분이 상쾌했었고, 잠도 잘 잤었다. 신의 의도는 바위의 위치를 변화시키는 것이 아니라 그를 변화시키는 것이었다. 그 병약한 남자의 변화는 바위를 옮겼기 때문이 아니라 바위를 밀었기 때문에 생긴 것이다. 바로 수기치인修己治人을 이룬 것이다.

'대학'은 유학의 근본 체계를 명료하게 밝히고 있는데, 그것을 요약하면 바로 수기치인修己治人이다. 여기서 수기는 인성교육을 의미한다고 볼 수 있는데, 수기의 원리는 참되게 하고 마음을 바르게 하는 정의적 측면과 아울러 사물의 이치를 철저히 탐구하여 온전한 앎에 이르는 지적인 측면도 포함하고 있다. 이를 현대적 의미로 해석하면 수기는 바위를 밀었던 남자와 같은 자기수양이며 치인은 타인을 위한 봉사를 의미한다.[70]

북송초(北宋初) 신유학新儒學은 송초삼 선생을 중심으로 발전하고 있었는데, 신라말 도당 유학생들은 새로운 학문인 신유학을 학습하고 귀국하여 많은 활동을 하였다. 그 대표적 인물이 최치원과 최언위였다. 그 중에서 최치원은 고려 건국초 학계를 주도하게 되었는데, 그의 손자가 최항이고 최항의 문하생이 최충이었다는 점은 신유학을 이해하는데 있어 시사하는 바가 컸다. 당시 송(宋)의 호원(胡瑗)과 고려의 최충은 같은 시기에 비슷한 사상을 바탕으로 유사한 교육방법인 분재교학법[71]을 창안한 것도 고려 유학자들에게는 관심의 대상이 되었다.

---

70) 강선보 외 6인, 『인성교육』, 파주 양서원, (2015. 2), p.23
71) 분재교학법: 최충의 분재교학의 특징은 호원과는 달리 수기(修己)에는 낙성, 대중, 성명과 치인(治人)에는 경업, 조도, 솔성, 진덕, 대화, 대빙으로 구분하여 수기치인론을 실행하고 있다. 이는 존덕성(尊德性), 도문학(道問學)을 종지하는 위기지학(爲己之學)이었기 때문에 가능하였다. (이성호, 최충과 신유학, p.212 인용)

사람에 비유한 분재교학법의 바탕은 체용體用론 인데, 이는 최충의 신유학 사상으로 계이자시戒二子時라는 시로 표현되어 우리에게 함의含意되어 전해진다.

계이자시戒二子時 내용 중 집안의 보배는 청검淸儉이니 이것을 통해서 명저기銘諸己하라는 것은 수신을 뜻하는 것이며 체體를 뜻한다. 또한 수신을 통해서 문장을 갖추게 되었으니 이는 문文이다. 이와 함께 검소해야 함을 다시 한번 강조하고 있다.[72] 그리고 최충의 구재학당 재명이 성리학자들이 중시한 '중용'의 용어로 되어 있는 데서 학자들은 최충을 성리학의 선구자로 보고 있다. 어의語義는 주로 인간의 내재적 심성을 순화시키거나 인격도야를 지향하는 공통점을 가지고 있다.[73] 이처럼 유교 경전에 있는 교훈적인 어구를 찾아 붙인 것으로 보아, 최충은 신유학을 바탕으로 한 그의 사상은 성리학자로 평가되어야 할 것이다.

최충의 신유학에서 강조한 내용은, 나에게 없는 것을 욕심내기 보다는 내가 갖고 있는 것을 소중히 하고 감사히 여기라는 삶의 자세였다. 이는 내가 가지고 있는 것에 너무 지나치게 집착하다 보면 외려 잃을 수도 있다는 것이다. 그렇다면 내가 가진 것이 무엇인가? 내가 가질 수 있고, 가질 수 없는 것은 또 무엇인가? 이에 대해 우리는 여지껏 욕심만 무겁게 짊어지고 있

---

72) 이성호, 전개서 p.199.
73) 박찬수 『유학사상 최충의 위상』, 사학 12도의 변천과 그 역사적 의의, 1999. pp. 369~370.

었다는 것이다. 언젠가 때가 되면 우리는 육신마져 버리고 가야 한다. 그런데 무엇이 그리 필요할까? 그러나, 우리는 살아가는 동안 노력한 만큼 소유할 것이 아니라 소유하고 있는 것에 대해 얼마만큼 '감사해야 할까?'가 아닌가 싶다. 우리의 삶은 유한하다. 반복할 수가 없는 것이다. 집착도 미련도 버려야 할 것이라면 새로운 것을 향해 희망찬 행진을 해야 한다. 그런데 나눔과 배움의 구재학당의 교육 내용을 살펴보면, 최충이 지향해 온 인성교육은 신유학 사상의 실천이며, 이는 당시 고려 사회에서 교육의 귀감(龜鑑)이 되었다.

귀감(龜鑑)이란, '거북 귀'자와 '거울 감'자로 되어 있다. 중국 고대인들은 길흉吉凶을 판단할 때 거북이를 이용했다. 즉, 말린 거북의 등딱지나 동물의 뼈에 홈을 파고 그 홈에 불을 붙인 나무를 집어넣어보면 "퍽"하고 터지면서 잔금이 생기는데, 이것을 분석해 길흉을 판단했던 것이다. 특히 은대(殷代·기원전 17~11세기)에는 국가의 대소 행사는 물론이고, 수렵이나 곡물의 흉풍凶豊에 이르기까지 모든 일을 이런 식으로 결정했는데, 이때 나온 점괘를 거북의 배딱지나 동물의 뼈에 새긴 것이 갑골문자(甲骨文)이다.

또한 거울은 예나 지금이나 자신의 용모를 알아보는 데 없어서는 안 되는 물건이다. 그러나 당시에는 지금처럼 유리거울이 없었기 때문에 세숫대야 같은 것에 물을 담고 거기에 비치는 모습을 보고 몸을 단정했다. 거울 '감鑑' 글자 아래에 '그릇 명皿'이 있는 것은 바로 그 때문이다. 따라서 '귀龜'와 '감鑑'은 '인간의 길흉을 판단하는' 것과 '자신의 용모를 알게 하는' 것으로, 두 글자가 결합되어 '본받을 만한 모범'이란 의미로 생성된 것이다. 이는 타의 모범이 되는 표상을 뜻하기도 한다. 간혹 귀감을 단순히 '모범'과 같은 말로 생각하고, "후배들에게 귀감을 보이고 싶다"라고 말하는 경우가 많으나 이는 "후배들에게 귀감이 되고 싶다"라고 쓰는 것이 맞다. 사람이 미우면 단점만 보이고, 사람이 사랑스러우면 장점만 보인다고 한다. 매사 하는 일이 꼴보기 싫으면 미운 감정이 내속에 있는 것이요, 하는 일이 모두 어여뻐 보이면 사랑의 감정이 내 맘에 있는 것이다. 사람은 완전하지 못하기에 모두가 장단점을 지니고 있다. 장점만 지니는 완벽한 사람은 없으며, 단점만 지니고 있는 미숙한 사람도 없다. '좋은 사람, 나쁜 사람'이라고 평가하지만, 단점보다 장점이 더 많으면 좋은 사람이요, 장점보다 단점이 더 많은 사람은 나쁜 사람이 된다. 이 세상에 완전하고, 완결하고, 완벽한 사람은 존재하지 않는다.

　나눔과 배움의 구재학당은 최충 선생께서 세상을 떠나신 후, 후세까지 계속 이어져 내려와 많은 유학자儒學者들이 구재九齋를 거쳐나가 고려 사회의 문화창달文化暢達과 교육진흥教育振興에 기여한바가 컸다. 더욱이 역사에 빛나는 명망名望높은 대학자 회헌(晦軒) 안유(安裕), 역동(易東) 우탁(禹倬), 불원재(不援齋) 신현(申絢), 목은(牧隱) 이색(李穡), 포은(圃隱)정몽주(鄭夢周) 등도 구재(九齋)에서 공부하

였다고 한다.[74]

    나눔과 배움의 구재학당에서 누구나 인간다움을 실현할 수 있다. 배움의 장場이라고 확신한 최충은 신유학 사상을 도덕적 품성으로 교육시켰다. 율곡 이이(李珥)도 최충의 신유학사상을 기저로 한 구재학당의 교육은 수기修己와 치인治人을 근간으로한 인간다운 성품과 역량을 함양하는데 있다고 하였다. 특히 구재학당 교육에서 수기는 자신의 내면을 바르고 건전하게 가꾸는 인성에 두었다는 것과, 치인은 타인과 함께 더불어 살아가는데 인간다운 자기수련과 사회봉사에 두었다는 것을 이야기한 것이다.

    우리는 살아가면서 무수히 많은 사람들을 만난다. 그들은 단 한 사람도 단순한 존재가 아니어서, 그 어떤 언어로도 규정할 수 없는 갖가지 성격과 여러 종류의 감성과 사고를 보인다. 따라서 최충은 중용(中庸)의 중요부문 문구를 따서, 학도學徒들을 부문별로 배치하여 그 분야에 대한 연구硏究와 토론을 거쳐 진리를 깨닫게 하였다[75]고 한다. 이는 구재의 재명에서 교육적 사상을 확인할 수 있었는데, 수기修己에는 "낙성, 대중, 성명"과 치인治人에는 "경업, 조도, 솔성, 진덕, 대화, 대빙"으로 구분한 수기치인론

---

74) 최영철(2017. 3), 해동공자 최충선생의 위업과 이념, 해주최씨 대종회 종회지, P.130
75) 최영철, 전개서

을 실행하였다는 점이다.[76]

    은행나무가 있다. 은행나무는 일가친척 하나 없는 혈혈단신이면서도 지구상의 모든 존재 중에서 가장 오래 사는 나무다. 우리 주위 어디서나 쉽게 발견할 수 있는 게 은행나무지만, 유학자들은 남달리 이 나무를 사랑했다. 그 흔적을 지금도 서원, 옛날 유학자들의 집 주위에서 확인할 수 있다. 물론 공자가 제자를 가르친 곳은 은행나무가 아니라 살구나무 밑이었지만, 이 땅의 유학자들은 중국 천목산이 고향인 은행나무 밑에서 공자의 가르침을 배우고 가르쳤다. 그 이유는 살구나무가 거목으로 자라지 않는 데 비해 은행나무는 거목으로 자라고, 살구나무는 장미과에서 진화했기에 본성을 간직하지 않았고, 은행나무는 공룡 시대부터 지금까지 본성을 간직하고 있었기 때문이다. 특히 우리의 유학자들이 그 어떤 나무보다 은행나무를 사랑한 것은 은행나무를 단지 하나의 나무가 아니라 공부의 대상으로 생각했기 때문이었다. 그 이유는 은행나무의 특성인 본성을 간직한다는 것, 그 자체가 유학자들이 본받아야 할 덕목이었으며, 유학의 중요한 원리 중 하나인 '격물치지'의 대상이었다. 이처럼 수많은 나무 중에서 은행나무가 중요한 역사 현장에 남아 있는 이유는 우리들이 의미를 부여했기 때문이다. 우리나라에서 가장

---

76) 이성호(2014.5), 전게서, P.409

오래 살고 있다는 용문사의 은행나무도 소설가 양귀자가, 그리고 영화감독 강제규가 다시 의미를 부여함으로써 단지 오래 사는 나무가 아니라 '역사적 나무'로 부활할 수 있었다. 그런데 최충이 생각하는 은행나무는 어떤 의미였을까? 최충은 은행나무를 바라보며 교육 혁신에 대해 다음과 같은 세 가지 기대가 있었을 것이다.

첫째, 구재학당이 고려교육의 지각변동이 일어 고려 사회 혁신을 점화하여 계층간 이동사다리를 만들 수 있다는 것.

둘째, 누가 '무엇을 배울까?' 하는 지각변동이 일어 새로운 교육의 힘으로 고려가 다시 도약할 수 있다는 것

셋째, '어떻게 가르치고 평가하느냐?' 하는 지각변동이 일어 최고의 교육전문가가 참여하는 교육에 대한 인식의 대전환을 가져올 수 있다는 것을 기대하였을 것이다.

그러나 교육의 소중함과 인식의 전환이 때론, 아프냐고 어루만져 준다는 것이 독이 되어 상처가 난 부분을 오히려 상처를 덧나게 하는 수도 있다. 그 예로 교육하면서 마음이 앞서가는 것도 잘못이지만 너무 뒤쳐져 가는 것도 잘못이기 때문이다. 우리 모두는 인간이기에 완벽함이 없다보니, 교육하면서 좋은 점만 이야기하고 학생들을 위해 이야기한다 해도, 실제 교육할 때에는 좀 더 생각해보고 이야기할 말들도 있을 것이다. 이는 때론

선의의 거짓말이란 것도 필요하다고 생각되지만 교육함에 있어 선의의 거짓말도 해서는 안된다는 것을 인지해야 할 것이다. 이와 같은 맥락에서 최충도 국가 교육과정의 교과 이기주의의 벽은 넘지 못했다. 그 예로 학문하기를 강조하면서도, 과거시험에서 좋은 성적을 내기위해 학생들을 철저하게 공부시킨 것이다. 최충은 이 부분에 대해 속으로는 무척 아쉬워했을 것이다.

사람들은 살아가면서 되돌릴 수 없는 흘러간 시간을 아쉬워하고 연연해 하고 있다. 이는 뜻깊고 가장 중요한 지금이라는 시간을 소홀히 하는 것과 같다. 과거는 좋은 것이라 해도 다시 돌아오는 법이 없는 흘러간 물과 같다. 과거가 아무리 최악의 것이라 해도 지금의 자신을 어쩌지는 못한다. 다만, 우리가 관심을 집중시켜야 할 것은 지나온 과거가 '얼마나 훌륭했는가' 하는 것이 아니라, 앞으로 어떤 마음가짐으로 '어떻게 미래를 개척할 것인가'가 중요하다. 최충은 자신이 그토록 바라고 소망하는 미래는 자신의 과거에 의해서 결정되는 것이 아니라, 지금 현재에 의해서 좌지우지 된다는 사실을 잘 알고 있었다.

고려시대나 조선 사회에서 선비가 되려면 외형보다는 내면의 사고방식이 선비의 운명을 결정하였다. 선비는 모든 사물을 볼 때, 아홉 가지를 신중히 생각하면서 행동거지行動舉止로 삼아야 하는데, 그것을 선비의 구사九思라고 하였다. 율곡 이이(栗谷 李珥)가 저술한 격몽요결(擊蒙要訣1577)에 구용九容 구사九思를 강조하는 대목이 있다. 여기서 구사(九思)는 선비의 자세로서 구용九容 보다도 더 중요하게 여겼다. 구사九思는 다음과 같다.

첫째, 시 사명(視 思明)으로 사물을 볼 때 분명하게 볼 줄 알아야 한다는 것과 선입관을 가지고 사물을 보면 안 된다는 것으로 있는 그대로 뚜렷하게 봐야 한다는 것이다.

둘째, 청 사총(聽 思聰)으로 어떠한 말을 들을 때 그 말뜻을 총명하게 듣고 있는가를 생각해야 하며 말을 들을 때 듣는 듯 말 듯 희미하게 흘려들어선 안 된다는 것이다.

셋째, 언 사충(言 思忠)으로 말을 할 때 충실하게 하고 있는가를 생각해야 하며 농담 섞인 언행, 무책임한 말을 하고 있지 않나 깊이 생각하면서 말해야 한다는 것이다.

넷째, 색 사온(色 思溫)으로 언제나 자기의 얼굴 표정이 온화하고 편안한가를 생각해야하며 얼굴에서 찬바람이 불고 나쁜 인상을 남에게 주지 않도록 해야 한다는 것이다.

다섯째, 모 사공(貌 思恭)으로 자기의 모양과 용모가 늘 남을 공경하는 법도法道를 지키고 있는가를 생각해야 하며 무례하고 저돌적인 행동을 하고 있지 않나 돌아봐야 한다는 것이다.

여섯째, 사 사경(事 思敬)으로 사회생활에서 남을 받들 때 공경恭敬하고 있는가를 생각해야 하며 무례한 행동을 하면 화를 당하니 언제나 자기를 누르고 예를 지켜야한다는 것이다.

일곱째, 의 사문(疑 思問)으로 만사에 의심이 나면 남에게 물어 봐야 하고 좋

은 의견을 받아 들일 수 있는 자세가 중요하니 자기 독단은 위험하
다는 것이다.

여덟째, 분 사난(忿 思難)으로 분한 일을 당했다고 경솔하게 즉흥적인 반응을
하면 그것이 화가 되니 재난을 입을 수 있지 않을까를 냉정하게 생각
해야 선비가 되는 것이다.

아홉째, 견득 사의(見得 思義)로 갑자기 이득을 보게 되면 우선 그 이득이 정의
로운 것인가를 생각할 줄 알아야 한다. 덥석 먹어 버리면 화가 올 수
있으니 심사숙고해야 한다는 것이다.

이처럼 행동하기 전에 먼저 신중하게 처신해야 인격체를 갖
춘 선비가 된다는 것이다. 이것은 늘 몸가짐으로 아홉 가지를
조심해야 하는 구용九容과 더불어 신세대 선비의 부드러움과 맵
시의 멋도 될 것이다.

고려 초기 왕권을 중심으로한 중앙집권체제가 자리 잡히기
전, 중앙의 행정조직과 지방관청을 다스리는 관료제도로 자리
잡히기까지는 매우 힘들었다. 그러나 왕이 권력자로 바뀌기 시
작하자 상황은 달라졌다. 권력자인 왕은 능력있는 관료들을 발
굴하기 위하여 각종 학교와 제도를 만들어나갔다. 고려의 국자
감이 그 대표적인 인재 발굴의 교육기관이었다. 이들 최고의 관
료 엘리트들은 문文과 무武, 전장의 장수로서 훌륭한 자질을 겸
비하여야만 했다. 고려 초기 국가 엘리트들을 체계적으로 교육

하고 양성하는 일이 중요해져서 개경에 중앙 교육기관인 경학(京學)을 세웠다.(930) 경학은 성종(成宗)때 국자감으로 이름을 바꾸고 후에 국학(國學), 성균감(成均監), 성균관(成均館)등으로 변모하였다.

고려시대의 과거시험은 예비고시인 국자감시(國子監試)와 본고시인 예부시(禮部試)로 2단계가 있는데, 예비고시인 국자감시에 응시할 수 있는 자격은 매우 엄격하게 제한되었다. 응시자격은 중앙 국자감 출신 학생, 지방에서 실시한 계수관시(界首官試)에서 선발된 사람과 최충 등이 개경에 설치한 사학기관인 12공도 출신 학생들만이 이 시험을 치를 수 있었다. 특히 본고시인 예부시의 특혜성은 특별하였다. 예부시는 국가 관료를 최종 선발하는 시험인 만큼, 반드시 예비고시인 국자감시를 통과하는 사람들에게만 응시 자격을 주었다. 그런데 예외적으로 7품(七品)이하의 관료 출신이거나 국자감 출신 중 성적이 우수한 사람에게는 곧바로 응시 자격을 주기도 하였다. 국자감(國子監)이란 글자의 뜻에서 아들 子가 들어있듯이 국가의 자제 즉 국가의 인재를 양성하는 기관이라는 의미가 담겨있다. 성균관이라는 명칭은 균등한 법전을 맡아 학문과 정치를 세우려는, 나라의 자제들을 하나로 묶어 교육하는 곳이라는 의미로, 정치 철학과 운영 원리에 따라 성균관을 만든 것이다. 국가의 인재를 양성하는 기관으로 균등한 법전을 맡아 백성들을 보살피는 인본주의 사상을 그대로 담고 있는 것이다. 우리시대의 교육제도도 사회성을 중시하는 인본주의 교육철학의 중요성을 깨달아야만 할 것이다. 출처: 〈한민족역사연구소〉

14장. 수기와 치인은 최충의 인성 함양

　　고혜령 문화재위원은 구재의 명칭을 살펴볼 때, 최충이 사학을 시작한 의도는 '성인을 좋아하고, 성인을 흠모하여, 성인을 본받게 하는 신유학에 기저 한 인성교육의 출발점'이라고 전제한다. 그 이유는 인간교육을 지향하였기 때문이라고 한다. 또한 사학을 창설한 목표도 '근본적으로 인간의 내재한 심성을 존양하고, 유자儒者의 도덕적 실천을 정화할 수 있는 인재를 길러내고자 하는 데 있었다고 단정하였다. 이러한 논의에서 고혜령 문화재위원의 담론은 현행 한국 사회에서 추구하는 인성교육의 가장 큰 목표인 전인교육과 최충의 신유학 사상을 같은 개념으로 보고 있다.

　　우리는 인성 교육을 통해 길러진 바람직한 인간상을 현명한 의사결정 능력을 지닌 인간으로 본다. 이에 국가교육도 개성 존중과 적극성 함양 그리고 긍정적 사고와 미래지향성 등을 인성 교육의 방향으로 제시하고 있다. 이처럼 인성 교육을 전인 교육과 같은 개념으로 파악하여 가치 지향적 활동으로 규정한 현행 교육부는 인성교육의 특성을 세 가지로 전제하여 다음과 같이 내세우고 있다.

> 첫째, 인성 교육은 인간 대 인간의 만남이란 점
> 둘째, 인성 교육은 가치를 추구하는 활동이라는 점
> 셋째, 인성 교육의 목표는 개인적 차원에서 인간형성이요, 사회적 맥락에서는 공동체적 문화 발전이다.

구재의 덕목에서 수기와 치인을 살펴보면 출발은 유교적 덕목이었다. 유교는 그 핵심적 텍스트인 5경3사와 4서5경에서 확인 할 수 있는 바와 같이 '인의예지'에 관한 윤리적 규범 혹은 역사적 기록과 시문 등으로 이루어져 있다. 이런 것들은 모두 수기치인修己治人의 원리를 기록한 것으로 인격적 수양의 원리와 통치의 원리가 주를 이룬다고 볼 수 있다. 따라서 유교적 교과는 인식론적 관점에서 볼 때 그 자체가 윤리학이며, 정치학이며, 교육학이라고 볼 수 있다. 그렇게 인식할 때 유가儒家적 전통 교육은 그 자체가 인성교육이라고 볼 수 있다. 다시 말하면, 유가적 교육의 전 과정은 교육의 목적과 내용과 방법이 모두 인성교육으로 귀결되고 있다는 것이다. 비록 타고난 본성이 선하다하더라도 인간은 기질의 차이와 환경적 상황에 따라 선하게 혹은 악하게 표출된다. 따라서 인간의 품성을 '인의예지'와 합당하도록 형성해 가는 과정이 곧 인성교육이다. 유교에서는 이상적 인간상인 성인이 되는 것을 궁극적 목적으로 하여 오상과 오륜을 실천하려고 노력하는 사람을 군자 혹인 선비(眞儒, 進士)라고 했다. 그 원리는 『대학』의 8조목에서 체계화된다. 그 중 인성교육의 영역이라고 볼 수 있는 수기는 격물, 치지, 성의, 정심 등의 네 가지 요인으로 요약된다. 그 중 격물과 치지는 인식론에 속하고 성의와 정심은 수양론에 속한다고 볼 수 있다. 그러나 유교에서는 이 두 측면을 결코 분리하지 않고 모두 포함하는 것을 수기, 즉 인성교육이라고 본다. 따라서 인성교육의 궁극적 목표는 군자 혹은 참된 선비의 길이라고 보았다. 유교적 인성교육 즉, 수기의 구체적 실천과정과 방법은 먼저 완전한 인격자의 표상인 성인이 되는 것을 목표로 설정(立志)하였다. 입지(立志)란 뜻을 세워야 한다는 말이니, 뜻은 마음이 나아가고자 하는 방향을 의미한다. 모든 행위가 참되고 실효와 실공을 얻으려면 목표를 먼저 세워야 한다는 말이다.

최충은 은퇴 이후 '구재학당'을 세워 많은 문관을 배출하였다. 이른바 '시중최공도(侍中崔公徒)'인데 한국 사립학교의 원조가 된다. 당시 국립 교육 기관이었던 국자감이 쇠퇴하는 모습을 보이자 직접 사재를 들여 창설한 것까지는 참 좋았는데, 문제는 학벌을 만들어 최충의 학당에서 공부한 문하생들이 과거를 통해 관직에 나아간 후 출세가도를 달리기 시작하자 과거 위주 교육을 하는 학교처럼 되어 버렸다는 것이다. 이는 9재 학당이 성공할 수 있었던 원인 중 하나이지만, 시험 위주의 학교였다는 잘못된 인식을 불식拂拭시켜야 할 것이다.

역사에 큰 족적을 남긴 한 인물을 발굴하고 평가하는 것은 물론 그 자체로서 의미가 있는 것이지만, 그것보다 더 중요한 것은 오늘날 그가 우리에게 누구이고 또 누구이어야 하는 지를 가늠하는 일이라고 판단된다. 이러한 맥락에서 볼 때 교육자 혹은 교육 사상가로서의 최충이 남긴 유산은 현대인에게 무슨 의미를 지니며 어떠한 역할을 하였는지 문제 제기를 할 수 있을 것이다. 최충은 고려 사회에서 중흥의 계기를 마련하였고, 교육의 지침으로 삼은 유교의 핵심 사상을 구체화하여 오늘날 과학기술시대에도 여전히 유교적 덕목이 어떤 것인지, 그리고 그것을 어떻게 해석하고 적용할 것인지 우리에게 역할을 남겨 두었다.

최충이 독자적으로 사학을 설치하고 중용, 주역 등의 뜻으로 구재명칭을 만들고 성인의 도를 가르친 그의 유교사상은 사장학을 바탕으로 한 신유학을 수용하고 있었다. 북송 신유학은 심학(心學)으로 그 특성은 '인간의 몸과 마음과의 관계, 마음의 작용과 기능, 마음의 수양법' 등에 대해 매우 적극적 관심을 갖게 하였다. 최충의 학문이 '심학'으로 인식된 이후에는 '이학理學'을 정자·주자 보다 먼저 밝혔다고 주장하고, 홍양호도 같은 인식을 보인다. 이런 영향으로 『화해사전』(華海師全)에서는 최충을 주자 성리학의 시조로 인식하게 되었다. 근대에 들어서면서 장지연은 최초로 최충과 호원을 직접적으로 비교하게 되고, 최충을 '최자'(崔子)로 호칭하는 저서가 등장한다. 최충의 후손인 최경식이 저술한 『최자전실기』에서는 최충을 호원의 '호소지교'湖蘇之敎와 비교하였다. 최충 선생에 대한 예우와 유종이란 기록이 처음 보이는 것은 고려 문종대이다. 문종 7년(1053)에 최충이 나이 70세가 되어서 치사를 하려고 하자 문종이 만류하며 허락을 하지 않았다. 이때 문종은 최충을 유종儒宗으로 표현하였다. 유종儒宗의 사전적 의미는 '유학의 종사'宗師란 뜻이다. 문종10년(1056) 최충의 나이 73세 되던 해에 조詔를 하사하는데, "경은 유관儒冠의 규얼圭臬이요 신화神化에 단청丹青이었다."고 하면서 또한번 유종의 의미를 강조하였다. 유종이란 호칭은 최충만 있었던 것은 아니다. 설총과 최치원도 유종으로 칭한다. 고려 묘지명을 제외하고 관에서 편찬한 사서史書에서 유종이라는 표현은 최충과 이색만 존재한다.

이미 설총과 최치원은 현종대에 문묘에 종사되었기 때문에 최충과 이색을 유종으로 칭한다는 것은 문묘에 종사될 수 있다는 가능성이 있었지만, 고려에서 조선으로 왕조 교체가 이루어지는 과정에서 그 의미는 퇴색되었다.

『보한집』 최충은 두 아들에게 사치를 멀리할 것을 충고하는 글을 지어 주었다고 하는데 시간이 지나며 후손들이 잃어버렸다고 한다. 이처럼 고려 중기 역사적으로 유명한 인물임에도 불구하고 그의 시문은 현존하는 것이 거의 없다. 무신정변 이후 문신들이 대거 살해당했고 그 과정에서 문신들의 문집도 함께 없어졌기 때문이다. 우리 역사에서 공자에 비견되는 사람의 저술이 거의 남아있지 않다는 것은 매우 아쉬운 일이다.

고려는 현종 이후에 전란이 멎었으나 미처 문교에 힘을 돌리지 못하였다. 이때 최충은 후진들을 집합하여 교육하는 일에 정력을 바쳤기에 학도들이 모여 들어 거리와 골목에 차고 넘쳤다. 고려에 학교가 일어난 것은 최충으로부터 시작되었기에 당시에 그를 해동공자라고 하였다. 최충을 해동공자라 칭한 것은 '구재학당'을 세웠기 때문에 공자의 칭호를 붙이게 된 것이다. 이는 최충이 학교를 세운 것 자체가 공자에 비견되는 것으로 당대 사람들도 인식하고 있는 것이다. 그런데 주목되는 것은 '구재학당'의 재명(齋名)이다.

이이(李珥)는 학문적 목표를 성인이 되겠다는 마음으로 뜻을 세우고, 기질을 바로 잡고, 예(禮)를 회복하여 인(仁)을 행할 것을 당부하였다. 그러나 성인이 되고자 목표를 세웠음에도 불구하고 앞으로 나아가지 못하는 것은 오래된 구습(舊習)이 마음을 해치는 여러 요소들, 즉 기호와 욕망에 따라 움직이고 있다고 보고 이러한 구습舊習을 개혁하고, 자신을 되돌아보는 성찰省察을 통해 학문에 나아가길 권고하였다. 그리고 구사九思와 구용九容으로 마음과 몸을 기르고 독서를 통해 사물의 이치를 궁리窮理하고, 성현들의 뜻을 체득하여 거경居敬으로 자신의 몸가짐을 바르게 하여야 한다고 하였다. 이는 거경居敬을 입지立志와 연결하고 궁리窮理는 선善을 밝히는 일로서 궁리窮理의 대상이 윤리·도덕적 가치에 있음을 분명히 드러낸 것이다. 따라서 선善을 밝히는 궁리窮理의 전제가 거경居敬이고, 성誠을 실현하는 것이 역행力行이 된다. 이는 성의誠意·정심正心·수신修身을 통한 내면의 수양修養이 궁리窮理·거경居敬·역행力行이라는 실천으로 표면화되어 나타난 것이다. 내면의 수양과 표면화된 실천은 두 가지로 표현되는데 이 둘은 동시에 이루어지는 것으로서, 수기와 치인이 되는 것이다. 이는 수양修養과 실천이 하나가 되는 것이다.

최충의 신유학에서 수양과 실천은 구재 재명에서 확인된 수기修己에 해당된다. 내용을 살펴보면 성인의 도를 발견하고 그것을 사랑하고 즐겨하며 중도를 지켜 가는 것이다. 그리고 성인으로 표준을 삼아 선을 밝히는 것이 수기修己인데 이는 구재명 낙성·대중·성명에 내포되어 있다. 그런데 중요한 것은 먼저 뜻을 세워야 수기를 이룰 수 있다는 율곡 이이의 『성학집요』(聖學輯要)를 살펴볼 필요가 있다.

"배움에는 뜻을 세우는 것보다 앞서는 것이 없으니, 뜻이 서지 아니하고는 능히 공업功業을 이룬 자가 없다. 그러므로 '입지立志' 조목을 '수기修己' 조목 보다 앞에 두었다."

– 공자(孔子)의 지어도志於道 『논어』(論語)

주자(朱子)도 이르기를, "지志라는 것은 마음의 가는 바를 이르는 것이요, 도道라는 것은 인륜人倫과 일용日用 사이에 마땅히 행해야 할 것을 이르는 것 이니, 이것을 알고 마음이 가면 반드시 나아가는 바가 바르게 되어(正) 다른 것에 현혹되지 않을 것이다."하였다.

– 『성학집요』(聖學輯要), 입지장立志章.

또한 『자경문』(自警文) 제1조에서 "먼저 나의 뜻을 크게 가지어 성인으로 준 칙을 삼아야 할 것이니 조금이라도 성인에 미치지 못하면 내 일은 아직 끝나 지 않은 것이다.

– 『율곡전서』(栗谷全書)卷14, 잡저雜著1

이처럼 입지란 학문의 목표를 세우는 일이며, 그 목표의 기준 은 성인(도학자) 곧 진유이며, 진유는 격물치지로 사물의 참된 이 치를 밝히고, 성의誠意·정심正心으로 몸을 닦아 정치와 교육을 담 당해야 한다는 것이다. 여기서 주목해야 할 것은 입지가 단순히 명목상으로 설정된 정적靜的인 지표가 아니라 스스로 삶 속에 용 해되어 실천으로 나타나야 하는 동적動的인 지향성(志向性)을 가지고 있는 수행적 실천에 따른 인성함양인 것이다.

퇴계 이황은 최충의 동적動的 지향성(志向性)인 신유학 실천 사상이 최충에 대한 인식전환의 계기가 되었다고하며, 실제 인식전환의 계기로 문헌서원까지 건립하게 된다. 이후 신유학 사상은 기대승에게 이어져 공맹孔孟의 심학(心學)으로 정리되었다. 율곡도 해주 향약에서 최충을 추승하고, 직접 문헌서원 학규學規를 저술하고, 실천 학문이 심학(心學)으로 인식된 이후에는 이학(理學)이 정자와 주자보다 먼저 밝혀졌다고 이야기하였다. 이후에도 최충에 대한 인식 변화로 인해 영향을 받은 인물은 성호 이익(李瀷)이다.

오늘날 최충의 신유학 사상은 그 기저가 수행적 실천이라는 인성교육의 내용과 일맥상통한다. 동서고금을 막론하고 인성교육의 목적은 우리의 핵심과업이기에 교육의 활성화가 필요힐 것이다. 그런데 인성교육의 수행적 실천은 인간다운 면모, 성질, 자질, 품성의 형성에 있다. 이러한 관점은 단편적 지식 위주의 교육에서 벗어나 지식과 인성을 함께 추구하는 조화로운 인성교육의 필요성에 있다. 따라서 필요성에 따른 수행적 실천인 인성교육이 활성화되어야 하는 이유는 청소년의 인성 실태를 개선할 수 있기 때문이다. 특히 낮은 인성 수준을 개선하고 삶의 만족도 및 행복지수를 높이기 위해서라도 수행적 실천에 따른 인성교육 활성화는 지속되어야 할 것이다. 인성에 대한 자율성이 확보되고, 인성성이 열리는 것은 바로 마음에 의해서다.

의식으로서의 마음이 도덕원리를 알고 그것을 적용하는 능력을 가지고 있을 때, 누구든지 자신도 환경을 통제할 수 있는 능력도 살아난다.

인성교육은 인간 형성의 과정이며 사회 개조의 수단이다. 바람직한 인간상을 형성하여 개인생활·가정생활·사회생활에서 보다 행복하고 가치있는 나날을 보내게 하여 사회발전을 꾀하는 작용이 인성교육이다. 인성교육은 어버이와 자식 사이, 교사와 제자 사이, 선배와 후배 사이 등 일반적으로 경험이 풍부한 사람과 미경험자 사이, 혹은 성숙자와 미성숙자 사이에서 이루어진다. 그러나 여기에는 두 가지 힘이 작용하고 있음을 간과해서는 안 된다. 하나는 인간이란 생명체가 본래부터 가지고 있는 선천적인 힘으로, 환경을 통해 자발적·창조적 가능성이 드러나고 개발되어 자기발전을 도모하는 것과, 다른 하나는 후천적으로 성숙자인 양친·교사·선배 등이 이미 계획된 목표와 방향에 따라 미성숙자들을 이끌며, 또는 어떤 목표나 방향의 가능성에 장애가 되는 것을 억제하는 것이다. 이와 같은 사실을 우리는 잊어서는 안될 것이다.

15장. 최충의 교육적 사유

　교육이라는 낱말의 뜻을 고찰해 보면 교육의 교(敎)는 본받음(效) 가르침, 도덕, 종교 등 다양한 뜻이 있는 한자로서, 모범을 보인다는 의미가 있고, 육(育)은 기름養·낳음生·자람成의 뜻이 있는 '육성한다.', '올바르게 자라남.' 등이 내포되어 있다. 따라서 인간이 내면적으로 지니고 있는 천성, 곧 타고난 소질과 성품을 보호, 육성하는 과정을 뜻하는 것이다. 동서양을 막론하고 교육은 내부의 자연적 성장의 힘과 외부 영향력과의 합력(合力)에 의하여 성립되는 인간 형성의 작용을 말하는 데, 타고난 그대로의 인간을 바탕으로 하여 참되고 가치 있는 인간으로 이루어 보려는 작용으로도 인식된다.

　도덕적·인격적 면을 중시한 칸트(Kant, I.)는 교육은 인간을 인간답게 형성하는 작용이라 보았다. 문화와 지식 면에 치중한 슈프랑거(Spranger, E.)는 비교적 성숙한 사람이 미숙한 사람을 자연의 상태에서 이상의 상태로 끌어올리기 위하여 문화재를 통하여 유의적有意的·구체적·계속적으로 주는 문화작용으로 보아 문화의 번식과 전달이 교육이라고 하였다. 그리고 생명과 생활경험면에 중점을 둔 듀이(Dewey, J.)는 영원한 사회적 생명에 유한한 생물적 생명을 순응, 조정시키는 것이 교육의 사명이라고 하였다.

개인주의 심리학적 입장에 입각한 루소(Rousseau, J. J.)나 케이(Key, E.)도 인간의 자발자전自發自展을 위한 모든 조성 작용을 교육이라 보고, 개인의 발전은 자율적인 것으로서 교육은 다만 이 자율적인 길을 개척하는 데 도움을 주는 것으로 그쳐야 한다고 하였다.

사회적 세계관을 가진 페스탈로치(Pestalozzi, J. H.)는 교육을 사회의 계속적 개혁 수단으로 보면서, 의식적 자아나 자율적 개인의 완성보다는 민족이나 국가의 발전 또는 사회 개조의 측면을 중시했다. 이는 고려의 교육제도와 성격이 같다. 학자들이 제각기 교육에 대하여 정의를 내리고 있지만, 공통점은 인성교육이라는 점이다. 그리고 올바른 인간형성을 위하여서는 그 과정은 올바르고 바람직한 방향이 되어야 한다는 것이다. 이처럼 교육의 목적이 이상적인 인간상에 있다면 사회의 목적 및 가치관과 불가분의 관계를 맺지 않으면 안 된다. 고려 사회에 있어서 바람직한 교육의 목적은 보편적이고 종합적인 다음과 같은 사항이 전제되었다 할 것이다.

첫째, 국가주의적인 동시에 전체주의적인 것,
둘째, 지·덕·체 전면에 걸친 전인주의적인 것,

교육의 목적은 시대와 환경에 따라 그 목적하는 바가 달리 설정되어 왔다. 그러나 고려 사회는 국가를 위해 바람직한 인간으로 만드는 것을 이상적으로 생각하였다. 고대 그리스의 도시국가 스파르타는 교육의 목적을 스파르타식 교육에 두어 국방을 위한 이상적인 병사를 양성하는 데 주력하였으며, 아테네는 신체적·군사적·지적·미적 기초를 둔 시민을 기르는 데 힘썼다.

이는 그 당시 그들 나름대로의 인성교육인 것이다. 로마도 공화정시대에 애국적이고 유능한 공민으로서 착하고 사람다운 사람을 기르는 데 교육목적을 두었고, 제정시대에는 실제생활, 즉 정치생활에 유능한 인간을 양성하는 데 두었다. 르네상스시대에는 인문주의에 입각하여 원만한 인격, 높은 교양, 사회적 활동 능력 등이 있는 시민의 양성에 교육 목적을 두었다.

이처럼 교육의 목적이 중세까지는 집단 전체의 권위와 이익·질서를 유지하는 것이었다면, 근대에 들어와서는 개인의 자각으로, 권위로부터의 해방이 싹트기 시작하였다. 따라서 오늘날 자유사회에 있어서의 일반적 교육목적은 행복한 민주주의 사회의 시민을 길러주는 것이 교육의 목적이라고 볼 수 있다.

우리나라에 있어서는 교육목표가 구체적으로 문자화되어 있지 않았으나, 삼국시대에는 관료와 무사의 양성에 두었으며, 고려나 조선시대에는 입신양명을 위한 교육목적이 주를 이루었다. 과거를 통하여 국가가 요구하는 관리가 되기 위한 국가적인 차원의 교육이 실시되었고, 교육목적도 이에 따라 설정되었다. 현대에 와서는 「교육법」에 의하여 우리나라의 교육목적이 최초로 설정되어 명문화된 것은 「교육법」 제1조에 "교육은 홍익인간弘益人間의 이념 아래 모든 국민으로 하여금 인격을 완성하고 자주적 생활능력과 공민으로서의 자질을 구유하게 하여 민주국가 발전에 봉사하며 인류공영의 이상실현에 기여하게 함을 목적으로 한다"라고 명시하여 국민교육의 기본이념을 설정하였다. 이는 이상적인 인간상을 홍익인간이라는 이념에 두고,

첫째, 민주적인 사회개조를 위한 자주적 인간,

둘째, 빈곤을 극복하고 경제적 자립을 할 수 있는 생산적 인간,

셋째, 생활의 합리화와 문화수준의 향상을 위한 과학적 인간,

넷째, 민족의 독립과 인류의 평화를 위한 평화적 인간을 길러내는 데 그 목표를 두었다.

이와 같은 교육목적을 달성하기 위하여 구체적인 교육방침을 규정한 것은 우국애족의 정신을 길러 국가의 자주독립을 유지, 발전하게 하고 나아가 인류평화 건설에 기여하게 하겠다는 것이다. 그리고 민족의 고유문화를 계승, 앙양하며 세계문화의 창조·발전에 공헌하게 한다는 것이 주된 골자이다.

그러나 과거로 거슬러 올라가 보면 우리나라 선사시대의 교육은 생활을 하는 데 필요한 수렵·어로·도구제작·전투 등을 자녀들에게 가르쳤으며 사회의 구성원으로서 필요한 관습을 습득하게 하였는데, 이것이 곧 교육이었다. 고조선시대의 교육은 원시적 교육상태를 크게 벗어나지는 못하였지만 생활의 체계가 잡혀감에 따라 경험과 관습에 의한 사회윤리가 형성되어 교육사상의 기초가 되는 정신적인 영역의 기틀이 다져지기 시작하였다. 바로 단군신화에서 보인 홍익인간의 이념이다. 이는 고대인의 염원이었고 생활철학인 동시에 교육철학이었다고 할 수 있다. 이로 미루어 보아 고조선시대는 홍익인간을 목표로 한 민중교화를 위한 교육지침이었을 것이다.

이후, 삼국시대 교육은 무의식적이며 비조직적인 원시시대의 교육에서 벗어나 국가에 의한 학교 교육이 시작되었고, 그 배경으로써 유교와 불교가 절대적인 영향을 주었다. 이 시기에는 문자가 보급되어 미진하나마 의도적·계획적인 형식교육이 시작된 것이다. 그러나 당시의 교육은 지배계급의 독점물로써 계급적 지위와 학문적 교양을 위한 내용이 주를 이루었다. 또한 강력한 왕권을 정점으로 한 중앙집권적 관료정치 체제의 확립 및 지배계급의 소양을 길러 주기 위한 목적과 국가와 사회에 필요한 용맹한 장군과 병사의 양성이 교육목적으로 설정되어 있었다. 그 내용을 삼국별로 대별하면

첫째, 고구려는 건국초부터 문자를 사용하고 있었음을 문헌을 통해 알 수 있는데, 그 대표적인 것이 고구려 역사서인 『유기』(留記)100권이다. 지금 이 역사서는 전하지 않고 있지만 자국의 역사를 서술할 수 있었다는 것은 문자가 보편화되었다는 것을 의미하며, 문자를 이해하도록 하기 위한 교육이 실시되고 있었음을 말하여 주는 것이다. 문헌상으로 볼 때 고구려에서 처음 설립된 교육기관은 태학(太學)이었다. 유교를 교육이념으로 삼아 372년(소수림왕 2)에 설립된 태학은 국가가 세운 최고 교육기관으로, 우리나라 최초의 학교라 할 수 있으며 귀족 등 특수계급의 자제들을 위한 관리양성기관이었다. 태학에서는 박사를 두고 경사(經史)를 가르쳤는데, 특히 오경(五經: 詩·書·易·禮·春秋)을 중히 여긴 것으로 미루어 유교의 경전과 무예를 겸한 문무겸비의 교육을 실시했다고 할 수 있다. 고구려에는 관학인 태학 이 외에도 우리나라 최초의 사학인 경당(扃堂)이 있었다. 『구당서』(舊唐書)와 『신당서』(新唐書)에 나타난 기록을 보면 "풍속이 서적을 사랑하여 세력이 있고 없는 집이고 간에 모두 거리에 큰 집을 지어 경당이라 하고, 혼인 전의 자제들이 여기 모여 독서와 무술을 익혔다"고 되어 있다. 경당이 언제부터 존재하였는지는

명확하지 않으나 미혼자제들을 대상으로 널리 교육을 실시한 점으로 보아 신라의 화랑도花郎徒와 유사한 성격을 지녔으며, 고려 이후에 성행한 서당의 기원으로도 파악될 수 있다.

둘째, 백제는 서기전 18년에 건국하여 660년에 멸망할 때까지 678년간에 학교를 세웠다는 사료史料는 찾을 수 없다. 비록 문헌에 나타난 교육기관은 없으나 일본 역사서인 『일본서기』·『고사기』(古事紀) 등에 나타난 백제와의 문화교류에 관한 기록에서 백제의 학술이 발달되어 있음을 알 수 있다. 258년(고이왕 25)에 박사 왕인(王仁)을 일본에 보내어 『논어』와 『천자문』을 전한 일이 있고, 374년(근초고왕 29)에 박사 고흥(高興)이 백제의 역사책인 『서기』(書記)를 편찬하였다. 이러한 사실 등으로 미루어볼 때, 백제에도 고구려의 태학과 같은 교육기관이 있었음을 추측할 수 있다.

셋째, 신라는 삼국중 문화발전에 있어서는 가장 뒤진 나라였다. 그러나 신라는 국내 제도정비에 힘쓰는 무武를 중심으로 한 인재교육에 힘썼다. 북쪽으로부터는 항상 고구려의 위협을 받고 서쪽으로는 백제가 끊임없이 침략해 오는 상황 속에서, 자연히 방어와 공략의 필요에 의한 단결과 인재양성이 시급한 과제였다. 그 결과, 화랑도 교육을 통하여 국가의 어려움을 극복하고자 하였다. 신라가 비록 형식을 갖춘 교육기관의 설립은 늦었다고 하나, 교육은 철학사상·교육사상에도 손색없는 정신 속에서 이루어진 교육체계였다.

화랑도의 근본정신은 인격 완성을 목표로 하는 동시에 국가에는 생명을 바쳐 봉사할 뿐 아니라 임전臨戰하면 무퇴無退하는 상무정신尙武精神을 배양하는 데 있었다. 이는 인재양성의 단체 훈련기관이었다고 할 수 있다. 화랑은 본래 귀족 출신의 청소년으로 조직된 민간단체였으나, 국가의 필요와 여망에 따라 조직화·형식화된 것은 진흥왕 때부터이다. 화랑도 교육의 동기는 국세의 어려운 여건에서 나라를 구하고 민족을 중흥시킬 인재를 양성, 선택하는 모체로 삼자는 데 있었다. 『삼국사기』에 의하면 올바른 정서교육으로 대인관계에 공정·화목·관대함을 체득시키고 노래와 풍류로 서로 알게 하여 명랑함과 쾌활함을 길러 주며, 명산대천을 멀다하지 않고 찾아가게 하여 국토에 대한 애착심과 견문을 넓히게 하였음을 알 수 있다. 이와 같은 화랑도의 일상 생활신조로서는 진평왕 때의 법사 원광(圓光)이 설정한 세속오계世俗五戒가 있다. 그 내용은 임금을 섬기되 충성으로써 하고, 부모를 섬기되 효로써 하고, 친구를 사귀되 믿음으로써 하며, 싸움에 나아가 물러나지 말며, 생물을 죽이되 가려야 한다는 것이었다. 이는 화랑도의 정신임과 동시에 당시의 신라 일반 청년들의 지도이념이었다고 할 수 있다. 신라에서는 화랑도 교육 이외에 유학에 의한 학교 교육이 통일신라에 들어오면서 시작되었다. 628년(신문왕 2)에 설립된 국학國學이 그것이다. 국학의 학제와 교육내용은 당시 당나라의 제도를 모방하여 실시하였다. 이의 관할은 예부(禮部)에서 맡았으며, 교직 제도는 경卿

1인, 박사 약간인, 조교 약간인, 대사 2인, 사史 4인 등이었다. 학생 자격은 귀족 자제로 연령은 15세에서 30세까지이며 수업연한은 9년이었다.

교과 과목은 『주역』·『상서(尙書)』·『모시(毛詩)』·『예기』·『춘추』·『논어』·『효경』·『문선(文選)』 등이었고, 이를 3반으로 나누어 가르쳤는데, 교과목별로 보면 1반은 『예기』·『주역』·『논어』·『효경』, 2반은 『좌전』·『모시』·『논어』·『효경』, 3반은 『상서』·『논어』·『효경』·『문선』 등인데, 이를 살펴보면 각기 전공은 다르나 필수과목으로 논어나 효경을 과한 점으로 보아 당시 신라인들이 도덕교육에 많은 비중을 두었다는 것을 알 수 있다.

이 밖에도 실업 과목으로서 의학醫學·율학律學·서학·산학 등이 있었다. 788년(원성왕4) 태학 안에 설치된 독서삼품과의 인재등용의 기준도, 1품은 『좌전』·『예기』·『문선』을 읽어서 그 뜻에 능통하고 겸하여 『논어』와 『효경』에 밝은 자, 2품은 『곡례(曲禮)』·『논어』·『효경』을 읽은 자, 3품은 『곡례』·『효경』을 읽은 자, 그 외 오경·삼사(三史: 사기·한서·후한서)·제자백가의 서에 능통한 자는 순서를 뛰어 등용한다고 되어 있다. 이와 같이 신라는 삼국통일 이전에는 주로 화랑도 교육에 의하여 인재양성과 등용이 이루어졌다. 그러나 점차적으로 유학이 보급됨에 따라 정치의 지도이념으로서 사상적으로 유학의 비중이 커가게 되고, 골품제 사회의 모순이 노정되면서 유학교육의 위치는 공고한 기반을 더욱 다져갔음을 알 수 있다.

이어 고려시대의 교육은 삼국 이래의 교육 전통을 계승하면서, 초기의 집권정책과 결부된 정치·사회적 변혁에 따라 변모를 거듭하면서 점차 정비되었다. 국책으로 불교를 장려하여 국가와 민간에서 불교가 사상적 지주로 커다란 세력을 가지고 있었다. 그럼에도 불구하고, 개국과 함께 일관되어 온 유교적 정치이념에 따라 교육정책에 있어서도 유교식 교육이 학교의 설립으로 구체화 되었다. 특히 광종 때에는 유교적 이념에 입각한 지배질서의 확립을 꾀하였으며, 그 일환으로 가장 특기할 만한 것이 과거제도의 실시이다. 이는 호족 세력과 결탁된 초기적 상황을 탈피하고 관직 진출의 문호를 모든 계층에 개방하여, 새로운 정치체제를 모색하는 동시에 왕권을 강화하는 작용을 하였다. 유교이념이 현실적 교육정책으로 정착되어 제도화된 것은 성종 때이다. 986년(성종5)에는 향호의 자제를 대상으로 한 유경학생留京學生들을 귀향시켜 공부하게 하였으며, 전국의 12목(牧)에 경학박사·의학박사를 파견하여 지방교육을 육성하였다. 이는 지금까지 향호들에 의해 운영되어 오던 지방의 독자적 학교 교육을 중앙의 통제하로 흡수하는 동시에 교육을 전국적으로 확산하는 중요한 계기를 마련하였다는 점에서 그 의의를 찾을 수 있다.

한편 국가에서는 교육을 장려하기 위해 비서원(祕書院)·수서원(修書院)과 같은 일종의 도서관을 설치하기도 하였다. 고려의 국립 최고 학부인 국자감은 종합대학교에 해당하는 것이었다. 1109년에 새로운 성격의 문무 칠재(七齋)를 두어 전공별로 연구하게 하였는데, 칠재는 여택재(麗澤齋)·대빙재(待聘齋)·경덕재(經德齋)·구인재(求仁齋)·복응재(服膺齋)·양정재(養正齋)·강예재(講藝齋) 등이었다. 국자감의 교육목적은 귀족자제를 대상으로 한 관리양성인 동시에 유교적 학문의 연구에 있었다고 볼 수 있다.

학습 및 평가 방법은 먼저 『효경』과 『논어』를 읽고 제경諸經을 다음으로 읽어야 하며, 산술과 시무책時務策을 익혀가는 외에 습자를 과하였다. 교수로는 국자학·태학·사문학에 박사와 조교를 두었고 율·서·산학에도 박사를 두었으며, 학생 정원은 3백인이었다. 고려의 향교鄕校는 지방에 설립된 중등 정도의 관학 교육기관이라고 할 수 있다. 직접 왕명을 받들어 각 지방에 학교가 생겼다는 기록은 인종 때 나타난 것이 처음이다. 향교는 공자와 선성先聖·선현先賢을 제례하는 문묘와 교육을 실시하는 명륜당(明倫堂)이 있어, 선현배향과 교육기관의 역할을 같이 수행하였다. 향교의 학생 중 성적이 우수한 자는 선발되어 국자감에서 공부할 수 있었다. 개경의 학당은 교육 정도에 있어 향교와 유사하였으나, 향교가 교육기관인 동시에 문묘제례의 기능을 가진 데 비해 학당은 문묘가 없이 교육만 담당한 기관이었다는 것이 차이점이다. 한편 고려시대 지방 서민의 교육기관으로 존재했던 서당書堂은 어린아이까지도 향鄕의 선생에게 나아가 배운다는 기록이 있다. 이러한 유교적 교육 내용은 사회를 바로잡고 질서를 바로 세우기 위한 충효를 근본으로 하였다.

이는 삼강오륜을 내세우고 상하의 계급과 질서를 존중하는 유교가 정치이념으로 채택되어 크게 장려되었다. 따라서 유교교육은 일반 서민을 위한 교육이라기보다는 정치적 이상 실현을 위한 것으로 등장한 것이다. 그 주된 대상은 사대부층인 양반계급으로서, 관직진출이나 개인적 수양을 위한 교육에 치중되었다. 또한 교육내용에 있어서는 경전중심의 인문 교육을 숭상하고 실업 교육을 천시하여, 교육의 대상과 내용에 있어 배타성을 깊이 내재하고 있었다. 이러한 부정적 측면에도 불구하고 유학교육은 그 자체가 생활규범화되어 전국민에게 도덕적 윤리관을 심어 주었으며, 유학자들의 깊이있는 학문체계는 우리나라 교육사상 및 정신문화에 커다란 기여를 하였다고 볼 수 있다. 그러나 이들 교육행정은 중앙의 육조 중 예조가 주관하였으며, 문관의 임명·고신告身·녹패祿牌·훈봉勳封 등 중요한 행정권한도 이조가 담당하였다.

성균관을 유지, 경영하는 비용은 나라에서 하사하는 학전學田과 어장漁場 등으로 충당하였다. 관원은 모두 문관으로 임용하였는데, 동지사(同知事) 이상은 다른 관청의 관원이 겸임하였고, 장격(長格)인 지사(知事, 정2품) 1인, 동지사(종2품) 2인, 대사성(大司成, 정3품) 1인, 사성(司成, 종3품) 2인, 사예(司藝, 정4품) 3인, 직강(直講, 정5품) 4인, 전적(典籍, 정6품) 13인, 박사(정7품) 3인, 학정(學正, 정8품) 3인,

학록(學錄, 정9품) 3인, 학유(學諭, 종9품) 3인 등으로 구성되었다. 입학 자격은 일정한 신분적 요건을 갖추도록 했는데 생원·진사를 원칙으로 하며, 생원·진사가 부족할 경우에는 사학의 학생으로서 소학과 사서와 1경에 통한 자, 나라에 공로가 있는 집 적자손嫡子孫으로 소학에 통한 자, 현재 관리로 있는 자로서 취학을 희망하는 자 등으로 충원할 수 있었다. 교육내용을 살펴보면 경술經術과 문예를 주로 하여 강독·제술·서법으로 나뉘었는데

첫째, 강독은 사서인 『논어』·『맹자』·『중용』·『대학』과 오경인 『시전』·『서전』·『주역』·『예기』·『춘추』를 9재(九齋)로 편성하고, 『대학』에서부터 『주역』까지를 순차적으로 학습하게 하였고

둘째, 제술은 의疑·논論·부賦·표表·송頌·잠箴·기記를 일정한 기간 동안 힘쓰게 하여 지식의 응용과 표현을 연습시켰으며

셋째, 서법은 해서·행서·초서를 단계적으로 반복, 연습하되 해서를 장려하였다.

향교의 기능은 성현에 대한 향례와 유생교육 및 지방민의 교화 등을 담당하였다. 또한 예양존중禮讓尊重의 풍교風敎를 고취시키고자 향교에서 양로연養老宴·향음주례鄕飮酒禮·향사례鄕射禮 등을 행하는 일이 있었다.

양로연은 매년 8월에 지방의 덕망 있는 80세 이상의 노인을 초대하여 공궤供饋하는 것을 말하며, 향음주례는 매년 10월에

학문과 덕행을 겸비한 고령 노인을 모시고 주연을 베풀어 서로 권면하여 장유유서의 예를 배우게 하는 것이다. 향사례는 매년 3월 3일이나 9월 9일을 택하여 그 지방의 효제충신孝悌忠信으로 이름나고 예의바른 자를 초대한 뒤 읍양揖讓과 주배酒盃, 궁사弓射와 음악 등으로 주연을 즐기고 예의를 중히 알게 하는 것이다.

조선시대 서당은 선비와 평민의 자제로서 사학이나 향교에 입학하지 못한 8, 9세에서부터 15, 16세에 이르는 동몽들의 유학도장으로 중요시되었다.

서당의 교과목은 『천자문』·『동몽선습』·『통감』·『소학』·『시경』·『서경』·『역경』·『사기』·『당송문』·『당률』 등을 과하였는데, 예비교육이라고 할 수 있다. 조선시대 서원은 1543년(중종 38)에 풍기군수 주세붕(周世鵬)이 고려의 명유인 안향(安珦)의 학문과 덕행을 추모하기 위해 향례를 지내는 동시에 인재를 모아 학문을 가르쳤는데, 이를 백운동서원(白雲洞書院)이라고 한 것이 그 시초이다. 백운동서원은 왕이 소수서원紹修書院이라는 액額을 내리고 전토와 노비 및 서적 등을 하사하게 되어 사액서원의 시초가 되었다.

서원의 설립 목적은 명유·공신을 숭배하고 그 덕행을 추모함으로써 명륜明倫·양도揚道를 더욱 밝히며, 지방 유생들이 한자리에 모여 강학연찬講學硏鑽함으로써 교화에 공헌하는 것으로, 나라에서도 이를 장려하게 되어 전국 각처에 많은 서원이 설립되었다. 향교가 국립 교육기관으로 문묘배향을 하는 곳이라면, 서원은 사설 교육기관으로서 한 사람 이상의 명유·공신을 제사하는 곳이었다. 또한 주로 산수 좋고 조용한 곳에 위치하여 수양 및 자유로운 학문탐구가 가능하였으며, 지방의 청년·자제들이 학문과 덕행을 연마하는 도장으로서의 구실을 담당하였다.

최충의 교육적 사유도 전인적 인간을 목표로 할 때, 개인적 차원의 '자아실현'과 사회적 차원의 '도덕적 삶'의 가치를 실현하도록, 자아실현을 위한 가치교육, 더불어 살기 위한 인성교육을 그 내용으로 한다.

최충의 교육적 사유는 내면을 바르고 건전하게 가꾸고 타인·공동체·자연과 더불어 살아가는데 필요한 인간다운 성품과 역량을 기르는 것에 주안점을 두었다. 그리고 인성교육의 목표로 예禮, 효孝, 등의 마음가짐이나 사람됨과 관련되는 핵심적 가치 덕목을 설정했다. 그러나 아직까지 우리 현실은 인성교육의 개념적 합의가 이루어지지 못한 채 다양하게 쓰이고 있다. 그 이유는 인성과 인성교육의 의미는 시대적인 변화와 교육 그리고 사회적 환경에 따라 강조하고자 하는 내용이 달라지기 때문이다. 일반적으로 인성의 개념은 인간 본성의 의미로 쓰이거나, 또는 성격character이나 인격personality과 같은 의미로 사용된다. 혹자는 인성을 전인全人: whole person의 특성을 의미하는 개념으로 이해하거나, 인간주의humanism적인 의미로 사용하기도 한다. 그러나 인격적 의미에서 인성은 도덕적 인지와 감정, 도덕적 행위의 합치를 지향한다. 인성은 흔히 성품·기질·개성·인격 등을 포함하는 말이다.

인성의 개념은 이론적 입장에 따라 다양하게 접근되는데, 프로이드(Freud)는 개인이 본능적 요구를 현실적, 도덕적 제약 가운데에서 합리적으로 충족시켜 나가는 방식을 인성으로 파악하려 하였고, 로저스(Roges)는 개인이 자신의 독특한 주관적인 경험세계 속에서 자아를 이루어 나가는 과정에서 인성을 이해하려고 하였다. 한편 행동주의자인 스키너는 인성에 대한 일체의 가설적 개념을 배제하고 인성이란 것은 개인이 어떤 독특한 변화 과정을 통하여 학습한 행동형에 지나지 않는다고 주장하였다. 이처럼 인성이란 인간이 지니는 특징적인 반응양식 내지는 행동양식의 개념으로 쓰인다.

지금까지 전술한 최충의 교육적 사유는 개인이 자신의 삶을 어떻게 영위해 나가느냐 하는 것은 바로 자신의 심성과 밀접한 관계가 있다고 하였다. 심성은 삶의 과정 속에서 삶을 읽는 중요한 지표가 되어 개인과 타인이 어떤 인간관계를 형성하는가를 결정하는데 중요한 역할을 하기 때문이다. 또한 심성은 사람이 살아가는데 있어서 개인의 정신 건강과 신체 건강에 심각한 영향을 주기도 한다. 건강한 심성을 소유한다는 것은 정신 건강은 물론 신체 건강까지도 바람직한 수준을 유지할 수 있게 함으로써, 삶의 질을 높이게 함과 동시에 행복한 삶을 영위 할 수 있게 해 주는 역할을 하기 때문이다.

6부

최충의 在世理化적
교육사상과 신유학

최충의 在世理化적 교육사상과 신유학

고려왕조는 건국초기부터 유교이념의 구현과 인재양성에 많은 노력을 기울였다. 그 결과 성종대에는 유교이념에 기초한 정치체제의 기틀이 마련되었다. 그러나 거란족契丹族의 침입(성종12)으로 위기에 직면하였다. 이로인해 성종 이래 승유정책으로 성장한 유신儒臣들은 유교 정치이념이 퇴색되는 현실에 불안감을 갖게 되었다. 이러한 분위기는 중앙의 국립교육기관인 국자감(國子監)이 재정난으로 적절한 시설을 갖추지 못하였고, 교관敎官의 무성의한 강의가 계속되면서 많은 학생들이 학업을 포기하는 사태가 속출하였다. 이러한 사회적 분위기를 반영하여, 국가제도와는 별도로 최충이 설립한 사학이 활성화되기 시작하였다. 최충은 고려시대부터 조선시대까지 공자의 반열로 추앙되는 인물로 문묘 종사가 마땅하다는 결론을 내렸으나 종사에 오르지는 못했다.

최충을 역사적 가치로 평가할 때, 교육과 인재양성으로 고려를 재건한 명재상이요 독창적 가치로 학교를 창안하고 운영한 학자였다. 최충이 세운 구재九齋의 교육사상은 신유학에 기인한다. 신유학은 고려 교육사의 전개 과정과 더불어 고려 사회의 성격을 이해하는 데 중요한 근거가 된다. 최충이 생존했던 성종에서 문종대의 고려 사회는 체제 정비와 외침의 방비라는 2대 당면과제가 있었던 바, 문벌귀족 역시 그에 상응된 반응을 보여주고 있었다. 고려시대의 교육기관을 살펴볼 때, 사학흥성기인 문종대부터 인종대까지를 제외하고는 대부분 관학이 중심을 이루었고, 교육이념과 정책을 담당하는 주도권 역시 관학에 있었다. 그러나 여기서 최충의 교학정신과 사상적 의의를 주목할 필요가 있다. 살아가면서 우리는 많은 굴곡과 세파를 겪으며 보다 성숙하고 진보된 의식 체계를 갖게 된다. 그러한 삶의 발전적 과정을 통해 우리 삶은 더욱 진지해질 수 있다. 그러나 많은 부분의 진보가 삶과 정신 속에서 이뤄진다 해도 그 자체로써의 가치를 인정받기 위해서는 몇 가지 제반적 조건들을 갖추어야 한다.

먼저 실천 의지가 강해야 하는데 최충은 실천적 의지가 강한 사람이었다. 교육에 대한 문제 의식을 갖고 많은 고민을 한다 해도 제기된 사안을 바로 고치기 위한 실천이 따르지 않는다면 이는 한낱 공상에 불과한 것이며, 나약한 지식인의 표상이 될 뿐이다. 물론 이와 같은 지적은 다소 진부하고 당연한 것일 수도 있지만 무엇보다도 먼저 짚고 넘어야 할 것이기에 중요한 것이다. 최충은 고려가 처한 상황을 누구보다도 정확하게, 넓은 범위에서 통찰하고 있었다. 이는 최충에게 현재와 미래 그리고 과거를 통찰하는 능력이 절실히 요구되는 것이라고 볼 수 있다. 교육에 대해 식을 줄 모르는 최충의 열정은 사상적 모태가 되어 고려가 나아갈 새로운 지평을 열 수 있게 된 것이다. 최충은 누구보다 고려에 대한 연민과 위대한 고려 건설의 뜨거운 야망을 품고 있었다. 지식인으로서, 나라의 미래를 설계하는 중추적 역할로서의 자신의 책임을 강하게 지니고 있었던 것이다.

그러한 가운데 최충은 열정이 솟아났고, 최충의 진정한 교육사상은 인정받았다. 진정한 고려 건설의 주인으로서의 최충은 지식인의 기치를 높이고, 뜨거운 열정으로 중국 송나라 때 시작된 신유학을 모토로 교육을 실천한 것이다. 이때 성리학은 이학理學, 도학道學, 심학心學, 신유학新儒學이라고도 불린다. 성리학이란 원래 '성명의리지학性命義理之學'의 준말이다. 성리학은 심성心性의 수양을 과거 어느 유학보다도 철저히 하면서, 동시에 규범 법칙 및 자연법칙으로서의 이理를 깊이 연구하여 그 의리의 의미를 완전하게 실현하려는 유학 중의 하나이다. 사상적으로는 도道·불佛 특히 불교의 영향을 받았고, 그 불교를 극복하려는 의도에서 발흥하였기 때문에, 불교적인 사상 경향과 체제를 닮은 유학이라 하여도 과언이 아니다. 최충의 구재학당九齋學堂의 재명 중 성명誠明, 솔성率性 등 성리학자들이 심성의 수양을 위해 지극히 중요시 하는 『중용』의 용어가 여기에서 이용되었다.

성리학은 '새로운 유학', 즉 신유학이라는 의미로서 북송 시대의 유학사상을 종합하여 남송의 주희(朱熹)가 집대성한 학문 체계이다. 북송 때에 시작되어 명대까지 이어진 새로운 유학은 신유학 외에도 다양한 이름으로 불린다. '신유학'이란 송대 이후의 유학이 새로운 유학이라는 의미에서 종래의 유학과 구별하여 쓰인 것이다. 신유학은 양명학까지 포함하는 보다 범위가 넓은 말이다. 신유학의 사상적 특징은 이학理學과 심학心學으로 표현된다.

그러나 그 바탕은 재세이화在世理化였다. 최충에게 있어 재세이화在世理化적 교육사상과 신유학이란 세상에서 이치로 교화하는 것을 말한다. 즉 기氣로 가득한 세상을 이理로 다스리는 작업으로, 혼돈의 인간세계를 질서의 세계로 만드는 것이라 할 수 있다. 단군왕검도 재세이화在世理化하였다. 조선시대의 이기론理氣論도 단군왕검의 재세이화나 크게 다르지 않으나 후자는 이理로써 나라를 세우고 국토를 개척하였으나, 전자는 이理됨을 철학적으로 규명하고 원리원칙을 세워 정리正理에 따라 모든 정사政事의 기반을 정립하였다.[77]

원효대사는 세상을 불교의 이치로 다스리려고 하였다. 이를 위해 그는 일생동안 수많은 저술과 연구를 통하여 불교의 이치

---

77) 류탁영, 『되새겨 보는 우리의 뿌리』 한국적산연구소, 1996. p. 41.

를 낱낱이 밝혔다. 지금도 읽히고 있는 『금강삼매경론』을 비롯한, 101종 206권에 달하는 상당한 분량의 저술을 하였다.[78]

원효대사의 저술에는 우리 나라뿐 아니라 당시 동아시아를 통틀어서 그 양과 질에 있어서 최고 수준의 저술가였다. 『금강삼매경론』은 신라를 비롯하여 일본과 중국 등지에서도 찬양 받았던 저서이다.

그러나 원효대사의 이런 교학敎學은 인간의 문제를 해결하고 많은 사람들을 실천으로 이끌려는 구원론적인 관심으로부터 비롯된 이론이었다.[79] 원효의 학문적 관심은 자신의 문제, 그것도 현실적이고 실천적인 문제로부터 출발하고 있는 것이다. 바로 최충이 추구했던 신유학과 다르지 않다. 그러면서도 자신의 학문적인 노력은 곧 하나의 등불을 밝히는 일이라는 사실을 분명히 인식했고, 그 등불이 두루 전해져 세상의 어둠을 밝힐 수 있기를 염원했던 것이다.

이런 점을 미루어 볼 때, 그의 학문과 연구는 오직 재세이화를 위한 한 방편이었음을 알 수 있다. 그러나 자장율사의 재세이화사업은 원효대사와 달리 재세이화의 방법을 중국식으로 하려고 하였다.

일찍이 자장은 국가 조정의 의관이 중국과 같지 않음을 보고

---

78) 은정희, 『元曉의 佛敎思想』, 『元曉의 사상과 그 현대적 의미』, 한국정신문화연구원, 1994.
79) 오강남, 『원효 사상과 현대사회학』, 『불교연구』 3, 한국불교연구원, 1987, p.151.

중국의 것과 같게 하기를 조정에 건의했던 바 좋다는 허락이 났다. 그리하여 진덕여왕 즉위 3년(A.D. 650)에 비로소 중국 조정의 의관을 착용하게 되었다. 그 이듬해에는 또 정삭正朔을 받들고 처음으로 당나라의 연호 영휘永徽를 썼다. 그 뒤부터는 사신을 보낼 때마다 그 서열이 번국蕃國들 가운데서 상위에 있게 되었으니 이는 자장의 공이다.[80]

이 부분에서 우리는 자장율사가 조정의 의관을 중국과 같게 하고, 또 처음으로 당나라의 연호年號를 사용하게 했다는 것을 알 수 있다. 이로 미루어 자장율사는 한국을 중국화시키는 일에 앞장섰음을 알 수 있다.

그러나 원효대사는 한국의 현실에 맞추어 재세이화하려고 노력하였다. 자장율사는 이와 달리 중국적인 제도와 방법으로 세상을 다스리려고 했음을 알 수 있다. 이로 미루어 원효대사는 주체적이었다면 자장율사는 이에 비해 사대적이었다고 할 수 있을 것이다. 그러나 원효대사는 이러한 골품제 하에서도 인간 평등을 가르쳤다는데 그 위대함이 있는 것이다.

한국의 이상적인 승려는 곧 가장 한국적인 삶, 즉 한국인의 원형적 삶을 살다간 승려일 것이다. 그렇기에 원효는 한국인에

---

80) 『三國遺事』, 卷第四, 慈藏定律.
　嘗以邦國服章不同諸夏, 擧議於朝, 簽允曰臧, 乃以眞德王三年己酉, 始服中朝衣冠. 明年庚戌 又奉正朔, 始行永徽號. 自後每有朝覲, 列在上蕃, 藏之功也.

게 가장 존경을 받아 왔다. 한국인의 원형적 삶의 모습은 우리 신화에서 찾을 수 있다. 신화에는 각 민족의 우주관과 세계관의 실재가 반영되어 있다. 「단군신화」에서 환웅천왕과 단군왕검의 관계를 통해서 한국인의 삶의 원형이 '땅-하늘-땅-하늘'의 '하늘·땅 오르내리기'의 순환구조임을 알 수 있다.

이런 삶의 순환구조원리는 '三이 一(心氣身이 하나라는 의미)'이 되고, '一이 三'이 되는 순환의 원리로서, 삼일신고(홍익인간 바탕사상과 儒家의 修身率性 사상)의 의미이다. 원효대사는 한국인의 원형적 삶인 '하늘·땅 오르내리기'의 순환적 삶을 살았다. 이는 삼일의 원리에 충실한 삶이기도 하다. 원효대사는 해골에 고인 물을 마신 사건으로, 자장율사는 피나는 고행苦行을 통해 오도悟道를 하게 된다. 즉 원효대사는 해골물을 마시는 경험을 통해서 그리고 자장율사는 자기멸각自己滅却 위에서, 하늘을 보고 하느님을 만났던 것이다. 이제 이들은 완전한 철인哲人이 되었다. 그러나 원효대사는 오도悟道를 하고는 바로 중국 유학을 포기해 버리는 반면, 자장율사는 이와 반대로 중국으로 가서 꿈에 문수보살을 만난다. 이 둘은 서로 달라지게 된다. 원효대사는 파계破戒를 하나, 자장율사는 정률定律을 한다. 원효대사의 요석공주와의 사랑이야기가 그 예이다. 원효대사가 다시 세상으로 오니, 이는 불문으로 갔던 그가 다시 세속의 거리로 돌아오는 강렬한 몸짓이었다. 호랑이를 잡기 위해서는 호랑이 굴로 들어가야만 하듯, 세상사람들을 교화하기 위해서는 다시 세상이라는 굴로 돌아와야만 했다. 원효는 이 사실을 누구보다도 정확하게 알았던 것이다. 이후 스스로 한없이 낮은 곳으로 임했다. 석가모니도 왕좌를 떨치고 내려왔으며, 예수도 하느님의 오른쪽 보좌에서 내려왔다. 이것이 사람의 도리라고 『삼일신고』는 가르치고 있다. 자장율사는 오히려 계율을 확정한다. 그는 중국에서 불상과 불경 등을 가지고 귀국한 후 기강이 결여되어 있던 당시의 불교계를 중국식 계율을 확정하여 승풍僧風을 일신하였다. 그러나 그가 낮은 곳으로 내려왔다는 이야기는 보이지 않는다. 그러므로 낮은 곳으로 내려온 원효대사는 세상에서 공완供碗을 이루나, 땅으로 내려오지 않은 자장율사는 세상의 공완供碗을 등한시한다.

원효대사는 젊은 시절부터 만년에 이르기까지 꾸준히 학문 활동을 계속하였으니, 원효대사는 적어도 80여종 이상의 저술을 했다. 그리고 이런 그의 교학은 공허한 이론을 위한 학문이 아니라, 인간의 문제를 해결하고 많은 사람들을 실천으로 이끌려는 구원론적인 관심으로부터 비롯된 이론이었다. 그는 수많은 저서를 남겼지만, 현학적이거나 훈고적이지는 않는 것은 이런 점을 잘 반영하고 있다.

그의 학문과 연구는 오직 재세이화在世理化를 위한 방편이었기 때문이다. 원효대사는 모든 사람들이 자유롭고 평등한 존재임을 일깨워서 홍익인간 사회의 초석을 놓았다. 그리고 어려운 사람들을 위해 재물과 의술을 베풀었다. 원효대사가 몸담고 살

앉던 신라는 신분제사회였지만, 원효대사는 홍익인간의 세계를 건설하기 위하여, 인간 개개인이 자유롭고 평등한 존재임을 일깨워 주었다. 또한 인간의 본질적인 평등을 주장하였다. 그는 천촌만락을 다니며 가난한 사람과 못 배운 사람들조차도 모두 물질적 가난과 신체적 고통으로부터 자유롭게 하기를 게을리하지 않았다. 대중들에게 정신적·물질적 보시는 물론 의술까지도 베풀었다. 예수가 많은 병자들을 치료하며 사람들을 모은 것과 같은 일로 보인다. 이런 사회가 바로 불국토요, 대동사회요, 홍익사회인 것이다. 원효대사는 삼일신고의 원리대로 재세이화, 홍익인간의 일을 다 하였다. 그는 『삼일신고』의 원리대로 삼의 일을 다했으므로, 일신—神과 하나됨이 마땅하다. 그는 다시 하늘과 하나가 되니, 불교로 말하면 성불한 것이다. 원효는 땅에서 하늘로, 다시 땅에서 하늘로 순환하는 한국의 원형적 삶을 살았던 것이다.

그러나 자장율사는 원효대사와 달리 당시 대부분의 승려들처럼 대사원에서 귀족 생활을 하면서, 일반서민들과는 유리된 채 생활하였던 것이 아닌가 한다. 그러므로 그는 세상에서 공완을 이루지 못한다. 따라서 그는 다시 하늘과 하나 되지 못하였다. 이런 사정을 『삼국유사』에서는 비유적으로 그리고 있다.

물론 원효대사나 자장율사 모두 역사상 한국의 걸출한 큰스님들이다. 그러나 자장율사보다 원효대사를 더 좋게 기록한 것은 일연의 자국 역사의 자주성에 대한 새로운 인식을 무시하지는 못할 것이다. 그러나 살펴본 대로 한국적 원형의 삶을 가장 충실히 산 사람은 원효대사였다.(본 이야기 글은 고려대 『어문논집』40, 안 암어문학회, 2000. 2에 설중환 교수가 발표한 내용임)

16장. 최충의 교육 혁신 사상

홍익인간이란 모든 사람들을 이롭게 하지만, 모든 사람들의 힘을 모아 더 큰 힘을 만들어야 제대로 발휘할 수가 있다. 그런데 자발적인 힘을 모으기 위해서는 무엇보다 각 개인의 자유와 평등이 보장되어야 한다. 인간은 자유롭고 평등할 때 비로소 자발적으로 뭉칠 수 있다. 이러한 자유와 평등을 서구사회에서는 오랫동안 서로 대립하는 개념으로 오인하여 서로가 반목과 질시로 현대사를 냉전의 역사로 이끌어 왔다. 그러나 사실 자유와 평등은 동전의 앞뒤와 같은 표리관계로 동일한 몸체이다. 왜냐하면 주체를 인간으로 보면, 자유로움 없이 평등할 수 없고, 평등 없이 자유를 누릴 수 없기 때문이다.

이런 측면에서 원효대사의 홍익인간 사업은 먼저 인간 개개인이 평등한 존재임을 일깨워 주었다.

원효대사가 몸 담았던 신라사회는 엄격한 골품제도骨品制度에 의해 개인의 사회생활 전반이 제약받던 시대였다. 당시의 모든 사람들에게는 그 타고난 혈통의 높고 낮음에 따라서 온갖 특권과 제약이 가해지고 있었다. 그 제약은 정치적인 출세는 말할 것도 없고, 혼인, 가옥의 크기, 의복의 색깔, 우마차의 장식에 이르기까지 해당되었다. 그러나 원효대사는 이러한 골품제 사회에서도 '모든 인간人間은 평등平等하다.'는 것을 가르쳤다.

불교의 교리는 인간 평등의 원칙이 있었다. 불교가 생성할 당시 인도가 철저한 카스트제도 아래 있었음을 감안할 때, 인간의 평등을 밝힌 붓다의 가르침은 역사적으로 매우 중요한 의미를 지닌다. 원효대사 또한, 평등사상에 대한 지대한 관심은 인간의 본질적인 평등을 주장한 것으로, 이는 한국 대승불교의 핵심이었다.

원효대사는 이러한 생각을 몸소 보여 주고자, 신분의 제약을 벗어버린 듯이 행동하였다. 그는 당시 6두품6頭品 출신으로, 무열왕의 사위였다. 그리고 김유신의 군사 자문에 응할 정도로 지배층과는 깊은 관련이 있었지만, 그는 하층민들과 더불어 한 덩어리가 되어 뒹굴었던 것이다. 이와 같은 원효대사의 무애행無碍行은 스스로 신분제약에 구애받지 않으면서 모두가 평등한 존재라는 것을 가르치려는 대중교화의 한 방편이었다. 원효대사의 이러한 모습이 설화에 나타난다.

우연히 광대들이 가지고 노는 큰 박을 보니, 그 형상이 진기했다. 원효대사는 광대의 그 박의 형상을 따라 도구를 만들어, 「화엄경」의 '일체무애인은 한 길로 생사에서 벗어난다'고 한 말을 따서 무애无碍란 이름으로 그 도구를 명명하고 거기에 해당하는 노래 「무애가」를 지어 세상에 퍼뜨렸다. 일찍이 이 도구를 가지고 원효대사는 많은 촌락을 돌아다니며 노래하고 춤추며 널리 교화를 펼치고 돌아왔다. 하여 저 더벅머리 아이들까지도 모두 불타의 명호를 알게 하고 다 나무아미타불을 부르게 했으니 원효대사의 포교는 참으로 크기도 하다.[81]

위 글에서 보면, 원효대사는 천촌만락을 돌면서 가난하고 무지한 사람들을 교화하였다. 그가 마치 당시의 광대처럼 하고 다니면서 노래하고 춤춘 것은 사람들의 관심을 불러일으키기에 충분한 것이었으며, 그의 이런 익살과 웃음은 일상적인 삶에 지친 사람들을 위로하는 일인 동시에 잠자는 영혼들을 흔들어 깨우는 방편이었을 것이다. 원효대사는 모든 사람들에게 불성佛性이 있음을 믿었던 것이다. 원효가 말하기를, '나는 그대들을 가볍게 여기지 않는다. 그대들은 모두 부처가 될 수 있다'라는 말은 골품제 사회에서 예사로운 발언은 아니다. 이어 '날개 작은 새는 산기슭에 의지하여 힘을 기르고, 작은 물고기는 여울물에

---

81) 『三國遺事』, 卷第四, 元曉不羈.
　　偶得優人舞弄大瓠, 其狀瑰奇, 因其形製爲道具, 以華嚴經 一切無㝵人, 一道出生死, 命名曰無㝵, 仍作歌流于世. 嘗持此, 千村萬落且歌且舞, 化詠而歸, 使桑樞瓮牖玃猴之輩, 皆識佛陀之號, 咸作南無之稱, 曉之化大矣哉.

엎드려 본성을 편안히 한다.'[82]라는 말은 범부의 삶 또한 소중한 것이라고 강조한 것이다. 그러므로 원효대사는 사람들은 누구나 자유롭고 평등한 존재로서, 홍익인간의 세상을 건설할 수 있는 구성원이 될 수 있다는 것을 알고 있었다. 그렇기에 그는 부유하고 유식한 사람들보다 가난하고 무식한 사람들에게 관심을 더 가졌다. 다음 설화가 의미하는 바를 살펴 볼 필요가 있다.

예로부터 전하기를, 옛적 어떤 주지가 그 절의 종들에게 하룻저녁의 끼니로 밤 두 알씩을 나누어주곤 했다. 종들이 불만을 품고서 관가에 고소를 했다. 관리가 이상스러워 그 밤을 가져다 검사를 해 보았더니 밤 한 개가 바리 하나에 가득 찼다. 그러자 그 관리는 도리어 절의 종 한 사람에게 한 개씩만 주라고 판결을 내렸다.[83]

위의 사라밤은 사라수에서 열리는 밤이다. 이 밤은 대단히 커서 밤 한 개가 바루에 가득 찰 정도였다고 하는데, 고려 후기까지 사라밤이라고 하였다. 이 사라밤이 실제 있었는지, 아니면 단순히 꾸며진 이야기에 불과한지 우리는 모른다. 다만 이 같은 설화의 형성과 유포에는 어떤 의도적 상징이 내포되어 있을 것이다. 이는 배고픈 대중에게 풍성한 물질적 은혜를 베풀어, 밝

---

82) 『화엄경소 서문』, 한국불교전서1, p. 495.
83) 『三國遺事』, 卷第四, 元曉不羈.
　　古傳, 昔有主寺者, 給寺奴一人, 一夕饌栗二枚, 奴訟于官. 官吏怪之, 取栗檢之, 一枚盈一鉢. 乃反自判給一枚.

은 지혜의 빛을 비춰 많은 사람들을 깨우쳐 주고자 하였던 설화일 수도 있다.

　이렇게 원효는 자유와 평등을 손수 가르치고 행하면서 홍익사회를 만들고자 하였다. 흔히 원효대사의 교화에는 일정한 틀이 없다고 한다. 이 말은 많은 사람들의 관심을 이끌어 내는 일, 이것은 수순방편隨順方便이기도 하다. 수순방편이란 '먼저 갖가지 재물을 보시하여 중생들에게 이익을 주고, 그로 하여금 설법을 듣도록 하고, 그 가르침을 받들어 행하게 하는 것'[84]이다. 이 말은 원효대사의 교화방법을 이해하는데 매우 중요한 단서가 된다. 즉 그는 교리를 설하기 전에 먼저 이익을 베풀어 대중이 기꺼이 따르게 하였다. 병아리도 모이를 주어야 따르는 것처럼 대중도 우선 자기에게 실질적 이익이 되어야 따르는 것이다. 이는 원효대사가 홍익인간 사회를 건설하기 위한 초석이었다. 홍익인간 세상의 건설은 불교로 말하면 하화중생(下化衆生, 중생을 교화함)에 해당할 것이다. 하화중생下化衆生은 대승불교의 근본정신이요 최고의 이상이기도 하다. 원효는 무애도인으로 그 이상을 그대로 실현하였기에, 그를 위대한 성사聖師로 받들게 된 것이다.[85]

　지금까지 원효의 이야기가 너무 길었다. 이야기가 이렇게 길어진 것은, 최충의 교육에 대한 혁신사상과 원효의 불교에 대한

---

84) 『卍속장경61』(中國 香港出版社), p.259.
85) 사재동, 『불교문학과 공연예술』 태학사 2016. 12.

혁신사상은 일맥 상통하기에, 지금부터 최충의 교육 혁신사상을 이야기하기 위한 밑돌깔기라고 이해해주었으면 한다.

어둠이 깊을수록 달은 밝다고 한다. 달은 스스로 빛을 내지 못하지만, 해의 빛을 받아 먼 밤하늘 건너 이 지구위에 그 빛을 고스란히 전한다. 달은 자신이 찾은 진리의 빛을 시대의 어둠 속에서 묵묵히 발산하는 것이다. 최충은 교육하는 사람이었고 그의 빛은 교육이었다. "한 사람이 교육으로 성장하면 그 조직은 그와 더불어 성장하고, 한 사람이 지식이 부족하면 그만큼 그 조직도 퇴보한다"는 것은 자명한 이치이다. 누구나 자본도 없고, 일자리도 없고, 인맥도 부족하지만 실망하지 않고 눈을 감고 성공을 상상해보면 자신감이 생기고 그 목표는 명확해진다.

존 워너메이커는 이러한 상상력으로 자신을 격려하여 무일푼에서 백화점 왕이 되었다. 상상력은 어느 누구도 빼앗거나 사용할 수 없는 오직 나만의 권리이다. 성공학의 아버지 나폴레온 힐은 상상력은 세상에서 자기 힘으로 완벽하게 컨트롤할 수 있는 유일한 대상이라고 하였다. 남다른 무한 자본, 상상력으로 세상을 아름답게 바꾼 최충은 써 내린 글마다 인생의 철학이 담겨 있다. 코끝 찡해지는 감동이 있는가 하면, 입가에 미소가 지어지는 훈훈함, 그리고 가슴 한구석이 아릿해지는 감동도 담겨 있었다. 최충이 남긴 글들은 인생이라는 광맥 속에서 결정화된 보석의 원석들 같은 것이었다. 보석이 만들어지기 위해선 높은 압력과 열이 필요하다고 한다. 좋은 글 역시 보석처럼 고단한 인생에서 만들어지는 것인지도 모른다. 고단한 삶 속에서 아름다운 철학을 발견해내고 그것을 다른 이들에게 전달할 수 있는 능력 그것이 바로 최충의 교육이었고 교육을 위한 최충의 혁신사상이었다.

인간이 생각하고 사유하는 과정에서 교육의 힘은 위대하다. 사유란 감각적 지각을 제외하면 교육의 형식이 된다. 이는 교육과 사유가 서로 분리 될 수 없는 특성이다. 우리가 교육한다는 것은, 생각을 많이하여 이를 체계적으로 정리시켜 그 의미를 인지하고 분석하며, 재 생산하는 과정이다. 이 세상에 풀리지 않는 문제는 없다. 백성들이 갖고 있는 거대한 에너지를 하나로 뭉치면 커다란 정치적 압력이 된다. 교육은 항상 무혈 시민혁명으로 위대한 나라를 탄생시키는 결과를 가져왔다. 역사의 고비마다 "꿈꾸는 자는 내일을 위해 살고, 꿈꾸지 않는 자는 오늘을 위해 산다."는 성숙한 시민 의식은 항상 시대적 사명을 앞장 세웠다. 그리고 이를 꾸준하게 실천한 것은 교육의 혁신이었다. 교육의 혁신은 시대 정신을 지배하였다. 전제 군주는 국민들의 욕망을 지배한다. 그러나 인간의 욕망은 끝이 없다. 그리고 재화는 한계가 있다. 따라서 재화와 욕망 사이에는 항상 권력이 존재한다. 그런데 권력이란 스스로를 극대화시켜 한계성 있는 재화를 최대한 소유하려고 한다. 심지어 정치권력, 문화권력, 교육권력까지 지배하려고 한 것이 고려 사회다. 그러나 '궁하면 변하고, 변하면 통하고, 통하면 오래 가고, 오래 가면 살아남는다'는 말이 있다. 쉽게 말해 변해야 혁신할 가능성이 높다는 것이다. 그렇다면 어떻게 처신해야 혁신을 이룰 수 있을까?

첫째, 혁신을 즐길 줄 알아야 한다. 작고 사소한 혁신일지라도, 그것이 외적인 것이든 내적인 것이든 자기 것이 되기까지는 불편한 게 당연하다. 주변에서 일어나는 변화, 자신에게 일어나고 가해지는 변화들을 빨리 받아들이는 유연함이 혁신이 된다.

둘째, 혁신을 제대로 보아야 한다. 변화라는 영어단어 'Change'에서 'g'자를 'c'로 바꾸면 'Chance' 즉 기회라는 뜻이 되듯이 꺼리고 피해 가려는 변화에는 기회가 숨어 있는 것이다.

셋째, 자신의 낡은 잣대를 버려야 한다. 자신이 가지고 있는 척도 안에서 모든 것을 해결하고 받아들이려 하는 것은 '아집'에 지나지 않는다. 자신의 작은 그릇으로 모든 걸 받아들이려 했다간 굶어 죽기 십상이다.

넷째, 혁신에는 저항이 따른다. 잠시 옆 사람과 손바닥 마주치기를 해본다면 자신이 세게 미는 만큼 강한 저항을 느낄 것이다. 혁신 역시 그렇다. 혁신하지 않으면 안 되는 궁지에 몰려서야 스스로 혁신을 시도하게 된다.

고려초는 자기 개혁의 바람이 어느 때보다 거세게 부는 사회였다. 그러나 자기 개혁의 한계에 부딪치는 게 다반사였다. 원래 혁신이란 변화된 생각과 행동에서 나오는 것이기에 더욱 그렇다. 철저한 자기 변신이 필요한 고려 사회는 무한경쟁의 시대임을 새겨가고 있다. 변신의 시점을 적절히 잘 수용한 최충은 과감한 자기 개혁을 행동으로 옮겼기에 그 몫으로 성공을 얻게 되었다. 최충에게 자신이 생긴 것은 '고통이 없으면 얻는 것도 없다(No Pain, No Gain)'라는 평범한 지혜로 자신에 대해 과감한 리스트럭처링(Restructuring)에 들어갔기 때문이었다.

고려 사회에서 성공이란 대어를 낚으려면 변화를 빠르게 흡수하고 적응하는 유연함이 필요한데 그 당시 변화를 피부로 느끼지 못한 사람들은 '나=성공인생'을 만드는 작업에서 성공하지 못한 사람들이다. 그들은 별 성과 없이 지나 버렸다. 참 교육자와 가짜 교육자의 가장 큰 차이점은 지향하는 욕구가 다르다는 것이다. 심리학자 '에이브러햄 매슬로'는 사람의 욕구에도 위계가 있다고 하였다. 이 위계는 상위 욕구와 하위 욕구로 구분하는데, 하위 욕구란 소유욕을 근간으로 하는 물질에 대한 욕구를 말한다. 좋은 집, 좋은 차, 좋은 옷 등에 대한 욕구와 권력에 대한 욕구, 자기를 드러내고 싶은 욕구는 모두 하위 욕구다. 상위 욕구는 물질적인 차원을 넘어선 존재론적인 욕구로, 삶의 의미, 인간 사회의 존재성에 대해 탐구하려는 욕구이다. 최충은 상위 욕구의 소유자였다. 상위 욕구 단계에 있는 사람들은 갖지 않으려고 애쓰는 무소유가 아니라, 아예 관심이 없는 상태로 살아간다. 그러나 가짜 교육자들은 하위 욕구를 추구한다. 소유물에 대한 집착과 신분 상승의 욕구가 강해서 하이에나처럼 권력층 근처에서 어슬렁거린다. 빈약한 정신세계를 은폐하기 위해 요란하게 차려입고 사람들을 현혹하는 자들이다. 속 빈 강정인 가짜 교육자들이다. 가짜 교육자들은 정서적으로도 문제가 많다.

그래서 남루한 차림으로 가난을 연출하여 사람들의 눈을 속이고 주목받고 싶어 하기도 한다. 가짜 교육자들은 인정받고 싶은 욕구 때문에 별것 아닌 작은 능력도 자신의 큰 능력인 것처럼 사기 치는 경우도 있다. 여러 가지 속임수로 자신을 이상화하고 심지어 성스러운 교육자로 둔갑하기도 한다. 진짜교육자와 가짜교육자간의 또 하나의 차이점은 겸손이다. 겸손의 어원은 라틴어로 'HUMUS', 즉 땅이다. 사람들이 밟고 다녀도 그냥 받아들이는 것이 땅인데 참 교육자들은 땅과 같다. 그래서 세간의 입방아에도 흔들림이 없을 뿐만 아니라 아예 관심이 없다. 이들은 익은 벼처럼 고개 숙이고, 공부하고, 성찰하면서 자신이 덜된자, 무지한 자임을 부끄러워하며 산다. 이에 반해 가짜 교육자들은 요란한 빈 수레와 같다. 이들은 자기 무지를 인정하지 않는다. 다 아는 양 잘난 체하며 심지어 스스로 자랑까지 한다. 인간은 자기 내면을 탐색하지 않으면 내면이 썩어들어 간다. 가짜 교육자는 포장을 잘하였지만 속은 썩은 생선 같아서 언행에서 썩은 내가 진동한다. 참 교육자의 내면은 생명수다. 그들이 하는 말은 사람들에게 생명을 준다. 가짜 교육자는 심리적으로 빈곤한 사람들, 심각한 결핍 욕구에 시달리는 사람들이 대부분이다. 그들에게 교육이란 도를 닦는 자리가 아니라 생존 수단이기에 속임수를 쓸 수밖에 없다. 최충은 부끄러움을 아는 사람이다. 가짜 교육자들은 부끄러움을 모른다. 최충은 다른 사람들을 부끄럽게한 사람이다. 가짜 교육자들은 다른 사람들에게 혐오감을 불러일으키는 사람들이다. 우리의 의식이 깨어나지 않으면 가짜 교육자들이 세상을 주물럭거리는 시대가 될 것이다. 고려 사회도 교육을 혁신할 시기가 왔기에 가짜 교육자들을 몰아내고 참 교육자가 나타난 것이다. 바로 최충인 것이다. 교육의 혁신사상이 나타난 것이다.

고려초 유학의 전개 과정에서을 살펴보면, 처음에는 학교를 세워 교육을 장려하였고, 조정에서는 왕도정치를 지향해 나갔으며, 민간에서는 윤리도덕의 질서를 교화시켜 점차적으로 유학의 수준을 착실하게 끌어올렸다. 그리하여 성종과 문종 때, 학문의 기풍을 진작시켰고, 관학을 정비하고 경학을 숭상하며 강론에 힘을 쏟음으로 써 명실상부한 유학의 토착화를 이루었다. 그러나 시문을 중시하는 사장의 학풍이 일어나 점차 부화附和에 빠져들었다. 이때부터 고려에서 최충의 신유학을 중심으로한 교육의 혁신이 시작되었다. 유학이 사회 통합의 이념으로 정착한 것은 신유학[성리학]사상가들에 의해서지만, 유가 사상은 훨씬 그 이전부터 전통 문화의 일부분으로 기여해 왔다. 특히 고려시대에는 주자의 사상을 중심으로 사회 전반에 있어 다양한 문화와 사상을 형성하였다. 고려 사회는 주자학의 수입이 이루어지기에 앞서, 북송 성리학풍의 발흥과 함께 북송과의 문물 교류가 활발해짐으로써 북송 신유학도 함께 연구되었다.

그러나 성리학의 발흥은 최충의 구재九齋에서도 보듯이 중국의 것을 그대로 모방하거나 따르지는 않았다. 다만 고려의 과거 제도의 핵심이 진사과와 명경과에 있었기에 시간이 흐를수록 진사과 위주로 흘러서 많은 지식층의 취향이 경전 지식을 바탕으로 한 역사의식과 정치철학을 외면한채, 시부詩賦를 짓는 사장풍詞章風으로 흘러간 것이다. '문신월과법文臣月課法'이라 하여 문신들은 왕명에 의하여 매달 시를 지어 바치는 것이 상례였다.

최충의 교육혁신 사상과 거리가 먼 안타까운 일이었다.

17장. 신유학과 최충

유교는 종교인가 철학인가. 이는 유교를 종교가 아닌 규범 체계의 원리로 이해하려는 의도에서 파생된 문제이다. 그러나 제기된 문제는 유교가 아직 살아있는 전통으로 우리의 삶을 지배하고 있다는 점에서 확연하게 정의되어 있지 않다. 다만 유교는 철학이나 종교적 관심을 내포하기도 하고, 초월하기도 하는 하나의 전통인 것이다. 유교를 종교로써 인정할 수 있느냐의 문제는 우리에게 그리 중요하지는 않다. 종교인가 아닌가라는 흑백 구분적인 논리는 유교를 판단하고자 했던 서양 선교사들의 문제였을 뿐이다. 그 예로, 중국에 온 예수회 선교사들은 유학의 종교성이 부족한 것을 비판했으나, 마르크스주의 자들은 오히려 유교의 종교성을 비판했다. 이러한 점에서 유교의 종교성을 인정 한다면, 유교는 하나의 종교로써 훌륭한 형태를 갖추고 있다. 서양적 판단은 유교를 규범 원리로 격하하는 우를 범하고 있지만 굳이 따진다면 종교는 철학이며 철학이 종교인 것이다. 그러나 신유학新儒學사상을 기저로한 최충의 교육사상은 철학이 었다. 중국 송(宋)나라때는 유학을 성리학性理學 또는 신유학新儒學이라고 하였다. 성리학은 주로 사회적 인간관계와 개인의 수양이라는 두 측면에서 그 사상을 심화시켰다. 유학의 근본 체계를 명료하게 밝힌 수기치인修己治人은 오늘날 한국사회가 추구하는 인성교육을 의미한다고 볼 수 있는데. 수기는 자기수련이며 치인은 타인을 위한 봉사라는 필자 자신의 견해를 갖게 되었다.

구재학당에서 최충의 분재교학법은 그 바탕이 체용體用론인데 이는 신유학 사상이 함의된 계이자시戒二子時라는 시로 대변할 수 있다. 그렇다면 최충의 교육 사상이나 철학의 본질은 무엇일까? 이는 인간으로서 어떤 가치를 지향하며 살아가야 하는가를 가르치기 위함이라고 생각된다. 그 이유는 구재의 명칭 중 수기修己에 해당되는 낙성, 대중, 성명과 치인治人에 해당되는 경업, 조도, 솔성, 진덕, 대화, 대빙을 현대적으로 재해석해 보면 우리가 살아가면서 실천해야할 핵심 덕목이기 때문이다. 신유학이란 인간의 몸과 마음과의 관계, 마음의 수양법 등에 대해 적극적 관심을 가져야할 주요한 전통 인문학이다.

최충이 활동하던 시기는 고려 문화가 성세를 이룰 때였다. 고려는 독자적인 성장과 함께 북송과의 부단한 교류를 통하여 융성한 문화 발전을 이루었다. 이때 북송 또한 초기 신유학이 발흥하던 시기였고, 북송에서 이를 주도하던 인물은 최충과 비교되는 호원이었다. 특히 북송과의 문화적인 교류가 최충의 학문적 사상과 교육철학에 지대한 영향을 미쳤다는 점을 간과할 수 없을 것이다. 따라서 고려초 유학의 실체를 파악하기 위해서는 최충의 생애에 끼친 선학의 영향과 후학에 미친 영향까지 시간적으로 망라하여 고찰되어야 할 것이다. 나말여초의 최치원, 최언위, 최승로, 최항의 학문적 성과를 계승하여 그들과 학문적 일가를 이룬 최충은 문헌공도를 통해 이를 후학들에게 전하였다. 북송초 신유학과 고려 신유학을 비교해 보면 대등한 조건에서 비슷한 진행과정을 겪었던 것 같다. 따라서 최충의 학문적 지위는 북송의 송초삼선생과 대등한 위치로 보아야 할 것이다. 최충은 호원과 동일하게 분재교학법分齋教學法을 창안하였고, 최충과 호원은 체용론에 있어 동일하게 체體·문文·용用으로 표현하였다. 체용론이란 사람들은 선한 행동을 해야 하고 나쁜 행동은 하지 말아야 한다는 것이다. 그러나 사람들은 손해를 보지 않으려는 마음에서 선한 일을 외면하고, 자기 욕심에 이끌려 옳지 못한 짓을 저지르기도 한다. 여기서 선을 행하기위해 온 힘을 기울이는 것을 수신에 해당되는 체로 보는 것이다. 그러나 날마다 선한일을 행하다 보면 지치고 낙심하기 쉽다. 그렇다고해서 선을 행한다고 알아주는 이도 없는 것 같고, 딱히 남는 것도 없어 보인다.

이 점에 대해 공자는 선이란, 이룬 결과가 아니라 동기화 과정이라고 했다. 선한 행동은 결과와 상관없이 그 자체로 아름다움을 이루는 바탕이 된다는 것이다.

우리들은 하나가 필요할 때 둘을 갖게되면 원래 있던 하나마저 잃어버리게 된다. 그러나 삶의 질은 물질적 부에 있지 않다. 영혼도 잠들지 않고 깨어 있어야 삶의 질이 높아지고, 영혼이 항상 깨어 있으려면 가난은 필수조건이다. 이는 아쉬움과 궁핍을 통하지 않고서는 귀함과 고마움을 알 수가 없다는 것이다. 선인이 말한 맑은 가난의 의미가 바로 이것이다. 맑은 가난이란, 밥 한 그릇의 행복, 물 한 그릇의 기쁨, 덜 쓰고 더 나누는 삶, 더불어 함께 살아가는 모습이다. 우리는 맑은 가난 속에서 행복이 살아 숨쉰다는 것을 알고 있다.

호원은 정학正學 운동의 주창자이자, 북송 신유학의 원류로써 정자(程子)의 스승이었다. 체용론은 공자의 논어에서 이미 그 단서를 보여주고 있으며, 위나라 왕필(王弼)은 본말本末의 개념을 체용론의 원형으로 사용하고 있었다. 불교에서도 체용의 논리는 인과因果의 논리로 사용되고 있었으며, 대승기신론에서도 체·상·용에서 언급되어 있다. 체·상·용으로 사상을 구분하는 것은 보편적인 현상이었다.

몽테뉴는 '참으로 인간은 놀랄 만큼 덧없고 변덕스러우며 불안정한 존재'라고 하였다. 이처럼 인간의 존재는 '영원히 변치 않는다.'라는 판단을 내리기가 그리 쉬운 일만은 아니다. 인간의 지식은 모두 상대적이기에 또한 상대적인 진리가 존재한다. 그런데 그 진리는 어떻게 찾아지는가? 언제나 진리 탐구는 책을 통해 얻어진 지식이 아닌, 경험에서 비롯되었다. 몽테뉴는 13년간 보드로 고등법원에서 판사로 근무할 정도로 명망 있는 집안의 귀족이었다. 그러나 그는 여느 영주들처럼 호화로운 생활을 하는 대신, 혼자서 시골길을 산책하는 것을 좋아했다. 아름다운 과수원을 산책할 때 몽테뉴는 자신의 생각을 산책, 과수원, 고독한 마음을 통해서 나에게로 돌린다고 하였다. 그리고 자신만의 맑은 가난을 지니고 산책을 하면서 농부들과도 대화를 나눴고, 세상과 소통도 했다.

몽테뉴는 항상 '나는 무엇을 아는가'라는 의문을 품고 살았다. 이 물음은 그의 사상과 사색의 이정표였다. 그리고 그의 사상은 언제나 현재 진행형이었고 소박했다. 또한 자신의 성격과 기질에 지나치게 집착해서는 안 된다고 하였다. 인간이 다양한 삶의 방식에 적응할 수 있다는 것은 인간의 특별한 능력이며, 오직 한 가지 삶의 방식에만 매달리는 것은 그저 존재하는 것이지 사는 것이 아니라고 하였다. 그는 가장 훌륭한 영혼은 많은 다양성과 유연성을 가진 영혼이 된다고도 하였다. 이는 최충의 신유학적 사상인 체體에 해당되는 것이다. 설령 마음에 드는 틀 속에 자신을 집어넣을 수 있다 해도, 거기서 빠져나올 수 없을 만큼 단단하게 끼워 넣고 싶은 틀은 원치않을 것이다. 우리의 삶의 모습은 변화무쌍하고 불규칙하며 다양하다. 우리가 자신에게 끊임없이 복종하고 자신의 경향에만 사로잡혀, 거기에서 벗어나지도 못하고 그것을 비틀어 보지도 못한다면 우리는 자신의 친구도 주인도 되지 못하고 단지 자신의 노예가 될 뿐이다. 바로 최충의 신유학적인 사상이며 철학이다.

신유학을 대변하는 최충의 계이자시戒二子時에서 '문장으로 금수錦繡를 삼으라'는 것은 문文이고, '덕행으로 규장珪璋을 이루라'는 것은 수신이 이루어진 상태이기 때문에 용用이다. 그런데 '오늘 너희에게 나눠 주노니'라고 하였으니 이미 제가齊家가 이루어진 형태를 뜻하고 있다. 이는 자신의 주변 정리를 잘 가다듬으라는 것이다.

세 명의 성인이 늙은 뱃사공이 모는 배에 올라탔다. 그런데 날씨가 잔뜩 흐려져 곧 비바람이 몰아칠 것 같았다. 그때 한 성인이 물었다. "뱃사공, 천문학에 대해서 좀 아는가?", "저는 평생 노만 저었기 때문에 모릅니다.", "허, 당신은 인생을 헛살았군.", "조금 있다가 다른 성인이 철학을 아느냐고 물었다. 노인의 대답은 이번에도 똑같았다. 그러자 성인이 말했다. "당신은 반평생을 잃었군요." 이번에는 세 번째 성인이 물었다. "그러면 유교 경전에 대해서도 모른단 말인가?" 노인이 또 같은 대답을 하자, 그는 불쌍하다는 듯이 혀를 찼다. 이때 갑자기 돌풍이 불어 나룻배가 뒤집히면서 모두 강에 빠졌다. 세 성인은 허우적거리며 살려 달라고 했고, 노인은 익숙한 솜씨로 수영하며 말했다. "이보시오, 당신들은 아는 것도 많은데 어째 수영은 못한단 말이오, 그렇다면 당신들은 생의 전부를 잃어버릴 수 있겠소." 이 이야기에서 뱃사공의 모습은 용用에 해당한다.

그런데 성인들은 용用을 모른다. 성인들은 덕행으로 규장을 이루지 못한 것이다. 남의 말을 잘못 인용하는 것은 부정직한 일이다. 사람들은 자기 말에 무게를 싣기 위해서 "아무개도 이렇게 말하던데" 하면서 유명하거나, 실력 있는 사람을 슬쩍 자기 편으로 끌어들인다. 문제는 이때 자신에게 유리하게 말을 왜곡한다는 것이다. 앞뒤 내용은 다 잘라 버리고 자기에게 필요한 부분만 강조해서 전한다. 이는 거짓말을 하는 것과 같다. 수신을 이루지 못한 것이다. 신유학의 근본인 체용론體用論에서 벗어난 것이다.

"봄빛 뜨락에 가득 차니 꽃은 흐드러지게 붉게 피었구나(春色滿園中, 花開爛漫紅)."

정말 꽃이 난만하게 피었단 말인가? 나무에는 연녹색의 푸른 잎새가 올라오고 있을 뿐 붉은 꽃은 피지 않았다. 꽃은 어디에 있는가? 낮술을 마신 남자의 얼굴이 벌건데 이게 꽃이다. 바로 문장으로 금수를 이룬 것이다.

북송의 신유학이 고려에서도 새로운 교육제도 성립에 영향을 주었다는 것은 사실이다. 관학에서는 맹자와 중용을 가르칠 수 없고 기존 체제를 고수하여 구경(九經)중심의 유학을 가르치고 있을 수밖에 없는데 반하여, 사학에서는 왕도정치에 필요한 과목과 내용을 자유롭게 가르칠 수 있으므로 최충의 구재에서는 맹자와 중용등의 사서 중심의 유학을 가르치게 되었다. 이와 같이 최충의 구재에서는 맹자와 중용을 중시한 것이다.

그 후, 최충의 후손인 묵수당(黙守堂) 최유해(崔有海)는 최충의 사상을 도학의 연원과 연결하여 체용론의 의미를 부여하였다. 이에 대해 홍양호도 최충의 위상에 대해서 다음과 같이 언급하였다. 주자(朱子)·정자(程子)와 같은 여러 학자가 아직 나오지 않았고 공자와 맹자의 도가 아직 세상에 밝혀지지 아니했는데 선생께서 이 도를 자기의 책임으로 생각하였다. 그가 붙인 구재九齋의 명칭 중에 성명, 솔성과 같은 것은 정자(程子)보다 앞섰고 도를 전한 공적이 천년 뒤에 은연중 들어맞았으니 아아 위대하다. 독립적으로 중용을 표장한 것이 정자로부터 시작되었는데 선생께서는 이 중용의 말을 가지고 재실齋室의 이름을 삼아서 학자를 가르쳤으니 성인이 전하신 도의 은미한 말을 깊이 깨달아 알았으며 정자·주자의 뜻과 암합暗合된 것이 이와 같았음을 알 수 있다.[86]

---

86) 『최충과 신유학』 이성호, p.206.에서 재인용

이는 주자와 정자가 나오기 이전에 선생이 고려에서 홀로 사문斯文을 임무로 삼아서 구재의 재명을 지었다는 표현이다. 또한 관심을 끄는 것은 구재에 대한 의미 있는 해설인 '구재연의(九齋衍義)'[87]인데, 구재명에 대해 자세하면서도 신유학적인 관점으로 일관되게 분석하였다. 이는 최충의 사상을 맹자와 중용으로 자연스럽게 귀결시킨 것이다. 구재에 대한 의미 있는 해설에 대해 윤사순(尹絲淳)도 대학과 중용으로 해석하였으며[88] 신천식(申千湜)은 다양한 경전을 바탕으로 하였다고 해석하였다. 구재九齋의 성격은 진학 과정상의 계제階梯가 있었던 것은 아니었고 단순한 분반이었다.[89]

이에 대해 단순한 분반이 아니라 교과과정에 따른 진학단계였다는 주장도[90] 있지만 없었을 가능성이 크다. 따라서 재명은 심성心性에 의해 분류되었다는 이을호(李乙浩)의 견해가 최충의 구재를 수기와 치인으로 분석하는데 힘을 얻는다. 이제 신유학의 수기치인론 지금까지 논한 학자들의 견해에 힘입어 수기(낙성, 대중, 성명)와 치인(경업, 조도, 솔성, 진덕, 대화, 대빙)으로 구분한다.[91] 또 다

---

87) 경희대학교 전통문화연구소 편, 앞의 책, p.411~449.

88) 윤사순,『최충연구논총』 '주자학이전의 성리학 도입문제, 최충의 구재와도 관련하여', 경희대학교 출판국,1984, p.163~166.『최충과 신유학』 이성호, p.208.에서 재인용

89) 박찬주, 논문, 2001, 이성호,『최충과 신유학』p.208.에서 재인용

90) 박성봉,『국자감과 사학』,『한국사』6, 국사편찬위원회, 1975.

91) 이을호. 논문, p.279. 김일환,「최충 사학의 교학정신에 관한 연구 - 관학과의 비교와 사상사적 의미를 중심으로 -」『동양철학연구』10, 1989, p.227.에서도 李乙浩의 견해에 동의하고 있다.이성호,『최충과 신유학』p.208.에서 재인용

른 견해로, 문철영(文喆永)은 중용에 바탕을 둔 당시 신유학과의 관련성에 주목하였다. 당시 고려 중기 유학계와 북송 초기 유학계에서 공통적으로 보이고 있던 유학 부흥의 기운이 유교철학의 중요한 내용을 담고 있는 예기와 중용에 관심을 돌리게 했고, 그러한 관심이 최충과 범중엄 간에 평행하는 것이라고 하였다. [92]

또한 재명을 통해서 알 수 있듯이 천도天道와 천리天理는 인간에게 내재하는 것으로 규정하여 그것을 깨치는 수기修己의 노력이 관리자들의 과제였기 때문에, 수기에 관한 재명이 주류를 이루었다. 장구章句나 외우고 과거준비나 일삼는 위인지학爲人之學이 아니라 덕을 중요시하는 위인지학爲人之學이었다. [93]

구재학당에서는 구경과 삼사를 가르쳤는데 이를 지도하기 위하여 학도를 교도敎道로 삼아서 구경삼사九經三史를 교육하였다. 또한 학도 중에서 과거에 급제하고 학력이 우수하면서도 아직 관직에 취임하지 않은 자들을 선발하여 교도敎道로 삼고 구경九經과 삼사三史를 교수하였다. 이것은 마치 북송의 학유(學諭)가 '학유십이인學諭十二人 장이소수경박유제생掌以所授經傳諭諸

---

92) 문철영, 「고려중기 사상계의 동향과 신유학」, 『국사관논총』 37, 1992, p.54. 이성호, 『최충과 신유학』 p.209.에서 재인용

93) 김충열, 「최충과 사학과 고려유학」, 『최충연구논총』, 경희대학교 출판국 ,1984, pp.42~44.이성호, 『최충과 신유학』 p.208.에서 재인용

生'[94])이라고 하여 제생들에게 경전을 전수하는 역할을 하는 것과 유사하다. 또 구재(九齋)의 교학방법 중 예능藝能을 고사考査하였다.[95]

예능藝能은 경전을 공부하고 정문程文[96])을 작성하는 것을 말한다. 최충의 문헌공도는 호원과 마찬가지로 신유학의 체용론을 바탕으로 하였다. 구재의 교학방법은 최충 사후에 국자감에 영향을 주어 문종 30년에 학정學正과 학록學錄이 설치되어 학규를 담당하게 되었다. 호원과 최충은 비슷한 시기에 유사한 신유학 사상을 바탕으로 같은 형식의 교학체제를 실현하였다.

---

94) 『宋史』 권165, 職官 5, 國子監.이성호, 『최충과 신유학』 p.211.에서 재인용
95) 『續東文選』 권21, 遊松都錄.이성호, 『최충과 신유학』 p.211.에서 재인용
96) 과거의 고시장에서 쓰는 일정한 법식이 있는 글.

18장. 살아 숨 쉬는 실천 신유학

　　지금까지 논의된 유교사상에서 신유학 핵심을 이루는 것은 '인애仁愛'와 '충의忠義'에 근거한 도덕체계인데, 이를 다시 정리하면 수기치인修己治人으로 요약할 수도 있다. 교육적 차원에서 수기치인을 지향하는 이상적 인간형을 군자君子라고 하였고, 이를 실천하고 그 목표에 도달할 수 있는 방편을 중용中庸이라고 하였다. 그런데 이러한 덕목들이 지닌 가치를 어떻게 실천할 수 있는가? 신유학의 실천방식은 머리가 아닌 가슴으로 하는 실천이었고 이는 살아 숨 쉬는 의리의 실천이었다.

　　신유학 발흥기 북송 신유학과 평행선상에서 접촉을 하고 있던 고려중기 학문의 주도 세력은 《역》과 《중용》에 의한 「성性」 혹은 「이理」에의 접근 방식으로 실천적 주자학을 받아들이는 과정을 보여 주었다. 이러한 과정은 실천적 주자학을 보완하면서 고려말까지 지속되었지만, 신흥사대부 각자의 성리학에 대한 이해도에 따라 그 심도는 달리하게 된다. 정몽주가 단지 주역에 대한 유가의 주석적인 설명만 하고 있었다면, 정도전은 '이일이분수理一而分殊'라는 성리학 특유의 주리론적 세계관을 반영하였다.

그 당시 사회상황은 이론적·철학적인 면보다는 실천적·윤리적인 면에 치중하게 되었다. 최충은 신유학新儒學 사상을 기저基底로 하여 구재학당九齋學堂의 9재 명名에 함의된 수기修己와 치인治人을 중심으로 그 실천방안을 수립하였다. 살펴보면, 내적덕목인 긍정적, 도덕적, 윤리적인 성품과 외적덕목인 사회적 성품, 타인존중, 경로효친, 배려와 나눔 등이 최충의 분재교학법(分齋敎學法)97)과 연결되는 것이다. 학문을 통한 실천 문제는 항상 이론의 문제와 쌍벽을 이루어 왔다. 그 이유는 이론과 실천은 서로뗄 수 없는 관계였기에, 붙어 있으면 서로 다투게 되고 서로 다투다 보면 싸우게 되기에 이러한 말이 나오게 된 것이다.

그런데 이러한 이론과 실천을 완전한 대립적 관계로 보는 사람들도 있다. 흔히 사람들은 이론의 반대어로 곧 실천을 떠올리는데 이는 잘못된 것이다. 실례를 들어보면, 젊은이들은 공부하

---

97) 이성호 『최충과 신유학』, 역사문화, p.27. 구재(九齋)자체가 분재교학(分齋敎學)이란 단정을 내림/ 북송의 호원(胡瑗)도 분재교학(分齋敎學)을 실시하였음. 2014. 5.

는 기술, 정리하는 기술 등 기술에 대한 관심이 많다. 이와같은 것들은 매우 실용적인 것들이지만, 또한 이론적인 것들이기 때문이다. 사람들이 대립적 관계로 보는 이유는 기술적 실천에 대한 이론적 주장을 하기 때문일 것이다.

이론과 실천의 도식적틀을 제공했다는 아리스토텔레스도 이론과 실천(테오리아theoria와 프락시스praxis)의 관계에 대해서는 실천을 위한 이론의 중요성을 인식하는 한편, 이론에 의미를 부여하고 있었다. 그 이유는 아리스토텔레스가 다룬 실천의 개념은 그 자체적으로 사변적 요소를 내포하고 있었기 때문이다. 아리스토텔레스가 사변적 측면에서 본 지식은, 지식 탐구 그 자체에 의미를 두는 지식(디아노이아), 지혜로운 행위를 위한 지식(프로네시스), 삶에 실용적인 것을 만들어내기 위한 지식(테크네)의 긴밀한 삼각구도를 이루고 있었다. 이것이 사변적 지식으로서의 이론(테오리아), 윤리적 행위로서의 실천(프락시스), 만드는 행위로서의 제작(포이에시스)으로 좀 더 단순화 되었고,[98] 더 나아가 이론과 실천의 이분법적 대립 구도를 형성하게 된 것이다. 이런 사상적 전통은 18세기 유럽의 계몽주의에까지 이른다.

---

98) 김용석·이재민·표정훈, 한국의 교양을 읽는다, 휴머니스트, 2003, 재인용. 아리스토텔레스가 《형이상학》에서 다룬 'dianoia, phronesis, techne'등의 개념은 종합적 안목을 갖기 위한 일차적 구분이라고 할 수 있다. 또한 그는 'theoria-praxis' 이상으로 'praxis-poiesis'의 구분과 관계를 중요시했다.

대학(大學)에 나오는 격물치지格物致知도 이와 같다. 이를 어떻게 인식하느냐에 따라 주자와 왕양명의 생각이 다르게 되었다는 것은 이론과 실천의 문제와 연관되었다고 볼 수 있는 것이다. 주자의 격물치지가 지식 위주인 것에 비해 왕양명의 격물치지는 도덕적 실천을 중시하고 있다는 해석도 이론과 실천을 이분법적으로 대립시켜보는 것이었다.[99]

우리나라의 실학사상도 실생활에 근거해 민생 문제를 해결할 것을 촉구하였고, 형이상학적 이론논쟁에 반한 실천의 중요성을 강조했었다. 마르크스도 사회변화의 원동력으로서 프락시스를 강조했지만, 실천의 영역에서는 의식의 중요성을 배제하지 않았다. 푸코도 담론적 실천을 강조하며 지식과 권력의 관계를 파악했으며, 하버마스는 실천의 의미를 인식하는 행위로서 이론에 역점을 두었다. 이와같이 이론과 실천은 어떤 방식으로든 뗄 수 없는 관계에 있는 것이다. 이는 서로 방해가 되기도 하지만 상호보완적이기 때문이다. 이제 이론과 실천의 고무줄이 늘어나다 못해 끊어지면, 독립된 탁상공론은 신神의 세계로 날아갈지 모른다. 하지만 실천과 이론과의 긴장관계를 유지하고 있는 탁상공론의 기능은 현실적으로 무시할 수는 없다. 더구나 창의성과 다양성이 중시되는 21세기에는 실현성 없어 보이는

---

99) 이런 입장에 따르면, 주자는 격(格)을 '이르다'는 뜻으로 해석하여 사물의 이치를 끝까지 파고들어가면 앎에 이른다(致知)고 하는 이른바 성즉리설(性卽理設)을 확립하였고, 왕양명은 선과 악을 구분하는 양지(良知)를 얻기 위해서는 우선 사람의 마음을 다스려야 한다고 주장하여 격을 '물리치다'는 뜻으로 풀이한 심즉리설(心卽理設)을 발전시켰다고 한다.

이론일수록 그것에 귀 기울여야 한다.

그 이유는 어떤 분야든 발전이 없다는 것은 이론생산이 없기 때문이다. 그러나 봉건주의 시대 농경문화가 창출한 유교사상이 과학적 합리성을 지향하는 민주적 정치체제와 자본주의적 경제구조, 그리고 다원주의적 문화형태인 현대사회에서 어느 정도 유효할 것인지는 의문이 제기될 수 있다.

그런데 지금까지 살아 숨쉬고 있는 최충의 신유학은, 모든 것을 합리적으로 해결하려고 노력하였고, 이 경우 덕치德治 대신 법치法治를 불가피하게 선호하였다. 이는 다양한 맥락에서 이해관계가 상충하게 되었고, 극단주의로 치닫고 있는 현실에서는 이론과 실천의 관계가 첨예하게 대립되었다.

어느 시대나 지식인들은 강한 사명 의식을 갖고 있다. 그러나 실천에 있어 갈등과 고뇌에 흔들리는 지식인들과 실천적 나약함이 보이는 지식인들에 대하여 다시 평가해 볼 필요가 있다.

지식인들은 강한 실천 의지와, 그리고 뜨거운 열정, 무엇보다도 정확한 현실적 판단이 있어야 한다. 고려 사회 지식인 층의 문제점들은 열정과 현실의 시세 판단은 정확했지만, 강한 실천 의지가 부족했다는 것이었다. 이러한 사실은 고려시대 지식인의 고뇌와 방황 그리고 현실적인 어려움. 고려 사회가 겪을 수밖에 없었던 고통과 시대적 아픔이었다. 그러나 유교는 지식인들에게 배움을 통한 사회적 실천을 중시하여, 군자나 성인이나 선비가 되어 달라고 끊임없이 주문하였다. 이는 지식인들이 배움에 이르는 만큼 그만큼 책임질 일이 많다는 것을 강조한 것이다. 그리고 배움을 통한 실천적인 자세로 이상을 실현하기 위해 몸부림 칠 것을 강조한 유교의 살아 숨쉬는 실천 신유학이었다. 그런데 실천 신유학이 어떻게 고려시대 지식인들의 능력지상주의와 같다고 하겠는가? 능력이란 사회적 실천을 행하려는 자에게 부과되는 필요조건 중 하나일 뿐, 신유학의 학문적 토대와는 거리가 멀었다. 실천이라는 명제로 한자 문화권에서 '수(修)'자의 고전적 의미를 살펴보면, 설문해자주(說文解字注)에서수(修)의 의미를 '식(飾)'이라고 하였다. 그런데 '식(飾)'은 '닦는다(刷)'는 뜻과 함께, '식(飾)'은 털어 낼 '쇄(刷)'자에 해당한다. 따라서 사물에 묻어 있는 먼지와 때를 털어 내어 본래의 빛이 드러나게 하는 일이 '식(飾)'인 것이다.[100]

전통적으로 유교에서는 수양修養·수신修身·수기修己를 말해 왔다. 불교에서도 수행修行을, 도교에서도 수련修練을 이야기해 왔다. 그리스도교에서도 수도(修道)나 수덕(修德) 또는 영성수련靈性修練을 이야기해 왔다. 이처럼 공통된 '수(修)'는 종교적 이상을 실현하기 위해 필수적으로 요청되는 실천적 노력의 과정이었다. 또한 '修'의 의미를 "먼지와 때를 털어 내어 본래의 광채를 드러나게 하는 일"로 설명한 '설문해자주'(說文解字注)의 해석도 유·불·

---

100) 段玉裁,《說文解字注》(漢京文化事業有限公司,1970), p.429,修,飾也.飾者刷也

도를 막론하고 수양修養·수행修行·수련修練에 내포된 공통된 의미를 잘 드러내 주고 있다. 특히 유학의 부흥기에 접어든 송대(宋代) 불교는 유교의 형이상학적인 심성론만 아니라 수양론에도 지대한 영향을 미쳤다. 이 시기는 불교 수행자와 유교 지식인들까지 모두 '정좌(靜坐)'를 깨달음을 위해 수행해야 할 필수적 과정으로 여겼다. 그리고 북송에서 남송에 이르는 동안 묵좌(默坐)·정좌(靜坐)·올좌(兀坐)·단좌(端坐) 등의 좌법 명칭도 학파와 관계없이 뒤섞여 사용되었다.

원택스님이 대학 졸업 후 성철 스님을 찾아뵈었다. 대화 끝에 "스님!? 좌우명을 하나 주십시오."하고 부탁했다. 그러자 큰스님은 대뜸 부처님께 만 배를 올리라고 하셨다. 그 말을 듣고 삼 천배로 녹초가 된 청년에게 성철스님이 말했다. "속이지 말그래이."굉장한 말씀을 기대했던 청년은 투박한 경상도 사투리로 툭 던지는 스님의 말에 실망해 떨떠름한 표정을 지었다. "와? 좌우명이 그래 무겁나? 무겁거든 내려놓고 가거라." 그러자 청년은 무언가 깨달음을 얻어 그 길로 머리를 깎고 출가했다. 성철 스님이 입적할 때까지 꼬박 20년을 곁에서 모셨던 '원택 스님' 이야기다.

여기서 성철 스님을 보신 '원택스님'의 이야기는 오늘날 실천의 문제였다.

송대 유학자들은 불교의 심성론에서도 영향을 받았지만 특히 좌선 수행법에서 많은 영향을 받았다. 장횡거는 정몽(正夢)을 지을 당시 잠을 자지 않고 '묵좌'를 하며 밤을 지새웠다고 하고, 정명도의 부친 정향(程珦)은 20여 년이 넘도록 집 안에서 '묵좌'를 실천하였다고 한다. 정명도의 경우에도 "마치 흙으로 빚은 인형처럼 정좌를 하였다."라고 전해지는데, 그는 제자들에게 언어와 문자를 통한 학습만이 아니라 정좌를 실천하도록 권고하기도 했다. 아우인 정이천 역시 매번 정좌를 하고 있는 학인을 볼 때마다 그 호학好學하는 태도를 칭찬하였다. 하루는 양귀산(楊龜山)이 정이천을 뵈러 왔다가, 그가 눈을 감고 정좌에 든 것을 보고 감히 깨우지 못하고 옆에서 시립하다가 날이 저물고서야 비로소 물러갔는데 문밖에는 이미 눈이 한 척도 넘게 쌓여 있었다고 한다. 이 고사는 정이천의 엄격한 사제 관계를 강조하기 위하여 인용된 것으로 구재학당에서도 스승과 제자는 도제관계가 아닌 엄격한 사제관계였다.

그런데 송대에 유행했던 선종 어록을 보면 '미발(未發)'이나 미생(未生)을 키워드로 하는 수많은 공안(公案, 수행자를 인도하기위해 제시하는 과제)과 만나게 된다. 미발(未發)의 개념은 신유학의 수양론을 이해하기 위해서라도 빠뜨려서는 안 될 핵심 키워드이다. 정이천의 문인 중 여여숙(呂與叔)과 양귀산은 정좌하며 '미발(未發: 희·노·애·락이 발하기 전)과 중(中)'을 구하는 일을 수행의 요체로 삼았다. 신유학의 수양론을 이해하기 위해 선종(禪宗)을 살펴보면, '미발'은 원래 유교 경전인 중용(中庸)에 등장하는 개념이기는 하지만, 송대에는 꼭 유학자만의 전유물은 아니었다. 이 중 『경덕전등록』(景

德傳燈錄)에 나오는 몇가지만 예를 들어보면 다음과 같다.

"털끝 하나도 발하지 않은 때(未發)란 무엇입니까?" "일념도 생하지 않을 때(未生)란 무엇입니까?"

"온갖 꽃이 발하지 않은 때(未發)란 무엇입니까?"

"마음이 생하지 않았을 때(未生)에 법(法)은 어디에 있습니까?"

"깨달음의 꽃이 발하지 않았을 때(未發)에는 어떻게 줄기와 열매를 분별합니까?"

"부모가 나를 낳아 주기 이전(未生)에 나의 콧구멍은 어디에 있습니까?"

이상에서 '미발'이나 '미생'은 현상적 의식의 근원인 '본래면목'을 깨달을 수 있는 계기를 지칭한다. 대승불교에서는 현상적 의식의 흐름을 고요하게 잠재우고 삼매(三昧: sama-dhi)에 든다면 반야바라밀의 지혜가 자신의 본래 성품(性)을 보게 된다고 여긴다. 자신의 '본래면목'을 볼 수 있게 되는 의식이 바로 '미발' 또는 '미생'인 것이다. 중국 송나라 불교인들은 '불성佛性'의 개념이 맹자나 중용에 나오는 '성'과 별반 다르지 않다고 생각했다. 그 예로 운문종의 계숭(契崇)선사는 맹자와 중용에 나오는 '성' 개념이 부증불감不增不減의 '만물동일진성萬物同一眞性'인 불성佛性과 같다고 하였다. 이는 중용에서 말하는 '미발'의 상태, '중'은 선정(禪定)에 든 수행자의 의식 상태와 동일한 것으로 본 것이다.

'오등전서(五燈全書)'에서는 중용에 나오는 '미발'을 선종에서 말하는 일념무생一念無生의 경지와 같다고 하였다. 또한 불교의 '불성'과 유교의 '성' 개념을 동일시했던 것은 불교인에게만 한정된 일은 아니었다. 당시 유학자들은 '미발'이나 '미생'이 중용에도 있었음을 생각해 냈고, 정좌를 통해 이를 직접 체험까지 하였다. 중용에서는 희·노·애·락이 발하기 이전의 고요한 의식 상태 즉 '미발'을 '중(中)'이라고 규정하고, 이를 천하의 대본(大本)이라고 적고 있다. 이에 양귀산은 중용의 이 구절에 대해 현상적 의식이 전개되기 이전의 상태로 돌아가면 천하의 대본인 '중'을 체인할 수 있고, 이러한 일이 바로 자신의 본래성품(性)을 보는 일이라고 이야기 하였다. 그런데 여기서 '중을 구한다(求中)'는 수양론은 '중을 본다(見中)'는 말과 같으며 이는 견성見性과 마찬가지로 정좌를 통하여 자아의 본성을 깨달으려는 본체직관의 수행법에 해당된다는 것이다.

선종에서는 자아의 본래성품을 불성(佛性), 또는 성(性)이라고 부르는데, 수행을 통하여 곧 부처가 될 수 있다는 것을 '견성성불見性成佛'이라고 하였다. 이로 볼 때, '미발'의 상태에 들어가 '중'을 구하려는 양귀산의 수행법은 선종의 지상 과제인 '견성'을 중용이라는 텍스트를 통하여 유교적으로 재구성해 낸 것이다.

그 예로, 양귀산의 경우, 맹자에 나오는 '성선(性善)'의 개념을 '때묻지 않은 정결한 마음(白淨無垢)'과 같다고 여겼다. 중용의 '미발'과 불교의 '선정'을 동일시하는 태도, 그리고 이러한 경지에서 유교는 수양을 통해 자기중심적 이념을 극복하고 본래의 선한 성품을 드러낼 것을 강조하였다. 불교에서도 수행을 통한 아상我相에서 벗어나 자아의 공성空性을 깨닫는 일을 목표로 하였다. 특히 도교에서는 수련을 통해 욕망을 제거하고 천진天眞·무위無爲한 적자지심赤子之心을 회복하고자 하였다. 이처럼 불교의 수행과 도교의 수련, 유교의 수양은 '수(修)'를 통하여 도달하고자 하는 목표도 각기 다르기는 하지만, 자아의 단련을 통해 자기변혁과 자기완성을 추구한다는 점에서는 비슷하다고 할 수 있다. 바로 최충의 신유학은 이를 바탕으로 한 것이다. 이는 당시 지식인들의 이론과 실천의 모습인 것이다. 그러나 이러한 지식인의 위상은 오늘날 현시점에서는 존재하기가 힘들다.

그 이유는 현시대는 누구나 자기의 가족과 개인의 고민에 더욱 큰 비중을 두고 있기 때문이다. 지식인들에게 광범위한 책임 설정은, 지식인 개인이 맡기에는 너무도 벅차고 힘들 수도 있다. 따라서 개인의 다양성에 의하여 결정되는 모든 지식인의 성향과 책임은 포괄적으로 설정되어야 할 것이다.

이러한 점에서 최충은 구재학당의 학생들을 결코 나약한 모습의 지식인으로 살아가게 하지는 않았다. 오직 위풍당당하고 아름다운 지식인으로 살아갈 수 있도록 하기 위해 삶에 대한 열정과 주변의 상황에 적극적 자세로 임해야 한다는 것을 강조하였다. 최충은 고려 사회의 지식인 상이 아름답다는 것은, 지식인의 삶 자체가 가치있는 것으로 바쳐졌을 때라고 생각하고, 진정한 고려 사회의 지식인이 되기 위해서는 실천에 충실할 것을 강조한 것이다. 최충이 마음속에 그려가는 고려 사회에서 지식인은 '군자(megalo-psycheia)'와 '중용(mesotēs)'의 모습이었다. 그러한 의미 부여는 유가儒家에서뿐만 아니라, 고대 그리스 사회에서 아리스토텔레스가 제시한 윤리학의 중심 개념이기도 하기에 세계화시대에 절실한 '보편적 윤리'의 정립이라는 차원에서 다시 조명할 필요가 있는 것이다.

신유학을 계승한 민본정치가 정도전의 정신은 유교의 심성론과 수양론에 지대한 관심을 갖고 있었다. 이는 불교 수행자뿐 아니라 유교 지식인들까지 모두 '정좌靜坐'를 깨달음을 위해 수행해야 할 필수적 과정으로 여긴 것이다. 현상적 의식이 발생하기 이전, 고요한 상태로 돌아가는 일, 이 상태에서 자신의 본래적 성품을 체인하는 일아 유학자들에게도 지대한 관심으로 다가온 것이다. 마치 자기의 본래면목을 깨닫기 위해 좌선하여 입정入定하듯, 유학자들 역시 자아의 본래면목을 찾기 위해 중용을 지침서로 삼아 정좌에 몰두하였던 것이다. 최충은 본래면목을 찾기 위한 주자(朱子)의 구도와 같은 수행법을 정좌시켜 지도한 핵심은 군자로서의 가장 중요한 덕목을 쌓아가게하는 참선이었다. 구재학당 학생들은 참선하는 가운데, 성공했다고 지나친 기쁨에 도취하지 않고, 오는 손 부끄럽게 하지 않고, 가는 발길 욕되게 하지 않는다는 중용의 덕성을 심어 성취했다고 해서 거만 떨지 않는 겸손을 지도하였다. 지도내용은 특히 자랑거리 있다하여 가벼이 들추지 말고, 좋다고 해서 금방 달려들지 말고, 싫다고 해서 금방 달아나지 말고 가까이 있다해서 소홀하지 말라는 것이었다. 악惡을 보거든 뱀을 본 듯 피하고 선善을 보거든 꽃을 본 듯 반기고 은혜를 받았거든 보답을 하고 타인의 허물은 덮어서 다독거리되, 내 허물은 들춰서 다듬고 고쳐가라는 것이었다. 특히 아는 사람에게 아부하지 말고 공적인 일에 나를 생각지 말고 나를 용서하는 마음으로 타인을 용서하여 자신의 비뚤어진 마음을 버리는 성인이 되어 달라는 것이었다. 구재학당 학생들에게도 세상은 넓고, 열린 길도 많다.

그러나 그 많은, 여러 갈래의 길을 모두 걸어갈 수는 없다. 누구나 자기의 길만 있을 뿐이다. 자기 힘으로 올바른 길을 찾아가는 것, 그것이 의미 있게 살아가는 군자의 모습이다. 이와 같은 군자의 구도와 같은 수행법이란, 물이 물결만 일지 않으면 스스로 고요하고, 거울이 먼지만 끼지 않으면 스스로 밝듯이, 최충의 신유학은 본래면목을 찾아가게 하는 것이다. 본래면목을 찾게 하는 길, 그것이 최충의 살아 숨 쉬는 실천 신유학이었다.

7부

구재학당이 빛나다

구재학당이 빛나다

최충의 교육은 유교적 생활윤리의 정착과 학문적 결속을 통한 사람됨의 교육이었다. 그는 최고위 관료를 역임한 유학자이며 교육자였다. 최충은 전란으로 관학(官學)이 쇠미하는 시기에 정치활동에서 물러나 교육 사업에 온 정성을 다 하였다. 최충의 교육목적은 수기치인(修己治人)에 있었다.

최충의 업적은 중국의 정자보다 48년 앞서 중용의 내용을 깊이 연구하여 구재의 재명(齋名)을 짓고 문운을 일으킨 것이다. 특히 구재학당은 시설면이나 교육면에서 국자감(國子監)을 훨씬 능가하여 과거응시자들이 많이 몰려들었다.

이로 인하여 학반(學班)을 9재로 나누었는데, 9재는 악성(樂誠), 대중(大中), 성명(誠明), 경업(敬業), 조도(造道), 솔성(率性), 진덕(進德), 대화(大和), 대빙(待聘)이었다. 구재학당에 입학하면 처음에는 낙성재에서 예(禮), 락(樂), 사(射), 어(御), 서(書), 수(數)의 육예(六藝)를 닦았다.

그 다음에 차례로 각 재에서 수업을 받고 마지막 수업은 대빙재에서 끝나게 된다. 여기에 시부사장(詩賦詞章)의 학을 더하였다.

인간은 습관적으로 자기만의 세상을 본다. 그러나 생각이 큰 사람들은 자신이 이미 알고 있는 것만으로 만족하지는 않는다. 밖의 세상으로 나아가 그들의 눈을 통해 또 다른 세상을 보려고 노력한다. 이를 도와줄 수 있는 것을 내생적 성장의 경제학이라고 한다. 최충은 보이지 않는 변화를 전제하였다. 그리고 인적자원 개발을 통해 미래 청사진 격인 내생적 성장을 위해 자신만의 의제에서 벗어나 국가를 위해 동량을 키워야한다고 생각하였다. 그러나 최충에 대해 본질을 외면한 황준량(黃俊良. 1517 중종12~1563 명종18)의 맹목적인 비판적 시각도 있다. 조선중기 황준량(黃俊良)은 금계집(錦溪集) 잡저에, "최충이 구재九齋를 설치하고 후학들을 가르쳐 세상에서 그를 '해동부자(海東夫子, 공자를 높여 이르는 말,덕이 높아 스승이 될 만한 사람을 높여 이르는 말)'라 일컬었지만, 세상에 적용하여 도道를 밝힌 효험이 없었고 문장이나 수식하는 부박(浮薄, 천박하고 경솔함)한 선비들이었다. 또한 세상에서 근본을 힘쓰고 사특한 것을 억누르는 의리에 대하여는 듣지 못하여, 담론하는 것이라곤 단지 성현 말씀의 찌꺼기뿐이었다."라고 무식하게 혹평하였다. 이와 같은 평가는 경전과 수기 치인의 교육적 원칙에 충실하였던 최충을 바로 보지 못하고 사장 위주의 고시과목에 치중한 단면만 본 것이었다. 그러나 학생들을 지도함에 있어 최충이 지도한 과거준비는 부차적인 것이었다.

소원과 목표는 분명 다르다. 교육제도를 개혁하고 싶다면 소원이지만 교육제도를 개혁하겠다는 것은 목표가 된다. 최충은 소원이 아닌 목표였다. 목표는 구체적인 계획과 굳은 의지가 있어야 한다. 감정적 대결이 아닌 교육적 대결, 구재학당 설립은 단순한 소원이 아닌 자신의 목표였던 것이다. 이와 관련해 최충은 구재학당을 설립한 후에는 목표가 아닌 교육적 명령으로 바꾸었다.

성공으로 통하는 가장 중요한 자질 가운데 하나가 바로 자신감인데, 최충의 자신감은 긍정적 마인드로 더 이상 미루거나 기다리지 않는 '결단과 실천'이라는 불유여력不遺餘力으로 최선을 다 하였다. 이는 많은 사람으로부터 욕먹는 교육, 자식에게까지 부끄러운 교육이 되지 않기 위해서였다. 누구든지 학문이 없는 미개인에 비해 자신의 생활조건을 더 잘 알고 있다고 말할 수는 없다. 예를 들어 기차에 탔을 때 우리가 전문적인 물리학자라면 몰라도 나머지 대부분은 그것이 어떻게 움직이는지 그 이치를 잘 모른다. 그에 비해 미개인은 그날그날의 식량을 얻기 위해서는 어떻게 해야 하는가, 또 어떤 옛 가르침이 유용한가를 잘 알고 있다. 그러므로 학문을 한다는 것이 반드시 그만큼 자신의 생활 조건에 관한 일반적인 지식을 많이 갖는다는 의미는 아니다. 구재학당에서는 효를 강조하는 것이 전통 윤리였다. 전통 윤리에서는 주로 유학의 내용을 받아들여, 부모에게 절대적으로 효를 다할 것을 주장한다. 물론 부모의 은공에 조금이나마 보답하고자 하는 사상은 도덕적으로도 옳고, 크게 장려할 만한 것이다. 그러나 부모를 위해서만 산다는 생각이나 부모를 절대로, 거역할 수 없는 존재로 여기는 점에는 다소 문제가 있다고 이야기하는 것이 구재학당의 교육이였다. 이는 유학을 개창한 공자의 말에서 효 사상의 맹점을 발견하는 것과 같다.

"아버지가 옳지 않은 일을 하명하면 어떻게 해야 하느냐?" 하는 질문에, "세 번 잘못된 점을 말씀드리되, 그래도 명령하신다면 울면서 따라야 한다."는 공자의 주장에서 효 사상이 자칫하면 그릇된 방향으로 흐를 수 있다는 것을 알 수 있기 때문이다. 실제로, 중국 진나라의 태자는 효 사상의 그릇된 발로로 목숨을 끊었다. 아버지 진시황은 병석에서, 간신들이 태자를 모함하는 것만 듣고 그의 처형을 명하였다. 그러나 태자는 그런 내막을 소상히 알고 있었으나, 자식 된 도리로 아버지의 뜻을 거스를 수 없었기에 목숨을 잃은 것이다. 이는 잘못된 것이다. 이러한 생각은 당시 고려 사회에서는 '진보progress'의 개념이었다.

구재학당이 빛을 발하게 된 것은 진보에 해당하는 '가치의 증대'에 있었다. 진보와 발전의 함축적 의미를 살펴보면, 발전은 가치를 지니지 않아도 되는 데 비해, 진보는 언제나 가치를 지녀야 한다는 사실로 미루어, 우리는 발전과 진보의 개념을 구분할 수 있다고 생각한다. 그러나 양자를 구별하는 적절한 기준의 예로 'progress'와 'progressive'는 일시적 과정의 진행 중에 나타나는 것이지만, 진보라는 용어가 과정의 전前 단계에 실재했던 것보다 더 높은 가치를 지니고 있다는 의미로 한정되는 것은 아니다. 그러나 구재학당이 빛난다는 것은 진보라는 의미를 내포하고 있기 때문이다. 그리고 구재학당 교육과 관련성을 가지고 사용될 때는 언제나 진보라는 의미를 지닌 것으로 생각할 수 있다. 그런데 발전과 진보라는 용어를 일상적으로 사용하든, 교육적으로 사용하든 양자의 구별이 언제나 가능하다는 보증은 없다.

역사는 진보의 법칙에 지배된다. 그리고 발전과 진보는 일정한 변화의 과정에서 어떤 지향성을 지니고 있다. 그런데 여기서 지향성이란 단순히 과거에 맹목적이냐는 것과 그 뒤를 잇는 어떤 것의 관계라기보다는, 오히려 이전 단계에 있었던 것이 그 이후 단계에서는 좀더 두드러지고 명백해진다는 뜻으로 이해하여야 할 것이다. 발전과 진보라는 관념에는 한 가지 더 주목할 만한 요소가 있다. 그것은 발전과 진보의 과정이 어떤 과정이든 계속성을 지니고 있고, 과정의 변화들은 목표를 향해 단계별로 꾸준히 진행되어 왔다는 것이다. 구재학당의 운영에서도 이와 같은 사실을 분명히 인지할 수 있다. 우리가 발전 과정을 추적해 보면 예견되던 목표 대신에 일시적 퇴보 단계로 들어서는 시점에서, 우리는 그 퇴보를 발전 과정의 한 부분으로 간주하지 않고 발전의 단절로 보게 된다. 그렇지만 만약 지향성 있는 과정 중에 나타난 단절이라면 그 단절은 발전의 한 국면으로 간주한다. 그 이유는 그러한 단절로 발전과정이 지향하고 있는 목적성이 훨씬 더 충실하게 실현되었기 때문이다. 이렇게 볼 때 '발전'과 '진보'는 둘 다 목표 지향성이란 의미를 내포하는 개념인데 구재학당이 빛을 발하는 것은 바로 이러한 발전과 진보를 내포하고 있기 때문이다. 이상의 논의를 메뚜기와 개구리의 예화로 이해의 폭을 넓히고자 한다.

> 메뚜기와 개구리가 놀았다. 개구리는 메뚜기에게 "얘, 그만 놀자. 날씨가 추워지니 내년에나 만나자." 하고 말했다. 그러나 메뚜기는 내년이 무엇인지 알지 못했다. 개구리는 아무리 내년을 설명해도 메뚜기는 이해할 수가 없었다. 바로 경험이 없었기 때문이다.

여기서 경험이란 일종의 '발전'과 '진보'였다. 이는 무無에서 유有를 창조하는 것이다. 유有는 경험에서 나오는 산물이다. 내가 해본 것은 직접경험, 책이나 다른 사람에게서 들은 이야기는 간접경험이다. 내가 해본 직접경험들은 모두 교육의 자료가 된다. 교육은 대상과 대상을 연결해 열린 눈으로 바라보는 것이다. 진정한 교육은, 심리적 왜곡에 빠지지 않고 조건 없이 대상을 바라보아야 한다. 그다음은 '왜'라는 질문을 던져보고 객관적인 대상을 주관적인 자신의 것으로 만들어야 한다. 이것은 심리적으로 거리를 좁히게 되는 계기가 된다. 이렇게 거리를 좁힌 다음에는 뒤집어 보기가 필요하다. 교육적 감각을 곤두세우고 그 대상을 멀리서 보기도 하고, 눈을 크게 떴다, 감았다 하면서 실눈으로 세심하게 보아야 한다. 대상에 대한 사전 지식과 이해의 폭을 넓게 둘수록 교육받는 대상은 다양한 모습으로 보인다. 이러한 교육적 관찰을 극대화하는 방법으로는 특별한 장소를 찾는다던가, 습관을 기르게 하는 것이다. 이때 학생들도 자신의 마음이 기우는 곳을 가게 되면 심리적 안정감을 느끼게 된다. 이렇게 외부에 방해받지 않고 주의 깊은 교육을 할 수 있는 자신감을 갖게 된다. 따라서 마음을 비우고 전력하는 교육은 형식이 필요하지 않다. 이렇게 편하게 교육한다면 일단 절반은 성공한 것이다. 나머지 절반은 부족한 부분을 최선을 다해 지도하는 일만 남았다. 구재학당은 새로운 교육을 시작하기 전부터 교육적 수단의 효율 따위에 얽매이지 않았다. 처음부터 100%의 교육적 수단으로 들어가는 것이 아니라 이것은 해보면 어떨까 하고 30% 정도의 교육적 수단으로 시작해본 것이 저절로 성장해 간 것이다. 변화와 발전으로 구재학당이 빛난 것이다.

19장. 구재의 명칭과 교육적 가치

골품제도의 타파를 추구하며 고려 건국에 참여한 육두품 세력과 지방의 호족세력은 새로운 사회윤리와 정치이념이 필요하였다. 태조 왕건 역시 후삼국통일을 달성한 후에는 기존의 호족세력들을 새로운 고려 사회의 지배 세력으로 포용하였다. 이는 왕권을 강화하려는 왕건의 입장과, 왕권을 견제하면서 그에 상응하는 독립적 지배권력을 행사하려는 호족 세력들과의 절충이었다. 그러나 왕건 사후, 혜종대부터 호족세력과 왕실세력 간의 권력 쟁탈이 표면화되어 나타났다. 이에 광종은 호족세력의 숙청과 왕권 강화를 위해 과거제를 실시하였다. 과거 시험내용은 유교경전에 관한 지식을 선발기준으로 삼는 것이었다. 당시의 유학은 경사經史·사장詞章 중심의 학문이었으며, 유교교육은 화민성속化民成俗의 교육을 중시하였다. 당시 고려의 교육기관은 국자감(國子監)이었다. 국자감(國子監)에서는 구경九經과 삼사三史에 통달하고, 정치·법률·제도를 잘 알게하며, 최종적으로 그러한 지식을 실제 정치에 운용할 수 있는 관리를 양성하는데 목적이 있었다. 이러한 제도적 교육은 왕에 대한 충성을 강조하여, 왕권 강화에 유리하였다. 그러나 성종 이후 과거를 통해 관직에 진출한 일련의 세력들은 음서제와 공음전시과 등을 통해 관직을 독점하는 한편 경제적 특권을 향유하였다. 이러한 결과로 고려 사회는 귀족적 색채가 짙은 정치체제가 구축되었다. 이들은 왕실이나 대 가문(大 家門)과의 혼인관계를 통해 문벌을 형성하면서 자신들만의 정치세력 기반을 다져 나갔다.

최충은 당시 고려 사회의 안팎 사정을 통찰하여 과거제도를 바로잡고 새로운 유형의 관리를 양성하기 위해 사숙私塾인 구재학당을 개설하였다. 이때 문도門徒들이 모여들어 유학부흥의 토대가 되었는데 교육의 목표는 인의仁義와 인륜人倫에 바탕을 두고, 교육 내용은 구경과 삼사였으며, 시부사장詩賦詞章의 교육도 병행하였다. 시부사장詩賦詞章의 교육은 과거시험 합격을 위한 불가피한 것이었다. 그러나 교육 실상을 자세히 살펴보면, 과거 준비에만 치중한 것은 아니었다.

귀법사(歸法寺) 여름학습(夏課)에서 각촉부시刻燭賦詩를 통해 웃사람과 아랫사람간의 순서를 엄격히 따져 예교禮敎를 실천한 것은 심성(心性)·성명론적(性命論的) 차원에까지 이른 것이다.

최충이 구재학당을 송악산 아래 자하동(紫霞洞)에 마련하고, 교육내용 중 악성의 의미를 살펴보는 일은 매우 중요하였다. 구재 가운데 첫 번째인 악성樂聖의 의미는 그 나머지 팔재八齋를 설명하는 본질적 의미를 지니고 있다는 점에서 그 중요성이 더욱 강조되고 있다. 그 이유는 팔재八齋의 의미가 악성을 부연설명하고 있기 때문이다.

구재九齋의 첫머리에서 악성樂聖을 말한 것은 성聖의 의미가 구재九齋의 마지막 대빙에까지 이어지는 뜻을 지니고 있다는 것이다. 그 이유는 성인聖人이 된다는 것은 실제 삶의 현장에서 인간관계를 가장 성실하게 유지할 수 있는 최선의 길인 것이고, 따라서 성인이 되는 길은 인생에 있어서 처음이면서 마지막으로 그 중요성이 강조되어야 한다는 의미를 지니고 있기 때문이다.

이처럼 성인이 된다는 것은 매우 중요한 의미를 지닌 반면, 지속해서 성인의 삶을 유지하기 위한 공부는 그 중요한 만큼이나 어렵다는 지적이다. 그러나 어려운 성인의 길로 가려는 애착을 지니고 즐거운 마음으로 조금씩 다가설 수 있도록 '악樂'자를 '성聖'자 앞에 첨가하였다는 것이다. 따라서 성인의 길을 찾아내어 열심히 살아간다는 것은 어려운 일이지만, 이 어려움을 강인한 의지로 감수하려는 다짐이 바로 악성樂聖의 뜻인 것이다.

중용에서 공자는 순을 성인으로 높이 평가하고 있었다. 그리고 공자는 순에게 있어서 성인이 될 수 있다는 근원을 지극한 효행에서 찾았다.

그 이유는 부모에 대한 효행이 다양한 대인관계를 진실하게 유지할 수 있는 덕의 근원이 되었기 때문이었다. 이러한 순은 사건이나 사물을 정확하게 살폈고, 이와 함께 인륜을 밝혔으며, 또한 다른 사람들의 인의를 단지 모방이 아닌 순수한 인간성, 그 자체를 행동으로 옮겨 구체적으로 실천하였다. 우리는 공자와 맹자를 유교의 종주로 이해하고 있지만, 실제 유교의 종주는 순이었다는 사실을 이와 같은 설명에서 찾을 수 있는 것이다.

이처럼 공자가 순을 위대한 인물로 높이 평가하였던 것은, 순이 효를 기반으로 한 성실한 인간관계의 유지에 있었다. 성인의 길로 가기 위한 인간관계 기반의 구축은 효행에서 시작 되었다. 특히 어려움을 극복하고 이루어 낸 성인의 모습에서 감화를 받은 사람들은 정신적인 안정과 성인이 되려는 강인한 의욕을 갖게 되는데, 바로 이러한 악성樂聖을 최충은 항상 유념하였다.이러한 점에서 최충의 구재학당은 성인으로 살아가는 길을 그 목표로 삼고, 실제 삶의 현장에서 그 목표를 달성하기 위한 첫 출발로 효행을 중요시하였던 것이다. 고려초에 세워진 국자감도 교육과정에서 그 효행을 목표로 삼고, 그 실천 방안을 여러모로 모색하였던 내용과 일맥상통 하였다. 다음은 구재(九齋)의 명칭에 함축된 의미를 정리한 내용이다.

1) 악성(樂聖 : 성인 본받기를 즐겨함)

'악성(樂聖)'은 성인聖人의 도道를 발견하고 그것을 본받기 즐겨한다는 뜻이다. 여기서 '악樂'이란 '성인들의 시를 외우고 글을 읽는 것을 기뻐 흠모하고 수락한다'라고 한 주자(朱子)의 말을 인용한 것이다. 따라서 성인이 된다는 것은 갑자기 될 수 없으므로 성인 본받기를 즐거워하는 마음으로부터 학업을 시작한다는 의미를 지닌다. 따라서 구재九齋의 첫 번째인 악성樂聖은 성인聖人의 도道를 발견하고, 그것을 사랑하고 즐기는 것을 교육하고자 한 것이다. 구재九齋의 명칭에서 처음에 성聖을 말한 것은 구재九齋의 종국적인 목표가 성인聖人임을 암시한다. 이는 마치 『중용(中庸)』의 첫머리에서 '하늘이 명령한 것을 본성이라고 한다[天命之謂性]'는 중용의 종국적인 목표가 자기의 본성[性]을 깨닫는 데에 있음을 보여주고자 하는 것과 같다. 다시 말해 악성이란 성인을 흠모하여 좋아하며, 성인을 본받아 배우는 것을 즐겁게 여기는 것이다. 따라서 성인을 자신의 목표로 삼고 즐거운 마음으로 매진하는 것이다. 누구나 성인이 되겠다고 스스로 기약하는 것은 초학자의 필수적인 차례다. 그러므로 율곡은 그의 저서에서 "초학자는 먼저 모름지기 입지를 하되, 반드시 성인이 되겠다고 스스로 기약하라"고 하였다. 성인이란 신과 같이 완전무결한 최고 지상의 인간이다. 사람들은 처음 배울 때부터 목표를 최고로 높게 잡아야 발전할 수 있는데, 만약에 목표 자체가 비천하면 발전할 수는 없을 것이다. 따라서 '초학자는 반드시 성인을 목표로 삼고 즐겁게 매진하라.'는 뜻에서 악성을 구재의 명칭에 제일 먼저 놓은 것이다.

2) 대중(大中 : 크게 중도(中道)를 지킴)

대중大中이란 큰 중도(中道)혹은, 큰 중용(中庸)이다. 앞서 성인의 도를 배우기를 즐거워하는 마음을 가졌으면 그에 합당한 기준을 세워 여기에 부합되도록 노력해야 할 것이다. 여기서 말하는 중용(中庸)은, '나의 본성을 따르는 것을 도道라 한다. [率性之謂道]' 바로 중용(中庸)의 도道이며, 이는 하늘이 명령한 인간의 본성이며, 개인 스스로 자신의 본성을 따른다는 것이다. 그런데 도道는 어느 한 쪽으로 치우침도 없으며, 평범해야 한다(中庸). 공자(孔子)가 말한 성聖은 '애쓰지 않아도 꼭 부합되고, 억지로 생각하지 않더라도 도에 맞는 것'이라고 한 것처럼, 성인이 되기 위해서는 중용(中庸)의 도를 지켜야 하는 것과 같다. 최충이 구재(九齋)의 명칭 가운데 '대중(大中)'을 하나의 항목으로 설정한 것도 대중(大中)이 성도聖道의 표준이 된다고 보았기 때문이다.

따라서 대중은 성인의 도이다. 유가儒家의 성인은 대중(크게 알맞음)과 지정(지극히 공정함)이다. 구재의 명칭에서 악성 뒤에 대중을 둔 것은 유가儒家의 대중(大中)에서 지정한 성인의 도를 표준화하려는 의미로 보인다. 그 이유는 대중(大中)을 지정한 것은 유가儒

家의 성인에서만 가능한 것이기 때문이다. 대중(大中)이란 원래 주역(周易)의 술어인데, 정자(程子)는 "성인의 대중함을 알면 석씨(석가모니)가 말로써 세상을 유혹시키지 못했을 것이다."라고 하였고, 주자(朱子)는 "황극(皇極)은 임금이 대중으로 지정한 표준을 세우는 것이다."라고 하였다. 구재명칭에서 대중을 악성뒤에 세운 최충의 뜻은, 대중의 표준을 동방에 세워 선성先聖의 도를 익히고자 함이었다.

3) 성명(誠明/성실하게 선을 밝힘)

성명誠明은 성실하게 선善을 밝히는 뜻이 있다. 성誠이란 성신誠身의 뜻이고, 명明이란 명선明善의 뜻이니, 자신을 진실되게 하여 선을 밝히라는 뜻인 것이다. 중용에 성으로 말미암아 밝아짐을 성이라 하고, 명으로 말미암아 성실해짐을 교敎라고 하였다. 중용에서는 "누구나 성실하면 밝아지고, 밝아지면 성실해진다."고 하였다. 그리고 "성誠이란 것은 하늘의 도道이고 성誠되려고 노력하는 것은 사람의 도道"라고 하였다. 주자는 "성이라고 하는 것은 진실무망眞實無妄함을 말한다."라고 하였고, 주렴계(주돈이)는 "성은 성인의 본분이니 성인은 성 될 뿐이다."라고 하였다. 따라서 최충은 성誠이란 진실 무망한 천도요, 성인의 도이니, 대중의 도는 성되지 못하고서는 밝힐 수 없기 때문에 낙성, 대중, 다음에 성명을 놓은 것이다. 특히 최충은 낙성, 대중, 성명을 대학의 삼강령(明明德 新民 止於至善)과 중용의 삼강령(天命之性 率性之道 修道之教)과 유사하다는 생각과 함께 '성'誠은 자신의 몸을 성실히 하는 것이고, '명'明은 선(善)을 밝히는 것이라고 굳게 믿었다.

주자(朱子) 또한 『통서(通書)』에서 '성誠은 성인의 근본으로, 성인이란 성誠일 뿐이다.'라고 하였다. 최충의 생각은 옛날 성인들의 대중(大中)의 도를 알기 위해선 성실하지 않으면 안된다고 생각하여 대중(大中) 다음에 성명(誠明)을 놓은 것이다. 『중용』에서는 인간에게 이理가 있으며, 기氣를 통해서 마음을 발한다고 하였다. 여기서 마음을 발한다는 것은 외부로부터 자극을 받아 내부로부터 반응을 일으키는 것이다. 이 경우 선한 방식을 취해야 한다. 그리고 이를 위한 부단한 노력과 변함없는 노력을 통해 중도中道를 실천해야 한다. 따라서 성실함으로 선을 밝힌다는 것은, 나의 본성을 깨닫는다는 것을 의미하는 것이다.

4) 경업(敬業/학업을 공경함)

'경敬'이란 한 가지에 주력하는 것이다. '업業'이란 친구간에 강론함을 익히는 것이다. 주자(朱子)는 학문을 공경히 한다는 것은 마음을 주력하여 지혜를 극진히 하는 일을 업으로 삼는 것이라고 하였다. 이것은 지금까지 논의한 악성樂聖-대중大中-성명誠明의 단계에서 닦은 마음을 기초로 하되, 마음은 오로지 학문하는 일에 전념하라는 의미가 담겨 있다. 따라서 경은 학업을 공경하는 일이고, 업은 정신을 한 곳에 집중한 흩어짐이 없는 상태이다. 이를 주일무적主一無適이라 하고, 또는 정신이 정연하고 가지런하여 엄숙한 상태인 정제 엄숙이라고도 한다. 또는 또렷이 깨어 있는 법이라고하여 성성법惺惺法이라고도 한다. 결론적으로 경이란 정신통일을 의미하고, 업이란 친구들이 강습하는 것을 이른다고하여 붕우강습지위업(朋友講習之謂業)이라고도 한다. 그러므로 업이란 학업 또는 수업을 뜻하는 것이다. 따라서 경업이란 정신을 집중하여 학업에 정진하라는 뜻이다. 주자도 "경업이란 마음을 전일하게 하고 뜻을 모두 바쳐서 학업을 일삼는 것이라"고 단정하였다.

5) 조도(造道/도(道)에 나아감)

맹자(孟子)는 "깊이 나아가기를 도道로써 한다."라고 하였다. 주자(朱子)는 주(脚註) 달기를 "조造라는 것은 깊이 나아간다는 것이니 깊이 나아간다는 것은 나아가기를 그치지 않는다는 것이요, 도라는 것은 그 나아가는 방법이다."라고 하였다. 또한 "사람이 학문을 함에 있어서 순서대로 따르는 것, 이것을 도"라고 하였다. 조도造道는 구재九齋에서 다섯 번째에 있는데, 조도는 그 이전 악성(樂聖)·대중(大中)·성명(誠明)·경업(敬業)과 이후 솔성(率性)·진덕(進德)·태화(太和)·대빙(待聘)을 잇는 역할을 한다. 한편 『중용(中庸)』에서 '도는 하늘이 명령한 본성에 따라 나아가는 것'이라고 하였

다. 이를 조도造道라고 할 수 있는데, 이는 학문의 기본자세가 된
다. 결국 조도란 도道에 나아감을 뜻한다. 맹자도 조도에 대해
"깊이 도에 나아가 자득하고자 함이다."라고 하였는데, 주자는
이에 대해 "조는 깊이 나아감이니, 깊이 나아간다는 것은, 나아
감에 있어 그치지 않는다는 뜻이요, 도는 그 나아가는 방법이
다."라고 정의하였다.

6) 솔성(率性/본성을 따름)

중용에서는 '본성을 따르는 것이 도'라고 하였는데, 주자(朱
子)가 여기에 주(脚註) 달기를 "솔率은 따르는 것이고, 도道는 길
과 같다."고 하였다. 이는 사람과 사물이 각각 타고난 자연
의 본성을 따르니, 매일매일의 모든 행동이 마땅히 행해야
할 길이 있는데 이를 도道이라고 한 것이다. 따라서 솔성率性은
『대학(大學)』의 의지를 성실히 한다(誠意)는 말과 유사한 구조가 된
다. 대학에서는 덕德을 먼저 말한 뒤, 성의誠意를 이야기하며 솔
성을 덕德에 나아가는 기초로 삼았다. 이와 마찬가지로 구재九
齋에서도 제일 먼저 성聖을 말한 뒤, 솔성率性을 이야기 하면서 성
인聖人으로 나아가는 기초로 삼게 하고 있다. 중용에서도 솔성
은 '하늘이 인간에게 명령한 것[天命之謂性]'인 본성을 집중하게
하고, 거기에 어긋남이 없게 가르치고자 한 것이었다고 하였다.
여기에서 솔성은 본성을 따른다는 뜻이다. 중용에서 자사는 다

음과 같이 말하였다.

"하늘이 명하신 것을 성이라 이르고, 성을 따르는 것을 도라 이르고, 도를 절도있게 품수稟受한 것을 교"라고 하였다. 주자 또한 "솔이란 따름이요, 도道는 노路와 같다. 사람과 물건이 각기 그 본성을 따르면 각기 행하여야 할 길이 있으니 이것이 바로 도"라는 것이다.

주자의 말을 한마디로 정리하면 솔성이란 사람이 태어날 때 본디 받아 가지고 태어난 본성대로 따르라는 것이었다.

7) 진덕(進德/덕을 향해 나아감)

공자(孔子)는 '충신은 덕德으로 나가는 것이다'라고 하였다. 충신忠信은 인간의 바탕이 아름다운 것이요, 덕德은 인간이 타고 난 것이다. 예禮에는 "충신忠信이 없으면 도道가 헛되어 행해지지 않는다"고 하였다. 인간의 본심本心은 태어날 때부터 지니게 된 덕德을 더욱 진작시켜 스스로 그만둘 수 없게끔 하는 것이었다. 따라서 진덕進德은 덕德을 쌓아 성인의 도로 나아가는 것을 의미한다. 덕이란 사람이 태어날 때 하늘로부터 타고난 본성, 즉 속의 덕이니, 덕으로 나아간다는 것은 본성 속의 선한 덕성을 확충하여 나아감을 뜻한다.

8) 태화(太和/크게 말함)

역(易)에서 '대(大)와 화(和)가 합해서 태화(太和)한다'라고 하였는데, 여기서는 대(大)를 바꾸어 태(太)라고 하였다. 또 중용에서는 중화(中和)라고도 하였는데, 중(中)을 달리 태(太)로 말한 것은, 이미 대중(大中)을 말했기 때문에 태화(太和)라고 한 것이다.

주자(朱子)도 "공자의 태화(太和)는 원기元氣가 춘하추동에 유행流行하는 것과 같다."라고 하였는데, "공자가 벼슬할 만하면 벼슬을 하고, 물러날 만하면 물러나고, 오래 있을 만하면 오래 있고, 빨리할 만하면 빨리하여 각기 성인(聖人)의 덕(德)을 이루어 화(和)를 이룬 것이다."라고 하였다.

중용에서는 "우리의 감정, 즉 희로애락(喜怒哀樂)이 아직도 발하지 않은 상태가 곧 본연의 성性이며, 하늘이 인간에게 명한 것이 본성이다. 그것은 아직도 발하지 않은 만큼 어느 한 쪽으로 치우치거나 과불급過不及이 있을 수 없으므로 중中이라고 할 수도 있다."고 하였다.

그렇지만 인간은 희로애락喜怒哀樂이 생기게 마련이고, 희로애락喜怒哀樂이 생기는 상태는 정情이라고 하였다. 그런데 정이 생기면 과불급過不及이 생기기 쉽고, 적당한 도에는 맞지 않는 경우가 생기기 쉽다. 그러나 정을 중도에 따라 잘 발굴시킨다면, 이것은 천리에 맞는 화和라고 했다. 그러므로 태화(太和)는 성인의 도를 따르려고 노력한 뒤, 그 결과 덕을 쌓고 하늘의 이치에 맞는 적절한 화和를 크게 이루는 단계라고 할 수 있다.

그리고 이 단계가 이루어지고 나면 성인의 경지에 이를 수 있다는 것이다. 결국 태화는 크게 화한다는 뜻이다. 주역에도 건도乾道가 변화함에 따른 대화를 말하였는데, 중용에는 희로애락이 발하지 않은 것은 중이라 하였고, 발하여 절도에 맞은 것을 화라고 하였다. 결국 중이란 천하의 큰 근본이요, 화란 천하에 달한 도인 것이다. 그리고 중과 화를 이루면 천지도 제자리에서 편안하고 만물도 잘 생육 된다."고 하며 중화를 말하였다.

그런데 최충이 구재명에 태화라고 한 것은 구재명에 대중이 있었기에 대자, 중자를 바꾸어 태자로 쓴 것이다.

9) 대빙(待聘/빙문을 기다림)

공자(孔子)가 말하기를, "선비는 자기 스스로 보물을 지니고 있어 남이 찾아오기를 기다린다"고 하니, '빙聘'이라는 것은 선생을 맞이하는 예(禮)인 것이다. 그래서 구재학당에서 마지막 단계에서 가르치는 것은, 구재의 생도가 성인의 경지에 이르러 사표가 되면 임금이 찾아와서 예를 갖춰 선생으로 모셔가기까지 기다리라는 것이다. 다시 말하면 스스로 나서 선생이 되려고 힘쓰는 것이 아니라, 스스로 귀하게 되어 좋은 대우를 받을 때까지 기다리라는 것이다. 따라서 대빙(待聘)은 구재학당에서 사표인 관료로 진출할 수 있는 자격을 갖추어가는 단계로 구재九齋 가운데 마지막 재명齋名이 된 것이다. 대빙은 기다린다는 말이다. 학자는 자신의 인격을 도야하여 인격이 완성되었을 때, 현학衒學을 하여서는 안될 것이다. 공자가 말하기를 "선비는 진귀한 보물을 간직하고 있으면서, 예빙을 기다린다"고 하였는데, 여기서 공자가 말한 예빙이란, 스승을 맞이하는 예인 것이다.

자공이 공자에게 묻기를 "여기 아름다운 옥이 있는데, 함 속에 잘 쌓아 간직할까요, 아니면 좋은 값을 구하여 팔까요?"하니 공자는 말하기를 "팔기는 팔 것이나, 나는 좋은 값을 기다리는 사람이다."라고 하였듯이 선비는 자신의 공부功夫를 극진이 하고서는 예빙禮聘을 기다려야 하는 것이었다.

지금까지 구재학당九齋學堂의 명칭을 살펴본 결과, 개별적 의미는 모두 유생이 갖추어야 할 덕목들인데 악성樂聖으로 시작해 대빙待聘의 예禮로 마무리 지어졌다. 이는 중용을 크게 벗어나 있지 않을 뿐만 아니라, 중용의 근간을 기본으로 삼았음을 알 수 있었다. 그러므로 최충의 학문은 중용에 근거하고 있음을 알 수 있고, 수기치인修己治人의 원리에 근거함을 알 수 있었다. 따라서 수기修己에는 악성(樂聖)·대중(大中)·성명(誠明)의 단계가 이에 속하고, 치인治人에는 경업(敬業)·조도(造道)·솔성(率性)·진덕(進德)·태화(太和)·대빙(待聘)의 단계가 이에 속한다. 이로써 최충은 논어·맹자·

중용 등의 유학을 고려 사회에 중용 중심의 유학으로 사상적 변혁을 앞당겼다는 평가를 받는다.

20장. 학자들이 구재의 명맥을 이어가다

　최충의 아들은 최유선(崔惟善)·최유길(崔惟吉)이다. 최유길은 벼슬이 상서령(尙書令)에 이르렀고 그의 아들은 최사추(崔思諏)인데, 『최사추전(崔思諏傳)』이 따로 있다. 당시 과거를 보는 방을 고려의 으뜸 벼슬에 비유하여 '상서방(尙書牓)'이라 불렀는데[101] 최충이 선발한 인재들은 고려시대의 유학교육에 지대한 영향을 끼치게 되었다. 최충은 유학을 계승한 인물로 국자감에 입학하기 힘들어진 중하위급 관리나 향리의 자제들을 구재학당에 입학시켜 공부할 수 있게 하였다.[102]

---

101) 『보한집』, 권상, 문헌공.
102) 천인(賤人)과 향(鄕)·부곡인(部曲人) 등의 자손 및 몸소 사죄(私罪)를 저지른 자는 입학을 허가하지 않는다. 율학(律學)과 서학(書學), 산학(算學)은 모두 국자감(國子監)에서 공부한다. 율학·서학·산학의 학생 및 주현학(州縣學)의 학생은 모두 8품 이상 관리의 아들과 서인(庶人)으로 삼고, 7품 이상 관리의 아들은 원하면 들어준다.

구재학당은 수업방식과 입학자격에서 관학과 차별화된 교육을 실시할 수 있었다. 관학이 제 기능을 다 하지 못하던 때에 자율성을 바탕으로 관학과 차별화된 교육이 실시된 것이다. 따라서 학생들이 모여들게 된 것은 당연한 현상이었다.

이러한 요인들을 바탕으로 문종대 설립된 구재학당은 발전을 거듭하며 고려 사회의 교육을 담당하는 역할과 함께 고려의 많은 인재들을 배출하였다. 그 대표적인 인물인 구재 중 성명재 출신의 이규보(李奎報)는 그의 저서 『동국이상국집(東國李相國集)』에서 하과에 대한 내용을 언급하였다.
이규보는 『동국이상국집(東國李相國集)』에

내가 들으니, "선현先賢의 유문儒門에는 각기 재齋를 두었는데, 인원이 많은 것도 있고 적은 것도 있어 여름 철마다 한곳에 모여 학업을 읽혔으니 이를 하천도회夏天都會라 했다."라고 한다. 그런데 근래 국가에 어려움이 많아 이러한 풍습風習이 거의 끊어지게 되었다. 지금 들으니 우리 재齋가 하과를 실시했다고 하는데 얼마나 기쁜가. 다른 재齋는 미처 실시하지 못했다고 하더라도 이로써 유풍이 다시 점차 융성해질 것이고, 다른 재齋도 잇달아 흥할 것이다. 모두 상서尙書의 학사學士가 지휘한 공력이다. 어찌 경하할 일이 아닌가.[103]

---

103) 『동국이상국집』 후집 권7, 「기금학사창」.

이상의 내용은 몽골의 침입으로 고려가 고종 18년(1231)에 강화로 천도한 이후 교육이 정상적으로 이루어지지 못하던 상황에서 구재학당의 하과가 중단되었었는데, 고종 26년(1239)에 고종의 명으로 상서직에 있던 성명재 출신의 김창(金敞)이 하과를 다시 실시하자 이규보가 이를 축하하며 지은 글이다.

이 하과의 부활을 축하하기 위해 쓰인 글을 통해서 구재 간의 관계가 어떠했는지 짐작해 볼 수 있다. 이에 대해 구재의 명칭에 따른 단계로 보아 구재는 진학순서 등 유기적인 관계로 이루어졌다는 주장을 전술한 바 있다. 그러나 이러한 주장은 재명을 재해석하거나 출전과 관련해 유추한 것을 근거로 한 것이다.

실제 구재 출신이었던 이규보의 경우를 보았듯이 진학 과정으로 구성되어 있기 보다는 각 재는 독립적으로 운영되었음을 알 수 있다. 그 예로 성명재 출신의 이규보는 성명재 하과의 부활에 기뻐하였으나, 조도재 출신의 이수(李需)는 착잡한 심경을 토로한 것이다. 이를 통해 알 수 있듯이 각 재들은 수직관계가 아닌 동일한 교육수준을 가졌던 것으로 볼 수도 있을 것이다.

인종(仁宗) 11년(1133) 6월에 판判시하기를, "각 학도徒의 유생儒生들은 스승을 등지고 다른 학도徒로 소속을 옮긴 자는 동당감시東堂監試에 응시함을 허

락할 수 없다."라고 하였다.[104]

이상의 기록은 학도들이 다른 학도로 이적하면 동당감시 응
시 자격을 박탈하겠다는 기록으로 소속을 옮기지 못하도록 한
조치였다. 이러한 조치는 당시 많은 학생들이 학도를 옮겼다는
것을 반증한다. 이는 구재가 진학 과정으로 이루어졌을 경우,
한 과정을 이수하지 못한 학생이 다른 과정을 교육하는 재로 옮
겨가는 현상을 의미하는데, 과거를 준비하는 학생들에게는 효
율적인 공부가 되지 않았을 것이다. 따라서 당시 각 재에서 교
육하는 학업 수준은 비슷했을 것으로 보는 것이 타당할 것이다.
따라서 구재는 유기적으로 구성되어 있기보다는 각각 독립적으
로 운영되었을 것이다.

이러한 구재의 교육 방법은 경전 위주의 수업이 시행되던 관
학과 차별화를 갖고 많은 학생들의 요구를 충족할 수 있었다.

또 입학 자격의 문턱도 관학보다 낮았기에 사학에서의 교육
을 희망하는 학생들을 더 많이 수용할 수 있었다. 그리고 구재
에서 하과를 열고, 학도들이 시를 지으면 그것을 평정하며 성적
에 따라 우수한 시詩는 방勝을 붙이는 동시에 성적순으로 호명
하여 좌석을 정한 후 간단한 주석을 차리고 그 좌우 편에는 기
혼자冠와 미혼자童가 정렬하여 앉으며 그사이에 술잔을 돌리는

---

104) 『고려사』, 권74, 선거지2, 학교, 사학.

데 모든 행동에 예절이 있고 어른과 어린이의 질서가 정연했으며 서로 시를 읊으며 그날을 즐겁게 보내고 해가 저물면 일동이 모두 락생영(洛生詠-시낭송의 일종)을 합창하면서 파하니 보는 사람마다 누구나 칭찬하고 감탄하지 않는 자가 없었다. 그가(최충) 죽은 후 시호를 문헌(文憲)이라고 하였는데, 그 후에 과거에 응시하는 자들이 모두 9개 서재에 적(籍)을 두었으므로 이들을 모두 문헌공 학도라고 불렀다. 〈북한『고려사』〉 이는 모두가 구재의 명맥을 이어가는 신유학의 실천자들이었다.

이러한 교육활동이 성공하고 정착될 수 있었던 이유는 무엇이었을까?. 그 이유는 구재학당의 교육이념이 전인적 인간 형성에 있었기 때문에, 사변적 이론 외에 시부詩賦를 부과시켜 인간의 성정性情을 도야시키는 데에도 소홀히 하지 않았기 때문이다. 그리고 학생들은 여가 시간에 산과 들을 돌아다니면서 심신을 연마하고 풍류를 즐기기도 하였기 때문이다. 사실 구재학당 교육에서 핵심적인 부분을 바로 여기서 찾아야 할 것이다. 원래 인문적인 교양 교육은 훈고학이나 암기 교육에 머물러서는 안 되며 심신의 수련을 통한 전인교육이어야 한다. 그러한 맥락에서 문헌공도에서 '도'의 의미는, 그것이 단순한 학문적 차원의 학도學徒라기보다는 동시에 심신을 수련하는 단체, 즉 화랑도(花郞徒)와 유사한 단체로 볼 수도 있기 때문이다.

이에 대해 단재(丹齋) 신채호(申采浩)가 그렇게 주장하였으며, 박청호(朴晴湖)도 사학일도私學一徒가 수백 년을 두고 관학의 제약을 받으면서도 그렇게 연면히 계승되어 나아갔던 것은 적어도 그 일면에 화랑도와 같은 정신적이고도 공동체적인 유대가 형성되었을 것으로 추측할 수 있다고 지적한 바 있다. 화랑도와 같은 의미의 '도徒'를 사용한 것도 그 이유라고 할 수도 있다는 것이다. 사실 '도徒'는 공동체 의식이 함의된 단체로 볼 수 있다. 그리고 화랑도는 서로 유사한 목적을 지닌 단체라는 점에 주목할 필요가 있다. 그 이유는 누구나 함께 모여서 경전을 읽고 지식을 함양하며 인격을 수양하고 심신을 연마함으로써 국가에 기여하기 때문이다. 따라서 구재학당에서 최충의 유교적 교육사상과 그 교육내용을 중심으로 이러한 교육이 이루어졌다는 것은 많은 학자들이 구재의 명목을 이어가게 하는 원천이 되었다.

대개 피교육자는 자신이 닮고 싶은 이상적 인간상을 상정하는데, 그 인간상은 '성인聖人'이 된다. 그러나 그 인간상은 현실적으로는 근접하기가 어렵기 때문에, 그다음 단계인 대인大人이나 군자君子를 목표로 삼아 그러한 이상에 근접할 수 있도록 최충은 학업과 심신의 수련에 전력을 다해온 것이다. 또한 학도들에게 인간이 천지만물과 하나라는 인식을 갖게 하고 하늘의 명령天命인 성性을 터득하게하기 위해 성誠의 길을 갈 수 있도록 충실하게 교육하였다. 이를 한마디로 정리하면 '수기치인'의 길이라고 요약할 수 있다. 대인 군자의 길인 수기치인이 반복되는 학습

외에 최충은 심신의 수련을 통해 중용의 덕을 쌓아 인격을 연마하도록 교육하였다. 이것은 개인적 차원에서는 자기를 극복하는 수신의 길이지만, 사회적으로는 '치국治國'과 '평천하平天下'를 목표로 하는 정치지도자의 길이기도 한 것이다.

고려시대에 최충에게 붙여진 '유종, 문헌, 해동공자'와 같은 다양한 칭호를 부여받은 학자도 드물다. 그러한 칭호의 의미는 문묘종사의 자격을 갖추고 있다는 점이다. 그러나 문묘종사 논의가 실현되지는 못하였지만, 해주 지역 향교에서는 조선 성종대에 독자적으로 문묘종사하다가 국가로부터 철훼 당하였다. 그 이후에 이황의 영향으로 '문헌서원'이 건립되었고, 동방도통도(東方道統圖: 원천석, 화해사전(華海師全)에는 우리나라 유학의 계통이 설총(薛聰)·최충(崔冲)·김양감(金良鑑)·안향(安珦)·우탁(禹倬) 등 차례로 전해져오다가, 우탁이 다시 신현에게 전하고, 신현이 정몽주와 이색(李穡), 그리고 아들 용희(用羲)에게 전한 것이라고 하였다.

또한 최충이 중원 신유학의 태두라 일컫는 북송 주돈이(周敦頤, 960~1017)보다 33년 앞서 성리학의 기초를 닦았으며 주희(朱熹, 1130~1200)보다 138년 앞서 맹자 신유학의 맥을 이었다는 것이다.

맹자 신유학이란 공자의 대동유학에서 왕조 정치사상으로 진보한 사상을 말하는데 이기론과 태극론(우주론)을 뜻하는 신유학과는 약간 다른 면이 있다.

그 이후에 율곡 이이도 최충의 학문을 '심학'으로 인식한 이후에는 '이학理學'에 대해 정자, 주자보다 먼저 밝혔다고 주장하였다. 장지연은 최초로 최충과 호원을 직접적으로 비교하게 되고, 드디어 최충을 '최자(崔子)'로 호칭하는 저서가 등장한다. 바로 최충의 후손인 최경식이 저술한 『최자전실기』이다.

또한 역동(易東) 우탁(禹倬)은 "나의 스승 문성(文成)안유(安裕=안향)는 젊었을 때에는 학문을 멀리하였는데, 그 이유는 중국의 주염계(周濂溪)와 정자(程子) 형제들의 여러 글이 우리나라에 아직 들어오지 않았는데다 최문헌(최충)의 글들이 불에 타서 전하지 않은 탓이다. 만약 최문헌의 글들이 있었다면 우리 스승 안문성이 만년에 후회하지 않았을 것이다"라고 하였다.

포은 정몽주도 "선생(최충)이 후진들의 앞 길을 열어준 것은 염락(濂洛)같은 큰 스승에 뒤지지 않는다."고 하였다.

목은(牧隱) 이색(李穡)도 최충(崔冲)의 높고 깊은 학덕(學德)을 추앙해 다음과 같이 말하였다.

"문헌공(文憲公) 최충(崔冲)선생이 학교를 설립하고 후진들을 교육 시키며 성인(聖人)의 의중을 헤아려 문물을 진작시키려한 의도를 상상해 고찰해 보건대 선생은 성리학(性理學)의 큰 스승에 비하여 뒤떨어지지 않는다고 하겠다. 그러나 현재 선생의 글이 정중부(鄭仲夫) 난 때 모두 불타버려 전하여지지 않고 있으니 참으로 애석한 일이다"

또한 운곡 원천석 선생은 말하기를 "문헌공 최충을 해동공자(海東孔子)라 칭함은 선생의 업적으로 볼 때 망령된 허칭이 아니라고 생각 된다고 하며, 최충 선생께서는 네가지 편목(근본)의 책을 저술 하셨는데 그 내용의 줄거리를 요약하면 다음과 같다고 하였다.

"도리道理를 들어 말하기를 하늘의 도는 천도天道, 대지의 도는 지도地道, 사물의 도는 물도物道, 사람의 도는 인도人道 등 네 가지 도道가 있는데, 이러한 도道는 (一)에서 (二)가 되고 (二)에서 만(萬)이 되며(萬)은 다시 (一)이 되는 이치에 해당 되지 않는 것이 없으며 그 각각의 도道는 모두 이理와 기氣라는 동일한 근원을 지니면서도 특수하고 개별적인 상태로 분별된 상태를 이룬다. 그러나 그들의 궁극적인 귀결에 대해 고찰해 보면 그들 본원本元의 미묘한 일기一機로 귀착이 되지만 네 가지 도道로 나누어진 까닭은 그 일기一機가 분별 되어 하나의 성性으로 이루어진 다음에 그 질質이 서로 분별 되게 되었는데 이 질質에 얽매어 상도常道를 위반한 우매하거나 상도常道를 어긴 자들은 이 상도常道에 복귀하지 않으면 아니 될 것이라는 진리를 가르쳤다."고 말하였다.

최충이 죽은 후에도 제자의 예로서 따르는 사람들이 많았다.

당시 문헌공도에 이름을 올린 사람을 대략 살펴보면 문과급제 김황원(金黃元: 광양인), 시중 김약온(金若溫: 광주인), 어사대사 이 영(李永: 안성인), 참지정사 유인저(柳仁著: 풍덕인), 평장사 고조기(高兆基: 제주인), 정당문학 문강공(文康公) 윤언이(파평인), 비서감 최척경(崔陟卿: 완산인), 인종 때 급제한 신 숙(申 叔: 고령인), 문성공 김인존(金仁存: 강릉인), 고손(高孫)인 문숙공 최윤의(崔允儀: 6세), 경문공 최홍윤(崔洪胤: 6세), 영렬공 금 의(琴儀: 봉화 금씨 중시조), 문강공 김부일(金富佾: 경주인), 송나라 출신 임 완(林完), 한림학사 정항(鄭沆: 동래인), 문정공 이지저(李之氐: 인천인), 평장사 이공승(李公升: 청주인), 문숙공 최유청(崔惟淸: 철원인), 간관(諫官) 정습명(鄭襲明: 영일인), 충숙공 문극겸(文克謙: 남평인), 재상을 지낸 민영모(閔令謨: 여흥인), 유차달(柳車達)의 손자인 참지정사 유공권(柳公權: 유주인), 학사 이인로(李仁老: 인천인), 현정공 오세재(吳世才: 고창인), 평장사 최홍사(崔弘嗣: 충주인), 정숙공 김인경(金仁鏡: 경주인), 청도 김씨 시조인 영헌공 김지대(金之岱), 우부승선 이공로(李公老: 단산인), 문순공 이규보(李奎報: 황려인), 시랑 이종주(李宗胄), 평장사 홍균(洪均: 개령인), 충의 후손이며 태사인 문청공 최자(崔滋: 8세), 위위경 하천단(河千旦: 안음인), 좌복야 손변(부평인), 중찬 문경공 허공(許珙: 공암인), 첨의참리 장일(張鎰: 창령인), 문량공 설공검(薛公儉: 순창인), 대사성 유충기(劉忠基: 충주인), 송언기(宋彦琦: 진천인), 문정공 김구(金坵: 부령인), 참지정사 이장용(李藏用: 인천인), 보문각 학사 백문절(白文節: 남포인), 대사성 곽예(郭預: 청주인), 현리(縣吏) 주여경의 아들 주열(朱悅: 능성인), 문정공 유경(柳璥: 문화인), 사림학사 이승휴(李承休: 가리인), 재상을 지낸 정가신(鄭可臣: 나주인), 문림랑 이소(德수인), 정안 (鄭晏: 하동인), 보문각 대제 이순목(李淳牧: 합천인), 국학학정 채정(蔡靖: 음성인), 밀직사사 전신(全信: 천안인), 영산군 장항(張沆: 영동인), 좌사보 이성(李晟: 담양인), 한림학사 조통(趙通: 옥과인), 면성부원군 구예(具藝: 능성인), 평장사 임규(任奎: 장흥인), 계양군 이위(李瑋: 부평인), 첨의평리 정선(초계인), 가락군 허유전(許有全: 김해인), 찬성사 김훤(金暄:의성인), 문성공 안유(安裕:순흥인), 문희공 우탁(禹倬: 단양인), 영가부원군 권부 (權溥: 안동인), 창성군 조광한(曺匡漢: 창령인), 상당군 백이정(남포인), 문렬공 이조년(李兆年: 경산인), 문충공 이제현(李齊賢: 경주인), 함양군 박충좌(朴忠佐: 함양인), 반남 박씨중시조 박상충(朴尙衷), 문절공 한종유 (韓宗愈: 한양인), 문효공 이곡(李穀: 한산인), 문정공 윤택(尹澤: 무송인), 진산군 강시(姜蓍:진주인), 상당군 한수(韓修: 청주인), 문충공 정몽주(鄭夢周: 영일인), 문재(文才) 이숭인(李崇仁: 성산인), 목은 이색(李穡: 한산인), 성균학관 정습인(鄭習仁: 초계인), 우부대언 김득배(金得培: 상주인), 예문관 대제학 이인범(李仁範: 덕수인), 야은 길재(吉再: 선산인), 강성군 문익점(文益漸: 단성인), 우의정 맹사성(孟思誠: 신창인), 영의정 황희(黃喜: 장수인), 창녕부원군 성석린(成石璘: 창령인), 좌의정 하륜(河崙: 진주인), 길창군 권근(權近: 안동인), 문절공 이행(李行: 여주인), 고려멸망과 함께 치악산에 들어간 원천석(元天錫: 원주인)등 그 수가 수 백인에 달하며 이들 모두가 당시의 이름 난 대학자요 명재상들이었다.〈출처 해주 최씨 서운부정공파 고읍문중 카페, 사세내역〉

이상 열거한 학자들은 최충의 교육사상과 철학인 솔성수도率
性修道와 궁리진성窮理盡誠을 함께 수행하고 실천한 사람들이다. 이
들은 논리적 추론을 통한 비판적 사고와 토론, 그리고 유가가
중시한 대인군자의 반열로 스스로 승화시킨 인격의 주체자들이
다. 이들야말로 최충과 함께 구재학당의 명맥을 이어 간 학자들
로서 찬사를 받을 수 있었다.

21장. 재평가 해야 할 최충의 인성교육

교육자로서 최충이 남긴 유산은 과학기술 시대를 살아가는 현대인에게 무슨 의미를 지니며 어떠한 역할을 할 수 있는지 그리고 여전히 유효한 덕목이 어떤 것인지, 그리고 그것을 어떻게 해석하고 적용할 것인지의 문제로 귀결된다.

유교 사상은 삼라만상의 이치를 깨달아 바람직한 삶을 살 수 있는 현세적 인생관 및 가치관 그리고 인간 중심적 사상체계였다. 이에 대해 유교에서는 수기치인修己治人을 지향하는 이상적 인간형을 군자君子, 수기치인修己治人을 실천하고 그 목표에 도달할 수 있는 방편을 군자君子라고 하였다. 그렇다면 이러한 덕목들이 지닌 가치가 무엇이며, 어떤 맥락에서 우리에게 유효하고 실현가능한 것인지 규명하는 것도 필요할 것이다. 그러나 봉건주의 시대 농경문화가 창출한 유교 사상이 과학적 합리성을 지향하는 민주주의적 정치체제와 자본주의적 경제구조, 그리고 다원주의적 문화 형태의 현대사회에서 어느 정도 유효할 것인지는 의문이 제기될 수 있다. 그 이유는 사람들이 날로 왜소해지고 극단주의로 치닫고 있는 현실 속에서 유교 사상도 모든 것을 합리적으로 해결하기 위해서는 덕치德治 대신 법치法治를 불가피하게 선호하는 경향이 있기 때문이다. 또한 다양한 맥락에서 이해관계가 상충하기 때문이다. 그러나 현실은 유교의 덕목인 인성은 매우 중요한 가치로 급 부상하게 된다. 인성은 바로 군자megalo-psycheia와 중용mesotēs이기 때문이다.

우리나라 교육 기본법에서도 교육의 목적이 인성교육과 불가분의 관계를 맺고 있음을 보여주고 있다. 교육기본법 제2조는 "교육은 홍익인간의 이념 아래 모든 국민으로 하여금 인격을 도야하고 자주적 생활능력과 민주시민으로서 필요한 자질을 갖추게 함으로써 인간다운 삶을 영위하게 하고 민주국가의 발전과 인류공영의 이상을 실천하는 데에 이바지하게 함을 목적으로 한다."라고 규정하고 있다. 인성을 인격character, 성격personality, 도덕morality, 인간 본성, 인간의 본연이나 인간다운 품성으로 본다면 인성의 의미는 더욱 확대될 수 있다. 특히 인성의 개념은 동서양의 이상적인 인간상을 지향하면서 사회적으로 인정받고 도덕적 실천능력과 반성능력 그리고 판단능력까지 모두 포괄한다. 이는 넓은 의미의 도덕성 개념이 포함된 인간 본연의 사람됨과 인간다운 품성, 도덕적 자질, 덕성, 인격 등을 포괄하는 것이라고 이해 될 수 있다. 이제 한국사회가 추구하는 인성교육의 내용도 미래사회에서 요구하고 있는 사회성과 감성능력을 키워주는데 있다. 이는 윤리적 판단능력과 책임 있는 의사결정을 할 수 있는 윤리적 가치와 덕목을 인성교육의 개념으로 판단한 것이다. 이러한 판단 아래 한국사회가 추구하는 인성교육의 내용은 도덕성, 사회성, 감성의 3영역으로 분류할 수 있다.

그리고 3영역에 따른 6개의 핵심 역량은 사회적인식능력social awareness, 대인관계능력interperonal skills, 자기인식능력self-awareness, 자기관리능력self-management, 핵심가치인식능력corevalue awareness, 책임있는 의사결정능력responsible decision-making으로 제시되어 있다.

수기修己는 내면적인 자기 수련에만 한정되어 있지 않고, 역행力行과 같은 구체적인 실천행위를 강조한다. 수기修己가 자신의 심성을 쌓고 길러서 '앎에 이르는 경업(敬業)'에 주력하는 것이라면, 수기修己를 통해 얻어진 자기 내면의 온전함은 '솔성(率性)'이라는 실천으로 완성된다. 그런데 자기를 닦아서 백성을 편안하게 하는 것은 안인安人인데 이는 치인治人과는 다르다. 치인治人과 안인安人이 수기修己를 전제로 한다는 것은 자기 수련과 사회봉사를 최우선 과제로 여기는 것과 같다.

따라서 치인治人과 안인安人의 문제는 수기修己를 통해 얻어진

나의 내면적 자기 수련을 '나' 이외의 '타자'와의 관계 속에서 사회 봉사를 통해 행해야 하는 실천적 영역의 과제가 되는 것이다.

이이(李珥)도 학문이 지극하면 성인聖人이 될 수 있고 학문이 지극하지 않으면 향인鄕人조차 될 수 없으니, 학문에 힘쓰지 않으면 안 된다고 하였다. 그리고 학문을 하여 성인聖人이 된다는 것은 곧 그 나아갈 바에 '흔들림 없는 나'를 만들려는 노력으로 이는 바로 자기 수련이라는 이야기를 한다. 또한 자기 수련 과정에서 반성적 삶은 자신의 허물을 알고, 허물을 고치는 일이라고 하였다.

공자(孔子)는 "허물이 있어도 고치지 않는 것이 진짜 허물"이라 하고, 반성을 통해 늘 자신을 뒤돌아보아 허물이 없게 하고, 만일 허물이 있으면 그것을 고치고, 허물이 없으면 허물에 이르지 못하도록 힘써야 함을 당부하였다.

이러한 자기 수련 과정을 거친 후 '타자와의 관계' 속에서 살아갈 때 인仁과 덕德을 행하는 치인治人은 수기修己가 근본이 된다. 수기修己가 자신을 교화하는 단계라면 치인治人은 수기修己를 바탕으로 남을 교화시키는 단계이다. 따라서 수기修己와 치인治人의 관계는 교화의 대상이 개인 [나]에서 사회 [타자]로 확대되는 것으로서, 자기 수련을 통해 도덕적 존재로서의 역할을 수행해 나아감을 의미한다. 치인治人은 나와 관계되는 개개인 모두의 일로서 천하天下와 나를 하나로 생각하였다. 유가儒家가 제시하는 치인治人을 풀이하면 '남을 다스린다'가 되지만 넓은 의미로는 '나 이외에 다른 사람을 편안하게 한다 안인安人'의 뜻으로도 이해가 가능하다.

구재명(名)에서의 치인治人의 가치지향은 정성을 다해 학업을 닦고, 공경하는 마음으로 자신의 일과 학업에 매진함과 도에 나아가 인격을 수행하고 인격 도야와 함께 자기 수양에 힘쓰는 것이었다. 또한 인간의 본성을 따르는 휴머니즘으로서 덕 있는 곳으로 나아가 남에게 베풀 줄 아는 태도와 사랑과 배려인데 이는 바로 오늘날 사회봉사 정신인 것이다. 또한 사회적 측면에서는 안인安人을 위해 크게 화합하고 자신의 실력을 길러 때가 오기를 기다리는 마음의 자세이기도 하다.

주지하는 바와 같이 고려 때는 일반적으로 유교와 불교가 공존하는 양상을 보여주었다. 정치적인 측면에서는 유교의 가르침이 주류를 이루었지만, 개인적인 수양이나 수신 등 문화적인 측면에서는 불교를 숭상하는 경향이 있었으므로 양자가 서로 양립할 뿐 아니라 일종의 보완 관계를 이루기도 하였다. 이러한 추세가 구체적으로 현실화한 것은 고려 중기의 문종에 이르러 문운이 일어나기 시작하고 유교가 다시 융성해지기 시작하면서부터였다. 문종 자신이 국자감(國子監)에 나가서 신하들에게

"중니(공자)는 백왕의 스승이니 감히 경의를 표하지 않을 수 있느냐?" 하고는 신위 앞에 나아가 재배하였다.

이러한 분위기에서 관학은 부진한 편이었다. 사실 고려 초기는 건국 이전부터 호족들과의 밀착된 관계를 유지해 왔기에 새로운 인재 등용의 길은 거의 차단된 상태였다. 그러다가 과거제도가 처음 시도되었다. 그런데 과거제도는 명분상 인재를 등용하는 데 있었지만 내용적으로는 점차 변질하기 시작하였다. 그러나 최승노(崔承老)와 같은 탁월한 유학자를 등용하여 정치적으로나 사회적으로 유교주의 기틀을 마련하게 되었다. 이어 성종(成宗)은 국립 교육기관인 국자감을 창설하고 문묘(文廟)를 설치하여 유학 교육의 총본산을 삼게 함으로써 유교적 사상사에도 획기적인 전환점을 마련하였다. 그 후 현종(顯宗)때는 설총(薛聰)과 최치원(崔致遠)을 문묘에 배정함으로써 그 법통을 확인하였다. 고려는 유학의 황금시대를 이루게 된 것이다. 그 후 유 교사회를 구축하는 기반을 마련하였는데, 바로 그 중심에 최충이 서 있었던 것이다.

전하는 바로는 구재에서 주로 다룬 교육내용은 오늘날의 인문학인 문사철(文史哲)에 해당하는 문학과 사학과 경학이 있었다. 유학 사상은 수양을 통하여 사회에 봉사하고 헌신할 인물을 길러내는 일에 관심이 집중되어 있었다. 여기서 수양이라는 표현은 일상생활에서 중요시하고 있는 인성 교육의 의미를 총괄하는 말이다. 그 의미의 인성교육은 사회의 안정과 발전에 최선을 다할 인재 양성에 공헌할 수 있어야 하는데, 이러한 교육은 최충의 문헌공도에서 극명하게 드러나고 있었다.

유학사상의 교육 목표는 사회의 안정과 발전에 헌신적으로 봉사할 수 있는 인재를 길러 내는데 있었다. 이러한 교육목표 달성을 위해 이에 알맞은 교육내용과 효과적인 교육방법이 필요한데 이는 교육자가 피교육자에게 직접 행동으로 보여주어야 하는 헌신적인 삶의 모습이었다. 헌신적인 생활을 하는 사람들을 우리는 훌륭한 인격의 소유자, 성스럽게 살아가는 위대한 인물, 성인이라고 말한다. 따라서 유학사상에서 지향하는 최상의 목표는 부단한 인성교육인 수양을 통하여 누구나를 막론하고 성인으로서의 삶을 지속할 수 있도록 꾸준히 노력하도록 최선을 다하는 진실된 삶의 모습인 것이다.

최충도 이러한 교육목표 달성을 위해 구재학당의 명칭 중 첫 번째를 악성樂聖이라고 이름 붙이고 스스로 악성樂聖으로서의 삶을 학생들에게 직접 보여주는 데 온갖 정성을 다바쳤던 것이다. 그런데 성인聖人을 길러내기 위해 채택된 교육방법으로 최충은 교육자의 학문과 인품을 매우 중요시하였다. 학문하는 진지한 모습과 훌륭한 인품을 학생들에게 직접 보여주어 학생들 스스로 몸에 익히는 교육 방법을 취한 것이다. 이와 함께 최충 자신도 진지하게 학문하는 모습을 모든 학생들에게 보여 주었다. 최충의 이러한 학구적 자세와 헌신적 삶은 문헌공도 교육의 장인 구재학당을 건실하게 운영하는 기반이 되었고, 구재학당에서 배출된 유능하고 현명한 인재들이 사회안정과 국가발전에 큰 공헌을 할 수 있었던 것이다. 최충은 유학사상 교육을 통해 어질고 유능한 인재를 양성하는데 혼신의 노력을 기울였던 것이다.

구재학당은 사회의 안정과 국가의 발전에 헌신할 수 있는 성인聖人을 길러내기 위하여 세워진 교육의 장場이었고, 교육한 내용은 유학사상이었다. 교육은 구경과 삼사로 구체화 되었지만 최충이 관심을 기울였던 내용은 악성樂聖을 기반으로 한 성인교육의 실현에 있었다. 구재학당은 성인聖人교육으로 진의가 부각된 것이다.

유학 사상은 수신修身을 기반으로 하여 제가齊家하고 치국평천하治國平天下하려는 의지와 그 실천을 중요시하고 있다. 최충은 그러한 의미의 유학 사상에 관심을 기울이고 정치를 하려고 노력하였던 것도 사실이다. 그런데도 그 결과 안정된 국가건설은 대부분 성공하지 못하였다. 사실 지속해서 사회가 안정되고 국가가 발전한다는 것은 항상 어려운 문제였다. 그러나 그렇게 어렵고 힘든 일로 보이는 사회안정과 국가 발전에 조금이라도 이바지해 보겠다는 성인들이 사회안정에 큰 도움을 주지는 못했다

하더라도, 그렇게 성인으로 살았던 그 자체에 의미는 부여하여야 할 것이다. 그렇게 성인으로 살아가는 모습은 인생에 있어 가치 있는 삶이다.

우리가 살아가면서 자신을 통제하지 못하고, 눈과 입과 귀가 좋아하는 것만 따른다면 자신의 옳고 그름을 판단할 수가 없다. 맹자는 마음을 해치게 되는 것은 기氣를 바르게 하지 못했기 때문이라는 전제 아래 기氣를 바르게 한다면 지志가 흔들리지 않아 성인의 길을 걸을 수가 있다고 하였다.

한국 사회가 추구하는 인성교육의 목표는 자기 자신을 바르게 하고 합리적인 행동을 선택하고 실행할 수 있는 핵심적 가치이다. 그리고 자기 자신을 존중하고 자신의 가치와 장점을 인식하면서 생산적이고 창조적인 방식으로 승화시켜 표현할 줄 아는 사람인 것이다. 일반적으로 인성은 일관성을 지니고 있으며 시시각각으로 변화하는 것이 아닌, 오랫동안 계속해서 동일한 특징을 유지하는 경향이 있다. 이러한 인성에는 일관성, 항상성, 규칙성 등이 있기에 상황과의 관련에 따라서 독특한 양상이 나타나기도 한다. 따라서 인성은 환경에 대하여 개인이 반응하는 행동을 나타내기 때문에 환경적 특징과 분리하여 생각할 수 없다.

그러나 현실은 비인간화되고 물질 만능주의와 개인주의에

찌들어 본래의 인간다운 관계는 상실되어 가고 있다. 또한 전통적 도덕성은 커다란 위기에 처해 있는데, 이를 가장 극명하게 보여주는 객관적 지표가 청소년 문제이다. 다시 말해 청소년 비행은 날로 심각하여 이에 시달리는 학생들이 가출, 심한 경우 자살까지 하는 사태에까지 이르게 되었다. 그 결과 이러한 사회적 문제를 해결하기 위해서 인성 교육을 부르짖게 되었고 도덕적 위기라는 차원에서 인간성 회복과 휴머니티가 요구되고 있다. 이러한 점들을 생각할 때 인성 교육은 그 어느 때 보다 절실하며 인성 교육을 통하여 사회 병리 현상을 바로잡고, 실천 위주의 인성 교육 강화로 청소년들에게 물질보다는 인간을, 자신보다는 이웃과 나라를 더 생각할 줄 아는 지혜를 불어넣어 주어야 할 것이다. 그 예로 청소년들을 위한 효행에 대한 논의가 있어야 할 것이다. 효행孝行의 의미는 자녀가 부모를 기쁘게 하여 드리는 자녀의 세심한 주의와 그 실천의 모든 것으로 정의된다.

동양 고전古典에 의하면 부모와 자녀와의 관계를 설명하는 내용으로 부자자효父慈子孝라는 말이 나온다. 부모의 원만한 사랑이 자녀에게 베풀어짐으로써 그 은혜에 보답하기 위하여 저절로 우러나오는 자녀의 보은이 바로 부자자효父慈子孝라는 것이다.[105] 이러한 효행孝行에 대한 논의는 인간의 본성이 실제 삶의 현장에 드러나기까지의 과정에 근거하여 이루어져야 할 것이다.

---

105) 조남국, 『한국사상과 경제윤리』 교육과학사. 1997. pp101~103.

그 이유는 인간 존엄성의 인식과 그 확인이 부모에게 실현될 때 이를 효행으로 정의하고 있기 때문이다. 이러한 과정을 논의하기 위해서는 기초적 인격의 의미를 밝혀야 하는데, 기초적 인격의 형성은 가정(家庭)에서 이루어진다. 선천적인 인간의 본성, 즉 이성(理性)에 근거를 둔 기초적 인격의 형성은 가족 구성원속에서 이루어지고, 바람직한 인성이 형성되기 위해서는 화목한 가족 구성원의 분위기가 형성되어야 한다.

따라서 기초적 인격의 바람직한 형성은 인간 존엄성의 인식과 그 실천을 위하여 서로가 존경하고 이해하며 협조하려는 최선을 보여줌으로써 그러한 분위기가 형성될 수 있다. 그러한 가운데 효행孝行을 실천할 수 있는 역량이 스스로 길러지는 것이다.

이렇게 가족들로부터 헌신적인 삶의 모습을 직접 보고 느끼면서 생활하는 가운데 청소년들은 자신도 모르게 스스로 안정감과 의욕을 가지고 학업에 매진할 수 있는 것이고, 나아가 대인관계에서도 서로가 서로에게 인간의 존엄성을 깊이 인식하고 마음속으로 존경하는 자세를 습득하게 되는 것이다.

최충은 이러한 교육적 분위기를 조성하기 위하여 구재학당을 운영하는데 혼신의 노력을 기울였던 것이다. 그리고 이 노력은 관직에 나갈 수 있는 인재를 양성하겠다는 단순한 의도에서 비롯된 것이 아니고, 도덕적이고 유능한 인물을 길러 내겠다는 인성교육의 목적 그 자체를 가장 가치 있는 일로 여겼던 숭고

하고 성스러운 뜻이 최충의 내면속에 간직되어 있었던 것이다.

그런데 여기서 유의하여 살펴볼 것은 당시 과거시험 응시자들이 관직 생활을 하는 과정에서 헌신적으로 최선을 다할 수 있는 인물의 선발에 세심한 주의와 깊은 관심을 기울였다는 것이다. 실제 교육의 현장에서는 지식에 관한 평가는 합리적이고 설득력을 높이는 데는 별문제가 없지만, 도덕성과 그 실천 가능성을 평가한다는 것은 지식의 평가와는 비교가 되지 않을 정도로 매우 어려운 일이었다. 특히 대민의 업무를 담당해야 할 관직자를 선발하는 과정에서 도덕적이고 유능한 인물을 선별한다는 것은 더욱 어려운 일이었다. 그러나 이렇게 어려운 과제가 있는데도 불구하고 훌륭한 인재를 선발하여 선정에 도움을 줄 수 있기 위한 과제는 결코 유보할 수 없는 것이었고, 따라서 최선의 방법을 동원하여 도덕적이고 능력이 있는 인물의 선발에 관심을 가지고 대처하여 온 것이다. 이러한 가운데 객관적인 호응을 받을 수 있었던 것은 교육의 현장에서 최충은 최선을 다하여 헌신적으로 살아가는 자기 모습을 학생들에게 직접 보여 준 것이다.

유가儒家에서는 인仁을 근본으로 여긴다. 사람다움을 행하는 것은 인仁이 되고, 마땅함을 행하는 것은 의義가 되기에 예禮는 인仁과 의義를 드러내는 일이다. 따라서 인仁과 의義를 행하는 것은 곧 예禮를 다해 사람답게 행동한다는 것이다. "아침에 도道를 들으면 저녁에 죽어도 좋다"라는 공자(孔子)의 이야기는 도道에 뜻을 둔 맹자(孟子)의 늠름함을 잘 말해주고 있다. 맹자(孟子)는 부리는 자와 부림을 당하는 자의 관계에서 부리는 자가 덕德과 도道를 베푸는 것이 우선이 되어야 한다고 강조하고 있다. 공자(孔子)도 "공손하면 업신여김을 받지 않고, 너그러우면 많은 사람들을 얻게 되고, 믿음이 있으면 남들이 의지하게 되고, 민첩하면 공이 있게 되고, 은혜로우면 사람을 부릴 수 있다"고 했다. 이는 다섯 가지 자기수련을 거쳐야 인仁이 된다는 뜻이다. 우리들은 '나'와 '타자'와의 관계 속에서 살아간다.

나는 타자의 입장에서는 또 다른 '타자'가 된다. 그러므로 우리 모두는 관계윤리 안에서 생활하고 있다.

최충은 신유학 사상을 기반으로 한 구재학당 교육에서 진심으로 남을 돕고 싶어 하는 봉사 정신을 강조하였다. 그러나 이를 행동으로 옮기게 하기 그리 쉽지가 않다. 그 이유는 타인의 어려움에 동참하는 이타성의 철학이 반영되어야 하기 때문이다.

그 예가 '주는 자'와 '받는 자'와의 관계에서 시혜적인 봉사의 의미가 아니라 한 인간으로서의 자발적인 참여로 자아실현을 위한 봉사이어야 한다는 것이다. 구재학당에서 재평가해야 할 최충의 인성교육은 다음과 같이 정리될 수 있었다.

첫째, 인성교육에 따른 수기와 치인은 자기수련의 봉사정신이 될 수 있다.

둘째, 구재학당에 대한 자발적 참여의지는 집단경험을 통한 수기와 치인 이 라는 공통적 경험을 함께 나누어 자신과 타인에 대한 이해를 증진시켜 자기 수련과 봉사 정신을 기를 수 있다.

셋째, 구재학당에서 활동영역은 자발성을 중시하는 봉사 정신을 적용할 수 있는 기회를 제공해 주며, 이는 반성적 사고의 기회를 제공할 뿐만 아 니라 자기 수련으로 실천적인 인성교육이 진행되고 있음을 스스로 인 지할 수 있게 된다.

이상의 논의에서 최충의 인성교육과 구재학당은 개인의 성 장과 더불어 국가와 사회의 변화와 발전을 가져오는 봉사 정신 이라는 참다운 교육적 활동이라고 할 수 있을 것이다.

8부

어려운 정치 상황에서
전개되는 유학

어려운 정치 상황에서 전개되는 유학

1. 친화력으로 건국한 호족 연합정권

　고려 태조 왕건은 정기 서린 송악(松嶽) 벌 개경에 도읍을 정한 후, 신라와의 문제를 평화적으로 해결하고 이어서 후백제까지 흡수 통일하였다. 고려 태조 왕건의 당면과제는 호족 세력의 반발과 이탈에 따른 대비책을 마련하는 데 있었다. 이에 태조는 각 지역의 호족들에 사절을 보내 중폐비사(重幣卑辭: 재물을 후하게 주고 말을 낮추어 상대의 마음을 잡음)로써 화의를 전하고 귀부(歸附: 스스로 와서 복종함)해 오는 호족들을 우대하였다. 호족은 신라말 사회 혼란이 지속되는 가운데 각 지방에서 정치, 군사적으로 큰 비중을 차지하고 있던 지방 세력가들이다. 이들은 성주 또는 장군 등으로 불렸는데 지역과 시기에 따라 정도의 차이는 있었지만, 지방의 토지와 주민을 장악하고 통치권을 행사하는 독립적인 세력으로서, 특히 후삼국시대에는 정치적 상하 관계를 자유로이 할 수 있는 존재였다. 따라서 후삼국시대의 국가라는 것은 정도의 차이는 있으나 대개 호족 연합정권이었다. 즉 유력한 호족이라도 단독 세력으로 정권을 영위할 수는 없었고, 크고 작은 호족들이 연합하여 국가체제를 이루었다. 이러한 점에서 태조 왕건은 호족들에 유화적인 태도를 보일 수밖에 없었다. 더욱이 궁예를 제거하고 왕위에 오른 왕건의 입장에서는 호족들을 포섭하는 문제가 매우 절실하였다. 그런데 태조의 호족 포섭정책은 성공하여 각 지역의 유력한 호족들이 고려에 귀부해 왔다.

특히 견훤과 치열한 접전을 치러야 했던 후삼국 통일과정에서, 많은 호족이 태조와 함께 함으로써 견훤의 군사력보다 열세였던 상황을 만회하고 후삼국을 통일한 국가적 체계를 지닌 사회가 된 것이다.

이와 같은 태조 왕건의 호족 포섭정책으로 3,000여 명이 넘는 개국공신과 삼한벽상공신이 선정되었다. 이때 삼한벽상공신으로 선정된 대상은 태조의 후삼국 통일에 직접 참여한 막료(幕僚: 중요정책을 보좌하는 사람)는 물론이고, 각 지역에서 견훤에게 패배를 안겨주고, 태조에게 승리를 가져다준 호족들과 귀순 호족들이었다. 그리고 고려는 우리 역사상 처음으로 유일한 통일국가로 등장한 나라가 되었다.

2. 조선은 일이관지(一以貫之), 고려는 다이관지(多以貫之)

고려 사회를 조선 사회와 비교하면 조선은 성리학적 질서를 바탕으로 종속적 지배원리가 존재하는 사회였고, 고려는 평행의 원리가 존재하는 벌집 구조와 같은 다원적 세계를 지닌 사회였다. 또한 조선이 하나의 원리를 통해 다른 이치를 꿰뚫어 볼 수 있는 일이관지(一以貫之: 하나로써 그것을 꿰뚫어 보다)의 원리로 운영되는 종적인 사회였다면, 고려는 옛 삼국의 다양한 사상과 이념을 포용하고, 이질적인 문화의 대립과 갈등을 극복하여 타협과 공존을 원칙으로 삼은 다원주의 사회였다. 그런데 국가조직을 이루며 운영되는 사회가 탁월한 성과를 내기까지에는 보이지 않게 작용하는 3가지 요소가 있다. 그것은 목적의식, 우선순위, 생산성이다. 이 세 가지 요소에는 하나의 법칙이 적용되는데, 그것은 하나의 원리를 통해 다른 이치를 꿰뚫어 볼 수 있는 일이관지(一以貫之: 하나로써 그것을 꿰뚫어 보다)의 종적 관계이다. 따라서 조선의 역사가 명(明)에 순종하는 구걸의 역사였다면, 고려의 역사는 송(宋)에 맞서 대항하며 어깨를 쳐들고 으스댄 굳건한 역사였다. 그러나 고려역사와 관련된 기록과 문헌이 많지 않아 고려의 역사가 잘못 전해진 면도 있다.

고려 사회는 통일신라 이후 폐쇄적이고 독점적인 문화를 극복하고 새로운 사상과 문화를 창조하기 위해 노력했지만, 그 과정은 순탄치 않아 혼란스러운 부분도 있었다. 그 예가 근친혼도 마다하지 않는 정략결혼이 이루어진 특권집단의 폐쇄성에 있었다. 또한 학문으로 특별한 우대를 받는 문벌 세력이 존재하였다. 이와 함께 지방 세력이 계속 중앙으로 진출하여 사대부와 동등한 관료집단을 형성시킨 정치집단도 공존하였다. 이에 고려의 집권층들은 차별적인 지방제도를 통해 백성들에 대한 지배력을 움켜쥐려 했으나, 지방 세력이 이에 맞서 자율영역을 스스로 확보하면서 중앙의 지배력과 지방 세력의 자율권이 서로 교차하여 공존하는 극極다원화 된 사회가 된 것이다.

특히 유학자인 김부식이 승려의 비문인 대각국사(大覺國師: 왕족 출신승려 의천義天) 비碑를 썼을 정도로 유교와 불교의 다양한 사상과 문화가 공존하는 사회였다. 고려 사회는 청자, 불화 등 중앙의 귀족문화가 투박하고 역동적인 지방문화와 조화를 이루어가며, 정치와 사회조직 전반에 걸쳐 다양성을 인정해 가는 분위기를 살려냈다. 하지만 끝내는 사물의 이치를 스스로 터득해가는 다이관지(多以貫之: 여러 갈래로 그것을 꿰뚫어 보다)의 사회로 고착된 것이다. 그렇게 다양성을 바탕으로 통일성을 추구하려 했던 고려 사회에 반하여 조선 사회는 인간이 가변적 존재라는 점을 일체 무시하였다. 고려 사회는 남녀의 재산상속과 제사의 주재(主宰: 중심이 되어 일을 처리함)까지 동등했던 남녀 평등사회였다.

이러한 유연성과 탄력성을 바탕으로 통합력의 복원이 가능했던 고려 사회였기에 무인들의 정변이나 농민항쟁을 잘 이겨냈고. 거란(내몽골 유목민)과 원나라의 침임 등 많은 내우외환을 이겨낼 수 있었던 사회가 된 것이다.

22장. 고려초 어려운 정치 상황과 유학 사상의 전개

1. 왕권 강화와 훈요십조(訓要十條)

최충이 태어나기 전, 고려 초기의 정치적 상황은 반전의 반전을 거듭하였지만, 태조(太祖) 왕건(王建)의 웅지를 잘 받들어 정치체계의 정비는 물론, 학문과 산업을 장려하고 모든 제도를 개혁하였다. 따라서 국운(國運)이 날로 융성해졌고 문화의 발전은 괄목할 만하였다. 그러나 그 이면에 고려의 아침은 매우 어지러웠다. 고려 건국 초 왕건은 신라 진골 귀족들의 특권과 재산을 인정하지 않았고 모두 깨뜨려 버렸으며, 백제 출신 귀족들의 기득권층을 부정하였고, 새로운 고려의 지배 세력들로만 권력과 재력을 창출한 것이다. 왕건(918년)은 홍유, 배원경, 신숭겸, 복지겸 등 무력 집단의 추대로 왕위에 오르며 이들을 고려개국 벽상공

신(高麗開國壁上功臣: 고려개국의 공이 큰 신하의 초상을 그려 벽에 봉안된 공신) 1등
으로 포상하였으나 정작 이들에게는 토지나 노예를 하사하지
않았다. 개국 1등 공신들에게 주는 포상으로는 매우 인색하였
다. 열거한 개국 1등 공신 네 사람은 원래 성姓도 갖지 못한 미천
한 출신이었다. 그들은 병졸에서부터 출발하여 혁혁한 공을 세
워가며 장군의 반열에까지 올라가 왕건을 위해 목숨을 바친 무
장들이었다. 그러나 이러한 인색한 포상으로 인해 개국 공신들
은 후에 다른 관료들과의 충돌을 겪게 되는데 이는 고려의 아침
이 밝지 못하고 어지러워질 수밖에 없는 원인이 된다.

이러한 일련의 정치적 상황을 안정시키기 위해 고려 태조 왕
건은 '훈요십조(訓要十條)'를 남기게 된다. 고려 초기 왕족에게는
왕위계승 이외에는 벼슬을 주지 않았다. 벼슬을 받는 사람들
은 삼한공신(三韓功臣)[106]이었다. 왕족들은 개국공신보다는 포괄
적 범위에 들지만, 특권과 포상에는 매우 인색했다. 경순왕이나
대광현[107]은 특별한 상황에 해당된다. 유공자有功者에게는 허울
뿐인 시호와 공신호를 내리는 것으로 그 공적을 기렸다. 그리고
왕씨라는 사성(賜姓: 임금이 신하에게 姓을 내려줌)을 남발하여 그야말로

---

106) 삼한공신 940년(태도 23)에 고려 태조 23년(940) 신흥사를 중수하면서 공신당을 지어 동서
  쪽 벽에 삼한공신을 그려 넣었다. 여기에 오른 공신을 벽상공신 또는 벽상삼한 공신이라고 한
  다. 이들 외에 호족을 포함하여 3,200명 정도에게 공신호를 주었다. 넓은 범위로 이들을 모두
  삼한공신이라고 하였으나 벽상공신들과는 차별성이 있었다.
107) 경순왕(김부,金傅), 남북국시대 통일신라의 제56대(재위: 927~935)왕, 신라의 마지막 왕으
  로서 나라를 고려 태조에게 바친 것으로 널리 알려져 있다. 대광현, 발해왕국의 마지막 왕 대
  인선(大諲譔)의 세자를 자칭하고 발해가 멸망한 8년 후인 934년(태조 17) 장군 신덕(申德)
  등과 더불어 그 무리 수만을 이끌고 고려로 망명했다. 한국민족문화대백과

돈 안 들이는 정치를 하였으며 공로자들과 혼인 관계를 맺어 혈연집단으로 끌어들이기도 하였다. 봉건왕조에서 가장 흔하게 포상으로 삼는 토지와 노비를 거의 내려주지 않았다. 특히 노비를 내렸다는 기록은 거의 보이지 않는다. 오히려 전쟁의 와중에서 불법으로 노비를 거느린 벼슬아치들로부터 노비를 해방해주는 조치까지 내리기도 하였다. 그리고 태조 왕건은 고려 왕조의 헌장인 '훈요십조'에 자신의 신앙, 사상, 정책, 규범 등을 담아 국정운영에 엄격한 당부를 다음과 같이 하게 된다.[108]

훈요십조를 열거하면 다음과 같다.

훈요 1조: 국가의 대업은 여러 부처의 호위를 받아야 하므로 선(禪: 불교의 본성)·교(敎: 불교의 교리) 사원을 개창(開創: 새로 시작하여 세움)한 것이니, 후세의 간신姦臣들이 정권을 잡고 승려들의 간청에 따라 각기 사원을 경영, 쟁탈하지 못하게 하라.

훈요 2조: 신설한 사원은 신라 말의 도선(道詵: 827~898, 풍수지리설 전문가)이 山水의 순(順: 순리에 따름)과 역(逆: 거절함)을 미리 점쳐놓은 데 따라 세운 것이다. 도선비기(道詵祕記)에는 "정해 놓은 이외의 땅에 함부로 절을 세우면 지력(地德)을 손상하고 왕업이 깊지 못하리라" 하였다. 이는 후세를 위해 미리 점쳐놓은 산수 순·역에 의하여 세운 것이라는 뜻이다. 도선(道詵)의 말에 의하면 후세의 국왕·공후(公侯)·

108) 이이화, 『한국사 이야기. 최추의 민족통일국가 고려』, 한길사, 2001, pp. 66~67.

후비(后妃)·조신(조정의 신하)들이 각기 원당(願堂: 궁중이나 왕실의 명복을 빌던 곳)을 세운다면 큰 걱정이다. 신라 말에 사탑(寺塔: 절에 세운 탑)을 다투어 세워 지덕이 손상되어 나라(신라)가 망한 것이니, 어찌 경계하지 아니하랴.

훈요 3조: 왕위계승은 맏아들로 함이 상례이지만, 만일 맏아들이 불초(不肖: 못나고 어리석은 사람)할 때는 둘째 아들에게, 둘째 아들이 그러할 때는 그 형제 중에서 중망(衆望: 뭇사람들로부터 받는 신망)을 받는 자에게 대통(大統: 왕위 계승)을 잇게 하라.

훈요 4조: 우리 동방은 예로부터 당(唐)의 풍속을 숭상해 예악문물(禮樂文物: 예절과 풍류, 문화와 문물)을 모두 거기에 좇고 있으나, 풍토와 인성人性이 다르므로 반드시 같이할 필요는 없다. 거란(契丹)은 금수의 나라이므로 풍속과 말이 다르니 의관(예의와 풍속) 제도를 본받지 말라.

훈요 5조: 나는 우리나라 산천의 신비한 힘에 의해 통일의 대업을 이룩하였다. 서경(西京, 평양)의 수덕(水德: 홍수 등으로 피해를 보지 않음)은 순조로워 우리나라 지맥(地脈: 땅속에 흐르는 정기)의 근본을 이루고 있어 길이 대업을 누릴 만한 곳이니, 사중(四仲: 봄·여름·가을·겨울)마다 순수(巡狩: 임금이 나라 안을 두루 살핌)하여 100일을 머물러 안녕(태평)을 이루게 하라.

훈요 6조: 나의 소원은 연등(燃燈會: 연등회, 정월대보름 절에서 등에 불을 밝힘)과 팔관회(八關會, 매년 11월 15일 8가지를 금하고 부처와 토속신에게 제사 지내는 일)에 있는바, 연등은 부처를 제사하고, 팔 관은 하늘과 5악(五岳: 동·서·남·북·중앙의 명산)·대천(하늘)·용신(龍神: 용왕) 등을 봉사하는 것이니, 후세의 간신들이 신위神位와 의식절차의 가감(加減)을 건의하지 못하게 하라. 나도 마음속에 행여 회일(會日: 모임을 하는 날)이 국기(國忌: 황실의 제사)와 서로 마주치지 않기를 바라고 있으니, 군신이 동거동락하면서 제사를 경건히 행하라.

훈요 7조: 임금이 신민(臣民: 신하와 백성)의 마음을 얻는다는 것은 매우 어려우나, 그 요체는 간언(諫言: 임금에게 충고하는 말)을 받아들이고 참소(讒疏: 거짓으로 비위를 맞춤)를 멀리하는 데 있으니, 간언을 좇으면 어진 임금이 되고, 참소가 비록 꿀과 같이 달지라도 이를 믿지 아니하면 참소는 그칠 것이다. 또, 백성을 부리되 때를 가려 하고 용역과 부세를 가벼이 하며 농사의 어려움을 안다면, 자연히 민심을 얻고 나라가 부강하고 백성이 편안할 것이다. 옛말에 "향긋한 미끼에는 반드시 고기가 매달리고, 후한 포상에는 좋은 장수가 생기며, 활을 벌리는 곳에는 새가 피하고, 인애를 베푸는 곳에는 양민이 있다." 라고 하지 아니하였는가. 상벌이 공평하면 음양도 고를 것이다.

훈요 8조: 차현(車峴, 차령산맥) 이남, 공주강(公州江)외外의 산형지세가 모두 본주(本主: 본래의 주인)를 배역(背逆: 은혜를 저버리고 거스름)해 인심도 또한 그러하니, 저 아랫녘의 군민이 조정에 참여해 왕후(王侯)·국척(國戚: 임금의 인척)과 혼인을 맺고 정권을 잡으면 혹 나라를 어지럽히거나, 혹 통합(후백제의 합병)의 원한을 품고 반역을 감행할 것이다. 또 일찍이 관노비(官奴婢)나 진역(津驛: 나루터)의 잡역(雜役)에 속했던 자가 혹 세력가에 투신하여 요역(徭役: 나라에서 시키는 노동)

을 면하거나, 혹 왕후·궁원(宮院: 궁에 딸린 논이나 밭)에 붙어서 간교한 말을 하며 권세를 잡고 정사를 어지럽게 해 재변을 일으키는 자가 있을 것이니, 비록 양민이라도 벼슬자리에 있어 용사하지 못하게 하라.

훈요 9조: 관료의 녹봉은 크고 작은 나라의 형편에 따라 제도를 정한다. 그러니 늘이거나 줄여서는 안 된다. 공이 없는 사람과 친척이나 사사로이 가까운 사람들에게 헛되이 나라의 녹봉을 받게 하는 일은 일체 경계해야 한다.[109] 무릇 신료들의 녹봉은 나라의 대소에 따라 정할 것이고 함부로 증감해서는 안 된다. 또 고전에 말하기를 "녹은 성적으로써 하고 임관은 사정으로써 하지 말라"고 만일 공적이 없는 사람이거나 친척과 가까운 자에게 까닭 없이 녹을 받게 하면 백성들의 원성뿐만 아니라 그 사람 역시 복록을 오래 누리지 못할 것이니 극히 경계해야 한다. 또 이웃에 강폭(强暴: 강한 폭력)한 나라가 있으면 편안한 때에도 위급을 잊어서는 안 되며, 항상 병졸을 사랑하고 애달피 여겨 요역을 면하게 하고, 매년 추기(秋期: 가을) 사열(査閱: 조사나 검열)때에는 용맹한 자에게 마땅히 계급을 승진시킬지어다.

훈요 10조: 국가를 가진 자는 항상 무사한 때를 경계할 것이며, 널리 경사(經史: 경서와 사기)를 섭렵해 과거의 예를 거울로 삼아 현실을 경계하라. 주공(周公: 문왕의 아들이자 무왕의 동생, 무왕이 죽자 조카를 위해 나

---

109) 이이화, 전게서. pp. 66~67.

라를 튼튼히 함)과 같은 큰 인물도 무일(無逸: 안일,방심하지 말라는 글)
한편을 지어 성왕(成王)에게 바쳤으니, 이를 써서 붙이고 출입할
때마다 보고 살피라.

　　이상의 훈요십조 내용으로 보아 태조 왕건은 아마도 상당한
짠돌이였을 것이다. 그런데 이보다 더 큰 지역적 갈등을 초래한
것은 지역 차별의 감정을 부추긴 훈요십조의 여덟 번째 항목이
다. 차현(車峴: 차령산맥)의 남쪽과 공주강(금강)의 바깥은 산지의 형
세가 거슬리게 뻗어 있어 인심도 그와 같다. 그곳 아래의 고을
사람들에게는 벼슬을 주지 말고 왕실 인척과의 혼인도 금하라.
일찍이 관시(官寺, 관아)의 노비와 나루와 역驛의 잡척雜尺에 속하였
던 무리 가운데는 더러 권세에 의탁하여 권력을 부리고 정사를
어지럽혀 재앙을 불러오는 자가 있을 것이다. 비록 양민일지라
도 벼슬을 맡기지 말라.110)

　　여기서 차현(車峴: 차령산맥)은 차령산맥이다. 지금의 충청 도금
강 지역과 호남지역이다. 산지의 형세가 거슬리게 뻗어 있다고
벼슬을 주지 말라고 하고 있으나 역사적 사실을 살펴보면 후백
제의 지배 세력에게 오랜 시달림을 받은 왕건의 감정적 대응이
아닐까 한다.

---

110) 이이화, 전게서 pp. 68~69.

2. 폐쇄성 짙은 지역적 차별

왕건은 차령산맥 이남 주민들에게는 화척(禾尺), 양수척(楊水尺)[111] 같은 천민을 만들어 도살업(백정, 白丁)을 시켜가며 집단 마을인 부곡(部曲)[112]에 모여 살게 하였다. 이러한 폐쇄성이 고려 사회를 멍들게 하였다. 그러나 그들은 1,000개의 눈이 달린 손을 가지고 있었다. 눈이 달린 손들은 맹목의 손이 아니라 생각의 손들이었다. 고려 사회는 1,000개의 손을 내친 결과, 폐쇄성이 짙은 지역적 차별을 공고히 했다. 이러한 계기를 만들어낸 왕건과 왕건의 새로운 지배 세력들은 그들의 중앙 진출을 고려 초기부터 원초적으로 막았다. 그런데 여기서 지배 세력을 불로 비유했을 때, 불의 성질은 매우 사납고 무섭다. 그러나 차별받는 사람들이 불을 무서워한다고 해서, 불로 인해 죽는 사람들이 물보다 많지는 않다. 반면에 물은 부드러워서 사람들이 함부로 대하기 때문에 물에 빠져 죽는 사람이 불보다 더 많은 것이다. 이는 백

---

111) 화척(禾尺): 수척(水尺)·무자리라고도 한다. 신라 말 고려 초 혼란기에 유입되었던 양수척(楊水尺)이 고려 후기에 이르러 화척으로 불렸다가 조선 초에는 백정(白丁)이라고 바뀌어 불렸다. 법제상으로는 양인(良人)이었지만 직업이 천했기에 천민으로 인식되었다. (한국민족문화대백과, 한국학중앙연구원)

112) 부곡(部曲): 전근대사회에 존속했던 특수 행정구역. 고려시대에는 부곡 외에도 향(鄕)·소(所)·처(處)·장(莊) 등 특수 행정구획이 다수 있었는데 이들을 통틀어 부곡제라 칭하기도 한다. 부곡이라는 명칭은 전근대 중국이나 일본에서도 사용되었는데, 시기에 따라 다소 차이는 있으나 대체로 호족 세력 등에 예속되어있는 사천민(私賤民)으로 구체적인 신분 계층 그 자체를 의미했다. 그러나 우리나라에서는 이와 달리 군·현과 같은 행정구획의 명칭(이름)으로 사용되고 있다. 부곡은 삼국시대부터 있었으며 고려 때에는 상당한 규모로 전국적으로 분포했음을 볼 수 있다. (부곡의 분포지역: 경기/24, 충청/69. 경상/233, 전라/88, 강원/9, 평안/9) (한국고중세사사전, 2007. 3. 30., 한국사사전편찬회)

성들을 무섭게 다스리기가 부드럽게 다스리기보다 더 어렵다는 것이다. 최충은 이에 대한 평가로 다음과 같은 생각을 하였다.

'다스림이 관대하면 백성들이 태만해지고, 백성들이 태만해지면 가혹하게 바로잡는다. 다스림이 가혹하면 백성들이 나약해지니, 백성들이 나약해지면 관대함을 베풀어야 한다. 이는 관대함으로 가혹함을 조절하고, 가혹함으로 관대함을 조절하여야 다스림이 조화를 이룬다.'

최충은 이와 같은, 인仁의 정치를 누구보다 강조한 공자를 생각하며, 관대함과 가혹함, 인자함과 엄격함을 적절하게 구사할 줄 아는 중용의 정치를 높게 인정한 것이다. 정치의 기술을 넘어선 공자는 옛사람의 유풍을 이어받아 백성을 진정으로 사랑한 사람이었다. 그런데 공자의 이러한 중용의 정치는 유학에서 출발한 것이다. 중용의 정치를 강조한 공자는 너무 가혹하게 느껴질 정도로 법과 제도를 엄격하게 적용하였다. 그러나 그 가혹함의 목적은 백성들에 대한 관대한 사랑을 오래도록 지속시켜 나가기 위함이었다. 당대의 백성들도 그 사랑을 깨닫고 칭송하였는데, 이는 무엇보다도 백성들의 삶이 점차 나아지는 실질적인 성과가 있었기 때문이었다. 그러한 성과로 공자는 당대에 가장 박학다식博學多識한 인물로 꼽혔다. 공자는 실천할 수 있는 계획을 세우고 성과 점검하기를 농사짓듯이 아침저녁으로 쉬지 않고 지속하는 것을 정치라고 여겨 왔다. 그리고 계획한 대로 실천한 사람이었다. 최충도 이러한 영향을 받아 서슬 퍼런 형벌의 집행만이 모든 문제를 다 해결해 줄 수 없다는 것을 깨닫고, 차별받는 부곡(部曲)민을 위해 법과 제도를 시대에 맞게 정비하고, 엄정하게 적용하는 것이야말로 궁극적으로는 관대함이 가능한 사회를 만드는 길이라고 생각한 것이다.

부곡(部曲)민들은 무더운 사막에서도 끄떡없이 잘 자라는 선인장처럼 그 차별을 거뜬히 견디어 냈다. 하지만 선인장이 추위에 주저앉듯, 차별받는 사람들도 소외감에 주저앉았다. 미국의 흑인 노예들도 노예 생활이라는 적을 물리쳤지만, 노예해방 초기에는 심한 인종차별과 소외감에 주저앉았다.

미국 앨라배마주 어느 집에, 한 흑인이 소매를 걷어 올린 채 웃음이 가득한 얼굴로 열심히 장작을 패고 있었다. 장작을 패는 사람은 버지니아주에서 아버지도 모르는 흑인 노예로 태어난 부커 워싱턴(Booker T. Washington)이었다. 그는 소금 공장과 광산에서 일하며 공부해 왔다. 남북전쟁이 끝난 후에, 그는 노예의 신분에서 해방되면서 새로운 전기를 마련하게 된다. 그의 나이 스물다섯 살이 되었을 때, 현재 앨라배마주에 있는 유명한 '터스키기 대학교'를 처음에는 '터스키기 전문학교'라는 이름으로 창설한 것이다. 그 후, 평생을 열심히 노력하는 자세로 살아온 부커 워싱턴은 미국의 흑인으로서는 처음으로 그의 얼굴이 우표에 나왔으며, 50센트짜리 동전에도 찍혀 나왔다. 차별받는 가난한 노예의 자식으로 태어났지만, 훌륭한 인격으로 위대한 업적을 남긴 부커는 미국에서 존경받는 최고의 교육자이다.

그런데 부커가 대학 총장이 된 지 얼마 되지 않았을 때 이야기이다. 그가 한적한 길을 걷고 있을 때, 그 동네의 한 부인이 부커를 불렀다. 얼마의 돈을 주겠으니 자기 집 장작을 패달라는 것이었다. 마침 특별히 할 일이 없었던 부커는 그렇게 하겠다고 말하고 장작을 팼다. 부커가 다 팬 장작을 운반하고 있었을 때, 그 집의 딸이 부커를 알아보았다. 그리고 부커가 일을 마치고 떠난 후에 자기 어머니에게 부커의 이야기를 했다. 당황한 부인은 다음 날 부커를 찾아가 자신이 큰 실례를 했다며 깊이 사과했다. 그러자 부커 총장은 이렇게 얘기했다.

"부인, 별말씀을 다 하십니다. 저는 요즘도 가끔 노동하기를 즐거워합니다. 그리고 좋은 분을 위하여 약간의 수고를 하는 것은 언제나 기쁨이 아니겠습니까?" 부인은 부커의 손을 잡고 악수를 하면서 그의 겸손한 인격과 따뜻함에 감동하였다. 그 후, 부인은 부유한 친구들에게 그 이야기를 하고 그들을 설득해 큰 금액의 후원금을 학교에 기부했다. 미국의 노예는 멋있는 노예였다.

그러나 고려의 노예는 겨울만 되면 움츠린 노예가 되어갔다. 이는 고려 사회의 새로운 지배 세력이 차별과 냉대 속에 그들을 소외시킨 것이다. 매우 폐쇄성 짙은 안타까운 우리들의 역사가 되었다.

3. 고려의 왕권 투쟁의 시작

왕건의 뜻과 달리 고려의 공신들은 권력을 잡자 불법으로 토지와 재력을 착취하였다. 새로운 봉건 질서에서 특권적 지위를 마음껏 누리기 위해 중앙정치에서는 권력투쟁이 극에 달한 것이다. 특히 왕규는 자기 딸 셋을 왕비로 들여보낸 후 권력이 커지자 혜종(고려2대 왕, 왕건의 맏아들)까지 시해하려고 하였다. 왕규에게 시달리던 혜종이 결국 병으로 죽고 나서 혜종의 아우인 정종이 왕위에 올랐으나 그마저 죽이려는 반란을 시도한 것이다.[113]

그러나 이 사건은 왕규의 실패로 끝나고 말았다. 그 이유는 왕규가 세 딸을 너무나 값싸게 팔았던 것 같다. 너무나 싸게 팔았는지 반란은 성공하지 못했고, 성공해서도 안 되는 것이었다. 사랑 없는 사랑이 파멸로 끝나듯이, 왕규는 딸에 대한 사랑도 없었고 오직 권력에 대한 사랑만 있었다. 그러나 권력에 대한 사랑을 이루지 못해 모든 것이 파멸로 끝난 것이다.

---

113) 왕규: ?~945(혜종 2). 고려 전기의 재신(宰臣).광주(廣州) 지방의 호족 출신으로 태조 왕건(王建)을 받들어 대광(大匡)에 이르렀다. 두 딸은 태조의 제15비(妃) 광주원부인(廣州院夫人)과 광주원군(廣州院君)을 낳은 제16비 소광주원부인(小廣州院夫人)이 되어 왕실의 외척으로서, 광주의 강력한 지방 세력을 기반으로 막강한 정치권력을 장악하였다. 염상(廉相)·박수문(朴守文)과 함께 태조의 임종을 곁에서 지킨 세 재신 중의 한 사람으로서, 태조가 죽자 유명(遺命)을 내외에 선포하는 중책을 맡기도 하였다. 이처럼 태조 때에는 태조의 두터운 신임을 받았으나, 혜종이 즉위한 뒤에는 왕권에 도전하는 가장 강력한 적대세력의 하나가 되었다. 한편 혜종의 이복동생인 왕요(王堯: 뒤의 정종)도 서경(西京)의 왕식렴(王式廉) 세력과 결탁, 몰래 모반을 도모하였다. 그리하여 왕규와 왕요 사이에 암투가 벌어졌다. 이때 혜종은 왕권이 미약해 왕위쟁탈 음모에 강력하게 대응하지 못하고 자기 자신의 신변 보호에만 급급했다. 왕규는 자기의 외손자 광주원군을 왕위에 앉히려고 몇 차례 혜종을 죽이고자 하였다. 한 번은 혜종이 밤중에 잠든 틈을 타서 몰래 심복을 보내 암살을 시도했으나, 도리어 잠에서 깬 혜종의 주먹에 맞아 죽음으로써 실패하였다. (한국민족문화대백과, 한국학중앙연구원) 또 한 번은 왕규가 직접 밤에 심복들을 거느리고 신덕전(神德殿)으로 쳐들어갔으나, 혜종이 이미 최지몽(崔知夢)의 건의에 따라 침소를 중광전(重光殿)으로 옮긴 뒤여서 역시 실패하였다. 이처럼 정국이 어수선해지자, 왕요는 서경에 있던 왕식렴의 군대를 수도로 불러들여 왕위를 차지하였다. 그리고 이어 왕규를 붙잡아 갑곶(甲串)에 귀양을 보냈다가 사람을 보내어 죽이고, 아울러 그의 일당 300여 명도 처형하였다. 그 결과 왕규에 의한 왕위쟁탈 음모는 종식되었으나, 그 사건에 대한 역사적 의미는 학자에 따라 해석이 다양하다. (한국민족문화대백과, 한국학중앙연구원)

영화 '에덴의 동쪽' 주인공 제임스 딘은 아홉 살 때 어머니를 잃고, 모성애에 대한 그리움을 갖고 살아가게 된다. 친한 친구 하나 없이 소년기를 보낸 그의 벗은 항상 고양이나 개 같은 동물이었다. 캘리포니아 주립대학 법학과에 입학했으나 법관이 될 꿈은 전혀 없었고, 연극에 매력을 느껴 할리우드에 가서 실력을 발휘해 보지만 주어지는 역은 항상 엑스트라였다. 그는 단역 인생으로 살 수 없다는 생각에 뉴욕으로 가 엘리어 카잔 감독이 운영하던 배우 양성소에서 연기력을 닦는다.

제임스 딘을 유심히 지켜보던 엘리어 카잔은 제임스 딘을 '에덴의 동쪽'에 데뷔시켜 제임스 딘 이 영화로 일약 세계 젊은이들의 우상이 된다. 그 후 기성세대에 반항하는 제임스 딘 특유의 이미지 덕분이었을지 아니면 사랑의 결핍이었는지 아무튼 어머니 같은 여성을 그리던 제임스 딘은 피어라는 여배우를 만난다. 그러나 둘의 사랑은 4개월 만에 끝났다. 그 이유는 두 사람 집안의 종교가 달랐는데, 제임스 딘의 집안은 퀘이커교를 믿었고, 피어의 집안은 가톨릭을 믿었다. 두 사람이 사랑에 빠졌을 때 제임스 딘의 나이는 스물셋, 피어의 나이는 스물둘, 아직 한참 어려 양가 집안의 반대를 물리칠 용기가 없었다. 피어 어머니의 반대로 헤어진 이후 두 사람은 첫사랑을 못 잊어 괴로워하다 비극적인 최후를 맞이한다. 제임스 딘이 절망감에 있을 때, 그의 세 번째 영화이자 마지막 영화 〈자이언트〉에 출연해 촬영이 끝난 뒤 제임스 딘은 혼자 드라이브를 하며 우울한 마음을 달래다가 결국 고속도로에서 승용차 충돌사고로 죽는다.

그의 나이 불과 24세였다. 피어도 두 번이나 결혼했지만 다 실패하고 삼류영화에 단역을 맡는 신세로 전락하였다가 나중에는 마약중독자가 된다. 외로움과 경제적 어려움에 시달리던 피어는 수면제를 이용해 자살로 생이 끝난다. 그녀의 나이 39세 때였다.

왕규도 권력에 대한 사랑을 이루지 못해 인생에 실패하였고, 제임스 딘과 피어도 둘의 사랑을 이루지 못해 인생에 실패하였다. 그러나 왕규는 권력의 집착 결과로 빚어진 파멸의 비극이었다.

4. 반전이 거듭되는 왕위 쟁탈전

피비린내 나는 고려 최초의 왕위 쟁탈전에서 반란에 가담한 세력 중 300여 명이 죽었고 일부 공신功臣 세력들이 몰락했다. 호방한 성격의 혜종은 배다른 형제들에 의해 제거되었고, 겉으로는 강인하였지만, 벼락 치는 소리에 놀라 몸져눕는 유약한 정종(고려 3대, 왕건의 둘째 아들)은 형을 몰아내고 왕위에 올랐지만 불과 4년 만에 세상을 등졌다. 정종은 재위 기간에 서경 건설의 꿈을 이루고자 하였지만, 돌아온 것은 백성의 원망뿐이었다. 이어 고려 개혁의 아이콘 광종(고려4대, 光宗, 재위 949~975, 정종의 동생)이 왕위에 올라 왕권 강화가 시작하였다.

고려를 건국한 태조 왕건은 호족의 힘을 빌리기 위해 개국 공신을 3,200명이나 두었다. 그러나 개국공신 들은 나라를 건국할 때는 한편이 되지만 건국 이후에는 왕권을 위협하는 존재가 된다. 따라서 군주는 나라를 세운 후에 공신들을 제거하여 왕실과 나라를 지켜나갈 튼튼한 수성守成의 군주가 나오기를 기대한다. 이런 이유에서 광종은 고려 왕조의 수성 군주였고, 수성守成을 위해 피의 군주가 되기를 스스로 자청하였다.

고려의 광종과 조선의 태종은 둘의 공통점이 있었다. 바로 피비린내 나는 광기였다. 광종은 아버지가 세운 나라를 수성하기 위해 피바람을 일으킨다. 조선의 태종은 정도전 일파에게 왕권을 빼앗기지 않으려고 피바람을 불러일으켰다. 이러한 과정은 어느 시대나 왕조창업의 절차가 나라를 세운 후에는, 후대에 수성하는 군주가 나오기 마련이다.

그 예로 수 문제 양견 태자 양용은 동생 양광을 늘 의심하고 감시한다. 당 고조 이연의 태자 이건성도 동생인 이세민을 늘 의심하고 감시하였다. 그런데 이 둘의 공통점은 동생들이 형을 죽이고 태자가 된 것이다. 태자가 된 이세민은 수성을 잘하여 '정관의 치'(貞觀之治, 신하들이 잘못된 것을 보고 비판함)라는 업적을 남기지만, 양광은 고구려 침략 후에 멸망하고 만다.

고려 광종과 조선 태종은 둘 다 피의 숙청이다. 광종의 생각은 왕권을 강화하지 못하면, 임금은 호족들에 노리개가 되거나 개, 돼지가 된다는 생각에 머물러 있었다. 이처럼 세계 어느 나라 역사를 막론하고 피의 흔적이 없는 역사는 없다. 어쩌면 세계 역사의 절반은 피로 이루어졌다고 해도 과언이 아니다. 음모, 기습, 암살, 파괴로 이어지는 피의 역사는 그 대가를 얼룩진 기록으로 넘겼다. 그래서 피를 많이 흘리면 흘린 만큼 백성들이 흘려야 할 피와 땀은 곱절로 늘어나게 마련이다. 하지만 백성들의 생각은, 땀이란 그저 흘려야 할 그런 것으로, 피는 흘릴 만한 것으로 인식되어왔다.

지난날 역사에서 암살이 결코 우연히 일어난 적은 한 번도 없다. 사전에 치밀한 계획을 갖고 뒷수습까지 고려하면서 일어나는 것이다. 합리적인 판단과 행동보다는 폭력이 판치는 사회 분위기, 법과 제도가 있어도 큰소리치는 풍조가 우리 사회의 한 단면이었다. 고려 사회에서도 정해진 규칙에 따라 폭력에 길들었다면 좀 더 나은 사회로 정착되었을지 모른다. 그러나 사람들은 사회적 동물이고 정치적 동물인 이상 권력 지향적이지 않을 수 없다. 따라서 권력을 어떻게 장악할 것인가 하는 것에 관심을 두게 된다. 권력을 장악하는 데는 여러 가지 방법이 있겠으나 정치적 수준이 낮은 그 옛날에는 가장 확실하고 일반적인 방법은 물리적인 힘에 의존하는 방법이었을 것이다. 그 예로 우월한 군사력을 앞세워 집권자를 축출하고 새로운 집권자가 되어 새로운 지배층을 형성하는 것이다. 이에 광종도 이전까지의 통치이념을 혁파하였고, 조선의 태종은 무력으로 관료제도를 정착시켰다는 평가를 받는다. 중앙집권의 실현. 이는 씨족이 무리지어 살다가 그 영역을 통일해서 부족이 되고 이 부족이 통일해서 고대국가로 진화한 것이다.

세계사에서 지금까지 들어본 적이 없는 오백 년 전쟁은 중국의 전국시대인데 진시황의 통일은 세계사적으로 볼 때 실로 거대한 제국이 창출된 것이다. 진시황의 중국 통일로 피의 살육인 씨족과 부족 간에 싸움이 종식되었고 국가의 기틀을 갖추게 된 것이다. 그렇다면 고려의 광종은 어떤 왕이었을까? 그는 노비안검법과 과거제도, 관복 제정 등 왕권 강화를 위해 광종이 이룬 업적들은 역사적으로 볼 때 대단히 의미 있고 중요한 정책들이었다.

그러나 광종의 업적에 대한 평가가 엇갈리는 것은 재위 중반부터 시작된 왕권 강화를 위한 공신과 왕실에 대한 피의 숙청 때문이었다. 노비안검법, 과거제 시행, 관복의 제정 등의 업적으로 보면 광종은 성군이었으나 무차별한 피의 숙청으로 수많은 공신을 죽였고 친형제인 혜종과 정종의 외아들까지 죽였으니 그가 얼마나 잔인한 사람이었는지 짐작이 간다. 이처럼 광종의 숙청작업은 거의 광기에 가까웠다. 이로 인해 감옥이 모자라고 많은 인재가 살육당하였으니 고려 초기는 평화가 아닌 어지러움과 혼돈의 세계라 해야 할 것이다. 더구나 고려에 대지진(972년)이 일어나 죄수들에게 대 사면령도 내렸지만, 사형집행만은 끊이질 않았다. 계속 이어지는 사형집행으로 훈신, 숙장[114]들이 죽음을 면치 못해 살아남은 공신은 겨우 40명에 지나지 않았다. 이것으로 보아 역사는 항상 기득권 세력과 신진세력의 충돌로 이어져 온다는 것을 알 수 있다.[115] 기득권 세력은 자신의 것을 빼앗기지 않기 위해 몸부림쳐 왔고 새로운 세력은 그것을 누르기 위해 몸부림했다.

그 예로 프랑스 대혁명의 승리를 발판으로 집권한 급진좌파 로베스피에르(1758-1794)의 공포정치를 살펴보면 쉽게 이해가 된다. 사법부까지 장악한 로베스피에르는 정식재판을 받지 않고도 처형할 수 있는 법을 만들어 2만 명

114) 숙장(宿將): 늙고 공로가 많은 장수, 경험이 많아 군사 지식이 풍부한 장수
115) 박경자, 「고려시대 향리 연구」, 『국학 자료원』, 2001, pp.131.

가까운 정적들을 죽인다.

그리고 "왕은 무죄일지도 모른다. 그러나 그를 무죄라고 선언하는 순간 혁명이 유죄가 된다."라는 연설과 함께 국왕 루이 16세도 단두대의 이슬로 날려 버린다. 그는 혁명을 지지해준 농민과 노동자들을 위한 서민 정책으로 "모든 프랑스 어린이들은 값싸게 우유를 마실 권리가 있다."라고 선포하면서 우윳값을 반으로 내리게 했다. 귀족이나 부자가 아니면 먹을 수 없었던 우유를 서민들도 먹게 됐으니 사람들은 환호했다. 그런데 문제가 생겼다. 우윳값이 폭락한 것이다. 낙농업자들은 젖소를 키워봤자 건초값을 주고 나면 수지타산이 맞지 않으니 사육을 포기하기 시작했다.

로베스피에르는 건초 생산업자에게 건초값을 반으로 내리라고 지시했다. 그러자 농부들은 건초를 키워봤자 생산비도 못 건지니 밭을 갈아엎거나 불태워 버렸다. 결국 건초는 암시장이 형성돼 높은 가격에 거래됐고, 비싼 건초는 비싼 우윳값에 반영돼서 우유는 전보다 훨씬 더 비싸지고 말았다. 결국 우유는 다시 잘 사는 귀족들의 음식으로 되돌아갔다.

평민들을 위한다고 시장에 개입해 가격을 통제한 결과였다. 전에는 그래도 갓난아이들에게는 먹일 수 있었는데 이제는 그조차 못하게 되자 국민의 분노는 들끓었다. 삽시간에 로베스피에르의 인기는 추락했다. 정의라는 핑계로 온갖 전횡과 과격한 정책을 계속하던 로베스피에르는 새로운 쿠데타군에 의해 체포돼 루이 16세를 처형한 혁명광장 그 단두대에서 자신도 정식재판 없이 죽음을 맞이하였다.

로베스피에르는 실패했지만, 광종은 성공한 것이다.

이처럼 국가와 국민을 위한다는 목적으로 지도자가 정치적 메커니즘을 인위적으로 간섭하거나 통제하면 오히려 역효과를 가져온다는 역사적 교훈이 바로 로베스피에르의 우유 사건이다. 그러나 광종의 강렬한 개혁 의지는 고려의 아침을 새로운 사회로 만들어가는 전기가 되었다. 그리고 광종은 기득권 세력에 대한 질서 파괴, 유례가 없었던 무서운 철권 통치로 고려 사회를 안정화했다. 그러나 이로 인해 고려 성종 이후 많은 유학자는 광종을 평가하는 데 매우 인색하였다. 당대의 유학자 최승로(崔承老)나 고려 말의 이제현, 그리고 도의道義를 중시한 조선시대 유학자들에게 비친 광종은 참소(讒訴: 거짓말로 비위를 맞춤)를 좋아한 왕이었고 광기의 왕이었다고 평가하였다. 이러한 고려사를 성찰해보면, 부끄러운 역사가 꽃을 피웠고, 죄 많은 역사도 살아남는다는 역사의 교훈도 함께 깨닫는다.

5. 광종의 왕권 강화와 노비 해방

고려 제4대 왕이 된 광종은 태조 왕건의 세 번째 아들로 이름은 왕소이다. 3대 왕 정종의 친아우이며 태조의 세 번째 부인인 신명순성왕후 유 씨 소생이다. 신명순성왕후는 충주를 대표하는 호족 유긍달의 딸로 태조의 부인들 가운데 가장 자식을 많이 낳은 왕후이다. 충주를 외가로 한 광종은 정치적 세력이 막강하였다.

그 배경에는 황주를 기반으로 한 대목왕후 황보 씨의 탄탄한 후광이 있었다. 광종은 두 명의 부인이 있었는데 첫째 부인인 대목왕후 황보 씨는 신정왕태후와 태조 사이에서 태어난 딸이었다. 광종은 이복누이와 결혼한 것이다. 이로 인해 막강한 호족 세력을 얻었다, 또 다른 부인은 경화궁부인 임 씨로 2대 왕 혜종의 맏딸이다. 광종에게는 조카가 된다. 광종은 동생 및 조카와 결혼한 왕실 내 근친혼을 한 첫 번째 왕자였다.

고려 왕실의 족내혼은 신라 왕실의 근친혼 풍습과 같은 것으로 외척이 권력을 가질 수 있는 족외혼과 달리 왕실 혈통의 순수성을 유지하고 왕권을 안정시킬 수 있는 일면이 있었다. 광종은 족내혼을 통해 26년의 치세 동안 튼튼하고 완벽한 방어막을 가질 수 있었으며 광종의 즉위할 때 나이는 25살이란 한창 혈기 왕성한 젊은이였다. 광종은 혜종이나 정종보다 더 막강한 세력을 가지고 있었지만, 그 세력들은 언제든지 등을 돌릴 수 있는 호족 세력이었다. 자세히 들여다보면 불안정한 세력들이다. 광종은 준수한 외모에 영리하고 부드러우면서 기회 포착력이 강했던 외유내강의 인물이다. 광종은 호족을 비롯한 공신들을 제거하여 왕권과 고려의 기틀을 다질 피의 군주로서는 최고의 적임자였다. 황제라고 불리는 군주 광종은 즉위와 함께 덕을 밝게 비춘다는 의미의 '광덕(光德)'이란 연호를 선포하였다. 연호는 군주가 자신의 처세를 나타낼 수 있는 상징적인 이름이다.

고려의 경우 스스로 연호를 사용한 군주는 태조, 광종, 경종 등 세 사람에 불과하고 조선은 1895년 청일전쟁 이후 고종이 처음으로 건양(建陽)이라는 연호를 사용했을 뿐이다. 연호를 사용하고 대내외에 황제국임을 선포한 광종은 자주적인 군주였다. 광종의 칭제건원(稱帝建元: 군주를 황제라 칭하고 독자적 연호 사용)은 광종 시대의 개막을 알리는 신호탄이었고, 호족과의 전면전을 예고하는 것이었다. 광종은 형제들과 공신들 틈바구니에서 살아남아 왕위를 차지했을 무렵에는 이미 능숙한 정치가로 변모해 있었다.

광종이 공신과의 첫 번째 정치적인 대충돌은 노비안검법과 과거제도의 실시였다. 즉위 당시 연호가 '광덕(光德)'이어서 그랬는지 몰라도 광종의 치세 초반은 피의 군주라는 호칭이 무색하리만큼 평화로웠다. 그러나 광종 7년(956) 노비 해방에 가까운 이른바 '노비안검법'이 시행되면서 공신과의 정면충돌이 시작되었다. 노비안검법은 노비의 신분을 조사해서 전에 양민이었던 자를 해방하려는 가히 혁명적 조처였다. 당시 귀족들이 소유한 사노비에는 전쟁 포로나 가난한 양민 출신들이 많았는데 이들은 귀족들의 개인 소유 재산이었다. 그러나 광종은 노비를 풀어 주어 귀족들의 세력을 누르고 왕권을 신장시키고자 한 것이다. 이러한 연유로 광종이 노비들을 전수 조사하자 공신 세력들의 불만은 실로 엄청났다. 그러나 광종의 의지는 흔들리지 않았다. 이는 고려의 역사 발전 과정에 중대한 시대적 변화로 광종이 전개한 기득권 세력에 대한 도전이었다. 변화를 추구하는 도전에는 항상 갈등과 대립이 존재하는데 그 바탕에는 신념과 용기, 철학이 있어야 한다. 그리고 변화를 바르게 해석하면 창조와 발전의 계기가 되지만 이를 잘못 해석한다면 쇠퇴와 도태를 맞이하게 된다. 광종은 도전을 향한 자세로 '도약이냐 후퇴냐', '평화냐 긴장이냐', '대결이냐 갈등이냐'를 놓고 선택의 문제가 아닌 도전 그 자체를 수용의 문제로 인용하여 귀족 세력을 누르고자 하였다. 그렇게 한 이유는 새로운 국가 성장 동력에는 개혁과 통합이 필요한데, 개혁은 성장의 동력이 되고 통합은 도약의 동력이 되기 때문이었다. 따라서 광종의 개혁과 통합이란 무소불위無所不爲한 '원칙과 신뢰', '공정과 투명', '대화와 타협', '분권과 자율'이란 정치철학을 기조로 한 것이었다. 그리고 변화를 위한 역량 강화에 있었다. 노비안검법이 바로 그 예가 된다.

6. 유교 사상과 문치주의 시대

고려시대에도 벼슬길에 오르는 방법은 신라시대와 마찬가지로 공식적인 시험이 아닌 명성이나 집안 배경이었다. 그러나 권문세가의 자제가 아니더라도 관리가 될 수 있는 시(時)·부(賦)·송(頌) 및 시무책을 시험하여 선발하는 광종의 과거제 시행은 그야말로 혁신적인 조처였다. 그런데 문치주의 시대를 열어가게 된 광종의 과거제도 시행은 내적으로는 기득권층이나 권력층의 개편을 의미하는 것이었다. 광종의 과거제도 시행으로 고려 초

공신功臣 시대가 종식되었고, 유교적 교양을 갖춘 문사들이 등장하는 문치주의 시대로 접어든 것이다.

광종은 대륙의 후주(後周: 후한(後漢)의 실력자였던 곽위가 건국한 나라))와 유대를 강화하여 왕권을 강화하고자 하였다. 광종 7년(956년) 후주에서 사신으로 설문우를 고려로 보냈는데, 이때 설문우를 따라온 사람이 쌍기(雙冀)였다. 설문우를 따라온 쌍기는 병을 얻어 본국으로 돌아가지 못하고 고려에서 치료 받다가 광종을 만나게 되었다. 이때 쌍기의 식견에 매료된 광종은 후주에 요청하여 그를 귀화시키고 관직을 내려주었다. 쌍기를 총애하기 시작한 광종은 그를 한림학사로 승진시키고 문한(文翰: 글을 짓거나 글씨를 쓰는 일)에 대한 직권(職權: 직무상 권리)을 맡겼다. 고려 조정의 신하들은 쌍기의 고속 승진에 불만이 많았다. 그 후 광종 9년(958년),한림학사 쌍기의 건의로 이루어진 과거제도 실시는 노비안검법보다도 귀족들에게는 더 치명적이었다. 그러나 광종에게는 권력 구조의 개편과 광종이 꿈꾸던 왕권 신장의 발판이 되었다. 광종이 국내에 아무런 연고가 없는 후주 출신의 쌍기에게 과거제를 통한 인재 선발을 맡긴 것도 따지고 보면, 새로운 사람들을 등용하여 종래의 권문세족들을 누르기 위한 계략이다. 쌍기는 과거 시험장에서 스스로 지공거(知貢擧: 과거를 주관하는 직책)가 되어 과거시험을 처음부터 끝까지 주관하였다. 이때 광종은 위봉루(威鳳樓)에 친히 나가 과거 합격자의 이름을 손수 발표했다. 그때 과거 합격자들은 자연스럽게 왕을 위해 충성하는 친위세력이 된 것이다. 이러한 광종의 혁신적인 조치는 새로운 관복을 제정하여 위계질서를 바로잡는 일까지 계속되었다. 그때까지 궁궐을 출입할 때는 예복이 따로 없었고, 심지어 임금보다 더 화려한 의상을 걸치고 입궐하는 신하들도 있었다.

그러한 모습을 본 광종은 신하들이 입고 있는 예복에 대해 심한 불쾌감을 느끼고 있었다. 그 당시에는 신하들은 주로 신라나 태봉 또는 후백제 시절의 예복을 그대로 본떠 입고 다녔다. 신라계의 호족들은 구 신라 관복을, 태봉계의 호족은 그들 나름의 관복을, 불도에 정진하는 신하는 가사를, 중국계 일부는 그들의 옛 복식대로 입고 입궐했다.

이처럼 위계질서가 없으니, 왕권을 강화하기에는 요원한 문제였다. 광종은 과거를 실시한 2년 뒤에 백관들의 예복을 네 가지로 정했다. 보라색·붉은색·연두색·자두색 소매 옷으로 정해 놓고 등급에 따라 관복을 입도록 했다. 고려 초 신하들의 관복이 제정된 것은 고려가 통일되고 40여 년이 지나서였다. 이는 과거제도를 통해 왕권이 강화되었기에 가능한 일이었다. 그 이전에 관복을 제정할 엄두를 내지 못한 것은 호족들의 반발이 거세였기 때문이었다. 과거를 실시함으로써 호족 세력에 의해 꺾인 왕권의 강화가 이루어졌다. 이때 광종은 말을 듣지 않는 호족들을 모조리 감옥에 가둬버릴 정도로 의지를 굽히지 않았다.

그러나 고려 말기 지식인 이제현은 광종이 쌍기를 등용하여 개혁정책을 추진한 것에 대하여 비판하기도 하였다. 이제현이 비판한 내용은 쌍기가 인품이 없었기에 간신들이 광종에게 참소(남을 해치려고 거짓으로 일러바침)하는 것을 막지 않고 그대로 두어 광종이 형벌을 남발하였다는 것이다. 그리고 광종은 과거를 실시하여 뽑힌 선비들의 화려한 글귀만 칭찬하였기에 후세에 와서 그 폐단은 이루 말할 수 없게 되었다는 것이다.

최승로도 이제현이 광종을 비판하기 이전, 그의 치적을 긍정적으로 보지 않고 쌍기의 등용을 문제 삼았다. 그러나 뚝심이 강한 광종은 개혁을 추진하는데 있어서 쌍기를 비롯한 귀화인 및 과거급제자 출신과 신라계 인물들까지 자신의 친위세력으로 삼았다. 광종이 신라계를 중용한 데는 자신의 출신 배경과 밀접한 관련이 있었다. 그 내막은 광종의 외조부인 유긍달은 신라 출신이었고 자기 누이인 낙랑공주는 경순왕 김부에게 출가한 사실이 이를 뒷받침하고 있었다. 게다가 경순왕의 딸을 며느리로 삼았으니 광종은 신라계의 외조부와 매부, 며느리를 맞이한 것이다. 그 후로 광종의 개혁 세력으로 급부상하기 시작한 신라계는, 광종 이후 고려정치를 주도하는 강력한 세력이 되어 광종이 개경을 황도로 삼고 서경을 서도로 삼는 조치까지 내리게 하였다. 또한 광종을 내세워 공신들의 기세를 꺾기 위한 제도를 마련하게 하고 원로대신들의 벼슬을 강등시키기도 하였다. 광종은 왕자들도 말썽을 부리면 가차 없이 제거하였는데 심지어 자신의 하나뿐인 아들 주후(고려5대 경종)까지 의심하며 가까이하지 않았다. 그 결과 광종은 피의 군주로 평가되었다. 그런데 광종이 이러한 숙청을 하게 된 가장 큰 이유는 개국공신의 수가 너무 많았기 때문이다. 따라서 광종은 지금까지 보상성 인사로 기용되는 인사의 유통과정을 명세지재(命世之才: 한 시대를 바로잡을 만한 걸출한 인재)로 조직 문화를 바꾸겠다는 정치적 역량을 담아낸 것이다.

이규보도 그의 어록에서 "선비가 벼슬을 하는 것은 구차하게 일신의 영달을 구하는 것이 아니라, 배운 바를 정사에 반영시켜 나라와 백성을 구하고 길이 이름을 남기고자 한다."라는 훌륭한 말을 후세에 남겼듯이 광종도 인사 원칙에 있어 능력과 실력 위주로 배치하겠다는 자신의 의지를 철저하게 반영한 것이다. 광종은 처음부터 국정 개혁 과제부터 국가의 역점사업을 성공시키기 위해서는 인사가 중요하다는 것을 잘 알고 있었다. 이러한 일련의 피의 광풍으로 고려는 유교 사상을 기반으로 한 문치주의 시대를 열어가게 된 것이다.

7. 유교 사상의 덕목과 가치

봉건주의 시대 농경문화가 창출한 유교 사상이 과학적 합리성을 지향하는 민주주의적 정치체제와 자본주의적 경제구조, 그리고 다원주의적 문화 형태의 현대사회에서 과연 '유효(有效: 효력이나 효과가 있음)한가?'라는 의문이 제기될 수 있다. 그러나 모든 것을 이성적으로 해결하려고 덕치德治 대신 법치法治를 선택한다면, 그것 또한 다양한 맥락에서 이해관계가 상충한다.

현실은 사람마다 극단주의로 치닫고 있다. 이러한 현실 속에서 유교적 덕목들의 존재 가치를 살펴보면, 사상적 측면에서는 인본주의人本主義, 정치 철학적 측면에서는 덕치주의德治主義라고 규정할 수 있을 것이다. 그렇지만 유교 사상은 워낙 방대하고 또 오랜 세월에 걸쳐 진화의 과정을 거쳐 온 것이기에 일률적으로 평가하기는 어렵다. 다만, 지금까지 학자들에 의해 논의된 유교 사상은 인간 중심적 사고체계를 구조화시켜, 인간이 지닌 능력을 극대화하고, 삼라만상의 이치를 깨닫게 하여 바람직한 삶을 살아갈 수 있도록 현세적 세계관이나, 인생관 그리고 바른 도덕적 가치관을 체계화한 학문으로 보고 있다. 이를 종합해서 학자들이 단정한 유교 사상의 핵심은 '인애仁愛'와 '충의忠義'에 근거한 도덕적 체계였다. 그리고 수기치(修己治人: 자신을 수양한 후에 남을 교화해야 함)이었다. 그리고 이를 지향하는 이상적 인간형을 '군자君子', 이를 실천하고 목표에 도달할 수 있는 방편을 중용이라고 하였다. 그런데 '군자(megalo-psycheia)'와 '중용(mesotēs)'은 유가(儒家)에서뿐만 아니라 고대 그리스의 아리스토텔레스가 제시한 윤리학의 중심 개념이기도 한 것이어서 세계화 시대에 '보편윤리'의 정립이라는 차원에서도 다시 조명해야 할 충분한 가치가 있을 것이다. 그렇다면 이러한 덕목들이 지닌 가치가 무엇이며, 어떤 맥락에서 그것들이 아직도 우리에게 유효하고 실현 가능한 것인지 규명하는 것이다. 그러나 고려 초기에 유교적인 정치사상과 이념의 현실작용이란 지식인들 사이에서 유교적인 교양만이 일반화된 상태였다. 당시 유교의 주된 내용은 수기치인(修己治人)의 이상을 실현하는 데 치중하였기 때문에 유학 사상이 학문적으로 체계화되지 못한 것이다. 광종 때에 이르러서야 유교 경전을 내용으로 하는 과거제도가 실시된 후부터 유교 사상이 정착되기 시작한 것이다.

그 후 학교가 창설되고 교육의 기틀이 마련되고, 과거시험을 통한 관리의 선발로 유교주의를 채택한 고려 사회가 정치의 사상체계를 유교로 확립한 것이다. 여기에는 최승로(崔承老)와 같은 유신(儒臣)의 활약이 컸다. 그 후에는 고려 초부터 사장(詞章: 시와 문장)에 치중하던 유교가 점차 통경명사(通經明史: 기본적인 유교학문, 유학자儒者들의 일상적인 글공부)에 힘써 유교 경전에 대한 이해의 폭과 깊이가 심화한 것이다.

23장. 유교 정치와 유학의 진흥

1. 충과 효를 내세운 유교적 통치자 성종

최충이 태어날 당시 고려는 과거제도를 통해서 문신들의 지배 세력이 이미 형성된 사회였다. 유교적 소양을 두루 갖춘 성종(고려 6대, 981년 즉위)은 잠재의식을 움직일 수 있는 두 가지의 가치, 충과 효를 내세워 유교적 통치를 선언하였다. 성종은 유교적 윤리 중에서 가장 핵심이 되는 것은 효이며, 효의 연장이 곧 충이라는 대대적인 충효 사상을 다음과 같은 교서를 통해 강조하였다.

"대체로 국가를 다스리는 데에는 먼저 근본을 알아야 한다. 근본을 힘쓰는 데에는 효도보다 더한 것이 없으니 효도는 3황 5제(三皇五帝)[116]의 기본사업으로써 만사의 강령(綱領: 으뜸이 되는 줄거리)이요 모든 선(善)의 주체이다. 그래서 한나라 황제는 양인(중국 북위 때의 효자)[117]이 자기 부모를 소중하게 여긴 것을 기특히 여겨 그 집과 마을에 정문(旌門: 효자·열녀 등을 표창하기 위해 세우는 문)을 세워 그의 효성을 표창하였고 진나라 황제는 왕상(중국 후한말 이름난 효자)의 지극한 효성을 기리는 뜻으로 역사에 그 이름을 기록하였다."

(중략) 근일에 사절들을 육도(우리가 사는 세계)에 파견하여 늙은이와 어린이들이 굶주리고 이별하는 것을 구제하고 홀아비와 고아들의 곤궁함을 돌보아주며, 효행을 행하는 아들과 기특한 손자. 의로운 남편, 절개를 지킨 부녀들을 조사하라고 하였던바 다음과 같은 아름다운 사실이 나타났다.

-성종이 내린 왕의 교서〈성종 9년, 990년〉

위와 같이 내린 성종의 교서(教書: 임금이 내린 指示서)는 전국에서 효행을 행한 사람들을 찾아내 표창하도록 명령하였다. 이를 열거하면 다음과 같다.

전주(全州) 구례현(求禮縣) 백성인 손순흥(孫順興)은 그 어머니가 병

---

116) 3황 5제: 3황설은 수인씨, 복희씨, 신농씨 등 세 임금인데 수인씨는 백성들에게 화식(火食)하는 방법을 복희씨는 목축을, 신농씨는 농사법을 가르쳤다고 한다. 5제는 황제(黃帝), 전욱, 제곡, 요, 순의 다섯 임금을 말하며 황제는 통일국가를 세우고 문물제도를 마련하였으며 요임금은 시각장애인 아버지에게 효성이 지극했던 순에게 왕위를 물려주었다.

117) 양인(楊引): 중국 북위(北魏) 시대 효성이 지극하기로 이름이 있었던 인물. 원문에 한황(漢皇)이 그를 표창한 것으로 되어 있어 시대상 서로 맞지 않으나 아직 그대로 둔다.

사한 뒤 초상화를 그려놓고 제사를 지내며 어머니가 살아있는 것처럼 사흘에 한 번씩 음식을 차려서 묘에 간다고 한다.

운제현(雲梯縣) 기불역(祇弗驛)의 백성 차달(車達)의 형제 3명은 늙은 어머니를 함께 봉양(奉養)하는데, 차달이 그 처가 시어머니를 잘 봉양하지 못한다고 하여 즉시 이혼(離婚)하니 두 동생도 또한 혼인하지 않고 형과 함께 한뜻, 한마음으로 어머니를 극진하게 봉양하고 있다.

서도(西都) 모란리(牧丹里)의 박광렴(朴光廉)은 자기 어머니가 돌아가신 지 이레 만에 갑자기 한 그루의 마른 나무를 보았는데, 어머니의 형상과 흡사한 것을 발견하고 자기 집으로 업어다가 정성껏 섬기고 있다.

남해(南海) 낭산도(狼山島) 백성 능선(能宣)의 딸 함부(咸富)는 그 아버지가 독사에게 물려 죽자 침실에 빈소(殯所)를 두고 다섯 달 동안이나 살아 있을 때와 다름없이 음식을 드리고 있다.

경주(慶州) 연일현(延日縣) 백성 정강준(鄭康俊)의 딸 자이(字伊)와 경성(京城), 송흥방(宋興坊)에 사는 최씨(崔氏) 여인은 일찍 과부가 되었으나, 개가(改嫁)하지 않고 효성을 다하여 시부모를 섬기고 아이들을 기른다.

절충부별장(折衝府別將: 농민군의 동원과 훈련 지휘를 맡은 군관 정5품)조영(趙英)은 어머니를 자기 집 후원에 장사지내고 조석(아침저녁으로)으로 제사를 지내고 있다.

이러한 이야기를 접한 성종은 효행 한 사람들을 기리기 위해 다음과 같이 시상을 아끼지 않았다.

함부(咸富)등 남녀 7인에게는 모두 정문旌門을 세우고 국가 부역을 면제하여 주고, 차달 형제 등 4인에게는 역(驛)의 일을 면제해주고 섬에서 해방해 그 소원에 따라 다른 주현(州縣)의 호적에 편입하도록 하라. 순흥 등 5인에게는 관직과 품계를 주어 효도를 선양(宣揚)하도록 하라.

지금 기거랑(起居郞: 고려 때 종5품 벼슬) 김심언(金審言, 고려 성종 때 문신) 등을 이들에게 파견하여 사람마다 곡식 100석(石)과 은그릇 2사(事), 채색 비단 및 베를 모두 68필(匹)씩 하사하고, 조영에게 품계 10등급 띄워 올려주고, 공복(公服) 한 벌과 은 30냥(兩), 채색 비단 20필을 주도록 하라. 이처럼 명령하고 다음과 같은 교서로 끝을 맺었다.

아아! 임금은 만백성의 우두머리요, 만백성은 임금의 심복이다. 백성들이 착한 일을 하면 그곳은 곧 나의 복이요, 악한 일을 하면 그것은 역시 나의 걱정이다. 부모 봉양을 잘하는 자를 추어 줌으로써 풍속을 아름답게 하는 뜻을 표시하는 바이다. 시골의 우매한 백성들까지도 오히려 꾸준히 효도하려고 하는데 하물며 벼슬하는 신하들이야 자기 조상을 받드는 것을 게을리할 수 있겠는가, 능히 자기 집에서 효자가 된다면 반드시 국가의 충신으로 볼 수 있을 것이다. 모든 관리와 평민들은 나의 말을 명심하라!

– 〈이상 북역 고려사〉에서 발췌

2. 교육의 비평준화 국자감

신라의 교육기관인 국학을 고려 성종 대까지 계속 유지해왔던 고려는 국학을 국자감(國子監: 개경에 있는 국립고등교육기관)으로 명칭만 바꿔 유교의 경전과 행정실무를 공부시켰다. 이로써 국자감은 고려의 국립대학이 되었으며 고려 충선왕이 다시 복위(왕의 자리에 다시 오름, 1308년)한 후 성균관으로 명칭을 다시 바꿔 오늘날 성균관대학교의 전신이 되었다. 그런데 국학이나 국자감은 아무나 입학할 수 없었다. 높은 직책의 벼슬아치나 문벌 자손들에게만 우선권이 있었다. 입학 범위가 특권 세력 자제 중심으로 되어 있어 평민들은 쉽사리 넘볼 수가 없었다. 바로 교육의 비평준화가 강화된 것이다. 이는 긍정 뒤에 부정의 현상인 것이다.

고려시대 새로운 귀족과 새로운 관료들이 과거제도를 통해 끊임없이 등장하는 현실이었다. 그리고 실질적 권한을 가진 관리들은 거의 과거시험 출신자들이었다. 오늘날 고시 출신자들과 같다. 그러한 상황에서 과거시험을 통해 형성된 세력들은 자기네들끼리 하나의 동아리를 만들어 이익집단으로 흘러갔다. 그 연유緣由는 자신들의 특권을 사회적으로 확실하게 보장하기 위해서였다. 당시에는 과거 시험관을 좌주座主라 하고 이 밑에서 합격한 사람을 문생門生이라 하는 데 이들의 관계는 대단히 끈끈하게 맺어져 있었다. 관리로 임명할 때나 승진할 때 서로 끌어주고 어려움에 부닥치면 맨 먼저 나서서 서로 도와주었다. 마치 사제관계를 맺은 것과 같았다. 더구나 같은 해에 과거를 통해 벼슬자리에 나온 사람들끼리는 동년계同年契를 조직하였는데 이는 오늘날 사법연수원 출신자들이 기수를 따지는 것과 흡사하였다. 이들은 서로 친목을 내세우면서 집단을 이루어 배타적인 이익을 추구하였다. 그리고 천거로 벼슬자리에 나온 부류와는 구분해서 파당을 지었다.이는 국자감이 당시 국가의 엄청난 지원과 특혜까지 받으며 출세 지향의 최단코스로 군림하였기 때문이다. 국자감은 그 당시 고려인들에게는 일종의 서울(개경) 지향성(사람은 태어나면 서울로 보내라는 말처럼 교육환경이 좋은 서울로 보내야 성공할 확률이 높다고 보는 경향)을 만족시키면서 동시에 국자감이라는 이름의 높은 위상을 갖고 있었다. 그런데 국자감 학생들이 오늘날 서울대에 존재하는 여러 개의 귀족 모임과 같은, 당시 동년계에 가입하려면 부모의 높은 사회적 지위와 재력은 필수 조건이었다. 그리고 그러한 동년계는 하나의 학벌 산맥을 이루었다.

그런데 학벌의 생존 원리는 다른 학벌에 대해 배타적일 수밖에 없고, 오늘날 서울대의 생존 원리와 거의 같다. 그리고 이러한 학벌은 4가지의 병폐가 존재한다.

첫째, 다른 학벌의 사회적 진출을 제약, 저지, 구축한다. 이른바 구축효과다. 특히 천거로 벼슬자리에 나온 사람들을 철저하게 무시한다. 그리고 학벌의 등급에 따라 사람의 등급을 자신들이 규정한다. 참다운 재능이나 인간적 가치는 뒤로 미루고 '우리 학벌'을 중요시한다.

둘째, 타성의 원리가 존재한다. 경쟁자 간의 다양성, 적극성, 창의성이 학벌의 위계질서 안에서 제약된다. 같은 동년계 사이에서는 대인적인 친분을 중요시한다. 표면에 나타나는 공개 경쟁과 공식적 계약은 이미 한 학벌 내에서 선·후배 동료들의 막후교섭 결과에 따른다.

셋째, 학벌이 팽창하는 비대화의 원리가 존재한다. 인맥과 연줄이 곧 이권을 보장하므로 먹이가 있는 곳에 벌레가 달려들 듯, 사람들은 학벌을 찾아 모여든다. 학벌과 인맥이 살길이란 인식이 팽배해 있다.

넷째, 관성의 원리가 존재한다. 일단 세력을 확보한 학벌은 끈질긴 생명력으로 영원히 존속하려는 본능이 있다. 자신의 학벌에 도전하는 모든 움직임을 응징한다. 고려 사회에서 국자감은 이러한 학벌 중심으로 그 당시 새로운 성골(聖骨)을 형성하고 있었다. 다른 학벌을 몰아내고, 이권을 위해 서로 단결하며, 새로운 국자감 출신들을 계속 받아들여 팽창해 나가는데 다른 학벌이 감히 여기에 도전하려다가는 망신당하기에 십상이다.

이러한 폐단은 고려 후기에 무신정변이 일어난 바탕이 되었다.

3. 고려 사회의 갈등과 불평등

사람들이 생산 활동을 시작하는 순간부터 사회적 구조가 형성되고, 인간사회는 그러한 관계로 이루어진 생산적 계급 사회가 된다. 인간의 역사를 살펴보면 모든 사회는 기본적으로 두 집단으로 갈라져 존재해왔는데 하나는 직접 생산하는 사람들이고 다른 하나는 생산의 수단을 소유하고 통제함으로써 생산자의 생산품을 자기 것으로 전유하는 사람들이었다. 다시 말해 고대사회는 노예와 노예 소유자로, 봉건사회는 농노와 토지를 가진 귀족으로, 현대 자본주의 사회는 프롤레타리아와 부르주아로 나누어져 있다. 이에 마르크스(Karl Marx)는 계급을 단순한 경제적 수입과 분배의 차이에서 생기는 불평등을 가리키는 것이 아니라 생산 수단의 소유 여부와 관련된 소유의 관계로 파악하였다. 여기서 '계급'은 본질적인 측면에서 '갈등' 관계로 인식된다. 그리고 계급 사이의 갈등을 극적으로 표현한 말이 계급투쟁이다.

고려 무신 집권기에 만적이 '왕후장상의 씨가 따로 있느냐?'며 일으킨 노비 반란 사건도 이에 해당한다.

만적의 난은 한국사 최초의 신분 해방운동이라고 할 수 있다. 마르크스는 『공산당 선언』에서 지금까지 존재해 온 모든 사회의 역사는 계급투쟁의 역사라 단정하고, 억누르는 이와 억눌림을 받는 이들 사이에서 그리고 가진 자와 못 가진 자 사이에는 항상 적대관계가 형성되고 끝없는 싸움이 있어 왔다고 주장하였다. 이와 같은 사회현상은 삶의 형태를 달리하는 두 집단의 이해관계와 문화적 성향이 서로 반목하고 대적하는 필연적인 계급의 갈등 구조를 갖게 된다. 따라서 어떠한 생산 양식을 취하든, 소수의 집단은 항상 나머지 생산을 축적하여 다수의 생산 집단을 착취하는 계급 지배의 현상이 나타난다. 이는 교육을 받을 수 있는 신분층과 특권층이 새로운 지배 세력을 형성하여 하나의 집단을 이끌어가는 필연적 귀결이다. 사회적 신분과 경제적 수준이 이미 일정한 수준에 도달해 있던 이들은 관료가 되는 것이 인생 최대의 목표였다.

그런데 이들은 그 목표를 이루고 나면 온갖 특권을 누리면서 사치와 안일에 빠지기 시작한다. 그러한 예가 신라 귀족들의 흥청망청興淸亡淸이었으며 이러한 풍조는 건국한 지 1세기도 안 되어 고려 사회에도 나타난 현상이었다. 고려의 관료 계급들은 곳곳에 화려한 큰 집을 짓고 사는 것도 모자라 곳곳에 별장을 두고 철 따라 옮겨 다니면서 거처했다. 때로는 양민을 동원하여 강제 노역을 시키기도 하였는데 관직에 오르는 그 자체가 곧 부를 움켜쥐는 수단이 되었다. 그리고 관료의 숫자도 점차 늘어나 중앙과 지방에서 녹봉을 받는 관료의 숫자만 무려 3천여 명이나 되었다.

4. 성종의 유교 정치와 유학의 진흥

3성(省: 중서성·문하성·상서성) 6부(部: 省아래 이·호·예·병·형·공 6부)로 이루어진 체제 도입과 12목(牧: 큰 고을에 두었던 지방행정 단위, 해주(海州)·광주(廣州)·충주(忠州)·진주(晉州) 등 12곳))을 설치하면서 성종의 유교 정치는 중앙집권적 체제를 완성하였다. 그리고 각 지방에 유학 교육기관을 세워 백성의 사상적 합일을 도모했다. 그 후 성종의 유교 정책의 추진 결과 연등회와 팔관회 등의 불교 행사가 폐지되고 사회 전반에 유학 열풍을 일으켰다.

성종은 960년(광종11년)에 태어나 981년 7월 사경을 헤매던 경종의 선위를 받아 고려 제6대 왕에 올랐다. 그때 나이 22세였는데, 성종은 왕위에 오르기 전부터 유학에 밝고 인품이 뛰어났다. 유교적 분위기에서 자라난 그는 유교적 정치이념을 실현한 인물로 숭유억불 정책을 추진하면서 새로운 통치체제를 구현하는데 주력하는 한편 교육에 대한 열정으로 유학을 진흥하고자 했다. 그 열정은 다음과 같은 교서로 보여주고 있다.

나는 지금 학교를 확장하여 국가를 다스리려고 한다. 그러기 위하여 선생을 훨씬 많이 두고 학생들을 광범히 모집하며 이들에게 토지를 급여하여 공부할 수 있도록 하고 학문 있는 사람들을 파견하여 선생으로 삼아야 할 것이다. 해마다 갑을과(甲乙科)를 보여서 수재들을 선발하고 날마다 은사(지방에 숨어있는 학자들)들을 심방하여(찾아뵈어) 그 인재를 우대하라. 이렇게 하여 박식한 선비들을 찾아내어 나의 부족한 정치를 돕게 하되 항상 게을리하지 말고 피곤을 잊어버리도록 하라. 그러나 유감스럽게도 배우는 자는 소털같이 많으나 성공하는 사람은 기린의 뿔처럼 드물며 공연히 국학에 이름을 걸어 놓은 자는 많으나 과거장에서 시험을 보는 자는 드물다. 나는 밤낮으로 생각하고 자나 깨나 걱정이다. 근자에 해당 부서에서 천거한 사람들의 명단을 보니 오직 대학 조교助敎 송승연(宋承演: 성종 때 국자감 國子監의 박사, 정7품)과 나주목(羅州牧) 경학박사 전보인(全輔仁: 성종 때 후학을 열심히 가르쳐 포상받음)이 열심히 후배를 교양함으로써 글을 널리 배우도록 하라는 공자(孔子)의 정신에 부합되며 학문을 장려하는 나의 뜻을 보답하고 있다. 이들을 발탁하여 나의 특별한 총애의 뜻을 표시하라 〈북한 국역 고려사〉에서 발췌

성종이 989년에 내린 교서이다. 이 교서는 유학진흥책으로 지배계급에는 큰 의미를 가진다. 교육의 평준화를 기하고자 내린 교서로 개경에 국자감을 설치하는 한편 전국에는 학교설립이 추진되었다. 이때부터 향교가 시작된 것이다. 국자감의 교과는 『주역』, 『상서』, 『주례』, 『예기』, 『효경』, 『논어』 등이었으며, 지방 학교에서는 경학 과목을 비롯하여 의학, 지리, 율서, 산학 등의 잡학을 함께 가르쳤다. 이는 과거시험 과목과도 직결되는 것이었기 때문에 당시로서는 가장 현실적인 교과목을 편성한 것이다. 성종은 이처럼 충효 사상을 기반으로 하는 유학을 교육정책과 연계시키고, 그것을 다시 관리 등용문인 과거제

를 관료들에게 대입함으로써 중앙집권적 체제를 확립하였다. 그러나 아쉬운 것은 일반 백성들에게 그러한 혜택이 모두 주어지지는 못했다.

성종 때의 유교는 일부 귀족과 신진 관료 세력에게만 한정되어 있었다. 물론 성종의 유학진흥책은 지배계급에는 큰 의미를 지니고 있었다. 과거를 통하지 않고서도 정5품 이상의 관리 자제들을 시험 없이 등용하는 음서제蔭敍制와 같은 임용제도가 있었지만, 과거만큼 실력을 인정받을 수 있는 길은 없었다. 그리고 과거를 위해서는 경학과 시, 문장을 공부해야 했고 이것이 곧 부분적으로나마 유학을 진흥시키는 결과를 낳았다. 고려가 내부적으로 이 같은 교육개혁을 시도하고 있는 동안 외부적으로는 거란의 군사적 위협이 강화되고 있었다. 거란은 체제 정비를 완료하고 고려를 압박하면서 과거의 고구려 영토를 내놓으라고 요구했다.

5. 최승로의 유학 열풍과 최충의 유교적 소양

개혁을 이끌어가면서도 귀족 세력을 무시하지 않고, 귀족사회를 이끌어가면서도 서민들의 삶을 간과하지 않는 중용의 덕을 갖춘, 최승로가 교육개혁을 통해 유교적 정치에 공헌한 인물이라면 그 뒤를 이은 최충은 유교적 소양을 갖춘 인물을 배출하는데 이바지한 인물이라고 평가할 수 있다. 최승로의 과감한 개혁론은 교육에도 막대한 영향을 끼쳤다. 고려 사회는 이미 광종 때에 과거제가 도입되어 유학에 관한 관심이 높아지긴 했으나 성종 즉위 때까지도 귀족들은 유학에 그다지 큰 열의를 보이지 않았다. 이는 음서제도의 영향이 있었다. 음서제도의 기준은 세 가지인데, 공신자손음서(功臣子孫蔭敍)와 조종묘예음서(祖宗苗裔蔭敍), 5품 이상의 관료 자손에게 주는 관료 음서가 그것이다. 공신자손음서는 개국 또는 삼한 공신의 아들과 손자에게, 조종묘예음서는 왕손들에게 토지와 벼슬 따위 특혜를 주는 제도이다.

음서제도는 귀족제 사회의 표본으로 음서 중 관료 음서가 가장 널리 행해졌는데 아버지가 3품 이상이면 양자와 사위, 생질, 동생에까지 혜택이 돌아갔다. 이는 고위직에 대한 우대였다. 그 이하의 관료에게는 아들 한 명에게만 벼슬을 주었다. 음서는 과거를 볼 능력이 없는 자들이 혈통 하나만으로 관계에 진출할 수 있는 제도였다. 다만, 음서 출신으로 6품 이상에 오른 관직자는 과거에 응시할 수 없다는 제한 규정도 있었다.

최승로는 이러한 현실을 교육제도의 미비에서 비롯됐다고 판단했다. 그러나 유교 사상을 통해 중앙집권화를 꿈꾸던 성종과 최승로의 공동전선은 고려 사회를 다시 한번 변혁의 소용돌이 속으로 빠져들게 하였다. 교육개혁을 변혁의 제일 과제로 삼은 성종과 최승로는 중앙에 국자감을 설치하고 각 지방에 학교를 설치하는 한편 전국 12목에 경학박사를 파견하여 대대적인 유학 열풍을 일으킨 것이다. 이러한 개혁은 최승로가 성종에게 올린 상소문과 무관하지 않다. 최승로가 올린 상소문은 크게 세 부분으로 나뉘는데 처음 부분은 상소문을 올리게 된 배경, 두 번째 부분은 태조부터 경종에 이르는 역대 왕의 정치 평가, 세 번째 부분이 시무(時務)28조이다. 시무 28조(時務二十八條)는 현재 22조로밖에 내용이 전하지 않지만, 그 내용은 크게 여섯 분야로 나뉠 수 있다. 1조는 서북 변경의 수비에 대한 국방의 중요성을 언급하고 2조, 6조, 8조, 10조, 13조, 16조, 20조에서는 불교와 승려에 대한 지나친 예우 및 연등회, 팔관회 등의 행사 철폐, 정치에서는 유교 사상을 통해 왕도정치 실현을 강조하는 한편 3조, 14조, 15조, 19조, 21조에서는 선대인 광종 대에 강화된 시위 군(왕 직할군사)과 궁중 노비 수의 감소, 군주가 신하를 예우하는 자세 및 공신 자손들에게 관직을 제수하고 국가의 번잡한 제사를 줄이고 군주가 유교적 몸가짐을 가질 것을 강조하였다.

또한 4조와 5조, 18조에서는 왕의 사소한 포시(자비심으로 남에게 재물을 베풂)행위를 금지하고 상벌과 권선징악을 통한 정치를 펴야 한다는 것을 주장하고 있다. 그리고 중국에 보내는 사신의 수를 줄이고 금, 은, 동, 철을 사용한 불상 제작의 금지를 주장하는 등 경제 외교적 측면을 강조하고 있으며, 7조와 12조에서는 주요 지역에 외관을 파견할 것과(12목 설치)섬 주민들에 대한 공역의 균등화 등 지방정책에 대해 상소하고 있다.

그 외 9조와 11조, 17조, 22조에서는 의복제도와 가사 제도,

양인과 천민에 관한 법 등을 확립하여 엄격한 사회 신분제도를 유지할 것과 고려 고유의 풍속을 지킬 것을 주장하며 사회 기강에 대한 문제를 거론하고 있다. 이처럼 최승로의 시무책은 정치, 경제, 국방, 문화, 사회, 행정 전 분야를 망라하고 있다. 성종은 이것을 수용하여 강력한 개혁정책을 추진해 나가기 시작하였다. 최승로는 개혁 세력의 선두에 서서 고려를 양반 귀족 중심의 안정된 국가로 이끌고자 했다. 이 공로로 최승로는 문하수시중에 올랐으며, 식읍 7백 호를 받기도 했다. 이때 최승로는 회갑을 넘긴 노쇠한 몸이어서 더 이상 연로함을 이기지 못해 이듬해 그의 나이 63세를 일기로 생을 마감하고 만다. 그가 죽자 성종은 교서를 내려 그의 공훈과 덕행을 표창하고 태사 벼슬을 추증했다. 또한 베 1천 필, 밀가루 3백 석, 입쌀 5백 석, 유황 1백 량, 뇌원차(腦原茶: 장뇌삼이 들어간 차의 종류, 외국에 예물로 사용)2백 각, 대차(大茶: 차의 한 종류)10근을 부의(賻儀)로 내렸다.

24장. 유학 사상을 펼친 최충의 왕도 정치론

    최충의 정치사상은 맹자가 이야기한 왕도 정치(도덕적 정치)론으로 대표된다. 이러한 왕도 정치론은 임금과 신하에 대해 도덕적 기준으로 설정한 신유학 사상이었다. 우리는 자연법칙에 따라 순응하고 의리에 맞게 정치를 한 임금과 그 신하들을 생각할 때 왕도 정치를 잘하였다고 한다. 그러나 인위적으로 권모술수와 약육강식 논리를 적용하여 힘으로 정치를 한 임금과 그 신하들을 우리는 패도정치를 하였다고 한다. 왕도 정치를 잘하여 요순시대와 같은 이상사회를 화(華)라 하고, 약육강식 사회를 이룬 것을 오랑캐 이(夷)라고 하여 화이론(華夷論)이 제기되었다. 이렇게 왕도와 패도를 구별하고 화(華)와 이(夷)를 구별하는 고려 사회는 정치적 엘리트 집단이 고려 사회의 정치권력을 장악하고 주요 정책을 결정하였다. 그러한 면에서 고려 사회 엘리트 집단은 국가사회의 으뜸이 되는 집단이었다. 그런데 이 으뜸이 되는 엘리트 집단이 하나만 존재하느냐 아니면 여러 개 존재하느냐에 따라 과두제(寡頭制, oligarchy: 소수 인원이 정치를 지배)를 구성하고 있느냐 다두제(多頭制, poliarchy: 정치엘리트 간의 권력 경쟁)를 구성하고 있느냐로 구분되며 이는 다원화 사회의 관건이 된다.

과두제적 엘리트 집단은 정치권력을 장악한 엘리트 수가 소수이고, 이 소수가 국가의 모든 권력을 다 장악해서 그들 마음대로 정책을 결정한다. 이들 소수의 엘리트는 자기의 지위를 영속화(self-perpetuation)하기 위하여 그 어떤 견제도 받지 않으려고 한다. 그 어떤 반대 세력도 갖지 않는 그들만의 집단이다. 그런데 이러한 엘리트 집단은 그들 서로 간에 너무나 잘 알고 있고, 잘 연결되어 있으며, 결합하여 있기에 오직 하나의 집단만 존재한다. 이렇게 응집된 집단은 정치·경제·사회 관계망에서 갈등·알력·마찰·불화 등이 나타나지 않으며 간혹 나타난다고 해도 곧 해소된다.

이러한 상층 엘리트 집단이 중요한 정책을 결정하는 과정에서 일반 대중은 아무런 영향력을 행사할 수 없고, 실제로 아무런 작용도 하지 못하는 무기력한 수동적 대중이 될 수밖에 없다. 이처럼 과두제적 엘리트 집단이 국가사회에 있어 모든 권력을 다 장악하는 으뜸 집단이라면, 다두제적 엘리트 집단은 이와는 정반대가 된다. 다두제적 엘리트 집단은 국가권력을 독점하지 못하며, 제도적 지위도 과두제에서처럼 영속적으로 누릴 수도 없고, 그렇게 구조적으로 되어 있지도 않다. 다만 과두제적 엘리트 집단을 견제하고, 그들을 거부하는 견제 세력 내지는 거부집단(veto group)으로 존재한다. 따라서 다두제적 엘리트 집단은 과두제적 엘리트 집단을 견제하고, 다두제적 엘리트 집단을 거부하는 과두제적 엘리트 집단과 끊임없이 경쟁해야 한다.

그러나 고려 사회는 과두제적 엘리트의 집단이며 최충은 과두제적 엘리트 집단을 잘 이끌어 나라를 위해 애쓴 공로로 수사도(조정의 우두머리로서 왕으로부터 받은 관직. 정1품)라는 관직을 받았다. 대개 왕자나 원로대신들이 받았으나 최충도 받은 것이다.

이 관직은 녹봉과 식읍을 받을 수 있는 명예직이었다. 최충의 과두제적 왕도 정치론은 이성(여기서는 정도,正道)이라는 고유한 기능을 바탕으로 이론적인 것과 실천적인 것을 함께 극대화해 나가는 것이 정치적 목표였다. 우리는 누구나 그 정치적 목표를 '행복eudaimonia'이라고 이야기한다. 그리고 거기에 도달하는 과정을 '덕'이라고 하였는데, 이 덕은 양극단의 중용 점을 파악하고 실천하는 데 있다. 그러나 이는 결코 쉬운 일이 아니며 그러한 능력을 지닌 인물을 대인megal-psycheia이라고 한 것이다.

정치가들은 이러한 인물이 되기 위해 노력하는 것이 삶의 궁극적인 목표라고 하였다. 이러한 측면에서 최충은 초월적인 존재를 이야기하지 않고, 합리적인 존재의 세계에 대한 인식을 근거로 하여 국가와 백성을 이해하려고 노력하였다. 이는 '휴머니즘'에 버금가는 정의로운 세계를 구축하려는 노력이 돋보인 것이다. 〈엄정식〉 최충 포럼에서

이렇게 볼 때 최충이 제시한 육정육사(六正六邪: 6가지 바른 것과 사악한 것)는 정관정요(貞觀政要: 열린 정치, 소통하는 정치)를 기준으로 하는 위징(당나라 때 정치가)같은 신하를 기준으로 왕도 정치론을 제시하고 있다고 본다. 최충이 현종에 대한 사찬에서

'반정한 후에 융적(戎狄: 북쪽이나 서쪽의 오랑캐)과 화호(和好)하여 병혁兵革,(무기 만드는 일)을 쉬고 문덕을 닦으며 부세를 낮추게 하고 요역을 가볍게 하며 준량한 인재를 등용하고 정사를 수행함이 공평하여 백성을 안도하게 하니, 내외가 안정되고 농상이 자주 등풍(풍년이 들다)하여 주(중국 주나라)의 성왕과 강왕, 한(중국 한나라)의 문제와 경제에 비하여도 또한 부끄럼이 없을 것이다.'

〈『고려사』 世家권5 顯宗2上-114〉 儒學思想 최충의 位相에서 재인용

라고 하여, 거란을 융적으로 보고 인군(人君: 국가의 우두머리)의 기준을 주의 '성왕'과 '강왕', 한의 '문제'와 '경제'로 삼고 있는 것을 볼 수 있다. 그리고 이러한 인군은 부세와 요역을 가볍게 하고 인재를 등용하고 농상을 풍요하게 한 것을 들고 있다. 이는 율곡이 성학집요에서 요순과 은의 '탕왕', 주의 '문왕', '무왕'을 왕도 정치의 기준으로 삼고 한의 '문제'나 '경제'를 한 단계 낮은 수준으로 평가하는 것에 비하며 왕도 정치론에 적합하지 않다고 할

지도 모르지만, 고려 전기 신유학 단계에서 보면 중국 당나라나 신라 유학에 비하여 한 단계 진전된 왕도 정치론의 기준이 되는 것이라 볼 수 있다. 특히 사회경제 정책에서 정전제(井田制: 토지 제도에 따른 세금 제도)라 하여 10분의1 세를 거두는 조세정책과 의창(義倉), 사창(社倉), 환곡(還穀), 향약(鄉樂)이라는 구휼정책이 이를 뒷받침하였다.〈최충의 왕도 정치론〉

9부

최충의 삶과 도덕 그리고
인간적 이해

최충의 삶과 도덕 그리고 인간적 이해

1. 도덕과 정치

일상생활에서 윤리와 도덕은 거의 같은 뜻으로 쓰인다. 하지만 엄밀히 말하면 이 둘은 다른 말이다. 도덕은 '마땅히 해야 할 바'를 가리킨다. 그래서 '해야 하는 것', 강제성을 띠는 것이 도덕이다. 한자 '의義'는 이런 도덕적 의미를 강하게 풍긴다. 반면 윤리는 인간의 소망, 소원을 말한다. 윤리란 '삶에서 좋은 것'을 가리킨다. '멋지다', '훌륭하다'와 같은 말은 좋은 말로써 한 인간의 삶을 평가할 때 사용된다. 여기에 한자 '인仁'은 바람직한 인간관계를 총칭하는 말로 윤리적 의미가 강한 말이다.

정치는 원래 윤리와 도덕 모두를 포함하고 있다. 정치라는 말에는 '인간의 소망을 표현하고, 법을 세워 잘못을 교정한다.'라는 뜻도 담겨 있다. 그러나 정작 정치는 도덕적인 의미로 읽어

내는 경우가 많다. 그리고 마땅히 해야 할 바를 찾아 실현하고, 잘못된 것을 바로 세운다는 뜻으로 사람들은 받아들인다. 공자가 정치를 '바로 잡다'는 뜻의 '정政'으로 표현한 것은 도덕적 의미를 강조하기 위한 것이다. 이런 관점에서 상식적으로 마땅히 해야 할 바를 모르면 정치를 모른다고 해야 할 것이다. 무엇이 바르고 그른지 알지 못하는데 어찌 정치를 논할 수 있겠는가?

그래서 예로부터 정치인들에게는 높은 수준의 도덕적 심성을 요구했다. 조선시대 선비에게 도덕적인 심성은, 관직의 최우선 덕목이었고, 예비 정치인으로서 자질의 문제였다. 그 이유는 타락한 성품에서는 좋은 정치가 나올 수 없기 때문이다.

올바른 성품을 무엇보다 우선하는 것이 정치인의 자질이다. 정치란 무릇 사람이 하는 일이다. 그런데 도덕적인 자질을 갖추지 못한 사람은 사사로운 정과 이익에 빠지기 쉽다. 흔히 권모술수 정치에 능한 사람들은 자신의 이익을 위해 국민의 삶을 볼모로 삼는다. 이럴 때 국민의 삶은 자연히 피폐해질 수밖에 없다. 그래서일까? 우리의 선조들은 임금에게 도덕적으로 최고 경지인 성인이 되어야 한다고 요구하였다. 이는 동양에서만 이런 생각을 했던 것은 아니다. 서양에서도 도덕적인 덕목을 정치 지도자의 중요 덕목으로 삼고 있었다.

2. 청렴과 청빈의 공정한 사회

우리 사회는 정실주의(지연이나 학연이 실력보다 우선시되는 부패한 사회)로부터 과연 자유로운가? 냉정하게 주변을 돌아보면 동창회. 향우회, 학연. 지연 등으로 맺어진 끈, 또 다른 형태의 정실주의가 우리 사회 곳곳에서 작동하고 있다. 그 대표적인 것이 학벌주의 사회다. 정실주의가 작동하는 공직사회에 미래가 없음은 너무나 분명한 역사적인 사실이다. 정의로운 국가는 공정한 체계로 운영된다. 따라서 공정한 사회를 통해 서로가 행복할 수 있는 세상으로 만들어야 한다. 이제 공정한 사회는 사회적으로 구조적인 문제가 되었다. 제도만으로는 공정한 사회를 이룩할 수는 없다. 공정한 제도를 경영하기 위해 항상 올바른 운영자가 필요한 것이다. 청렴하고 공평무사한 공직자가 바로 그런 사람이다. 시합에서 공명정대한 심판은 선수와 관중 모두를 만족할 수 있는 멋진 게임을 만들어가지만, 부당한 심판이 반칙을 반칙으로 판정하지 않으면 선수나 관중들은 모두가 흥분하기 마련이다.

이때부터 페어플레이는 사라지고 욕설과 혼란만 가중되는데 이는 국민이 모두 들고일어나 시위를 하는 것과 같다. 따라서 어느 시대나 정의와 공정은 우리가 추구해야 할 가치이다.

이에 수반되는 청렴은 공정을 실현하는 운영자가 갖추어야 할 필수 덕목이 된다. 부패의 상대어 청렴은 원래 개인적 자질이다.

이는 사사로운 사익私益에 매달리지 않고, 강직하게 공직의 임무를 완수하려는 태도를 가리킨다. 그런 점에서 청렴은 청빈과도 그 의미가 다르다. 청빈은 사욕을 부리지 않는 것, 가난해도 꿋꿋하게 살아감을 말한다. 하지만 청렴은 청빈 그 이상이다. 청빈하다고 반드시 청렴한 것은 아니다. 청렴은 청빈보다 의미가 더 강하다. 청렴은 정정당당하게, 편애함 없이 불편부당하게 직분을 수행하는 것이다. 그 때문에 비리와 부정을 절대 용납하지 않는다. 청렴은 동서고금을 막론하고 국가 번영을 위한 초석이 된다. 어떤 정치체제든 청렴한 사람이 국민으로부터 신뢰받을 수 있고, 청렴은 국가 기강을 바로 세울 수 있고, 정치적인 신뢰를 얻는 자질이 된다. 국제사회에서도 국가의 신뢰도를 국가의 청렴도에 따라 판단한다. 청렴도가 높을수록 국가는 법치주의 이념을 실현하고, 국민의 불만이 적은 국가가 된다. 국가의 청렴도는 무엇보다 나랏일을 맡은 공직자의 자세에 달려 있다. 공직자가 법을 준수하고 공명정대하게 일을 처리하는 것이 청렴도이다. 정치권력의 정당성은 청렴도에 달려 있다고 해도 과언이 아니다. 부패는 건실한 사회를 좀먹는 기생충일 뿐이다. 여름날의 곰팡이처럼 한번 생기면 사회 전반으로 즉각 번지는 부패균이다.

괴테(Johann Wolfgang von Goethe 1749~1832)의 명작 〈파우스트〉에 나오는 메피스토펠레스처럼 부패는 인간의 영혼을 타락시킨다. 부패는 사회 기강을 무너뜨리고, 온갖 갈등으로 판치게 한다. 부패로 인하여 국민의 삶은 당연히 피폐해질 수밖에 없다. 그래서 부패를 막아야 하는 것이다. 그렇지 않으면 어떤 사회도 기강을 바로 세울 수 없다. 나라다운 나라를 만든다는 것은 부패 없는 사회를 만드는 데 온 힘을 쏟아붓는 것이다.

25장. 마음의 문을 열다

1. 해주에서 개경으로 유학

해주 수양산은 가장 먼저 햇빛을 받는다고 수양(首陽)이란 산의 이름이 붙여진 곳이다. 해발 946m로 황해도에서는 구월산 다음으로 높은 산이다. 산이 높은 탓인지 수양산 폭포는 고개를 한껏 치켜올려 보아도 그 전체 모습은 보기가 힘들 정도였다. 그리고 고구려 때 쌓아 올린 수양 산성은 고즈넉한 운치를 품고 있었는데 서남쪽으로 아득하게 펼쳐진 연백벌과 해주만이 한눈에 들어온다. 그리고 그 아래 흐르는 광석 천은 해주만으로 흐르는 하천인데 옥계천이라고도 한다. 그 옥계천에는 개나리와 진달래가 흐드러지게 피고, 연초록 잎을 늘어뜨린 수양버들은 봄바람에 간들거리며 사람의 마음을 들뜨게 만드는 곳이었다.

최온(崔溫: 최충의 아버지)의 집 후원에도 화사한 봄볕 속에 진달래가 붉게 타고 개나리도 눈이 부셨다. 그때 연못을 환히 바라볼 수 있는 사랑채에는 한 소년이 후원에 펼쳐진 봄을 끌어안기에 여념이 없었다. 꽃과 나무와 정자도 소년(崔冲)의 가슴속에 아름답게 담기는 순간이었다.

열 살쯤 되어 보이는 소년은 그 나이에 비해 글솜씨가 놀랍도록 뛰어났다. 그런데 소년은 갑자기 책을 잡은 손을 멈추고 천장을 멍하니 올려다보더니 흡사 발작이라도 하는 것처럼 책을 던지고 후원으로 나갔다. 소년은 연못가에 서서 한가롭게 헤엄치고 있는 잉어들을 물끄러미 바라보고 서 있었다. 그러다가 혼잣말로 "너희들의 신세도 나와 별반 다를 것이 없구나" 중얼거리며 연못 속에 갇힌 물고기들에 빗대어 자기의 모습을 생각하였다. 글재주를 가진 소년이 자신의 앞날을 걱정하는 것이다. 이 소년이 후에 태자태보(太子太保)로 추증받은 '최온(崔溫)'의 아들 문헌공(文憲公) '최충(崔冲)'이었다. 소년 '충(冲)'은 한숨을 쉬며 정자로 발걸음을 옮겨 놓았다. 소년 '충'이 이처럼 한숨을 쉬며 걱정하는 것은 당시 해주 목사(牧使) 김홍조가 아버지 최온에게 꺼낸 이야기 때문이었다.

보석도 초야에 묻혀 있으면 더 이상 보석이 아니다. 보석은 초야에서 나와 사람들을 비추고 기쁘게 하여야 보석이 된다. 사람들은 평생을 '참다운 삶의 목적은 무엇인가?'라는 화두를 스스로 자신에게 던져가며 살아가고 있다. 그렇지만 누구도 이에 대한 명쾌한 해답을 내릴 수는 없을 것이다. 인간은 태어날 때부터 선택이나 목적 없이 세계 속에 던져진 존재였다. 그러나 스스로 존재를 자각하게 되면서부터는 내적 세계와 대결해야 하는 엄청난 과제를 안고 살아가게 된다. 그 이유는 인간은 한없이 자아와 자신의 생명을 사랑하면서도 결국은 죽음에 이를 수밖에 없는 허무한 운명에서 벗어날 길이 없는 존재이기 때문이다. 그래서 인간은 모순과 괴리의 존재라고 불리어왔을 것이다. 그렇다고 해서 인생의 목적을 덮어두고 하루하루의 생활에 만족하며 일생을 보낼 수도 없는 일이다. 인간은 궁극적으로 목적을 찾아갈 수밖에 없는 운명이 주어진 존재일지도 모르기 때문이다. 그렇다면 인생의 목적이란 무엇인가?

인간이 이 세상에 태어난 이상, 인간에게 주어진 피할 수 없는 목적 중의 하나는 자기 성장과 자아 완성의 책임이다. 우리는 꽃나무를 가꾸거나 가축을 키울 때 꽃나무와 가축들이 잘 자라 제구실을 하길 바라고 있다. 인간도 자기 자신을 객관적 존재로 본다면, 우선 성실하게 성장하고 가능한 한 자기완성을 이루도록 노력해야 하는 책임과 의무를 지고 있다.

속담에 '될 성싶은 나무는 떡잎부터 알아본다.'라는 말이 있듯이, 최충(崔冲)은 어려서부터 심지가 굳고 글공부에 관심이 높아 8세 때에 어려운 책도 읽고 시도 지어 읊었다. 이에 해주에 사는 사람들은 칭찬을 아끼지 않았다. 그런데 해주 목사(牧使) 김홍조도 이 소식을 듣고 놀라며 "허허! 천재로구나" 하며 부모님과 상의하여 개성으로 유학을 보내기로 합의한 것이다. 김홍조 목사(牧使)가 그곳의 임기를 마치고 개경으로 갈 때 최충(崔沖)은 열 살의 어린 나이로 부모님 슬하를 떠나 멀리 개경까지 유학길에 오른 것이다. 열 살이면 부모님께 어리광이나 부리는 나이였으나, 소년 최충(崔沖)은 항상 긍정적인 생각을 지녔기에 오히려 기쁜 기색으로 부모님께 앞날의 성공을 맹세하고 떠났으니 장한 일이었다. 대개 성공하는 사람들은 긍정적인 사고방식을 가지고 있다. 긍정적인 사고는 성공을 위함뿐이 아니라 삶을 살아가는 데에서도 대단히 중요한 역할을 한다. 귤 세 개를 놓고도 어떤 사람은 '세 개밖에 안 남았네!'라고 생각하고 어떤 사람은 아직도 '세 개나 남았네!'라고 생각한다. 별것 아닌 듯하지만 둘 사이에는 뛰어넘을 수 없는 차이가 존재한다. 성공한 기업 총수 대다수가 긍정적인 사고방식을 지니고 있었다. 긍정적 사고는 진취적 사고방식이다.

2. 개경에서의 생활

에디슨은 지독한 건망증 환자였다. 이 때문에 학교 성적은 항상 꼴찌였다. 학교 교육으로는 안 되겠다고 생각한 어머니는 에

디슨에게 가정교육을 실시했다. 수학이나 과학에 흥미를 갖게 하려면 독특한 교육 방법을 썼다. 어머니의 사랑과 열정 덕분에 에디슨은 점차 공부에 흥미를 갖게 되고 재능도 나타나기 시작했다. 에디슨은 이러한 자기 경험을 살려 '천재란 1%의 영감과 99%의 노력으로 이루어진다.'라고 말했다.

타고난 재능이 있느냐, 없느냐 하는 것은 결국 마라톤 경기의 출발점이 다른 선수보다 앞서 있느냐, 뒤져 있느냐 하는 차이에 불과하다. 꾸준히 노력만 하면 앞선 자는 얼마든지 물리칠 수 있다. 토끼와 거북이의 경주에 관한 우리나라 동화도 이와 같은 것을 말해준다. 자신의 재능만 믿고 낮잠을 자던 토끼가 땀을 뻘뻘 흘리며 꾸준히 기어간 거북이에게 결국은 패배했다. 이렇게 생각해보면 재능은 타고나는 것이라기보다는 오히려 노력으로 계발되는 것이다. 최충(崔冲)이 어려서부터 글공부에 대한 성과를 나타낼 수 있었던 것은 바로 꿈을 이루기 위한 자기 긍정에서 출발한 노력의 결과였다. 특히 열 살 때 집을 떠나 개경에 온 후 부모님이 그리울 때마다 그리움을 잊고자 더욱 공부에 매진한 결과이기도 하다. 고운(孤雲) 최치원이 12살에 당나라로 유학하여 부모님이 그리울 때마다 오직 공부에만 힘써 학문적 성과를 이루어 낼 수 있었던 것과 흡사하다.

어린 최충(崔冲)은 김홍조 목사를 따라 개성에 유학을 온 후 자하동에 기거하면서 생활에 많은 변화가 있었다. 최충(崔冲)은 개경에 있을 때 매우 답답해하였다. 공부하는 신분이니 당연히 학문에 대한 고민이 우선이겠지만 그보다 다른 고민이 더 컸다. 항상 고향의 넓은 들판이 그리웠고, 일찍 부모를 떠나 개경으로 유학하러 온 자신을 감시하는 김홍조 목사(牧使)의 엄격함이 더 답답했다. 학업이 끝나면 곧바로 숙소로 와야 하고, 친구 집에 가 밤을 새우는 것을 허락받지 못했다. 그리고 여행을 가거나 친구를 사귀는 것은 꿈도 못 꿀 일이었다. 최충(崔冲)은 목사(牧使) 김홍조에게 항변할 생각은 아예 하지 못하고 착한 소년으로 순종하며 지냈다. 그러나 항상 정해진 코스에서 벗어나지 못했던 답답함은 시간이 지날수록 더 크게 자리했다. 소년 최충(崔冲)은 고려시대 8학군인 개경 송악산 아래 붉은 가을 단풍이 노을처럼 피어오른다고 하는 자하동(紫霞洞)에 기거하고 있었다. 자하동(紫霞洞)은 후에 구재학당의 터가 되었지만, 당시에는 청운의 뜻을 품은 양반자제들이 모여드는 영재들의 집합소였다.

또한 교육열이 유난히 높던 고려시대 개경의 용산동은 이름난 교육특구였다. 강사는 대개 진사나 생원급이었지만 그중에는 오늘날과 같은 유명 스타강사도 있었다. 만약 오늘날과 같은 부동산 가격이 형성되었다면 아마도 용산동 일대의 땅값은 천정부지로 올라가 있었을 것이다.

3. 사춘기에서 깨달음

교육은 항상 인간관계에서 이루어진다. 따라서 너무 외롭게 자라는 것도 좋지 못하며, 지나치게 번잡스러운 대인 관계도 자연스럽지는 못하다. 그런데 누구나 나이가 들면서 사춘기로 넘어갈 때는 홀로 있는 시간을 갖게 된다. 그 까닭은 정신적인 성장의 계절이기 때문이다. 사춘기에 접어든 최충(崔冲)은 언제나 혼자였다. 어느 날 최충(崔冲)은 혼자 길을 떠나 보았다. 무엇인가 허전하기도 하고, 무엇보다 자기의 삶에 회의가 드는 청소년기의 방황에서 나타나는 제1의 사춘기였다. 변태의 과정을 거쳐 가는 벌레에게도 방황하는 사춘기가 있듯이 청소년들의 행동은 항상 예측 불가능이다.

따라서 이 시기는 반항적으로 보이므로 '폭풍의 시절'이라고도 한다. 이 시기의 방황은 에뜨랑제의 월드투어와 같은 것인데 최충(崔冲)은 이 세상에서 가장 중요한 것을 찾기 위해 길을 나서 보았다. 그것을 찾지 못하면 다시는 집으로 돌아오지 않을 작정으로 최충(崔冲)은 발걸음을 옮겼다. 발이 부르트도록 걸었으나 정작 그가 찾는 중요한 것은 나타나지 않았다.

그러던 어느 더운 여름날 최충(崔冲)은 한 선비를 만났다. 선비에게 세상에서 가장 중요한 것이 뭐냐고 물었더니, 선비는 책을 열심히 읽고 배불리 먹고 편안하게 잠자는 것이라고 말했다. 최충(崔冲)은 선비가 한심스러웠다. '당신은 평생 그렇게 살아가겠군!' 혼잣말하고 다시 길을 떠났다. 어느 마을 정자나무 밑에서 농부들을 만났다. 세상에서 가장 중요한 것이 뭐냐고 물었더니, 농부들은 아프지 않고 오래 사는 거라고 말했다. 최충(崔冲)은 농부들의 욕심이 너무 지나치다고 생각했다. "늙고 병들면 당연히 죽어야 하는 것 아니오?" 최충(崔冲)은 농부들을 외면하고 다시 길을 떠났다. 최충(崔冲)은 왁자지껄한 시장 복판에서 장사꾼들을 만났다. 역시 세상에서 가장 중요한 것이 뭐냐고 물었더니, 장사꾼은 돈을 많이 버는 거라고 서슴없이 말했다. 최충(崔冲)은 웃고 말았다. 선비도, 농부들도, 장사꾼도 이 세상에서 가장 중요한 것이 무엇인지를 모르고 있는 것 같았다. 최충(崔冲)은 답답했다. 하지만 한번 마음먹은 일은 절대로 포기하지 않으리라고 몇 번이나 다짐하며 다시 길을 걸었다.

최충(崔冲)은 수많은 사람을 만나 물어보았으나 별로 중요하지 않은 일에 매달려 살아가는 게 아닐까 싶었다. 먹고, 마시고, 입고, 잠자는 일에 시간과 욕망을 쏟아붓고 살아가는 것 같았다. 그러다가 하루는 어느 마을에서 제비가 집을 짓고 있는 광경을 볼 기회가 있었다.

때마침 상량고사(上梁告祀: 집 지을 때 기둥을 올리고 제사 지내는 일)를 지내는 날이어서 거기에는 이런저런 사람들로 북적대고 있었다. 최충(崔冲)은 세상에서 가장 중요한 것을 이 사람들에게 물어보아야겠다고 생각하고 "제비가 집을 짓는 데 가장 중요한 것이 뭐라고 생각하십니까?"라고 물어보니 목수가 말했다. "뭐니 뭐니 해도 제비는 집터를 잘 고르는 일이 중요하지요." 그다음에 는 도편수(건축기술자 중 우두머리)가 말했다. "집터가 아무리 좋다고 해도 집을 부실하게 지으면 사상누각(沙上樓閣: 모래 위에 지은 집)이 되고 맙니다. 설계와 시공이 무엇보다 중요하지요. 그래서 제비들도 진흙을 물어와 먼저 벽에 붙이고 진흙과 지푸라기, 그리고 자신의 털로 보금자리를 만든답니다." 이 말을 이어 미장이가 말했다. "내가 벽을 단단하게 바르지 않으면 바람이 들락거리는 집이 되고 말지요. 벽 공사를 잘 마무리하는 게 다른 무엇보다 중요하지요. 따라서 제비들도 진흙으로 집을 만드는 이유가 처마 밑은 받침이 없어서 둥지를 만들기 위해 접착할 수 있는 진흙을 쓰는 것이지요." 이렇게 너도나도 한마디씩 거드는 통에 자신이 있어야 할 자리가 아니라는 것을 깨닫고, 자리를 뜨려고 하는데 뒤에서 어느 스님이 "이 세상에서 가장 중요한 게 뭔지 아시오?", "그게 뭡니까?" 최충(崔冲)은 눈이 번쩍 뜨였다.

"어서 빨리 저쪽으로 가는 것이오." 스님이 손가락으로 가리키는 곳을 유심히 바라보니 수양산 산길이 저 멀리 보이는 것이었다. 최충(崔冲)이 다시 걸어가야 할 수양산 길은 봄이 비껴가고 있었다. 최충(崔冲)이 길을 따라 걷다 보니 꽃은 지고 산길을 따라 늘어선 나뭇잎들이 길게 그늘을 만들었다. 여름과 겨울에 보앉던 모습과는 또 달랐다. 수양산을 중심으로 해주시를 가로지른 광덕천을 보니 최충(崔冲)의 마음은 흐르는 강물처럼 편안해졌다. 그런데 산 아래로 내려온 곰이 비구니 스님과 다정하게 함께 노는 모습이 보인 것이다. 곰과 비구니 스님이 장난을 치고 노는 모습에 최충(崔冲)은 둘의 마음이 궁금했다. 그러나 그 궁금증은 이내 풀렸다. 스님이 곰의 마음을 읽었고, 곰은 비구니 스님의 마음을 읽은 것이다. 바로 불립문자(不立文字: 서로 마음이 통하면 말이나 글이 필요하지 않음)였다. 잠시 생각에 잠긴 최충(崔冲)은 서서히 자기 자신을 깨닫기 시작하였다.

세상에서 가장 중요한 것은, 바로 '나 자신을 아는 일이었다. 최충(崔冲)은 지금까지 다른 사람들에 대해서는 깊은 관심을 가지면서도 자기 자신에 대한 관심은 별로 두지 않고 살아왔다. 자신도 출세를 위한 공부만 했지 자기 자신을 알려고 하지 않기 때문에, 자신에게 찾아온 불행과 어려움과 외로움이 많았다는 사실을 뒤늦게 깨달은 것이다. 최충(崔冲)은 인생의 가치와 의의를 발견한 후부터 신념 있게 살아가면 된다는 확신이 섰다. 그리고 이웃과 남들을 보며 비교할 필요가 없다는 것을 확실하게 깨달은 것이다.

개경의 강남 8학군인 용산동에서 타인들과의 경쟁이나 그 경쟁 속에서의 외로움과 두려움을 가질 필요가 없다는 확신이 선 것이다. 이제 자신을 안다는 것은 자기와 함께 공부하는 동료나 친구 그리고 이웃들과 더불어 살아가며 인간적 도리와 인간 관계의 질서를 찾는 일이었다. 나훈아(해주 최씨 종친)의 노래 '테스형!'의 가사 중 '너 자신을 알라'가 바로 '나 자신을 아는 일'이었다. 그런데 정작 나만이 그런 사실을 모른다든지 눈을 감고 산다면 그것은 잘못된 동시에 불행의 원인이 될 수도 있다는 진리도 터득했을 것이다.〈街談巷說을 재구성해서 崔冲의 소년 시절을 이야깃거리로 만든 글〉

4. 과거시험에 합격하다

소년 최충(崔冲)은 언제나 말씨나 몸가짐이 올바르고 어른처럼 의젓했다. 무엇보다도 글재주는 아버지 못지않게 해주 고을에 널리 알려져 있었다. 문장 또한 아름답고 뛰어났다. 주위에서 최충(崔冲)에 대한 칭찬은 자자했다. 그럴수록 최충(崔冲)은 몸가짐을 더욱 바르게 하고 글공부를 열심히 했다. 아버지 최온(崔溫)은 이따금 아들을 불러 앉히고 "얘 충아, 공부란 다만 과거를 보아 벼슬을 하기 위해서 지식을 얻는 것도 중요하지만 무엇보다도 인격을 닦는 데에 그 참된 뜻이 있느니라. 예로부터 성현들은 덕을 쌓고 정신 수양을 올바른 도리로 다함으로써 오늘날에도 뭇사람들의 추앙을 받고 있다. 무릇 군자는 욕심이 없고 새로운 정에 흐름이 없이 폭넓게 중용의 도를 지켜야 하느니라 알겠느냐?" 하고 타이르곤 하였다.

최충(崔冲)은 이렇듯 근엄한 아버지의 가르침을 받아 해가 갈수록 학문에 대한 지식이 깊어지고 말과 행동에 책임을 지며, 자기만의 사상과 철학이 싹트기 시작하였다. 원래 최온(崔溫)은 해주에서 오랫동안 살아온 호족 출신이었다. 고려시대에는 지방호족을 목민관으로 삼아 그 직책을 대신하게 하였다. 그 후 최온(崔溫)의 후손들이 수양산 아래 살면서 본관을 해주로 삼은 것이 해주 최씨 성姓 씨氏의 본향(本鄕: 조상들이 기거하는 장소)이 되었다. 최온(崔溫)이 사는 집은 해주 북쪽에 우뚝 솟아 있는 수양산 기슭에 있었는데, 최충(崔冲)은 수양산 계곡을 오르내리며 몸과 마음을 단련하였다. 무예를 닦는 것은 아니었지만 무예를 익히는 것 이상으로 정신 수양을 쌓아간 것이다. 신라시대의 화랑도가 이름난 산과 큰 내를 두루 찾아다니며 몸과 마음을 단련하듯이 최충(崔冲)도 자연과 벗하며 몸과 마음을 갈고 닦으며 자신의 꿈을 키워갔다. 최충(崔冲)은 가끔 한나절이나 걸어야 갈 수 있는 석담까지 나아가 아름다운 자연과 벗하곤 하였다.

석담은 수양산 계곡에서 흘러내린 광석천이 해주 들판을 아홉 굽이로 휘돌아 가는 곳이다. 그중에서도 경치가 가장 아름다운 곳은 제5곡이었다. 석담 제5곡은 기암절벽을 이루고 있고, 그 절벽 위에는 조그마한 정자가 하나 세워져 있었다. 이 정자 위에 올라 주위를 둘러보면 저절로 시가 나올 만큼, 주위의 경치는 절경을 이루고 있다. 그래서 해주의 선비들이 자주 갖는 사회(시를 짓는 모임)는 으레 석담 제5곡의 이 정자에서 갖게 마련이었다. 뒷날, 조선의 대 유학자 이이가 제자들이 공부의 방향을 잡지 못하는 것을 보고 안타까운 마음에서 석담의 은병정사(隱屛精舍: 해주 석담에 있는 정자)를 세우고 그곳에서 후학들을 가르친 것은 유명한 이야기이다. 최충(崔冲)도 이 바위 위에 있는 정자에 올라 아름다운 자연의 취흥에 젖어 시를 읊고 글을 읽다가 하루 해가 다 저무는 것도 모르고 있었던 때가 한두 번이 아니었다.

자연과 벗하며 공부에 열중한 최충(崔冲)은 어느덧 『사기』와 『제자백가』를 읽기에 이르렀다. 『사기』는 중국 한나라 때의 사마천이 중국의 상고시대로부터 한나라 무제 때까지의 약 3000년 동안에 걸친 역사를 기록한 책이다. 『제자백가』는 중국 춘추전국시대의 여러 학자가 각기 주장한 사상과 학설을 엮은 책을 통틀어 일컫는 말이다. 최충(崔冲)은 『사기』와 『제자백가』를 읽으면서 나라의 정치라든지 사리의 옳고 그름을 더욱 바르게 판단할 줄 알게 되었다. 최충(崔冲)은 『맹자』도 읽었다. 그러나 그보다 더 어렵고 뜻이 깊은 『시경』, 『서경』, 『역경』, 『주역』, 『예기』, 『춘추』 등 이른바 오경까지 공부했다. 해주 고향에서 이미 기초학문을 익히고 개경에 온 최충(崔冲)은 비록 나이는 어렸으나 연상의 학도들과 학력을 겨루어도 손색이 없었다. 또한 근면 성실하게 글공부에 힘써 그의 실력은 일취월장하여 15세가 되는 996년에는 경서와 사서를 모두 통달하였다. 개경에서는 학식을 견줄 만한 상대가 없는 청년이 되어갔다. 그리고 최충(崔冲)은 무슨 책이든지 그 뜻을 완벽히 이해한 뒤에야 다른 책을 공부하였으며 책에서 읽은 성현들의 말씀을 마음에 새겨두고 반드시 실행하였다. 끊임없는 노력의 결과였다. 최충(崔冲)은 학문의 깊이는 끝이 없으면서도 모든 학문의 근본은 서로 그 이치가 통하고 있음을 깨닫게 되었다. 학문의 깊은 뜻을 이해하게 된 최충(崔冲)은 벼슬을 얻어 나랏일을 직접 맡아보는 것도 중요하지만 학자가 되어 학문에 정진하는 것이 더 중요하다고 스스로 판단하기도 하였다.

최충(崔冲)은 20세에 보다 의젓한 청년 선비가 되었고 그의 학문과 인격은 해주 일대에 널리 알려졌다. 그런데도 최충(崔冲)은 당시 선비들이라면 다 한 번씩 치르는 과거 볼 생각을 하지 않았다. 이를 기이하게 여긴 사람들은 최충(崔冲)을 볼 때마다, "여보게 자네는 그토록 열심히 학문을 쌓았으면서도 어째서 과거를 보지 않나?", "한번 치러보게 아마 장원은 떼놓은 당상일 걸세" 하고 말했다. 그때마다 최충(崔冲)은 고개를 가로저었다.

"나는 과거를 보기 위해 공부하지 않았소. 과거를 보아 벼슬살이를 하는 것도 중요한 일이지만 이렇게 학문을 연구하는 것도 중요한 일이지요. 나는 장차 학자로서 조용히 살고 싶소." 최충(崔冲)이 그렇게 이야기하는 것은, 당시 고려 사회는 젊은이들의 미래가 사회·경제적 배경변수나 과거에 의해 결정되는 것이 당연하다는 기제(機制: 인간의 행동에 영향을 미치는 심리적 작용)가 작동하는 사회였기 때문이었다. 그리고 과거시험의 결과가 양질의 노동력 발굴이나 더 높은 차원의 자아 창조와 같은 긍정적 측면보다는 사회·경제적 지위 획득을 위한 줄서기의 경쟁에서 타인보다 한 발 더 앞서려는 동기가 극대화되는 사회였기 때문이었다.

이러한 사회적 현상은 고려 사회 전체적인 측면에서 볼 때는 불필요한 에너지 낭비라고 할 수 있다. 이는 학력 경쟁이 지닌 부정적 측면이다. 이처럼 고려시대 과거시험 제도는 공(功: 공로)도 있었고 과(過: 허물)도 있었다.

그러나 과거시험은 분명 재능 있는 일부 사람들에게는 신분 상승의 통로가 되었다. 이는 과거시험이 업적 주의에 의한 지위 획득의 기회로 작용하여 능력주의가 부분적으로 실현되는 계기가 되었기 때문이다.

그런데 문제점은 과거시험이 국가 통제 하의 획일적 교육내용과 평가 방법이 부정적 결과를 초래했다는 점이다. 그 이유는 과거시험이 고려 사회의 사회·경제적 불평등을 정상화해 주는 신념 체계로는 기능적 역할을 하였지만, 긍정적 기여의 저변에서조차 모든 사람이 사회·경제적 배경, 신체적·정신적 조건에 구애받지 않고 똑같은 내용의 교과 과정을 거의 똑같은 방법으로 받아 똑같은 방법으로 평가되었기 때문이다. 이는 획일화된 교육이 과거시험의 결과로 정당하다는 국민적 합의를 보장해 준 셈이었다. 이와 같은 고려 사회 교육제도가 가진 모든 문제점은 과거시험을 통해 드러나고 있었다. 아버지의 말에 큰 뜻을 품은 최충(崔冲)은 22세 되던 1005년에 과거를 치러 문과의 갑과에서 장원급제하였다. 목종 8년 4월이었다.

그때 갑과에 합격한 사람은 모두 7명이었는데 시험을 관장했던 사람은 지공거(知貢擧) 최항(崔沆: 경주 사람)이었다. 당시 과거시험은 난이도가 상당이 높았다. 최충(崔冲)이 과거시험을 보기 1년 전 목종은 과거 시행에 관한 법을 개정하였기 때문이다. 과거시험은 모두 나흘에 걸쳐 실시하였는데 과거 시험장을 열 때 대궐 안쪽 문을 잠그고 예경(禮經: 예에 관한 유교경전)10조를 붙여놓고 시험을 보았다. 오늘날 사법시험을 여러 날 치르듯이 과거 첫째 날에는 예기(禮記)에 대한 지식을 둘째 날에는 시(詩)와 부(賦)를 그리고 하루를 쉬고 난 뒤에 네 번째 날에는 시무책(時務策)을 본 것이다. 이와 같은 엄격한 시험에서 약관의 나이로 최충(崔冲)은 갑과 장원을 차지한 것이다. 실로 개천에서 용이 난 것과 같다. 지방 호장戶長의 자제인 최충(崔冲)은 향교를 통해서 학문을 처음 접하고 나서 아버지의 말씀을 듣고 어떻게 해서든지 중앙으로 진출하겠다는 일념으로 자신의 모든 것을 다 바쳐 과거시험에 응시하였을 것이다.

26장. 내공을 쌓다

1. 관리직으로 진출

골품제라는 신라 사회의 신분 질서 내에서 차별대우를 받으며 능력을 인정받지 못했던 비주류 지식인들인 당나라 유학파들은, 고려시대가 도래함으로써 과거제도를 통해 비로소 입신양명의 뜻을 이루고 이상을 구현할 기회를 얻게 되었다. 이들은 광종이 도입한 과거제도의 최대 수혜자가 되어 호족들에 대항할 신진세력으로 등장했고, 개혁을 추진하는 성종에게 유교적 도덕 정치를 통치이념으로 제시하여 새로운 사회의 사상적 토대를 제공하게 되었다. 이때 문치의 기틀이 마련되면서 정치세력으로 등장한 고려 초기의 유학자들 가운데서 가장 두각을 나타냈던 부류는 바로 6두품 출신의 경주 최씨들이었다.

그 예가 최치원·최승우와 더불어 당나라 빈공과에 합격해 명성을 떨쳤던 최언위의 제자 최승로였다. 그 후 최승로의 자손들은 3대에 걸쳐 문하시중을 지냈고, 최승로는 성종의 배향공신이 되었다. 이처럼 성공한 사람들을 보면 마치 그들에게 향하는 무슨 운명적인 힘이 있는 것처럼 느껴질 때가 있다. 그러나 그것은 섣부른 오해다. 성공하게 되는 행운이란 애초부터 존재하지 않는다.

사람에게는 운명, 끈기, 근성이 있다. 행운을 만들어 내는 것은 바로 끈기와 근성이라는 노력이 함께 하기에 나타난 결과다. 운명은 인간을 지배하는 필연적이고 초월적인 힘이다. 끈기란 참고 견딜 수 있는 인내를 말한다. 근성은 태어날 때부터 지니고 있는 성질을 말한다. 그런데 성공한 사람들을 보면 이 세 가지의 성질이 교묘하게 결합해서 운명을 개척하는 힘으로 작용시켜 나간다. 끈기와 근성을 기초로 하여 운을 부르는 것이다. 그래서 이 세 가지의 적절한 조화가 성공의 길로 나아가게 하는 것이다. 이러한 운명을 개척한 경주 최씨들은 고려 초 수많은 재상과 배향공신 그리고 과거급제자들을 배출하고 고려 왕실과 혼인 관계를 맺음으로써 막강한 정치적 영향력을 행사하게 되었다.

그런데 최충에게도 이러한 운명적인 힘이 작용하였다. 바로 최항과의 만남이었다. 최충이 관료가 되는데 절대적으로 영향을 끼쳤던 사람은 최항이었다. 당시의 상황은 지공거(知貢擧)와 과거 합격자들은 좌주문생(座主門生)제라는 관습에 의해 그 관계는 부자지간父子之間처럼 매우 돈독한 관계가 된다. 특히 최항은 최충의 자(字,이름)가 호연(浩然)인 것을 알고 그 부친 온(溫)이 맹자를 성현으로 받들며 평생을 살아온 사람이 아닐까 생각하기도 하였다. 원래 최항은 최언위(崔彦撝)의 손자이다. 과거에 합격한 최충(崔冲)은 최언위를 마음속의 스승으로 모시면서 김심언의 역사관도 함께 공유했다. 김심언의 좌주(座主)는 최섬(崔暹)이었는데, 이것으로 보아 최충(崔冲)의 유맥儒脈은 최언위, 최승로, 최섬으로 이어지고 있는 것을 알 수 있다. 다시 정리하면 최충의 학맥 적 계보는 최치원 → 최언위 → 최승로 → 최섬 → 최항 → 최충이 된다. 최충(崔冲)의 학맥적 계보로 보아 세 번째인 최승로는 성종과 함께 고려 사회의 새로운 제도를 하나하나 마련하는 등 나라의 기틀을 잡아가고 있었다. 그러나 고려는 993년(성종12년)에 제1차 거란의 침입으로 한때 위기를 맞기도 하였다. 그 후 거란군이 스스로 물러가자 성종은 곧 나라 안으로 눈을 돌려 백성들의 어려움을 덜기 위한 정책을 펴나갔다.

의창(義倉: 가난한 사람들을 구제하기 위한 창고)을 확장하고 상평창(常平倉: 물가조절 기관)을 설치하였다. 의창은 풍년이 들었을 때 곡식을 저장해 두었다가 값이 오를 때 그것을 풀어 가난한 농민들을 도와주는 곳이었다. 또한 개경에 국자감이라는 대학을 세웠다. 그리고 개경에는 비서성(고려시대 경적[유교의 사상과 가르침]과 축문[제사 지낼 때 고하는 글]을 관리하던 관청)을 서경(지금의 평양)에는 수서원(고려시대 도서관)을 두어 교육과 학문을 장려하였다. 이렇듯 고려가 새 나라로서의 기틀이 튼튼히 잡혀갈 때 성종은 송나라와의 외교정책에서 송나라를 종주국으로 하는 사대 외교정책을 추진하려다가 호족과 귀족들의 반발을 초래하였다.

2. 공직자로서의 사명감

경주 최씨 일족을 필두로 한 신라계 유학자들이 고려의 정국을 장악하고 그들에 의해 유교가 통치이념으로 대두되는 과정에서 유교적 소양을 지닌 관리들이 대거 중용되었다.

이때 발탁된 선비 중 하나가 바로 훗날 '해동공자'로 칭송받게 되는 최충(崔冲)이었다. 목종 8년(1005)에 과거를 주관하여 최충(崔冲)을 장원으로 급제시켰던 사람은 최언위의 손자 최항(崔沆)이었는데, 최항(崔沆)은 강조와 함께 현종을 옹립하고 정권의 실세로 떠오른 인물이었다. 이때부터 최충(崔冲)은 최항(崔沆)의 문생으로 두각을 나타내기 시작하였다. 최충(崔冲)은 해주 출신으로서, 6두품 출신의 경주 최씨들과는 계열을 달리하였지만, 그들과 사상을 공유하고 있었다. 그러나 최충(崔冲)은 언제나 부친 온(溫)의 뜻에 따라 자신만의 수양론을 활용하며 공직을 수행하였다. 그러한 삶의 자세는 언제나 강직하여 22세에 갑과(甲科)에 장원급제한 후에 서경(西京) 장서기(掌書記: 고려시대 7품 행정직)에 임명되었으나 그 후 목종(穆宗) 때 직언直言하였기에 파직 당하였다. 파직당한 연유緣由가 해주 최씨 문중에 전해오는 가전유집(家傳遺集)에 그 내용이 다음과 같이 실려 있다.

顯宗元年庚戌
先生二十五歲五月以西京掌書記遷修制官(出麗史康兆傳)
穆宗時先生以直言被黜顯宗初卽召之先生曰今王之致
統前王之旣正定命前王之弑康兆也非今王也卽就仕

- 長子惟善生(家傳遺集)

현종 원년 경술
선생 25세 5월 서경장서기 수제관으로 임명되다(고려사 강조전)
목종 때에 선생께서 직언으로 인하여 벼슬길에서 쫓겨나셨다가 현종 초에 곧 벼슬길에 불리셨다. 이에 선생께서 말씀하시기를 "이번 임금께서는 전왕의 이미 정해진 바른 천명을 이어 왕통을 이으셨고 전왕은 강조에게 시해된 것이지 지금의 임금께서 그런 것이 아니다."라고 하시고 곧 벼슬길에 나아가셨다. 큰 아드님 유선이 태어나셨다.

- 〈가전유집〉에서

3. 권위와 압력에 저항한 직언

　최충(崔冲)은 25세에 서경장서기(西京掌書記)로 있다가 수제관(修制官)으로 옮겼다. 서경장서기(西京掌書記)는 고려시대 7품 지방관 직으로 서경은 개경과 맞먹는 위상으로 지금으로 보면 광역시 수준의 도시였다. 당시 서경유수에게는 녹봉으로 쌀 270석, 동경유수에는 223석이 지급된 것으로 보아 고려시대 개경을 제외한 가장 큰 도시였음을 알 수 있다. 고려시대에 반란이 일어나도 강등되지 않는 곳이 서경이었는데 최충(崔冲)은 초임지가 서경장서기였다. 당시 서경에는 유수(留守) 1명, 부유수(副留守) 1명, 판관(判官) 2명, 사록참군사(司祿參軍事) 2명, 장서기(掌書記) 1명, 법조(法曹) 1명이 있었는데 장서기는 유수보다 3등급 아래의 벼슬이었다. 장서기가 하는 일은 문장文章을 관리하는 일이었는데 주로 조정에 올리는 표문(表文: 신하가 자기 생각을 임금에게 올리는 글)등을 작성하고 각종 행정업무와 관련된 기록을 작성, 보관하는 업무를 담당했다. 최충은 자신이 작성해서 올린 표문이 목종의 비위를 거스르게 하였는지, 아무튼 이 일로 파직되었다.

　미국의 심리학자인 스탠리 밀그램의 '권위에 의한 복종에 관한 연구'에서 비논리적이거나 비도덕적인 복종에 굴복하지 않는 이유는 설득력 있는 상황이 생길 때라고 하였다. 이러한 연구 결과로 보아, 최충은 파직을 감수하고서라도 자기 생각을 조정에 여과 없이 올린 것이다. 이는 최충이 서경장서기로서 근무할 때 사명감을 가지고 일했던 것으로 보인다. 그러나 최충은 끝내는 파직되었다. 굳이 스탠리 밀그램(Stanley Milgram)의 '권위에 의한 복종에 관한 연구'를 언급하지 않더라도 권위에 저항하는 일은 항상 어렵다. 최충의 파직 사건을 보면 고려는 권위에 따르도록 하는 강한 압력이 존재하는 사회였음을 알 수 있다. 그런데 밀그램의 복종 실험에 따르면, 정신적으로 문제가 없는 평범한 사람들도 권위적인 인물이 지시한다는 이유만으로 지시 받는 사람에게는 위험한 수준의 심각한 고통을 가할 수 있다고 한다. 물론 고려와 같은 봉건사회에서 권위에 복종하려는 성향은 그 복종이 옳은 행동이라는 개념을 구성원들에게 이미 심어준 결과이며, 고려 왕조의 체계적인 사회화 과정의 산물이 되기도 한다.

그러나 권위에 복종하다 보면 권위의 실체가 아닌 단순한 권위적 상징에 복종할 뿐, 비합리적이거나 비도덕적인 권위에까지 복종하려는 성향이 나타난다. 따라서 밀그램의 복종 실험이 시사하는 바는 사람들이 권위에 쉽게 복종한다는 것이 아니라 어떻게 권위에 저항할 수 있는가를 생각할 수 있도록 한다는 점에 있다. 실제 역사의 진보는 권위에 저항하는 사람들에 의해 시작되었다. 최충도 그런 사람 중의 한 명이었다. 최충은 권위와 압력에 저항하고 스스로 깨어서 자기 주관을 무너뜨리지 않고 왕에게 직언直言하는 사람이었다. 복종하는 사람들은 갈등을 싫어하고 회피하는 경향이 있다고 한다. 그러나 사회의 발전은 갈등 상황을 회피하지 않고 직면하여 소통을 통해 통섭의 정치를 이루고 사회 전체가 통합으로 나아갈 때 이루어지는 것이다. 최충의 직언은 고려 사회의 변화를 이끌어갈 원동력이 된 것이다.

27장. 역사와 운명에 마음을 열다

1. 현종의 정치적 감각, 최충과의 밀월 관계

정치적 혼란의 와중에 즉위한 현종은 즉위하자마자 거란의 침입에 시달리어 한동안 대외적인 어려움을 극복해 나가야만 했다. 성종 때 있었던 거란의 1차 침입은 서희 장군의 능란한 외교술로 막아냈지만, 천추태후와 김치양의 전횡으로 목종은 제대로 정치를 펴지 못하다가 현종이 즉위하게 된다. 그 과정에서 강조의 정변은 침략의 구실을 제공하는 실마리가 되었다.

요나라 성종은 강조의 죄를 묻는다는 구실로 군대 40만을 이끌고 압록강을 건너 침략해 온 것이다. 이후 2차, 3차 침입이 끝나고 나서야 양국이 평화 관계를 이루었는데 현종 즉위 후 11년 만이었다.

최충은 이러한 상황에서 자기를 존중해주고 인정해주는 그런 사람이 필요했지만 쉽지는 않았다. 최충은 누군가의 기쁨이 되고 누군가의 슬픔이 되었던 적이 없었기 때문이다. 최충 자신은 그렇게 살지 못하고 행하지 못했던 것을 스스로 생각하며 성찰에 잠기었다. 성찰하는 가운데 '경계해야 할 사람은 두 마음을 품고 있는 사람이며, 간사한 사람은 사람을 필요할 때만 교묘히 이용하는 사람이고, 해로운 사람은 무조건 칭찬만 해주는 사람이라는 것'을 생각하였다.

특히 어리석은 사람들은 잘못을 되풀이하는 사람이라는 것을 깨닫게 된다. 또한 거만한 사람은 스스로 잘났다고 자랑만 하는 자아 도취한 사람이고. 가치 없는 사람은 인간미가 없는 사람이라는 것과 가장 큰 도둑은 무사안일한 관리들이었다는 확신을 하게 된다. 그리고 나약한 사람일수록 약자에 군림하고. 만족을 모르고 욕심만 부린다는 것을 깨달았다.

그런데 불행한 사람들은 불행이 무엇인지를 모르고 살아간다.

이러한 세태를 읽어내린 최충은 현종 15년(1024년) 12월, 최충은 중추원의 직학사(直學士: 왕명의 출납과 궁궐에서 정무政務를 관장하는 부서로 정3품)에 임명된다.(고려사5-236) 직학사는 중추원의 7추(七抽, 7추란 충추원판사, 원사, 지원사, 동지원사, 부사, 참서원사, 직학사)에 해당하는 벼슬이다. 종5품으로 승진한 최충이 4년 만에 정3품으로 임명된 것이다. 1025년 건립된 거돈사원공국사승묘탑비(居頓寺圓空國師勝妙塔碑:

원공국사 행적을 기록한 원주에 소재한 비석, 보물 제78호, 최충이 글을 씀)에 최충의 관직은 중추원직학사(中樞院直學士)로 기록되어 있다.

이어 현종 16년(1025) 12월 최충은 한림학사(翰林學士) 내사사인(內史舍人) 지제고(知制誥)로 임명되었다. 한림원은 외교문서를 작성, 찬술하는 곳인데, 내사사인의 직무는 주로 간관(왕에게 직접 이야기하는 관리의 임무)인 봉박(왕의 부당한 처사나 조치에 대해 반대하는 의견을 올리는 일)과 간쟁(왕의 잘못을 비판하는 일)이었다. 지제고는 품계 내에서 가장 격이 높은 관직으로서 왕이 내리는 교서·조서 등의 글을 짓는 일을 맡아보는 관리였다. 이처럼 현종과 최충의 관계는 밀월蜜月이었다.

밀월蜜月이란 원래 '벌꿀'의 뜻인 'honey'와 달(月)의 뜻인 'moon'을 붙여 만든 영어 'honeymoon'을 직역한 말이다. 원래는 '결혼 후 1개월 동안의 달콤한 기간'을 뜻하는 말인데, 이 기간은 아이를 낳도록 열심히 노력한다는 의미로 부부가 함께 1개월 동안 벌꿀 주를 먹는 스칸디나비아 풍습에서 유래하였다. 신혼 남성의 원기를 북돋우기 위해서 벌꿀을 열심히 먹였다는 데서 나왔다는 이야기도 있다. 결국 비유된 외래어 '허니문'은 정책을 총괄하는 현종과 정책을 관장하는 최충의 관계를 '정책 조화'와 '긴밀한 협력'으로 함께 펼쳐가는 메커니즘의 '허니문'으로 비유할 수 있다. 이는 현종과 최충 사이에서 일어나는 어떤 마음의 교류가 나랏일에 얼마나 큰 영향을 미치게 되는지를 알 수 있는 부분이기도 하였다.

2. 최충의 신념과 현종의 정무 감각

한의학에 따르면 사람마다 체질이 다른데 보통 태양인, 태음인, 소양인, 소음인으로 구분이 된다. 따라서 아무리 좋은 보약이라고 해도 누구에게나 보약이 되는 것은 아니고, 심지어 어떤 사람에게는 독이 될 수도 있다고 한다. 예를 들어 아무리 인삼의 효능이 좋다고 한들 아무에게나 쓸 수 있는 것은 아니다. 소음인인 사람에게는 인삼이 보약이 되지만, 이와 체질이 다른 사람은 인삼을 먹으면 뒷골이 땅길 정도로 부작용이 심하다. 따라서 인삼은 열이 많은 체질에는 오히려 해롭기에 아무리 좋은 보약이라고 해도 자신의 체질을 모르고서는 함부로 먹을 일은 아니다.

이와 마찬가지로 현종이 국정을 운영해 나가는 과정에서 문제점은 항상 존재하였다. 현종이 국정을 운영하는 내내 일어나는 문제점들을 피하지 않고 정면으로 마주해서 합리적으로 해결할 수만 있다면, 이는 가장 이상적인 왕도정치가 될 것이다.

더구나 시행착오를 겪지 않게 된다면 금상첨화일 것이다. 그러나 이러한 모든 국정운영 과정에서 현종의 생각과 최충의 생각이 항상 같은 것은 아니다. 국정운영을 함께 해나가면서 둘은 서로의 생각과 충돌 속에 힘을 합하고 힘을 키워가는 것이다. 이러한 상황에서 현종은 최충이 왜 현실정치에 나올 수밖에 없었는지도 스스로 깨달았을 것이다. 그리고 국정운영에 있어 경험이 중요하다는 것을 터득한 현종은 '알고 가는 길과 모르고 가는 길은 다르다'라는 것을 확실하게 인지한 것이다. 그러나 더 중요한 것은 현종이 목표 달성을 위해서는 최충의 노력과 협조의 정신이 커다란 힘이 되어준다는 것을 믿고 있었다. 아무리 위대한 임금이라 할지라도 협력자의 도움이 없다면 그 목표를 달성하기는 쉽지 않다. 그리고 이러한 훌륭한 가치를 창출하기 위해서는 인내력과 지성을 겸비한 협력자가 필요하다. 그런데 올바른 협력자로서 선택된 최충은 현종에게 보이지 않는 강력한 에너지를 분출하였다. 이는 최충의 충성된 마음이며 최충의 정치적 신념이다. 다음과 같은 이야기가 있다.

미 해군 장교였던 한 사나이가 암에 걸려 군대를 떠나게 되었다. 그는 네 번이나 암 수술을 받았지만, 의사의 최후 통첩을 받았다. "당신은 앞으로 보름밖에 살 수 없습니다." 그 말을 들은 미 해군 장교는 마지막 남은 보름이라는 값진 시간을 결코 헛되이 보내고 싶지 않았다. 그리고 지난날을 되돌아보니 군인으로서 최선을 다했던 시절만큼 열정적으로 살았던 적이 없었다는 것을 깨달았다. 그는 곧 백악관으로 달려가 대통령에게 다시 현역 군인으로 복무하게 해 달라고 청원했다. 대통령은 그가 다시 해군장교로 복무하는 데 동의했다. 그는 해군에 복귀하자 예전보다 더 의욕적으로 일에 몰두했고, 몸을 아껴도 얼마 살지 못할 것으로 생각하며 사병의 일까지 자진해서 맡아 해냈다.

그렇게 보름이 지났다. 하지만 그는 죽지 않았다. 한 달이 지나도 그는 죽지 않았다. 그는 늘 '숨이 붙어 있는 한 내가 맡은 일은 내가 완수한다.'라고 다짐하며 동료나 부하의 만류를 뿌리치고 임무에 매진했다. 그런데 3년이 지나도 그는 무사했다. 오히려 암의 증세가 점점 사라지고 있었다. 의사와 주변 사람들은 모두 놀라움을 금치 못하며 기적이라고 입을 모았다. 이 장교가 바로 무적함대로 세계에 용맹을 떨친 미 해군 제7함대 사령관 '로젠버그' 중장이다.

만일 '로젠버그'가 보름밖에 살 수 없다는 선고를 받았을 때 좌절했다면, 그런 결과를 낳을 수 있었을까? 죽음마저도 물리친 로젠버그의 비결은 특효약이나 기적이 아니었다. 다름 아닌 신념의 힘이 그런 위대한 결과를 가져온 것이다. 이처럼 한 인간의 신념은 죽음보다도 강하며, 자신의 운명을 바꿔 놓기도 한다. 신념의 힘을 다른 말로 '자기 암시의 기적'이라고 말한다.

최충에게 있어 신념은 마음의 에너지이고 본질적으로는 건강한 정치 철학이다. 이러한 최충의 신념과 정치 철학을 바탕으로 현종과 최충 두 사람의 마음과 마음이 조화의 정신으로 합쳐지면, 강한 에너지가 분출되어 하나의 결정結晶이 이루어진다. 이때 협력자의 심리적인 장점이 최대의 크기로 발휘하게 된다. 이는 두 개 이상의 두뇌가 조화를 이루어 협력(결합)할 때, 하나의 두뇌보다 월등하게 큰 사고적 에너지를 만들어내기 때문이다. 이와 같은 원리는 전지를 연결할 때 한 개보다 여러 개 결합하는 편이 훨씬 많은 에너지가 활성화되는 원리와 같은 것이다. 그런데 정치학은 경제학만큼이나 이론적으로 공식화되기는 어렵다. 그 이유는 권력의 창출, 조직화, 분배와 같은 정치학의 초점이 재화의 생산, 분배, 소비에 맞춰진 경제학의 초점보다 범위가 크고 두드러지기 때문이다. 최충의 직책인 내사사인(內史舍人, 종4품)도 정당성, 공공성, 관리 기술, 재정지원 따위와 같은 권력의 구성 요소로 조직되어 있다. 이러한 조직 원칙에 따른 간관의 주된 임무인 봉박과 간쟁은 권력사용에 관련된 행위와 그 제도를 지적할 수밖에 없는 현실이다. 그러나 현종의 처지에서 보면 이런 행위와 제도는 매우 불편했을 것이다.

3. 훌륭한 임금의 덕치, 이를 찬(贊)한 최충

경종(고려5대)의 네 번째 부인인 헌정왕후는 경종이 죽고 난 후 과부가 되었다. 이후 자기 친삼촌이자 왕건의 8번째 아들인 왕욱과의 불륜 관계로 낳은 아들이 현종(대량원군)이었다. 따라서 현종의 어머니는 왕건의 손녀, 아버지는 왕건의 아들이었다. 한반도 역사상 가장 극적인 왕 고려 현종(대량원군)은, 4대 왕인 광종이 피로 얼룩진 사건을 일으킨 후에 선대 왕들이 후사 없이 단명하다 보니 어느새 왕위계승 1순위가 되어 정통성을 인정받은 핏줄이 된 것이다. 그러나 사생아 출신이라 정치적 위치는 바닥이었다. 사생아 신분인 대량원군은 어릴 때 절로 쫓겨나 동자승으로 살아가고 있었다. 그때 천추태후(대량원군의 친이모이자 7대 목종의 어머니)가 섭정으로 모든 권력을 잡고 있었다. 현종은 천추태후로부터 끊임없는 암살 위협을 받고 있었다. 그 까닭은 천추태후가 김치양과의 사이에서 불륜으로 낳은 아이를 왕위에 올리기 위해서는 가장 눈엣가시인 대량원군(훗날 현종)을 죽여야만 했기 때문이다. 천추태후는 대량원군을 죽이기 위해 자객을 보내는 등 온갖 나쁜 음모를 꾸몄다. 이러한 위험 속에서 본인(대량원군)의 기지와 주지 스님의 노력으로 겨우 목숨을 유지해가며 어린 시절을 어렵게 지냈다. 그런 차에 강조가 정변을 일으켜 천추태후와 목종을 실각시키고 대량원군을 꼭두각시 왕으로 옹립하니, 그가 고려 8대 임금으로 즉위한 대량원군(현종)이다.

그러나 그때의 정치 상황은 좋지 않았다. 현종이 즉위하고 몇 달 되지도 않아 요나라의 성종이 직접 40만 대군을 이끌고 쳐들어온 것이다. 그렇게 요나라와 고려와의 전쟁이 시작되어 현종은 피난길까지 떠나는 고초를 겪었지만, 양규 장군이 기적과 같이 나타나 요나라를 물리치면서 현종에게 승리를 안겨 주었다.

그 후 요나라와의 통주(지금 평북 선천)전쟁에서 포로가 된 강조가 죽고, 전쟁 영웅인 양규 장군도 마지막까지 목숨을 바쳐 싸우다 전사하자, 현종은 자연스럽게 허수아비 왕에서 완벽한 실권을 틀어쥔 왕이 되었다. 하지만 송나라를 격파하고 재정비를 한 요나라가 소배압을 총대장으로 다시 기병 10만을 이끌고 고려를 쳐들어왔다. 요나라는 이번에도 당연히 현종이 피신할 줄 알았다. 하지만 현종은 이번에는 도망가지 않고 청야전술로 주변을 비우고 개경에서 요나라의 침입에 철저하게 준비함으로써 요나라는 개경성 공략에 실패한다. 청야전술로 보급이 끊어지자 요나라는 결국 철수를 결정하고 철군하게 되었다. 그렇게 요나라가 철군하던 중 귀주에서 강감찬이 이끌던 고려군에게 뒷덜미가 잡혀 마지막 회전(會戰: 대규모의 병력이 모여서 싸우는 큰 전투)이 벌어지게 되었는데 이 전투가 그 유명한 귀주대첩으로 요나라 군대는 여기서 거의 전멸 당하였다.

고려의 위상은 당대 최강국이던 요나라를 2번에 걸쳐 무찌르면서 고려의 위치는 누구도 건드릴 수 없게 완전히 달라졌다. 요와 송의 두 나라는 고려의 사신에게 쩔쩔맬 정도로 고려의 위상은 급부상했고, 요나라와 전쟁 이후 몽골이 쳐들어오기까지 향후 120여 년 동안 동아시아 최고의 패권국으로 자리 잡을 수 있었다. 그리고 현종은 여요 전쟁 후 스스로 황제라 칭하고 송나라도 고려의 황제 칭호를 인정하였다. 이후 평화를 바탕으로 현종은 수많은 치세를 펼치고 고려의 전성기를 맞이하게 되었는데, 오늘날 현충일은 바로 요여 전쟁으로 인한 전몰장병을 추모하기 위한 날인 망종을 바탕으로 결정된 것이다. 어쩌면 고구려 광개토대왕, 장수왕 때보다 더 대단한 위상이라고 해도 과언이 아닐 것이다.

최충의 사론史論에서 현종 때 중반 이후부터 덕종, 정종(靖宗) 문종 대에 이르기까지 고려는 대외관계가 평화로웠다. 거란, 여진을 비롯하여 송과 친선관계가 잘 유지되었고, 일본이나 서남방의 대식(大食: 아라비아, 사라센)등 해외 여러 나라의 상인들도 고려를 드나들기 시작하였다고 전한다. 그리고 안으로도 근검 정책과 문화진흥책으로 고려는 안정상태로 들어갔고 문화도 차차 발전되어 갔다고 전하고 있다. 이후 현종은 몸소 근검을 보이는 행동과 함께 구호시책을 적극적으로 베풀었으며 유교와 불교에 대해 골고루 교화의 시책을 베풀었다. 특히 유풍儒風을 진작시키기 위하여 선유를 존숭하는 차원에서 설총을 홍유후(弘儒侯)로 최치원을 문창후(文昌侯)로 각각 추봉追封하고 문묘에 종사從祀케 하였으며 연등회와 팔관회를 부활시켰다. 또 거란의 퇴치와 국가의 안태安泰를 빌기 위하여 대장경의 조판(雕板)을 시작하였다. 경제 안정을 위하여 권농을 장려하였다. 최충이 현종의 공적을 찬贊할 때 "오랑캐와 화호를 맺고, 전쟁을 멈추고, 문덕文德을 닦으며, 부세를 가볍게 하고, 요역(국가가 백성들릐 노동력을 무상으로 징발)을 가볍게 하며, 준수한 인재를 등용하고, 정사를 공평하게 하여 서울과 지방이 평안하고 농업과 누에치기가 자주 풍년이 들었다."라고 현종의 치적을 찬양한 것은 형식적인 것이 아니라 사실적인 표현이었다.

10부

책임의식과 공정의 정치

책임 의식과 공정의 정치

1. 공정사회와 균질적 평등

공정사회란 어떤 사회인가라는 물음에 대한 답은 여전히 어렵다. 아마도 개인과 집단, 사회마다 그 이야기와 해법이 다 다르기 때문일 것이다. 불공정과 불공평을 정의하기도 어려운 것처럼, 공정사회를 정의하기도 어렵다. 하지만 정의와 공정은 적어도 억울한 사람, 피해자의 목소리를 반영해야 한다. 저울의 추를 가운데 두고 공평하게 평가하듯이 공정이 따르는 책임의 정치는 항상 비판이 따라붙는다. 비판이 뒤따를 경우 버티는 것만으로는 더 이상 문제를 해결할 수는 없다. 이럴 때 정치가는 말과 행동에 책임을 져야 한다. 책임 있는 정치가는 백성들의 말을 귀담아듣고, 어떤 불평불만이든지 이를 받아들이고 해결할 수 있도록 노력해야 한다. 그리고 비전을 제시하는 정치인이 되어야 한다. 이는 정치인에게 소명 의식과 같은 것이다. 국민과의 약속을 지켜가는 것이다. 우리 국민 열 명 가운데 일곱은 '우리 사회가 불공정하다.'라고 답한 것으로 나타났다. 불공정 행태(行態: 행동하는 모습)가 가장 많은 분야는 정치권으로 나타났는데 이는 정치인에 대한 불신이 하늘을 찌른 것이다. 고려 사회에서도 백성들은 불공정을 느끼면 공정을 바랐을 것이고, 불공평하다고 생각하면 공평을 찾았을 것이다. 고려 사회도 부정을 없애고, 백성들의 소망을 실현할 수 있는 제도를 마련하는 것이 무엇보다도 시급한 일이었을 것이다.

정종 시대를 마감하고 문종(文宗, 고려 시대의 황금기)이 왕위에 오르자 문종의 명석함은 더욱 빛을 내기 시작하였다. 문종은 왕위에 오르기 전부터 문무의 재능을 겸비하고 사리에 밝아 주변으로부터는 칭송이 자자한 인물이었다.

왕위에 오른 문종은 최충을 최고 관직인 문하시중(門下侍中)으로 임명하였다. 최충을 문하시중으로 임명한 문종은 정무 방침을 결정하는 문제에 대해 신하들이 최충과 함께 이야기하게 하고 정무적 모든 문제를 해결하는 데에는 여러 신하가 직접 참여하여 최충을 도와주도록 권장하였다. 또한 정책을 추진할 때는 공정한 비판을 통하여 함께 일할 사람을 각자가 선택하도록 하였다. 또한 어느 정도 뚜렷한 집단규범이 있는 경우에는 모두가 그것을 따르게 함으로써 누구나 동일하게 행동하고 있다는 일차적인 안도감安堵感을 느낄 수 있게 하였다. 문종과 최충이 이렇게까지 신하들에게 하게 한 이유는 주위의 기대나, 신하들 간의 이해利害와 충돌 현상도 조화를 이룰 수 있다는 신념이 서 있었기 때문이었다. 이제 공정사회에 대한 담론은 우리 사회에서도 현실 정치론으로 자리 잡아가고 있다. 그런데 문제는 누구나 인정할 수 있는 공정한 제도를 어떻게 만들 것인가? 그리고 불완전한 제도에서 조금 더 완전한 제도로 어떻게 바꾸어 나갈 수 있을까? 이러한 불공정과 불평의 문제가 대두되는데, 불완전한 제도에서는 억울한 처지인 사람을 우선시하는 것이 정도正道라는 견해가 지배적이다. 그러나 지금까지 우리에게 명확한 공정사회의 이상은 없다. 오히려 불의와 불공정만 팽배해 있고, 부정과 부패만 만연해 있다고 느낄 뿐이다. 그래서 공정사회로 가는 유일한 길은 현실의 부정을 과감하게 타파하는 일이다. 그런데 최충은 이러한 문제를 어떻게 해결하려고 했을까?

최충은 문하시중으로서 관리들의 전횡을 막기 위해 육정(六正: 여섯 가지 올바름)과 육사(六邪: 여섯 가지 나쁜 일)를 게시하였다. 그리고 육정(六正)인 천리(天理)를 공(公)으로, 육사(六邪)인 인욕(人欲)을 사(私)로 나누고, 이에 공적인 천리(天理)를 보존하고 사적인 인욕(人欲)을 막아야 할 군주의 역할이 중요하다는 것을 강조하였다. 또한 군주보다는 관리들이 '천리의 공(天理公: 공적인 인심, 마음을 조심하고 살피는 일)'을 체화할 수 있는 윤리적 주체가 되어야 한다는 것을 역설하였다.

우리는 살아가면서 과거의 나와 오늘의 나가 함께 존재한다는 것을 깨달을 때가 있다. 그리고 가끔 삶의 균질(均質: 고르게 같음)적인 흐름이 차단되는 현장을 목격할 때가 있다. 이러한 것을 목격할 때 일률적인 평등, 정량적인 평분 논리에 수긍하는 사람은 아무도 없다. 다만 좋든 싫든 우리가 체험한 경험의 소산(所産: 결과물)이 된다. 이런 의미에서 평등이 오히려 공정성과 정의를 해친다는 것이 오늘날 우리들의 감각이다. 개인의 자유와 다름을 부정하는 공정성은 우리들의 삶과 자유의 결에 맞지 않는다. 현실은 균질적 평등주의를 비판하면서도, 다른 한편으로는 엘리트적 위계와 능력주의적 횡포를 거부하는 감정도 공존하기 때문이다. 따라서 최충에게 공정한 왕도정치란, 백성들이 관리자를 믿을 수 있고, 관리자는 책임 의식을 갖고 백성들을 편하게 하는 것이었다.

2. 책임 있는 지도자

공정한 지도자는 복잡한 권력의 우두머리로서 집단을 이끌고, 집단의 목표를 향해서 달려 나가야 한다. 그리고 아무리 험난한 고난과 역경에 맞닥뜨리게 되더라도 이를 이겨내며, 무거운 책임 의식과 심리적인 스트레스를 짊어지고 달리지 않으면 안 된다. 달리기할 때, 우리는 자신의 마음에서 일어나는 모든 감정을 내려놓고 달리듯이 책임 있는 지도자도, 오직 목표를 향해 달리고자 하는 마음만으로 달려야 한다. 책임 있는 지도자가 달리는 가운데 바르지 못한 생각이나, 나쁜 감정이 일어나면 그대로 묻어두고 달려야 한다. 책임 있는 지도자는 화가 나면 화가 나는 대로, 힘이 들면 힘이 드는 대로 달려야 한다. 달릴 때 오직 발바닥에만 집중하되, 발바닥에 통증이 느껴지면 그 부위만 신경을 쓰고 달려야 한다. 달리는 가운데 통증이 사라지면, 다시 발바닥에 집중하되 주변 사물과 하나가 되어 달려야 한다. 책임 있는 지도자는 일정한 속도로 끝까지 달리는 것이 중요하다. 서두르거나 늦추지도 말아야 한다.

그리고 다 달린 뒤에는 천천히 걸어가며 몸을 풀어야 한다. 그렇게 완주했을 때, 책임 있는 지도자는 집단의 활력을 키워줄 수 있고, 집단의 건강을 유지해 줄 수 있으며, 집단의 자신감도 회복시켜, 집단 속에 쌓인 부정적인 면까지 소멸시킬 수 있다.

최충은 책임 있는 지도자로서, 문하시중의 역할을 포기하지 않고 끝까지 달려 나갔다. 책임 있는 지도자로서 일과 대결해왔던 최충 자신, 출발선상에서 달리기의 동기動機적 욕구는 꾸밈없는 순수성이었다. 이는 있는 그대로 확인해간다는 문하시중 최충이 공직에 임하는 천리天理였다. 물론 책임 있는 지도자들의 욕구는 다양하고 사람마다 다르지만, 욕구는 환경이나 목표와 복잡하게 뒤얽혀 발동되는 것이므로 실로 많은 변화의 양상을 보이게 마련이다. 그러나 정치적 통솔방법은 그 이상의 요소보다도 오히려 각 개인의 개성 여하에 좌우된다. 학자들에 의하면 권위 추구형 욕구를 지닌 지도자들은 자기가 사용하는 언어를 최상의 것으로 생각한다고 한다. 또한 정치나 경영에 있어서 권위 추구형 지도자들은 변화에 반대하는 경향을 나타내며, 전통과 관례를 중시하여, 그것을 소홀히 여기는 사람들을 불신한다고 한다. 따라서 강하지 않은 통솔은 약한 것이며 바람직스럽지 못한 것으로 생각한다. 이는 개인이든 집단이든 약한 것을 싫어하기 때문이다. 그러나 최충은 통솔하는데 있어 권위 추구형이 아닌 백성들이 편안한 삶을 살아갈 수 있는 균질적 삶에 초점을 맞추었다. 왜냐하면 고난과 역경 속에서도 최충의 활동력을 뒷받침하는 것은 최충의 내면에 잠재된 책임 있는 지도자라는 강렬한 욕구가 있기 때문이다.

28장. 공정한 지도력과 권력 공동체

1. 지도력은 선택과 결정의 정치적 언어

　신뢰는 공정과 청렴에서 나온다. 그래서 청렴과 공정은 사회 공동체 내부의 결속을 위해 그리고 여러 나라와의 관계에서 신뢰를 유지하기 위해 반드시 요구되는 사항이다. 또한 국가적인 일을 제대로 수행하려면 무엇보다도 공직자의 청렴성이 요구된다. 따라서 정치인에게 강한 책임 의식을 요구하는 데에는 그만한 이유가 있다. 정치인으로서 자신의 결정을 책임지지 않는다면 그 막대한 피해는 고스란히 국민에게 돌아가기 때문이다. 어리석은 선조들의 선택과 결정 때문에 그다음 세대가 그 피해를 당한예가 임진왜란이고, 일제 강점기의 치욕이다. 그래서 정치인들은 무엇보다 강한 책임 의식을 갖고 매사에 임해야 한다.

우리는 살면서 매 순간 선택과 결정을 해야 할 때가 있다. 지하철을 타야 할지, 버스를 타야 할지 선택해야 하고, 점심으로 라면을 먹을지 김밥을 먹을지도 결정해야 한다.

훌륭한 선택과 결정에는 훌륭한 판단이 있어야 한다. 그러기 위해서는 전후 사정을 제대로 알아야 한다. 그래야 탈이 안 난다. 지하철을 타야 약속한 시각에 제때 도착할 수 있는데, 괜히 차창 밖을 내다볼 욕심에 버스를 탔다가 낭패를 본 적도 있을 것이다. 그리고 면 종류를 먹으면 안 되는데 시원한 국물 생각에 덜컥 먹었다가 속이 탈 난 적도 있을 것이다.

이처럼 국가경영을 하는 지도자에게 선택의 중요성은 아무리 강조해도 지나치지 않는다. 지도자의 잘못된 결정은 공동체 자체의 존립을 흔들 수도, 패망의 위기로 몰고 갈 수도 있기 때문이다. 역사가 이를 증명하고 있다. 최충은 임금에게 매우 특별하고 현명한 의사 결정 능력을 요구했다. 그 이유는 임금의 잘못된 결정으로 백성들의 삶이 돌이키지 못할 정도로 황폐해질 수 있기 때문이었다. 그래서 최충은 성인의 경지를 임금의 자격 요건으로 삼았다. 바로 왕도정치였다.

성인이란 탁월한 지혜와 올바른 결단의 소유자이다. 성군이 되기 위해 임금은 다양한 고전을 끊임없이 읽어야 하고, 현실 문제를 꿰뚫어 볼 통찰 능력을 배양해야 한다. 때로는 풍부한 학식과 경험이 있는 신하의 도움도 빌려야 한다.

이러한 성군의 자질이 하루아침에 그리 쉽게 함양될 수 있는 성질의 것은 아니다. 그런데도 불구하고 최충은 현명한 정치적 판단으로 과감한 결정을 할 수 있는 지도자의 능력을 태자들에게 강하게 교육을 해가며 요구했다는 점에서 분명 훌륭한 정치적인 안목을 지닌 재상이었다. '정치는 말로 시작해 말로 끝난다.'라는 말이 있다. 이는 말을 통해 약속하고, 행동으로 약속을 지킨다는 뜻이다. 인간에게 언어가 없었다면 아마 정치도 없었을 것이다. 그러나 정치적인 언어에는 두 종류가 있다. 하나는 합의를 찾아가는 정치적 언어이고, 다른 하나는 시기와 갈등을 부추기는 정치적 언어이다. 정치는 사람의 일이고, 정치인도 사람이다. 정치인은 무엇보다 백성들에게 온정의 손길이 손길을 주어야 한다. 사람들은 서로 마주 보고 의지하며 살아간다.

사람의 관계는 '나와 너'의 관계이지, '나와 그것'의 관계가 아니다. 그런데 문제는 '정치적 합의인가, 아니면 정치적 갈등인가' 선택의 갈림길에 설 때가 있다. 물론 정치적 합의라지만 그 이면에는 백성들에게 큰 피해를 줄 수도 있고, 정치적 갈등이지만 백성들에게 큰 이로움을 줄 수도 있기에 정치적 언어의 선택은 매우 중요한 것이다.

2. 정치적 지도자의 존재

정치적으로 지도자가 꼭 필요한 존재일까? 지도자가 필요하다 해도 인간을 평등하게 보는 평등주의 시각에서는 지도자의 존재를 인정하지 않으려고 한다. 더구나 인간의 자질이나 능력의 차이를 인정하지 않는다. 그래서 평등주의 시각에서는 자신보다 우월한 어떤 사람도 인정하지 않으려고 한다. 만약 인정한다면 이는 곧, 인간의 불평등을 용인하는 것이기 때문이다. 그런데 우리가 말하는 지도자는 엘리트주의적 사유(思惟: 생각하고 궁리함)의 전형이다. 엘리트주의적 사유思惟는 능력 있는 사람과 능력 없는 사람을 구분하고, 능력 있는 사람이 지도자가 되어 부족한 사람을 지도하고 인도해야 한다는 생각이다. 이런 의미에서 '영도자'나 '지도자'라는 언어는 엘리트주의적 냄새가 강하게 풍기는 게 사실이다. 그렇다면 인간사회에서 지도자가 없는 사회가 과연 있었을까?

칸트가 말한 진정한 의미에서의 지도자는 탁월한 능력으로 공동체의 갈등을 해소하고 상호 협력하여 공동선을 이룩하는 사람이라고 하였다. 그렇다면 지도자가 필요 없는 사회는 갈등도 없는 사회인데 과연 이런 사회가 존재하고 있는지 의문이 간다. 그래서 인간은 공동체를 구성하고, 국가와 법을 만들고, 질서에 따라 조화로운 삶을 꿈꾸는 것이 우리들의 사회인 것이다.

바로 이 지점에서 지도자가 존재하고, 정치적 지도력이 존재하는 것이다.

흔히 총명하고 재능이 많고 말만 잘하면 그것만으로도 지도자로 평가되는 경우가 많다. 그런데 여곤(呂坤: 1536~1618, 명나라때 정치가, 철학자)은 이런 사람을 가리켜 '소인'小人에 불과하다고 하였다. 여곤은 대장 중의 대장이라 할 수 있는 자를 최고의 인물이라고 평가하였다. 최고의 인물이란 깊이와 두터움과 무게가 있는 사람을 말한다. 한마디로 듬직한 사람이다. 철학이 있고 인간적인 매력이 있으며 차분한 사람, 이른바 '대인'大人을 말한다. 이에 반해 재능은 있지만, 덕이 없는 사람을 '소인'小人이라고 하였다. 여곤은 "흥미롭게도 평온무사할 때는 소인들이 여러 명 있어도 구분하기 힘들지만, 다사다난할 때를 당해야 비로소 군자를 군자로서 확인할 수 있다."라고 이야기하였다. 그리고 여곤은 정치적 지도자를 두 가지 유형으로 구분했는데

첫 번째가 '재능 있는 지도자(才將, 재장)'라고 하였다, 이는 머리가 뛰어나고 재치가 있으며, 스스로 명령과 지시를 내리고 관리통제를 반복하면서 조직을 성공적으로 통솔한다고 하였다.

두 번째는 '현명한 지도자(賢將, 현장)'라고 하였다, 이는 우수한 인력을 발탁하고 조직을 잘 꾸려나가며 누구에게 어떤 일을 맡기면 되는지, 당근과 채찍을 언제 사용하면 되는지를 잘 알고 있다고 하였다.

그런데 이 두 가지 유형을 지도자로 하지 않는다고 이야기한 마쓰시타 고노스케(松下幸之)는 인격적으로 성숙한 지도자(德將, 덕장)인 덕장을 언급하였다. 덕장이란 세상 시류에 집착하지 않고 작은 그릇에 머무르지 않는다고 하였다. 그 이유는 깊이와 두터움과 무게가 겸비되지 않으면 주위 사람들이 그를 따르지 않기 때문이라고 하였다. 그렇다면 마쓰시타 고노스케(松下幸之)가 지향한 지도자란 어떤 인물일까? 그것은 바로 자신은 지혜와 재능이 부족하더라도, 지혜와 재능이 출중한 사람들을 포진(布陣: 단체나 조직의 진용)하여 포진된 그들로부터 항상 도움을 받는 지도자를 말한다고 하였다. 그런데 지혜와 재능이 있는 사람은, 여곤이 말한 '소인'(小人)의 자질을 가진 사람들이다. 그런데 대중들은 머리가 좋고 재능이 뛰어난 능변가를 잘 따르지 않는다. 그 이유는 차원이 높은 사람들이 자신보다 차원이 낮은 지도자의 밑으로 들어가지 않기 때문이다. 그 반대로 차원이 낮은 사람들은 자신보다 차원이 높은 (지도자)리더 곁에 있으면 마음이 차분해지는 것 또한 사실이다. 최충에게 있어 마음의 깊이, 두터움, 무게란 한마디로 자기희생이라고 할 수 있다. 이를 도량의 크기라고 한다. 최충은 '전체를 위해 자신을 얼마나 바칠 수 있는가?' 하는 봉사 정신과 함께 전체의 이익을 위해 항상 생각하고 판단하였다. 최충은 사소한 욕심을 부려 이득을 취하지 않았고, 항상 지도자로서의 균형 감각을 지니고 있어 모든 사람에게 안도감과 신뢰감을 심어 주었다.

3. 최충의 지도력은 예치(禮治)

최충은 유학 사상의 진의를 깊이 인식하고, 그 의미를 실천하는 데 온갖 노력을 기울였다. 이러한 최충의 노력은 당시 많은 사람에게 깊은 감화를 주었고, 후대에까지 큰 영향을 주었다. 고려사절요(총35권, 1452년, 문종2 김종서(金宗瑞)등에 의해 편찬)에서는 이러한 최충의 유학 사상에 대한 인식과 실천을 높이 평가하였다. 유학자들은 유학 사상과 본질에서 지도자가 예(禮)[118]를 중시하면, 백성들은 그 지도자에게 고마워하는 마음을 지니게 되며, 이러한 마음을 바탕으로 하여 백성들은 지도자의 지시를 자연스럽게 따른다고 하였다. 그런데 이보다 더욱 중요한 의미는 지도자의 경건한 생활 태도와 그에 따른 치적이 백성들에게 경건한 생활 태도를 지니게 하고, 이에 따라 백성들의 생활이 안정된다는 것이다. 따라서 유학 사상을 기저로 한 지도자의 경건함과 신의가 실천되느냐의 여부가 곧 국가의 존망을 좌우하는 요인이라는 점으로 귀결되고 있다. 경건함과 신의가 지도자에 의

---

118) 예를 이야기할 때 제사와 정치는 같은 맥락에서 논의됐다. 정치를 하는 것이 예의 실천보다 더 긴요한 것이 없고, 예를 실천한다는 것이 경건하게 제사를 지내는 것보다 더 소중한 것이 없다고 하였다. (『禮記』에서) 이는 곧 祭政이 일치되어야 한다는 의미로 지도자가 정성을 들여 제물을 차려 놓고 경건한 마음으로 제사를 지냄으로써 그 경건함이 하늘에 닿고 이를 하늘이 감동하여 지상에 은혜가 베풀어짐으로써 서민들을 편안하게 하여 준다는 것이었으며 이러한 결과는 지도자가 할 수 있는 최선의 치적이라고 보았다. 따라서 지도자가 제사를 경건하게 지낸다는 것은 곧 선정과 그 맥을 같이 하는 것이다. 따라서 제사에는 경건함이 최고의 가치로 인정되어 왔다. 경건함이 정치권에 확산하여 백성들에게 많은 혜택이 돌아간다는 것을 최종 목표로 삼았다. 결국 유학 사상에서 禮의 진의는 제물을 정성스럽게 차려 놓고 경건하게 제사를 지낸다는 그 자체에 목적이 있는 것이다.(조남국,『한국사상과 현대사조』, 교육과학사,1989, pp.183~184.)유학 사상 최충의 위상, 문헌공최충기념사업회(刊), 재인용

해서 실천된다고 하는 것은 단순히 지도자에게만 국한되어 실천되는 것은 아니다. 그 실천의 영향력이 백성들에게 확산하여 백성들의 인간관계가 경건함과 신의의 생활 태도로 변화하는 데 중요한 의미가 있다는 것이다.

인간관계에 있어서 이러한 생활 태도는 결국 유학 사상에서 중시하는 예禮를 통하여 가능한 것이고, 또한 이러한 예禮의 실천으로 인간 각자는 서로가 주체로서 서로를 포용하게 되어 결속의 결실을 가져온다는 것이다. 그러면 예의 의미에서 밝혀지고 있는 지도자의 역할이 최충의 유학 사상 전개와 실제 최충의 삶 속에서 어떻게 나타났는가를 신중히 살펴보아야 할 것이다. 이러한 예禮를 보여주는 것으로 최충은 덕종에게 주청한 것이 있다 "이제는 바야흐로 학문을 일으키고 문화발달에 힘을 기울일 때입니다. 모든 관리가 올바른 자세로 백성을 위해 일하는 모습을 보여줘야 합니다." 이에 덕종도 화답했다. "옳거니 그거참 좋은 생각이오. 경의 생각대로 꼭 시행해보시오." 그때 최충은 중국 한나라의 육정 육사를 간추려 주청하였다. 그 내용은 지도자가 백성들에게 지시를 내릴 때는 마땅히 예禮를 다하여야 하는 것이고, 이러한 실현은 궁극적으로 백성들에게 안정된 마음가짐으로 생활을 할 수 있게 한다는 것이다.

유학 사상에서는 지도자의 예치(禮治: 예(禮)로 다스림)가 매우 중요하다는 것을 강조하고 있다. 이런 지도자의 예치를 제외하면 유학 사상에서는 인간관계의 참뜻을 예禮와 관련하여 다양하고 포괄적인 내용으로 전개하고 있다. 여기서 말하는 다양하고 포괄적인 내용이라는 뜻은 어느 특정의 위치에 있는 사람이 다른 위치에 있는 사람에게 예의 중요성을 강조한 것이 아니고, 모든 사람에게 보편적으로 실행하여야 할 규범으로서의 예를 중요시하였다는 내용으로 해석되는 것이다. 따라서 지도자가 실행하여야 할 예치의 중요성은 어떤 위치에 있는 사람의 예가 실현되는 것보다 더욱 강조되어야 한다는 것이다. 그런데 최고 지도자가 실행해야 할 예치는 구체적으로 정사에 임할 때의 경건함과 신의, 그리고 검소하고 절약하는 태도, 서민들을 사랑하는 마음과 그 실천 등으로 지적하고 있다. 경건한 자세로 지도자가 정사에 임하게 되면 백성들은 그 지도자를 믿음으로 대하게 되는 것이고, 또한 검소하고 절약하는 태도로 지도자가 생활하게 되면, 그만큼 백성들을 아끼고 사랑하는 결과를 가져오게 되는 것이다. 만약 지도자가 정사에 임할 때, 경건함을 실행하지 않으면 백성들은 게을러지게 되고, 신의를 지키지 않으면 백성들은 지도자를 의심하게 되어 결국 그 나라는 멸망하고 만다는 것이다. 이처럼 최충의 지도력은 예禮를 바탕으로 실천되었다.

4. 공정과 정의의 권력

공직자는 솔선수범하는 자세가 필요하다. 백성들로부터 신뢰를 회복하고, 변화무쌍하게 능동적으로 대처할 수 있어야 한다. 그리고 국가조직을 효율적으로 만들어야 하고, 경제체제는 생산적이고 공정한 규칙에 따라 상호이득을 증대하는 쪽으로 강화해나가야 한다. 공직자 사회에서 공정과 정의라는 용어가 부쩍 많이 사용되고 있다. 그런데 이와는 의미를 달리하는 공정과 정의가 지금의 긍정적인 시대정신을 대변한다고 말한다.

여기에서 우리의 시대정신을 대변한다는 공정과 정의라는 말에 당연한 의문이 간다. 과연 공정과 정의란 무엇인가, 또 왜 공정과 정의인가. 우리가 말하고, 우리가 원하는 공정과 정의를 우리 사회에서 만날 수 있을까? 그리고 이러한 공정과 정의의 요건은 무엇일까. 우리는 개인이 존중되는 공정과 정의를 꿈꾸고 있다. 그런데 현실은 패거리를 만들어 자기 이익에서만 눈이 멀어 있다. 자기 이익에만 집착해 공정과 정의의 가치를 실현할 수 없다면, 남을 배려할 수 있는 정신은 사라진다.

일반적으로 역동적인 삶은 진정한 자기 자신을 드러내고 타인을 받아들이는 삶이다. 따라서 자기 자신이 인정받는 터전과 타인의 인정이 필요하다. 이러한 마음의 자세를 사람들은 공정과 정의라고 한다. 그러나 여기에는 보이지 않는 권력이 존재한다. 그런데 권력은 힘이다. 힘은 모든 생명체의 근원이다. 힘이 없으면 생명체는 더 이상 존재할 수가 없다. 생명체는 이 세상에 홀로 존재할 수 없기에 항상 다른 생명체들과 함께 존재한다. 때로는 다른 생명체가 나에게 도움이 되기도 하지만, 해가 되기도 한다. 하지만 생명체들은 본능적으로 자신의 존재를 유지하고 자신이 꿈꾸는 목적을 실현하려고 한다. 그래서 생명체는 늘 다른 생명체와 힘겨운 싸움을 한다. 자신을 지키기 위해서다. 이때 불가피하게 지배하는 힘과 지배당하는 힘이 생긴다. 힘의 역학 관계인 권력의 상하 관계가 발생하는 것이다. 이것이 집단과 사회를 구성하는 것이다. 인간 사회에는 다양한 권력이 존재한다. 정치 권력, 경제 권력, 문화 권력, 언론 권력, 사법 권력 등 다양하다. 그런데 권력은 속성상, 이치상 다른 권력과 경합한다.

예를 들면 정치 권력은 경제 권력과 갈등하며 시대와 장소에 따라 승자와 패자로 갈린다. 또 같은 권력 집단 내에서도 다툼이 생긴다. 그리고 서로 더 우월한 권력을 차지하기 위해 투쟁한다.

왜냐하면 권력은 타자의 행동에 영향을 미쳐 자신이 원하는 결과를 얻는 능력이 있기 때문이다. 자신이 소망한 목적을 실현하는 것은 분명히 큰 즐거움이다. 정치인은 언제나 정치 권력을 추구한다. 그런데 물이 고이면 썩듯, 권력도 타락한다. 권력이 공정과 정의로 개방되지 않고 오랫동안 한곳에 머물러 있게 되면 독재 권력이 된다. 장맛비에 곰팡이가 번져가듯이, 타락한 권력은 사회를 좀먹고 무능력하게 만든다. 부정한 권력은 폭력을 부르고, 종국에는 억제할 수 없는 상황에 이른다.

　물론 권력은 결코 부정적인 것만 있는 것은 아니다. 정의로운 권력도 있다. 공정한 권력은 사람들을 하나로 만들고, 국가를 건강하게 만드는 기폭제가 된다. 사회발전을 위해 권력은 당연히 필요하다. 그러나 최충은 자신을 위한 권력을 사용하지 않았고, 국가발전과 백성들의 토대를 세우는 데 사용하였다. 마키아벨리가 말한 군주의 덕은 타락한 정치인을 옹호하기 위함이 아니다. 오히려 새로운 공화국을 세우고 통합하는 데 필요한 군주의 강인한 덕목이다. 권력이란 하나 된 마음으로 국가를 강한 나라가 될 수 있게 하는 통합의 힘을 가지고 있다. 이는 권력의 진정한 모습이다. 제도적 개혁이란 어느 한 사람의 손에 의해 이루어질 성질의 것이 아니다. 국민의 지지와 합의가 필요한 사안이다. 따라서 제도적 개혁은 만연한 정치적 갈등과 공직자의 부정부패를 척결하기 위해서도 선결되어야 할 과제이다.

　권력은 권력으로 막아서야 하지만 권력을 권력으로 막을 때 폭력과 보복이 일어 날 수 있는 문제가 있다. 보복은 또 다른 보복을 부른다. 영원한 악순환이 계속된다. 그렇다면 어떻게 권력을 권력으로 막을 수 있을까? '인정된 권력'을 만들어내야 한다. 상호 인정하는 권력을 제도화하면서 권력남용과 부정부패의 사슬을 과감하게 끊어야 한다. 부정한 폭력을 수반하는 권력이 아니라 인정된 권력을 찾아내는 일, 이것이 진정한 공정과 정의에 해당하는 권력일 것이다.

5. 공정한 지도력

패거리 집단문화에는 세 특징이 있다.

첫째, 공명정대를 외칠 수 없다.

둘째, 인격을 무시하는 경우가 많다.

셋째, 사랑을 통한 배려보다 의리와 같은 집단문화를 강제한다.

이러한 까닭에 패거리 집단문화에서는 우두머리의 권세가 특별하다. 패거리 집단 문화가 유난히 권력 지향적인 이유도 이러한 특성 때문이다. 개인보다 집단의 특정 목표를 강조하기 때문에 집단에 대한 개인의 희생을 강요한다.

따라서 인격이 무시되는 경우가 허다하다. 그런데 집단에서 벗어나면 따돌림당하거나 사람 취급하지 않는다. 이러한 패거리 집단 문화가 정치권에서 판을 친다면 그 폐해는 이루 말할 수 없다. 따라서 패거리 집단 문화가 아닌, 진정한 공동체 안에서는 공통적인 것을 모색하고 타인의 인정 안에서 개인의 노력을 적절하게 평가해야 한다. 그리고 그 노력의 결과가 정의로운 공공성의 형태로 나타나야 한다. 그래야 공사가 확실하게 구분된다.

이때 정치를 도덕 자체로 보는 건 좁은 시야에서 보는 것이다. 너무 도덕을 앞세우다 보면 자기만의 세계에 갇히기 쉽기 때문이다. 세상은 각양각색의 사람들이 각기 다른 가치를 품고 살아가는 곳이다. 도덕적으로 판단하기 전에 그들의 삶을 이해할 필요가 있다, 도덕적 우월로 자부심을 품게 할지 모르나, 타인과 소통하면서 인정받지 못한 도덕적 자부심은 자만이고 편협함이다. 따라서 진정한 공동체에서 공정한 지도력은 정약용이 말한 공도의 정치를 의미한다. 정약용이 제시한 국가 운영의 기본적인 공정의 바탕은 균전(均田), 균산(均産)의 의미를 비판[『經世遺表』卷六,地官修制,田制五],『경세유표』한 것이다. 그 이유는 농사짓는 능력에 따라 차등적으로 토지를 운영하게 해야지 국가가 일일이 백성들의 재산을 자로 재듯 똑같이 챙길 수 없다는 뜻이 담겨 있다.

이는 먼저 백성의 살림을 살펴보고 백성들의 능력에 따라 자립하게 해야 한다는 것이다. 처음부터 국가가 일률적으로 균전·균산을 한다는 것은 잘못이라는 것이다. '불균(不均)'을 걱정한 공자의 이야기에서 주희는 '균(均)'을 '각각 그 분수에 맞게 얻는 것[『論語集註』「季氏」,'均謂各得其分']'이라고 풀이했다. 정약용의 공정은 고려의 신분제 사회, 오늘날과 같은 자본주의 사회에서 '과연, 내 분수에 맞는 것'이란 무엇인지를 되묻게 하고 있다. 여기서 각자의 분수, 각자의 능력에 맞게 차등적으로 대우하는 것이 유학자들이나 최충이 생각한 공정의 의미였을 것이다. 그리고 그렇게 정착시켜가는 것이 공정한 지도력이 될 것이다.

내 삶의 충족이 타인의 삶의 충족과 함께 공유되어야 한다는 신념이 바로 공정의 지도력이다. 타인과 함께하는 공공公共의 삶, 세상의 주인공으로 내가 가진 공정公正의 감각은 서로가 필요로 한다. 다수의 사람이 좋다고 해서 나에게도 반드시 공정한 것은 아니기 때문이다. 내가 가진 공정의 상식이 내가 아닌 타인에게도 이로운 것인지 최충 자신도 스스로 성찰하는 자세로 국정에 임하였을 것이다.

29장. 육정(六正) 육사(六邪)에 따른 군신론과 수령론

1. 관리자로서의 자세

최충은 모든 관리에게 나라에서 규정한 임무를 충실하게 수행할 것을 요구하였다. 그 이유는 관직에 수행되는 모든 업무 대상이 백성들이기 때문이다. 때에 따라 간접적인 대민직책일 수는 있으나, 궁극적으로 모든 관리는 백성들의 안정된 생활에 도움을 주어야 한다는 의무실행에 목적이 있음을 인지하였기 때문이다. 이는 업무를 수행하는 모든 관리자가 매사에 솔선수범하고, 도덕적으로 일반 백성들에게 항상 감화를 주어야 한다는 최충의 정치철학을 강조한 것이다. 이에 관리자들도 백성들을 위한 일에 최선을 다한다는 확신을 하고 있었다. 최충이 동지중추원사(同知中樞院事 종2품, 덕종3년, 1034) 관직에 있을 때 관료들의 도

덕적인 생활을 위한 구체적인 방안을 덕종에게 진언하였다. 그
내용은 관직자들로 하여금 신중한 자세로 맡은 일에 최선을 다
할 수 있도록 스스로 다짐하게 하는 글을 집무실 벽에 써 붙이고
항상 이를 유념하면서 조심스럽게 근무해야 한다는 것이었다.

덕종은 이러한 최충의 진언을 받아들여 바로 그렇게 시행하
게 하였다. 그런데 여기서 주의 깊게 살펴볼 것은 최충의 이러
한 진언이 나오게 된 동기와 그 의미를 자세히 검토해야 할 필
요가 있다. 최충은 관료가 관리답다는 것은 관료로서의 본분을
삶의 우선 순위에 놓을 줄 안다는 데서 진언하게 된 것이다. 관
리자가 정신적 가치를 물질적 가치 밑에 두게 되면 비인격적인
수단이 동원된다는 것이다. 관리자들은 정신적 가치의 순위가
아래로 내려가면 내려갈수록 스스로 인면수심(人面獸心: 사람의 얼굴
을 하고 마음은 짐승)이 된다. 그리고 공직자들의 영향으로 백성들은
삶에 의욕을 지니게도 되고, 생활에 안정과 활력이 주입되어 사
회발전에 기여도 한다는 것이다.[119]

최충이 진언한 내용은 이미 성종 때(982~997)부터 관직자들이
근무하는 사무실의 벽에 그들이 지켜야 할 근무지침이 붙어 있
었다.[120] 그 지침 내용은 한나라의 유향이 저술한 설원(유교의 정치

---

119) 조남국, 『한국사상과경제윤리』,(교육과학사,1995), pp.133~138, 관직생활이 도덕적 삶의 실
　　천과 대민봉사에 최선을 다하여야 존경을 받을 수 있었다는 내용이 전개되고 있다.
120) 조남국, 『유학사상 최충의 위상』,(문헌공최충선생기념사업회1999. 10)p.176 高麗史節要 券
　　4,"成宗時內外諸司廳壁."이라는 내용에서 재인용

시성과 윤리와 도덕을 알리기 편찬된 책) 가운데 요점을 정리한 것이다. 설원은 중국 고대에서부터 당대에 이르기까지 고사(예부터 전해오는 이야기)를 선별하여 교훈적인 것을 모은 책이다.

설원의 내용을 벽에 붙였다는 것은 관직자들에게 스스로 성실한 근무를 하도록 유도하기 위한 목적이었다는 점에서 중요한 의미를 지니고 있다. 그런데 이 설원의 내용을 벽에 붙였던 최초 시기가 성종 16년(982)부터 덕종 3년(1034)까지라면 약 40여 년이 되는 긴 기간이 된다. 이처럼 긴 기간에 걸쳐 설원의 내용을 요약하여 사무실 벽에 붙이고 그 의미를 유념하게 하였다. 그리고 근무에 충실할 것을 유도한 것이다.

그러나 아무리 그 내용이 참된 내용으로 가득 차 있다 하더라도, 관리자들에게 그 내용을 숙지시켜 새로운 의미로 받아들이게 하여 변화를 이끌어내는데 에는 어려움이 있었을 것이다. 이를 파악한 최충의 생각은 그러한 설원의 내용은 단지 일반적인 교훈에 불과하다고 판단하고, 좀 더 사유의 깊이를 더하는 글로 관리자 자신들이 스스로 새롭게 써 붙여 근무 의욕을 높이는데 역점을 두었다. 그리고 모든 관리자가 우선 실행하여야 한다는 판단과 도덕적인 삶을 실천해야 한다는 판단 속에, 새로운 의미의 알맞은 글을 써서 벽에 붙이도록 하였다.

2. 유교적 정치 질서의 확립

최충이 덕종에게 올린 내용 중, 김심언(고려초 文臣(~1018))이 성종에게 올렸던 '봉사2조 중' 제1조(고려의 중앙과 지방관리의 올바른 근무자세)를 건의하게 된다. 김심언은 최승로(927~989, 시무책28조 올림,12목설치, 중앙집권체제 확립)·최량(고려~995,문하시랑, 최승로와 친척, 성종의 신임을 받음)등과 더불어 성종의 개혁정치에 참여했던 유학자이자 최항과 함께《칠대실록》편찬사업을 주도했던 인물이었다.

최충이 건의한 내용은 신하 된 자의 올바른 품행 6가지(六正)인 성신(聖臣), 양신(良臣), 충신(忠臣), 지신(智臣), 정신(貞臣), 직신(直臣)과 악행 6가지(六邪)인 구신(具臣), 적신(賊臣), 결신(訣臣), 간신(姦臣), 재신(纔臣), 망국지신(亡國之臣) 그리고 12목에 파견된 지방관(刺史자사, 지방의 관리)들이 받들어야 할 6가지 조칙이었다. 최충은 유향의《설원》과 한무제의 고사에서 선행과 악행을 찾아 이를 고려 사회의 이상적인 지배체제로 제시한 것이다. 김심언의 사상은 최승로가 〈시무 28조〉를 통해 제시했던 유교적 정치질서와 일맥상통하는 것이었으며, 최충이 추구했던 육정(六正), 육사(六邪)와는 한 형제였다. 그리고 최충의 정치철학이었다. 육사(六邪)와 육정(六正)은 항상 함께 존재하였다.

살면서 나쁜 일(六邪)이 있으면 좋은 일(六正)이 생기듯이, 항상 행복한 사람도 없고 항상 불행한 사람도 없다. 행복이 발을 들이미는 순간 슬픔도 행복의 장막 속으로 들어온다. 나쁜(六邪) 소식 뒤에는 반드시 좋은(六正)소식도 온다. 달은 찼다가 기울면서 모든 것을 바꾸어 놓고 불운 뒤에는 행운을 가져다준다. 어떤 날은 흐리고 어떤 날은 청명하다. 홍수가 지나간 다음에는 잔잔한 흐름이 이어진다. 폭우는 반드시 그치고 날이 밝아 오듯 참혹한 전쟁이 끝나면 안전한 평화가 찾아온다. 다만 옹달샘을 채우는 물방울처럼 백성들은 작은 행복을 받아 마시면서 살아간다. 성긴 대숲에 바람이 불어와도, 바람이 지나가면 그 소리는 남지 않는다.

기러기가 차가운 연못을 지나가고 나면 그림자를 남기지 않는 것과 같다. 그러므로 군신君臣 관계는 나라에 나쁜 일이 생기면 서로가 마음의 문이 열리고, 나라에 나쁜 일이 지나가면 군신君臣들의 마음도 가벼워진다.

백성들은 항상 소유를 원하기에 무엇이든 가리지 않고 자기 것으로 만들기를 주저하지 않는다.

그 심리적 과정은 남의 것이기보다는 우리 것으로, 또 우리 것이기보다는 내 것이기를 바라는 마음이다. 혹자는 인간이기 때문에 소유하고 싶다고 거리낌 없이 말한다. 얼마나 맹목적인 욕구이며 맹목적인 소유인가? 모든 강물이 흘러 마침내는 바다로 들어가 보이지 않듯이 사람들은 세월의 강물에 떠밀려 죽음이라는 바다로 들어가 보이지 않게 된다. 따라서 단지 소유한다는 것은 머물러 있음을 의미한다. 시간은 잔인하면서도 공평하다.

최충이 동지중추원사(同知中樞院事: 1033년, 덕종2년)가 되었을 때 자사(剌史: 중국 노나라 때 유학자, 기원전 483년생, 공자의 손자,유교의 학맥을 이어감)의 6조(六條)를 각 관청에 붙이게 하여 좋은 정치를 하는 데 힘을 기울였지만, 잠들어 있는 것과 깨어 있는 모든 것들은 6조(六條)와 함께 이제는 시간 속으로 흘러버렸다. 최충은 정종(고려10대, 현종의, 2째아들)초에 지공거(知貢擧)가 되어 과거시험을 주관할 때 "어진 신하는 육정(六正)의 도를 취하되, 육사(六邪)의 술수를 행하지 않아야 한다."라고 강조하였다. 이어 "어진 신하 된 도리는 하찮은 사물인 육사(六邪)에 집착하지 않는다."라고 하였다. 그래야 "임금이 편안하고 백성이 잘 다스려지며, 관료는 살아서도 기쁘고 죽어서도 추모받는다."는 말과 함께 이것이 "섬기는 자의 도리다."라고 하였다.

3. 육정(六正)과 육사(六邪) 그리고 육조령(六條令)

최충은 동지중추원사(同知中樞院事: 1033, 덕종2년)로 승진한 후에 관리들의 기강을 바로 세우기 위하여, 관리들이 지켜야 할 육정(六正)과 육사(六邪) 그리고 육조령(六條令)를 만들어 관청마다 벽에 붙이고 지키도록 하였다. 이어 유향(劉向)이 지은 설원(說苑)을 이야기하며 "육정(六正)을 행하면 영화를 얻고, 육사(六邪)를 범하면 욕됨을 얻는다."라는 말을 강조하였다. 먼저 육정(六正)에 대해 다음과 같이 간략히 소개한다.

첫째. 성신(聖臣) 또는 현신(賢臣)이다. 이는 신하로서 갖추어야 할 바른 행동을 말한다. 나라에 어떠한 사태가 벌어지기 전에 나라의 존망과 득실을 따져가며 사전에 상태를 정확히 통찰하여 미리 방지해야 한다. 또한 나라의 재앙이 일어나기 전에 그것을 소멸시켜 군주가 영광된 지위에 있도록 하는 것이다. 이와 같은 신하가 성신(聖臣)이다.

둘째, 양신(良臣) 또는 인신(仁臣)이다. 전심전력으로 국사를 처리하고 매일같이 군주에게 좋은 의견을 주청하며, 예의로써 군주를 염려하고, 훌륭한 계책을 군주에게 아뢰고, 군주의 좋은 생각이 있으면 따르고, 군주에게 허물이 있을 때는 바로잡는 신하가 양신(良臣)이다.

셋째, 충신(忠臣)이다. 일찍 일어나고 늦게 자며, 현명하고 재능 있는 자를 추천하는 일에 게으르지 않고, 항상 옛 현인의 행실을 칭찬하며, 그것으로 군주의 의지를 격려한다. 이와 같은 신하는 충신(忠臣)이다.

넷째, 지신(智臣)이다. 일의 성패를 분명하게 볼 줄 알고, 일찍 대비하고 법을 세워 보충하며, 새는 부분을 막고, 재앙의 뿌리를 끊으며, 재앙을 복으로 만들어 군주로 에게 시종 근심이 없게 한다. 이러한 신하가 지신(智臣)이다.

다섯째, 정신(貞臣) 또는 신신(信臣)이다. 예법을 지키고 법령을 받들어 법도를 준수하며, 인재를 추천해 직무를 잘 처리하고, 뇌물을 받지 않으며 봉록을 탐하지 않고, 상을 다른 사람에게 사양하고, 음식을 절약하며 검소하게 산다. 이러한 신하가 정신(貞臣)이다.

여섯째 직신(直臣)이다. 군주가 어리석어 나라에 혼란이 발생할 때, 강직(强直)하여 윗사람에게 아첨하지 않으며 윗사람의 잘못된 명령에 따르지 않고, 과감하게 군주의 허물을 보는 앞에서 이야기한다. 이러한 신하가 직신(直臣)이다.

이상의 내용을 중심으로 6정(六正)을 간추리면, 인격이 뛰어난 자, 마음이 어진 자, 충성스러운 자, 슬기로운 자, 마음이 곧은 자, 성격이 강한 자로 정리된다.

이어 육사(六邪)를 소개하면 다음과 같다.

첫째, 패신(貝臣)이다. 이는 무사안일주의로 맡은 관직에 안주하여 봉록이나 탐내며 신하로서 공사에 힘쓰지 않고, 세태의 흐름에 따라 세력에 휩쓸리며, 일이 발생하면 관망할 뿐 자신의 주관적인 견해는 조금도 없는데 이러한 신하는 숫자만을 채운 패신(貝臣)이다.

둘째, 유신(諛臣)이다. 아첨이나 하며 윗전의 뜻에 거슬리지 않도록 꾀해 상사와 환락이나 즐기며 시간이나 때우려는 신하로서 군주가 어떤 말을 하든 모두 좋다고 한다. 또한 군주가 어떤 일을 하든 모두 옳다고 하며, 은밀히 군주가 좋아하는 것을 찾아 바치고, 그것으로 군주의 눈과 귀를 즐겁게 하고, 군주의 수법에 영합하여 자기 관직을 보존하고, 군주와 함께 즐기면서 사건의 폐해에 대해서는 돌아보지 않는다. 이러한 신하는 윗사람에게 아첨만 하는 유신(諛臣)이다.

셋째, 간신(姦臣)이다. 간사스럽고 음흉하며 괴팍함이 가득 차 외면상으로는 근면한 체하며 꾀만 부린다. 그 마음속은 간사하고 사악한 생각이 가득 차 있으면서 겉으로는 근신하고, 교묘한 말과 온화한 낯빛으로 다른 사람 환심을 사지만 속으로는 어진 사람을 질투한다. 누군가를 관리로 추천할 때는 그 사람 우수한 점을 과장되게 칭찬하고 단점은 가리며, 누군가를 비방할 때는 그 사람 허물을 과장되게 나타내고 우수한 점은 가려 군주가 포상과 징벌을 모두 적절하게 시행하지 못하게 한다. 이러한 신하가 간신(姦臣)이다.

넷째, 참신(譖臣)이다. 거짓된 일을 꾸며 간악한 변론술로 남을 속이려고 하고, 교묘하게 자기 잘못을 가리고 궤변으로 유세하며, 속으로는 골육 지친 관계를 이간시키고, 밖으로는 조정에서 반란을 조성한다. 이러한 신하가 참신(譖臣)이다.

다섯째, 적신(賊臣)이다. 권력을 휘둘러 남을 헐뜯기도 하고 붕당을 만들어 자기 욕망만 채우려 한다. 큰 권력을 쥐고 마음대로 휘두르며 사사건건 시비를 걸고, 사사로이 패거리를 지어 자기 집만 부유하게 한다. 이러한 신하가 적신(賊臣)이다.

여섯째, 망국지신(亡國之臣)이다. 이는 매국노와 같은 신하로서 감언이설(甘言利說)로 군주를 불의(不義)의 길로 빠뜨려 나라를 망치게 한다. 화려하고 교묘한 말로 군주를 속여 사사로이 당파를 결성하고, 군주의 눈을 가려 군주가 흑백을 구분하지 못하게 한다. 옳고 그름이 불분명하여 군주에 대한 원망이 전국에 전해지고 사방의 이웃 나라에까지 퍼지도록 한다. 이러한 신하는 나라를 멸망시키는 신하(亡國之

臣)이다. 이상 내용을 중심으로 6정을 간추리면, 무능한 자, 마음이 비뚤어진 자, 아부하는 자, 고자질하는 자, 간사한 자, 반역하는 자로 정리된다.

이와 함께 육조령(六條令)을 소개하면 다음과 같다.

1. 권력을 믿고 날뛰는 자
2. 무고한 백성을 괴롭히는 자
3. 상과 벌을 정당하게 행하지 않는 자
4. 사리사욕에 눈이 어두운 자
5. 자식들의 출세를 청탁하는 자
6. 나라의 재물을 축내거나 훔치는 자

최충은 위와 같이 육정(六正)과 육사(六邪) 그리고 육조령(六條令)을 공표하여 관리가 정직하고 올바르게 나라 일을 보살피게 하였다. 이러한 최충의 노력은 모든 관리들의 기강을 바로잡는 데에 큰 몫을 차지하였다. 그 공로로 최충은 재상반열인 종2품 형부상서중추사(刑部尙書中樞使)가 되었다.(1034년, 고려사절요4-300, 고려사5-266)이에 대해 이익재(李益齋)는

"임금님께서는 꿋꿋함과 굳은 결단이 있으셨다. 삼년집상(三年執喪)중에는 효성을 다하시고 정치를 함에 있어 현종(덕종의 아버지)이 하던 일을 고치지 않았

으며, 전(前) 임금님 때에 옛 신하들인 서눌(徐訥), 최충, 왕가도, 황주량(黃周亮)을 신임하여 재임용하니, 조정에는 서로 속이거나 숨기는 일이 없었고 백성들은 그 생활이 편안하였다." 고 하였다.

현종 후기의 안정세는 덕종 대에도 이어졌지만, 덕종의 치세는 그리 오래가지 못했다. 1034년 9월 급작스럽게 약해져 몸을 유지하지 못하고 병석에 누웠던 덕종이 아우 평양군 형(亨,고려10대 정종)에게 선위하고 19세의 어린 나이로 생을 마감했기 때문이다.

4. 공직자로서 올바른 삶의 자세

최충은 덕종(德宗)3년 형부상서(刑部尙書,지금의 장관)자리에 올랐다. 최충은 백성들의 민의를 존중하고 백성들이 편안히 살 수 있도록 하는 데 주력하였다. 한편 관리들에게는 백성들을 속이거나 숨기는 일이 없도록 매사를 공명정대하게 처리해 나가도록 공직 기강을 강화해 나갔다. 그러한 와중에 정종(靖宗)원년(元年) 최충은 우산기상시(右散騎常侍: 중서문하성소속 정3품 임무는 간쟁·봉박)가 되었다가 그해 중추형부상서(中樞刑部尙書)로 임명되고, 다시 지공거(知貢擧)로 임명되어 과거 을과에 4명, 병과에 4명, 동진사에 6명 등 모두 14명의 진사를 선발하였다.

그런데 이때 을과로 합격한 김무체, 이종현(李從現), 홍덕성(洪德

成)등은 상서(尙書육부의 으뜸벼슬)를 역임하였고, 이상정(李象廷), 최상(崔尙), 최유부(崔有孚)등 최충이 뽑은 사람들은 모두 훌륭한 관리가 되었다. 중요한 것은 최충이 뽑은 사람 중에서 필요 없는 사람은 단 한 사람도 없었다는 것이다. 이는 세상에 희망을 줄 수 있는 인재들에 의해 세상이 달라지고 새롭게 변화될 수 있다는 신념에서 선발했기 때문이다. 최충도 공직자로서 자신이 지닌 삶의 자세에 대해 "나로 인해 세상이 조금이라도 달라져 새롭게 변화될 수만 있다면 나는 세상에 필요한 사람이다."라는 뜻을 비치었다. 그리고 "누구에게나 생명은 고귀한 것이다,"라는 자기 생각을 피력하였다. 임종을 앞둔 '버나드 쇼 (Bernard Shaw, George 영국의 극작가·비평가)'가 직접 자신의 묘비에 적어 놓은 글이 있다.

"I knew if I stayed around long enough, something like this would happen."

이 말을 번역하면 "내 인생, 우물쭈물하다가 이렇게 끝날 줄 알았다."는 뜻이다. 이 말속에는 살아가면서 이리저리 기웃거리지 말고, 머뭇거리지 말고, 즉시 행동에 옮기라는 뜻도 담겨 있다. 버나드 쇼는 자기가 하고 싶고, 해야만 하는 일들을 다 하지 못하고 '우물쭈물하다가 내 이럴 줄 알았지'라고 죽음이 임박하여 자기 삶을 후회하고 반성하였다. 아무리 좋은 생각을 많이 했다 하더라도 머뭇거리다 행동하지 못하면 고민과 걱정이 되고 이에 따른 고민이 많으면 많을수록 걱정만 오히려 더욱 커질 뿐이다. 최충이 관료로서 무언가를 새롭게 해야 한다는 것은, 가슴 설레면서도 한편으로는 그림자처럼 고통도 뒤따른다는 것을 잘 알고 있었다. 그러나 최충은 그림자 뒤에 있는 밝은 빛을 바라볼 수 있었다.

> 뜰에 가득한 달빛은 연기 없는 촛불이요 / 자리에 드는 산 그림자는 초대하지 않은 손님이네 // 다시 소나무 현이 있어 악보 밖의 곡을 연주하느니 / 다만 보배로이 여길 뿐 사람에겐 전할 순 없네] 라는 깨달음의 훌륭한 시가 전해 온다. 〈최충의 칠언절구〉

호수 위에 조용히 떠 있는 백조는 물 아래 담겨 있는 자기 발을 수없이 움직여야 제 자리 위에 떠 있을 수 있다. 최충도 훌륭한 관리들을 뽑기 위해 겉으로는 드러나지 않는 수많은 노력이 있었다. 그 덕분에 고려는 더욱더 발전할 수 있었다. 그러나 최충의 아름다운 노력은 지금 보이지 않는다. 기나긴 세월 속에 묻혀 전해지지 않은 것이다. 우리 육체도 낡아가기만 하는 것은 아니다. 낡아가면서 남겨 놓는 그 무엇도 있을 것이다. 최충도 공직자로서 정직하고 올바른 삶을 살아간 생애 그 비밀을 우리가 아직 발견하지 못하였을 뿐이다.

5. 관리자의 열등의식과 도량

관리자가 열등감을 느끼게 되면 자신의 지위를 잃게 된다. 그리고 강박관념에 빠지게 된다. 그 결과 관리자는 사람들 비위를 맞추기에 급급해진다. 또한 이리저리 떠도는 말에 지나치게 신경을 쓰게 된다. 더 심각한 것은, 다른 사람들이 자신보다 더 인정받는 것에 대해 그 분함을 견디지 못한다. 이러한 관리자는 완전욕完全欲이 강한 성격의 사람에게서 볼 수 있는데, 심한 경우에는 노이로제 환자가 되기도 한다.

그런데 문제는 그러한 관리자가 일이 잘못되었을 때는 그 실패의 책임을 다른 사람에게 전가轉嫁하고 자기는 발뺌하거나 변명까지 늘어놓는다. 그러나 책임회피를 거듭하다 보면 스스로 자가당착(自家撞着: 말이나 행동이 맞지 않음)에 빠지게 된다.

따라서 올바른 관리자라면 공직자로서 자기 잘못을 솔직히 인정할 줄 알고, 아랫사람의 잘못도 책임질 만한 도량(度量: 남을 포용할 수 있는 품성)을 가져야 할 것이다. 최충은 넓은 도량을 지닌 훌륭한 관리자였다. 인재를 뽑는 일에 최선을 다한 최충은, 국정 운영에서도 최고의 적극성을 보여주었다. 당시 고려 사회는 정치적 차원에서 엘리트 집단이 고려 사회의 정치권력을 장악하고 정책을 결정하였다.

고려 사회 엘리트 집단은 국가사회의 으뜸이 되는 사람들이고 으뜸이 되는 집단이었다. 이들은 조직사회의 공동체로써 개인주의와 역설적 관계에 있다. 여기서 공동체란 바로 생태계 ecosystem라 불리는 관계망web of relations이다. 고려 사회 엘리트 집단은 개인으로 구성된 공동체로써 전체 시스템을 유지하며 존재하고 있었다. 공동체가 전체 시스템을 유지하는 동안 공동체는 나름대로 새로운 역량과 기능이 상호작용을 하면서 더욱 단단해진다. 그런데 공동체가 바람직한 조직사회를 계속 유지하기 위해서는 인간적 친화에 관심을 두고 자연스럽게 인간이 지니는 특징적인 반응양식 내지, 행동양식의 바람직한 관계를 이어가야 한다. 그리고 공동체를 더욱 발전시켜 나가기 위해서는 인재 개발이 가장 중요한 역할이라고 할 수 있다. 이에 최충이 생각한 훌륭한 인재 관리 원칙은, 관료들이 자신의 지위를 자신의 권력욕을 충족시키기 위한 수단으로 생각하는 사람들을 배제하는 것이었다.

그러나 인간에게는 항상 자신을 과시하려는 욕망이 있게 마련이다. 관리자의 지위는 이러한 욕망을 충족시키는 데 이용하기 딱 좋은 위치이기에 권력욕에 사로잡힌 사람들은 상사의 권력에는 약하고 부하들에게는 군림하려고 한다. 따라서 권력욕에 사로잡힌 관리는 반드시 아래 사람들의 불만을 사게 되어 결국 관리의 자리를 지킬 수도 없게 된다. 그런데 이러한 사람들의 공통점은 정신적으로 건강하지 못한 상태에 있는 사람들이다. 그러나 관리자가 정서적으로 불안정한 상태에 있게 되면 아래 사람들은 관리자의 변덕과 신경질 때문에 항상 불안 속에서 지내게 된다. 그리고 정작(실제에 있어서)본인에게 남는 것은 약자에게 울분을 터뜨리는 강박관념과 열등감일 것이다. 또한 업무 상 사디즘(sadism)의 경향을 나타내기도 하고 한번 지시해 놓은 일을 뒤에 가서 모른다고 하는 등 아래 사람들을 곤경에 빠뜨리 기 십상이다. 관리자로서 책임질만한 도량이 없는 사람들이다.

6. 군신론(君臣論)

최충이 제시한 군신론君臣論은 고려 초 여러 신하의 정치적인 모범을 기준으로 삼은 왕도정치론이었다. 왕도정치의 개념인 군신론君臣論은 오긍(吳兢: 중국 당나라의 역사가, 정관정요 편찬자 670~749)의 정관정요(貞觀政要)를 기준으로 한 대간제도(臺諫制度: 인간으로서의 역할) 의 활성화에 있었다. 고려 사회에서 대간제도는 과거제도를 통 해 올곧은 신하를 계속 선발하며 이어졌다. 따라서 과거제도는 젊은 인재들에게 신분 상승 통로이자 왕도정치의 첫걸음이 되 었다. 그러나 과거시험을 꿈꾸는 많은 젊은이는 오직 과거시험 에만 열중하다 보니 관리자로서 인성은 바르지 못했다.

그 예로 어느 외딴섬에 들어가 공부하던 선비가 과거시험을 보기 위해 길을 나섰다. 그런데 육지로 들어가기 위해 탄 돛단 배에는 뱃사공과 사공의 어린 아들이 함께 타고 있었다. 선비는 과거에 급제하여 금의환향하는 자기 모습을 상상하며 우쭐한 마음으로 뱃사공에게 잘난 척을 하기 시작했다.

"이보게 사공, 자네는 논어를 아는가?" 이 말에 뱃사공은 "저는 전어, 북어는 아는데 논어는 무슨 생선인지 모릅니다."라는 동문서답을 하였다. "어허, 이런 무식한 사람을 봤나. 그러면 자네 아들은 천자문은 마쳤는가?"

그러자 뱃사공은 "저희 같은 놈들은 천자문이 뭔지도 모릅니다." 그 말을 들은 선비는 뱃사공 부자를 보며 혀를 끌끌 차는데 뱃사공이 선비에게 다시 배를 돌려 섬으로 돌아가야 한다고 말하자, 선비는 크게 화를 내었다. "과거시험을 준비하기 위해 하루라도 빨리 육지로 가야 하는데 그게 무슨 소리냐?"

그러자 뱃사공은 "아무래도 육지에 도착하기 전에 폭풍을 만날 것 같습니다. 그때 선비는 큰 소리로 "논어도 모르는 자네가 뭘 안다고! 당장 배 돌리지 못하겠느냐!" 하지만 사공은 선비의 말을 무시하고 다시 섬으로 노를 힘껏 저어 돌아갔다.

그리고 섬에 도착하기도 전에 큰 폭풍이 몰아쳤고 작은 돛단배는 파도를 뚫고 무사히 섬에 도착할 수 있었다. 섬에 도착한 뱃사공은 단호한 표정으로 어린 아들에게 말했다. "너는 이 아비 말을 잘 들어라, 일단 노를 잡은 뱃사공은 어떤 일이 있더라도 그 누구의 지시를 받아서는 안 된다." 그 말을 들은 선비는 자신의 부족함을 깨닫고 처음부터 다시 공부할것을 결심했다.

최충이 생각한 군신론도 군주로서의 교만함이나 신하로서의 교만함은 눈앞에서는 가려지지만, 군주로서의 겸손함이나 신하로서의 겸손함은 그 부족한 부분을 새로 채우려고 노력하기 때문에 군신 간의 겸손함은 군신을 더 훌륭한 군신으로 만들어준다는 것이다. 따라서 군과 신은 자신이 알고 있는 것과 가진 것

을 자랑하려 하지 말고, 군과 신은 서로를 더욱 소중하게 생각
하고 존중해 주어야 한다는 것이 군주가 신하를 생각하는 마음
이자 신하가 군주를 생각하는 마음이다.

　기러기의 생태를 연구한 "톰 워삼(Tom Worsham)"이 쓴, 『기러
기 이야기』 글을 읽어 보면, 기러기는 리더를 중심으로, "V 자"
대형隊形을 유지하며 삶의 터전을 찾아 머나먼 여행을 떠난다고
한다. 이때 맨 앞에서 날아가는 '리더의 날갯짓'은, 기류氣流의 양
력을 만들어 가기에, 엄청난 에너지가 소모된다고 한다. 그리고
리더인 대장 기러기는 뒤에 따라오는 동료 기러기들이 혼자 날
때보다, 70% 정도의 힘만 쓰면 날 수 있도록 대장 기러기가 맨
앞에서, 온몸으로 바람과 마주하며 용을 쓴다고 한다.
　그리고 기러기들은 먼 길을 날아가는 동안 끊임없이 울음소
리를 내는데, 이때 우리가 듣는 그 울음소리는 실제 우는 소리가
아니라, 앞에서 거센 바람을 가르며 힘겹게 날아가는 리더에게
보내는 응원의 소리라는 것이다. 그런데 날아가다가 어느 기러
기가 총에 맞거나, 아프거나, 지쳐서, 대열에서 이탈離脫하게 되
면, 다른 동료 기러기 두 마리가 함께 대열에서 이탈해 지친 동
료가 원기를 회복해서 다시 날 수 있을 때까지, 또는 죽음으로
생을 마감할 때까지, 동료의 마지막을 함께 지키다 다시 무리로
돌아온다는 것이다. 그렇게 계속 비행을 하다가 맨 앞에서 나는
기러기가 지치고 힘들어지면, 그 뒤 기러기가 맨 앞으로 나와 리

더와 역할을 바꾼다고 한다. 이렇게 기러기 무리는 서로 순서를 바꾸어 역할을 하며 길을 찾아 날아간다고 한다.

기러기는 군신론君臣論에서 이야기되는 군주가 지배하고, 군주에게 의존하는 그런 사회가 아니다. 먹이와 따뜻한 땅을 찾아 4만 킬로미터를 날아가는 기러기 사회는 서로 돕는 슬기가 있는 사회였다. 최충이 제시한 진정한 군신 관계도 이와 같을 것이다. 우리가 폐백幣帛을 드릴 때 기러기 모형을 놓고 예禮를 올리는 것도, 기러기가 지닌 덕목을 본받자는 의미가 들어 있다.

기러기가 지닌 덕목은 최충이 제시한 군君과 신臣이 함께 지켜가야 할 덕목과 같다. 기러기가 가지고 있는 덕목을 살펴보면, 기러기들은 한번 맺은 짝과 사랑의 약속을 영원히 지켜나가는데, 최충도 군君과 신臣의 약속도 영원히 지켜지기를 바라는 마음이 간절했을 것이다. 또한 기러기들은 날아갈 때 위아래의 질서를 지켜가며 행렬行列을 지어 날아가는데, 앞서가는 기러기가 울면 뒤따라가는 기러기가 화답和答하는 예禮를 지켜가는 속성이 있다. 최충의 생각도 군과 신의 관계가 서로 화답하며 예를 지켜가기를 바라고 있다. 군신君臣의 관계는 백성들에게 도움이 되어야 하고 모두가 공유할 수 있는 행복에 가치를 두어야 할 것이다. 아픈 사람에게는, 치유의 존재가 되어야 하고, 지혜가 부족한 군주에게는 신하로서 지혜智慧를 주고 인정이 메마른 신하에게는 군주로서 사랑의 감동을 나누어 주는 것이 최충이 제시한 진정한 군신론이 아닐까 한다.

설문해자(說文解字: 중국 허신(許愼)이 쓴 글자 해설서))에 공公을 '평분平分' 이라고 하였다. 허신(許愼, 중국 후한 중기시대 학자)은 공사公私의 개념으로 공을 해석하였다. 한비자(중국 전국시대 법치주의자)도 자신만 에워 싼 것을 사私라 하고 사私이외의 것을 공公이라고 했다.

허신이 사私를 간사姦邪한 것으로 보고 사(私)와 반대되는 공을 평분(平分)이라고 평가한 것은 『여씨춘추』(진나라 재상 여불위가 여러 학설과 설화를 모아 편찬한 책) 귀공(貴公)편에 군주가 공평하고 공정한 정치를 시행해야 백성이 믿음을 갖고 군주에게 귀의한다는 이야기에 기인(起因: 어떤 것에 원인)한다. 여기서 공公의 의미는 공동共同의 의미다. 공(公)은 세상 사람들이 함께 대도무문(大道無門: 큰 깨달음에는 정해진 길이나 방식이 없음)을 추구하는 것으로, 자신과 자기 가족만 생각하지 않고 남의 가족, 이웃과 함께 살고자 하는 것을 말한다. 그리고 공公은 국가나 조정朝廷, 나랏일公事등을 일컫는다. 군신론君臣論에서 공사公私에 관한 논의는 군주의 전횡을 막기 위함이었다. 주자학에는 군주만 없다면, 사람들은 각자 스스로 사사롭게 할 수 있고 각자 스스로 자신의 이득을 얻을 수 있다는 '자사자리自私自利'라는 말이 있다. 이는 군주가 자신만의 대사(大私: 사사로운 큰 이익)를 대공(大公: 공적인 큰 이익)으로 앞세운다면 이는 당연히 견제받아야 마땅하다는 최충의 군신론君臣論과 맥락을 같이 한다.

7. 수령론(守令論)

『논어』(論語) 위령공편衛靈公篇에 군자君子 구제기求諸己, 소인小人 구제인求諸人.

"군자는 자신에게 허물이 없는가를 반성하고, 소인배는 잘못을 남의 탓으로 들춰낸다."라는 문구가 있다.

고려 초 지주제에서 관료사회로 발전하여 가는 가운데, 국가를 대신할 지방행정의 정착 과정에서 수령들의 역할을 매우 중요시하였다. 수령은 조세를 거두어 올리는 일, 지방의 토호를 관리하는 일, 전시과를 관리하는 일 등을 하며 사대부 관료사회를 만들어 가고 있었다. 이와 같은 과정이 표면적으로는 중앙집권화를 이루었으며, 이를 통해 수령은 조세, 구휼, 농상 등의 정책을 시행하여 백성들을 편하게 해야 하는 임무가 주어졌다. 이에 최충이 바라는 수령론은 작은 일 하나에도 깐깐하게 옳고 그름을 따지는 그러한 관리자였다.

중국 춘추시대 안정된 정치를 편 인물로 자산(子産)이란 사람이 있다. 성은 공손(公孫), 이름은 교(僑)였다. 그가 관리에 오른 지 1년 만에 소인배들이 경박한 짓을 저지르지 못했고, 반백의 노인들은 무거운 짐을 나르지 않고 어린아이들이 밭일을 하지 않아도 되었다. 2년이 지나자 시장의 매매가 공평하게 이루어졌으며, 3년째부터 길에 떨어진 물건을 아무도 주워가지 않고 문단속 할 필요도 없어졌다. 이는 법과 그에 따른 상벌을 제정하고 공표해서 그 시행을 엄격하게 관리한 결과였다. 그러나 자산이 처음부터 칭송받은 것은 아니었다. '시방종송(始謗終誦: 처음에는 비방하더니 결국에는 칭송함)이라는 말이 있다. 이 말은 자산으로부터 유래 되었다. 당시의 사람들은 자산에 대해 "우리의 전답을 가져다 세금 물리네. 누가 자산을 죽일꼬?"라는 노래까지 회자 되었다. 그러나 그가 죽음에 이르자, 사람들은 실성하여 통곡하고 노인들은 어린아이처럼 흐느끼었다. 그리고 "우리 자제들을 자산이 가르치셨고, 우리 전답을 자산이 늘려주셨네. 자산이 돌아가시면 누가 그 뒤를 이을 수 있을까?"

사람들은 무척 애석해하였다. 최충은 수령으로서의 자질은 백성들의 고충을 이해하고 너그럽게 베풀어 주는 수령을 원하였을 것이다. 이러한 가운데 법과 원칙에 따라 상벌을 엄격하게 시행하여 공정하고 질서 있는 사회를 만들어 가는 수령이길 원하기도 하였을 것이다. 이는 수령으로서 모범을 보여, 백성들을 교화시켜 법보다는 도덕이 앞서는 이상적인 사회를 만들어 가야 한다는 최충의 군신론이었다. 그런데 백성들을 교화시키는 데에는 수령의 언어가 동반된다. 최충은 수령의 덕목 중 하나인 말을 조심해야 한다는 것을 강조하였다.

"口開神氣散 舌動是非生(구개신기산 설동시비생)"이라는 말이 있다. 이 말의 속뜻은 "입을 함부로 열면 정신과 기운이 흩어지고, 혀를 함부로 놀리면 시빗거리가 생긴다."라는 사람의 품격을 측정하는 잣대가 들어 있다. 여기서 품격의 품(品)은 입구(口)자 셋으로 만들어진 글자이다. 입을 잘 놀리는 것이 사람의 품위를 가늠하는 척도라는 것이다. 수렵시대엔 사람이 화가 나면 돌을 던졌다. 그리고 로마 시대엔 몹시 화가 나면 칼을 들었다. 미국 서부 시대에 총을 뽑았다. 그러나 지금은 화가 나면 말 폭탄'을 던진다.

"화살은 심장을 관통하고, 매정한 말은 영혼을 관통한다."라는 스페인 격언이 있다. 이 격언에는 "화살은 몸에 상처를 내지만, 험한 말은 영혼에 상처를 남긴다."라는 뜻이 담겨 있다. 살면서 영혼의 아픔은 더 크고 오래 갈 수밖에 없다. 흔히 말은 입 밖으로 나오면 허공으로 사라진다고 생각하기 쉬우나 그렇지 않다. 말의 진짜 생명은 그때부터 시작된다.

『논어』에선 입을 잘 다스리는 것을 군자의 최고 덕목으로 꼽았다. 군자의 군(君)을 보면, '다스릴 윤(尹)' 아래에 '입구(口)'가 있다. '입을 잘 다스리는 것'이 군자라는 뜻이다. 세 치 혀를 잘 지키면 훌륭한 수령이 되지만, 잘못 놀리면 한 순간에 소인으로 추락한다. 수령의 글을 종이 위에 쓰는 언어라면, 수령의 말은 허공에 쓰는 언어이다. 그런데 수령이 허공에 쓴 말은 지울 수도, 찢을 수도 없다. 그리고 한 번 내뱉은 말은 그 자체적 생명력으로 공기를 타고 번식한다. 사용하는 언어가 궤도를 일탈했다면 분명 탈선이다. 그러나 선한 의지와 너그러운 사랑만으로 복잡

다단한 조직을 이끌 수 없다는 점은 2천 5백여 년 전 춘추시대에 이미 충분한 논의가 있었다.

그리고 서슬 퍼런 형벌의 집행만이 모든 문제 해결해 줄 수 없다는 점도 역사가 이를 입증해 왔다. 최충은 실무지식의 기반 위에서 실천에 대한 점검을 멈추지 않고, 이를 위해 법과 제도를 엄정하게 적용하는 것이야말로 훌륭한 사회를 만들어 가는 지름길이라는 신념이 있었다. 자신의 잘못은 모른 채 무조건 상대방을 탓하는 수령은 허망에 빠져들고 만다. 여기서 군자다운 수령의 모습과 소인배 같은 수령의 모습이 분명하게 드러난다. 특히 대부분 소인배 같은 모습의 수령은 인연과 연분을 마구 끊는 큰 실수를 저지르고도 백성들이 잘못했다는 독설로 상대를 공격하는 잔인성을 드러낸다. 이는 상식의 궤도를 이탈한 비상식이다.

조선 숙종 때 고전소설인 '옥단춘전(玉丹春傳)'에 '김진희(金眞喜)'와 '이혈룡(李頁龍)'이라는 또래 아이 두 명이 있었다. 둘은 형제같이 우의友誼가 두터워 장차 어른이 되어도 서로 돕고 살기로 언약했다. 후에 김진희는 과거에 급제해 평안감사가 됐으나, 이혈룡은 과거를 보지 못하고 노모와 처자를 데리고 가난하게 살아가던 중 평안감사 된 친구 진희를 찾아갔지만, 진희가 만나주지 않았다.

하루는 평안감사가 잔치를 한다는 말을 듣고 다시 찾아갔으나, 진희는 초라한 몰골의 혈룡을 박대하면서, 사공을 시켜 대동강으로 데려가 물에 빠뜨려 그를 죽이라고 하였다. 이때, '옥단춘'이라는 기생이 혈룡이의 비범함을 알아보고 사공을 매수, 혈룡을 구해 그녀 집으로 데려가 가연(佳緣: 아름다운 인연)을 맺는다. 그리고 옥단춘은 이혈룡의 식솔들까지 보살펴 주었다. 그 후 혈룡은 옥단춘의 도움을 받아 과거에 급제한 후 암행어사가 되어 걸인 행색으로 평양으로 갔다. 그때 잔치하던 진희가 혈룡이 다시 찾아온 것을 보고는 재차 잡아 죽이라고 하자, 어사 출두하여 진희의 죄를 엄하게 다스렸다. 그 뒤 혈룡은 우의정에까지 올랐다. 친구 간 우애를 칼로 무 자르듯 잘라버린 김진희는 말로가 매우 비참해졌다. 어린 날의 맹세를 생각하며 찾아온 이혈룡을 멸시하고 죽이려고까지 한 김진희는, 겉으로는 우의를 내세우고 밖으로는 자신의 체면과 이익을 독점하기 위해, 우정을 헌신짝처럼 버렸다.

이는 인간으로서 추악하고 잔인한 이중적인 본래의 모습을 보여 준 수령이었다. 백성들을 다스리는데 혹시라도 얽힌 매듭이 생겼다면 하나하나 지혜롭게 풀어나가야 하는 것이 수령의 도리이다. 그게 백성들과숱한 인연과 연분 속에 더불어 살아가는 지혜로운 삶인 것이다. 백성들의 연緣을 함부로 끊어버리면 수령이나 백성들 모두가 비참해지고 인간성마저 피폐疲弊해 진다. 백성들과의 연緣에 매듭이 생기면 더 오래 인내하면서 풀어나가는 지혜로운 수령만이 인생의 최종 승리자가 된다.

30장. 최충의 국방정책

1. 거란과의 전쟁, 그리고 최충

얼마나 긴 세월을 거란군에게 시달려 왔던가! 고려의 백성들은 춤을 추며 승리를 자축했다. 현종도 전쟁을 치르느라 돌보지 못했던 나라 안의 일을 살펴 가며 개경을 튼튼히 하기 위해 성을 한 겹 더 쌓았다. 거란족은 무리한 전쟁 준비로 나라 형편이 쇠퇴할 대로 쇠퇴한 데다가 귀주에서의 참패로 나라 존속이 위태로워졌다. 결국 1029년 반란이 일어나 요나라(거란)는 마침내 멸망하고 말았다.

전쟁은 나라와 나라 사이 패권 다툼과 자원 쟁탈전이다. 고구려와 중국(수,당)과의 전쟁이나, 냉전 시대에 맞닥뜨린 지금의 전쟁이나 별반 다를 것이 없다. 고려와 요나라(거란)와의 전쟁도

패권 전쟁이었다. 역사에 길이 남을 강감찬 장군의 귀주대첩은 거란의 10만 군사가 전멸하다시피 한 고려의 빛나는 승리였다. 귀주대첩은 거란족에게 엄청난 상처를 안겨주었다. 30년 동안 고려를 괴롭히던 거란족은 귀주에서의 참패로 완전히 기가 꺾여 다시는 군사를 일으킬 엄두도 내지 못하게 되었다. 이에 대해 고려말 문정공(文貞公) 신현(申賢)선생은 다음과 같이 말하였다.

"위대하구나! 강감찬 시중(侍中)이여! 문헌공 최충이 자신을 추천하는 것을 의심치 아니하고 자기 생각을 버리고 현자(최충)의 말에 순종하였으며 반드시 자문하여 일하였고 또한 그 자문에 꼭 따랐다. 위대하구나! 강감찬 시중으로 인하여 우리가 오랑캐가 되지 않았구나."

또한 고려말 혼란한 정치를 개탄하며 치악산에 들어가 은거했던 운곡(耘谷) 원천석(元天錫)도 이렇게 말하였다.

"세상 사람들은 거란병을 물리친 것이 최충 선생의 공훈이라는 사실은 알지 못하고 국왕이 강감찬을 찬양한 시구(詩句)만을 보고서 모두 강감찬 장군의 공이라 하니 그것이 어찌 참된 견해이겠는가."

이처럼 원천석의 말에 의하면 거란 전쟁에 관한 최충의 공은 수면 아래 있었다, 그러나 최충은 전략 수행가였고 지식인이었다. 고려시대 지식인 사회는 몹시 지치고 피곤한 모습이다. 그 이유는 지식인 집단이 구가했던 긍지와 열정은 좀처럼 찾기 어려웠기 때문이다. 비록 국가 경영에 대해 지향과 이념은 달랐어도 나라 걱정하는 마음만은 같았다. 물론 세속에 굴종하고 권력에 상종(相從)하는 지식인이 없었던 것은 아니다. 최충도 파직당할 정도로 저항적 인물이었다. 최충은 조용한 지식인 사회가 결코 능사가 아니라는 것을 잘 알고 있었다. 언로를 통해 권력을 견제하고 지식인 자격으로 정당한 비판의 목소리를 키워야 성공적 개혁을 이룰 수 있다고 생각하였다. 최충의 생각에 가세한 현종도 이성적이고 합리적인 비판적 논쟁과 양식 있는 신하들을 품어 안았다.

당시 상황은 최충이 현종에게 적극적으로 추천한 인물인 강감찬을 상원수(지금의 군단장격)로 삼아 거란족을 물리치게 하였다. 귀주대첩 뒤에 최충의 공훈이 있었다는 원천석의 이야기는 지금까지 전해지고 있다. 그 후 최충은 왕으로부터 수사도(守司徒)로 봉작(奉爵)되었다. 이는 정1품에 해당하는 벼슬로 대개 왕자나 원로대신이 받았으나 최충도 받은 것이다. 수사도(守司徒)는 녹봉과 식읍을 추가로 받을 수 있는 명예직이다. 저항적 지식인들이 정권에 참여하면서 이를 발전 전략의 중요 개념으로 삼은 현종의 덕치는 역사의 아이러니가 아닐 수 없다. 유럽이 수많은 유혈혁명과 전쟁을 겪었음에도 번영된 안녕을 누리게 된 것은 정치 지도자들의 현실주의에도 불구하고 사상가들과 학자, 그리고 지식인들이 이상주의를 자기반성의 기준으로 삼아왔기 때문이다. 고려 현종 때에도 지식인들의 초당파적인 비판과 정치와 경제의 방향을 찾아 노력하였던 것도 사실이다.

2. 서희의 외교적 담판

성종 12년(993) 거란의 소손녕(蕭遜寧)이 대군을 이끌고 고려를 쳐들어왔다.〈거란1차 침입〉 침략해 온 이유는 고려가 거란의 사신을 죽이고, 거란이 보낸 낙타를 굶겨 죽게 만든 만부교 사건이었다.

이러한 사건이 있고 난 뒤에, 고려는 요에 대해 철저한 적대관계를 유지하였고, 중국 송나라와만 친교 관계를 맺어 왔다. 거란이 이에 불만을 품고 소손녕을 앞세워 고려를 쳐들어오게 된 것이다. 거란이 쳐들어왔을 때 고려 조정은 전투도 해보기 전에 위축되어 항복할 것부터 논의했다. 참으로 기가 찰 노릇이었다.

고려 중신(重臣)들은 군대를 이끌고 거란 진영에 나아가 항복하자는 주장과 함께 거란 요구대로 서경 이북 땅을 떼어주자는 할지론 주장까지 하였다. 이에 성종도 그 의견을 따르려고 하였다. 이러한 나약한 조정의 결정에 대해 통렬하게 비판하고, 적극적인 담판과 항전을 주장한 신하들이 이지백(李知白),서희(徐熙)등 신진 관료들이었다. 신진 관료들은 중국 문화에 경도되어 있는 중신들의 정책을 비판하면서 중화론적인 문화정책은 우리의 자주의식을 약화하고 국제정세에 대해서도 균형감각까지 잃게 된다고 하였다. 그러나 성종은 전대前代에까지 지켜져 오던 황제국으로서의 예법들을 모두 유교적 명분론에 따라 제후국의 예법으로 낮추어 고쳤다. 그리고 당시 정권 담당자들은 중국에 편향된 나머지, 급격히 성장한 거란과 같은 북방 세력에 대해서는 주의를 기울이지 않았고 그에 대한 대비에도 소홀하였다. 거란 세력이 크게 확대된 상황에서도 성종 6년(987)에는 지방의 무기들을 수거하여 농기구로 제작하고 전통적인 제전인 팔관회(전쟁영웅들과 함께 戰歿 병사들을 기리는 의식이 들어 있음)를 폐지해 백성들의 결속을 손상하고 사기를 침체시킨 결과까지 가져왔다.

그러나 대군을 이끌고 고려를 침공한 소손녕은 일시에 봉산군(지금의 황해북도)을 격파하였으며, 많은 고려군을 포로로 잡았다. 그리고 고려 조정에 항복을 종용했다. 소손녕은 자신들이 이미 발해를 멸망시켜 고구려 땅을 차지하고 있는데, 고려가 고구려 땅 일부를 차지했기에 자신들의 영토를 되찾기 위해 정벌에 나섰다고 주장했다. 서희는 이 서한을 접하고 화의(和議)의 가능성이 보인다고 성종에게 보고하자 성종은 이몽전(성종때 문신)을 보내 화의를 타진했다. 하지만 소손녕은 고려가 항복하면 화의에 응하겠다고 답한다. 이때 소손녕은 80만 거란군이 도착했음을 알리면서 노골적으로 힘을 과시했다. 이에 고려 조정에서는 항복하고 서경 이북의 땅을 거란에 넘겨주고 황주에서 철령까지를 국경으로 하자는 견해가 지배적이었다. 그리고 성종 역시 이 의견을 받아들일 마음으로 서경 창고에 있던 쌀을 모두 내어 백성들에게는 필요한 만큼 가져가라고 명령하였다. 하지만 서희는 대세를 따르지 않았다. 서희는 넉넉한 식량을 바탕으로 적과 싸운다면 충분히 이길 수 있다고 주장하며 성종에게 다음과 같이 주청하였다.

"전쟁의 승패는 병력이 강하고 약한 데 있지 않습니다. 오히려 적의 약점을 잘 알고 움직이면 충분히 승리할 수 있습니다. 그런데 어째서 갑자기 쌀을 버리라고 하십니까? 양식이란 백성의 생명을 유지하는 것으로서 비록 적에게 이용된다고 하더라도 헛되이 강물에 버릴 수는 없는 것으로 생각합니다."

이렇게 강력한 서희의 정의적 결단이 우리 역사를 바꾸어 놓은 것이다. 인류 역사에서 생사를 건 용기 있는 결단의 가치는 항상 높게 평가됐다. 서희가 내린 결단의 가치 또한 이와 같다. 독배를 마신 소크라테스의 결단도 자기 신념에 타협을 허락하지 않는 용기 있는 결단의 결과였다. 그의 결단으로 인류의 역사는 천 년 이상이나 진보케 하여, 인류에게 사상의 깊이와 언론의 자유를 가져다주었다.

링컨도 수천 명이나 되는 지지자들과 친구들의 맹렬한 반대에도 불구하고 노예 해방을 선언했다. 그의 용기 있는 결단으로 흑인들이 법적 자유를 얻는 계기가 마련되었다. 링컨의 반대에 선 '로버트 E 리(Robert E Le,e 미국 남북전쟁 때 남부군 총사령관) 장군'의 경우도 마찬가지이다, 미합중국 정책에 반대하여 남부의 여러 주를 위해 과감하게 일어선 것도 용기에 따른 가치 있는 결단이었다. 이 결단에는 자신의 생명은 물론, 수많은 사람의 생명이 걸려 있다는 사실을 그는 잘 알고 있었다. 그러나 미국 역사상 최대의 결단은 1776년 7월 4일 필라델피아에서 내려진 결단일 것이다. 56명의 사람이 미국 독립선언서에 서명했는데, 이 용기 있는 행동은 미국의 모든 국민이 '자유를 획득하느냐 아니면 56명이 하나도 남김없이 교수형을 당하느냐'는 목숨을 건 결단이었다. 그런데 죽음을 각오한 56명 사람들이 서명하였다.

이 결단으로 영국 식민지였던 아메리카로 이민해 온 사람들에게 영원한 자유와 권리를 가져다주는 국가가 탄생했다. 이와 같은 사실을 분석해 볼 때 미국이라는 국가가 이 56명의 협력자에 의해 창조된 것이라고 할 수 있겠다.

또 미국의 초대 대통령 조지 워싱턴의 군대가 성공을 거두게된 것도 이 협력자들의 결단이 있었기에 가능했다. 이 결단이 모든 장병의 가슴에 불타는 투지를 솟게 하여 결코 실패를 용납하지 않겠다는 굳은 결의를 심어주었다. 우리 민족에게 가장 큰 기쁨을 안겨 준 서희의 결단력은 나라의 운명을 스스로 결정해야 할 고려 백성들에게 있어서 생사를 건 용기 있는 결단이었다. 서희도 이러한 결단을 내리기까지는 수많은 고뇌가 있었을 것이다.

그러나 이러한 결단을 성공시키기까지의 과정은 소망, 결단, 신념, 인내, 철저한 계획까지 순차적으로 진행되었다는 것을 알 수 있다.

처음부터 쌀을 대동강에 버리라는 성종의 명령을 완강하게 반대한 서희는, 고구려의 옛 땅을 내줘서는 안 된다고 주장하며 끝까지 싸울 것을 주청하였다. 이러한 주청때문에 서경 이북 땅을 내주자는 할지론(割地論)은 고려 조정에서 수그러들었다.

그리고 요나라가 계속해서 항복을 종용하는 서한을 보내오자 서희는 소손녕을 만났다. 마주 앉은 소손녕이 먼저 두 가지 요구하였다.

> 첫째. 고구려의 옛 땅은 거란에 속한 것이니 내놓으라는 것이었고,
> 둘째. 국경을 마주하고 있는 요나라를 섬기지 않고 바다 건너 송나라를 왜 섬기느냐고

말하면서 그것에 대한 해명을 요구했다. 이에 서희는 고려는 국호로 이미 고구려를 계승하고 있으며, 고구려 옛 땅이 거란의 영토가 되었다는 주장으로 반격을 가했다. 그리고 오히려 거란이 동경(東京)으로 삼고 있는 요양(遼陽)이 고구려 땅이므로 고려에 복속되어야 한다고 주장한다. 또한 거란과 외교관계가 성립되지 못한 것에 대하여는 거란과 고려 사이에 여진(女眞,만주동북부에

살던 통구스계 민족)이 있으므로 거란과 왕래하기가 바다를 건너기보다 어렵다고 하였다. 따라서 거란과 고려가 통교하기 위해서는 외교를 방해하는 여진을 쳐야 한다고 주장하면서 여진이 머무르는 지역에 성을 구축하고 길을 통할 수 있도록 거란이 도와줘야 한다고 역설한다.

서희의 이러한 주장에 소손녕은 서희의 논리를 더 이상 반박하지 않고 자기 왕에게 보고하여 고려와의 화평을 승낙받음으로써 일단 거란과의 전쟁은 종결되었다.

소손녕과의 담판 이후 거란과의 화의가 성립되었고, 서희는 이듬해부터 압록강 동쪽 장흥진, 귀화진, 곽주, 구주 등에 강동 6주의 기초가 되는 성을 구축하여 여진을 몰아내는 데 성공한다. 이로써 고려는 생활권을 압록강까지 확대하였다. 이때 구축한 강동 6주는 후에 조선이 압록강과 두만강 이북까지 뻗어가는 기반이 되었다. 서희의 외교적 활약으로 거란은 압록강까지 확대된 고려의 영토를 인정하고 대신 고려는 송나라와 관계를 끊고 거란과 교류할 것을 약속함으로써 거란군은 퇴각한 것이다. 화친을 성공시킨 전통문화 존중론 쪽의 세력들은 이 일로 인하여 정치적으로 성장하는 계기가 되었다. 그러나 선대로부터 내려온 팔관회, 연등회, 등을 부활시키자는 서희의 주장은 성종 대에는 실현되지는 못했다. 이때 최충 나이는 열 살이었다.

3. 현종의 등극과 강조

현종은 즉위 초반부터 여러 가지 어려움을 겪었으나 이를 극복하고 고려 전성기로 가는 길을 닦은 왕으로 평가받고 있다. 그는 국력을 신장시키고 문화를 발전시켰으며 전란 중에 소실된 역사책을 새롭게 편찬하였다. 이때 실록편찬에 참여했던 관리가 감수국사(監修國史: 史官의 최고관직)최항, 수찬관 최충이었다(현종 4년).

원래 현종(왕순)은 절에 숨어 살다가 왕위에 오른 사람이다. 그는 헌정왕후와 왕욱 사이에서 태어났는데 왕욱은 헌정왕후의 삼촌이었다. 근친 간 불륜의 씨앗인 셈이었다.

헌정왕후는 경종(5대)의 네 번째 부인으로 경종이 죽자 사가私家에 머물렀다. 그의 사가는 왕욱의 집 근처여서 서로 자주 만나게 되었고 연정을 품게 되었다. 그리고 둘이 만난 지 얼마 되지 않아 헌정왕후는 아이를 잉태하게 되었다. 이 사실을 성종(6대)이 알게 되었고 왕욱을 귀양 보냈다. 왕욱이 귀양지로 떠난 후 헌정왕후는 비로소 아이를 낳았지만, 산욕으로 죽었다.

이렇게 태어난 아이가 왕순이다. 비록 불륜으로 태어난 아이였지만 왕순은 태조의 손자이자 성종의 사촌 동생이었다. 성종은 왕순을 불쌍히 여겨 궁중에서 길렀다.

그러던 어느 날 성종이 아이를 보러 왔을 때 아이가 성종을 아버지라고 부르며 무릎 위로 기어 올라갔다. 이에 성종은 눈물을 흘리면서 아이를 아버지에게 데려다줄 것을 명령했다. 이후 왕순은 귀양지에 있는 왕욱에게 보내지지만 996년 왕욱이 병으로 죽어 아버지마저 잃게 된다. 다섯 살에 고아 신세가 된 왕순은 성종이 죽고 목종이 들어서면서 목숨이 위태로운 처지에 놓인다. 목종이 왕위에 오르자 헌애왕후가 섭정하게 되고 왕권을 장악한 김치양과 간통하여 아이를 낳았다. 헌애왕후와 김치양은 목종이 아이를 낳지 못하자 자기 아들을 왕으로 세우기 위해 음모를 꾸미기 시작했다. 이때 유일하게 왕위계승권을 가진 조카 왕순(현종)이 가장 큰 걸림돌이었기 때문이다. 그리고 자식을 낳지 못한 목종이 1003년에 왕순을 대량원군에게 봉했기 때문이다. 따라서 왕위를 노리고 있던 헌애왕후는 누차에 걸쳐 자객을 보내 왕순을 죽이려고 시도했다.

그런 가운데 목종이 병으로 눕게 되었고 목종은 이때 이미 자신이 오래 살지 못할 것을 스스로 깨달았고 김치양이 왕위를 노리고 있다는 것도 유충정을 통해서 전해 들은 상태였다. 그런 연유로 서경 도순검사로 있던 강조를 도성으로 불러들여 안위를 꾀하고자 했다.

그러나 강조는 왕의 명령이 헌애왕후에 의해 조작되었다고 생각하고 김치양 일파를 제거하기 위해 군사 5천을 이끌고 개경으로 향했다. 강조의 군대는 순식간에 궁궐을 장악했다. 궁궐을 장악하자 추종자들이 그를 왕으로 세우려 했지만, 강조는 거부했다. 그리고 목종을 폐위하고 대량원군 왕순을 데려와 왕으로 세웠다. 그때 현종의 나이 18세였다. 현종은 왕위에 오르자 목종 대에 늘어난 궁녀 1백여 명을 축출하였다. 그리고 유윤부를 문하시중으로 삼고 강조를 이부상서 참지정사로, 최항과 김심언을 좌우산기상시(左右散騎常侍: 간쟁업무, 정3품)로 임명하여 나라의 기강을 잡았다. 그러나 고려의 위기는 이때부터 시작이었다.

4. 다시 고려의 위기

거란족 요나라 성종은 강조가 목종을 죽이고 현종을 새 임금으로 추대했다는 소식을 듣고 군사 40만을 이끌고 쳐들어왔다. 거란군의 2차 침입이었다. 거란군은 1010년 11월 기존에 알려진 진군로를 따라 내원성에서 압록강을 건너 청천강까지 쳐들어왔는데 이곳은 주요 거점이 모두 요새화된 지역이었다. 특히 흥화진은, 11월 중순 무렵부터 일주일 이상을 공격하고도 서북면 도순검사 양규, 진사 정성 등이 이끄는 방어군의 거센 저항으로 함락시키지 못했다. 흥화진을 공격하려 했으나 쉽게 함락되지 않자 거란은 말머리를 통주로 돌렸다. 통주는 작전에 능한 강조가 30만 대군을 거느리고 지키고 있었다. 적이 통주로 진격했다는 보고를 들은 강조는 진을 쳐 놓고 적을 기다렸다. 첫 전투에서 요나라 성종은 크게 참패하고 말았다.

한편 현종 원년(1010년)당시 최항은 거란의 2차 침입에 대비하여 급하게 팔관회를 복구하고 있었고 1011년(현종2년)수제관修制官으로 보임되어 있다가 거란군과의 2차 전쟁에 참여하여 좌복야직임을 받았다. 최충은 수찬관修撰官이 되어 전쟁에 참여하고 있었다. 개경이 함락되고 현종이 나주로 피신할 정도로 어려운 전쟁이었다는 점은 최충의 군사와 외교관계에 지대한 영향을 미쳤을 것이다. 최충은 왕이 나주까지 피신하게 된 것을 최고 통수권자의 실패로 보았다. 최충은 전쟁의 현실을 체감하며 군대를 통솔하는 능력이 대단히 중요하다는 것을 깨달았다. 군사들은 용맹스러운 것 같으나 통솔하기 어렵고, 군율도 잘 지키지 않으며, 전쟁에 임하는 자세도 충실하지 않다는 점을 깨달았다. 또한 군사들은 야심적인 것 같으나 적중에 들어가면 비굴하기 짝이 없고, 전쟁이 일단 시작되면 왕에 대한 충성심도 없고, 인간에 대한 신의도 지켜지지 않는다는 것을 목격했다. 군사들은 적의 습격이 없을 때만 잠시 죽음에서 벗어난 것이라는 극단적인 상황에 대한 두려움만 있을 뿐이었다.

　이러한 가운데 최충은 서경에 머무는 동안 양규의 분전(奮戰: 힘을 다해 싸움)과 장렬한 전사로 인해 깊은 인상을 받는다. 이후 최충은 양규의 아들 양대춘을 조정의 인재로 적극적으로 천거하게 된다. 최충이 좌복야左僕射때 왕에게 아뢰기를 "대춘은 지조가 탁월하고 지략이 많으며 군사 방면에서도 통달한 인재입니다. 만일 국경에 사고가 있을 때는 이 사람을 제쳐 놓고 보낼만한 인재가 없으니 그를 내직에 배치하지 말아야 합니다."라고 주청까지 했다. 이는 양대춘도 부친인 양규를 닮아서 지략이 많고 군사 방면에서도 탁월했다는 것을 잘 파악하고 있다는 장면이다. 최충 또한 전쟁에 대처하는 상황을 잘 파악하고 있었다.

한편 거란과의 전쟁 상황은 급박하게 돌아가고 있었다. 통주에서의 첫 번째 전투에서 이긴 강조가 적을 너무 얕잡아 보고 있었기 때문이다. 다시 거란의 공격이 시작되고 선봉장 야율분노(거란족 장수)는 중앙으로 쳐들어가지 않고 측면으로 덮쳤다. 어지러운 백병전이 계속되는 동안 강조는 말에서 떨어졌고 결국 적장에게 사로잡히고 말았다. 요의 성종은 비웃으며 말했다. "그대는 훌륭한 장수임에는 분명하나 한 가지 전술만 폈던 건 큰 실수로다. 그러나 내 신하가 되면 살려 줄 테니 나에게 충성을 바칠 수 있는가?" 그러나 강조는 눈을 부릅뜨고 꾸짖었다. "내 고려 땅에서 개돼지로 살지언정 오랑캐 나라의 임금 노릇은 싫다." 요나라 임금은 얼굴이 벌겋게 되어 불쾌한 듯 내뱉었다. "놈의 목을 쳐라!" 강조는 이렇게 의롭게 죽었다. 참으로 장렬한 죽음이었다. 화려하게 역사의 무대에 등장했던 강조는 쓸쓸히 역사의 뒤안길로 퇴장했다. 그러나 강조의 굴욕은 죽음으로 끝나지 않고 반역 열전에 기록되어 역사에 남겨졌다. 요나라 군사는 통주에서 승리한 후 공격을 미루었던 흥화진을 다시 공격하였다. 이렇게 거란군은 닷새 동안을 밤낮없이 공격했으나 홍화진은 꼼짝도 하지 않았다. 요나라 성종은 군사들의 사기가 떨어지자 "그렇다면 고려의 개경부터 치자." 거란족이 개경으로 쳐들어온다는 이야기를 들은 현종은 경황이 없었다. 개경에는 군사가 없었기 때문이다. 그때 강감찬 장군이 "성상(현종)께서 잠시 남쪽으로 피신하셨다가 전란이 정돈되면 돌아와 다시 싸우시지요." 결국 현종은 경기도 양주로 피신하였다. 현종이 이렇게 몽진을 결정하게 된 배경에는 최충이 있었다. 당시 최충도 국난을 당하여 장수로서 적진에 뛰어들었지만, 전세는 매우 불리하였다. 한편 조정에서는 항복하려는 움직임이 있었다. 이에 최충은 강감찬에게 개경으로 가서 항복하려는 논의를 중지시키고 조정이 유언비어에 흔들리지 않도록 하고, 국왕이 옥체를 보전할 수 있도록 주청을 드려 달라는 이야기를 한 것이다. 그 이야기를 들은 강감찬은 즉시 개경으로 돌아가 왕에게 파천할 것을 권하게 된 것이다. 그러나 개경에 들이닥친 거란군은 대궐에 불을 지르고 백성의 집에 들어가 재산을 마구 약탈하였다. 개경은 그야말로 쑥대밭이 되었다. 거란족은 고려의 문화유산까지 파괴해버렸다. 마을을 점령하는 즉시 닥치는 대로 폐허로 만들고 가옥, 수로, 제방, 절 까지 모든 것을 파괴하고 불태워 버렸다. 거란족이 자행한 학살은 매우 잔인했다. 민가까지 모조리 불을 질러 버렸고 어린아이까지 모두 죽여버렸다. 개경이 잿더미로 변했다는 소식을 들은 현종은 애석해하였다. 이때 최충이 천거한 하공진이 임금 앞에 나와 "제가 요나라 성종을 찾아가 이치로써 한번 따져 보겠습니다." 현종은 귀가 번쩍 뜨였다. "무슨 묘책이라도 있소?", "묘책이라기보다 이치를 따지는 거지요."

하공진은 폐허가 된 개경으로 가서 당당한 자세로 거란의 성종에게 또박또박 따졌다.

"요나라가 우리 고려를 친 것은 강조를 벌하기 위함이라 하였소. 그렇다면 강조는 이미 죽임을 당했거늘 이제 마땅히 돌아가야 하지 않겠소." 하공진의 이야기를 듣고 난 성종은 "우리가 물러가면 고려 임금이 요나라에 찾아와 인사하겠는가?" 다시 말하면 고려가 신하의 예를 표하겠느냐는 질문이었다. 그때 하공진(고려의 무신)은 성종과의 신의를 보여주기 위해 "저를 볼모로 데려가면 안심이 되겠습니까?"라고 스스로 인질을 자처하였다.

성종은 하공진을 연경으로 데려가 결혼까지 시켜주고 자신에게 충성하도록 회유하였으나 하공진은 이를 거부하고 탈출하다가 끝내는 성종에게 처형당하였다. 볼모 생활 속에서도 고려에 대한 충성심을 잃지 않은 것이다. 이리하여 하공진의 설득과 희생으로 개경을 잿더미로 만든 거란 군사는 돌아갔다. 현종(1011년)은 나주에서 열흘 가까이 머물다 거란군이 철수하였다는 소식을 듣고 청주 행궁에서 연등회를 개최한 후 개경으로 귀환하였다. 두 차례에 걸친 거란의 침략으로 고려가 겪은 손실은 컸지만, 백성들을 한마음으로 뭉치는 계기가 되었다. 현종은 궁궐이 완성될 때까지 어떤 잔치도 열지 못하게 하고 술과 노래까지 일절 금지했다.

5. 귀주대첩과 최충

현종 이후 최충의 관료 생활은 탄탄대로였으며 최충 또한 최항의 절대적 신임으로 현종 원년(1010년)에 왕의 부름을 받고 다시 출사出仕하게 되었다. 최충은 출사하면서 그 이유를 다음과 같이 밝혔다.

"현재의 왕은 바른 천명을 이어 왕통王統을 이었고 전왕前王의 시해는 강조(康兆, 신천인)의 짓이지 지금 왕이 그런 것은 아니다. 모름지기 정치란 만백성을 위한 것이요 한 사람의 안위만을 지키는 것이 아니기 때문이다."

최충은 서경장서기(西京掌書記)로 있다가 목종 때 잠시 파직되었다가, 현종 때 수제관(修制官)으로 다시 보임 받았다. 이때 최충 나이 27세였고 과거에 급제한 지 5년 만이었다. 목종과 천추태후를 몰아내고 왕위에 오른 현종은 실권이 없었다. 그 이유는 무력을 가진 강조와 현종을 추대한 관료 세력들의 힘이 너무나 컸기 때문이다. 강조의 역모 사건(1009년 2월)으로 목종 시대는 암울하게 끝났지만, 현종이 즉위하며 고려는 잠시 안정을 찾았다. 그런데 이 사건은 거란이 고려를 침입하는 구실이 되었다. 거란족인 요나라가 현종과 강조의 정변을 문제 삼아 침략해 온 것이다.

이때 현종은 나주까지 도망칠 정도로 궁지에 몰리게 되었으나. 이 위기 상황은 오히려 전화위복이 되었다.

현종은 피난길에서 상당한 고초를 겪었으나, 전쟁 이후 자신을 반대한 세력과 자신을 왕으로 옹립한 무인 세력들, 그리고 강조 일파까지 몰아내는 정치적 수완을 발휘하게 된다. 이는 임진왜란 때 선조의 통치 방법과 비슷하였다. 마키아벨리의 군주론에 의하면 군주는 자기 백성을 단결시키고 충성을 시키게 하려면 잔인하다는 악평쯤은 조금도 개의치 않아야 한다고 하였다. 그 까닭은 군주가 자애심이 깊으면 혼란 상태가 초래되어 급기야는 백성들이 살육과 약탈을 일삼게 되는데, 잔인한 군주는 약간의 온정만 베풀어도 훨씬 인자하다는 이야기를 듣기 때문이라고 하였다. 현종은 충성경쟁을 통하여 관료들을 장악하고 왕권을 강화하였다. 마치 오늘날 북한의 김일성, 김정일, 김정은 3대에 이르는 독재 체제하에 권력세습 과정에서 구사하는 정략과 유사한 것이다.

현종은 신하에게 고려라는 나라가 아니라 현종 자신에게 충성할 것을 요구했다. 그러나 충신이라도 정적은 등용하지 않았으며, 전쟁 중에 공은 없어도 자신을 따르는 신하는 공신으로 대접하였다. 또한 관료의 권력을 견제하는 데 망설임이 없었다. 전후 국가재정이 악화하고 조정 신하들에게 지급할 전시과(田柴

科)가 부족해지자 황보 유의와 장연우 등을 시켜 경군(京軍, 중앙군)의 영업전(永業田)을 빼앗아 충당했다. 이에 무신들이 불만을 품고 궁궐로 난입해 권력을 장악했을 때 현종은 무신의 요구를 상당 부분 수용할 수밖에 없었다. 무신들은 이렇게 해달라, 저렇게 해달라 요구사항이 너무 많았다. 나누지 않는 정의라고나 할까. 증오와 복수의 원인은 그것이 무엇이든 더 많이 가지려는 싸움에서 비롯된 것이다. 나누지 못한 정의는 아무리 정의를 외쳐도 정의는 없고 폭력만이 남을 뿐이다. 견디다 못해 현종은 이자림을 불러 의논을 했다. 현종의 고민거리를 다 듣고 이자림이 "중국 한나라 고조 때 있었던 운몽의 잔치[121]라는 계교를 쓰면 되지 않습니까." 하니 현종은 무릎을 쳤다. 최충이 과거급제 후 서경장서기를 지냈듯이 이자림도 일찍이 서경장서기가 되었을 때 백성들의 민심을 많이 얻었기에 현종은 이자림을 임시로 서경유수판관을 임명하고 먼저 서경에 가서 거사를 준비시켰다. 그 후 현종은 서경에 행차하여 무신들의 노고를 치하한다면서 서경 장락궁으로 장수 19명 모두를 초대했다. 소름이 끼치는 계교가 숨겨져 있는지도 모르고 무신들은 모두 참석했다. 기름진 음식과 잘 빚은 술이 푸짐하게 나왔다. 분위기는 무르익고 무신

---

121) 운몽의 잔치란 유방이 운몽에서 한신을 사로잡은 고사를 말한다. 한나라 고조 때 신하인 한신이 반란을 일으킬 기미를 보였다. 그러나 임금은 손을 쓸 수가 없었다. 한신을 따르는 무신 세력이 워낙 컸기 때문이다. 그때 진평이란 신하가 고조에게 한 계교를 일러 주었다.
나라 안의 무신들을 술자리에 모이게 한 뒤 술이 거나하게 취하면 한신을 따르는 신하를 모두 없애 버리자는 계교였다. 그 잔치가 베풀어졌던 곳이 운몽이었기 때문에 사람들은 그 뒤로 운몽의 잔치라고 부르게 되었다.

들은 한없이 술을 퍼마셨다. 기회를 노리던 이자림이 마침내 옆방에 숨어 있는 군사들에게 명령을 내렸다. "저 역적 놈들을 모조리 베어라!" 이리하여 19명의 골칫거리 무신들은 하루아침에 살육되고 말았다. 고구려 때 연개소문이 귀족들을 열병식에 초대하여 백여명을 한 번에 참살한 것과 같은 것이다.

한편 거란의 성종은 장락궁의 잔치 사건을 듣고는 입이 쩍 벌어졌다. "장수가 열아홉이나 없어졌으니 이거야말로 하늘이 준 기회다." 요나라 성종은 즉시 소배압을 선봉장으로 내세워 10만 대군을 이끌고 고려로 향했다. 고려 현종 9년인 1018년 12월이었다. 현종은 다시 한번 눈앞이 캄캄해졌다. 이렇게 되니 19명의 장수를 없앤 게 후회되기도 했다. 거란의 소배압이 이끈 10만 대군은 얼어붙은 압록강을 단숨에 건너 성난 홍수가 되어 남으로 남으로 진격했다. 강감찬 장군은 안주로 나가 적을 기다렸다. 적이 홍화진부터 공격해 올 게 분명했기 때문이다. 그는 돌격대 1만 2천을 홍화진 동쪽 대천 강가에 매복시켰다. 거란군이 대천을 반쯤 건넜을 때 1만 2천의 돌격대가 함성을 지르며 일어나 거란군을 공격했다. 1만의 거란 군사들이 잠깐 사이에 고기밥이 되고 말았다. 그래도 적장 소배압은 말고삐를 늦추지 않고 남쪽으로 돌진했다. 소배압의 생각은 도중에 약간의 병력 손실이 있더라도 개경을 함몰시켜 고려 임금을 사로잡으면 승부는 그것으로 판가름이 난다는 계산이었다.

그는 또 지난번 침략 때 개경에서 신나게 노략질하던 재미를 잊을 수가 없었다. 전쟁은 흔히 명분이란 탈을 쓴다. 영토와 자원을 노린 전쟁은 그 나름대로 정당성이 깔려 있다. 그러나 진실을 영원히 가릴 가면은 없다. 무대 뒤에는 늘 진실이 넘친다. 소배압은 강대한 군사 체제도 인간의 생명을 보장해주지 못한다는 것을 알지 못했다. 무고한 다수의 인명을 이토록 무자비하게 살해해버린 테러리즘에 대한 분노는 너무도 정당하다. 누가, 이 기막힌 죽음 앞에서 무차별적으로 행사한 폭력에 격노하지 않을 것인가? 도저히 용납할 수 없는 일이다. 강감찬과 고려 군사들 그리고 고려의 백성들에게 이러한 분노는 전쟁의 에너지가 되었다.

그러나 소배압은 이 메시지를 정확히 읽는 데 실패했다. 테러리즘은 자신의 의지를 또다시 전하기 위해 새로운 희생자를 찾게 되어 있다. 테러리즘은 폭력이면서 동시에 절규다. 그 울부짖음 속에 담긴 뜻을 제대로 읽어내지 못할 때, 고려 백성들의 절규가 대량실상의 폭력으로 반복해서 나타나는 현실을 소백압은 피할 수 없게 된 것이다. 따라서 고려 임금을 사로잡는다는 것은 그것은 어디까지나 소배압 혼자만의 계산이었다. 그는 고려에 강감찬이라는 명장이 눈을 부릅뜨고 있다는 걸 까맣게 모르고 있었다.1만의 고려 군사가 개경을 철통같이 지키고 있었으며 그곳으로 가는 길목인 신은현 역시 정예병이 긴장된 표정으로 명령이 떨어지기만을 기다리고 있었다. 소배압은 개경은 커녕 길목인 신은현에서 발목을 잡히고 말았다.

거란군의 공력은 거세었지만, 신은현은 꼼짝달싹도 하지 않았다. 거란군은 오히려 엄청난 손해만 입고 물러났다. 10만 대군이 6만으로 줄었으니 거의 반을 잃은 셈이다. 소배압은 분한 마음은 뒷전이고 당장 본국으로부터 책임추궁이 있을까 두려워졌다. 그러나 독 안에 든 쥐가 된 거란군은 어디로 도망해야 할지 갈피를 잡을 수 없었다. 그리고 귀주 벌판에서 마지막 혈전이 벌어지게 되었다. 소배압은 두려웠다.

거란군은 싸우기도 전에 의욕을 잃고 도망칠 궁리만 한 것이다. 강감찬은 드디어 전군에게 총공격을 명령했다. 끝없이 넓은 들판은 갑자기 북소리, 말 우는 소리, 칼 부딪치는 소리, 비명으로 수라장을 이루었다. 소배압은 부하들이야 죽든 살든 제 목숨부터 구하기 위해 말허리를 무자비하게 걷어차며 단숨에 1백 리를 달려 달아났다. 따라온 병사의 수를 헤아려보니 말을 탄 기병 2천이 다였다. 그는 다시 고려 땅을 돌아보며 한없이 통곡하다 어깨를 축 늘어뜨리고 거란으로 되돌아갔다. 그것은 거란의 폭력이 고려 영토 내 곳곳에서 저지른 죄를 돌이키는 일에서 시작된 것이다.

백성들은 언제나 국가가 자신의 이익을 위해 폭력적으로 동원하는 소모품이었다. 따라서 국가는 군사력에 의존하지 말고, 새로운 희망을 낳을 수 있는 슬기로운 정치력에 의존해야 한다. 누군가가 이제 더는 물러설 자리가 없다면서 테러리즘에 최종적인 운명을 걸만한 처절한 이유가 없도록 하면 되는 것이다.

6. 최충과 천리장성

왕위에 오른 정종(靖宗, 고려10, 정종(定宗), 고려3대)은 서경과 개경에
성종 대에 중단되었던 팔관회를 다시 열고, 선왕인 덕종에 이
어 죄수들에게 대 사면령을 내려 백성들의 화합을 도모하였다.
이때 황주량, 최제안, 최충, 유지성 등을 각각 예부, 이부, 형부,
공부상서로 기용하여 조정을 크게 개편하였다. 그리고 정종은
형부에서 올린 중죄인 중 목을 베어 죽일 사람과 목을 매어 죽
일 사람의 처형 문제를 최충에게 의론하였다. 이에 최충은 "그
들은 무거운 큰 죄를 지어 사형 선고를 내린 것은 마땅한 일이
오나, 인명을 존중하는 뜻으로 은혜를 베풀어 목을 베거나 목을
매어 죽이는 것을 지양하고. 목숨만은 살려 무인도(無人島)로 보
내 자기네들끼리 먹고 살아나가게 하는 방도를 취하는 것이 좋
겠으며, 그중에서도 가정 사정이 딱하고 회개의 기미가 있는 자
는 일부 유인도有人島로 귀양을 보내 재생의 길을 열어주는 것이
좋겠다."라고 의견을 이야기하였다. 최충의 주청으로 160여 명
의 목숨이 구해졌다. 또한 정종(靖宗)은 온건파인 황보유의(皇甫兪
義,?~1042)를 내사문하평장사로 임명하여 거란과의 회의를 모색
하였다. 그 이유는 고려가 거란의 침입으로 야기된 혼란을 극복
하고 평화를 정착시키기 위해서였다. 이에 대하여 이제현은 『고

려사』에서 정종의 치세를 다음과 같이 평하고 있다.

"거란은 탐욕스럽고 사나워서 신의를 맺을 상대가 아니므로 태조가 이것을 깊이 경계하였다. 그러나 거란이 발해를 배신했다는 이유로 국교를 단절한 것은 잘한 일이 아니었다. 현종은 국사를 바로잡기에 급급하여 외교에 신경 쓸 수 없었고, 덕종은 나이가 어렸으니 정쟁을 조심해야 했을 것이다. 그런데 왕가도(王可道,?~1034)가 거란과의 화친을 끊자고 주장하였으니 이것은 그들과 우호 관계를 유지하면서 백성을 안심시키자는 황보유의(皇甫兪義, ?~1042)의 의견보다 못하였다. 정종은 왕위에 오른 지 2년 만에 우리 측 대부(大夫) 최연하(崔延嘏: 서경부유수(西京副留), 거란과 우호관계 회복)를 거란에 파견하였고, 거란의 사신 마보업(馬保業)이 왔다. [출처]『고려사 卷4』靖宗 1046년) 이 때부터 옛날의 우호 관계를 회복하여 그들을 감동하게 했으니, 이는 마음에서 우러나온 것이 아닌, 단지 책략의 하나일 뿐이었다. 이에 대해 사람들은 정종이 선대 왕의 유업을 계승하여 국가를 보전하였다고 평가하였다."

– 『고려사 권6』 (정종세가, 이제현의 평)

이 시기는 거란의 내침이 자주 있어 고려와 거란의 관계는 미묘한 정치 상황이 내재하여 있었다. 그런데 최연하(崔延嘏)가 거란에 가서 오랫동안 친선 관계를 맺지 못한 것을 이해시키고 양국의 오해까지 풀고, 조서(詔書: 임금의 명령을 적은 문서)를 가지고 돌아온 것이다. 이에 대해 이제현(李齊賢)은 사찬(史贊)에서 최연하의 외교로 거란과의 우호 관계가 회복하게 된 것을 칭찬하였다.

정종은 국교가 단절되었던 거란과 다시 외교 관계를 맺고 난 후, 사회 전반에 걸쳐 팽배해졌던 위기의식을 불식시키는 한편, 사회 기강을 바로잡기 위해 일련의 안정책을 단행하였다. 그 때 최충은 중추사형부상서(中樞使刑部尙書)로서 정종에게 아뢰기를 (정종2년, 1036년 7월) "제(制, 명령)하신 뜻을 살피건대 인삼 300근을 바치도록 하셨는데, 요사이 올린 일천 근으로도 넉넉히 어용에 이바지할만합니다. 국부(國府)의 곡물은 모두가 백성의 고혈이 므로 함부로 거두어들여서는 아니 되니 다시 바치지 말게 하소서." 하니 왕이 좋아하지 않았다. 문하성이 논박하여 아뢰기를 "예전 임금들은 즐기고 싶은 욕심을 줄이고 사치를 없애며 자신을 공손히 하고 몸을 닦으며 자기주장을 버리고 간언을 받아 들인 것은 백성들을 기르고 태평한 업적을 이룩하기 위해서입니다. 지금은 재변이 자꾸 일어나니 마음을 깨끗이 하고 자신을 반성해야 옳을 터인데 어찌 쓸데없는 수요에 허비하여 백성의 고혈을 손상해야 하겠습니까. 밀원(密院, 추밀원)이 아뢴 대로 받아들이소서." 하니 정종은 그 말을 모두 따랐다.(고려사절요 4-308)

이어 정종(靖宗)은 최충에게 상서좌복야 참지정사 판서북로병마사(尙書左僕射 參知政事 判西北路兵馬事)를 제수하였다. 그리고 정종은 최충(崔沖)에게 명령하기를 변경으로 가서 성(城)과 해자(垓子: 성곽의 둘레를 감싼 도랑)를 척정(拓定: 넓히다.넓힌다)하라고 하며 옷을 하사한 후 파견하였다. 최충이 영원진(寧遠鎭)·평로진(平虜鎭) 및 여러 보루 14개를 설치하고 돌아오자 내사시랑평장사(內史侍郞平章事)로 직을 올려주고, 이어 수사도 수국사 상주국(守司徒修國史上柱國)으로 직을 다시 올렸다가, 얼마 뒤에 문하시랑평장사(門下侍郎平章事)로 임직되었다.〈고려사〉95 열전, 최충

　최충은 판서북로병마사 직분으로 가서 군사시설을 수축하였다. 당시 고려는 천리장성을 중심으로 동북 방면은 길주(吉州)까지 기미주(羈縻州: 국경지대 근처에 다른 민족이 살 수 있게 허가한 지역)가 설치되어 있어, 천리장성은 여진족과는 혈통적 혼효(混淆: 어지러이 뒤섞임)를 막고, 문화적 차이를 구분하려는 구분 선과 같은 기능이 있었다. 그러나 기미주가 동북여진 정벌 후 여진에게 반환된 뒤에 천리장성은 국경선으로서의 의미를 갖게 되었다. 이처럼 고려는 축조작업을 지속시켜 국방에 힘을 기울였다. 그러나 거란에서는 통첩을 보내 장성 축조를 중지할 것과 동시에 국교를 정상화할 것을 요구해왔다. 하지만 고려는 자신의 자위권인 국방을 위해 성을 쌓는 것은 당연하며, 거란에 억류된 고려 사신들을 돌려보내라고 요구하였다. 그리고 거란이 무력으로 차지한 압록강 지역을 돌려주면 자연스럽게 거란과의 국교는 정상화될 것이라고 반박하였다. 천리장성은 11세기 초 고려의 북쪽 변방에 쌓은 것으로, 여진족과는 국경을 이루었던 성이다. 총길이 1천여 리의 석성(石城: 돌로 쌓은 성)이며, 높이와 두께는 각각 25척(尺)이다. 당시 고려의 경계는 서북 방면에서는 압록강이 자연 경계를 이루어왔고, 동북 방면은 궁예(弓裔)의 관할 관도였던 패강(浿江: 대동강, 十三鎭)의 동북(東北)인 정평(定平: 함경남도 남부지역)까지였다. 그러

나 압록강에서 정평을 잇는 중간 내륙지역은 미(未)경계지역으로 남아 있었다. 따라서, 이 지역에 성책을 축조함으로써 국경선이 됨과 동시에 두 지역의 분리 기능을 취하게 되는 것이었다.

이와 같은 장성의 축조가 가능했던 것은 그 지역에 살고 있던 여진족들이 아직 정치적으로 미숙해 마을 단위로 흩어져 살고 있었기 때문이었다. 천리장성에 대한 고려의 인식은 국경선으로서의 의미 외에, 여진족과 거란족에 대해 문화적 구분의 의미도 내포하고 있었다.

최충은 세 차례에 걸친 거란의 침입을 겪으며 국방강화를 최우선의 과제라고 생각하여 덕종 앞에 다가가

"그동안 우리 고려는 여러 차례 외적의 침입을 당하여 나라가 몹시 위태로웠사옵니다. 북쪽 변방에 아직도 거란이 도사리고 있으니 북쪽에 더 많은 군사를 배치함이 좋을 듯하옵니다. 하루라도 빨리 서두르십시오."

최충의 말을 들은 덕종은 느끼는 바가 컸다. 그래서 덕종은 병마 원수 유소를 불러서 요소요소에 성을 쌓아 국방을 튼튼히 하도록 명령을 내렸다. 왕명을 받은 유소는 압록강 어귀에서부터 의주 지방으로 성을 쌓아가기 시작했다. 바로 천리장성이었다. 천리장성은 11세기 초 고려의 북쪽 변계(邊界)에 쌓은 것으로, 여진족과 국경을 이루었던 성이다.

총길이 1천여 리의 석성(石城)이며, 높이와 두께는 각각 25척(尺)이다. 당시 고려의 경계는 서북방면에서는 압록강이 자연 경계를 이루어왔고, 동북방면은 궁예(弓裔)의 관할 관도였던 패강13진(浿江十三鎭)의 동북한계인 정평(定平)까지였다. 그러나 압록강구와 정평을 잇는 중간 내륙지역은 미한정 경계지역으로 남아있었다. 천리장성에 대한 고려의 인식은 국경선으로서의 의미외에, 여진족과 거란족에 대해 고려는 문화적·혈통적으로 다를뿐 아니라, 고려가 우위에 놓임으로써 이들과 혼효(混淆)되어서는 안된다는 문화적 구분선의 의미도 내포하고 있었다. 천리장성의 축조는 1033년(덕종 2) 8월 왕이 평장사(平章事) 유소(柳韶)에게명해 북쪽 변계에 관방(關防)을 처음으로 쌓게 한 데서 비롯된다.위치와 범위는 서쪽으로 서해안에 있는 옛 국내성(國內城: 義州) 경계의 압록강이 바다로 들어가는 곳으로부터 시작하였다. 동쪽으로는 지금의 의주(義州) 지역인 위원(威遠)·흥화(興化)·정주(靜州)·영해(寧海)·영덕(寧德)·영삭(寧朔)·정융(定戎)·영원(寧遠) 및 그 부근의 평로(平虜)·맹주(孟州: 지금의 평안북도 맹산), 그리고 삭주(朔州)·운주(雲州: 지금의 평안북도 운산)·안수(安水: 지금의 평안남도 개천)·청새(淸塞: 지금의 평안북도 희천)등의 13성(『동국여지승람』과 『고려사절요』는 14성이라 함)을 거쳐 지금의 함경남도 영흥(永興) 지역인 요덕(燿德)·정변(靜邊)·화주(和州) 등의 3성에 연결되어 동쪽으로 바다에 이어진다.

천리장성의 고유 명칭이 어떠했는지는 알 수 없으나, 『신증

동국여지승람』에서는 속칭 만리장성이라 했다는 것이고, 현재
는 흔히 고려 장성 또는 고려의 천리장성이라 불리고 있다. 축조
목적은 동북방면의 여진족, 서북 방면의 거란족을 방비하기 위
한 것이었다. 물론, 국초 이래로 고려는 이들 방면의 방비를 위
해 각 요새지에 성책을 쌓아온 터였다. 특히, 1014년(현종 5)에서
1030년 사이에는 동서북 양면의 요새지에 부분적으로 성책을
쌓아왔다. 천리장성의 축조는 이미 현종 때 쌓은 북변의 성진(城
鎭)에 대해 1033년에 비로소 관방을 설치하는 연결작업이었다.
그러므로 서북 방면의 14개성과 동북 방면의 3개 성은 고려 변
계의 요새지로서 군사상의 기능뿐 아니라, 관문의 기능을 수행
하게 되었다. 이처럼 이들 관성(關城)이 매우 중요한 축조물이었
다는 사실을 다음의 대응으로서 더욱 분명해진다.

유소가 관방을 축조할 때 거란은 우호를 위한 대로(大路)를 봉
쇄하는 행위이며, 목채(木寨)를 세워 기병을 방비하려는 행위라고
힐책하였다. 실제로 관방을 쌓을 때 거란병의 방해가 있기도 하
였다. 이에 반해 덕종은 신하들에게 잔치를 베풀어 주고, 관성
을 개척한 수고를 위로해 유소에게 추충척경공신(推忠拓境功臣)이
라는 호를 내려주었다고 한다.
  고려 사회가 정치적·외교적·제도적으로 안정을 기하면서 천
리장성은 국경선의 기능에서, 때로는 문화권의 구분선과 같은
의미를 지니고 있었다. 특히, 동북 방면은 장성 밖으로 길주(吉

州)까지 기미주(羈縻州)가 설치되어 있어 장성은 여진족과는 혈통적 혼효를 막고, 문화적 차이를 구분하려는 구분선과 같은 기능을 갖기도 하였다. 그러나 기미주가 동북 여진 정벌 후 여진에게 반환된 뒤에 천리장성은 국경선으로 선의 의미를 갖게 되었다. 천리장성은 압록강 어귀에서 시작하여 지금의 함경도까지 이어졌다. 이 천리장성은 10여 년이 지난 후 완성되었다고 하는데 이것이 천리장성의 시초이다.

천리장성의 축조는 덕종이 평장사(平章事) 유소(柳韶)에게 명해(1033년, 덕종2, 8월)북쪽 변방에 관방(關防: 변방에 설치한 요새)을 쌓게 한 데서 비롯되었다. 위치와 범위는 서쪽으로 서해안에 있는 옛 국내성(國內城: 의주(義州)) 경계인 압록강이 바다로 들어가는 곳부터 시작하였다. 동쪽으로는 맹주(孟州: 지금의 평안북도 맹산)그리고 삭주(朔州)·운주(雲州: 지금의 평안북도 운산)·안수(安水: 지금의 평안남도 개천)등의 13성(동국여지승람과 고려사절요는 14성)을 거쳐 지금의 함경남도 영흥(永興)에 연결되어 동해로 이어진다. 따라서, 천리장성은 고려의 요새지로서 군사상의 기능뿐 아니라, 관문으로서 기능도 수행하게 되었다. 이처럼 천리장성이 매우 중요한 축조물이었다는 사실은 실제로 성을 쌓을 때 거란 병의 방해가 많았기 때문이다. 고려 사회가 정치적·외교적·제도적으로 안정을 기하게 된 천리장성은 환난이 있을 때 미리 짐작하고 이를 예방하는 천도天道였다. 한편 덕종은 성을 쌓아 백성을 이주시키고 축조작업을 지속시켜 국방에 힘을 기울였다. 이에 대해 거란에서는 불안해하면서 그 감정에 취해 허우적거렸다.

이처럼 고려가 타협책과 강경책으로 양면 전략을 구사하자 거란은 일단 압록강에 해군을 보내 고려에 대해 무력 시위를 감행한다. 하지만 이것이 먹혀들지 않자 결국 화해 책으로 억류 중인 사신들을 돌려보냄으로써 양국의 외교관계는 정상화된다.(1038년 4월) 이에 따라 고려는 상서좌승 김원충을 거란에 파견하고 그해 8월부터 다시금 거란의 연호를 사용하게 된다. 이로써 고려와 거란의 대치 관계는 일단락되고, 이후부터 거란이 멸망하는 13세기까지 양국 간의 평화가 지속된다. 평화가 시작되었지만 고려는 장성 축조작업을 중단하지 않았고, 1044년 마침내 압록강 어귀에서부터 동해안의 도련포에 이르는 천리장성을 드디어 완성한다. 천리장성의 완성으로 고려는 거란, 여진 등의 북방 족의 내침을 효과적으로 막아낼 수 있는 전초기지를 마련했고, 또한 북방문화에 의한 고려 풍속 침해를 막아낼 수 있는 문화 방비 벽을 얻게 된 셈이었다. 이처럼 최충이 판서북로병마사 직분으로 가서 군사시설을 수축한 것은, 최충의 사상과 학문이 그 자체로만 머무르는 것이 아닌, 분석 대상을 특수하고 보편적인 상황으로 치환하여 당시의 사상事象을 제대로 파악한 것이었다. 이는 최충의 사상과 학문이 놋그릇에 유추하리만큼 깊이 있는 사유思惟와 담론형식이 내재한 큰 그릇이었다. 또한 과거와 현재, 그리고 미래를 비춰볼 수 있는 거울과 같은 기능을 할 수 있는 잘 다듬어진 유기그릇과 같았다. 훌륭한 질감의 사유로 창의성을 돋보여 준 최충은, 정종으로부터 참지정사(종2품) 겸 수국사(修國史, 2품 이상의 관리겸직)로 임명받는다.(1037년 7월) 참지정사는 내사문하성 소속의 재상이었고, 수국사는 선대왕의 실록편찬관 이었다.

7. 천리장성 축조에 따른 사기 진작

천리장성 축조작업을 지속시켜 국방에 힘을 기울였던 정종은 서경과 개경에 팔관회를 열고 대사면령을 내려 백관과 백성들의 화합을 도모하였다. 또한 온건파인 황보유의를 내사문하 평장사로 임명하여 조정을 개편하였다. 그리고 거란은 억류 중인 사신들을 고려에 돌려보냄으로써 양국의 외교관계는 정상화된다.(1038년 4월) 이로써 고려와 거란의 대치 관계는 일단락되고, 이후부터 거란이 멸망하는 13세기까지 양국 간의 평화가 지속된다. 평화기가 시작되었지만 고려는 국방력의 증대를 멈추지 않았고, 백성들은 외침에 대한 근심에서 벗어나 내부기강 확립에도 많은 도움이 되었다. 이후 노비종모법(奴婢從母法)을 제정하고(1039년), 악공과 잡류들의 자손들이 과거에 진출한 것을 금지했으며(1045년), 장자상속 법을 마련하는(1045년) 등 정종은 국방의 안정을 바탕으로 일련의 사회 안정책을 실시하였다.(1045년)

최충은 상서좌복야(尙書左僕射 정2품)로서 양대춘(楊帶春: 거란과의 전쟁영웅인 양규의 아들)을 안복대도호부 부사로 삼는 데 대하여 아뢰기를

"양대춘은 의지가 높고 지략이 많으며 군대의 일에 능숙하니, 만일 변방에 근심이 생기면 이 사람 이외에는 보낼만한 사람이 없는데 지금 밖으로 내보내는 것은 마땅하지 않습니다."

하니 윤허하지 않았다.(정종6년 절요4-320)

정종의 결심을 읽은 최충은 자신이 지켜온 삶의 자세에 대하여 깊이 생각하였다. 자신이 지향해온 삶의 자세란, 현인들이 항상 고민하고 나름대로 답을 제시했던 문제들이라는 것을 깨닫고, '인간적'이라는 말의 의미에 초점을 맞추었다. 인간사회에는 누구나 지키고 따라야 할 보편적인 도덕원리가 있다. 이와 함께 각 사회의 독특한 상황에 맞는 개별적인 관습과 능력도 존재하고 있다. 이는 인간이 동물과 다른 인간만의 특성인 것이다. 그리고 '인간답다'라는 말이 의미하는 것은 이성의 소유에 있다는 것도 깨닫는다. 이치에 맞는 언행, 합리적 사고, 남을 위한 배려, 과욕의 절제 등이 인간 고유의 특성이다. 그러나 최충은 정종과 맞서지 않았다. 아니 맞서기가 싫었을 것이다. 지식과 지혜의 수용화 과정에서 수용 주체에 따라 대상에 대한 인식의 차이는 알파와 오메가같이 상당한 차이가 있었기 때문이었다. 이 경

우 최충은 알파에 해당하였다. 그 이유는 최충 자신이 높은 지적 수준을 갖춘 언어 탁월한 언어구사력 때문이었다. 또한 인간성 타락이라는 위기를 극복하기 위해서는 인간에 대한 이해와 탐구가 절대적으로 필요한데 현실은 어디까지나 관념이나 추상이 아닌 현실 경험의 덩어리이기 때문이다.

최충은 정종과 대화하면서 숨어 있는 의미를 설득력 있는 담론으로 엮어 나갔다. 생각해 보면 참으로 모질게 긴 세월의 언덕을 넘어온 셈이었다. 전쟁의 포화 속에서 날씨도 무척 추웠고 눈도 많이 내렸다. 언제 전쟁이 종식될지 암담할 뿐이었다.

그러나 전쟁을 승리로 이끌기 위해서는 끊임없는 학문의 길과 지적 훈련이 필요하였다. 인간의 삶은 배움의 연속이다. 그리고 학문을 통해 새것을 습득하기도 하고 보다 객관화된 지식을 익히기도 한다. 특히 학문을 통해 자신이 습득한 지식을 객관화하고 사고의 폭을 점차 확대해감으로써 삶의 지혜도 전쟁의 지혜도 터득하게 된다. 언제나 지식과 지혜는 공존하면서 다가온다. 그러나 최충은 전쟁에 대한 불안한 마음을 외면하지 않았다. 전쟁에 대한 나쁜 느낌을 없애려고 노력하였다. 특히 전쟁에 대한 불안, 우울, 분노 등의 감정을 어떻게 해서라도 조절하려고 하였다. 예를 들어 사랑하는 아이가 서글프게 울고 있는데 문을 쾅 닫고 나가버린다면 절대로 해결되지는 않는다. 아이의 우울을 외면하면 아이는 스스로 버려졌다고 느낄 것이다. 아이의 불안을 외면하면 아이는 스스로 공포감에 휩싸인다. 아이의 분노를 외면하면 아이의 울분은 그만 터져버린다. 아이의 불안과 우울과 분노의 감정을 바라보고 함께 호흡한다면 울고 있는 아이도 점차 안정을 찾아간다. 따라서 울고 있는 아이를 충분히 달래주는 것이 효과적이듯 전쟁 당사자들도 충분히 달래주는 것이 현명할 것이다. 최충은 이러한 생각 속에 전쟁에 대해 이유 없이 올라오는 불안 공포의 마음을 다스리기가 쉽지 않다는 것을 깨달았다. 일반적인 불안한 감정은 주변의 사람, 환경, 장소와 얽혀서 드러나는 증상이지만 잠시라도 그 안에 머무르다 보면 오랫동안 갇혀 버리기 쉽다. 이러한 상황일 때는 자신을 불안하게 하는 사람을 피하고, 불안하게 하는 장소를 피하여, 나를 안정시켜주는 장소에서 쉬거나 지혜로운 사람과 차 한 잔하는 것이다. 불안도 욕심이라는 이야기가 있다. 이 말은 누구든지 욕심이 채워지지 않는다면 불안하다는 것이다. 욕심이란 욕심을 부려서 얻어지는 것도 아닌데 욕심을 부린다는 것은 결국 도둑심보이다. 욕심만 부린다면 오히려 불안만 심해져서 정작 해야 할 일을 못 하고 삶을 허비할 것이다. 도둑질하듯 삶을 살지 않아야 하는 이유는 도둑은 항상 불안하고 남의 것을 빼앗기 위해 혈안이 되어야만 하기 때문이다.

정종은 북방에서 오는 장계를 보고 받고는 그 자리에서

"경들은 저 너머 겨울 들판이 보이는가?", "나는 보이지 않는구나." 신하들은 질문을 속으로 밀어 넣었다. 정종은 표정 없이 말을 아꼈다. 신하들은 정종의 음색을 기억하지 못했고 심기를 헤아리지 못했다. 정종은 먹을 찍어서 시부詩賦를 적지 않았고, 사관을 가까이하지 않았으며, 묵적을 남기지 않았다. 단 몇 마디로 모든 것을 대신했다. "알았다. 물러가라. 그렇겠구나. 너의 말이 오활(迂闊: 현실과 관련이 없음)하다. 좋지 않다. 가져가서 다시 논하라."

그것이 정종의 대답이었다.

정종은 혼자 있을 때도 보료에 몸을 기대지 않고 등을 곧추세웠다. 시선은 항상 북방을 응시했다. 목소리가 낮고 멀어서 상궁들조차 허리를 숙여서 임금의 목소리를 잘 모시지 못했다. 날이 저물었으나 정종은 내관을 물리치고 별감을 불러 불을 켜지 못하게 하여 편전은 어두웠다. 궁궐 처마 끝에는 긴 고드름이 매달렸다. 최충이 축성을 추진하는데, 있어 정작 필요한 것은 사기士氣였다. 사기morale란 원래 군대용어였다. 나폴레옹시대에 군대의 전투 의욕을 의미하는 말로 처음 사용되었었다. 그러나 최근에는 기업 내의 근로의욕을 나타내는 의미로도 사용되기에 이르렀다. 사기士氣라는 말은 여러 가지 의미로 쓰이지만, 최충에게 있어 사기란 스스로 택한 영역에서 업적이나 작업에 대해 자부심을 느끼고 거기서 우러나오는 만족감이자, 이러한 만족감을 기초로 하여 자기가 종사하는 일에 자발적으로 전력을 기울이는 일종의 정신적인 심리상태였다.

또한 공동목표를 달성하기 위해 시종일관 끈기 있게 노력하는 집단의 역량이었다. 성을 쌓는 병사들은 자기가 소속해 있는 집단에서 요구하고, 기대하는 업적에 대한 신념이 있었다. 이는 결단력 있고 자발적이며 희생적이고 용기 있는 병사들의 태도였다. 사기란 외면상으로는 보기 어려운 마음의 상태이고 실로 모호하여 뚜렷이 파악하기 어려운 점도 있지만, 이를 파악하기 어렵다고 그대로 둘 수 없는 중대한 문제였다. 따라서 최충은 사기에 대해 어느 정도 직감에 의존하는 한이 있더라도, 이를 조작操作하고 고양高揚시키지 않으면 안 된다는 것을 잘 알고 있었다. 나쁜 말로 기분 잡치게 하는 사람은, 그냥 수준 이하의 사람이라고 단정하면 그만이다. 그런데 지나친 칭찬도 듣기 싫지 않은 게 인간의 간사한 마음이다.

부부 사이도 서로 칭찬의 샘이 마르지 않을 때 멋진 관계가 오래 유지된다. 칭찬은 누구나 좋아한다, 그것이 하얀 거짓말이든 까만 거짓말이든, 칭찬은 가장 아름다운 언어다. 내가 남한테 주는 것은 언젠가 내게 다시 돌아온다. 그러나, 내가 남한테 던지는 것은 다시 돌아오지 않는다. 달릴 준비를 하는 마라톤 선수가 옷을 벗어 던지듯 천리장성 축조를 시작할 때 최충은 모든 감정을 벗어던졌다. 그 이유는 천리장성을 쌓다 보면 병사들 자신도 힘이 들면 감정의 노예가 될 수도 있기 때문이다. 이는 자칫하면 큰 실수를 범하게 된다. 최충은 부장(副將, 장군을 보좌하는 장수)들에게 당부하였다. "엉뚱한 데서 뺨 맞고 화풀이를 병사들에게 절대로 해서는 안 된다." 그리고 "내 뺨을 때린 사람에게 화풀이하고, 병사들과는 웃으며 의지하며 지내야 한다."라는 이야기를 강조하였다. 그리고 최충은 생각하였다. 축조하면서 힘이 들 때, 병사들끼리 서로를 기쁘게 해주면 나쁜 감정은 눈 녹듯 스르르 풀려나갈 것이다. 또한 배고픈 병사에게 밥을 주거나, 옷이 없는 병사에게 옷을 주거나, 마음이 아픈 병사를 위로해주거나, 우울한 병사를 웃게 해주면 불안한 병사들의 마음이 밝은 빛으로 채워질 것이라는 확신을 하게 될 것이다.

8. 천리장성을 생각하며 명상에 잠기다

최충이 아침에 일어나 보니 북쪽을 향해 휘감은 온 산하가 백설로 뒤덮여 있었다. 햇살에 반사된 설원은 장관이었고 눈이 부셨다. 하인들이 일찍 일어나 대문 밖을 말끔히 치워놓았다. 하인들은 최충을 보자 눈을 다 쓸었다면서 추운데 안으로 들어가라고 손짓, 발짓하고 있었다. 그때 전선 상황은 고려 군사들이 후퇴하고 있다는 좋지 않은 소식들이었다. 그리고 조정에서는 안동대도호부(安東大都護府)부사 임명을 재고해달라는 주청도 있었다. 최충은 복야(僕射: 임금의 명령 전달 및 조세에 관한 업무)로서 상서성(尙書省)의 상서령(문하시중과 같음, 실권은 없고 종친에게만 주어지는 명예직)을 보좌하는 정2품 재상직이었다. 그러나 상서성의 실직(實職)은 복야(僕射)가 수장이었다. 일설에는 복야도 재상반열에는 들지 못했다는 설도 있지만, 3년 전 이미 참지정사로 재상반열에 있었기에 복야 자체는 실직實職이었을 것이다. 최충은 스스로 어떤 '나'를 만들어갈 것인가 명상에 잠기었다. 그리고 쉽게 얻어지는 것은 그리 오래 가지 못한다는 것을 명상하며 깨닫는다.

『광야의 샘』이라는 책에서 카프마 부인이 누에가 잘 나오도록 고치의 구멍을 넓혀 준 내용이 있다. 누에는 쉽게 나오기는 했지만 날지도 못하고 죽었다. 이유는 힘들지 않고 쉽게 나와 날개가 힘을 얻지 못해 죽은 것이다. 세상에 공짜는 없다. 심는 대로 거두고, 열심히 최선을 다하면서 때를 기다려야 한다. 인삼은 적어도 3년은 기다려야 수확을 할 수 있고, 나무도 30~40년이 지나야 좋은 재목으로 사용할 수 있다. 최충은 서경장서기로 있다가 파직 당한 후 때를 기다렸다.

우리도 이런저런 이유로 행복한 삶을 먼 미래로 미루고 그때를 기다리면서 하루하루를 살아가고 있다. 그리고 "언제 한번 기회가 다시 올 거야", "언제 한번 내 인생도 풀릴 날이 올 거야."라고 이야기한다. 그리고 후회도 한다. "만일 공부를 열심히 하였더라면?", "만일 시간이 좀 더 있었다면?", "만일 누군가가 나를 도와주었더라면?", "만일 운이 따라 주었더라면?" 등의 주술처럼 주문을 입에 달고 변명거리를 찾는다.

'만일'과 '언제'라는 언어의 홍수 속에 산다. 물론 이 말은 좋은 말로 들리지만, 기분을 상하게 하는 말로 들릴 수도 있다. 오히려 그 언어 때문에 혼란에 빠지기 쉽다. 그래서 좋게 들리건, 기분 나쁘게 들리건 그냥 그렇게 받아 두고 산다. 말을 깊이 파고 들어가면 씁쓸하기에 말의 외모를 보지 않고 속내를 보아야 한다. 지나가는 말로 "언제 한번 차나 한잔 같이하시죠."라는 말에서 우리는 가야 할 길과 가지 말아야 할 길, 할 것과 하지 말아야 할 것, 그리고 아름다움과 누추함이 무엇인지 스스로 깨달아야 한다.

최충은 위대한 인물처럼 명상을 즐겼다. 최충은 명상에서 삶의 본질은 고뇌를 배우는 것과 빙그레 웃음을 배우는 것이라고 깨닫는다. 그리고 정직, 성실, 근면, 염치가 무엇인지는 누구나 알 수 있으나, 그것을 몸에 익히게 하기는 어렵다는 것도 깨닫는다. 바로 삶의 본질인 고뇌이다. 명상은 제2의 자기 자신이다. 현인들은 누구나 두세 가지 명상을 하고 있다. 그리고 그 명상을 통해 자기 자신을 찾는다. 이는 결코 우연이 아니다.

독일 격언에 "쓴맛을 모르는 자는 단맛도 모른다."라는 말이 있다. 이는 지난날의 자기는 이미 오늘의 자기가 아니고, 때가 지나면 다른 사람이 된다는 뜻도 담겨 있다. 최충도 양지에만 있었으면 그늘은 보지 못했을 것이다. 그러나 파직당한 후 삶의 그늘은 최충에게 어진 스승이 되었다. 홀로 어려움을 견디며 최충의 육체와 정신도 다시 태어났다. 그 결과 최충은 문무관직文武官職을 다 수행할 수 있었다. 이러한 경험을 통해 최충은 나 자신이 나를 만들어가는 존재라는 결론을 얻었다. 그리고 모든 것은 처음이 중요하기에 말을 잘 타려거든 먼저 안장이 튼튼해야 하고, 준비가 끝나면 대담하게 달려가야 성공할 수 있다는 확신을 했다. 최충의 이러한 삶의 모습에서, 아름다운 화음은 불협화음에서 만들어지고, 불협화음 속에서 조화의 가능성을 찾아 다시 조화롭게 조직하는 것, 이러한 천분(天分: 타고난 재능)을 가진 최충만이 새로운 사회를 창출할 수 있다는 생각이 들었다.

정종은 최충이 영원진(寧遠鎭)·평로진(平虜鎭)및 여러 보루 14개를 설치하여 북쪽 변방 천리장성의 기틀을 구축하고 돌아오자 문무겸전(文武兼全)장군이라 치하하고 문하시랑평장사(門下侍郞平章事)로 중용하였다.(고려사95, 열전, 최충)최충은 판서북로병마사의 직을 띠고 서북면으로 나갔을 때 영원진, 평로진 두 진에 성을 쌓았다는 기록이 있다. 그때 천리장성 안은 하늘이 넓어서 해가 길었다. 그리고 성벽을 따라 소나무 숲이 서늘하였고, 작은 물줄기들은 농경지 가까이 흘러들었다. 천리장성이 축조되기 전부터 땅에 기갈 들린 백성들이 성안으로 모여들어 개울을 끼고 마을을 이루었다. 성안 마을은 작지만 자족하며 복작거렸다. 땅은 힘이 깊어서 수목이 옹골차고 우뚝했다. 숲과 땔나무는 화력이 좋아 불이 밝았다. 성 밖 백성들은 곡식을 들고 와서 농기구며 항아리와 바꾸어 갔다. 지방관아와 감옥이 들어서자 성안 마을은 번듯하고 묵직했다. 거란과 여진의 죄인들은 순청(巡廳: 순찰을 보던 관아)마당에서 처형되어 새남터(죄인들 사형집행 장소)에 버려졌다. 천리장성은 십 리 밖에 흐르는 강의 여울이 있어 거란족이나 여진족의 대병이 건너오기 어려웠다. 성벽 밖은 산줄기가 가파르고 첩첩해서 적의 기병이 말을 몰아 다가올 수 없었으며, 성 둘레는 가파르게 길게 휘어져 포위할 수가 없었다. 성 밑은 가팔라서 밖에서 화살을 치 쏘고 위에서는 내리쏘니 성벽에 붙어 적병이 기어오를 수가 없었다. 또한 성안에는 작은 농토와 물줄기가 있어 오래 버틸 수 있으니, 병서兵書에 의하면, 편안히 진 치고 앉아서 멀리서 온 피곤한 적을 맞는 천리장성은, 한 명이 백 명을 물리친다는 지리地利의 노른자위라고 지관과 병사들이 이구동성으로 말하였다. 천리장성의 산과 물의 형세로 보아 틀린 말은 아니었다. 성의 지세가 물을 두르고 산에 기댄 성의 형국이 외가닥이어서 한번 막히면 갇혀서 뚫고 나가기가 어려운 형세였다. 이와 같은 튼튼한 국방력은 고려 사회를 외침에 대한 근심에서 벗어나게 함으로써 내부기강 확립에도 많은 도움을 주었다.

최충은 천리장성의 모습을 그려가며, 행복한 사람 모습은 불행한 사람 눈에만 보이고, 죽음에 임한 사람 모습은 병든 사람 눈에만 보인다는 생각으로 깊은 명상에 잠기었다. 그리고 웃음소리가 나는 집엔 행복이 와서 들여다보고, 고함이 나는 집엔 불행이 와서 들여다본다는 평범한 진리를 깨닫는다. 최충은 받는 기쁨은 짧고 주는 기쁨은 길다는 마음으로 성안에 백성들을 보살폈다. 늘 기쁘게 사는 사람들은 주는 기쁨을 가진 사람이다.

그런데 어떤 이는 가난과 싸우고 어떤 이는 재물과 싸운다. 가난과 싸워 이기는 사람은 많으나 재물과 싸워 이기는 사람은 적다. 넘어지지 않고 달리는 사람에게 사람들은 박수를 보내지 않는다. 넘어졌다 일어나 다시 달리는 사람에게 사람들은 박수를 보낸다. 최충은 성안에서 집단의 규율을 유지하며 병사들의 사기를 높여가는 것이 국방의 필수적인 요소라고 생각하였다. 감동이 없는 책은 필요가 없다. 깨달음 없는 종교도 믿을 필요가 없다. 그리고 진실성 없는 친구도 사귈 필요가 없듯이, 자기희생 없는 사랑도 존재할 필요가 없다. 비뚤어진 마음을 바로잡는 관리자가 똑똑한 사람이고, 비뚤어진 마음을 그대로 간직하고 있는 관리자는 어리석은 사람이다. 사람들은 누구나 다 성인이 될 수 있다. 그런데도 성인이 되는 사람은 거의 없다.

자신의 것을 버리지 못하기 때문이다. 최충은 분명 성인으로서 손색이 없다. 세태를 보면 돈으로 결혼하는 사람은 낮이 즐겁고, 육체로 결혼한 사람은 밤이 즐겁지만, 사랑으로 결혼한 사람은 밤낮이 다 즐겁다. 그러나 살다 보면 황금의 빛이 마음에 어두운 그림자를 만들고, 애욕의 불이 마음에 검은 그을음을 만든다. 두 도둑이 죽어 저승에 갔다. 한 도둑은 남의 재물을 훔쳤기에 지옥에 갔고, 한 도둑은 남의 슬픔을 훔쳤기에 천당에 갔다. 이쯤 되면 슬픔도 훔쳐볼 만하다.

항상 먹이가 있는 곳에 적이 있고, 영광이 있는 곳엔 상처가 있다. 군주로서 백성에 대한 사랑이 클수록 백성들의 소망은 작아지고, 백성들이 군주에 대한 신뢰가 클수록 군주의 번뇌는 작아진다. 남자는 여자의 생일을 기억하되 나이는 기억하지 않듯이, 군주는 장수들의 용기는 기억하되 실수는 기억하지 말아야 한다. 최충도 살아오면서 "나는 왜 이 세상에 태어났는가?", "내가 이 세상에서 진정으로 해야 할 일은 무엇인가?", "지금의 이 몸과 마음은 진짜인가, 가짜인가?", "나는 과연 누구인가?" 이러한 인간적인 고뇌가 스쳐 갔을 것이다. 그러나 우리는 이러한 질문에 익숙하지 않다. 하지만 지금까지 인류에게 던져진 질문들은 바로 이와 같은 것들이다. '나' 자신을 모르고서는 보다 나은 삶을 살아갈 수가 없다. 그런데 진정으로 인간답게 사는 것이 무엇인지도 모르고 허겁지겁 욕심만 추구하며 살다 보면, 자신은 물론 온 세상이 훼손되고 오염되고 파괴되는 상황에 이를 것이다. 길을 가면서도 자신이 왜 이 길을 가야 하는지조차 모르고 간 셈이다. 대개 남들이 가니까 나도 그냥 따라간 것이다. 우리는 그것을 관행 또는 관습이라고 한다. 이러한 관습이나 관행은 관념은 조상으로부터 쉬지 않고 굴러온 것들이 더 많다. 갈등, 싸움, 거짓말, 속임수, 협잡, 부패 등이 그러하다. 그리고, 인류는 끊임없이 희망과 평화, 소망과 자비심을 부르짖으며 살아왔다. 문제는 이 극단적인 언어의 속성들이 바로 우리 안에, 한꺼번에 다 들어있다는 것이다. 이러한 것들이 반복적으로 돌아가는 것이 다름 아닌 윤회이다.

9. 역사는 사람 사는 이야기

역사란 사람들이 모여 함께 살아가는 이야기이다. 역사 속에는 큰일을 한 사람 이야기부터 자기 삶을 충실히 살다 간 사람까지 삶의 다양한 모습이 담겨 있다. 고려 사회가 다양한 사람들의 집합체인 이상, 그들 하나하나의 삶이 모여 고려 역사가 된 것이다. 왕은 왕대로, 학자는 학자대로, 농부는 농부대로, 장사꾼은 장사꾼대로, 땡추(계율을 지키지 않는 승려)는 땡추대로, 반역자는 반역자대로, 도둑놈은 도둑놈대로, 그림쟁이는 그림쟁이대로, 거지는 거지대로 사회의 한 모퉁이를 차지하고 역사를 만들어간다. 이들의 삶은 역사의 훌륭한 소재가 되고 역사의 진정한 내용이 된다.

'

펄 벅'의 소설을 영화화한 〈대지〉에는 메뚜기떼의 습격으로 지상의 풀 한 포기까지 남지 않은 실의에 찬 농민들이 등장한다. 농민들은 먹을 것을 찾아 걷고 또 걸어서 어느 부잣집에 도달했고, 농민들 또한 메뚜기떼와 다르지 않게 부잣집을 통째로 들어먹는다. 짐승처럼 변한 흉악한 농민들이 교양있고 우아하게 살던 부유한 사람의 집을 완전히 거덜 내는 장면은 공포를 느낄 정도였다. 고려의 백성들도 굶주리고, 벼랑 끝에 내몰리면 이들과 다르지 않다. 이래도 죽고 저래도 죽는 상황에 놓였을 때, 백성들의 삶과 죽음, 투쟁과 화해, 고뇌와 기쁨, 절망과 희망, 좌절과 극복을 충실히 다루는 수국사(修國史: 역사를 기록하는 사관)야말로 고려 사회의 미래를 여는 풍부하고 밝은 사관史官이라 할 수 있다.

수국사(修國史)는 표면에 잘 드러나지 않는 역사에까지 주목해야 한다. 이미 드러난 역사는 "왜, 그런 일이 일어났을까?"

그리고 "일어난 일 뒤에 숨겨진 본 모습은 무엇일까?" 고민해야 한다. 또한 교묘하게 숨겨진 사건의 진실을 뒤집을 수 있는 물적 증거를 찾으려고 노력하는 뛰어난 수사관처럼 사건 이면에 숨겨진 진실을 밝히고자 동분서주해야 한다.

따라서 이미 드러난 사건에 머물지 않고, 그 벽을 허물고 또 허물어 새로운 역사를 창조하는 것이 수국사이다. 최충은 사관史官으로서 왕의 언행, 정사政事와 백관百官의 시비득실是非得失을 직서直書하였고, 이를 기초로 한 실록편찬 등을 주관하였다. 그리고 주어진 사한史翰의 직임을 성실하게 수행하였다. 수국사는 독창적인 세계를 펼쳐 나가야 한다. 반복하고 답습하는 일기日記에서 벗어나 신선하고 맑은 샘물이 솟듯 언제나 새로운 사실과 새로운 충격을 전해주어야 한다. 역사의 서술체계도 이에 맞추어 새로운 옷을 입고 나타나야 한다. 사관이 스스로 독창성을 포기하고 낡은 역사에 안주하면 의미가 없다. 역사는 강가의 조약돌만큼이나 제각기 다른 이야기들이 펼쳐지는 '똑같지 않은 세계'인 것이다. 최충은 수국사로서 자신의 마음을 닦아 내리기가 힘들었겠지만 사실 그대로 기록하는 힘만은 넘쳤다,

글에 나타난 뜻 이외에 숨어 있는 또 다른 뜻을 언외지의言外之意라고 한다. '훌륭한 리더Reader가 훌륭한 리더Leader가 된다'는 말이 있다. 역사를 잘 쓰려면 세상을 잘 읽어야 하고, 세상을 잘 읽으면 훌륭한 리더Leader가 될 수 있다는 의미가 담겨 있는 말이다. 그런데 여기서 세상을 잘 읽는다는 것은, 나 자신부터 잘 읽어야 한다. 내 가족의 표정과 마음까지도 잘 읽어야 하고, 내 이웃의 생각도 잘 읽어야 하고, 함께 살아가는 세상 사람들의 표정과 마음도 잘 읽어야 한다. 또한 군왕君王도 잘 읽을 수 있어야 하고, 더 나아가 국가도 잘 읽을 수 있어야 한다는 의미를 담고 있다. 이를 역사 읽기 능력이라고 단정한다면 무리가 따를지 모르나, 여기서 언외지의言外之意란 역사가 전달하는 내용을 분석하고, 적용하고, 비판하면서, 상외지상(象外之象: 보이는 것에서 보이지 않는 것)까지 파악할 수 있어야 한다.

역사를 서술한 글이란 시원한 샘물처럼 맑아야 한다. 샘물은 퍼낼수록 맑은 물이 솟아나는데 최충이 서술한 글도 읽으면 읽을수록 정신이 샘물처럼 맑아진다. 이는 역사에 대한 인식이었다. 최충은 수국사로서 자신의 인식을 근거로 국가와 인간을 이해하려고 시도試圖하였는데 이는 역사의 휴머니즘으로 현세에서 정의로운 세계를 구축하려는 노력이었다. 그러나 최충에게도 내면적 에너지에 갈등이 쌓이다 보면 외부적으로도 싸울 거리가 많아질 수밖에 없다. 이때 부정적 에너지가 확대 재

생산 되어 가는데, 이러한 부정성은 자신의 주변에도 전해질뿐만 아니라, 본인 자신에게도 죽을 때 가져가는 유일한 길동무가 된다. 그래서 이러한 부정성은 날려버려야 한다. 이러한 부정성을 날려버린 예가 고려사 세가世家와 고려사절요(高麗史節要)의 현종顯宗 기사記事 말미末尾에 실린 최충의 사찬(史贊)이었다. 이를 분석해 보면 현종이 왕위를 계승하고 거란과의 전쟁을 종식하고서 평화를 정착시키고 선정을 베풀게 되어 마치 중국 주(周)나라 성(成)·강(康) 시대나 한(漢)나라의 문(文)·경제(景帝) 시대를 버금가는 선정을 이룩하였다고 칭찬하는 점이다. (이희덕, 『최충연구논총』 p.186 인용) 이는 숨어 있는 의미를 설득력 있게 펼친 최충의 담론이었다. 현종에 대한 사찬을 서술한 최충은 끊임없는 학문의 길과 지적 훈련을 수행하며, 세상이 아무리 어두울지라도 그 걸음을 멈추지 않았다. 이렇게 볼 때 최충의 역사의식은 위징(魏徵: 580년~643년 당나라의 정치가)같은 왕도 정치론자였다. 최충이 임금의 기준을 주의 성왕(B.C. 1115~1079), 강왕(1078~1053),한의 문제(B.C. 179~157), 경제(B.C. 156~141) 등으로 한다는 것은, 나라의 정사를 수행함에 공평하게 하고, 백성들을 안도하게 하며, 나라가 안정되어 농상이 풍년 되기를 바라는 마음일 것이다. 이 점을 사찬한 최충에 대해 율곡이 『성학집요』에서 왕도 정치론에 적합하지 않다고 이야기하지만, 고려 전기 신유학 단계에서 보면 중국 당나라나 신라 유학에 비하여 한 단계 진전된 왕도 정치론의 기준이 되는 것이라 볼 수 있다. 그 이유는 신유학 사상의 역사의식이나 정치사상은 맹자에 나오는 왕도 정치론으로 대표되기 때문이다. 그리고 이러한 왕도 정치론은 임금과 신하에 대한 기준을 설정하는 것으로 나타난다. 자연법칙에 따라 의리에 맞게 정치를 잘한 임금과 신하를 우리는 왕도 정치였다고 한다. 그리고 인위적으로 권모술수와 약육강식 논리를 적용하여 정치한 임금과 신하를 우리는 패도 정치리고 하였다.〈최충의 왕도정치론〉 지나온 역사를 살펴보면, 증오와 복수의 원인은 그것이 무엇이든 더 많이 가지려는 싸움에서 비롯된다.

　세계 역사를 보더라도 결핍을 겪는 곳을 찾아가, 나누어 주며 공존하려는 노력을 하지 않는 사회는 아무리 정의를 외쳐도 정의는 없고 폭력만이 존재한다. 역사는 사람들이 살아가는 이야기이다. 사람들은 살아오면서 진짜가 아닌 과거의 그림자, 회피의 그림자, 생각의 그림자, 습관의 그림자만 인식했는지 모른다. 그것은 역사가 아니다. 역사 인식을 확연하게 깨닫고 역사의 본질을 찾는 것이 진정한 역사가 된다. 역사는 어렵고, 신비하고 우리 삶에서 동떨어진 것이 아니다. 자신에게 지금, 이 순간 자신을 물어보고, 자기의 내면 깊숙이 자신을 들여다보고 참자아를 찾기 위해 자신에게로 떠나는 아름다운 내면 여행이 역사이다. 최충은 의식 있는 훌륭한 사관史官이었다.

10. 정치철학자 최충

최충은 수제관(修制官: 문적을 관리)에 보임되었다가 거란과의 2차 전쟁에 참전한 공로로 우습유(右拾遺)에 제수된다.(1011년) 우습유는 종6품 벼슬로서 간쟁諫諍과 논박論駁을 담당했다. 여기서 간諫이란 선과 악을 분별하여 왕에게 진술하는 일이고, 쟁諍은 지止의 뜻이 담겨 그릇된 일을 제지한다는 의미가 있다. 다시 말하면 간諫은 왕의 언론으로서 왕의 언행이나 시정에 잘못된 일이 있을 때 이를 바로 잡는 일이고, 쟁諍은 일반정치에 대한 언론으로 주로 논박과 비판을 통해 그릇된 정치나 부정한 인사 문제를 다루는 일이다.

어떠한 판단을 내릴 때는 이에 대한 올바른 인식의 틀과 합리적인 평가항목이 있어야 한다. 그리고 자신이 판단을 내리는 과정에서 인식의 틀이 올바르게 형성되었는지도 스스로 고민해 보아야 한다. 이러한 관점에서 최충은 훌륭한 정치철학자였다. 유사성 판단에서 내린 필자 나름의 기준이다. 판단이란 대상을 인식하고 그를 둘러싼 환경과 맥락을 읽고 해석하여 범주화하고 결정에 이르는 것이다.

이러한 일련의 과정은 일상의 사소한 일에서부터 국가의 중요한 결정에 이르기까지 크게 다르지 않게 적용된다. 다만 그 결정을 내리는 사람의 역량에 따라 결과가 좌우될 뿐이다. 모든 대상을 놓고 비교해보면 비슷한 점이 참으로 많다. 자두와 사과를 예로 들어 비교해보면, 둘 다 지상에서 볼 수 있고, 무게가 1kg 미만이며, 바닥에 떨어뜨릴 수 있다. 또한 가격이 1,000원 이하이고 포도보다 크다. 그리고 나무에서 열리는 열매인 과일이고, 둥근 형태를 가지고 있으며, 다양한 품종을 가지고 있고, 주스나 잼으로 가공하기에 적합하다. 이 밖에도 이 두 과일의 유사성을 찾고자 하면 끝이 없을 것이다. 그런데 차이점도 많다. 둘다 과일이지만 자두는 핵과류이고 사과는 인과류이며, 맛과 형태도 다르다. 또한 수확시기도 다르고, 가지고 있는 영양소의 종류도 다르다. 어떤 기준이나 제한을 두지 않는다면, 과일 하나조차 어떤 방식으로 이해하고 설명해야 할지 알 수 없는 상태에 놓인다. 그런데 어떤 사람이 선물용으로 과일을 사려고 한다.

선물할 대상은 성인 여성으로 과일을 좋아하지만 최근에 치아를 치료하는 중이다. 그러한 경우라면 단단한 사과보다는 부드러운 자두를 선택할 것이다. 모든 판단에 있어 대상에 대한 기준을 만들고 분류하고 범주를 나누는 까닭이 여기에 있다. 일반대중은 정치인들에게 높은 수준의 사고와 판단 능력을 요구한다. 왕에게 간쟁을 해야 하는 우습유 최충에게도 높은 수준의 안목과 사고능력이 요구된다. 이때 최충이 갖춘 철학적 지식과 세상에 대한 경험, 범주화하려는 목적은 일반대중들의 정치적 상황판단의 기준이 된다.

왕이 신하들을 차별 없이 대하겠다고 이야기했을 때, 정치적 상황판단의 기준은 모든 신하를 말 그대로 똑같이 대한다는 것으로 해석한다 해도, '똑같이'라는 말이 무엇을 의미하며, 어느 정도를 말하는지에 대한 적극적 판단은 필요할 것이다. 더욱 구체적으로 왕의 말을 분석해 본다면 '똑같이'라는 어휘의 내포된 의미가 '똑같은 어조로 말하겠다.' '공평하게 대우하겠다.' '비슷한 상황에서 비슷하게 대하겠다.' 등 여러 갈래로 생각해 볼 수 있을 것이다. 그렇다면 여기서 중요한 것은 맥락을 찾는 일이다.

맥락은 공평한 대우에 대한 정당한 기준과 원칙을 바탕으로 이루어져야 한다. 그런데 맥락의 단계는 인식의 틀과 정치적 철학이 존재한다. 역사 속의 많은 군주가 정치적 철학을 상실하여 나라를 혼란에 빠뜨리거나, 백성을 도탄에 빠지게 하는 일이 허다 하였다. 이 경우 공평한 대우에 대한 정당한 기준과 원칙이 무너졌기 때문이다. 군주로서 자질의 부족함을 보일 때 현명한 판단을 할 수 있도록 도와주는 역할을 우승유인 최충이 하는 일이었다. 신하들은 왕의 권위에 복종하는 것이 자신에게 이익이 된다는 사실을 알게 되면 복종하는데 거리낌이 없어지고 자동복종이라는 편리한 방법을 도입한다.

그러나 그런 식의 맹목적인 복종은 기계적인 특성 탓에 저주가 될 수 있다.

최충도 실수와 실패를 경험했다. 최충은 자신이 저지른 실수를 되돌아보고, 되풀이하지 않도록 철저한 자기반성으로 더욱 현명하고 통찰력 있는 안목과 자기만의 철학을 갖추었다. 최충은 현명한 인식의 틀로 자기의 경험을 고정화한 것이다. 최충이 서경장서기에서 파직당할 때 자기 스스로 인식의 틀에 문제가 있다고 판단하였다. 인식 틀을 넓게 잡거나, 좁게 잡을 때, 그리고 부적절하게 잡을 때 실수가 나타난다는 것을 깨달은 것이다. 그리고 경험을 통해 저지른 실수를 되돌아보고 되풀이하지 않도록 주의하면 통찰력 있는 인식의 틀도 만들 수 있다는 것도 깨닫게 되었다.

최충은 자기가 지닌 인식의 틀이 견고한 이상, 왕의 권위적 압력이 강력해지고, 가시적인 위협이 작용하더라도 이겨낼 수 있다는 자신감이 생겼다. 이러한 자신감은 간박諫駁논쟁에서 자동복종이라는 불문율을 타파하였다. 말 잘하는 사람이, 말 잘 듣는 사람이라고 한다. 말을 잘 들으면 실수도 적고, 말하는 이의 핵심을 간파할 수 있다. 그러므로논쟁에서 유리할 수밖에 없다.

이는 상대가 무엇을 원하는지, 무슨 말을 듣고 싶어 하는지 미리 파악되기 때문이다. 상대방에 관한 이야기에 귀를 기울이면 호미로 막을 일을 가래로 막는 일은 안 일어날 것이다.

최충은 정치철학자였다. 잘못된 정치를 바르게 하는 직책이었기에, 그의 학식과 덕망은 모든 이들에게 본보기가 되었다.

11. 최충과 군왕과의 관계

왕실과 백성이 힘을 합치자 고려는 다시 부강해지기 시작했다. 그러나 하공진을 볼모로 데려간 요나라 성종은 몇 해를 기다려도 고려에서 소식이 없자 다시 침략할 기미를 보이기 시작했다. 현종은 다시 애가 타기 시작했다. "이 일을 어찌하면 좋겠소?" 그러나 강감찬 장군이 "이젠 고려도 만만치가 않습니다. 놈들이 밀고 내려오면 맞붙어 싸워 격퇴해야지요. 군사들의 사기도 아주 높고 군량도 넉넉합니다. 너무 염려 마십시오."라고 말하자 현종은 조금 안심이 되었다. 그리고 그해(1013년 9월) 이부상서 참지정사 최항, 감수국사 예부상서 김심언, 우습유 최충을 수찬관으로 임명하였다.

원래 수찬관은 정3품 이상의 벼슬을 가진 관리가 맡는 것이 원칙이지만 문재文才가 뛰어났던 최충은 서열을 무시하고 임명되었다. 이는 현종의 지식경영 결과였다. 현종은 실록편찬을 하는 데 있어 단순히 뛰어난 인재를 찾는 것은 아무런 의미가 없다고 봤다. 그 까닭은 다른 일에 성과를 창출한 인재라고 해서 실록편찬에서도 성과를 창출할 인재라고 볼 수 없다는 현종의 판단이다. 현종의 인재 채용이란 자기와 뜻을 함께할 사람을 찾는 일이다. 현종이 생각한 인재란 기계적인 능력보다 자신이 맡아야 할 일에 대해 스스로 동기부여를 가진 사람이다. 따라서 현종은 실록편찬에 있어 우수한 역량은 기본이고, 자기의 생각과 가치관이 투영된 비전에 결을 함께 할 인재를 등용하였다. 현종이 최충을 등용한 것은 그러한 가치관의 결과였다. 그 후, 현종이 세상을 떠나(1931년 5월)태자 왕흠(王欽: 고려9대, 덕종(德宗))이 즉위하며 실록편찬 사업은 잠시 위축되기도 하였다. 그러나 현종이 승하하자 최충은 찬현종(贊顯宗 22년)의 치적을 찬양하는 명문을 지어 공표하였다. 이어 16세에 왕위에 오른 덕종은 북쪽의 방어를 튼튼히 하는 동시에 현종대의 치적을 계속 이어 나갔다. 어린 나이였지만 덕종은 왕도王道정치를 잘 펼쳐나갔다.

덕종은 나이 답지 않게 너그러움과 섬세함이 있었다. 이는 최충과 군왕과의 관계에서 덕종의 스승인 최충의 교육철학이 그대로 발현된 결과라고 볼 수 있다. 덕종은 왕위에 오르자 먼저 대사면령을 내려 죄수들을 풀어주었고 전국 각 지방에서 왕에서 진상된 말(馬)들을 여러 대신에게 나누어 주어 화합의 정치를 시작하였다. 이러한 덕종의 모습에서 그간에 최충이 펼쳐나간 군왕과의 돈독한 믿음의 관계가 한층 돋보였다. 그리고 이러한 모습에서 최충이 숨을 고르는 쉼의 정치가 엿보였다.

현종 대에 이어 덕종 대까지 이어지는 최충과 군왕과의 돈독한 신임관계는 헤밍웨이가 쓴 소설 '누구를 위하여 종은 울리나'와 유사하다. 원래 종은 당신을 위해서 울린다는 뜻이 담겨 있다. 그러나 종은 사람이 죽거나 병에 걸렸을 때 울리는 것으로,

다른 사람의 아픔과 죽음이 곧 나의 아픔이자 죽음이기에 결국 그 종은 나 자신을 위해 울리고 있다는 뜻도 된다. 최충은 잠시 자기의 위치가 어디에 서 있는지를 살펴보았다. 그리고 지금까지 지낸 것이 과연 가치 있는 삶이였던가도 생각해 보았다. 정신없이 달려왔기에 자신의 참모습을 잊고 살아 온 최충은 스스로의 자기 삶 속에 '쉼표'를 만들고 싶었다. 이상하게 들릴지 모르지만 쉬는 것도 하나의 일이다. 그런데 휴식을 위한 일정을 따로 빼놓지 않으면 '쉼표'하나 표기할 자리가 없을 만큼 꽉 들어차 있는 것이 우리의 현실이다. 쉰다는 것은 숨을 고르는 일이다. 달리거나 노래할 때에도 숨을 고르는 시간이 필요한 것처럼, 최충 자신도 일상적인 삶에서 잠시 발걸음을 멈추고 숨을 고르는 여유를 가져야 할 것이다. 국정 운영에 울화통이 치밀어 오를 때 깊은 심호흡을 한 번 하고 나면, 더 차분하게 그 문제에 대처할 수 있기에 때로는 천천히, 여유롭게 처리할 때도 있어야 한다.

조선시대 정조가 세손으로 있을 때 일이다. 세손의 아버지인 사도세자를 죽음으로 몰고 간 뭇 신하들은 할아버지 영조께 아뢰어 세손이 〈시전〉 요야편을 읽지 못하도록 했다. 그러나 세손은 어느 날 몰래 〈시전〉의 요야편을 찾아 읽었다. 그 금기의 책장에서 세손은 부모를 잃은 자식의 마음을 읊은 구절을 읽고 아버지를 그리워하며 눈물지었다. "아버지 날 낳으시고 어머니 날 기르시니 그 깊은 은혜를 갚고자 할진데 하늘을 우러러 통곡하여도 다할 수가 없네." 그런데 이것을 눈치챈 어느 못된 신하가 영조께 달려가 아뢰었다. 영조는 크게 노하여 세손을 오라 하고, 또 내관을 시켜 세손이 읽고 있던 책을 가져오게 했다. 그런데 세손의 방에 책을 가지러 간 현명한 내관은 〈시전〉 요야편을 칼로 오려낸 뒤 영조에게 가져갔다. "시전 요야편이 잘려 나가도 없는데, 어찌된 일이냐?" '분명 내가 그 부분을 펼쳐 놓고 왔을 텐데, 누가 그걸 잘랐을까?' 세손은 속으로 깜짝 놀랐지만 짐짓 태연한 척 대답했다. "할아버지께서 읽지 말라 하셨기에 그 부분을 잘라 내고 있었습니다."

결국 영조는 세손의 말을 믿고, 그 일은 별일 없이 지나갔다. 세손 정조나 내관의 훌륭한 여유로움의 탁견이었다.최충의 행정적 일 처리도 이와 같았다.

덕종 즉위 2년(1033년 4월)최충은 중추원사(中樞院使) 종2품 재상 반열에 올라 육정육사와 육조령을 관청에 게시하였다.

그후 최충은 정종때(1041)판서북로병마사(判書北路兵馬使: 오늘날 장관격, 북쪽지역 군권전담, 정3품)에 임명되어 진(鎭)과 보(堡)를 설치하여 천리장성의 틀을 구축하였다. 정종에 이어 문종이 즉위(1046년4월)하였는데, 문종은 학문을 좋아하고 웅대한 지략이 있고 어진 성격을 갖춘 군주였다.[122]

특히 최충 등 유신(遺臣: 선왕을 모시던 신하)을 자주 불러 시정市政을

122) 김상기, 『고려시대사』 p.118.

묻고 의논하며 정치개량과 제도정비에 힘썼다. 그리하여 문종대에 이르러 고려의 문화는 찬연히 빛나 국가 제도와 시설의 정비, 유교와 불교의 융성, 미술 공예의 발달, 외국과의 문물교류 성행 등 고려사(高麗史)에 있어 실로 황금시대가 이룩되었다. 이 형세는 예종(睿宗)시대에까지 이어갔다.[123]

---

123) 김상기, 앞의 책, p.105.

II부

변화를 위한 희망의 정치

변화를 위한 희망의 정치

　건국초 전쟁에 시달린 고려는 한층 고무되어 있었다. 북쪽 변경 지대의 거란 백성들이 계속 귀화해오고, 발해 유민이 세운 정안국의 추장 골수(骨須)를 필두(筆頭)로 여진족도 집단으로 몰려 들어왔다. 이들은 전쟁을 계속하는 거란 지배자들의 악정(惡政)에 고통을 견디지 못해 고려에 투항해 온 것이다. 이때 최충은 거란족과 여진족, 그리고 발해 유민까지 조건 없이 받아주어야 한다고 적극적으로 주장하였다.

　이에 고려는 그들에게 남쪽에 삶의 터전을 마련하여 귀화해 온 이들에게 살길을 열어 주었다. 거란의 국경지대 주민들은 연이은 전쟁 때문에 제대로 생활할 수가 없었다. 이들은 걸핏하면 전쟁물자를 조달하기 위한 부역에 동원되었다. 부역에 동원될 사람이 없는 집에서는 부역할 사람을 비싼 값에 사서 보내야만 했다. 부역이 너무 힘들어 도망하는 사람들이 계속 나타나자, 요나라 왕 성종은 재산이 많은 사람까지 동원하여 먹거리를 가지고 전선으로 투입하였다. 그러나 이들이 전쟁터에 이르렀을 때 가지고 간 먹거리가 반밖에 남지 않았다. 압록강 일대에 배치된 거란군들은 굶주림에 허덕였다. 그때 요나라의 신하들은 이러한 실정을 성종에게 다음과 같이 보고하였다.

지금 백성들은 먹을 것이 없어서 열 배나 되는 이자로 다른 사람의 곡식을 빌려 먹다가 자식과 논밭을 팔기도 하고, 빚을 갚을 길이 없는 사람들은 도망치기도 합니다. 또한 수많은 군사들이 죽어가고 있으며, 군사가 어린아이로 보충하는 경우도 허다합니다.

그러나 요나라의 성종은 백성들의 고통을 외면하고 끝까지 고려에 대한 침략을 포기하지 않았다. 이에 고려는 군사들의 숫자를 늘리고 군량미를 확보하였다. 그리고 전쟁물자 확보를 위해 여진족으로부터 말, 갑옷, 투구, 활화살, 털가죽 따위를 물물교환 방식으로 사들였다. 당시 고려 조정에서는 개혁작업에 절대적인 필요충분조건인 강력한 정치력과 군사력이 필요함을 절감하고 있었다.

광종이 과거제도로 1차 개혁을 성공시켰고, 성종이 정국의 안정과 조화로 2차 개혁을 성공시킨데 이어, 현종이 강감찬의 귀주대첩으로 대승大勝을 거두자 고려는 동북아시아에서 군사적 패권국으로 우뚝 섰기 때문이다. 고려는 개혁과 조화의 시대가 도래한 것이다. 개혁의 올바른 자세와 개혁작업의 완성도는 현실적이며, 미래지향적인 사고를 바탕으로 하는데 개혁추진의 성과는 그 추진과정에서 결실을 보게 된다. 최충은 개혁을 이율배반적인 대립의 영역으로 분리하려는 태도를 비판하며, 반개혁의 논리를 옹호하는 것, 그 자체를 논리의 비약으로 생각하였다. 그래서 '가장 합리적인 것이 가장 현실적이다'라는 대중적 인식의 혁명으로 전환되는 분위기를 만들어 나갔다. 그리고 현종은 요침략의 초기부터 많은 공을 세운 강감찬을 서경유수로 삼아 현장 지휘를 맡겼다.

이러한 전략의 핵심은 현종에게 정치적인 지위를 확보해가는 동시에 새로운 권력을 시험해보는 계기가 되었고, 그 효과는 훗날에 가서 확실하게 드러났다. 이러한 현종의 또 다른 개혁과 변화는 성종 대부터 오랜 침체기를 벗어나지 못했던 불교를 부활시킴으로 시작되었다. 그 예로 현종은 자기 부모의 명복을 빌기 위해 현화사(玄化寺)를 창건하였다.

현화사는 법상종을 받들었는데 법상종은 화엄종과 같은 교종이면서도 사람은 누구나 성불하는 것이 아니라는 교리를 주장하는 교종이었다. 그 후 법상종은 인주 이씨와 같은 문벌귀족들의 중심 교단이 되었다. 법상종을 중심으로 불교는 성종대의 침체기를 벗어나 그동안 폐지했던 연등회와 팔관회를 부활시켰다. 현종은 여러 곳에 사찰을 짓고 궁중에서 법회를 열기도 하였다. 현종은 승려 3,200명에게 자격증인 도첩度牒을 주는 행사(1018년)에 외부인 10만 명을 궁중으로 불러들여 잔치까지 베풀었다. 그 뒤로 궁중에서 승려를 위한 잔치를 베풀 때마다 10만 명에서 적게는 몇천 명이 모여드는 것이 관례가 되었다.

한편 고려는 일본과도 무역 교류를 시작하였다. 이는 고려의 커다란 개척과 변화, 조화였다. 고려는 신라 말부터 왜구가 자주 노략질한 사실이 있어 일본과는 국교를 맺지 않고 있었다. 그런데 고려가 동쪽에 사는 여진족의 해적선에서 일본인 남녀 259명을 포로로 잡은 적이 있다.(1019년) 고려는 이들을 일본에 보내주면서 호의를 보여준 것이다. 그 뒤에 일본도 자국에 표류된 고려 사람들을 보내주었고 대마도를 통해 고려에 사신을 파견하였다. 이러한 일이 있고 난 후 고려 문종 대에는 문종이 병마가 깊어 일본에 명의를 요청하기도 하였다. 당시 일본은 시라카오 천황(白河天皇) 시대로 귀족 세력들은 많은 공물을 받으면서 윤택한 생활을 누리고 있었다. 일본의 영주와 돈 많은 상인들은 송나라와 교역을 통해 고가의 물품을 구입하며 사치스러운 생활을 누렸는데 이는 당시 고려 귀족들의 사치스러운 생활과 비슷하였다. 당시 일본의 귀족 세력은 스스로 상선을 건조하여 대외무역에까지 나섰다. 그 후에 일본인들은 지리적 이점과 상품의 가치를 따져가며 무려 9회에 걸쳐 300여 명의 일본 상인들이 고려에 직접 왕래하였고 규슈지역의 유력한 세력들이 교역에 참여한 것이다.

그러나 최충은 항상 이러한 사치를 외면하며 청검명제기(清儉銘諸己)라는 자세로 청렴과 검소함을 몸에 새기며 공직 생활에 임하였다.

현종 11년(1020년) 최충은 중서문하성(中書門下省: 행정을 총괄하던 관청,수장은 문하시중) 종5품 기거사인(起居舍人)에 임명되었다. 기거사인이란 사관史官으로 임금의 언행과 법도를 기록하는 직책이다.
간관의 임무를 담당하기도 하는데 주로 왕의 동정을 기록하는 것이 주된 임무다. 그때 최충은 최치원(崔致遠) 문묘(文廟: 문선왕묘(文宣王廟) 약자, 위패 모시는 사당) 배향(配享: 함께 위패를 모심)에 대하여 현종에게 직간하였는데 그 내용이 다음과 같이 전해 온다.

왕(현종)께서 최치원(崔致遠)을 문묘(文廟)에 배향(配享)하려 하시기에 선생(최충)께서 최치원이 유학이 끼친 해를 예로 들어가며 공자(孔子)를 모신 사당을 더럽히게 되니 옳지 않다고 지적하시고, 그 대신 설총(薛聰)을 배향하도록 청하셨으나 왕이 듣지 않으셨다. 그 후 왕(현종)께서 신라의 설총을 홍유후(弘儒侯)에 봉하고 문묘에 배향하였다.

이에 대해 원운곡(元耘谷) 천석(天錫)선생은 "우리 현종 임금님께서 최문헌공(최충)이 최치원을 문묘에 배향해서는 안 된다고 하신 말씀을 듣지 않으시고, 존호를 올리는 추봉追封을 하고 음식을 바꿔가며 기원하는 향사享祀를 들였으니 비록 그 정도를 잃었다고는 하였으나 최문헌공의 말씀을 들으신 후 설총 선생을 추봉 하여 문묘에 배향하셨으니, 이 어찌 사풍士風을 주장하여 세우고 학문을 중흥시킨 훌륭한 일이라고 하지 않을 수 있겠는가? 설총 선생은 참으로 훌륭한 선비이시니 문묘에 배향하여 모시는 것이야말로 마땅하다고 말할 수 있다."

문묘에 배향된다는 것은 배향되는 인물의 학문과 도통(道統: 도학 전수에 중심이 되는 계통)이 국가에 의해 공식적으로 인정받는 것을 의미한다. 최충은 최치원의 학문에 대해 유학에 끼친 해를 예로 들어 최치원의 문묘 배향을 반대하였다. 최충이 제기한 유학에 끼치는 해란, 최치원의 글이 냉정한 면보다 모방적 성격이 강하다는 것과 자신을 유학자로 자처하면서도 불교에 깊은 관심을 두고 승려들과 교류하고 봉교(奉教: 가르침을 받듦)관계의 글을 많이 남기겠다는 것이 유학에 끼친 해라고 직간하였다. 그리고 지증(智證)·낭혜(朗慧)·진감(眞鑑) 등 선승들의 탑 비문을 쓴 것을 예로 들었다. 그 외 도교(道教)와 노장사상(老莊思想), 풍수지리설 등이 최치원의 학문적 관심 대상이라고 언급하고 최치원을 현실 도피적 인물로 보았기 때문이다. 그러나 최충은 설총을 신라의 3대 문장가로 칭송하면서 통일신라가 불교국가인데도 불구하고 유교적인 도덕 정치 이념을 구현한 훌륭한 유학자라고 진언하였다.

그런데 최충의 직간이 현종의 결정에 놀라운 영향력을 행사한다는 사실을 알고 나면 실질적인 의문이 남는다. 그 힘은 과연 어디서 시작된 것일까? 이에 대한 해답은 일관성의 원칙에 있음을 알 수 있다. 일관성의 원칙은 목적 달성에 우리가 어떤 발언이나 행동을 할 수 있도록 힘을 준다. 그리고 일관성을 유지하기 위해 자신의 요구를 승낙할 수밖에 없도록 한다. 따라서 입장 정립을 유도하기 위해 다양한 방법을 사용하는데 직설적이고 단도직입적인 방법도 있지만 섬세하고 미묘한 설득전략도 있다. 최충은 전자에 해당했다.

현종 대에도 고려의 대외관계는 송(宋)과는 친교를 맺고 거란과는 거리두기 정책이었다. 따라서 거란과는 겉으로만 수교하고 그 이면에는 송(宋)에 사신을 보내는 일이 허다하였다. 이와 같이 고려의 기본 외교정책은 북진정책과 친송정책이었으며 항상 송(宋)의 변화에 상응하며 신축성있게 전개되어 갔다. 그러나 거란이 강력한 군사력을 과시하며 고려에 대한 감시를 게을리하지 않는 현실에서, 고려는 송(宋)과 은밀하게 교류를 트고 있었을 뿐, 드러내놓고 외교관계를 맺지는 못하였다. 이러한 상황에서 고려는 요(거란)에 대해 때로는 맞서기도 하고 때로는 수교를 트는 양면 정책을 추구한 것이다. 따라서 고려는 송(宋)과 거란의 연호를 번갈아 쓰고 있었다.

그러나 송(宋)과의 친교는 얻는 것이 많았다. 그 예로 땅속의 생기를 활용할 수 있고 산수와 길흉화복을 이해할 수 있는 음양 지리서(陰陽地理書)나 한의학을 쉽게 이해할 수 있는 성혜방(聖惠方) 등 책을 보내 달라는 요청을 많이 하였다.

한편 거란과는 사신(使臣)까지 교환하였으나, 요는 약속한 의주와 위화도의 성채(城砦: 성과 요새)를 반환하지 않았다. 고려는 틈 날 때마다 계속 반환해달라고 요구하였으나 두 나라 사이에는 팽팽한 줄다리기만 이어질 뿐이었다. 그러한 상황에서 요(거란) 는 동북 지방에 거주하는 여진을 정벌하려고 하니 길을 빌려달 라고 고려에 요구했다. 그러나 고려는 이 요구를 한마디로 거절 하였다. 당시 동북 여진은 요와 멀리 떨어진 동북부 해안에 터 전을 잡고 있었고, 고려에 친화를 보이기도 하고 요에게 결코 복 속 당하지 않았기 때문이다. 그리고 동북 지방에 사는 발해 유민 들도 틈틈이 요(거란)에 반기를 들 때도 있었다. 이 시기에 최충은 거란의 잦은 침입과 유학에 관한 관심이 위축된 현실에서도 유 학을 실용화하기 위해 선유先儒들을 배향하는 의례를 세워 유학 발전에 최선을 다했다. 최충의 유학에 대한 인식은 그가 쓴 현 종의 졸기에서 다음과 같이 나타난다.

사신(史臣) 최충(崔冲)이 말하기를, "천추태후(千秋太后)가 음란하고 방종하여 몰래 나라를 위태롭게 하여 왕위를 빼앗으려 하였는데, 목종께서 백성들이 현종의 촉망함을 알아 천추태후의 악당惡黨을 배제하고 멀리 사자를 빨리 보내 왕위를 전하여 왕실이 튼튼하게 하였으니, 이른바 '하늘이 장차 일으키려 하면 누가 능히 그를 폐하리오.' 하는 말을 어찌 믿지 아니하랴. 반정反正한 뒤에는 오랑캐와 화호를 맺고, 전쟁을 멈추고 문덕文德을 닦으며, 부세를 가볍게 하고 요역을 가볍게 하며, 준수한 인재를 등용하고 정사를 공평하게 하여 서울과 지방이 평안하고 농업과 잠업이 자주 풍년이 들었으니 나라를 중흥시킨 왕이라 이를 수 있다." 하였다.『고려사절요』3권, 현종22년 5월

현종 15년(1024)에는 대식국(大食國)이라 불리는 아라비아 상인들 수 백명이 세 차례에 걸쳐 고려에 들어왔다. 이들의 무역 활동은 왕성하였는데 아라비아 상인들은 송(宋)나라 상인을 통해 고려와의 무역에 눈을 뜨기 시작하였다. 아라비아 상인들은 고려 상인들을 직접 만나 가져온 물품인 수온, 상아, 향료 등을 팔았고 고려 상인들은 물건값으로 비단을 주었다. 나라에서는 아라비아 상인들에게 개경에 머물면서 다른 물품까지 자유롭게 구매할 수 있도록 허락하였다. 그간 아라비아 상인들이 고려에서 무역 활동을 마음대로 하지 못한 것은 송(宋)나라 상인들이 중개무역의 이익을 노려 방해하거나 협조하지 않았기 때문이었다. 그 당시에 국가의 통제를 벗어난 밀무역도 성행하였는데, 이는 오늘날 중국이나 러시아를 오가는 보따리상 밀무역과 흡사하다. 고려에서는 이러한 상업적 욕구를 막으려고 벽란도(碧瀾渡: 위치, 예성강하구, 고려청자. 화문석, 나전칠기. 인삼 수출)에서 멀지 않은 강화도 용당(龍堂) 돈대(해안방어 시설)에 감검어사(監檢御史: 외국상인

관리 및 통제)를 보내 적발하도록 하였다. 감검어사(監檢御史)는 밀무역을 벌이는 송(宋)나라 상인을 잡아 태형을 가하는 처벌을 내리기도 하였다.

그러나 엄하게 통제하고 감사해도 밀무역은 사라지지 않았다. 이때 이루어진 밀무역이 오늘날 자유무역주의와 같다.

이처럼 신라 말기에 침체하였던 외국과의 무역이 다시 성행하게 되니 벽란도(碧瀾渡)에는 배와 돛대가 숲을 이루었고, 개경은 외국 사람들의 말소리와 발걸음으로 국제도시가 된 것이다.

비록 사치품들을 많이 들여와 호사스러운 생활의 폐단도 있으나 고려의 무역은 국가의 재력을 늘리고 사람들의 문화적 욕구를 채워주었다. 고려는 무역을 통해 안목이 높아져 기술 집약적인 상품과 높은 기술이 요구되는 고려청자를 만들어낼 수 있었다. 이제 다시 평화 시대를 맞이한 예성강 하류의 벽란도에는 일본 상인들까지 자주 드나들었다고 한다.

고려 사회는 사치가 흠이 아니었기에 관리들도 시장통 가까이 살면서 아예 직접 장사해서 재산을 모으기도 했다. 당시에 고려 조정의 중신들은 쌀값, 소금값 등 미시경제 이야기가 화두가 되어 날을 지새워가며 비판했을 정도였다. 그러나 당시의 현실은 벽란도를 통해 송나라의 비단·차·약재 등은 고려에 없어서 못 팔 정도로 인기가 있었으며, 송나라 상인들은 이러한 물건들을 팔아 고려의 삼베나 인삼(오늘날의 산삼)등 송나라로 가져가면

엄청난 이익이 있었다. 외국 상선이 들어오면 고려인들은 낯선 구경거리를 찾아 구름같이 모여들었다. 부녀자들은 상아·수정·호박 같은 보석을 보고 눈이 휘둥그레졌고, 장사꾼들은 후추 같은 향신료를 미리 찜하기 위해 어깨싸움을 벌였다. 특히 날개를 활짝 펴고 자태를 뽐내는 공작 주변에서는 사람들의 탄성이 끊이지 않았다고 한다.『한국생활사박물관』 사계절 p.27).

그러한 가운데 송나라 상인과 아라비아 상인이 통역을 사이에 두고 흥정을 벌이기도 하였다. 벽란도에는 밤이 되면 예성강 푸른 물이 달빛에 잠기고 항구 안쪽에는 즐비한 술집들이 붉은 등을 내걸었다. 그리고 향수에 젖은 외국인들이 그곳에서 회포를 풀었다. 그때 많이 불렸던 노래가 예성강곡인데 그 내용은 송나라 상인 하두강(賀頭綱: 고려사 악지에 유래만 전해옴)이 예성강에 이르렀다가 한 아름다운 부인을 보고는 마음을 빼앗겼다는 사연이 들어있는 이야기가 애처롭다.

어느날 하두강은 아름다운 부인의 남편이 바둑을 좋아한다는 이야기를 듣고 찾아간다. 하두강은 그 남편과 내기 바둑을 두면서 거짓으로 계속 져주었다. 몇 차례 내기 바둑을 이긴 남편에게 하두강은 짐짓 큰 재물을 내기로 걸면서, 남편에게는 아름다운 부인을 내기로 걸 것을 요구했다. 재물에 탐이 난 남편이 결국 이 제안을 받아들이자, 하두강은 바로 내기 바둑을 이기고는 그 부인을 배에 태우고 떠났다. 남편이 후회하고 한탄하면서 노래를 지었는데 이것이 바로 「예성강곡」 전편이다.

하두강은 배 안에서 부인을 범하려고 했으나 부인이 정절을 굳게 지켜 뜻을 이루지 못하였다. 게다가 배가 바다 한가운데서 맴돌며 앞으로 나아가지 않았다. 점치는 이가 "정절을 지킨 부인이 신을 감동을 하게 했소. 부인을 돌려보내지 않으면 배가 파손될 것이오."라고 말하므로 하두강은 할 수 없이 그 부인을 돌려보냈다. 돌아온 부인도 노래를 지었는데 이것이 「예성강곡」 후편이다(『고려사』악지).

그러나 애석하게도 예성강곡의 노래 가사는 전해지지 않는다. 본질적으로 대중문화의 속성은 유행을 따라가기 마련인데 당시 예성강곡도 유행 기간이 끝나자 대중으로부터 멀어졌기 때문이다.

31장. 외교적 변수 화이론

　최충의 재상 활동에서 중요한 역할 중 하나는, 변경을 방비할 인재를 추천하는 일이었다. 최충은 이에 합당한 인물로 양규의 아들인 양대춘을 천거하였다. 그리고 직접 국경으로 가서 천리장성의 건설을 진두지휘하고 있다.

　천리장성은 대외적으로 국경선 획정을 선포하는 의미가 담겨 있다. 국경이 선의 개념으로 형성되면서 영토 의식에 대한 거란과의 문화적 구분 선이라는 의미도 함께 내포되었다. 최충은 직접 천리장성의 축조와 함께 서북지역의 휼민(恤民: 기난한 사람,재해입은 사람들)과 여진에 대한 대책과 외교를 문종에게 건의하였다.(1050)최충의 외교론은 화이론(華夷論: 중화를 존중 오랑캐를 물리침)으로서, 인의仁義를 따르는 것은 화華이고 인의仁義를 저버리고 약육강식弱肉强食 논리를 따르는 것이 이夷라는 맹자에서 주장된 화이론(華夷論)을 주장하였다.

21세기는 외교의 시대라고 말한다. 그것은 역량의 시대이며 잠재력을 키우고 상대를 설득하는 힘의 시대이다. 특히 21세기는 어느 때보다 불확실성의 시대가 될 가능성이 크다고 한다.

낡은 사고로는 21세기를 헤쳐 나갈 수 없다. 외교의 시대에서는 항상 앞서가는 자세가 요구된다. 지금 우리의 외교도 국제무대에서 당당하게 역량을 발휘하고 있다. 이제는 세계를 주도하는 외교를 발휘할 때가 왔다. 대륙의 꿈을 펼칠 때가 왔다. 외교에서는 힘이 최고라고 사람들은 말한다. 강대국은 항상 힘으로 국제 관계를 지배한다는 것이다. 반은 맞는 말이다. 힘이 없다면 국제사회에서 대접받을 수 없다. 그런 점에서 우리도 힘을 키워야 한다. 국방력, 경제력 등 국제사회에서 대접받을 수 있도록 강한 힘을 가져야 한다. 힘이 없어 나라를 빼앗긴 적도 있다 다시는 그런 설움을 되풀이해서는 안 된다.

하지만 힘이 있다고 무조건 외교를 잘 할 수 있는 것은 아니다. 힘이 곧 국력일 수 있지만, 국력이 '보이는 힘만'은 아니다. 보이지 않는 역량도 있다. 보이지 않아도 상대방을 누를 수 있는 역량도 국력일 수 있다. 물리적 힘이 강하다고 상대방을 제압하는 건 아니다. 슬기로움으로 상대를 얼마든지 무너뜨릴 수 있다. 무식하게 덤벼드는 상대를 지략으로 물리치는 것이 외교 전술의 기본이다. 고려 조정이 어느 정도 안정을 되찾자, 덕종은 거란에 유교(柳喬: 거란왕 흥종의 즉위를 축하하러 간 사신)와 김행공(金行恭: 거란왕 흥종의 즉위를 축하하러 간 사신) 문신을 파견하여 압록강에 설치한 다리를 철거하고 역류한 고려 신하들을 송환할 것을 요구하였다.1031년(덕종 즉위 년) 출처: 한국민족문화대백과사전

그러나 거란은 이 요구를 수용하지 않았다. 이에 고려는 거란에 대해 사절단 파견을 중지하며 외교적인 압박을 가하였다. 이때 유소(柳韶: 문하시랑평장사, 추충척경공신), 왕가도(王可道: 성은 李, 초명은, 자림(子琳). 덕종의비, 경목현비(敬穆賢妃)의 아버지)), 이단(李端: 서경유수사(西京留守使), 참지정사(參知政事)) 등이 거란을 치자고 청하였다. 그러나 최충(崔冲), 황보유의(皇甫兪義),최제안(崔齊顏) 등은 모두 옳지 않음을 주장하며 덕종에 다음과 같이 주장하였다.

"채찍이나 풀잎을 가지고 뱀을 놀라게 하면 반드시 후환이 있으니 계속 좋게 지내면서 백성들을 편안히 쉬게 함만 같지 못합니다."

이에 덕종도 태묘(太廟: 왕실의 사당)에 점을 쳐보도록 명하고 나서 군사를 보내지 않았다. 거란은 고려의 사절단이 중지되자 1032년 정월에 사신을 보내려 했으나 고려의 거부로 입국하지 못했다. 고려는 압록강 다리를 철폐하고 억류 중인 신하들을 돌려보내지 않으면 국교를 단절하겠다며 삭주 영인지(영흥)와 파천에 성을 쌓아 전쟁에 대비했다. 그러나 그 이면에는 당시 문하시중인 왕가도의 다음과 같은 의견 제시가 있었다.

"거란에서는 성종의 뒤를 이어 흥종(興宗)이 16세 어린 나이로 왕위에 오르니 이에 불만을 품은 성종의 사위 소필적이 황제 폐위를 모의하다 끝내 죽음을 당하였습니다. 이때를 틈타 압록강의 배다리와 두 성을 헐어버리고 억류된 우리나라 사신을 돌려보내라고 요청합시다. 만인 들어주지 않으면 국교를 끊어버립시다."

그러나 요(거란)는 고려의 요청을 끝내 들어주지 않았다. 이를 계기로 고려 조정에서는 강경파와 온건파가 대립하기 시작했다. 왕가도를 중심으로 하는 강경파는 싸워서라도 성을 꼭 되찾자고 주장했다.

"거란이 우리말을 따라주지 않으니 사신을 보내지 말아야 합니다. 그리고 그들을 공격하여 두 성을 회복해야 합니다." 그러나 최충(崔冲), 황보유의(皇甫兪義)를 중심으로 하는 온건파는 싸움을 반대했다.

"아닙니다. 만일 국교를 끊으면 반드시 우리에게 해가 돌아올 것입니다. 국교를 유지하고 전쟁을 일으키지 말아야 합니다. 지금은 백성을 쉬게 해야 합니다."

신하들의 서로 다른 주장에 대해 덕종은 사신 왕래를 끊되 전쟁은 벌이지 않기로 절충하였다. 외교는 역량의 싸움터다. 그리고 보이지 않는 잠재력을 발휘하는 공간이다. 잠재력은 국민의 역량이다. 국민의 역량이 외교를 좌우한다. 그래서 외교는 사람에 달려 있다. 적재적소에 필요한 인재를 발굴하여 그 인재의 창의적인 생각을 활용하는 것이 진정한 외교 전술이다. 적대에서 우호, 우호에서 적대로 이어지는 국제 관계는 영원한 우방도, 영원한 적도 없다. 최충은 능동적이고 적극적인 역할을 강조하였다. 거란의 이해관계에 끌려다니는 수동적인 외교가 아닌, 스스로 만들어가는 능동적이고 자주적인 외교가 필요하다고 보았다. 전쟁을 피하는 비굴한 자세라고 비난받을 수도 있지만, 최충(崔冲), 황보유의(皇甫兪義)는 미래를 바라보며 국제 질서를 주도하는 민족으로 발돋움을 해야 할 시기라고 판단했다. 고려가 동북아시아에서 리더의 역할을 하지 말라는 법은 없다. 최충(崔冲), 황보유의(皇甫兪義)는 거란과 관계에서 중요한 변수들을 충분히 고려考慮하자는 것이다. 이를테면 고려(高麗)의 이해, 힘의 균형에 의한 거란과의 평화 공존, 장기적인 평화 체제구축 같은 관계 변수들을 고려考慮해 고려(高麗)의 미래를 구상하자는 것이었다 외교정책은 정권에 따라 달라질 수 있다. 장기적인 비전을 세워도 한순간에 분쇄기에 들어갈 폐지 취급을 받을 수 있다. 한두 번 있었던 일도 아니다. 정권의 이념에 따라 국가간 외교는 위태로운 줄다리기를 할 때가 있다. 그러나 이 세상에 영원한 승자가 없듯이 영원한 패자도 없다. 나라마다 주어진 역사적 환경에서 최선의 행동으로 역사를 만들어간다. 절대강자라고 했던 미국의 주도권도 어떻게 될지 아무도 모른다. 중국도 마찬가지다.

고려와 거란 두 나라는 다시 국교를 단절했고, 언제 전쟁이 벌어질지 모르는 긴장상태로 접어들었다. 고려는 삭주, 영흥, 안변 등지에 성을 쌓고 혁거(革車: 전쟁에 사용하였던 일종의 전차), 팔우노(八牛弩: 쇠뇌를 한꺼번에 쏘는 다발식 무기)등의 새로운 무기를 만들어 변방에 공급하였다. 개경의 나성을 완성하고 천리장성 축조에도 박차를 가했다. 요(거란)나라는 사신을 보낼 수 없자, 다음과 같이 글을 보냈다.

"귀국은 본시 우리의 속국으로서 멀리 사신을 보내 수교를 게을리하지 않더니 지난번 우리 내부의 죄인들을 칠 때 입조(入朝: 사신이 외국에 가서 회의에 참가함)의 예를 중단하였다. 이미 그 흉역(凶逆: 임금에게 불충하는 흉악한 짓)의 무리를 쳐서 없앴으니 의당 조공을 계속하여야 할 터인데 수년이 넘도록 옛 정의는 되찾지 않고 돌성을 쌓아서 큰길을 가로막고 목책을 세워서 기병을 막으려 하니 지름길이 있는지 알지 못하는구나. 지금 황제가 위로 여러 성조(聖祚: 황제지위를 높여 부름)의 터전을 물려받자 남하(南夏: 중국남쪽,티베트계의 나라) 제왕(諸王: 여러 왕들)이 의리를 사모(思慕: 마음에 두고 생각함)하여 통교하고 서토(西土: 실크로드쪽 여러 나라들) 여러 왕도 소문을 듣고 정성을 바치거늘 유독 동해의 고장(고려)만이 북극의 지존(至尊: 임금) 앞에 복종하지 않으니 만약 황제가 벼락같이 격노하신다면 고려 백성들이 어찌 편안할 수 있으리오."

이글을 살펴보면 고려만 거란을 받들지 않고 반기를 들었다는 사실과 전쟁을 도발하겠다는 위협을 가하는 내용이 들어 있다. 이에 고려는 회답의 글을 전달하며, 전반부에는 그동안 사신을 보냈던 사실을 변명 삼아 적고 후반부에 다음과 같이 덧붙였다.

"성채를 쌓아 우리나라의 영역을 방비하는 것은 대개 변경 백성들을 편안하게 살게 하려는 것이지 황제의 정치와 교화를 막으려는 것이 아니오. 지난날 사신으로 갔던 여섯 사람이 아직도 그대 나라에 억류되어 있고 선주와 정주(압록강 남쪽에 있는 성) 두 성은 우리 강토에 둘러싸여 있는데도 아직 돌려받지 못하고 있소. 빌고 싶은 생각은 간절하지만 청원할 길마저 없이 오늘에 이르렀소. 다행히 이 간곡한 정성을 받아들인다면 감히 조공하는 예를 게을리하지 않겠소. 생각건대 황제(거란)는 작은 나라를 사랑하는 정이 깊고 낮은 자의 말을 듣는 도가 넓으니 이 동쪽 나라를 보살펴서 진심으로 은혜를 베풀어 주시리라 믿고 있소. 우리에게 허물이 없거늘 어찌 노여워할 것이 있겠소. 보내온 글을 자세히 살펴보건대 장난하는 말(戲言)과도 같구려." 겸손한 듯하지만 희롱하는 내용이 들어 있다. 고려는 이처럼 굽힐 줄 몰랐다.

한편 거란의 정국 혼란으로 고선오, 고진성, 최운부, 이운형 등 20명에 달하는 거란의 중앙 관료 출신들이 고려로 망명하자(1032년 3월) 이들을 받아들여 거란의 내부 사정을 파악하였다. 그해 4월, 다시 거란 관료 출신 해가, 내을고 등 27명이 귀순해오자 이들도 받아들였다. 6월에는 거란에 머무르던 우응, 약기 등의 발해인 50여 명이 망명해옴에 따라 이들도 역시 수용하였으며 이후에도 거란 관료들의 망명을 적극적으로 받아들였다. 이처럼 덕종은 현종과 마찬가지로 거란에 대해 강경한 자세를 유지하면서 정권다툼으로 밀려난 거란인들을 받아들여 그들의 정국을 진단하고 내부 사정을 분석하였다. 고려의 입장이 이처럼 강경일변도(强硬一邊倒)로 나오자 거란은 정주를 침략하여 군사적인 압력을 행사하려 했지만 고려군에게 패배하여 퇴각하고 말았다.(1033년 10월) 이후 거란은 더 이상 고려에 대해 군사적 도발 행위를 감행하지 못했다.

두 번에 걸친 거란의 침략 속에서도 국력을 신장시켜 온 고려는 덕종 대에 군사적으로 강성했을 뿐만 아니라 정치적으로 매우 안정되어 있었다. 성종대 이후 꾸준하게 성장해 온 고려가 훌륭한 결과를 갖게 된 것은 과거시험 출신 신진 관료들의 노력과 이들의 정치적 기반이었다. 이후 최충이 왕(문종1050년12월)에게 아뢰기를

"동여진 추장 염한(鹽漢)등 85명이 일찍이 여러 차례 국경을 침범하여 변방 백성을 노략질해 갔으므로 경관(京館: 관청)에 억류한 지가 오래되었습니다. 오랑캐는 겉만 사람이고 속은 짐승이어서 형법으로도 응징할 수 없고 인의(仁義)로도 교화할 수 없습니다. 구류시킨 지가 이미 오래되어 앙심을 먹고 원한을 품을 것이며, 수구(首丘: 고향)의 정이 반드시 그 근본을 잊어버리지 않을 것이고 또 드는 비용이 너무 많으니, 모두 놓아 보내소서."

모두가 최충의 뜻에 따랐다.

전쟁과 평화는 인간의 마음에서 비롯된다. 평화의 선택은 적을 향한 정서가 지배하는데 전쟁의 선택보다 더 복잡하고 어렵다. 당시 동여진 과의 관계는 실제적 위험이 없는 전쟁 상태에 머물러 있어, 자족自足하고 있는 것은 아닌지 최충은 여진과의 관계에 대해 냉정하게 살펴보았다. 사실 역사적인 남북정상회담이 성사된 지 여러해가 지났지만, 남북대화는 아직도 막혀있고, 주변 정세도 그다지 긍정적이지 않다. 그런데 남북관계가 경색될 때마다 소위 북한 문제 전문가들은 우선 북쪽의 문제를 검토하고, 그 다음으로 국제 관계에 대해서 따져보곤 한다.

그리고 남쪽 탓을 하는 경우는 많지 않다. 이러한 경향은 남쪽은 항상 화해와 협력을 추구하는 반면 북은 항상 대결을 지향한다는 맹목적인 신념에서 비롯되었다고 볼 수 있다. 그러나 냉정하게 따져본다면 동여진과의 문제가 생겼다면 그 책임은 누구에게 있을까. 사실 고려 조정에서는 노골적으로 표현하지 않았지만 여진과의 관계가 좋아지는 것을 반기지 않는 집단이 존재하고 있었다. 이들은 현재의 상태 즉, 대립구조가 굳어지고 적대적인 관계를 유지하는 것이 자신들에게 유리하다고 생각하기 때문이다. 그러나 최충은 기본적으로 전쟁에 대한 변화의 불확실한 결과에 대해 두려움이 있었고, 가능하면 현 상태로 유지되는 것이 국가의 이익이 된다고 생각하였다.

그 이유는 여진과의 대립구조가 오랫동안 굳어져 왔고, 현재의 대립 관계는 일상적인 삶이 되어 있기 때문이었다. 따라서 현재의 대립구조 상황을 유지함으로써 고려나 여진 두 나라가 서로 이익이 된다는 사실이었다. 최충은 동여진의 포로들을 석방해 전쟁의 상처를 아물게 하고, 어렵게 유지되는 고립무원孤立無援인 동여진을 지역갈등에서 해소해 고려의 정치 지형 속에 끌어들이기 위함이었다. 그럼으로써 여진과의 대립 구조가 전쟁에 대한 두려움을 억제하는 것이 최충의 속내였을 것이다.

최충은 이처럼 여진과의 친선외교를 도모한 공로가 인정되어 개부의동삼사 수태부(開府儀同三司 守太傅)라는 관직에 오르게 된다. 여진족은 거란족으로부터 압록강 쪽에서 멀리 동쪽으로 쫓겨나 있었다. 이들의 주업은 작은 약탈이었다. 항상 고려의 마을에 들어와서 약탈과 방활를 저질렀는데 이때마다 마을이 큰 피해를 당하였다. 고려는 여진족으로 항상 골머리를 앓았다. 그러한 가운데 여진인 95명이 고려와의 관계 개선을 위해, 고려에 조공을 바치려고 압록강 중류에 있는 화주관(영흥)에 도착하였는데, 이곳에서 일을 보던 고려의 관리가 복수심에 불타 이들을 모두 죽여버렸다. 이 사건으로 여진인들은 고려에 더욱 큰 원한을 품게 된 것이다. 그 후 여진인들이 압록강 일대에 출몰하면서 노략질을 일삼자 고려는 이들을 백두산 쪽으로 쫓아 보내기도 하고, 요(거란)에 쫓겨오는 여진인들은 설득해서 고려의 주민으로 거두어들이기도 하였다. 그러나 여진족은 그 내부에 고려에 협조하는 세력과 반대하는 세력으로 나누어져 있었다. 특히 여진은 고려에서 요(거란)족에 여진 정벌을 요구한 것에 대해, 여진은 송(宋)에 국서를 보내 고려의 이러한 행위를 막아달라고 호소하였다. 그때 송(宋)은 고려 사신에게 여진의 포로를 풀어주라고 당부하였다. 이처럼 고려의 여진에 대한 양면 정책은 상당히 주효하였다.

고려가 광막한 만주 대륙에서 말갈기(말의 목덜미에서 등까지 난 털) 휘날리며 새벽 공기를 뒤흔들 때, 당시 권위적인 정치인들은 윗사람의 눈치를 보거나, 주변 강대국 기침 소리에 가슴이 철렁 내려앉는 정치인들이 대다수였다.

여진족은 발해의 말갈족으로 고려인들과 비슷한 얼굴 모습과 비슷한 언어로 함께 살아왔다. 여진족과 서로 얽혀 살면서, 한 해의 수확을 하는 가을이면, 하늘에 감사하고 조상을 기리는 노래도 함께 부르던 사람들이었다. 그러나 여진족은 항상 약탈과 방화를 일삼았다. 그렇게 살아오면서 고려 백성들은 가꾸어 온 삶의 근거지를 지키려고 주변의 여진 부족과의 싸움도 마다하지 않고 뜨거운 피를 흘리기도 하였다. 그 피로 인해 한반도는 여진족들이 다시는 넘볼 수 없는 우리의 땅으로 굳어졌다. 고려가 이렇게 싸우며 지켜오는 동안, 고려의 영광과 애환이 만주 대륙에 뿌려졌고, 반도의 산하에 진하게 배어들었다. 그동안 고려는 피할 수 없는 무수한 싸움을 벌였다.

그중에서도 북방 오랑캐와의 싸움이 가장 힘들었지만, 고려 백성은 조금도 굴하지 않고 당당하게 맞섰다. 그러나 중국에 거대한 통일국가가 나타나고 중국의 문물제도가 고려를 앞서가자, 고려의 지배층은 중국의 정치제도를 도입하여 자신들의 통치를 더욱 강화해 갔다. 그때부터 고려는 서서히 중국을 뒤따르게 되었고, 자주적인 우리의 모습은 퇴색되어갔다. 이처럼 중국 송나라의 입김이 한반도에 슬금슬금 들어오자 고려의 역사는 외세에 의해 굴절되기 시작한다. 그러나 최충은 의지적 주체적으로 맞섰다. 이럴 때일수록 최충은 백성들의 목소리에 더욱 귀 기울이며, 더욱 강력한 통치로 여진족의 처지를 곤궁하게 하였다.

그러나 여진족의 문제를 끝내 외면할 수는 없었던 고려 조정에서는 통치 이데올로기인 현실을 수용하라는 논쟁이 벌어졌다. 이러한 논쟁의 소용돌이가 확대되어갈수록 여진족은 서로 대립·분열하였다. 이에 따른 고려의 북방 백성들은 비판과 함께 현실을 직시하라는 요구가 거세졌고 고려 지배층이 선택한 것은 오히려 억압과 통제의 강화였다. 한편 고려는 성종(成宗: 981~997년)대에 지나치게 중국의 문물을 받아들여 신라 때부터 내려온 풍습에 별로 관심을 기울이지 않았다. 연등화와 팔관회, 선랑(화랑 남자 중에서 덕행이 있는 자를 국선으로 정함)과 같은 전통적인 행사와 제도를 중지하였는데 백성들은 이를 달갑게 여기지 않았다. 이후에도 고려는 중국에 밀착하여 나라의 자주적 기운을 억제하였다. 이에 묘청은 고려의 독특한 문화영역을 잠식하는 분위기를 타파하고, 의지적 주체로 중국과 맞서기 위해 '서경에 천도하여 천하를 제패하자'라는 명분을 내세워 과감하게 일어섰으나 묘청의 난은 실패하였다. 묘청의 난이 실패하여 이 땅에 진보적인 낭가사상郎家思想,체계화된 우리의 전통적인 민족사상이 퇴색하고, 사대적이고 보수적인 유가儒家사상이 압도하여 우리민족의 진취적 기상이 사라졌다고 본 신채호는 이 사건(묘청의 난)을 1천 년 이래 제일 큰 사건으로 평가하기도 했다. 이러한 역사적 사건에서 볼 때, 사회적 상황이 바뀌면 그 사회구성원 사이의 갈등과 합의의 산물인 통치 기제(統治 機制)도 알맞게 변용된다. 이는 합리적인 역사를 만들어 가는 과정이기도 하다.

최충은 통치 기제(統治 機制)나 사회 재생산의 토대가 그 사회의 내부에서 자생적으로 창출된다는 것을 감지하고 있던 관료였다. 최충이 감지한 내용은 국가의 문제를 해결하는 동력이 내부에 있다는 것과 사회의 발전은 사회구성원 사이의 갈등과 합의에 기초한다는 것이었다. 그 당시 통치 기제는 지배층의 이익을 보장하기 위한 목적으로 운용되었기 때문에 상황의 변화에 따라 창조적으로 변용되기보다는 억압을 강화하는 쪽으로 기울었다. 이에 따라 사회변동의 폭은 좁아지고 상대적으로 내적 갈등은 크게 증폭되면서, 정치문화는 백성을 배제한 권위적이고 보수적인 색채를 띠게 되었다. 이는 여진 사회도 마찬가지였다. 여진의 약탈과 방화 이후, 북쪽 변방의 백성들은 농업 생산력이 크게 약화하여 농민층이 급격히 분화되었고, 이에 따라 신분 질서가 헝클어졌다. 이러한 사회변화에 대응하여 낡은 통치 기제를 탄력성 있는 통치 기제로 재조율한다는 것은 최충으로서는 쉬운 일이 아니었다. 그러나 이러한 난제를 극복한 최충은 대내적인 법제와 격식을 관장하는 식목도감사(式目都監使)가 되었다.(1051)

32장. 법률고정(法律考定)론

1.양면성

완벽이란 있을 수 있을까? 이는 거의 불가능에 가깝다. 서로가 완벽할 정도로 만난 부부도 행복한 결혼이란 절대 이루어지지 않는다. 오히려 불완전한 부부가 서로의 차이점을 받아들이고 그 방법을 찾아갈 때 행복이 이루어질 수 있다. 그런데 행복의 방법을 어떻게 찾고 어떻게 받아들이냐에 따라, 부부 사이에는 약이 될 수도 있고 독이 될 수도 있다. 부부사이에도 편견을 없애기란 매우 힘들다. 약이 되는 진실한 말이라 해도 그것을 순순히 인정하고 받아들이기가 쉽지 않기 때문이다. 그러나 편견의 벽을 뛰어넘는다면 새로운 세상을 볼 수 있다.

최충은 문종으로부터 법률에 대해 재고정(再考定: 다시 곰곰이 생각하여 정함)하라는 다음과 같은 명을 받았다.(문종 원년 6월)

"법률은 형벌의 단례(斷例: 비슷한 소송사건에 대한 재판의선례)이다. 밝으면 형刑에 왕람(枉濫: 굽어져 잘못 퍼져나감)이 없고, 밝지 않으면 죄가 경중(輕重: 가벼움과 무거움)을 잃게 된다. 지금 시행되는 율령은 혹 많이 잘못됨이 있을까 진실로 걱정되니 시중(侍中)최충으로 하여금 율관律官을 모아 거듭 상교(詳校: 자세하게 교정함)를 가(加: 더하게 하여)하게 하여 타당함을 쫓고 서산업(書算業: 글씨를 써가며 계산함)도 역시 고정(考定: 곰곰이 생각하여 정함)토록 하라."

우리는 살아가면서 국가에서 정한 법률이 우리들의 일과 삶에 절대적 영향을 미치고 있음을 경험을 통해 알 수 있다. 최충도 법률로 인한 급격한 외부적 변화를 염두에 두고 법률고정法律考定에 중심을 다 잡기 위해 통찰력을 무기로 법률고정法律考定에 대해 깊이 사유하였다. 그리고 법률을 견고하게 할 수 있는 자신의 마음가짐을 다져 나갔다.

최충의 마음가짐은 어느 한쪽으로 치우치지 않는 선입관을 버리고 객관을 유지하는 것이 중요하다는 생각에 머물렀다. 그러나 법률고정法律考定에는 비판이 따르게 마련이다. 그러나 비판받는 게 두려워 도전하지 못하는 사람들이 의외로 많다. 또한 비판에 대한 두려움 때문에 도전을 포기하는 사람들도 있다.

그런데 비판하는 사람들을 왜 비판할까? 비판하는 사람들을 잘 살펴보면, 자기변명을 하기 위해 비판한다는 것을 알 수 있다. 다시 말하면 자기의 허물을 감추는 방법으로 비판하고, 자신의 부족함을 감추기 위해서 비판하는 것이다. 이는 도전할 능력은 있는데 비판에 대한 두려움 때문에 가진 능력을 발휘하지 못하는 사람들에게는 가슴 아픈 일이 된다. 이러한 상황에서 탈출하기 위해 최충이 가장 먼저 한일은 비판에 대한 두려움을 제거하는 것이었다. 그리고 비판하는 사람과는 멀리하는 것이었다. 최충은 그래야 새로운 일을 할 수 있게 될 것이라고 믿었다. 최충은 법률고정法律考定에 대한 비판을 두려워하지 않았다. 법은 정의를 실현하려는 목적을 가진 규범이기 때문이었다. 그런데 법은 두 얼굴을 가지고 있다. 얼굴 하나는 "절차에 따라 제정되었으면 그 법률의 내용이야 어떻든 지켜야 한다는 것이고, 또 다른 얼굴은 지키지 않을 경우 강제력이 발동된다."는 것이다. 이것이 법의 양면성이다.

서양의 법과 정의의 여신 디케(Dike)는 눈을 가리고 한 손엔 칼을, 다른 손엔 저울을 들고 있다. 여기서 칼은 '강제'를, 저울은 '갈등하는 이해관계의 균형'을, 눈을 가린 띠는 '공평무사'를 상징하는 것이다. 법은 '복수'에서 비롯되었지만, 법의 역사는 '복수를 이성적으로 제도화'하는 경로를 따라 진행되었다. 그리고 '법을 바라보는 눈'은 법의 이 두 얼굴(강제와 이성)을 어떻게 파악하는가에 따라서 달라져 왔다. 최충도 법의 양면성을 잘 알고 있었다. 원래 고려는 신라의 법통과 법체계를 계승하고 당나라 법을 모방하여 이를 입법立法한 후 시행한 나라였다.

문종의 명을 받은 최충이 고려의 법률을 재고정(再考定: 다시 곰곰이 생각하여 정함)하여 법체계를 다시 세우게 된 시기는 고려의 중앙집권정치가 완비되었던 시기였다. 이 시기의 법은 국가의 강제명령으로서, 조직화된 강제력에 의해 뒷받침되는 규범이었다.

현재 법학도들도 이러한 입장을 받아들여 법은 사회생활의 질서를 유지하기 위한 규범의 체계로서, 그 효력을 확보하기 위하여 조직적인 강제력의 뒷받침을 받는 것으로 이해하고 있다.

그러나 이는 법에 관한 명령 주의적 관점으로서 조직한 지배계급이 피지배계급을 억압하기 위한 폭력적 수단으로써 악용될 소지가 있다. 따라서 극단적인 계급도구주의(階級道具主義: 생각은 행동의 도구, 어떤 생각이 진리인지는 현실에서 유효성에 따라 정해짐)적인 견해를 밝히지 않는다면, 법규범 자체가 조직한 폭력집단의 명령과 다르지 않기에 최충은 법의 요체를 실천적 이성의 관점으로 생각하였다. 최충은 매끄러운 나무를 얻기 위해서는 잘 드는 대패가 필요하듯 바람직한 세상을 열어가기 위해서는 바람직한 법률고정을 위한 노력이 필요하다는 것을 깨닫는다.

고려는 건국 후 신리의 법통法統과 법체계法體系를 계승하고 중국 당(唐)나라의 법을 모방하여 실행하였다. 고려사 형법지刑法志에는 12률(律) 69조(條)와 옥관령(獄官令) 2조가 있는데 이는 당나라 법을 모법母法으로 한 것이다. 어리석은 사람이 자기 연장을 두고 남의 연장을 빌려 쓰다가 그만 자기 연장을 녹슬게 하듯 자기 혼자 힘으로 서지 않고 남에게 기대서면 자기 혼자 설 힘까지 잃고 만다. 고려 초기의 실정이 이와 같았다.

특히 당율(唐律)의 십악율(十惡律)이 고려 사회에 수용되었는데 열거해 보면 모반(謀反: 군주의 전복을 꾀함), 모대역(謀大逆: 종묘나 궁궐을 범함), 모반(謀叛: 자기 국가를 배반하고 남의 국가를 따름), 악역(惡逆: 극악무도한 행위), 부도(不道: 도리에 어긋 남), 대불공(大不恭: 공손하지 못함), 대불효(大不孝), 불효(不孝), 불목(不睦: 화목하지 못함), 불의(不義), 내란(內亂) 등이다.

이는 모두 황실의 안위에 대한 내용과 함께 부모에 관한 유교적 가족주의에 바탕을 둔 정치윤리였다. 법정에서는 진실을 말하여야 한다. 따라서 편견이 없는 솔직한 마음이 필요하다. 살아가면서 어떠한 사실을 알았을 때 그것을 솔직히 말하면 된다. 그렇게 하지 않으면, 본질을 파악할 수 없고 올바른 해결책을 제시할 수 없다. 그리고 잘못을 깨달았다면 처음부터 다시 생각해야 한다. 그러나 지적知的으로 게으른 사람들은 모든 것을 다시 생각할 때 백지상태로 돌아가기 어렵다. 그 이유는 실패를 두려워해서 잘못을 인정하지 않으려는 태도 때문이다.

그러나 지적知的으로 부지런한 사람들은 자기 잘못을 솔직하게 인정한다. 이는 자신에게 닥친 문제를 양심에 맡기려는 태도이기 때문이다. 흔히 말하기를 거지에게는 생일날이 없고 도둑에게는 양심이 없다고 한다. 또한 열심히 일하는 사람에게는 밤과 낮이 없고 참되게 사는 사람에게는 두려움이 없다고 한다.

어리석은 개미는 자기 몸이 작아 사슴처럼 빨리 달릴 수 없음을 한탄하고, 똑똑한 개미는 자기 몸이 작아 사슴의 몸에 붙어 달릴 수 있음을 자랑으로 생각한다. 법률적 판단도 이와 같다. 어리석은 사람은 자신의 단점을 들여다보며 슬퍼하고, 똑똑한 사람은 자신의 장점을 찾아 내 자랑한다. 이와 마찬가지로 화내는 얼굴은 아는 얼굴이라도 낯설고, 웃는 얼굴은 모르는 얼굴이라도 낯설지 않은 것과 같은 것이다. 찡그린 얼굴은 예쁜 얼굴이라도 보기 싫고, 웃는 얼굴은 미운 얼굴이라도 예쁘듯이 훌륭한 법률적 판단을 얻기 위해서는 훌륭한 법률고정法律考定을 위한 올바른 마음이 필요하다. 그 이유는 법은 인간을 존중해야한다는 도덕적 덕목이 포함되어 있기 때문이다.

그러나 최충이 관청에 게시한 제조령(諸條令, norm)을 살펴보면 인간의 행위와 관련해서 '~해야 한다'(명령), '~하지 마라'(금지), '~해도 좋다'(허용)는 세 가지 표현방식의 내용이 담겨 있다. 이에 제조령(諸條令)이나 육조령(六條令)은 권력을 믿고 날뛰는 자, 무고한 백성을 괴롭히는 자, 상과 벌을 정당하게 행하지 않는 자, 사리사욕에 눈이 어두운 자, 자식들의 출세를 청탁하는 자, 나라의 재물을 축내거나 훔치는 자, 등을 엄벌한다는 명령과 금지의 내용을 기반으로 하고 있다. 금지와 명령의 예를 들어 보면 '나라의 재물을 축내거나 훔치는 자'라는 육조령(六條令)의 표현은, '

나라의 재물을 축내거나 훔치는 것'은 나쁘다. 따라서 '나라의 재물을 축내거나 훔치지 말아라.'는 내용이 담겨 있는 것이다. 이때 명령과 금지 조항은 행위적 선택과 관련되어 있다. 누구나 스스로 고민하거나, 판단하거나, 결정해야 하는 행동의 영역인 '실천적practical'인 행위인 것이다. 그런데 명령이나 금지를 어겼을 경우 국가는, 무조건 강제력을 행사해서 그 규범대로 행동하게 하거나, 무엇인가 근거를 들어 정당화하여 그 규범에 따르도록 하거나, 어느 정도까지 근거를 대고 그다음부터는 강제력을 동원하는 것이다.

그러나 이와 같은 방식은 강제력이 내포된 힘이 작용한다. 최충은 강제력이 동원되지 않는 법 집행을 위해 노력하였다. 이러한 노력은 이성(理性: 논리적으로 생각하고 판단하는 능력)이 함의(含意: 의미가 담겨있음)된 최충의 법률 재고정再考定에서 진행되었다. 이는 법을 강제력만으로 집행할 수 없다는 최충의 의지가 담겨 있어, 법 집행은 '강제'와 '정당화'라는 두 요소를 함께 살펴야 한다는 논리가 대두(擡頭: 어떤 현상이 나타남)되었다.

2. 동등한 가치와 존엄성

규범이 인간의 행위와 관련해서 '명령', '금지', '요청' 등 3가지 지시 요인의 내용을 담고 있다면, 이 경우 행위를 지시하는 규범들의 타당한 근거가 무엇인가 하는 문제가 제기된다. 규범이란 말하는 자와 듣는 자 사이에서 정당화의 과정을 거쳐 진행되어야 한다. 규범의 근거를 끝없이 묻다 보면, 더 이상 물을 수 없는 최종적인 근거가 되는 근본 원리 및 이상에 도달하게 될 것이다. '실천적 이성'이란 말이 있다. 이는 인간의 정신적 활동이다. 그런데 '실천적 이성'을 강조하는 사람들 사이에서는 '나와 남을 인간으로서 존중하라!'라는 요청이 규범의 최종적 근거가 되어 받아들여지고 있다.

그러나 이미 법질서의 체계 속에는 인간 존엄, 행복 추구, 절차의 공정성이 다 내포되어 있다. 법질서의 궁극적인 가치는 실천적 이성의 최종적 토대로서 인간 존엄의 원리가 표현되어 이 원리는 규범으로서 인정되어 있다. 인간 존엄의 내용으로는 중요한 사안과 관련된 당사자들의 관점, 입장, 이해관계를 바르게 배려하는 절차적 공평무사의 규범을 구체화 시켰다. 그리고 "모든 인간은 동등한 존엄성을 가진다."는 원칙은 "모든 인간은 동등한 존엄성을 가지는 개인들로 대우해야 한다."라는 규범적 내용을 가지고 있다. 그러나 사람들의 능력, 도덕적 품성, 의지 등은 모든 점에서 인간마다 다르다. 불평등하게 태어나서 평생 불평등하게 살아가는 사람들이 평등하다는 것은, 각 개인의 본질적인 가치가 동등하다는 점과 동등한 인간 존엄성의 원리가 존재한다는 것을 의미한다. 따라서 "왜 각 개인은 동등한 가치를 가지는 존재로 대우받아야 하는가?"라는 물음에 대한 답은 능력, 도덕적 품성, 의지 등에서 불균등한 개인들이 본질적으로 동등한 존재라는 점을 간과하지 않을 수 없다. 여기서 인간마다 동등한 존재라는 것을 부정하는 것은, 내가 하는 방식이 맞다 하더라도, 상대방이 하는 방식에 큰 문제가 없다면 그냥 넘어가 줄 수 있는 배려심이 없다는 것을 의미한다.

아디아포라adiaphora라는 말이 있다. 이 말은 '대수롭지 않다'란 뜻으로 회자膾炙된다. 전에 이런 일이 있었다.

여자는 전라도가 고향이고 남자는 경상도가 고향인데 둘이 결혼해서 알콩달콩 살아가고 있었다. 그런데 어느 날 저녁때, 배가 출출할 즈음에 저녁참으로 신부가 감자를 삶아 왔다. 신랑이 아무 생각 없이 옆에 있는 소금에다 감자를 찍어 맛을 보니 이게 소금이 아니고 설탕이었다, 남편이 화를 내면서 "아니, 무슨 감자를 설탕에 찍어 먹느냐? 우리 경상도에서는 감자를 소금에 찍어 먹는다"고 하면서 소금을 가져오라고 하였다. 그런데 그냥 소금만 갖다 줬으면 그것으로 아무 일 없이 지나갔을 텐데, 부인이 "세상에 무슨 감자를 소금에 찍어 먹느냐? 우리 전라도에서는 감자를 설탕에 찍어 먹는다"라고 하면서 옥신각신 싸우게 되었다.

그러다가 서로 감정이 격하여 남편이 당신 아버지는 '어떻고!' 하면서 하지 말아야 할 말까지 나와 두 사람은 같이 못 살겠다고 하면서 이혼하게 되었다. 이혼 법정에서 재판장 앞에 서게 되었는데, 남편이 "판사님! 제가 살다 살다 별일 다 봤습니다. 감자를 설탕에 찍어 먹으라 하네요."라고 하니까 부인이 " 세상에! 감자를 소금에 찍어 먹는다는 말 처음 들었다."라고 하면서 언성을 높이기까지 하였다. 두 사람의 말을 듣고 있던 판사가 하도 어이가 없어 하는 말이 "어떻게 감자를 설탕이나 소금에 찍어 먹습니까? 우리 강원도에서는 감자를 고추장에 찍어 먹습니다." 그리고는 "감자를 소금이나 설탕에 아니면 고추장에 찍어 먹으면 어떻습니까?"

이 이야기는 서로의 동등한 가치와 존엄성을 망각한 모습이다. 작금의 세상을 보면 아무 것도 아닌 일에 목숨을 거는 일이 너무나 많은 것 같다. 우리 편이 아니더라도, 내가 하는 방식이 맞다 하더라도, 상대방이 하는 방식에 큰 문제가 없다면 그냥 넘어가 주는 배려심이 너무나도 부족한 세상이 된 것이다. 최충의 법리적 해석도 본질적인 것에는 일치를, 비본질적인 것에는 관용을, 모든 것에는 사랑을 실천하려는 생각으로 넘쳐 있었다.

그 예로 기존의 고려 법률이 법률 정신에 어긋나는 점이 많아 개정 작업에 착수한다는 것이었다.(권오영 사학지, 31. 1998) 또한 법률이 밝으면 형벌에 지나침이 없다는 문종의 뜻을 받아들여 개정 작업에 최선을 다한 것이다. 백성들은 누구나 고통을 느끼면서도 생존에 필수적인 기본적인 욕구에 충실히 하고 있다. 그리고 희로애락喜怒哀樂을 느끼는 신체적이고 심리적인 공통점을 가지고 있어 자기가 원하는 바를 인식하고 선택한다.

삶을 계획하고 실행하는 백성들은 협동적 사회생활을 통해 자기들도 사회발전에 이바지할 수 있다는 믿음을 가지고 있다.

백성들은 고통을 느끼면서도 행복을 추구하려고 한다. 이는 생존을 위한 인식능력과 도덕적 실천 능력이다. 생존을 위한 욕구를 실현하기 위해서는 최소한의 도덕적인 능력이 구비되어야 한다. 사람들은 근본적으로 동등한 가치와 존엄성이 있다. 우리는 인간의 동등한 존엄성을 설명할 수는 있어도, 왜 인간이 존엄한가를 설명하기에는 부족함이 있다.

마티 바덴(Marty Baden)은 독일의 훌륭한 정치가였다. 재무부 장관을 역임하기도 한 그는 매사에 감사하며 모든 일을 긍정적으로 처리하였고 훌륭한 인품의 소유자로 국민들로부터 많은 칭송을 받았다.

젊은 시절 그는 지방에 출장을 갔는데, 그가 가진 돈이 몇 푼 되지 않았기에 값싼 여관에서 하룻밤을 보내게 되었다. 고단하게 자고 아침에 일어났는데 그의 구두가 도둑을 맞아 없어진 것을 알고는 크게 화를 내며 "어느 놈이 내 신발을 훔쳐 갔느냐"고 주인에게 화를 내었다. 그리고 당장 신고 나갈 신발이 없어 구두를 사러 갈 수도 없었다. 여관 주인은 미안하다며 헌 신발을 꺼내어 주며 오늘은 주일이니까 함께 교회에 가서 마음을 위로 받자고 하였다. 화가 잔뜩 난 판에 교회 가자는 여관 주인의 말이 귀에 들어오지 않았지만, 졸라대며 사정하는 그의 요청에 마지못해 여관 주인을 따라나섰다. 한편 주인에게 너무 화를 낸 것이 미안하기도 하였다.

교회에 앉아 있었으나 마음은 편치 않았다. 마음속에는 여전히 화가 치밀어

올랐고 다른 사람들이 열심히 부르는 찬송가와 기도 소리에 더욱 짜증만 났다. 그러다 그는 자기 바로 옆에 앉아 눈물을 흘리며 간절히 기도하는 사람이 두 다리가 없는 장애인인 것을 알게 되었다. 바덴은 매우 놀라 충격을 받았다.

그리고 바덴은 "저 사람은 신발을 잃은 것이 아니라 두 다리를 전부 잃어버렸으니 신발이 있어도 신을 수 없겠구나" 하는 생각이 들었다. 그리고는 자신은 두 짝 신발은 잃어버렸으나 두 다리는 그대로 있다는 생각이 들었고 두 다리 없는 옆 사람에 비하면 자신이 얼마나 다행한가를 생각하게 되었다.

신발이야 다시 사면 될 것이지만, 두 발을 살 수 없는 옆 사람에게 미안하다는 생각마저 들었다. 잃은 신발 때문에 괜히 남을 저주하고 원망한 자신이 부끄러워지기까지 하였다. 그때부터 바덴의 인생관은 달라지기 시작했다. 그는 자신에게 없는 것에 대해 불평하는 대신 자신에게 있는 것에 감사하기로 하였다. 남을 원망하기에 앞서 자신을 먼저 살펴보고 남에게 원망들을 일을 하지 않았는가 살피기로 하였다. 그는 점차 모든 일에 긍정적이고 적극적으로 바뀌기 시작하면서부터 훌륭한 정치인이 되었고 모든 국민들로부터 칭송을 받는 훌륭한 정치가가 되었다.

이처럼 인간마다 지니고 있는 도덕적 감정과 태도는 나 자신과 마찬가지로 느끼고, 생각하고, 판단하고, 행동하는, 삶을 살아가는 존재이다. 이는 최소한의 도덕적 인식에서부터 서로 존중하고 있다는 것을 추정해 볼 수 있다. 그런데 '왜 각 개인들을 동등하게 대우해야 하는가?'라는 실용적인 관점에서 살펴보면,

서로가 본질적으로 동등한 존엄성을 가진 존재로 대우하는 사회가 그렇지 못한 사회보다 더 쾌적한 사회일 것이라는 합리적 추론을 할 수 있기 때문이다. 이는 국가가 법을 집행할 때, 동등한 가치와 존엄성의 원리가 단지 추상적인 형식적 규범이 아니라, 법의 핵심 목적 중의 하나인 '정의 규범'을 구체화하는 데 결정적 역할을 하는 것이다.

3. 최충의 법의 정신

법의 지배와 법 앞의 평등이란, 사회정의의 실현을 위한 공동체의 번영을 위해서이다. 또한 인간의 존엄성이란 자기 결정권 및 행복추구권에 있다. 법의 지배와 모든 법률은 궁극적으로 '인간 존엄', '인간의 행복과 번영'으로 귀착된다. 그러나 고려초, 법의 원리는 이와 다르다. 법의 원리가 신라의 율령律令형식을 바탕으로 관습법이 주류를 이루고 있었다. 그 관습법에서 유독惟獨 생명의 존엄 원리를 최고의 가치로 하고 있다는 법질서를 화랑의 세속오계인 살생유택殺生有擇에서 찾아볼 수 있다. 이는 인격을 구체적으로 표출하는 생명, 명예 등이 사법司法에 의해 존중되고 강하게 보호 받아야 한다는 원리로써, 민간에서도 불법행위와 관련해서 생명, 명예에 대한 침해를 제재하고자 하는 것이었다. 현재 우리나라에서 시행되는 법은 시민들로부터 많은 기대를 받고 큰 역할을 부여받고 있다. 법과 정의正義를 구현시키고자 할 때, 법은 '선_善과 형평의 기술' 또는 '정의를 실현하는 기술'로 보았던 고대 로마 법학자들의 사상도 실제로는 법의 실천적인 이성의 요소 중 정의 이념에 더욱 주목하였다.

그러나 법과 정의를 둘러싼 문제에 있어 모든 법은 국가가 명령하는 규범 내용을 시민이 지킬 것을 요구하고 있으며, 이 요구는 항상 국가가 정당하다는 전제 위에 서 있었다.

고려 초 법의 시행도 이와 같았다. 모든 실정법은 지시하는 내용이 정당하니, 그대로 지킬 것을 요구하였다. 우리는 역사적 경험을 통해 절차에 맞게 제정된 법률이라고 해서 그 실정법이 정당하다는 것에는 동의하지 않았다. 만일 고려 초 관습법인 실정법이 정의(正義, justice)라고 알고 있는 규범과 생각이 충돌하는 경우 이때 판단의 기준은 어떤 부정의(不正義, injustice)의 기준이 된다. 그리고 그 실정법이 경계를 넘어서는 경우, 해당하는 실정법은 도덕적으로 나쁠 뿐만 아니라 심리적인 구속력은 상실된다. 그러나 전제군주 독재국가에서 실정법과 정의의 충돌은 다르게 해결된다. 이때 사람들은 누구나 정의감(a sense of justice)에서 무엇이 정의롭고, 무엇이 정의롭지 않은지에 대한 도덕적 감정을 갖게 된다.

이는 주로 부정의에 대한 분노로 표출되는 데, 가령 자신이 부당하게 대우받는다거나 또는 다른 사람이 부당하게 대우받는 경우 불끈 주먹을 쥐게 되는데 이는 분명 도덕적 분노이다. 정의감에는 정의적 판단의 기준과 가치판단의 기준이 포함되어 있다. 그 예로, 자식 중에 형에게는 재산을 많이 주고, 동생에게는 적게 주면 동생은 이에 대해 부당하다고 항의할 것이다.

이는 동등한 분배 가치 기준이 정의적 판단의 근거가 된다. 또한 직장 내에서 공적功績이나 능력에 따르지 않고 가문, 학연, 지연 등의 기준에 따라 인사이동을 했을 때, 부당하다고 항의할 것이다.

이는 능력과 공적에 따른 승진이 가치판단의 기준이며 정의판단의 근거가 될 것이다. 이러한 정의판단의 기준이 최충의 법의 정신으로 법률재고정法律再考定 과정에 그대로 나타났다.

육조령(六條令)에 게시된 권력을 믿고, 상과 벌을 정당하게 행하지 않고, 자식들의 출세를 청탁하는 등의 내용이 그 예가 된다. 그러나 그 기준은 남성과 여성, 시대와 사회에 따라 다를 수도 있다. 법과 정의와 관련된 문제들을 살펴보면, 크게 두 가지 내용으로 나눌 수 있는데, 하나는 법을 공평하게 집행했느냐 하는 '법 적용상의 정의正義' 문제이고, 다른 하나는 법 자체가 정의로운가 하는 '법 자체의 정의正義문제이다. 우리는 정의 개념을 논論할 때, 어떤 사람이 정의롭고, 어떤 행위가 정의로운지, 그리고 어떤 법 제도가 정의롭고 어떤 국가가 정의로운지 판단하기 어렵다. 또한 정의正義의 개념을 정의正義할 때 닭이나 개가 정의正義롭다는 표현은 동화에서는 쓸 수 있을지는 모르나, 이를 규범적 판단의 논리 전개에서는 고려 대상이 될 수 없다.

정의적 판단의 대상은 인간의 행위나 규범 또는 제도가 대상이라고 할 수 있다. 예를 들어, 오염된 물을 피하고 맑은 물을 마시는 행위나, 매주 등산하는 행위를 정의롭다고 하지는 않는다. 따라서 정의적 판단을 할 수 있는 적용 영역이 필요하다.

통상 정의적 개념을 사용하는 영역을 분석해 보면, 인간의 행위나 규범 질서가 이익과 부당한 행위를 할 때 그리고 이익과 손해의 균형을 맞추는 것과 관련이 있을 때 정의적 판단을 적용할 수 있을 것이다. 따라서 정의란 '이익을 옳게 나누거나 이익과 손해 사이의 균형을 옳게 맞추는 것'이라고 이야기할 수 있다.

좀 더 구체적으로 이야기하자면, 정의란 이익과 맡아야 할 부담을 옳게 배당하고, 옳게 상호균형을 맞춰 질서를 유지하게 하거나 창출하는 행위로 규범 질서의 속성이라고 할 수 있다. 따라서 공식에 따라 각자에게 각자의 몫을 주거나 각자의 몫을 보유한 상태를 지켜주면 정의로운 것이다. 또한 그가 가지고 있는 자신의 몫을 빼앗는 것을 금지하고 있다면 이 또한 정의로운 것이다. 그렇다면 무엇이 각자의 몫인가? 어떤 기준에 따라 한 개인의 몫을 배당할 것인가? 이에 대해서는 주요한 기준들이 있는데 각자에게 균등하게, 각자에게 그의 천품天稟에 따라, 각자에게 그의 지위에 따라, 각자에게 그의 업적에 따라, 각자에게 그가 필요로 하는 바에 따라, 그의 자유가 최대한 보장되게 하거나 각자에게 법이 배정한 바에 따라 각자에게 각자의 몫을 주는 것이 각자의 몫이 될 것이다. 이것이 바로 평등 추정의 원칙이다. 평등 추정의 원칙은 조건부 평등 대우의 원리로서 불평등 취급 내지 불평등 배분을 정당화할 근거가 없는 한 평등하게 취급되고 평등하게 배분되어야 한다. 이를 동등대우의 우선성 원칙이라고 하는데 모든 인간은 본질적으로 동등하다는 이성 법적 명제로써 타당한 것이다.

여기서 인간의 본질적 동등성 명제가 타당하지 않다면 이는 부정될 것이다. 그러나 이에 대한 상식적인 반론으로써 인간은 다양하므로 외부 특성인 상속재산, 자연적이고 사회적인 생활환경, 개인별 특성인 연령, 성별, 신체적 정신적 능력 등의 차이점을 고려하지 않고 평등하게만 대우한다면 오히려 부당한 결과를 낳을 수 있다. 평등과 불평등에 있어 정의적 개념은 평등과 불평등의 등가성이다. 예를 들면 공적인 기준에 따른 배분은 비슷한 공적을 보이는 개인들에게는 동등한 몫이 나누어지고, 낮은 공적을 보인 개인들은 그보다 낮은 몫이 나누어질 때 정의롭다. 이것이 최충의 법의 정신이다. 따라서 최충의 법률고정에서 다루어진 정의적正義的 원리의 적용은 모든 구체적 정의(正義)의 기준들이 같은 범주에 속하는 사람들에게 동등하게 처우해야 한다는 형식적形式的 정의正義를 전제로 하고 있다.

우리는 본질적으로 동등한 집단에 속하는 개인들을 동등하게 대우해야 한다는 규범을 형식적 정의正義라고 정의한다. 우리는 법 앞의 평등이라고 할 때, 어떤 규율에서 정해진 요건을 동일하게 충족하는 공평한 형식적 평등을 먼저 떠올리게 된다. 법 앞의 평등이라는 정의는 법과 규범이 반드시 갖추어야 할 필수 요건이다. 정의를 논할 때, 어떤 의무를 부과하는 규율을 갑(甲)에게는 적용하면서 같은 조건에 있는 을(乙)에게는 적용하지 않는다면, 이는 정의를 벗어난 갑(甲)에게는 불공정한 적용이 된다. 만일 '모든 일본인을 죽이라'는 규율이 있을 때 동정심으로 어떤 일본인을 살려 준다면 이 행위는 부정의不正義가 된다.

또한 '여자는 선거권이 없다'라는 규율을 여자들 모두에게 적용하면 여자들 사이를 공평하게 대우한 셈이므로 정의가 된다.

그런데 이상의 예시로 든 두 개의 명제가 과연 정의인가? 따져볼 필요가 있다. 살펴보면, 우리는 공평한 규율의 집행은 정의正義의 필요조건이기는 하지만 충분조건은 아니라는, '부분적 정의'에 지나지 않는다. 이는 상식적인 결론이다. 규율의 공평한 집행이 이처럼 명백하게 부정의不正義를 낳는 경우 우리는 '형식적 정의形式的 正義의 역설'이라고 한다. 정의로움의 근본적 요청인 '각자에게 각자의 것을'이란 표어가 독일 나치시대 아우슈비츠 수용소 정문에 걸려 있었다.

그러나 이 표어는 '형식적 정의形式的 正義'의 역설이 몰고 온 무서운 결과를 낳게 되었다. 이처럼 '동등한 인간 존엄성'의 원리라는 형식적 정의形式的 正義의 개념인 법적 차원에서, 정의正義이념의 내용은 중요한 역할을 하기에 '형식적 정의의 역설'로부터 벗어나는 방법을 찾아야 한다. 그 방법 중 하나가 구성원들의 합리적 자율성을 인정한 후 동등하게 대우한다는 존중의 원리로 구체화 시켜야 한다. 이러한 정신이 정치, 경제, 사회, 문화의 모든 영역에서 각 개인의 기회를 균등히 하고, 인간의 존엄성과 행복추구권을 보장한다는 우리나라 헌법 10조에 법질서의 원리로 표현되어 있다. 그러나 동등배분 그 자체가 정의의 목표 이념은 아니다.

그 예로 재화를 균등하게 배분하라는 요청이 정의로운 것은 사실이나, 균등 대우나 균등 배분이 동등한 인간 존엄성의 가치를 실현하는 데는 미흡未洽한 점도 인정되기 때문이다. 그 예로 어떤 점의 동일성들이 평등대우로 정당화되고, 어떤 점의 차이점들이 차별대우로 정당화하게 되는지 밝혀야 할 것이다. 이는 구체적인 정의의 기준들 사이에는 많은 차이점이 존재하기 때문이다. 법에 있어서 정의는 본질적으로 유사한 집단에 속하는 것들은 동등하게 취급하는 태도이다. 법과 정의 관계에서도 정의는 법 집행에 있어 실천적인 이성의 가치가 된다. 따라서 균등배분이란 인간존엄성의 범주範疇 내에서만 타당한 배분 기준이며, 정의 기준이다. 평등이 법적 정의의 핵심적 이념요소라면,

그것은 개인의 사회적 지위나 능력 등의 차이와 상관없이 동등하게 존중받고 배려받아야 할 것이다

이상의 내용을 정리하면 공동체의 구성원들이 동등하게 대우받아야 한다는 요청이 형식적 평등이라는 법의 궁극적 목적으로 달성하고자 하는 이상적 가치가 될 것이다. 이는 언제나 균등하게 배분해야 한다는 의미에서가 아니라, 어떤 배분의 기준이 정당한가라는 정의의 문제로써 동등한 인간 존엄성의 원리에 비추어 다음과 같이 최충의 법의 정신을 정리할 수 있다.

첫째, 어떤 점에서 동등하고 어떤 점에서 차이가 나는가에 대한 기준을 확정하는 것이 실질적 정의의 영역이다.

둘째, 재화나 행위의 상호교환을 통해 상호이익을 도모하고자 할 때, 각종 법률행위에 적용될 내용들이 타당한가 따져보는 것이 교환적 정의의 영역이다.

셋째, 공동 생산활동이나 협동을 통해 산출된 수익의 배분이나 수행해야 할 부역賦役의 배당을 정당하게 배분하는 것이 배분적 정의의 영역이다.

넷째, 지배관계가 지도하는 자와 지도받는 자로 형성될 때, 지배력의 행사가 타인의 자기 결정권을 제한하는 힘의 행사로 정당한가를 따져 보는 것이 지배관계의 정의적 영역이다.

다섯째, 공동생활을 영위하는 사람들의 몫을 부당하게 침해했을 경우, 그 손해를 보상해 주거나 처벌하는 것이 정당한지를 판단하고 손해배상

으로 범죄를 처벌하는 것이 형벌적 정의의 영역이다.

이상의 논의에서 사회적 의무와 공동적 손해는 균등하게 배분하되 사회적으로 받아들일 만한 사유가 있는 경우에는 차별적으로 배분할 수 있어야 한다. 그러나 사회적 이익이 상류층에 집중되고 손해와 위험이 하층에 누적된다면 개인이 가지고 있는 동동한 존엄성은 보장되지 않는다. 또한 공정한 사회적 협동의 조건이 보장되어야 정의로운 사회가 되는데 이는 개인의 존엄성 보장, 공공복리의 실현이라는 목적에 비추어서 판단하여야 한다. 손해와 원상회복, 범죄와 처벌은 적절한 관계가 있어야 하고 법적인 정의正義 영역의 기준은 서로 상호 보완하고 상호 제약하고 있어야 한다. 최충이 평소에 생각한 법의 질서도 이와 같다.

33장. 구휼救恤에 따른 복지 정책

1. 부(富)의 가속적 증가법칙(加速的 增加法則)

문종(고려11대)은 즉위한 후 스스로 검소해야 한다는 생각으로 금과 은으로 장식된 용상과 답두(踏斗: 발디딤판)를 동과 철로 바꾸고 금과 은실로 된 이불과 요는 견직으로 교체하였다. 또한 환관의 수를 10여 명으로 줄이고, 내시 역시 20여 명에 한정시켰다.

그리고 변방에서 공훈을 세운 자를 포상하여 병사들의 사기를 북돋우고, 최충을 불러 정책 방향을 문의하며 자신의 정치적 포부를 밝히었다. 이와 때를 맞추어 문하시중 최충은 나라의 원로(元老), 노인(老人), 의사(義士), 절부(節婦)들을 초청하여 잔치를 베풀어 음식을 대접하였다.(문종3년)또한 홀아비, 과부, 고아, 독신자, 폐인, 병자, 봉양해 줄 이가 없는 사람들을 편안히 보살펴 근심이 없도록 하는 복지 정책을 추진하였다. 이러한 점에서 최충은 기초생활보장 제도가 더욱 완벽하게 시행될 수 있도록 정책적이고 제도적인 배려를 아끼지 않았다. 그러나 보다 더 중요한 것은 주변과 이웃을 생각할 줄 아는, 그래서 주변과 이웃에게 따뜻한 관심을 보일 줄 아는 최충의 넉넉한 마음일 것이다.

인간의 생명과 존엄은 그 무엇과도 바꿀 수 없는 고귀한 것이라는 평범한 진리가 최충의 애민정신을 통해 다시 음미하는 계기가 될 것이다.

어느 시골에 가난한 농부가 살고 있었다. 그는 논 한 뙈기, 밭 한 뙈기를 겨우 부쳐서 그에게는 곡식이라야 1년 내내 농사를 지어도 몇 달거리 양식밖에 되지 않았다. 그래서 산에 올라가 나무를 해다가 장터에 내다 팔아 나머지 끼니를 이어갔다. 그런데 이 가난한 농부에게 단아하고 깨끗하며 티 없이 맑은 예쁜 처자가 시집을 오게 되었다. 자기 혼자 먹고 살기에도 어려웠던 가난한 농부가 장가를 들었으니 전前보다 더 곱으로 일하게 되었다. 그러나 밤낮으로 열심히 일을 한 농부는 일에 지쳤는지 차차 몸이 쇠약해져 갔다. 나무야 부인이 어찌어찌해놓을 수 있었지만 그 나무를 져다가 장터에 내다 파는 힘겨운 일은 해낼 수가 없었다. 그렇게 살다 보니 하루가 다르게 살림살이가 궁해져 약을 사다가 병을 치료할 방도가 없었다.

이러한 실상을 전해 들은 최충은 '농민들이 잘살아야 태평성대를 누릴 수 있을 터인데.' 하는 생각에 마음은 점점 더 무거워졌다. 또한 어려운 생활을 견디지 못한 백성들이 제 땅을 등지고 유랑의 신세가 되는 것은 물론, 작당하여 도적의 무리로 변하는 것을 보고 지금 곧 개혁하지 아니하면 나라를 망친다는 생각에 최충의 복지 정책은 더 강하게 추진되었다. 당시 서북지역의 농촌은 하루가 다르게 피폐해졌다. 인심이나 삶의 방식은 고사하고, 농촌의 풍경부터가 따습고 푸근한 정경은 찾아보기 힘들어졌다. 당시 여러 사정으로 보아 서북지역은 소농小農이었다.

비교적 넓은 몇몇 평야 지대를 빼고는 대부분 계곡이나 산등성이에 경작하는 것이 보통이기 때문이다. 그들이 좀더 기름지고 탄력 있게 자리를 잡았다면 그들은 자연과 생태환경, 그리고 삶과 문화와 전통은 풍성한 모습을 갖추었을 것이다. 소작농이란 작은 농토에 다양한 작물을 가꾸고, 연중 여러 차례 경작하는 것이다. 이러한 실상에서 최충은 구휼제도가 더욱 완벽하게 시행될 수 있도록 정책적이고 제도적인 배려가 절대적으로 필요하다고 판단하였다. 이러한 최충의 배려에서 중요한 것은 주변과 이웃을 생각할 줄 아는, 그리고 주변과 이웃에게 따뜻한 관심을 보일 줄 아는 넉넉한 마음일 것이다.

그런데 복지란 무엇일까. 사전을 찾아보면, 복지란 '행복한 삶, 사회 구성원 모두가 행복하게 살 수 있는 사회 환경'으로 되어 있다. 그런데 왜 복지에 관한 논쟁이 일어나는 것일까. 그것은 우리가 모두 행복한 삶을 원함에도 불구하고, 우리가 모두 행복한 것은 아니기 때문이다. 사회구성원 모두가 행복하게 살 수 있는 사회 환경이 마련되어 있지 않기 때문이다. 같은 조건과 환경에 있어도 어떤 사람은 행복을 느끼지만, 또 어떤 사람은 불행을 느낀다고 한다. 이를 두고 사람들은 행복은 마음에 달려 있다고 말하지만, 마음을 그렇게 먹으려고 아무리 다짐해도 잘 안되는 것 또한 사람의 마음이다. 인간은 정신적인 면도 있지만, 또 물질적인 면도 있기 때문이다. 문종 대에는 수시로 구휼救恤 정책을 시행하고 있었다. 문종 4년 도병마사이며 문하시중인 최충이 아뢰기를,

"서북의 주(州), 진(鎭)이 지난해의 흉년으로 인하여 백성이 가난하고 궁핍하여 남자는 부역에 지치고 여자는 빌려 먹은 쌀을 갚느라 지치니 어떻게 견디어 나가겠습니까? 성지(城池)를 수선하는 일 외에 역사役事는 모두 금단하게 하소서." 하고 아뢰니 모두가 그 뜻을 따랐다.(고려사 절요 4-354)

이후 조세나 부역을 감하고 구휼을 하는 정책이 문종 대에 왕도 정치론의 기본을 이루었다. 이는 점차 확대하는 최충의 신유학 발달과 함께 이루어지고 있었다. 이는 최충의 왕성한 정치 활동 시기 전후로 전개되어 신유학을 그대로 반영시킨 선진적인 왕도 정치론이었다. '가난은 나라도 못 구한다.'라는 말이 있다. 이 말이 우리에게 회자되고 있다는 말은 살기가 너무 어렵던 시절이 많았다는 것이다. 내 어릴 적에도 춘궁기에 밥을 못 먹는 사람들이 마을에 더러더러 있었다. 그리고 거지들이 집마다

찾아와 밥 한술을 달라고 깡통을 내밀던 장면도 흔하게 있었다. 소꿉놀이하면 으레 밥 구걸하러 오는 거지 역할까지 따로 있었던 실정이었다. 이는 일상에서 늘 겪는 결핍과 가난의 생태이었기에 아이들 소꿉놀이도 그런 현실이 반영된 것이다. 그런데 우리 사회에서 가난과 계몽은 무슨 연관이 있는 것일까? 한때는 '잘살아 보세'라는 노래가 나올 정도로 우리나라도 계몽이 과도하던 시절이 있었다. 하향의Top-down 방식으로 국민을 계몽하고자 하는 나라는 구호가 넘쳐 난다. 이는 근대 개발도상국에서 흔히 볼 수 있었던 모습이다. 계몽은 가난과 무지에서 그 세력이 펼쳐진다. 그러한 나라일수록 민주주의가 제대로 꽃 피우지 못하는 것은 백성들의 궁핍과 가난이 일상에 널려 있기 때문이다. 최충이 문하시중이 되어 이끌었던 고려 사회도 이와 같았다.

그러나 가난 구제를 팽개쳐 두고 민주주의를 먼저 꽃피운 나라는 없다. 우리에게 그런 시절이 그렇게 멀리 있지는 않았다. 또한 가난을 퇴치하기 위한 계몽의 범람은 가슴에 표장 달기에서도 나타났다. 내 어린 시절 초등학교에 다닐 때는, 무언가를 적은 헝겊 표장을 수시로 가슴에 달고 다니게 했다. 마치 어버이날에 부모님 가슴에 '부모님 감사합니다' 하는 패를 달아드리는 것과 같이, 학생들은 무언가를 가슴에 달고 다녀야 했다.
그 내용은 대개 '불조심 강조 기간', '산림녹화 강조 기간', '근면 자조 협동' 등 국가가 강조하는 계몽 구호를 적어 달고 다녔다. 또한 인구 증가율이 4%를 넘어서, 나라는 궁핍한데, 장차 먹고 살 일이 국가적 걱정이었을 때는, 마을 부녀회를 중심으로 '둘만 낳아 잘 기르자'라는 패를 착용하기도 했다. 집에 있는 무명천을 오려서 그 위에 붓으로 써서 가슴에 달았다. 그런데 필자도 무슨 뜻인지도 모르고 달고 다니던 패가 있었다.

바로 '내핍생활을 하자'라는 구호가 적힌 패였다. 여러 해에 걸쳐서 수시로 가슴에 부착하였지만, 이 구호가 가슴에 들어오지 않았던 것은 초등학생인 필자가 '내핍(耐乏)'이라는 말이 어려웠던 탓이다. '내(耐)'라는 말은 참는다, 견딘다는 뜻의 한자어이다. '핍(乏)'은 부족하다, 가난하다, 고달프다 등의 뜻을 지닌 한자어이다.

결국 부족함과 고달픔을 참으라는 뜻이다. 결핍 밖에 없는 세상인데, 국가가 백성들 가슴에 패를 달게 하면서까지 내핍을 강조하지 않아도, 어차피 내핍하지 않을 수가 없는 현실이었다, 이는 뾰족한 수가 없는데, 참을 수 밖에 없는 현실이 된 것이다.

학교 선생님은 '내핍'이라는 글자를 풀어 설명해 주기보다는 그냥 '물자를 아껴서 쓰자'라는 뜻으로 풀이해 주셨다. 어린 마음에도 '아껴 쓸 물자가 있어야 아껴 쓰지', 하는 생각이 여러 번 들었다. 글자 뜻대로 '가난을 참자'라고 하기보다는 '내핍'이란 글자에는 '극복과 의지'를 강조하는 뜻이 안으로 숨어 있다는 것을 뒤늦게 알았다.

부(富)의 가속적 증가법칙(加速的增加法則)이란 말이 있다.

옛날 가난한 집으로 시집온 며느리가 가난을 벗어나기 위해 하루는 들판에 나가 짚단을 몇 묶음 주워 와 남편에게 식구 수대로 망태기로 삼아달라고 부탁했다. 식구는 시아버지, 시어머니, 남편과 자기, 그리고 두 시동생과 시누이 한 명으로 총 7명이었다. 그래서 신랑은 다음날, 그 짚으로 망태기 7개를 삼아주었다.

그날 저녁, 며느리는 가족들을 불러 모아 망태기를 하나씩 나누어 주면서 이런 부탁을 했다. 내일부터 누구든 나갈 때는 이 망태기를 들고 나가고, 들어올 때는 부러진 나뭇가지도 좋고 떨어진 낙엽도 좋고, 심지어 잡초나 돌멩이도 좋으니 꼭 이 망태기를 채워 오라고 부탁을 했다.

가족들은 시집 온 며느리가 잡초나 돌멩이를 가져와도 좋다고 하니 그리 어려운 일이 아니라 생각하고 그러기로 약속했다. 다음날부터 시아버지는 냇가에 버려진 찌꺼기들을 망태기에 가득 담아 왔고, 시어머니는 길가에 있는 잡초들을 잔뜩 뜯어왔고, 남편은 뒷동산에서 부러진 나뭇가지들을 가득 주워왔고, 며느리는 들에 나가 민들레를 가득 뜯어왔다. 그런 제안에 불만이 많았던 두 시동생은 한 번 골탕 먹어보라는 듯이 길에 차고 넘치는 잔돌들을 가득 담아왔고, 시누이는 헝겊 조각들을 주워왔다. 며느리는 약속을 지켜줘서 정말 고맙다고 하면서 깍듯이 인사를 한 후, 태울 수 있는 찌꺼기와 나뭇가지와 헝겊 조각들은 부엌으로 가져가 땔감으로 쓰고, 자기가 가지고 온 민들레는 다듬어 반찬을 하고, 시어머니가 가져온 풀들은 앞마당에 쌓아 거름을 만들고, 시동생들이 가져온 돌멩이는 뒷마당 구석에 모아 놓았다. 그런 식으로 며칠이 지난 뒤, 하루는 며느리가 들에 나가 벼 이삭을 주워 와 빻아서 쌀밥을 해 먹었다. 모처럼 쌀밥을 배부르게 먹은 식구들은 어차피 가져오는 것이라면 이렇게 뭔가 보탬이 되는 것을 가져오는 것이 좋겠다고 생각하게 되었다. 그 결과 다음 날 시아버지는 수확이 끝난 여러 밭을 다니며 캐가고 남은 감자이삭을 주워 왔고 남편은 산에 가서 떨어진 밤을 가득 주워 왔고, 며느리는 산머루를 가득 따왔고 시동생들은 냇가에서 붕어를 가득 잡아왔고 시누이는 냉이를 가득 뜯어왔다. 그래서 그런 것들을 잘 다듬고 정리하여 상을 차리니 단번에 풍성한 식탁이 되었다. 풍성한 식탁에 신이난 식구들은 갈수록 쓸 만한 것들을 가져오기 시작했다.

뒷산에 가서 도라지를 캐오고 먼 강으로 나가 큰 물고기들을 잡아오고 논밭을 다니면서 버려진 벼이삭, 감자이삭, 고구마줄기들을 주워왔다. 한편 며느리는 시동생들이 골탕먹어보라며 며칠 동안 가져온 잔돌들을 뒷마당 구석에 쌓아올려, 작은 성황단을 만들고 새벽마다 정화수 한 그릇을 떠놓고 가족들의 무사안녕과 성공을 빌고 또 빌었다. 이를 지켜본 식구들은 며느리의 정성에 감동하여 그때부터 한푼이라도 돈 되는 물건들을 가져오기 시작했다. 시아버지는 고철을 주워 와 팔았고 시어머니는 산나물을 뜯어와 팔았고 남편은 나무를 해다가 팔았고 시동생들과 시누이는 부잣집에 품팔이를 나섰다. 가난에 찌들어 모든 의욕을 상실하여 죽지 못해 살아가던 집에 어느덧, 희망이 부풀고 의욕이 불타 올랐다. 한푼 두푼 돈이 생기자 식구들은 더욱 열심히 돈 되는 일을 하게 되었고, 그러자 재산은 하루가 다르게 불어나기 시작했다. 그런 일이 계속되자 드디어 돈이 돈을 버는 가속력의 법칙이 현실화하여 불과 5년 만에 동네에서도 소문난 부자가 되었다.

이 이야기에서 우리가 깨달을 수 있는 것은 절망은 절망을 부르고, 희망은 희망을 부른다는 것이다. 세상을 살아가면서 이러한 삶의 이치를 모르는 사람은 없을 것이다. 이야기에서 며느리는 희망이 희망을 낳는 삶의 법칙을 단적으로 증명하였다. 그리고 며느리의 발상은 우리에게 많은 교훈을 주고 있다. 누구나 다 알고 있는 '하늘은 스스로 돕는 자를 돕는다.'라는 말이 있다. 가난에 대한 '극복과 의지'를 강조하기 위해 우리도 한번 '잘살아보자'라는 의욕을 전제로 할 때, '내핍'은 사회적 동의를 얻을 수 있다. 우리 민족은 가난과 결핍 두 가지를 많이 겪었던 세월이 있어 궁핍은 문화적 유전자가 되었다. 따라서 사는 것에 대한 평가 기준도 가난과 궁핍이 되었다. 잘 사는 집은 부잣집이고, 못 사는 집은 가난한 집이라는 통념이 생긴 것이다. 그러나 부자일지라도 인생을 잘못 사는 사람이 있고, 가난해도 자기 삶을 잘 살아서 마음의 행복과 자존을 누리는 사람도 있다.

2. 왕도정치와 구휼救恤 정책

문종을 성군으로 볼 수 있는가? 하는 문제를 제기한다. 문종을 성군으로 인식하기 위해서는 성군의 정확한 의미와 함께, 성군에 대한 선지식을 제시하여야 한다. 그리고 문종에 대한 역사적 이해가 있어야 한다. 그 후에 성군인지 아닌지를 평가하여야 한다. 따라서 문종에 대한 역사를 바로 읽고, 문종의 세력勢

ヵ 범위를 바로 알고나서야 평가가 가능할 것이다. 문종은 터를 잘 닦은 안정된 세력을 갖고 있었다. 그 세력 기반을 지켜내야 하는 문종은 해야 할 일이 너무 많았다. 문종이 해야 할 일이 많은 시기에, 정치가이며 사상가이고, 사상가이며 정치가인 최충도 문종과 함께하였다.

문종 대에 정치의 주체는 유학 사상을 지닌 사대부였다. 성인이란 말은 유학이 낳은 용어이다. 유학은 성인이 되는 길을 배우는 학문이다. 그리고 유학은 반드시 성인이 다스리는 나라를 지향했다. 군주는 스스로 학문을 하여 성인의 반열에 오를 수 있을 만큼의 덕을 지니면서 그 덕으로 백성을 다스릴 것을 요구받았다. 따라서 문종에 대해 성군을 논하려면 최충의 정치이념이 된 유학과 최충이 지닌 정치사상에 대해서도 알아야 한다.

그러나 고려는 불교가 성행했었고 고려만의 국학도 학문적으로 이루어지지 않았다. 그러나 중국은 이미 성리학이 굳건히 자리하고 있었다. 이와 관련해 최충은 예禮를 무척 중시하였다. 예禮는 삼강오륜에서 비롯되었는데, 삼강三綱의 예는 상하 구조적이어서 분명한 신분제도와 종법제도가 내재해 있었다. 이에 따라 양반의 계층이 생기고 노비제도가 자연스럽게 형성되어 있었다. 그러한 현실에서 문종이 스스로 예를 갖추게 하기 위한 최충의 노력이 매우 컸다. 문종의 정치는 최충을 시중에 앉히면서 본격화되어 왕총지, 이자연 등 재상들의 활약으로 무르익는다. 문종의 정치적 수완은 법률에 대한 확고한 신념을 통해 드러났는데 최충은 도병마사문하시중(都兵馬使門下侍中)으로 서북지역의 휼민(恤民) 대책을 왕에게 건의하자 바로 실행되었다. (문종 4년, 1050년 11월)

왕도정치의 구휼(救恤)정책은 고려초에 주례(周禮) 황정(荒政: 흉년을 다스리고 백성을 구제하는 열두가지 정책)에서 이미 의창(義倉: 흉년에 가난한 백성들에게 곡식을 꿔주던 기관)을 통한 진휼(賑恤: 흉년에 가난한 백성을 도와 줌) 정책을 시행하고 있었다. 이에 더하여 최충은 자신을 위해 또는 공동체를 위해 열심히 최선을 다했음에도 불구하고 사회에서 낙오된 사람, 본의 아니게 다른 사람보다 능력이 모자라 소외된 사람, 그리고 이런 사람들이 느끼는 불행감이나 상실감을 어떻게 치유해 줄 것인가에 심혈을 기울였다. 이처럼 최충은 왕도 정치론을 행하며 문종 대의 융성한 정치 문화를 이루어 갔다. 또한 의창을 통한 구휼정책도 계속 시행되었다. 그러나 사회구성원들 간의 차이는 당연히 존재하기 마련이었다. 이 차이가 구성원들에게 차별로 감지되었을 때는 갈등과 분열로 이어질 수 밖에 없다.

구성원들 간의 분열은 공동체의 분열을 의미하는 것이기 때문에, 공동체는 낙오자나 소외자, 사회적 약자의 불행을 최소화하기 위해 복지정책을 마련한다. 그래서 복지정책은 사회에 불행감이 팽배할수록 더욱 존재감이 과시된다. 따라서 복지의 존재감은 사회의 불행감에 정비례하고, 사회의 행복감은 복지의 존재감과 반비례하는 것이다. 이러한 약자들의 구휼(救恤) 제도는 고구려의 진대법(賑貸法)부터 고려의 흑창(黑倉), 의창(義倉), 조선의 상평창(常平倉)으로 계승되고 이어져 갔다. 그러나 조선 후기에 세도 정치의 행패로 많이 변질하였다. 고려 초 흑창(黑倉)이란 봄에 곡식을 빌려주었다가 가을에 곡식을 갚는 제도이다. 의창(義倉)이란 흑창(黑倉)에서 명칭만 바꾼 것으로 고려 성종 때 기존에 있었던 흑창에 쌀을 다시 비축하면서 시작되었다. 그러나 고려 중기에 국가의 재정이 약화하여, 의창의 관리와 운영에 문제점들이 계속 터져 나오자, 최충이 관심을 두고 구휼 정책을 바로 잡아갈 것을 문종에게 건의하여 다시 시작하게 된 것이다.

최충이 살던 시기에도 보릿고개, 춘궁기, 자연재해 등으로 백성들의 삶이 어려울 때가 많았다. 나라 운영은 백성들이 잘살아야 국가에 세금도 내고, 이를 바탕으로 국력도 강해지기 때문에 백성들의 삶은 매우 중요했다. 따라서 고려시대 국왕들의 주요한 책무 중의 하나는 백성들을 위한 구체적인 구휼 정책을 통해 실천된 것이다. 특히 고려시대 구휼 정책은 물적 구호와 인적구호로 구분되어 고려말까지 설치와 폐지가 반복되었지만 빈민구제라는 주된 정책만은 변하지 않은 채 유지되었다. 이러한 구휼 정책이 제도적으로 나타난 것이 형법지(刑法志)의 휼형조

(恤刑條)이다.

『고려사(高麗史)』 휼형조(恤刑條) 35개 조항에는 고려시대의 구휼 정책이 어떻게 시행되었는지 확인할 수 있을 뿐만 아니라, 구휼정책과 관련된 고려시대의 애민 사상도 살펴볼 수 있다. 휼형조에는 사회적 약자에 대한 보호와 감형, 형의 정지, 그리고 의료구호 등의 정책이 담겨 있었는데 통치 행위에 대한 유교적 사상까지 포함되어 있다. 구휼은 재난과 전쟁과 같은 백성들의 삶이 궁핍한 상황에서 국가가 이를 구제하는 방식으로 백성들의 삶을 안정시켜 국가 체계를 유지하는 데 있지만, 그 내면에는 백성에 대한 애민 정신, 다시 말해 구휼(救恤)의 사상이 내포되어 있다.

이런 구휼제도(救恤制度)는 국가에서 농민들이 경제적으로 어려울 때 식량과 곡식을 나누어 주어 빈민들이 굶어 죽는 것을 막기도 하지만, 농민들의 농업 재생산을 돕기 위해 곡식의 종자까지 나누어 주었다. 따라서 최충이 문종에게 건의한 구휼제도는 명분으로나 실질적으로 매우 중요한 의미가 있었다. 고려시대 의창제도(義倉制度)는 가장 기본적인 구휼제도였는데, 고려시대 개경(開京)의 의창은 고려 초부터 있던 흑창(黑倉)에 고려 성종 때(986) 흑창(黑倉)에 쌀 1만 석石을 넣어 설치되었다.

지방 군현의 의창은 고려의 지방제도가 성립되고, '의창조수취규정(義倉租收取規定)'이 정해진 현종 때 마련되었다. 고려 문종 때 개경의 의창 곡식은 대창(大倉)에 비축·보관되었고, 그 실무는 대창서(大倉署)에서 하였다.

반면 지방 군현의 의창 곡은 군현에 있는 창고에 다른 관곡(官穀)과 함께 비축 보관되었고, 그 실무는 각 군현의 수령(守令)과 향리들에 의해서 이루어졌다. 그렇지만 의창 곡을 관리하던 담당 관리나 수령이 마음대로 의창 곡을 분급할 수 없었다. 의창 곡은 국가의 허락이나 명령이 있고 난 뒤에 일정한 절차에 의해서 분급되었다. 이렇게 의창 곡 분급의 권한을 국가가 가지고 있었던 것은 의창 곡을 함부로 사용하지 못하게 하기 위해서였다.

이런 점은 조선 초기 의창 운영에서도 마찬가지였다. 의창 곡은 아무 대가 없이 무상으로 나누어 주는 경우(진제(賑濟))와 가을에 갚을 것을 전제로 분급하는 경우가 있었다(진대(賑貸), 환자(還上)). 무상으로 나누어 줄 때에는 사람들이 많이 왕래하는 교통의 중심지에 진제장(賑濟場)을 설치하여 죽이나 밥 등 음식물을 나누어 주었고, 가을에 갚을 것을 전제로 곡식을 빌려 줄 경우 이식(利息) 없이 원곡元穀만 되돌려 받는 것이 원칙이었다. 고려 중기 이후 국가 재정이 나빠지면서 의창 곡의 확보가 어려워졌고, 의창 곡의 관리와 운영에도 문제점이 드러나면서 최충은 구휼에 대한 건의를 더욱 적극적으로 하게 되었다. 이를 빌미로 백성들은 나라에서 빌려준 곡식 종자로 농사를 지은 적도 있을 정도로 의창제도는 본래의 기능을 다 하게 되었다. 그렇지만 의창제도 운용의 가장 큰 문제는 나누어준 의창 곡을 제대로 거두어들이지 못하는 경우가 많아 의창 곡이 축소될 수밖에 없는 현실이었다. 이에 따라 다양한 운영에 대한 보충책이 있었지만 큰 효과를 거두지는 못하였다.(안병우, 『高麗前期의 재정구조』 서울대학교출판부. 2002) 아무리 훌륭한 정책이라 해도 완전한 정책은 존재하지 않는다. 고려시대 국왕들의 주요한 책무는 백성들의 삶을 안정시켜 국가 체계를 유지하는 데 있지만, 그 내면에는 백성에 대한 진정한 애민 사상이 내포되어 있어야 한다. 이러한 애민 사상이 구체적으로 제도화된 것이 구휼제도이다.

12부

불교문화 속에서
유교문화를 꽃 피운 최충

불교문화 속에서 유교문화를 꽃 피운 최충

1.불교와 유교의 공존

고려는 불교와 유교가 공존하는 나라였다. 불교와 유교는 서로 다른 사상을 갖고 있어 공존하기가 쉽지 않다. '억불숭유'라고 하는 용어는 불교와 유교가 공존한다는 것이 얼마나 어려운가를 보여 주고 있다. 하지만 고려시대에는 분명히 두 개의 종교와 사상이 공존하고 있었다. 원래 고려는 불교 국가였다. 고려 인구가 몇 명인지 정확하게 알 수는 없지만 국왕부터 밑바닥 천민에 이르기까지 모든 사람이 부처님을 믿는 그런 나라였다. 이들은 모두 불교를 믿으면서 공덕 신앙이라고 하는 것을 가지고 있었다. 공덕 신앙이란 내가 덕을 쌓으면 보답받게 된다는 믿음이다. 이로 보아 고려 사람들은 모두가 덕을 쌓기 위해서 착하게 살았을 것이다. 그런데 공덕 신앙의 보답이라고 하는 것은 현세에 내가 살아있을 때 받는 것이 아니라 윤회를 통해서 다음 생에서 받는다는 믿음이다. 그렇다면 현세에 내가 복을 받을 수 있다고 하는 이런 생각을 하기가 어려웠을 것이다. 그러나 그런 생각은 관세음 신앙이라고 하는 것으로 보완이 된다. 관세음보살을 믿으면 내가 죽기 전, 살아있을 때도 복을 받는다는 생각이다. 공덕 신앙과 관세음 신앙 이 두 가지 신앙을 가지고 고려 사람들은 덕을 쌓고 부처님의 복을 바라는 이런 생각을 하면서 살았을 것이다.

고려를 건국한 태조 왕건은 후대 왕들에게 남긴 훈요 10조 첫 번째 조항에서, 나라의 대업은 부처가 보호하고 지켜주는 힘에 의지해야 한다는 것을 강조하였다. 이는 고려의 건국과 후삼국 통일이 부처님의 가호에 의해서 가능했던 일이다라고 후손들에게 선언한 것이다. 따라서 고려 왕실은 전국의 사원과 승려들에게 정책적인 지원을 하게 된다. 전국의 사찰에 토지를 지급하고 노비를 지급하고 사원이 소유하고 있는 토지로부터는 세금을 받지 않았다. 중세 유럽의 영주들이 가지고 있던 땅에 면세, 면역의 특권이 주어졌던 것처럼 고려시대 사원에 도 주어졌다. 고려는 승려가 되기 위한, 승과라고 하는 과거 제도를 실시했다. 우리나라 역사에서 유일하게 고려시대에만 존재했던 시험이다. 승려들이 승과를 통해서 승직에 오르고, 승직에 오른 승려들은 승진하는데 가장 높은 지위에 오르게 되면 국사, 왕사가 되어 왕이 이 사람들을 만날 때에는 먼저 절을 할 정도로 존경을 받았다. 국사나 왕사는 단순한 종교 지도자일 뿐만 아니라, 정치에 대해 자문까지도 하는 정치적으로도 실력자였다. 그리고 연등회, 팔관회 같은 불교 행사를 국가적인 규모로 시행하였는데, 요즘도 초파일에는 연등을 걸어놓고 하는 불교 행사는 고려시대 연등회의 후신이다. 그밖에 명산, 대천 그리고 부처님에게 기도하는 팔관회라고 하는 거대한 규모의 국가적인 행사가 거행이 되었다. 특히 국가의 평안을 기도하는 불교 행사를 인왕도량이라고 하는데, 이는 수천 명의 승려가 한자리에 모여 인왕경이라고 하는 불경을 함께 읽는 행사이다. 인왕경은 부처님의 도움으로 국가를 평안하고 안전하게 지킬 수 있다고 하는 내용을 담고 있는 불교 경전이다.

여기에서 고려 불교가 호국 불교임을 보여 준다. 실제로 고려는 외침을 받았을 때 부처님의 도움으로 이 국난을 극복할 수 있다고 하는 생각에서 대장경을 만들었다. 해인사의 팔만대장경은 고려가 몽골의 침략을 받았을 때 몽골군을 물리치기 위해 만든 대장경이다. 이렇게 고려는 모든 백성이 불교 신자이고, 국가가 정책적으로 불교를 지원한 불교 국가였다. 고려가 들어서기 전에 통일신라의 불교는 모두가 교종 불교였다. 교종 불교는 불교 경전을 연구하고 교리를 이해하려고 하는 믿음을 갖고 있다. 신라 말에 중국에서 선종 불교가 들어왔는데, 선종 불교는 교리를 이해하는 데서 한 걸음 더 나아가 스스로 깨달음을 얻고 부처가 되려고 하는 믿음을 갖고 있다. 기존의 교종에 선정 불교가 새로 들어오면서 고려시대의 불교 사상의 과제는 교종과 선종을 어떻게 통합할 것인가 하는 문제에 있었다. 이 문제를 해결하기 위해 고려 전기 대각국사 의천이 천태종이라고 하는 종단을 창립했고, 고려 후기에는 보조국사 지눌이 조계종이라고 하는 종단을 창립했다.

2. 유교의 발전

국왕이 좋은 정치를 해서 백성들의 마음을 얻어야 한다고 하는 생각은 유교로부터 나왔다. 왕건은 유교에 대한 이해를 가지고 있었고, 이를 바탕으로 경쟁자였던 궁예나 견훤에 비해서 우위에 있을 수 있었다. 왕건은 왕이 된 다음에 실제로 위민 정치를 하였다. 이는 백성을 위한 정치였다. 취민유도(取民有度: 왕건의 조세정책,유교적 기본 이념)라는 유교적 정치사상은 백성들로부터 세금을 거둘 때 법에 따라 거둬야 한다는 것이다. 이처럼 고려 초 유교가 정치사상으로 활용된 것은 유학자들로부터 유교 경전에 대한 학습 결과였다. 왕건은 훈요 10조를 통해 다음과 같은 말을 남기었다.

임금이 신민의 마음을 얻는 것은 매우 어려우니, 그들의 마음을 얻으려면 중요한 것은 간언을 따르고 참소를 멀리하는 것에 있을 뿐이다. 간언을 따르면 성스러워질 것이고, 참소는 꿀과 같으나 믿지 않으면 곧 스스로 그친다. 또 백성들이 때를 따라 일하고 요역과 부세를 가볍게 하며 농사일에 어려움을 알아주면, 저절로 백성의 마음을 얻게 되어 나라는 부강하고 백성은 편안해질 것이다. 상벌이 공정하면 음양도 순조로워질 것이다.

이러한 생각은 유교에서 비롯된 것이다. 그 후 광종 대에 관리를 선발하는 과거 제도는 유교 경전을 시험하였다. 그리고 성종 대에 시무 28조를 건의한 최승로는 당대 훌륭한 유학자였고 시무 28조는 모두 유교 적 정치사상을 바탕으로 하고 있다. 고려는 국자감에서 유교를 교육했고, 11세기부터는 최충의 구재학당을 비롯한 사립학교들이 모두 유교 경전을 교육하였다.

그렇게 공부한 사람들이 관리가 되고 이 사람들은 모두 유교 적 정치이념을 공유한 상태에서 국가를 경영하였다. 그런데 최승로의 시무 28조에 불교를 믿는 것은 수신의 근본이고 유교를 행하는 것은 나라를 다스리는 근원이라고 하였다. 이는 종교로서의 불교와 정치사상으로서의 유교를 구분한 것이다. 이렇게 역할이 다르다 보니 불교와 유교가 서로 대립하지 않고 공존할 수 있게 되었다. 그러나 고려 후기에 성리학이 들어오면서 성리학은 불교를 이단으로 규정하고 배척해야 한다고 주장하였다. 이때부터 억불숭유라는 말이 나오게 되었다.사실, 유교 사상은

워낙 방대하고 또 오랜 세월에 걸쳐 진화의 과정을 거쳐 온 것
이라 일률적으로 평가하기는 어렵다. 고려에서 유교가 구체적
으로 현실화하는 과정은 고려 성종 때, 김심언이 최승로의 뒤를
이어 정치 방향에 유교적 영향을 주게 된 것이다. 그는 지방제
도의 정비를 통해 국가의 통치제도를 확립한 유학자로 최승로
가 중앙의 통치방향을 유교사상에 의해 확립하는 과정에 기여
했다면 김심언은 지방제도를 확립해 중앙과 지방을 소통시켜
유교 정책을 더욱 보완한 정치사상가로 평가받는다. 최승로의
사상에 비추어 볼 때 김심언의 봉사 2조는 유학을 강조한 사상
가로 고려의 유학 발전에 기여한 것이다. 그리고 최승로(崔承老)와
같은 탁월한 유학자를 등용하여 정치적으로나 사회적으로 유교
주의 확립의 기틀을 마련한 것이다.

성종(成宗)은 국가적 불교 행사인 연등회(燃燈會)와 팔관회(八關會)
를 폐지하는 한편 문묘(文廟: 공자의 묘)를 설치하여 유학교육의 총
본산을 삼게 함으로써 유교사상사에도 획기적인 전환점을 마
련하였다.

그리고 마침내 문종에 이르러 최충을 비롯하여 대유학자들
이 쏟아져 나와 황금시대를 이루게 되었다. 이어 유교사회를 구
축하는 기반을 마련하였는데, 바로 그 중심에 최충이 서 있었다.
최충의 교육 목적은 전인적 인격을 양성하여 유교적 인간의 이
상형을 양성하는데 있었다.

34장. 원공국사 승묘탑 비문에 새긴 최충의 유교사상

　최충은 현종의 명을 받아 원주 거돈사(居頓寺) 원공국사승묘탑 (圓空國師勝妙塔) 비문(碑文)을 짓게 된다. 현재 거돈사는 소실되고 탑비(塔碑)만 현존하여 대한민국 보물 제78호로 지정되어 있다. 최충은 어려서부터 유학의 길을 걸어왔고 뼛속까지 유학을 몸에 지니고 있는 유학자이다. 최충이 최치원을 비판한 것도 유학자로서 불가의 글을 많이 남겼기 때문이다. 그런데 그러한 최충이 왜 원공국사의 비문을 쓰게 되었을까? 그 이유는 왕명이라 거역하기 어려웠고 당시 집단성향의 특징은 숭불이었기 때문에 순응하려 했을 것이다. 그러나 최충의 그러한 기저에는 유학이 자리 잡고 있었기에 승묘원공국사탑의 비문은 유불선을 통섭한 명문이 되었다. 자기의 개인적인 특성을 버리고 집단규범과 조화된 방향으로 자기 행동을 이끌어 간 최충은 누구에게나 존경받았고 당대 명문장가인 최충의 학문은 누구나 최상으로 인정하였다. 다음은 승묘원공국사탑의 비문 내용이다. 쉽게 이해하도록 어려운 한문 어휘에 해설과 각주를 달아 풀이하였다.

지면 관계상 한문으로 표기된 원문은 생략하였으며 편의상 비문 내용을 14개 부분으로 나누어 해설하였다.

〈비문 전문〉

거돈사원공국사승묘탑 비명居頓寺圓空國師勝妙塔碑銘/고려국 원주 현계산 거돈사 高麗國 原州 賢溪山 居頓寺고故 왕사혜월광천 王師 慧月光天편조지각 遍照至覺 지만원묵적연 智滿圓黙寂然 보화대선사 普化大禪師 증,시원공국사 贈,諡圓空國師 승묘탑 勝妙塔/비명 碑銘 병서 幷序/중추원직학사 中樞院直學士 선의랑 宣議郎 상서이부낭중 尙書吏部郎中 지제고겸 知制誥兼 사관수찬관 史舘修撰官 사자금어대賜紫金魚袋 신臣 최충 崔冲은 왕명王命 을 받들어 글을 쓴다. 조청랑朝請郎 예빈승禮賓丞 사비賜緋 신臣 김거웅金巨雄은 왕명 王命을 받들어 글씨를 쓰고 아울러 전액篆額도 쓴다.

〈비문 1〉

[역문(譯文)] 공경하는 자세로 들으니, 불교의 이치는 현묘(玄妙), 헤아릴 수 없이 미묘함하고 은미(隱微),겉으로 드러나지 않고하여 마음 하나만 깨우치기만 하면 그것이 바로 불교의 이치이며, 선(禪)의 본바탕이란 담박하고 고요한 것이라서 모든 법(法)에 초탈(超脫)하고 있다. 그리하여 이와 같은 불법의 이치를 터득한 사

람은 권실(權實)[124]을 모두 잃어버리게 되고, 선(禪)의 바탕을 관찰한 사람은 색(色)과 공(空)이 모두 사라지게 된다. 그렇지만 뭇 중생들은 집착을 보이고 있고, 천만 가지 다른 부류로서 제각기 다르기 때문에 점진적인 계도(啓渡)가 아니면 그들의 몽매(夢寐), 사리에 어둡고 어리석음을 깨우칠 길이 없고, 어떠한 방편이 없으면 피안(彼岸), 이상적 경지에 도달할 수가 없다. 아무리 영양(靈羊)이 나무에 뿔을 걸어 놓듯이 미혹됨을 벗어난다고 하여도[125] 그 기틀을 뒤쫓아 찾기가 힘들고, 사자가 떨쳐 일어남에도[126] 반드시 방편이 필요한 것이다. 그러한 까닭에 아무런 말을 하지 않아도 그 안에는 전할 말이 담겨 있는 것이고, 아무 소리가 들리지 않는 중에도 들리는 소리가 있는 것이다.

〈비문 1〉 해설

사람들이 집착하는 것은 물질이다. 불가에서는 물질이 색(色)과 공(空)이다. 윗 글에서 최충은 불립문자를 강조하고 있다. 아무런 말을 하지 않아도 그 안에는 전할 말이 담겨있다는 뜻이다. 시선일여(詩禪一如)라는 말이 있다. 시는 선의 세계와 같다는 의미

---

124) 권실: 불교용어. 근거에 맞도록 가설(假設)한 내용을 권(權)이라 하고, 수단이 아님, 가설이 아닌 변하지 않는 진실을 실(實)이라 한다. 이 둘은 상대되는 개념으로 사용되어 권교(權敎), 실교(實敎), 권경(權境), 실경(實境) 등으로 불리기도 한다.

125) 원문은 영양괘각(羚羊挂角, 또는 靈羊挂角). 영양의 뿔을 나무에 걸어둔다는 것으로, 대오(大悟 큰 깨달음)에 도달한 사람이 미혹과 집착의 옛자취를 끊어버림을 마치 영양이 잘 때 뿔을 나무에 걸고 다리가 땅에 닿지 아니하게 함에다 비유한 말이다. 모든 것을 초월함

126) 원문은 사자빈신(獅子嚬呻,사자가 웅크렸다가 일어나면 그 동작이 민첩함) 처럼, 여래(如來, 진리를 깨달은 자)가 대위력(大威力, 부처가 지니고 있는 능력)을 나타내는 선정(禪定, 참선하여 내면을 다스림)에 비유한 말.

이다. 훌륭한 시는 논리적 이치로 따지는 것이 아니다. 시에서 흥취를 추구한다. 흥취는 영양괘각(羚羊掛角)과 같다. 최충이 원공국사 승묘탑 비문을 쓸 때 이미 그의 사상은 유학 사상을 바탕으로 한 실천 유학이었다.

사자가 떨쳐 일어난다는 이야기는 사자빈신(師子頻申)이다. 이는 방법론적 이야기이다. 빈신이라고 하는 것은 지기재를 켠다는 뜻이다. 웅크리고 누워 자던 사자가 기지개를 켠다는 것은 크게 활동하기 위한 준비 자세가 된다. 그러한 까닭에 아무 말도 하지 않았다는 것은 그 속에 이미 전할 말이 담겨있다는 뜻이다. 견명성오도(見明星悟道)라는 말이 있다. 늘 보던 아침 샛별이었는데, 어느 날 갑자기 샛별이 새롭게 보였다. 자신의 공부가 성숙하였기에 성숙한 그 순간 샛별이 새롭게 느껴진 것이다. 이는 샛별을 보고 깨닫는 경우인데 이는 자신이 인생에 대한 깊은 깨달음을 통해서 그 깨달음의 내용을 다른 사람들에게 설법해 준다는 뜻이 담겨있다. 흔히 세속적인 비유로 고기를 몇 마리 주는 것보다 고기 잡는 방법을 가르쳐주는 것이 두고두고 써먹을 수 있는 것이기 때문에 그런 표현을 쓰기도 한다. 부처는 당신이 깨달으신 그 지혜의 가르침을 통해서 정말 사람이 살아가는데 참으로 값지고 보람 있고 의미 있는 삶이 무엇인가를 알려주는 것이다, 사자빈신(師子頻申)의 의미는 그러한 길을 가는 것이다.

〈비문 2〉
그렇지만 뭇 중생들은 집착을 보이고 있고, 가섭(迦葉)[127]은 서

---

127) 가섭: 부처님의 제자인 마하가섭(摩訶迦葉)을 이름. 부처의 10대 제자 중 하나로 심인(心印)을 전해 받았다.

건(西乾)[128]에서 이 법을 마음으로 응대하였고[129], 달마(達摩)[130]는 동진(東震)[131]에 전하였다. 어떤 경우에는 의발(衣鉢), 가사와 바리〈밥그릇〉을 전하고, 자리를 나누어 줌으로써 중생들에게 믿음을 보여주고, 어떤 경우에는 곡척(曲尺), ㄱ자 모양 자과 전도(剪刀), 옷감을 자르는 칼로서 뭇사람들의 눈에 이름을 새겼다.

한 스승 한 스승이 은밀히 전수하여 서로 부합된 것이 조화를 이루어 계승되었고, 한 조사(祖師) 한 조사가 서로 계승하여 전해 내려옴이 그치지 않았다.

〈비문 2〉해설

가섭(迦葉)은 우리가 쓰고 있는 한자음에서는 가엽으로 읽는다. 그런데 가섭이라고 하는 것은 범어(sanskrit)로 읽은 것이다. 가섭은 '크다'라는 뜻인데 부처님의 제자 중 마하가섭, 우루빈나가섭, 가야가섭, 나제가섭, 심력가섭 등 다섯 제자가 있는데 이들을 모두 줄여 '가섭'이라고 한다. 그중에 마하가섭은 욕심이 적고 만족할 줄알며 항상 엄격한 규율을 스스로 지켜나가는 행법제일(行法第一) 또는 두타제일(頭陀第一)이라고 한다. 여기서 마하는 성姓이고 가섭은 이름이 된다.

마하가섭은 염화시중의 미소로 알려져 있다. 염화미소란 부처님 생일날 많은 제자가

---

128) 서건: 서(西)는 서쪽, 건(乾)은 인도의 다른 이름이다.
129) 마음으로―:염화미소(拈華微笑), 석가모니가 연화(蓮華)를 따서 제자들에게 어떤 뜻을 암시하였으나 아무도 모르고 다만 가섭만이 그 뜻을 알아 혼자 미소했다는 고사, 즉 문자나 말에 의하지 않고 마음에서 마음으로 전하는 일.
130) 달마: 보제달마(菩提達摩)의 준말. 중국 선종의 초조(初祖). 인도의 저명한 선승(禪僧)으로 서기520년에 중국에 도착, 소림사(少林寺)에서 수도하여 선풍을 일으켰다.
131) 동진: 중국을 가리킴.

앞다퉈 온갖 값비싼 선물을 가져왔다. 오늘날로 말하자면 어떤 제자는 롤렉스나 벤츠 등의 선물을 가져온 것이다. 그러나 그때마다 부처님은 얼굴이 점점 찡그려져 가는데 어느 멍청한 제자가 연꽃을 한 아름 꺾어 가지고 와서 부처님께 생일 선물로 드렸다. 그런데 부처님의 찡그려진 얼굴이 환하게 펴지면서 '네가 내 마음을 아는구나' 하시며 환하게 웃으셨다. 바로 부처님의 얼굴에서 미소가 피어난 것이다. 이를 염화시중이라고 한다. 그 제자가 바로 마하가섭이다. 이러한 염화시중을 달리 표현해서 네가 내 마음을 알고 내가 네 마음을 아니 서로 통한다는 이심전심이고, 부처님의 환한 미소인 염화미소가 되는 것이다. 또한 서로서로 잘 알고 있어 말이나 글의 표현이 필요 없기에 불립문자(不立文字)가 되는 것이다. 내가 정말 상대방을 진정으로 사랑한다면 사랑한다는 말이 필요 없는 것이다. 가섭은 인도 서쪽에서 이러한 부처님의 마음을 깨달았으며 달마는 중국에 가서 이를 전하였다. 부처님은 가사와 바리때를 전하며 중생들에게 불사에 참여하거나 설법할 때 입는 법의(法衣)를 입으라 분부하시고 자리를 나누어 앉았다. 또한 부처님은 중생들에게 믿음을 보여주기 위해 곡척(曲尺)과 전도(剪刀)로서 뭇사람들의 눈에 하나하나 보여주며 믿음을 굳건하게 하였다. 곡척이란 ㄱ 자 모양의 자(字)인데 겉눈과 안눈에 눈금이 새겨져 있다. 옛날부터 건축 목공예에 종사하는 사람들한테 필요한 것인데 이는 정확성이라는 믿음이 있어야 한다. 특히 건축 기술에서 곡척의 활용은 절대적이다. 군인이 싸움터에서 총칼이 없으면 죽은 목숨이듯이 목수에게 곡척이 없으면 아무것도 못 한다. 목수들이 창호를 제작하거나 석공들이 불상을 제작할 때 곡척의 활용은 꼭 필요하다. 그리고 전도는 가위를 말하는데 머리를 자르거나 옷감을 자를 때 절대적으로 필요한 도구이다. 전도를 사용할 때는 정확성이라는 믿음이 있어야 한다. 그 이유는 전도로 법의(法衣)를 만들거나 머리를 자를 때 정확하게 재야 하기 때문이다. 법의를 입거나 머리를 자른다는 것은 불가에 귀의하는 첫걸음이다. 이러한 일련의 과정은 학문이나 덕행에 도움을 주는 큰 스승과 작은 스승이 대대로 서로 믿었기에 은밀히 전수되어 서로의 뜻하는 바가 부합되어 지금까지 이어지고 있다.

〈비문 3〉

그러나 성인으로부터 멀어지면 멀어질수록 빛과 영험은 점차로 쇠퇴해져서 앞서서 깨달은 자가 앞에서 바라다보고 있으나 그 뒤를 따르는 자들은 두 눈을 휘둥그레 뜨고 뒤에 서 있을 뿐이다. 그리하여 산언덕을 파헤쳐 우물을 찾음에 있어 모두가 아뇩(阿耨, 아누)[132]의 종지(宗旨), 중요한 뜻를 미혹(迷惑) 무엇에 홀려 정신을 차리지 못함에 빠져보지 못하였고, 진흙밭을 헤쳐 길을 찾음에 있어 모두가 순타(純陀: 人名은 Cunda, 준타(准陀)로 번역하는 것이 옳음), 부처남 말씀 공양한 사람.의 이치를 모르고 있다. 그러니 공문(空門: 불교를 말함)의 불사(佛士)[133]가 아니거나 말세(末世)의 기인(畸人: 정상적이지 못한) 사람이 아니라면 장차 어떻게 부처의 남기신 말에 뜻을 두어 그 오묘함을 터득할 수 있을 것인가. 또 기틀에 적응하고 변화에 대응하여 그 자리를 고정화 않은 채 큰 소리(大音)의 풀어진 실마리를 다시 엮고, 긴 어망의 흐트러진 강기(綱紀: 흐트러진 것을 바로 세움)를 다시 펼치려 하니 이러한 일을 그 누가 주관할 수 있겠는가. 오직 우리에게만 그러한 사람이 있다.

---

132) 아누: 아누다라(阿耨多羅)의 준말.
133) 불사: 능히 직간을 잘하여 군주의 과실을 고치게 할 수 있는 강직한 사람을 말함.

〈비문 3〉 해설

그 어찌 장차 부처님이 남기신 그 오묘한 진리를 터득할 수 있겠는가. 또한 불법을 받을 수 있는 능력에 적응하고 변화에 대응하며 해이해진 마음을 큰 소리를 조절하며 흐트러지고 퇴폐한 나라의 풍속, 풍습에 대한 기율을 다잡을 수 있는 사람이 누구이겠는가. 이는 오직 원공국사 한 사람, 한 종파를 처음으로 세운 큰 조사(祖師)가 작은 조사(祖師)에게 서로 법인(法印)을 계승하여 불교를 외도와 구별하여 이어가니 불교의 법통은 단절되지 아니하였다. 그러나 수행하면서 성인에게서 멀어지면 멀어질수록 그 빛과 영광은 사람들이 바라는 바를 들어주지 못해 신령한 힘이 점점 쇠잔해져 먼저 깨달은 사람들이 나중에 깨달은 사람들의 바라는 그 여망에 부응하지 못해 그 뒤를 따르는 사람들은 길을 잃고 방황하며 두 눈을 휘둥그레 뜨고 뒤에 서 있을 뿐이다. 부처님의 그 지혜와 종문의 그 취지를 모르고 마음이 흐려지도록 무엇에 홀려 그 참됨을 알지 못하는 것이다. 또한 이는 깊은 수렁에 빠져 평탄한 길을 찾지 못하는 것과 같다. 특히 가난하고 곤궁하며 고통받는 중생들을 건져달라고 부처님께 마지막 공양을 드리는 순타(純陀, cunda)의 심오하고 깊은 뜻을 모르는 이치와도 같다. 그러니 불가에서 무엇인가 강직하게 이야기할 수 있는 사람이거나 사회질서와 정신이 타락한 사회에서 특출난 사람이 아니면 그 어찌 장차 부처님이 남기신 그 오묘한 진리를 터득할 수 있겠는가. 또한 불법을 받을 수 있는 능력에 적응하고 변화에 대응하며 그 자리를 고정하지 않고 해이해진 마음의 큰 소리를 조절하며 흐트러지고 퇴폐한 나라의 풍속, 풍습에 대한 기율을 다시 정돈하고 바로 잡을 수 있는 일을 한 사람이 누구이겠는가. 이는 오직 원공국사 한 사람이다.

〈비문 4〉

대사의 휘는 지종(智宗)이요, 자(字)는 신칙(神則)이며, 속성(俗姓)은 이 씨(전주 사람)이다. 부친은 행순(行順: 순리대로)으로 외로움을 품고, 어짊을 숭상하고 겸허한 자세를 실천하고, 용모와 기상이 단아하였다. 신실(信實)한 군자로서 항상 복을 구하되 사악한 방법으로서 하지 않았고[134], 곱사등이 장인(丈人)처럼 스스로 정신을 집중하여 도를 지키고 있었다[135]. 어머니는 김씨로 양홍(梁鴻)[136]의 아내와 명성을 함께 날리었고, 노래자(老萊子)[137]의 부인과 더불어 이름을 나란히 할 만하였으니, 부부가 화합하여 사는 아름다움이 봉황새[138]의 점사(占辭)에 나타난 것과 같고, 수많은 자식을 낳았음을 경하하는 칭송이 정숙한 노래에서 흘러나왔다.[139] 일찍이 부부가 꿈을 꾸었는데 금으로 된 장대가 구름 끝에 닿아 있

---

134) 신실: 시경(詩經). 대아(大雅). 한록(旱麓)을 전고로 사용하였다. "신실한 군자는 복을 구하되 사악한 짓을 하지 않는다.(豈弟君子 求福不回)"

135) 곱사등이: 장자(莊子) 달생(達生)과 열자(列子) 황제(皇帝)의 고사를 빌려 썼다. 莊子에 "공자가 초나라에 갈 적에 숲속을 지나가는데 곱사등이가 매미를 잡는 것을 보았는데 그냥 줍는 듯 하였다."고 하였고, 열자에 "뜻을 한 곳에 기울여 다른 데로 나누어지지 않고, 정신을 응집시키는 자가 바로 저 곱사등이를 이르는 말이 아닌가."라고 하였다.

136) 양홍: 동한(東漢) 평릉(平陵) 사람. 그의 아내는 孟光으로 남편을 잘 섬기어 현부(賢婦)의 명성을 얻었다.

137) 노래자: 초나라의 은사. 초나라 왕이 그가 어질다는 말을 듣고 그의 집에 찾아와 초빙해 가려 하였다. 그런데 노래자가 처의 말을 듣고 나가 벼슬하기를 거부하고 함께 강남으로 도망하여 은거하였다. [列女傳]

138) 봉황새의: 춘추시대에 진나라의 대부인 의씨(懿氏)가 경중(敬仲)에게 딸을 시집보낼 때 그의 아내가 점을 치자 "봉황새가 날아오르니 화합하는 울음소리가 귀에 선명히 들리네"라는 길사(吉詞)를 얻었다. 후대에는 부부가 화목하여 잘 사는 것을 비유한다.

139) 수 많은: 이 구절은 시경. 당풍(唐風). 초료(椒聊)의 내용을 빌려다 쓰고 있다. '초료'시는 어떤 남자의 아름다움을 찬미하는 시이나 여기에서는 두 부부 사이에서 난 자녀가 많음을 뜻하는 듯하다.

고, 어떤 눈썹이 스님이 손을 들어 그것을 가리키며 말하기를, "이 사람은 대위덕(大威德)[140]이니 네가 잘 보호하도록 하라."고 하였다. 그러한 꿈을 꾸고 난 뒤 곧 임신하였다. 열 달을 채우는 동안 손은 향화香火,제사지낼 때 향불받들기를 부지런히 하였고 입은 마늘과 비린내 나는 고기를 끊었으며, 태교胎教를 잘 하고 정성을 기울여 출산의 법도에 부합되어 이에 태사가 태어났다. 태사께서는 자태가 헌걸차고 훌륭하였으며, 성품이 영특하고 기이하였다. 강보에 있을 때부터 풍진세상의 밖에 있는 듯하였다. 소나무는 지름이 한 치 정도 자라면 벌써 큰 집을 만들 재목이 될 수 있는지 알 수가 있으며, 강물은 근원에서 출발할 때 미리 허공을 삼킬 웅대한 국량局量,남의 잘못을 감싸주는 힘이 될 것인지를 알 수가 있다. 그처럼 대사께서는 나이가 8세가 되자 죽마竹馬를 타고 노는 아이들의 놀이를 버리고 진승(眞乘)[141] 을 타려고 노력하였으며, 문득 구슬 가지고 놀기를 그만두고[142] 법보(法寶: 불경을 보배에 비유)를 찾으려고 생각하였다. 그때 마침 홍범삼장(弘梵三藏: 개경의 사나사(舍那寺)에 머물고 있던 인도 승려))이 사나사(舍那寺)에 와서 살았는데 대사는 마침내 홍범삼장의 문하에 들어가 몸을 맡기고 주선(主善)에게 스승이 되어 줄 것을 애원하였다. 침(針)을 버

---

140) 대위덕: 악을 제지하는 힘이 있으므로 대위(大威)라 하고, 선을 보호하는 공이 있으므로 대덕(大德)이라 하는데, 여기서는 그와 같은 능력을 가진 스님을 가리킴.

141) 진승: 죽마 타는 것에 대하여 참된 법이라는 것을 타는 물건에 비유하여 진승이라 함.

142) 문득 구슬 가지고: 원문은 농장(弄璋), 사내아이의 출생이나 작란을 농장이라 하고, 계집아이의 출생이나 작난을 농와(弄瓦)라 한다.

리는 것과 합치되자[143] 대사가 머리를 깎고 스님이 되는 것을 허락하였다. 대사가 한참 구석자리를 차지하고 앉아 있을 때 아직 약회(籥灰: 풀을 태운 재)를 바꾸지 아니하였다. 홍범(弘梵)이 큰 바다를 찾아 항해하여 중인도(中印度)로 돌아갔는데 대사께서는 배를 함께 타고 갈 수 없는지라 그저 전송만 할 따름이었다. 이에 광화사(廣化寺)의 경철화상(景哲和尙)을 다시 섬기게 되어 새로이 스승의 앞에 나아가 배움을 닦게 되었는데[144] 항상 수업을 성실히 받아 스승을 능가하는 빼어난 공력이 남들보다 열 배, 천 배나 뛰어났다. 푸른빛이 쪽빛에서 나왔지만, 그 색깔이 더욱 짙고, 돌을 물에 던지더라도 그 깊이는 쉽게 더 깊어지는 것과 같은 것이니 대사에 대하여 뭇사람들이 노성(老成, 경험이 많고 노련한 사람)한 사람이라 하거늘 그 누가 유학(幼學: 학문이 미숙한 사람)이라 이르겠는가.

〈비문 4〉 해설

스님인 원공국사의 이름(諱)은 지종(智宗)이고, 속성(俗姓)은 이씨(李氏)로 전주사람이다. 스님의 아버지 이름은 행순(行順)으로 복과 재물을 구하는데 부정한 방법을 사용하지 않았다. 이는 권력과 부를 멀리한 군자다운 모습이다. 늙어 허리가 구부러진 노인이지만. 정신만은 물욕에서 벗어난 도덕이 높은 사람과 같았다. 어머니 김씨(金氏)는 그 칭찬이 자자하기를 남편을 잘 섬기는 양홍(梁鴻)의 처(妻)와 같고, 그 훌륭한

---

143) 침(針): 원문은 투침(投針)으로 자세한 내용은 알 수 없다.
144) 배움을 닦게 되었는데: 논어 향당(鄕黨)편의 '攝齊升堂'에서 전고를 취한 말, 여기선 스승에게 나아감을 의미한다.

명성은 남편에게 벼슬을 멀리하라는 노래자((老萊子)의 부인과 같았다. 부부간 금실도 화목하게 잘 산다는 점괘가 나타나 자손의 번창함과 경사스러움은 노래로 나타났다. 어느날 밤, 부부가 꿈을 꾸니 황금색으로 빛나는 절 기둥 끝, 높은 하늘 구름속에 흰눈썹을 가진 스님이 손을 들어 그 부인을 가리키며 "이 태아는 악을 제지하는 힘이 크고 선을 보호하는 큰 덕이 있는 대위덕명왕(大威德明王)이니 이 태아를 몸에 잘 모시라."고 하는 꿈을 꾸고서 임신하였다. 그 후 해산할 때까지 파, 달래, 부추, 흥거, 마늘 같은 오신채(五辛菜)와 비린내 나는 고기는 일절 먹지 않고 태교하니 원공국사가 탄생하였다. 이 어린아이가 강보에 덮여 있을 때 바람과 먼지로 뒤덮인 시끄러운 세상 밖에 있었으니 이는 작은 소나무를 보고 집지을 재목이 될지 안 될지 알 수 있는 것과 같았다. 대사가 점점 자라 8세가 되자 아이들이 타고 노는 죽마(竹馬)를 버리고 불가의 교리를 탐구하려는 마음이 있어서 놀던 구슬도 버리고 삼보(승보, 법보, 불보)중 하나인 법보를 찾으려고 마음을 굳게 다짐하였다. 그때 마침 인도의 홍범삼장(弘梵三藏)이 사나사(舍那寺)라는 절에 있었는데 대사(원공국사)께서 그의 문하에 들어가 스승이 되어 줄 것을 애원하니 제자로 받아들여져 머리를 깎고 스님이 되는 것을 허락받았다. 그 후 홍범삼장(弘梵三藏)이 중인도(中印度)로 돌아갈때 대사께서는 배를 함께 타고 갈 수 없어 전송만 한후, 광화사(廣化寺)의 경철화상(景哲和尙)을 다시 섬기게 되어, 새로운 스승 앞에 나아가 배움을 닦았다. 대사(원공국사)께서는 항상 수업을 성실히 받아 스승이 힘들이지 않고 가르쳐도 푸른빛이 쪽빛에서 나왔지만, 그 색깔이 더욱 짙은 것과 같았다. 이러한 대사의 모습에 뭇 사람들이 경험이 많은 노련한 사람이라 하거늘 그 누가 대사를 보고 어린아이의 학문이라 하겠는가

〈비문 5〉

개보(開寶: 중국 북송 초대 황제, 태조 조광윤이 사용한 연호. 968년~976년까지 사용) 3년(서기 970)에 영통사(靈通寺)의 관단(官壇)에 갖추어 아뢰기를, 대사는 유리와 같이 계율을 잘 실행하니 세 가지 업(業)[145]이 이미 청결하여졌고, 부용 꽃망울과 같은 밝은 마음을 지녔으니 여섯 가지 티끌[146]이 그 마음을 오염시키기가 힘들다고 하였다. 일찍이 사성(社省)[147]을 지나가던 청의(青衣)[148]가 있어 실수로 고기를 담은 궤짝 가운데 들어있던 쌀을 가져다가 밥을 지었다. 그런데 갑자기 그 종이 거꾸러져 가슴을 벌벌 떨면서 말하기를, "나는 산신(山神)으로 이 상인(上人: 지덕을 갖춘 승려)을 보호하고 있는데 너는 어찌하여 소홀하게 대우하여 그 음식을 깨끗하게 하지 않느냐!"라 하였다. 이 말을 들은 사람들은 놀랍고 두려워서 앞을 다투어 대사께 예를 표하고 존경하였다. 대사가 보이신 영험은 대체로 이러한 것이 많았다.

광순(廣順, 후주(後周)의 치세에 쓰였던 연호. 951년~953년까지 사용) 3년(서기 953)에 대사는 희양산(曦陽山)의 초선사(招禪師)에 나아가 배웠다.

그때 시자(侍者: 귀한사람을 모시는 사람) 한 사람이 있어 법당을 청소하고 있는데 잠깐 사이에 바닥이 물을 받아들이지 않았다. 그러

---

145) 세 가지 업: 몸, 말, 뜻의 세 가지에 의하여 이루어지는 업(業).

146) 여섯 가지 티끌: 불교 용어로 외경(外境)을 가리키는 말. 불경에서는 색(色), 성(聲), 향(香), 미(味), 촉(觸), 법(法) 여섯 가지를 육진(六塵)이라 한다. 이것이 마음의 육근(六根)과 교접하여 인간의 수많은 욕망이 발생한다.

147) 사성: 절의 곡식을 넣어두던 광을 말함.

148) 청의: 나이 어린 종, 노복.

자 초선사가 묻기를, "이곳의 물이 바닥에 붙지 않으니 너희들은 어떻게 살겠느냐?" 하니 스님들이 아무도 대답하지 못하였다. 그러자 대사가 대신 답하기를 "굳이 물을 뿌릴 것 없이 그대로 바닥을 쓸기만 하면 되지요."라고 하였다. 초공(招公)이 대사의 말을 듣자마자 즉시 잘 응대하고, 깊은 지식과 도가 있다고 하고서 말하기를, "종멸(鬷蔑)[149]이 한마디 말을 하자 완첨(阮瞻)은 세 마디 말을 하는구나!" 하였다. 그리하여 대사의 응답이 게송(偈頌: 부처의 공덕을 노래함)으로 이루어져 이에 그 명성과 칭송이 사방에 퍼졌다. 대사의 훌륭한 가치가 이로 말미암아 갑자기 높아지고, 다른 사람들은 이 일로 말미암아 모두 대사에게 감복하였다.

〈비문 5〉 해설

개보(開寶)3년(970), 영통사(靈通寺) 관단(官壇: 사찰을 말함)에서, 대사는 계율을 잘 실행하여 세가지 업(業)인 몸(身)과, 말(言)과, 뜻(意)이 이미 청결하여 부용 꽃망울과 같은 밝은 마음을 지녔으니, 여섯 가지 티끌인 색(色), 성(聲), 향(香), 미(味), 촉(觸), 법(法)이 대사(원공국사)의 마음을 더럽히기 어렵다고 하였다. 한번은 절의 곡식을 넣어 두던 광을 지나가던 나이어린 종이 실수로 고기를 담은 궤짝 가운데 들어있던 쌀을 가져다가 밥을 지었다. 그런데 갑자기 그 종이 벌벌 떨면서 "나는 산신(山神)으로 이 상인(上人)을 보호하고 있는데 어찌 소홀히 하여 그 음식을 깨끗하지 못하게 하느냐!"

---

149) 종멸: 춘추시대 정(鄭)나라 사람. 진(晉)나라의 숙향(叔向)이 정나라에 갔는데 모습이 추악하게 생긴 종멸이 당(堂) 아래에서 그릇을 잡고 서있었다. 숙향이 그의 한마디 말을 들어보고 말을 잘한다 여기고는 "이 사람은 분명히 명철한 사람일 것이다."라 하고 그의 손을 잡고 당으로 올라갔다.

라는 혼자 말을 하였다. 종이 혼자 하는 말을 들은 사람들은 놀랍고 두려워서 앞을 다투어 대사께 예를 표하고 존경하였다. 대사께서 보이신 영험이었다. 광순(廣順)3년 (953), 대사께서 희양산(曦陽山)의 초선사(超禪師)에게 공부할 때 심부름하는 승려 한 사람이 법당을 청소하는데 바닥의 일부분에 물이 묻지 않았다. 그때 초선사(超禪師)가 묻기를, "이 부분 바닥에 물이 묻지 않았으니 너희들이 어떻게 하겠느냐?"하며 스님들에게 물었는데 아무도 대답하지 못하였다. 그때 대사(원공국사)가 답하는 말을 들은 선사께서는, 깊은 지식과 도가 마치 말 잘하는 종멸(螽蔑)의 한마디 말과 같고, 완첨(阮瞻)이 간단하게 대답한 세 마디 말과 같다고 하였다. 그 후 초선사(超禪師)와 대사의 응답이 외우기 쉬운 게송(偈頌)으로 이루어져 그 명성과 칭송이 사방에 퍼졌다. 사람들은 이 일로 대사에게 감복하였다.

〈비문 6〉

현덕(顯德) 초기에 광종대왕(光宗. 고려 4대)이 즉위하여 법문을 숭상하였으니 설령(雪嶺)150)에서 수도하는 선승(禪僧: 참선하는승려)을 불러들여 그들이 오묘한 불법의 경지를 서로 비교하게 하였고, 단하(丹霞)151)에서 수도하는 불도(佛徒)를 선발하여 승과(僧科)를 보였다. 대사는 웅골차게 의위(議圍)152)에 들어가 앞장에 서서 이굴(理窟)153)을 탐구하였으며, 여러 가지의 빼어난 기예를 자랑하였

---

150) 설령: 부처님은 설산에서 수도를 하였기 때문에 수도하는 스님들이 머무는 절을 설산(雪山), 또는 설령(雪嶺)이라 비유하기도 한다.
151) 단하: 붉은 빛 구름이 낀 산이란 의미로 승려들이 살고 있는 세계를 이름.
152) 의위: 승과를 보는 장소를 뜻하는 듯함.
153) 이굴: 세설신어(世說新語) 文學 조항에 나오는 고사. 진나라 사람인 장임(張任)이 義理에 정통하여 이굴이라 비유되었다. 그 뜻은 의리가 신체에 쌓여 있다는 것이다.

을 뿐만 아니라 수백 가지에 이르는 것에 대하여 높은 명예를 빛나게 드러냈다. 그 무렵은 중화(中華, 중국)의 문물로써 오랑캐의 낮은 문화를 개량시키던 때라 한참 수레와 글이 혼합되던 상황에[154] 맞아떨어졌다. 그러니 먼 길을 떠나는 것은 가까운 길로부터 시작하는 것이라 모두 앞을 다투어 중국에 유학하려는 발걸음을 내디뎠다. 그리하여 대사와 동년(同年)[155]의 사람들은 모두 서쪽 나라(中國)에 유학하고 보니 대사만이 홀로 만족하고 말 것인가. 항상 유학에 대해 생각을 하고 있었으니 호계(虎溪)[156]를 건너감이 없이는 도리어 소의 조리가 되어 뒤처지는 것이다. 그 뒤 얼마 지나지 않아서 꿈에 증진대사(證眞大師: 신라말에서 고려초 승려)를 만났는데 대사가 말하기를 "태산에 올라보지 않고서 어떻게 노나라가 작다고 생각할 수 있으며[157], 바다를 구경하지 않고서 어떻게 황하를 좁다고 여길 수 있겠느냐?[158] 일이 이와 같으니 너는 마땅히 가야할 것이다."라 하였다. 대사가 잠에서 깨어나

---

154) 상황에: 중용(中庸)의 "수레는 같은 궤도를 사용하고, 글은 같은 문자를 사용한다."에 출전을 둔 말로 천하가 통일됨을 의미한다. 여기에서는 송나라가 5代의 혼란을 극복하고 천하를 통일한 사실을 말한다.

155) 대사와 동년: 과거에서 같은 방(榜)에 합격한 동료를 동년이라 한다.

156) 호계: 진나라의 고승인 혜원(慧遠)은 여산(廬山) 동림사(東林寺)에 살았는데 그 절 밖에 호계(虎溪)가 있었다. 혜원은 손님을 전송하면서 이 호계 밖으로는 나가지 않았다고 전한다. 여기서는 국경을 건너 유학하는 것을 의미한다고 생각된다.

157) 생각할 수 있으며: 공자는 태산에 올라가서 천하를 내려다 본 다음에야 자기가 사는 노나라가 작은 나라라는 것을 알았다. (논어)

158) 여길 수 있겠느냐?: 하수(河水)의 신인 하백(河伯)이 바다를 구경하고 난 뒤에 자기가 사는 河水가 작다는 것을 알았다. (莊子, 秋水).

이렇게 말하였다, "옛날에 상제(常啼)[159]가 동쪽으로 가기를 청한 것은 신인(神人)의 말을 듣고서 결정한 것이었고, 선재동자(善財童子)가 남쪽으로 찾아갈 것을 구한 것은 생각건대, 선지식(善知識: 불도를 잘 알고 덕이높은 승려)과 친하게 되려는 욕망 때문이었다. 지금이 바로 그러한 때이니 이때를 놓칠 수 없다. 이러한 이치가 꿈속의 계시와도 부합되니 비록 갈 길이 험하고 멀다고는 하지만 어찌 감히 남들이 하는 것을 나는 하지 못하는가?"

그리하여 광종 6년(955)여름에 대왕 앞에 중국에 가려 하는 날짜를 아뢰니 왕은 대사가 중국에 들어가겠다는 말을 들으시고 알았노라고 찬성하신 다음 우미(于邶)의 노래[160]를 부르기를 청하시여 친히 전송하는 자리를 마련하였다.

〈비문 6〉 해설

광종 대왕(光宗:고려4대)께서 눈 덮인 산에서 수도하는 선승(禪僧)들을 불러 불법의 경지를 서로 비교하게 하셨다. 승려들이 사는 구름 낀 산에서 수도하는 불도(佛徒)들을 선발하여 승과(僧科)를 보이신 것이다. 대사께서는 웅골차게 과거 시험장에 들어가 의리가 몸에 배어 있다는 이굴(理窟)을 탐구하여 기예를 자랑하였을 뿐만 아니라 훌륭한 명성을 드러내었다. 그리고 그 무렵은 중국의 문물이 오랑캐의 낮은 문화를 개

---

159) 상제: 불타의 본생담(本生譚)의 주인공. 상제보살이 목숨을 돌보지 않고 지혜의 완성을 탐구하고 있을 때 공중으로부터 "동쪽으로 가라! 거기서 지혜의 완성을 들을 것이다."라는 계시를 받고 계속 정진하였다.
160) 우미의 노래: 시경(詩經), 대아(大雅), 숭고(崧高)의 한 구절인 '왕전우미(王餞于邶)'에서 나온 말로 왕이 직접 신하를 전송한다는 뜻.

량시키던 때라 문자와 제도가 통일되지 않아 혼란스러운 시기였다. 그런데 승려들은 모두 앞다투어 중국에 유학하려는 발걸음을 내딛기 시작하였다. 과거시험에 같이 합격한 동년(同年)들도 모두 유학을 떠나고 보니 대사만 홀로 남았다. 대사는 항상 유학에 대한 생각이 있었으나 나라밖을 나가는 것이 마음에 내키지 않았다. 그 뒤, 얼마 지나지 않아 꿈에 증진대사(證眞大師)를 만났는데 대사가 말하기를, "태산(泰山)에 올라서 보지 않고서야 어떻게 노(魯)나라가 작다는 것을 알며, 바다를 구경하지 않고서 어떻게 황하를 좁다고 여길 수 있겠느냐. 일이 이와 같으니 마땅히 가야 할 것이다!" 라 고 하였다. 꿈에서 깨어난 대사께서는 이렇게 말씀하셨다. "옛날에 상제(常啼)가 동쪽으로 가기를 청한 것은 신인(神人)의 말을 듣고서 결정한 것이었고 선재동자(善財童子)가 남쪽으로 찾아갈 것을 구한 것은 생각건대 선지식(善知識, 사람들을 교화할 만한 지식)과 친하게 되려는 욕망 때문이었다. 지금이 바로 그러한 때이니 이때를 놓칠 수 없다. 비록 갈 길이 험하고 멀다고는 하지만 남들이 하는 것을 나는 하지 못하겠는가?" 그리하여 광종 6년(955) 대왕 앞에 나아가 중국에 가려 하는 날짜를 아뢰니 광종 대왕께서 찬성하신 다음 대왕이 직접 신하를 전송하는 우미(牛郿)의 노래를 청하여 친히 전송하는 자리를 마련하였다.

〈비문 7〉

대사가 마침내 이별의 정을 나누신 다음 여행을 시작하시니 구만리 장천(長天)을 바람을 타고 나는 붕(鵬)새의 날개가 하늘에 펼쳐지는 것과도 같았고, 삼천리의 아득하고 까마득한 길을 달려가는 말의 재갈에 거품이 파도치는 것과도 같았다. 대사가 오월(吳越)국에 도착하여 먼저 영명사(永明寺)의 수선사를 찾아뵈었다. 그러자 수선사가 묻기를, "법 때문에 왔는가, 일 때문에 왔는가?" 대사가 법(法) 때문에 왔노라고 대답하자 수선사가 이렇게 말하였다, "법은 두 가지가 없는 하나로서 사계(沙界: 모래로 가득한 세계)에 편만(遍滿: 두루 가득차 있음)해 있는데 무엇 하러 애를 쓰고 바다를 건너 이곳까지 왔는가?" 이에 대사가 답하기를 "법이 사계에 편만해 있는 것이라면 바다 건너 찾아오는 것도 무방하지 않겠습니까?"라고 답하였다. 그러자 수선사가 반가워하는 눈을 반짝 뜨고서 황두(黃頭)[161]를 우대하여 계주(啓奏: 어떠한 내용을 글로 아룀)를 즉시 풀어서 심인(心印: 부처님의 깨달음을 도장에 비유)을 대사에게 전해 주었다. 그리하여 대사는 수선사와 친근할 수 있는 자리를 얻어서 오래도록 치학(治學: 마음 다스리는 학문)의 문을 대할 수 있게 되었다. 대사는 간혹가다 제호(醍醐)[162]만을 배불리 먹는 것을 제외하고는 다른 음식을 먹지 않았고, 날마다 치자나무 향기만을 맡을 뿐 다른 향은 접하지 아니하였다. 묵연(黙然: 말없는 침묵)히 깨닫고 현묘한 도가 같아져 대사의 신정(神情: 신과 같은 성정)은 일찍이 도에 관통하였다.

〈비문 7〉 해설

대사께서 마침에 이별의 정을 나누신 다음 여정을 시작하니 구만리 하늘을 바람 타고

---

161) 황두: 석가의 번역. 가비라파소도(迦毘羅婆蘇都)를 황두거소(黃頭居所)라 번역한 데서 말미암은 말.

162) 제호: 정제한 치즈(cheese).

나는 붕(鵬)새의 날개가 하늘에 펼쳐지는 것과도 같았고 삼천리 아득한 길을 달려가는 말의 재갈에 거품이 파도치는 것과 같았다. 대사께서는 오월국(吳越國)에 도착하여 영명사(永明寺)의 수선사(壽禪師)를 찾아뵈었다. 수선사가 물었다. "법(法불법의 진리) 때문에 왔는가? 일 때문에 왔는가?" 대사께서 법 때문에 왔다고 대답하자 수선사가 "법(法)은 두 가지가 없는 하나로서 모래와 같은 세상에 꽉 차 있는데 무엇하러 바다 건너 이곳까지 왔는가?" 하니 대사께서 "법이 모래와 같은 세상에 꽉 차 있는 것이라면 바다 건너 찾아오는 것도 무방하지 않겠습니까?"라고 답하였다. 그러자 수선사가 반가워 눈을 번쩍 뜨고서 대사를 우대하여 부처님의 말씀을 글로 쓴 계주(髻珠)을 풀어 불법의 깨달음을 확인하는 징표를 대사에게 전해주었다. 이에 대사는 수선사와 친근할 수 있는 자리를 얻어 마음을 다스리는 학문을 대할 수 있게 되었다. 그때부터 대사는 간혹 정제한 치즈만을 먹는 것 외에는 다른 음식은 먹지 않았고, 날마다 치자나무 향기만 맡을 뿐 다른 향은 접하지 않았다. 그 후 말 없는 깨달음에 헤아릴 수 없이 미묘한 대사의 부처님을 향한 열정은 진리를 관통하였다.

〈비문 8〉

준풍(峻豊2년(962): 고려 광종의 연호)에 순서에 따라 국청사(國淸寺)에 이르러 정광대사(淨光大師)께 무릎을 꿇고 절을 하였더니 정광대사도 또한 의자를 내어주고 환대하였다. 얼마 되지 않아 스승의 학문에 깊이 접근하여 백개(伯喈)의 글을 왕생(王生)에게 부탁하는 것과 같이하려 하였고,[163] 중이(重耳)의 경(經)을 윤령(尹令)에게 전

---

163) 백개: 후한 말엽의 대학자이며 서도(書道)가인 채옹(蔡邕)의 자(字). 132~192년, 그는 명필로서 동탁(董卓)의 무리라 하여 왕윤 등에 의하여 옥사하였다.

한 것과 같이 하려 하였다.[164] 그 뒤 얼마 지나지 않아서 대정혜천태교(大定慧天台教, 천태종의 교리)를 대사에게 전수하니 대사는 이것을 법칙으로 여기고 절차탁마(切磋琢磨: 갈고 닦음)로 공부하였으니 그 어찌 팔월춘八月春이 9년의 묘함을 기다리는 것과 같을 수 있으리오. 비록 오래전부터 깨달은 것이기는 하지만 여전히 끊임없는 근면함이 요구되는 것이었다.

〈비문 8〉 해설

준풍(峻豊고려광종의 연호) 2년(962) 대사께서는 국청사(國淸寺)에 가서 정광대사(淨光大師)께 무릎을 꿇고 절을 하였더니 정광대사도 의자를 내어 주고 환대하였다. 그 후 스승인 정광대사(淨光大師)의 학문에 깊이 다가서기 위해, 서도가이며 명필인 백개(伯喈)의 글을 왕생(王生)에게 부탁하는 것과 같이하였고, 노자(重耳는 노자)의 도덕경(經)을 윤령(尹令)에게 전한 것과 같이 하였다. 그 뒤 정광대사(淨光大師)가 천태종 교리를 대사에게 전수하니 대사께서는 이것을 갈고 닦이 연마하듯 열심히 공부하였다. 이 어찌 사모하던 사람이 보이지 않아 눈물을 흘리는 부인처럼, 9년을 묘하게 어울려 기다리는 것과 같을 수 있으리오. 비록 오래전부터 깨달은 것이기는 하지만 공부하는데에는 끊임없는 부지런함이 요구되는 것이었다.

---

164) 중이의경 : 중이는 노자(老子). 윤령은 주나라 사람으로 이름은 희(喜). 관문의 영(令)으로 있었는데 노자가 서쪽으로 은거하러 갈 때 도덕경(道德經) 오천언(五千言)을 지어 윤희에게 주었다.

〈비문 9〉

개보(開寶: 중국 북송 초대황제, 태조 조광윤이 사용한 연호), 원년(968) 설밑에 승통지내도장공덕사(僧統知內道場功德事) 찬영(贊寧: 고려때 승려)과 천태현(天台縣: 중국의 사찰) 현령 임직 등이 대사께 정성스레 지혜의 칼을 갈았으므로 용(龍)을 잡을 수 있으며, 민첩하게 현묘한 화살을 쏘았으므로 분명히 과녁을 적중시킬 수 있을 것이라 여기어 대사를 높은 산을 바라보듯 우러러보고, 이구동성으로 전교원(傳敎院)에 청하여 대정혜론(大定慧論: 불교교리)과 법화경(法華經)을 강론하여 주기를 청하였다. 이에 대사는 거리낌 없이 일어나서 그들의 청을 들어 주었다. 대사는 인(仁)에 대해서는 그 누구에게도 양보하지 않겠다는 태도[165]로 행상인들이 권태에 빠지게 될 때 화성(化城)을 보여주지 않을 수 없으며,[166] 탕자(蕩子: 바르게 살지 못하는 사람)가 의심을 버리게 하려면 보장(寶藏: 보배 창고)을 열어놓아야만 한다[167] 생각하시었다. 이에 화살이 활시위에 있다가 갑자기 튕겨나가듯 칼이 거울을 잡아 당겨 이루어지듯 천천히 사자대(獅子臺)에 올라 주병(麈柄)[168]을 휘두르고, 삼근(三根: 세가지 악업)에 대해

---

165) 태도: 원문은 '當仁不讓'으로 출전은 논어(論語). '응당 해야할 일은 회피하지 않는다' 즉 '의로운 일이라면 발벗고 나서서 한다.'는 뜻으로 쓰인다.

166) 화성: 법화경(法華經) 화성유품(化城喩品)에 나오는 이야기. 일체 중생들은 부처가 되는 것을 목표로 하고 있는데 이 부처가 되기 위해서는 험난하고 시련이 많아 중지하기가 쉽다. 그 것은 마치 먼 길을 가는 사람이 피곤에 지쳐 중도에 쓰러지는 것과 같다. 그때 부처께서 순간적으로 성(城)을 만들어서 행인을 쉬게 함으로써 다시 기운을 차려 먼 길을 가게 한다고 하였다.

167) 놓아야만 한다: 귀중한 보배가 가득 찬 창고, 중생의 고액을 구제하는 부처님의 미묘한 교법을 비유한 말.

168) 주병: 먼지를 떠는 도구.

서는 용맹을 떨치고, 육혜(六慧)[169]를 논함에 있어서는 굽힘이 없이 기재있게 하였으니 사람들이 죽 늘어서서 보기에 충분하고, 상(林: 모습)을 부러뜨리면서 듣기에 부족함이 없게 하였다. 형저(荊渚: 지명, 모래섬)에서 90일 간의 강론에 선풍이 크게 진작되었고, 남서(南徐: 지명)에서 일백일一百日 동안의 담론에 길이 좁게 느껴질 정도였다. 이윽고 대사는 꿈속에서 본국을 보았는데 보탑(寶塔: 가치가 있는 귀한 탑)이 있어 하늘을 버티고 있으며, 스스로 새끼줄로 탑에 연결되어 힘에 따라 오르락내리락하는 것을 보았다. 또 고 증진대사(故, 돌아가 신證眞大師)를 꿈에 보았는데 그는 "네가 득의(得意: 일이 뜻대로 이루어져 만족함)하였거늘 어찌 고국으로 돌아오지 않느냐."고 하였다. 이에 대사는 움직임이란 인연에 달린 것이고, 바다를 건너려면 즉시 건너야 물건을 상하지 않는다고 생각하여 "식미(式微: 작은 법규나 격식)의 경계를[170] 깨닫고서 어디에도 매이지 않는 발걸음을 급히 되돌렸다."

〈비문 9〉 해설

개보(開寶)원년(968) 설밑에 고려 때 승려 찬영(贊寧)과 중국의 천태현(天台縣) 현령(현의 우두머리) 임식(任埴) 등이 대사(원공국사)께 지혜의 칼을 갈았기에 용(龍)을 잡을 수 있는 날렵한 화살을 쏘았기에 분명 과녁이 적중될 것이라는 확신을 하고, 높은 산

---

169) 육혜: 여섯 가지 지혜, 문혜(聞慧), 사혜(思慧), 수혜(修慧), 무상혜(無相慧), 조적혜(照寂慧).
170) 식미의 경계: 시경(詩經) 패풍(邶風)의 편명. 국세가 쇠퇴해감을 노래한 시이나 여기에서는 그 시 가운데의 "어찌 돌아가지 않으리오."의 의미를 취하여 고국에 돌아 가겠다는 뜻으로 쓰였다.

을 바라보듯 대사를 우러러보며, 여러 사람이 한목소리로 교종으로 선종을 받아들이는 《대정혜론(大定慧論)》과 최고의 경전인 《법화경(法華經)》을 강론하여 주기를 청하였다. 이에 대사(원공국사)께서는 거리낌 없이 일어나시어 그들의 청을 들어주었다. 대사께서는 인(仁)에 대해 의로운 일이라면 발 벗고 나서야 한다며, 그 누구에게도 양보하지 않겠다는 태도로 불자들이 피곤함에 지쳐 중도에 쓰러지게 될 때는 성(城)을 만들어서 불자를 쉬게 함으로써 다시 기운을 차려 먼 길을 가게 해야 한다고 하였다. 또한 바르지 못한 행실을 하는 사람들로 하여금 의심을 버리게 하려면 보배가 가득 찬 창고를 열어놓아야 한다는 생각을 하였다. 그리고 화살이 활시위에 있다가 갑자기 튕겨 나가듯, 칼이 거울을 잡아당기어 이루어지듯 천천히 사자상 대위에 올라 먼지 터는 도구를 휘두르고 세가지 악업에 대해서는 용맹을 떨치고 여섯 가지 지혜를 논함에 있어서는 굽힘이 없어 기개있게 하였으니 사람들이 죽 늘어서서 보기에 충분하고 그 모습 흐트러짐에도 듣기에는 부족함이 없었다. 또한 중국 형저라는 곳에서는 90일 동안 강론을 듣고 참선하는 분위기가 크게 진작되었고 중국 남서에서는 100일 동안의 담론에 길이 좁게 느껴질 정도였다. 그때 대사께서 꿈속에서 본국(고려)을 보았는데 보배로운 탑이 하늘을 버티고 있었으며 스스로 새끼줄로 탑에 연결되어 힘에 따라 오르락내리락하는 것이 보였다. 또 꿈에 돌아가신 증진대사(證眞大師)께서 "네가 일이 뜻대로 이루어져 만족하였거늘 어찌 고국으로 돌아가지 않느냐?"고 하였다. 이에 대사께서는 움직임이란 인연에 달린 것이고, 바다를 건너려면 즉시 건너야 물건을 상하게 하지 않는다고 생각하였다. 그 후 작은 법규나 격식의 경계 171)를 깨닫고

---

171) 《시경》 패충(邶風)의 편명. 국세가 쇠퇴하여감을 노래한 시이나 여기에서는 그 시 가운데의 "어찌 돌아가지 않으리오! [호부귀(胡不歸)]"의 의미를 취하여 고국에 돌아가겠다는 뜻으로 쓰였다.

나서 어디에도 매이지 않는 발걸음을 급히 되돌렸다.

〈비문 10〉

개보 3년(970) 대사께서는 소매를 떨치고 일어나 배를 띄워 바다를 건너셨다. 이미 동방을 교화시키려는 대왕의 뜻과 부합되었을 뿐만 아니라 사람들은 대사가 남들보다 높은 지위에 거할 만한 재주를 가졌다고 칭찬하였다. 그리하여 광종(光宗)대왕께서는 대사를 구마라습(鳩摩羅什)[172]이 진(秦)에 들어간 듯이, 가섭마등(迦葉摩騰)[173]이 한(漢)나라에 들어간 듯이 여기시고 현자를 우대하는 뜻을 더욱 두텁게 가져서 선(善)을 권장하는 어진 마음을 더욱 돈독하게 가지셨다. 처음에는 대사를 대사(大師)의 지위에 임명하시고는 금광선원(金光禪院)에 맞아들이어 거하시게 하였다. 광종대왕 말년에는 중대사(重大師: 고려시대 승려의 법계)의 지위를 더해주시는 한편 마납가사(磨衲袈裟)[174]를 시주하시었다. 그 뒤로 대사는 뭇사람들의 우러름을 받아 중생을 제도한 일이 더욱더 많아졌다. 그러니 대사의 도가 아무리 현묘하고 현묘한 뜻을 가졌다고 하지만 어찌 대사 밑으로 대중이 모이지 않을 수 있겠으며 아무리 침묵을 지키고 있다 하더라도 제자들이 구름떼같이 몰

---

172) 인도의 학승(學僧), 구자국(龜茲國)에 태어나 전진(前秦)왕 부견(符堅)이 구자국을 정벌할 때 포로로 잡혀왔다. 401년 장안에 들어가서 《반야경》, 《법화경》 등을 번역했다.

173) 중인도(中印度)의 승려, 후한(後漢) 명제(明帝) 영평(永平) 10년(69)에 축법란(竺法蘭)과 함께 낙약에 와서 백마사(白馬寺)에 기거하였다. 중국에 처음으로 불교를 전파한 사람이다.

174) 법복(法服)의 한 가지로 매우 귀한 것, 고려에서 산출됨. 705년에 당나라 중종(中宗)이 혜능(慧能)에게 하사함.

려들었다. 대사의 이름은 산같이 높아졌고 대사의 명예는 산같이 사방에 퍼졌다.

그리하여 역대의 대왕께서 대사를 보배처럼 여기셨으니 다른 일은 모두 이와 유사하였다. 그러므로 삼중대사(三重大師: 중대사보다 한계급 위)의 직위를 제수하시고 수정 염주를 하사하시었다. 성종(成宗: 고려 6대)대왕 때가 되어 대사께서는 적석사(積石寺)에 옮겨 거처하고 호를 혜월(慧月)이라 하였다.

순화연간(淳化年間: 990~994북송(北宋)의 태종(太宗)인 조광의(趙匡義)의 치세에 쓰였던 연호(年號))에 성종대왕께서 특별히 조칙을 내리시어 대사를 궁궐로 맞이하고 고고한 담론을 베풀 것을 청하여 오묘한 진리를 듣고자 하시었다. 대사께서는 소림사(少林寺)에서 벽을 바라보고 선정(禪定: 속세의 정을 끊고 삼매경에 정좌함)에 잠긴 달마대사처럼 하시고자 하였으나 선실(宣室)[175]에서 치도(治道: 도를 다스림)에 대하여 강론하고 가의(賈誼: 가격을 의논 함)같이 될 수밖에 없었다. 이에 대왕의 마음을 깨우치어 총애와 하사품을 두텁게 받아 마납음척(磨衲蔭脊: 법복중 하나인 등에 걸치는 장삼)을 하사받았다.

목종(穆宗)대왕께서 선왕의 뜻을 계승하여 대사와 깊은 인연을

---

175) 선실(宣室)은 한(漢)나라의 미앙궁(未央宮) 앞에 있던 재궁(齋宮). 여기에서 효문제(孝文帝)는 가의로부터 치도와 귀신에 대하여 이야기를 들었다.

맺으셨으니 학의(鶴儀)[176]를 돌보아 잠시도 멈춘 적이 없으며 큰 은혜를 내리지 않은 해가 없었다. 여러 차례 호를 내리시어 광천편소지각지만원묵선사(光天遍炤至覺智滿圓黙禪師)가 되었고 수방포(繡方袍)수를 놓은 옷를 하사하시고 불은사(佛恩寺), 호국외제석원(護國外帝釋院阮) 등의 주지로 삼으셨다. 현재의 대왕에 이르러 일천 년 간의 빛나는 국운에 응하여 신령한 계획을 도모하시고 12가지 법륜(法輪),부천님의 가르침을 수레바퀴에 비유을 돌리시어 불교를 널리 전파하시었다.

이에 의룡(義龍)[177]을 부르니 구름이 몰려들고 율호(律虎)[178]를 부르니 범이 날 듯이 뛰었다. 이에 대사를 존숭하여 대선사(大禪師: 선종에서 가장 높은 단계의 불도를 닦은 사람)의 지위를 제수하고 광명사(廣明寺)에 머물러 불법을 강론하게 하는 한편 적연(寂然: 고요하고 편안함)이란 칭호를 내렸다,

〈비문 10〉 해설

개보 3년(970) 대사께서는 소매를 떨치고 일어나 배를 띄우고 바다를 건너 귀국(고려)하셨다. 이미 동방(고려)을 교화시키려는 대왕의 뜻과 부합되었을 뿐만 아니, 사람들은 대사가 남들보다 높은 지위에 앉을만한 학식과 재주를 가졌다고 칭찬하였다. 광종(光宗)대왕께서는 대사를 인도에서 학식이 높은 승려 구마라습(鳩摩羅什)이 진(秦)

---

176) 대사를 부르는 조서(詔書)라는 의미로 사용된 듯함.
177) 의학(義學)에 뛰어난 것을 용에 비유하였다.《주역(周易)》에 "구름은 용을 따라가고, 바람은 범을 따른다.[雲從龍, 風從虎]"라 하였다.
178) 계율이 매우 뛰어남을 범에 비유한 것.

나라에 들어간 듯이, 중국에 처음으로 불교를 전파한 가섭마등(迦葉摩騰)이 한(漢) 나라에 들어간 듯이 여기시고, 현자인 대사를 우대하는 뜻을 더욱 두텁게 가져 선(善)을 권장하는 어진 마음을 더욱 돈독하게 가지셨다. 대왕께서 처음에는 대사를 대사(大師)의 지위에 임명하시고 금광선원(金光禪院)에 거처하시도록 지시 하셨다. 그 후 광종 대왕 말년에는 중대사(重大師)의 지위를 더해주시는 한편 승려들이 입는 매우 귀한 법복을 시주하셨다. 그 뒤로 대사는 사람들의 우러름을 받아 많은 사람을 교화하는 일이 더욱 많아졌다. 또한 대사의 깨우침이 깊고 심오한 뜻을 가졌기에 대사 밑으로 대중이 모여들었고, 대사가 침묵을 지키고 있다 하더라도 제자들이 구름떼같이 몰려들었다. 대사의 이름은 산같이 높아졌고 대사의 명예는 사방에 퍼졌다. 그 후 역대의 대왕들도 대사를 보배처럼 여기셨다. 그리고 중대사보다 격이 높은 삼중대사(三重大師)의 직위를 제수하시고 수정 염주를 하사 하셨다. 성종(成宗)대왕 때 대사께서는 적석사(積石寺)에 옮겨 거처하시고 호를 혜월(慧月)이라 하였다. 뒤에 성종 대왕께서 특별히 조칙을 내리시어 대사를 궁궐로 맞이하고 높은 담론을 베풀 것을 청하여 오묘한 진리를 듣고자 하시었다. 대사께서는 소림사(少林寺)에서 속세의 정을 끊고 벽을 바라보고 삼매경에 잠긴 달마대사처럼 하시고자 하였으나, 선실(宣室)에서 마음을 다스리는 것에 대하여 강론하셨다. 이때 강론은 가격을 흥정하고 의논하는 것과 같았다. 강론을 들은 대왕의 마음도 깨우치어 대사를 총애하시고, 법복인 장삼을 하사하셨다. 목종(穆宗, 고려7대)대왕께서도 선왕의 뜻을 계승하여 대사와 깊은 인연을 맺으셨으니 대사를 돌보시는 일이 잠시도 멈춘 적이 없으며 큰 은혜를 내리지 않은 때가 없었다. 이후 목종대왕은 대사에게 여러 차례 호를 내리시어 광천편소지각지만원묵선사(光天遍炤至覺智滿圓黙禪師)가 되었고 수를 놓은 옷을 하사하신 후 불은사(佛恩寺), 호국외제석원(護國外帝釋院阮) 등의 주지로 삼으셨다. 현재의 대왕에 이르러 일천 년 간의 빛나는 국운에 응하여 신령한 계획을 도모하셨고 12가지 부처님의 가르침을 수레바퀴에 돌리듯이 불교를 널리 전파하시었다. 이에 의술에 뛰어난 용을 부르시니 구름이 몰려들었고, 계율이 뛰어난 범을 부르니 범이 날 듯이 뛰었다. 이에 대왕은 대사를 존숭하여 대선사(大禪師)의 지위를 제수하고 광명사(廣明寺)에 머물러 불법을 강론하게 하는 한편 적연(寂然)이란 칭호를 내리셨다.

- 〈필자의 해설12〉

〈비문 11〉

개태(開泰) 2년(1013) 가을에 다음과 같은 조칙이 있었다. "짐은 듣건대, 위로는 헌원씨(軒轅氏)로부터 아래로는 주나라 무왕에 이르기까지 제왕들은 모두 스승의 힘을 빌려 나라와 왕가를 복되게 만들었으니 이것이 바로 덕망 있는 사람을 숭상하고 어진 사람을 본받는 까닭이며, 감히 하나에 의지하여 둘을 소홀히 하지 못하는 까닭이다. 지금 대선사를 보니 그 학식은 세상에 초달해 있고, 그 마음은 진토를 벗어나 있는지라, 경전(敬田: 삼보(불, 법, 승)을 말함, 경건함의 밭))에 감로수를 뿌리고, 실제에 보광(葆光: 풀빛)을 융화시킴으로써 지극한 이치를 총괄하고, 중생의 미혹됨을 깨우치니 짐이 어찌 그를 스승으로 받들지 않을 수 있겠는가."이러한 조칙에 대하여 뭇 신하중 그 누구도 다른 의견을 내지 않고 모두 함께 좋다고 하였다.

이에 아상(亞相: 재상 어사대부) 유방(庾方: 거란의 고려 침략 당시의 관리), 밀직사(密直使: 고려시대 왕명출납) 장연우(張延祐: 고려때 문신), 집헌(執憲) 이방

(李昉) 등을 파견하여 구중궁궐의 왕명을 받들어 대사가 계신 절의 문을 두드리게 하고 여러 차례 삼고초려(三顧草廬)의 의식을 베풂으로써 강단을 열고 나오기를 기대하였다. 대사는 이에 여러 달 굳건히 사양했으나 왕의 마음이 바뀌지 않으니 어찌 무명無名에 도道를 숨김으로써 단지 시대에 따르고, 천근한 것을 귀중히 여기는 방식에 합치하겠는가 생각하고 마침내 마지못하여 청에 응하였다. 그런 다음 주상이 친히 나와 대사를 왕사(王師)로 임명하고, 인하여 금 은실로 짜서 만든 채색비단 법의(法衣)와 기구(器具), 차 등을 헌납하였으니 그 수가 많아 일일이 다 기록할 수가 없다. 따라서 대사에 대한 예우가 특별하였고, 왕사에 대한 정이 극진하였으니 불법 배우기를 열심히 요청하는 정성과 질의하는 물음을 근면히 다하는 정성이 날이 갈수록 바뀌고 달이 갈수록 변하여 대사의 말을 들으면 그대로 시행하였다. 대사의 기침 소리 한 번에 일만 가지 행실을 가다듬었다. 큰 종을 거두어 두고 누가 쳐주기를 기다리니 소리가 응하는 것은 인연에 따른 것이요, 밝은 거울을 경대에 걸어 놓고 비추기를 게을리하지 아니하니 밝게 소통되어 장애가 없다. 선정(禪定)의 물을 떠다가 제왕의 연못에 붓고, 진리의 하늘을 넓히어 황가(皇家)의 교화를 인도하였으니 그 이익이 크도다! 대사의 넓은 교화와 중생제도를 보면, 저 영유(靈裕)[179]가 국통(國統)의 자리에 높이 올라간 것

---

179) 영유: 定州 거록(鉅鹿) 교양 사람. 18세에 승려가 되었다. 뒤에 저술에 뜻을 두어 수많은 소(疏)를 지었다.

은 참으로 자질구레한 일로 여길 일이고, 혜종(慧宗: 고려 2대)이 두타(頭陀: 속세의 번뇌를 끊고 불도를 수행)의 우두머리라고 칭해짐은 구구한 일이라 생각할 만하였다. 그즈음의 대사에 비길 때는 모두 같은 수준에서 말할 수 없다.

〈비문 11〉해설

개태(開泰) 2년(1013) 가을에 다음과 같은 조칙이 있었다. "짐(朕, 현종, 고려8대)은 듣건대, 위로는 문명을 개조한 헌원씨(軒轅氏)로부터 아래로는 정의롭고 유능한 지도자인 주(周)나라 무왕(武王)에 이르기까지 여러 왕은 모두 스승의 힘을 빌려 나라와 왕가를 복되게 만들었으니 이것이 바로 덕망 있는 사람을 숭상하고 어진 사람을 본받는 까닭이며, 하나에 의지하여 둘을 소홀히 하지 못하는 까닭이다. 지금 대선사를 보니 그 학식은 세상을 위해 초탈해 있고 그 마음은 더러운 세상을 벗어나 있는지라, 경전(敬田)[180]에 감로수를 뿌리고 풀빛을 융합시킴으로써 지극한 이치를 총괄하고[181] 중생의 미혹됨을 깨우치니 짐이 어찌 그를 스승으로 받들지 않을 수 있겠는가?" 이러한 현종의 조칙에 대하여 뭇 신하중 그 누구도 다른 의견을 내지 않고 모두 함께 좋다고 하였다. 이에 아상(亞相)인 유방(庾方), 밀직사(密直使)인 장연우(張延祐), 집헌(執憲)인 이방(李昉) 등을 파견하여 계속 궁궐의 왕명을 받들도록 대사가 계신 절의 문을 두드리게 하고 여러 차례 삼고초려(三顧草廬)의 예를 베풂으로써 단상에서 나오시기

---

180) 삼보(三寶): 불(佛), 법(法), 승(僧)을 말함. 이를 공경하면 한없는 복이 생기다 하여 밭이라 함.
181) 진여법성(眞如法性), 이는 온갖 법의 궁극에 있으므로 실제임. 또는 진여의 실리(實理)를 증득(證得)하여 그 궁극에 이르므로 제(際)라 함. 최치원의〈聖住山 聖住寺 朗慧和尙 白月葆光塔碑銘〉에 "大師猶鍾待扣 鏡忘罷"라 하였다. 이는 곧 종을 크게 치면 큰소리가 울리고 적게 치면 적은 소리로 울 듯이, 큰 질문으로 물으면 큰 대답을 주고 작은 질문으로 물으면 작은 대답으로 항응한다는 의미이다.

를 기대하였다. 대사께서는 이에 여러 달(月)을 굳게 사양하였으나, 대왕의 마음도 바꾸지 않았다. 이에 대사는 어찌 이름 없는 도(道)를 숨겨 시대에 따르고 지식이 깊지 않고 얕은 것을 귀중히 여기는 세태에 합치하겠는가 생각하고 마침내 마지못하여 대왕의 청에 응하셨다. 이때 주상께서는 친히 나오셔서 대사를 왕사(王師)로 임명하시고 금은실로 짠 채색 비단 법의(法衣)와 기구(器具), 차 등을 헌납하셨으니 그 수가 많아 일일이 다 기록할 수가 없다. 따라서 대사에 대한 예우가 특별하였고 왕사에 대한 정이 극진하였으니 불법 배우기를 열심히 요청하는 정성과 질의하는 물음을 부지런함을 다하는 대왕의 정성이 날이 갈수록 바뀌었고 달이 갈수록 변하여 불법을 들으면 그대로 시행하였다. 그리고 대사의 기침 소리 한 번에 일만 가지 행실을 가다듬었다. 큰 종을 걸어 두고 누가 쳐주기를 기다리니 소리가 응하는 것은 인연에 따른 것이요, 밝은 거울을 경대에 걸어 놓고 비추기를 피곤해하지 아니하니 밝게 소통되어 장애가 없다. 선정(禪定)의 물을 떠다가 제왕의 연못에 붓고 진리의 하늘을 넓히어 황가(皇家)의 교화를 인도하였으니 그 이익이 크도다! 대사의 넓은 교화와 중생제도를 보면 저 영유(靈裕)[182]가 신라때 승려의 관직인 국통(國統)의 자리에 높이 올라간 것은 참으로 자질구레한 일로 여길 만한 일이고, 혜종(慧宗)이 불도를 닦는 수행의 우두머리라고 칭해짐은 구구한 일이라 생각할만 하였다. 이는 대사를 비교할 때는 같은 수준에서 말할 수 없다는 뜻이다.

---

182) 정주(定州) 거록(鉅鹿) 곡양(曲陽) 사람. 18세에 승려가 되었다. 뒤에 저술에 뜻을 두어 수많은 소(疏)를 지었다. 당시 사람들이 그를 존경하여 유보살이라 칭하고 삼취정계(三聚淨戒)를 받는 사람이 많았다.

〈비문 12〉

그로부터 3년이 지나서 또 보화(普化: 조계종 초대 종정)라는 호를 더해 주시니 이것이 모두 이른 바 큰 덕을 가진 자는 반드시 이름을 얻게 된다는 것을 뜻한다. 그 뒤에 홀연히 풍아(風痾: 풍증,바람이 병의 원인)의 병을 만나 오래도록 기서(氣序: 기침)가 남아 있었다. 이에 완쾌하기를 청하여 여전히 유류(遺類)의 말을[183] 전하고, 만승(萬乘: 천자(황제)의 자리)천자께서 오래도록 가슴에 두고 계시니 약탕을 내리는 일이 많았다. 대사와 절친한 사람이 있어서 대사에게 이렇게 말하였다. "저 질병이라는 것은 비록 성현이라 할지라도 다급하게 여기는 것이거니 어찌 도읍에 가까이 계십니까. 하물며 연세 높으시니 마땅히 산으로 돌아갈 생각을 하셔야 할 것입니다." 대사가 이 말을 듣고 빙그레 웃으면서 이렇게 답하였다. "그대는 아는가, 저 안도(安道)선생이 수명이 다 되자 비로소 세상을 떠난 것과 정명거사(淨名居士)[184]는 중생의 질병으로 인하여 근심에 빠졌으니 아직 가야 할 때가 아니라면 어찌 그대는 친구의 생사 묻기에 그리도 바쁜가." 그대는 내가 자기 자신만을 위해 이런다고 생각하는가 이것은 대사께서 그대로 계심이 남들을 위한 것이기 때문이었다.

---

183) 유류의 말을: 좌전(左傳)에 나오는 말, 남아 있는 부류가 하나도 없다는 뜻이니 여기서는 병의 완쾌를 뜻함.
184) 정명거사: 유마경(維摩經)의 주인공 유마힐(維摩詰) 거사를 이름.

〈비문 12〉 해설

그로부터 3년이 지나서 또 보화(普化)라는 호를 더해주시니 이것이 모두 이른바 '큰

덕을 가진 자는 반드시 이름을 얻게 된다'는 이치라 하겠다. 그 뒤에 홀연히 바람으로

인한 풍아의 병(風病)을 만나 오래도록 병의 기운이 남아 있었다. 이에 완쾌하기를 바

란다는 유루(遺類)의 말을 전하고 만승(萬乘)의 천자께서 오래도록 가슴에 두고 탕약

을 내리시는 일이 많았다. 대사와 절친한 사람이 와서 대사에게 말하기를 "질병이라

고 하는 것은 비록 성현이라 할지라도 다급하게 여기는 것인데 어찌 도회지에 가까이

계십니까? 하물며 연세 높으시니 마땅히 산으로 돌아갈 생각을 하셔야 할 것입니다."

대사께서 이 말을 들으시고 빙그레 웃으시면서 이렇게 말씀하셨다. "그대는 아는가?

저 진 나라 초국 사람 안도선생(安道先生)이 수명이 다 되자 비로소 세상을 떠난 것과

정명거사(淨名居士)는 중생의 질병으로 인하여 근심에 빠져 아직 가야 할 때가 아닌

데, 어찌 그대는 친구의 생사(生死)를 묻기에 그리도 바쁜가? 그대는 내가 자기 자신

만을 위해(自利) 이런다고 생각하는가? 이렇게 이야기한 것은 대사께서 그대로 계심

이 남들을 위한 것(利他)이기 때문이었다.

〈비문 13〉

천희(天禧: 서요(西遼)의 연호)2년(1018) 4월에 도가 장차 무너지려

하니 때가 알맞은 다음에야 그 도를 따라 걸어가듯이 금빛 지

팡이를 흔들며 서울을 떠날 것을 고하고, 납의(衲衣: 승려가 입는 검

정 옷)를 떨쳐입고 산속으로 영원히 들어갔다. 그리하여 모래벌

판의 외로운 한 마리 새가 아득히 날아 푸른 만 리로 들어가듯,

푸른 하늘의 외로운 구름 조각이 아스라이 깊은 골짜기로 찾아

들 듯, 대사는 원주 현계산(賢溪山) 거돈사(居頓寺)에 머물렀다. 대사는 편안한 자리에 한가로이 앉으신 지 열흘도 채우기 전에 어찌하리오! 인생이란 검댕[185] 같은 것이라 갑자기 무(無)로 복귀하고자 하는 것을 그달 17일에 병이 들었으나 더욱 또렷한 정신으로 참된 깨우침을 가지고 주위를 돌보아 대중에게 이렇게 말씀하였다. "옛날 여래께서 대법안(大法眼)을 제자들에게 부탁하여 그와 같은 방식을 가지고 전전하여 지금까지 이르렀다. 이제 장차 이 법을 너희들에게 부탁하노니 너희들은 마땅히 잘 지켜 단절됨이 없도록 하여라. 내가 죽은 후에는 부음을 주상께 전하여 법도를 어지럽히는 일이 없도록 하여라." 말을 마치고 대사께서 입적하시니 나이 89세요, 승랍(僧臘: 승려 노릇을 한 햇수)은 72세라.

〈비문 13〉 해설

천희(天禧) 2년(1018) 사람의 도리가 무너지려하니 알맞은 때에, 그 도를 따라 걸어가듯 금빛 지팡이를 흔들며 서울을 떠날 것을 이야기하고 승려가 입는 검은 장삼을 떨쳐입고 산속으로 영원히 들어가셨다. 이는 모래벌의 외로운 한 마리 새가 아득히 날아 푸른 만 리로 들어가듯, 푸른 하늘의 외로운 구름조각이 아스라이 깊은 골짜기로 찾아들 듯, 대사께서는 원주(原州) 현계산(賢溪山) 거돈사(居頓寺)에 머무르셨다. 대사께서 편안한 자리에 한가로이 앉으신 지 열흘도 채우지 못하시었다. 그러나 어찌하리오! 인생이란 사람의 생명은 솥이나 냄비 밑에 붙은 검은 검댕과 같은 것이라 갑

---

185) 검댕: 장자(莊子). 경상초(庚桑楚)에 나오는 말. 사람의 생명은 솥이나 냄비 밑에 붙은 검은 검댕 같은 것으로 실상(實相)을 가지고 있는 것이 아님.

자기 무(無)로 복귀하고자 하는 것을. 그달 17일에 병이 들었으나 더욱 또렷한 정신으로 참된 깨우침을 가지고 주위를 돌보아 대중에게 이렇게 말씀하셨다. "옛날 여래께서 크게 눈을 떠 큰 깨달음을 제자들에게 부탁하여 그와 같은 방식을 가지고 이리저리 옮겨 다니다 지금에 이르렀다. 이제 장차 이 법을 너희들에게 부탁하노니 너희들은 마땅히 잘 지키어 단절시킴이 없도록 하라. 내가 죽은 후에는 죽음을 주상께 전하여 법도를 어지럽히는 일이 없도록 하라." 말을 마치고 대사께서 입적하시니 연세 89세요, 승려로 활동하신 햇수가 72세라.

〈비문 14〉

이날 새벽에는 햇빛도 슬퍼서 빛을 잃어 어둑하였고, 구름도 수심에 잠겨 검게 물들었다. 맹수의 무리는 산등성이에서 어지러이 울고, 물고기, 새의 무리는 바위틈에서 슬프게 울었다. 쓸쓸한 변고를 함께 드러내니 모든 사람이 서거의 아픔을 느꼈다. 대사의 문도인 경충(慶充)등은 펄쩍펄쩍 뛰고, 세 번 외치는 예를 표하며 오장이 찢기는 아픔을 표하였다. 그 누구도 열반에 드신 즐거움에 대해선 묻지 못하고, 부질없이 화장하는 향만 애써 사를 뿐이라, 백학(白鶴)의 숲이 시드는 것을 살펴보고 편안히 그늘진 곳에 의지하여 풍수로서 빼어난 장소를 선택하여 사리탑을 세웠다. 그달 22일에 절의 손향(巽向: 동남쪽 방향)모퉁이에 장사를 지내니 이는 예에 맞는 것이었다. 주상은 때를 넘긴 다음 대사의 죽음을 듣고 열반에 드심이 너무 빠르다고 생각하며 놀라움과 애도의 정을 표함이 매우 지극하였다. 이에 충성스러운 신하를 특별히 보내 조문을 대신하게 하고, 겸하여 시호(諡號)를 내리는 일을 함으로써 법을 전한 문(門)을 빛나게 하였으니 국사(國師)에 증직(贈職: 종2품벼슬을 추증하고)시호를 원공(圓空)이라 하였다. 그리고 마침내 승묘(勝妙), 뛰어나게 기묘함의 탑을 세우게 하였다. 그로 인하여 보잘것없는 유생에게 명하시어 그 빛나는 자취를 드날리도록 하시었다. 신은 글솜씨가 남의 흉내도 제대로 못 내는 부끄러운 지경이요, 학식은 수계(瘦鷄: 여윈 닭)에 못 미치는지라 성품은 본래 푸줏간 주인과 같아 새롭게 간 칼의 날카로움이 없고, 재주는 큰 장인(匠人: 손으로 만드는 기술자)이 아니라 본래 손이나 다쳐 남의 놀림감이 될 걱정이 앞섭니다. 그러나 이미 조칙을 받은지라 사양하고 남에게 미룰 수가 없어 글을 펼쳐 들고 여기저기 질정(質定: 사리를 따져서 결정)하여 부객(賦客: 한문학에서 부(시)를 전문으로 짓는 사람))의 언사에 부합될 것을 다투고, 골짜기를 변화시켜 산언덕을 만들어 고승의 전기를 계승하기를 바라지만 부질없는 짓과 같은 줄을 달게 받아들이며 남간(南刊: 저술한 책)을 바치고자 합니다. 이에 삼가 다음에 명(銘: 금석에 새기려고 지은 글)을 지었습니다.

〈비문 14〉 해설

이날 새벽에는 햇빛도 슬퍼서 빛을 잃고 어둑하였고, 구름도 수심에 잠겨 검게 물들었다. 맹수의 무리는 산등성이에서 어지러이 울고, 물고기, 생의 무리는 바위틈에서 슬프게 울었다. 쓸쓸한 변고를 함께 드러내니 모든 사람은 대사께서 서거하심에 모두가 아픔을 느꼈다. 대사의 문도인 경충(慶充) 등은 펄쩍펄쩍 뛰고 세 번 외치는 예를 표하며 오장이 찢기는 아픔을 표하였다. 그 누구도 열반에 드신 즐거움에 대해선 묻지 못하고 부질없이 화장하는 향만 애써 불에 태울 뿐이라, 백학(白鶴)의 숲이 시드는 것을 살펴보고 편안히 그늘진 곳에 의지하여 풍수로써 빼어난 장소를 선택하여 사리탑을 세웠다. 그달 22일에 절의 동남쪽 방향 모퉁이에 장사를 지내니 이는 예에 맞는 것이었다. 주상께서는 뒤늦게 대사의 죽음을 들으시고 열반에 드심이 너무 빠르다고 생각하시며 놀라움과 애도의 정을 표함이 매우 지극하셨다. 이에 충성스러운 신하를 특별히 보내시어 조문을 대신하게 하시고, 겸하여 시호를 내리심으로써 불교의 교리를 전한 법문(門)을 빛나게 하셨으니 국가의 고승인 국사(國師)에 증직(贈職)하고 시호를 원공(圓空)이라 하였다. 그리고 마침내 승묘(勝妙)의 탑을 세우게 하시었다. 그로 인하여 보잘것없는 유생(최충)에게 명하시어 그 빛나는 자취를 드날리도록 하시었다. 신(최충)의 글솜씨는 남의 흉내도 제대로 못내는 부끄러운 지경이요, 학식은 여윈 닭인 요계(潦鷄)에 못 미치는데다가 성품은 본래 푸줏간 주인과 같은 새롭게 간 칼의 날카로움이 없고, 재주는 큰 장인(匠人)이 아니라서 본래 손이나 다쳐 남에게 놀림이나 당하지 않을까 하는 걱정이 앞서고 있습니다. 그러나 이미 조칙을 받든지라 사양하고 남에게 미룰 수가 없어 글을 펼쳐 들고 여기저기 사리를 따져 바로잡아 글 쓰는 사람들의 언사에 부합될 것을 다투고, 골짜기를 변화시킬 산언덕을 만들어 고승의 전기를 계승하기를 바랍니다만, 부질없는 짓과 같은 줄을 알면서도 달게 받아들이며 훌륭하게 저술한 글들을 본뜨고자 합니다. 이에 삼가 다음과 같이 금석에 새겨넣을 9개의 명(시)을 지었습니다.

〈금석에 새긴 명시(名詩)〉

[첫 번째 명(詩)]

본성을 깨우치는 것이 부처요, 인간의 정을 잊는 것이 선(禪)이라. 그 경계는 담박하여, 말(언어)의 범주를 벗어났네. 헤아려도 헤아릴 수 없으며, 현묘하고 또 현모하다네. 법도를 지키면 느끼기 쉬우나, 장님 코끼리 더듬기라 편벽됨이 많다네.

[두 번째 명(詩)]

가섭(迦葉)은 바르게 불법(佛法)을 열고, 달마(達摩)는 즐겨 선풍(禪風)을 이끌었다네. 묵연히 다 알아내고, 이에 앞으로 나아갔네. 조사(祖師)와 조사는 이를 받들어 떨치게 하였고, 대사와 대사는 이를 전수하였네. (師師傳授) 성인에게서 멀어지면 멀어질수록, 근본취지를 전승함이 점차 어긋났다네.

[세 번째 명(詩)]

누가 근본의 회복에 참여할까? 원래부터 적임자가 있다네. 하늘에서는 바른 기운을 모아 주었고, 땅에서는 신령스러움을 내려 주었네. 발군의 뛰어남은 세속을 벗어났고, 위대한 도량은 비길 데 없었네. 겨우 머리 땋을 나이부터, 크고 참된 불도를 사모하였네.

[네 번째 명(詩)]

썩은 화택(火宅)에서 놀기를 그만두고, 승려들은 배움에 물들었네. 계율을 엄격히 지키고, 변재(辯才)가 탁월하였네. 도(道)란 날마다 새롭게 하는 데 있고, 마음이란 오랜 깨달음에서 비롯하는 것. 업(業)의 연마에 근면하였고, 성실함을 다하여 진실하고 견고하였네.

[다섯 번째 명(詩)]

저 멀리 회수(淮水)와 바다를 건너서, 곧바로 월(越)나라로 나아갔네. 강론하는 학교에서 이름을 떨쳤고, 불경에서 눈길을 떼지 않았네. 견고한 불법의 세계를 파헤치는 일을 그친 적이 없고, 심오한 세계를 엿보는데 대사를 따를 자 없었네. 삼승(三乘)을 수레에 싣고 가니, 사부대중(四部大衆)이 모두 항복하였네.

[여섯 번째 명(詩)]

화살이 무거워지니 배를 되돌리고[186], 구슬은 영험하여 포구로 되돌아 왔네[187]. 마치 백리해(百里奚)가 진(秦)나라에 들어간 것과 같고,[188] 孔子가 노(魯)

---

186) 배를 되돌리고: 세월이 흘러 고국에 돌아옴을 의미하는 말인 듯하나, 자세한 고사는 알 수 없다.

187) 되돌아 왔네: 후한시대에 맹상(孟嘗)이 합포태수(合浦太守)로 옮겨 갔는데 그곳의 곡식은 생산되지 않고 바다에선 진주만 생산되었다. 맹상보다 앞서 태수가 되었던 자들이 탐욕이 많아서 사람들을 몰아 구슬을 채취하게 하여 그칠 줄을 몰랐다. 이에 구슬이 점차 교지군(交趾郡) 쪽으로 이주해 갔다. 그런데 맹상이 태수가 되어 예전의 폐단을 제거하자 구슬이 다시 합포로 모여들었다. 잃었던 물건을 다시 찾았음을 비유하는 고사로 쓰이기도 한다. 여기서는 대사가 고국으로 돌아감을 뜻한다.

188) 마치 백리해가 : 백리해는 진나라 목공(穆公) 때의 賢臣. 처음에는 우공(虞公)을 섬겨 7년 동안 일하였으나 인정받지 못하였다. 나중에 진나라에 들어가 명재상이 되었다.

나라에 사시는 것과 같았다. 법문(法門)을 크게 넓히시어 홀로 자부(慈父)가 되시었다. 교화는 온 하늘에 두루 퍼졌고, 어짊은 온 땅을 적시었다.

[일곱 번째 명(詩)]

담화(曇花)가 다시 붉게 피고, 지혜의 거울이 거듭 빛났네. 다섯 조정에서 강석(講席)의 앞으로 나아오고, 만승천자가 옷을 거두고 배우기를 청하였네. 공적은 넓어서 물에 빠진 자를 구원하는 것에까지 미치고, 이치는 지극하여 극히 미세한 것까지 이해하셨네. 그리고 명예를 범상하게 여기어 산림에 물러나셨고, 아무 미련 없이 은거하시었네.

[여덟 번째 명(詩)]

첩첩하게 쌓인 묏부리에 누워있는 구름처럼, 그윽한 계곡물에 씻기는 바윗돌처럼 지내시며, 원숭이와 학을 벗 삼으시니, 티끌 같은 세상이 저 멀리에 있었네. 뜻은 한가롭고 편안한데 두시니, 나이가 곧 열반에 드실 때라. 목숨이란 끊임없는 것이 아니니, 죽기를 편안히 여기셨네.

[아홉 번째 명(詩)]

멸하지 않은 것처럼 멸하고, 끝나지 않은 것처럼 끝맺음하셨네. 부처의 하늘이 무너진 듯하였고, 선종(禪宗)의 숲이 텅 빈 듯 하였네. 이에 비석을 깎고, 탑을 높이 올렸으니, 억만겁(劫)을 수없이 지나도록, 높은 교화 길이 퍼지리라.

太平紀曆歲在旃蒙赤奮若秋七月二十七日樹

/태평기력세재전몽적분약추칠월이십칠일수

태평(太平) 기력(紀曆) 세재전몽적분약(歲在旃蒙赤奮若: 서기1025년) 가을 7월 27일
에 비를 세우다.

臣僧貞元契想惠明保得來等刻字

/신승정원계상혜명보득내등각자

신승(臣僧) 정원(貞元), 계상(契相), 혜명(惠明), 혜보(惠保), 득래(得來) 등이 글을 새김.

碑身高八尺四寸 幅四尺一寸五分楷書 題額字徑二寸三分篆書

/비신고 팔척4촌 폭4척1촌5부 해서 제액자경2촌3부 전서

비신 높이: 8자 4치 폭4자 1치 5푼 해서제액 글자 크기: 2치 3푼 전서(문헌록
122~134쪽 참조)

35장. 봉선 홍경사 갈기에 나타난 최충의 유교사상

어느덧 선생의 나이 41세 현종 17년(1026) 3월 13일에 한림학사 지공거(知貢擧)로 과거시험을 주관하고 갑과에, 최항 등 2명, 병과 2명, 진사 7명, 명경과 1명 등 9인을 뽑았다. 같은 해 4월에는 현종의 전교(傳敎)를 받고 홍경원(弘慶院)의 비문(碑文)을 짓게 되었는데 최충은 여러 번 패초 후에 다음과 같이 간언하였다.

왕께서 곧 직산현(稷山縣) 성환역(成歡驛)에 절을 세우고 봉선홍경사(奉先弘慶寺)라는 현액(懸額)을 내려 주시고, 유생에게 하명하시어 공을 기록시키고자 하여 선생을 패초(牌招)하시니 선생(최충)께서는 첫 번째 패초에 나가지 않으시고 두 번째 패초에도 나가지 않으시어 14번째 부르심에 이르러서야 마지못하여 왕명을 받들고 대궐에 들어가서서 간하여 아뢰시기를, "임금은 마땅히 문덕(文德)을 닦으셔야 하는데 어찌하여 부처님을 숭상하여 복을 구하려 하십니까?"하시니, 왕이 말씀하시기를, "이 역사는 단지 복을 빌려는 것만이 아니고 길 가는 나그네들을 구제하기 위해서이다"

라고 하심에 선생(최충)께서는 다시 간하며 거듭 사양하셨지만 마침내 윤허를 얻지 못하였다.

최충은 오직 토목 사업에 관한 일만을 말하고 부처님을 기리는 말은 한 글자도 말하지 않으셨다.

다음은 봉성홍경사의 비문내용이다.

봉선홍경사 갈기(奉先弘慶寺 碣記)
翰林學士(한림학사) **선의랑**(宣議郎) **內士舍人**(내사사인) **지제고**(知制誥) 겸 **사관 수찬관**(史館修撰官) 사자금어대(賜紫金魚袋)이 신 崔冲(최충)이 왕명을 받들어 봉의랑(奉議郎) 國子丞(국자승)인 신 白玄禮(백현례)가 왕명으로 글과 전액(篆額)을 쓰다.

신이 삼가 살피건대 불경 내전에 이르기를, 초제(招提)라는 것은 여러 곳의 우수한 사람을 끌어들여 손잡고 불법을 천명하기 위하여 거처하는 곳이라고 하였으며, 또 《장자(莊子)》에는 "여관을 설치하여 인의를 보인다"라고 하였으며 《진서(晉書)》에는 "여관을 세워 공무나 사사로 다니는 사람을 구제한다"고 하였다.

지금 직산현(稷山縣)의 성환역에서 북쪽으로 한 마장쯤 되는 곳에 새로 절을 세운 것은 곧 그러한 종류이다. 처음 이 땅에는 전혀 객줏집이 없고 사람의 집이라고는 볼 수 없으며, 그런데다가 갈대가 우거진 늪이 있어서 강도가 상당히 많으므로 비록 갈림길로서 중요한 지점이지만 사실은 왕래하기가 매우 어려웠으므로 태평성대에 이곳을 그대로 둘 수가 없는 곳이었다. 생각건대 우리 성상께서 인(仁)으로써 왕위를 지키며 문화의 덕을 내세우니 전쟁이 모두 수습되었으며 예악이나 형정(刑政)이 잘 닦여졌다. 특히 희사(喜捨)하는 인연과 선대의 업적을 계승하는 일은 옛날 임금님에게서 찾아보아도 이보다 나은 분이 없었다. 일찍이 좌우양가(左右兩街) 도승록(도승錄) 통진광교원 제홍도대사(通光敎圓濟弘道大師)인 신 형긍(逈兢)에게 명하기를 '옛적에 황고(皇考)이신 안종헌경효의영문대왕(憲景孝懿英文大王)께서 왕자로 계실 적에 불법에 마음을 돌리시어 항상 『법화경(法華經)』의 오묘한 학설을 보시고, 깊이 중도(中道)에서 화성(化城) 품절에 감동하시어 이대로 이대로 실천하려 하시다가 마침내 공을 이루지 못하셨다.

　이에 짐이 곧 그 뜻을 잘 계승하여 깊이 그 성공을 보아야 할 터인데, 한 가지는 곧 길 가는 사람을 구제하는 일에 있어서는 험난한 땅보다 더 걱정스러운 곳이 없으며, 한 가지는 곧 승려를 모아들여서 불법을 공부하게 하는 것이다. 대사는 마땅히 노력하여 그 뜻을 협조하고 직접 터를 보아서 내가 부탁하는 명령에 부합되게 하며 그 일을 처리하는 권한을 맡으라고 하셨다. 긍(兢)은 가까스로 왕의 명령을 받고 곧바로 일에 착수하였다. 비록 이리저리 여러 차례 돌아다녀도 게을리함이 없었지만, 모름지기 많은 협력자가 있어야만 일이 성취되는 것이다. 가장 중요한 것은 마음을 같이할 사람이었으므로 곧 우수한 사람을 불러들였다. 마침내 광리증현대사(廣利證玄大師) 사자사문(賜紫沙門)인 신 득총(得聰)과 정려수진전리대덕(靜慮修眞理大德) 사자사문(賜紫沙門)인 신 장림(藏琳) 등이 다투어 어려운 일을 부축하여 돕고자 하였으며 잠시 중요한 일들을 맡아주고 기꺼이 모여 들어 이 공사를 잘 진행했다.

임금께서는 계속하여 추성치리익대공신(推誠致理翊戴功臣) 금자흥록대부(金紫興祿大夫) 병부상서지중추원사 겸 태자태부상주국(兵部尙書知中樞院事兼太子太傅上柱國) 천수현개국남(天水縣開國男) 식읍이백호(食邑二百戶)인 신 강민첨(姜民瞻)과 중추부사중대부비서감 겸 태자빈객주국(中樞副使中大夫樞祕書監兼太子太傅上柱國) 의춘현개국남(宜春縣開國男) 식읍이백호(食邑二百戶) 사금자어대(賜紫金魚袋)인 신 김맹(金猛) 등을 보내어 별감사(別監使)로 삼았다. 이에 일을 함께 관리하게 되고 모드들 공치사나 교만한 마음을 두지 않았다. 인부를 사역하는 데도 농사철을 피했으며 물자도 국가의 창고에서 꺼내지 아니하였다. 기와장이는 기와를 대고 나무꾼은 목재를 공급하였다.

톱질과 자귀질은 일없는 목수들을 모아서 시키고 괭이질과 삽질에는 놀고 있는 사람들이 달려와서 일하였다. 병진년(1016, 현종 7년) 가을에 시작하여 신유년(1021)까지 법당·불전·대문·행랑 등 모두 200여 칸을 세웠고, 그곳에 안치할 소상(塑像)과 그림 그리고 여러 공덕의 화상 및 종경(鍾磬)·번개(幡蓋)들은 모두 현재에 있는 대로 갖추었으니 실로 그 수가 많았다. 마침내 절 이름을 봉선홍경사(奉先弘慶寺)라고 내렸다. 공사는 여러 사람의 힘을 합쳐서 이룬 것인데, 외모는 어디서 날아온 듯이 보였다. 불상을 모신 불전, 불경을 봉안한 경루(經樓)는 화려하고 기이해 완연히 도솔궁(兜率宮)인 듯 의심스럽고 종(鍾)과 탑(塔)은 장엄하여 멀리서도 난타(難陀)임을 알 수 있었다. 이미 불(佛)·법(法)·승(僧)·삼보(三寶)가 크게 일어나게 되니 실로 영원한 불법의 계통이 서로 계승되리로다. 또한 절의 서편에 여관(客館)을 마주해 세웠는데, 한 장소에 80칸쯤 되고, 이름하여 광연통화원(廣緣通化院)이라 하였다. 이곳도 겨울에 사용될 따뜻한 온돌방과 여름에 사용할 널찍하고 시원한 방이 마련되었고, 식량을 저축하고 말먹이도 저장하였다. 빈궁한 사람을 구제함은 옹백(雍伯)이 설치한 의장(義漿)의 제도와 같으며 도둑을 방비함은 진류현(陳留縣)에서 누고(樓鼓)를 세운 것과 같다. 이렇게 되고 보니 법복을 입은 무리가 맨 손으로 왔다가 실속을 얻어서 돌아갈 뿐 아니라, 걸어서 여행하는 나그네가 밤에 헤매다가 낮에는 휴식을 할 수 있게 되었다. 마침내는 진리를 증명하는 지역이 되었으며, 불한당이 나올 우려가 없게 되었다.

지난번에 만일 옛것을 참작하고 현재를 감안하고 성황의 염원을 이루며 기회를 따라서 가르침을 실시하여 저 부처님의 오묘한 법문을 높이지 아니하였다면, 곧 모든 사람을 구제해야 할 인자한 정책이 하마터면 없어질 뻔하였다. 아아, 출발함에 깊은 의의가 있으니 받들어 시행하는 길도 또한 범위가 넓다. 최선을 다하며 언제나 마음을 써야 할 것이다. 곧 유생에게 명하여 이 거룩한 사실을 기록하라 하셨는데, 신은 생각이 느려 글을 짓는 데 입술이 타고 학식은 얕아서 지은 글을 힘줄을 씹는 것과 같이 무미하기만 하니 사마장경(司馬長卿)처럼 형상 그대로의 문장을 쓸 수는 없사오나 서생으로서 능력있는 대로의 작품을 감히 써보려 노력하여 대략 전말을 기술하여 역사 자료로서의 도움이 되게 하였습니다. 때는 성상께서 왕위에 오르신 지 18년, 태평(太平) 연호(年號) 6년 여름 4월 일에 삼가 기(記)를 씀.

봉선권지사주(奉宣權知寺主) 원혜지광보관선변통제득리삼중대사(圓慧智廣普觀善辯通濟得理三重大師) 사자사문(賜紫沙門)인 신(臣) 언숭(彦崇)과 도감(都監) 해행무구대사(解行無垢大師) 사자사문(賜紫沙門)인 신(臣) 낭숭(朗崇)과 부도감(副都監) 부사주사문(副寺主沙門) 신(臣) 성보(成普)와 사문(沙門)인 신(臣) 혜연(慧延), 승(僧) 은묘(殷妙), 섬원(暹遠), 의현(義玄) 봉겸(奉謙) 등이 왕명을 받들어 세우다.

36장. 불교국가 고려에서 최충의 유학 사적 위상

고려는 유학의 발달로 고려 초기에는 유교 정치 이념이 확립되었다. 광종은 과거제를 실시하였고, 성종은 최승로의 시무 28조를 수용하고 유학 교육기관인 국자감과 향교를 정비하였다. 이에 고려 중기, 유학은 점차 보수화되어가고 성리학은 인간의 심성과 우주의 원리를 철학적으로 탐구하는 신유학으로 발전 하였다. 한편 태조 왕건은 불교 장려 정책으로 훈요 10조에서 연등회와 팔관회의 성대한 개최와 함께 개경에 사원을 건립하였다. 이어 광종은 승과 제도를 시행해서 승려의 지위를 보장하였고 왕실의 자문역할을 하는 왕사를 운영하였다. 현종은 성종 때 폐지된 연등회와 팔관회를 다시 부활시켰으며 화엄종을 중심으로 교종 통합을 이루었다. 고려에서 승과가 처음 생긴 것은 귀화인 쌍기(雙冀)의 건의로 과거제를 창설했을 때, 승과 제도도 함께 마련하였다. 이와 같은 사실을 입증하는 기사가 『고려사』·『고려사절요』에는 없으나 최충(崔沖)이 지은 원주 거돈사(居頓寺) 원공법사비(圓空法師碑)에 그에 관한 언급이 있어 이를 확인할 수가 있다. 『고려사』 세가(世家) 선종 1년(1084) 조를 보면, 승과도 진사과와 마찬가지로 삼년일선(三年一選), 즉 3년에 한 차례씩 실시하기로 했다는 기사를 확인할 수 있다. 그러나 이 규정이 그 뒤 얼마만큼 제대로 실시되었는지, 또 고려시대를 통해 몇 회에 걸쳐 승과가 실시되었고 모두 몇 명의 합격자가 배출되었는지는 알 길이 없다. 당시 승과 합격자에게는 교종·선종의 구별 없이 대선(大選)이라는 법계(法階)가 주어졌는데 이 대선을 시발로 하여 대덕(大德)·대사(大師)·중대사(重大師)·삼중대사(三重大師)의 순으로 승진할 수가 있었다. 그 위로 교종계에서는 수좌(首座)·승통(僧統), 선종계에서는 선사(禪師)·대선사(大禪師)의 법계가 있었다. 그리고 승통 또는 대선사에서 다시 오를 수 있는 지위는 국사(國師)·왕사(王師)였는데 여기에는 교종·선종의 구별이 없었다. 이는 승려가 국가로부터 받는 최고의 영예직이었다. [출처 : 『한국민족문화대백과사전』 승과(僧科)

고려의 승려 대각국사 의천은 문종의 넷째 아들로서, 어머니는 인예태후이다. 원래 이름은 후(煦)이지만 당시 송나라 황제 철종의 이름과 겹치는 바람에 평생 자기 이름을 써본 건 몇 번 안 된다. 대신 의천으로 이름을 삼았다. 흔히 대각국사(大覺國師)

[1]라고도 부르는데, 그것은 시호이며 생시 이름은 잘 알려지지 않았지만 한국사의 화폐사에도 이름이 있는 분이다. 어느 날 문종이 아들들을 모아 놓고 출가할 사람을 찾았는데 이때 자원하여 11세의 나이로 출가하였다고 한다. 그리고 겨우 13세의 어린 나이에 교종의 최고 지위인 승통이 되었다. 고려판 '체자레 보르자'(15세에 팜플로나 주교에 임명됨)와 같다. 이 때문에 문종이 불교계를 장악하기 위해 아들을 출가시킨 것인가 하고 추측하는 사람도 있다. 당시 고려의 불교는 지방 중심의 선종과 중앙의 교종으로 나뉘어 있었고, 교종 또한 왕실의 후원을 받은 화엄종과 귀족 중심의 법상종으로 나뉘어 있었다. 의천은 '교관겸수'의 교리를 바탕으로 개성 흥왕사에서 교단 통합 운동을 시작하면서 천태종을 도입 하였고, 이후 국청사를 세우면서 선종의 통합도 이루려 하였다. 천태종의 개창은 교종에는 별 영향이 없었지만 선종에게 엄청난 타격을 주었는데 이는 천태종으로 개종한 승려들 전원이 선종 승려였다는 데서 알 수 있다. 의천은 중국으로 밀입국하여 고려의 불교 발전을 위해 송宋에 가서 제대로 된 불교를 배우고 싶어 했으나 왕자가 위험한 바닷길을 갈 수 없다는 이유와 당시 복잡한 국제 정세때문에 계속 저지되다가 결국 송의 상선을 타고 밀항한다. 의천은 송宋 남부에서 교단을 설립하고 절을 세우는 등의 활동을 하였지만, 소식(소동파) 등의 반대에 부딪힌 바도 있었다. 또한 송, 요, 신라 등의 경전 주석서를 모아 4,000여 권에 달하는 교장을 펴냈는데, 후에 송에서는 유

실된 경전을 찾기 위해 고려에 사신을 파견하기도 하였다. 한편 이러한 경전의 편찬은 교종 위주 천태종의 성격을 엿볼 수 있는 사례로도 꼽힌다. 실제로 의천은 선종을 상당히 싫어하여 교장에 선종 계열 경전은 넣지 않았고 요나라에서 선종의 경전을 불태웠다는 소식을 듣고 기뻐하기도 하였다. 의천은 원효의 화쟁 사상에 주목해 원효를 띄운 인물이기도 하다. 당시 고려는 최충의 유학과 의천의 불교가 어우러지면서 11세기 후반부터 12세기 초 한국사에서 손꼽을 정도의 문화 전성기를 맞지만, 천태종은 교단을 사상적으로 통합한 것이 아니라 인적으로 통합한 것에 불과하여 의천 사후 천태종이 분열하면서 교단 통합은 이어지지 못했고, 지눌의 등장 이전까지 고려 불교는 다시 교종과 선종의 양립 구도를 이루게 된다.

우리나라 유학(儒學) 사상思想의 전개는 중국과 다른 측면이 있다. 중국 유학 사상의 변천 양상이 우리나라에 파급되어 중국의 유학인 선진(先秦)유학, 한당(漢唐)유학, 송명(宋明)유학 등이 들어오게 된다. 우리나라는 삼국 시대에 와서야 문물의 수준이 어느 정도에 이르면서, 선진(先秦)유학의 본질인 논리성이 확인되고 교화풍상教化風尚에 영향을 주었다. 통일신라 시대 후기에 이르자 당 유학자들의 문장사조文章詞藻를 중시하는 풍조가 밀려와서 문물이 더욱 세련되어 가기는 했지만, 이는 부화浮華한 문학 생활을 추구하는 추세였으며 이 경향은 고려 초에 인재 등용의 길이 과거로 집약되고, 그 과목이 문장사조文章詞藻 중심으로 되면서 더욱 강화되었다. 따라서 고려 시대의 유학은 충효인의忠孝仁義를 내세워 교화풍상敎化風尙 쪽으로 발전시키려는 노력도 있었으나 유학은 한당풍(漢唐風)이 지속되어 불교가 국교인 고려 왕조에서 단순한 치세의 도구로만 이용되고 있었다. 이러한 상황에서 유학을 치세의 왕도로 끌어 올리고 불교에 대한 상대적 열세를 극복하고자 하는 유학자들은 고심하게 되었다. 이 고심은 최승로, 최충을 거쳐 이제현의 시대까지 계승되었다. 이제현이 생존하였던 고려 말의 불교계는 승려의 자질 하락, 불교의 세속화 등으로 타락상을 나타냈다. 종교는 세속과 거리를 두어야 하지만 세속에 대한 일정한 의존성을 벗어날 수는 없다. 불교 역시 무신정변과 몽골과의 전쟁을 겪으면서 불교계에는 사회화와 세속화의 경향이 강하게 나타났다. 불교의 사회화는 난세를 이끌어 가는 긍정적인 측면도 있었으나 대토지와 노비의 소유, 벼슬을 얻기 위한 왕의 측근에 대한 접근 등 부정적인 측면도 있었다. 불교의 폐단은 이후 가속화되어 비판의 대상이 되었다.

학문과 종교는 삶 속에서 이루어진다. 따라서 유학이건 불교건 이념과 실천은 삶의 과정에서 배우고 익히는 가운데 인간형성人間形成에 영향을 주는 모든 작용을 다 포함한 개념이다. 이렇게 볼 때 불교가 우리 민족의 삶에 큰 영향을 주었다는 것은 바로 불교가 우리 민족에게 크게 교육적 작용을 했다는 것이 된다. 손인수(孫仁銖)는 한국 교육사에 있어서 불교가 형식적교육(形式的教育, 학교교육)은 확립하지 못하였지만, 비형식적非形式的 교육(無意圖的 教育, 생활 속에서의 무의도적 교육)의 면에서 볼 때 유교의 모방교육과는 달리 독창성과 창작적 기능을 계발하여 주었다고 지적한 바 있다. 그런데 불교의 어떤 사상이 이러한 독창성을 가능케 했을까. 불교사상은 원래 자각을 그 알맹이로 하므로 인간 각자의 주체성을 강조한다. 자각을 구현하는 사람이 되는 길이 원효(元曉)와 지눌(知訥)로 대표되는 한국불교 사상에서는 주관과 객관의 분별을 넘어서서 일심불란一心不亂의 삼매경에서 그 본질을 직관하는 것이었다. 이러한 경지에서 우리 민족은 수많은 서적과 고도한 예술작품을 창조해 왔다, 특히 내우외환內憂外患의 어려운 시대에 고도의 예술성을 지닌 고려대장경과 고려청자가 가능했던 것은 이러한 실천 사상의 영향이 아닐까 하고 추리해본다. 그 밖에 한국인의 사상적 심층을 형성하는 데에 어떤 불교사상이 작용했는가.

불교(佛敎)에 있어서 바람직한 인간형성人間形成의 이론은 '깨달음'의 형식을 통해 무실체無實體한 존재의 실상實相을 올바로 인식하는 데에 초점을 모으고 있다. 지혜롭고 자비로운 자주인自主人, 즉 밝고 따뜻한 주체적 인간으로 표상되는 불교의 교육적 인간상의 형성도 본질적으로는 깨달음에서 구해지고 있다. 신라의 원효(元曉)는 일심(一心)을 우리들 각자의 본디 마음인 동시에 모든 존재의 본체라고 보았다. 일심(一心)은 본래 참되고 뚜렷한 것인데 언제인가 알 수 없는 어둠(無明, 무명)의 영향에 의해 그릇된 인식 작용을 일으켜 아집(我執)과 독선(獨善)의 생활을 하게 되었다고 한다. 그러므로 참된 일심(一心)의 회복이야말로 원효(元曉)에게 있어서 바람직한 인간형성의 이론적 초점이 된다.

현재 우리나라의 교육이념은 교육법 제1조에 '홍익인간(弘益人間)'으로 명시되어 있다. 이 '홍익인간(弘益人間)'의 교육이념으로서의 합당성 여부에 대해서는 서로 다른 입장에서 많은 논란이 있어 왔다. 그러나 지금까지 홍익인간(弘益人間)의 이념에 대한 철학적 배경을 본격적으로 검토한 예는 별로 없다. '홍익인간(弘益人間)'의 이념에 대한 철학적 내지 사상적 배경을 검토하기 위해서는 유교적 접근과 불교적 접근이 필요하다고 생각한다. 자연과학적 실험의 객관적 기술(記述)에서도 기술자의 무의식적 주관이나 가치관이 배제될 수 없듯이 홍익인간(弘益人間)의 이념이 등장하는 단군신화(檀君神話)가 국난의 시대에 불교사상을 바탕으로 민족적 생명력을 갱생(更生)시키고자 불교계의 고승(高僧)에 의하여 선술(撰述)된 『삼국유사』(三國遺事) 속에 실려 있는 것이고 보면 삼국유사(三國遺事)의 단군신화(檀君神話)가 아무리 예부터 전해오는 신화(神話)라 해도 거기에는 보각국사(普覺國師) 일연(一然)의 불교적 사상과 가치관이 투영되었을 것이다.

우리나라에 문헌상 최초의 학교로 알려진 고구려의 태학(太學)은 불교의 전래를 계기로 하고 있다. 그리고 신라 유학(儒學)의 대종(大宗)인 설총(薛聰)이나 최치원(崔致遠) 등은 모두 불교에 대해 깊이 연구했던 사람들이다. 고려에 있어서도 거의 모든 유학자(儒學者)가 불교를 깊이 이해하고 있었고, 고려의 많은 유자(儒者)도 사원(寺院)에서 승려들에게 배웠다. 이점은 고려사 이제현전(李齊賢傳)에 나오는 충의왕(忠宜王)과 이제현(李齊賢)의 대화의 한 대목에서도 분명하게 입증된다. 또 고려의 학당(學堂)이 초기에 사원(寺院)을 학사(學舍)로 이용했으며, 고려사학의 대표라 할 수 있는 최충(崔沖)의 구제학도(九齊學徒)들이 여름에는 승방(僧房)에서 하계강습(夏季講習)을 실시했음은 이미 주지하는 바와 같다. 이러한 불교와 유교 내지, 교육과의 교섭 관계를 볼 때 비록 외현적外顯的 또는 명시적明示的으로는 아니라 하더라도 내현적內顯的 또는 묵시적黙示的으로는 불교가 교육에 영향을 준 것은 사실이다. 그러나 불교는 유교(儒教)에 의해 일패도지(一敗塗地)되어 영향 준 바가 별로 없으리라고 생각되어왔다. 그런데 중국의 성리학(性理學) 자체가 불교사상에 크게 영향을 받아 확립된 것임을 주목해야 한다. 성리학(性理學) 자체가 수양론(修養論)에 있어 불교의 영향을 받은 것, 또한 사실이기 때문이다.

우리 민족의 문헌(文獻) 가운데 '홍익인간(弘益人間)'과 의미상 같고 표현상으로도 비슷한 용어가 최초로 등장하는 것은 원효(元

曉)의 대승기신론소(大乘起信論疏)의 '홍익인간(弘益人間)'이라는 말이 전한다. 여기서 '인간'이란 말은 크게 보아 두 가지 의미(意味)를 가진다. 하나는 인간을 자연 또는 동물과는 대립되는 존재로서 파악하는 것이고, 다른 하나는 그러한 인간을 본위(本位)로 하는 서양(西洋)의 휴머니즘(Humanism, 인본주의)과 홍익인간(弘益人間)의 이념(理念)을 동질시(同質視)한 개념이다. 이러한 유학 사상의 인간형성이론을 유교철학으로 볼 때 수기치인(修己治人)은 교육본질관(敎育本質觀)이 된다. 유학에서 교육은 바람직한 사람으로 '만듦'이나 '기름'이라기보다는 자신의 빛에 의해 자신을 밝혀 그 빛을 삶 속에서 실현해가는 것, 바꾸어 말하면 자기 본래 모습으로 자신의 '재전환(再轉換)'이라는 교육관이 도출된다. 이러한 유학 사상은 제기되고 있는 인간화(人間化) 교육 문제에 대하여 새로운 시야(視野)를 제공한다. 바로 불교국가 고려에서 최충의 유학 사적 위상인 것이다. 이는 인간형성(人間形成)의 비약성(飛躍性)과 점진성(漸進性)에 대한 이론적 상충(理論的 相衝)을 극복한 유교와 불교의 통합(統合)의 계기가 되는 새로운 지평(地坪)이라고 할 수 있다.

지금이나 고려시대나 남다른 교육열은 그 자체의 귀중함보다는 내일의 행복이라는 열매를 거두기 위해 노력하고 있다. 성리학(性理學)이 고려에 수입되던 시기 성리학은 고려의 새로운 지식으로 소화 흡수되었다. 당시 고려의 학문적 관심은 성리학에만 치우친 것이 아니라, 유교의 본원적, 불교의 대체적인 것을 모두 회통 하는 폭넓은 것이었다. 회통이라는 용어는 '모든 이치를 모아들여서 막힘없이 행할 수 있도록 한다.'는 의미로 해석되는데 최충의 폭넓은 학문과 사상의 성격을 규정하는 용어로서 적절함이 보인다. 최충의 유학 사적 위상은 중용(中庸)의 영향을 받은 흔적이 많다. 중용에서는 성(誠)을 중시하는데 이 중용의 정신은 최충의 사유 방식에 드러나는 한 특징적인 면이라 할 수 있다. 불교 국가에서 최충의 유학 사적 위상은 유학의 구현, 현실의 교화, 왕도정치 등의 지향으로 최충이 살던 현실을 전제로 하는 것이다. 최충은 자타가 공인하는 유학자였으나 일부에서는 '봉선홍경사갈기'와 '증시원공국사승묘지탑비명'을 작성하였더고 순수한 유학자가 아니라는 비난을 하기도 한다. 그러나 최충의 학문이 정주성리학(程朱性理學)에만 얽매이지 않고 포괄적인 회통(會通)의 성격을 지니는 것과 관련하여 그가 불교에 대하여 포용적인 태도를 지녔던 것에 기인하는 것으로 볼 수 있을 것이다. 이는 불교와 유교가 현상적으로 가는 길은 다르지만, 그 근본정신에 있어서는 동일하다는 인식을 하였다고 할 수 있다.

13부

마무리

마무리

    최충은 퇴임 후 많은 재산을 출연하여 구재학당(九齋學堂)을 창설하고 고려의 문풍(文風)을 진작시켰다. 최충은 정의와 공평을 위해 신바람나는 교육을 하고 싶었던 것이다. 그러나, 그 당시 고려 사회는 최충의 주자학이 담긴 교육을 포퓰리즘 교육으로 보는 이들도 있었다. 하지만 포퓰리즘 감성의 교육이란 무책임한 교육의 전형이다. 그래서 정의롭지 못한 교육이 된다. 그리고 감성에 호소하는 교육은 감성을 건드려 상황을 자신에게 유리하게 만든다. 교육의 기본은 위민(爲民), '백성을 위함'이다. 그러나 포퓰리즘 교육은 대중을 호도해 백성 위에 군림하려 든다. 포퓰리즘은 교육은 화합하는 것이 아니라 분열이다. 이제 최충의 구재학당 교육을 오직 과거시험에만 몰두했다는 것으로 보는 것은 잘못된 생각이다. 구재학당 교육은 이성적인 원칙을 수립한 교육이었다. 공동체의 화합을 위해서는 이성적인 판단이 필요하고, 이성을 통해 진정한 서로 간의 이해를 대변해야 한다. 감성은 즉각적인 수요만을 찾을 뿐이다.

　최충은 현실 정치인이었다. 따라서 최충의 교육철학은 정치 이론가와 같은 입장일 수가 없다. 최충은 누구나 공정한 규칙에 따라 자신의 능력과 노력을 평가받는 것이 공정하다고 생각하고 있다. 공정 사회는 최충의 구재 학당 설립 시 고려 사회의 화두였다. 오늘날의 정치권도, 언론계도, 시민사회도 공정성에 대해 정의와 공정이 세간의 화두가 되고 있다. 이런 분위기 속에서 국민의 삶의 질을 높일 수 있는 공정한 정치가 하루빨리 나온다면 얼마나 좋을까. 분명 우리 국민은 아낌없는 박수갈채를 보낼 것이다. 당시 고려 사회도 공정과 정의는 그저 소망처럼 보였다. 그런데 그러한 와중에도 최충은 정의롭고 공정한 교육에 대한 희망을 저버린 적이 없다. 따라서 문헌'공도公度'라는 말은 배움 앞에서 누구나 평등하고 공평하게 교육을 받는다는 의미가 담겨있다. 교육자라는 직업은 자기 수양이나 자기 성장이 없이는 불가능하다. 그래서 가르치는 것처럼 소중한 게 없다고 한다. 가지 않은 길이 아쉽다고 했던가. 정치의 길을 가면서도 최충은 교육의 길이 늘 아쉬웠다. 아마 이런 아쉬움 때문에 구재 학당을 설립했는지도 모른다. 정치와 교육은 비록 서로 다른 영역이긴 하지만 '미래를 위한 헌신'이라는 측면에서 공통점을 갖고 있다. 한 사회가 자신의 미래를 낳을 수 있는 능력을 상실한다는 것이야말로 정치의 커다란 위기라고 말한다. 정치의 위기는 곧 교육의 위기라는 뜻일 것이다. 그래서 교육의 위기는 교육 자체에서만 파생되는 것이 아니고, 교육 자체의 위기로만 끝나는 것도 아니다. 교육의 위기는 사회의 위기를 의미한다. 교육이 잘못되면 사회가 잘못된다는 것이다. 그래서 우리 사회가 어떤 문제를 안고 있다면 그 상당 부분은 과거의 교육에 그 원인이 있고, 잘못된 교육은 공동체의 미래를 어둡게 한다. 교육은 공동체의 미래가 달려 있는 우리 모두의 관심사다. 개인의 현실적인 미래는 말할 것도 없다. 그래서 우리 모두가 교육 전문가이고, 또 그럴 수밖에 없다. 이것은 교육이 중요할 뿐만 아니라, 그 문제가 지극히 복잡하다는 것을 의미한다.

미국 오바마 대통령이 중고등학생들의 낮은 학력과 기초 교육의 문제점을 지적하며 우리의 교육열을 칭찬했지만, 이 말이 결코 칭찬으로 들리지 않는 까닭은 우리의 희생에 비해 얻는 것이 별반 없기 때문이다. 교육은 개인의 취향과 선택을 넘어서는 국가와 제도의 문제이다. 그러나 고려 초 국가 교육기관인 국자감은 문제점이 너무 많았다. 최충이 구재학당을 설립하게 된 배경도 국자감 교육의 부실에 있었다.

인간은 교육을 통해 새로워지고 발전한다. 교육은 무엇보다 '인간의, 인간에 의한, 인간을 위한' 교육이 되어야 한다. 그래서 효율성이라는 경제논리가 교육에 과도하게 개입하는 것에 대해 경계해야 한다는 지적에 동감한다.

물론 물적 자원이 부족한 우리나라가 글로벌 시대에 경쟁력을 가질 수 있었던 것은 분명 우수한 인적자원 덕분이고, 높은 교육열에 힘입은 바 큰 것 또한 사실이다. 그러나 과도한 경쟁은 교육의 본말이 전도되는 결과를 초래한다. 경쟁에서 금메달의 자리에 오르는 것이나 좋은 학교를 졸업하고 대기업에 취직해서 사회적으로 인정받는 사람이 되는 것은 물질적으로 안락한 삶을 영위하는 것이다.

단지 경쟁력 강화가 교육 목표라면, 그 끝은 파멸이고 공멸함은 자명하다. 구재학당에서 실시한 각촉부시를 이러한 점에서 다시 살펴볼 필요가 있다. '우리도 한번 잘살아보자'는 산업화 시대가 경쟁을 화두로 내걸었다면, 지금 우리 시대 교육의 화두는 교육의 본래 목적으로 돌아가야 한다고 생각한다. 그것은 인간을 인간답게 만드는 것이다. 미숙한 인간을 성숙한 인간으로 만드는 것이다. 인간의 내적 가능성을 현실로 만들어 주는 것이다. 자신이 수단이 아니라 목적임을 깨닫게 하는 것이다. 어떠한 상황에서도 자기 존중감을 잃지 않게 하는 것이며, 공동체 안에서 타자와 더불어 공생하고 있음을 알게 하는 것이다. 차별은 거부 하지만 차이를 인정하고 존중하게 만드는 것이다. 이것이 교육의 진정한 본질인 것이다. 구재학당 교육에서는 이러한 토대위에서 교육을 실시하였다. 그 예로써 후에 많은 학자들을 배출시킨 것이다. 모든 교육또한 이러한 토대에서 출발하였다.

『고려사절요』제 5권 문종인효대왕편 무신 22년(1068년 9월)에는 다음과 같은 내용이 기술되어 있다.

최충은 해주 대령군 사람인데, 풍채가 훌륭하고 성품과 행실이 곧고 굳으며, 젊어서부터 학문을 좋아하고 글을 잘 지었다. 목종조에 갑과 1등으로 뽑혀서 4대의 조정을 거치며 벼슬하였고, 자질이 문무를 겸하여서 나가서는 장수로 들어와서는 정승이 되었다가 나이 70세에 이르러서 물러나기를 청하니 왕이 그의 뜻을 어기기 어려워 특별히 윤허하였으나 군사상 큰일은 모두 자문하였다.

현종이 즉위한 뒤로 전쟁이 겨우 멈추어 문교에 겨를이 없었는데, 최충이 후진들을 불러모아 가르치기를 부지런히 하니 여러 학생들이 많이 모여들어 시중최공도라 일렀으며, 동방에 학교가 일어난 것은 최충으로부터 시작되었으니 당시에 그를 해동공자라고 하였다.

이로써 다섯 임금을 섬기며 60여 년간 벼슬하며 재상(宰相)으로 14년, 수상(首相)으로 9년 재임 동안 국태민안(國泰民安)과 국리민복(國利民福)을 위한 헌신진력(獻身盡力)을 다 한 것이다.

문종 15년(1061) 최충의 나이 78세 때 문종은 내사령(內史令)을 중서성(中書省)으로 고치게되니 선생은 치사(致仕) 중서령(中書令)이 되었다. 또 문종은 사령(宣誥)을 다시 내려 최충에게 추충찬도협 모동덕윤리공신양평부원군(推忠贊道協謀同德治理功臣陽平府院君)이라는 칭호를 더해주었다. 〈가전유집〉 참고

문종 19년(1065) 최충의 나이 82세 때 문종은 금자광록대부(金紫光祿大夫), 벽상삼한삼중대광태사(壁上三韓三重大匡太師), 중서령(中書令), 판상서이부사(判尙書吏部事), 상주국(上柱國), 양평부원군(楊平府院君)에 봉(封)하고 치사(致仕)를 선고(宣誥)하였다. 이때 문종은 그대의 뛰어난 계책을 채납하여 백성들을 문명하고 평화롭게 만들어 무궁한 국운이 흥성되었도다는 관고(官誥)를 내리었다. 그해 5월 문종이 합문(閤門)에서 나라의 원로들에게 잔치를 베풀고 의복을 내려 주었다. 큰아들 유선은 중서령이 되었고 아우 유길(惟吉)은 수사공섭상서령(守司空攝尙書令)이 되었다. 이때 문종의 초대로 재상의 두 아들(惟善,惟吉)의 부축을 받으며 궁궐잔치에 임석하여 주연이 한창일 무렵 한림학사 김행경(金行瓊)이 왕의 승낙을 받아 최충을 위한 시(詩)를 지어 낭송하였는데 그 내용은 "자수와 금장은 아들과 손자에게 미치고 두 재상이 중서령을 모시며 황은(皇恩)에 취했네 한집에 재상이 이어가기 드문일인데 대를 이어나는 장원은 더없이 훌륭하네"

그러나 아! 어쩌랴! 1068년(문종22, 85세) 음력 9월 15일 향년 85세에 서거하시니 문종의 조문은 "봉황처럼 뛰어난 인물로 나라에 어려운 문제를 잘 해결해주었도다. 이상적인 정치를 실현할만한 높은 학문을 지니고 일찍부터 대신의 지위에 올랐으며 우수한 계책을 세워 정책을 보좌하였으니 공의 업적은 역사에 길이 빛날 것이다."또한 고려 조정에서는 시법(諡法)에 의거 시호를 문헌(文憲)으로 정하고 정종 묘정에 배향하였다. 공은 유학 교육에 진력하여 유능한 인재를 연이어 배출하니 동방학교의 흥성이 시작되고, 성현의 가르침이 성하여 동방예의지국을 이루는데 공헌하니 사학의 시조로, 해동공자(海東孔子)로 추앙해왔다고 하였다.

그렇다! 우리는 교육을 통해 다양한 정치·경제·사회적 이해관계를 생산하고 합법화한다. 교육은 지성적 활동이다. 인간의 사고 활동이 자기 언어에 갇혀 있다면 세상을 바라보는 안목이 좁아진다. 어찌, 해동의 공자라 일컫는 분을 강남 사교육빨(?)로 매도할 수 있을까. 이미 널리 알려져있는 바와 같이 해동공자 최충선생은 우리 민족 문화사가 낳은 가장 위대한 스승 중의 한 사람이다. 그는 탁월한 학자였고 관료였으며 경세가였을 뿐 아니라 군사 전략가이기도 하다. 민족 사학(私學)을 일으킨 그의 업적이 두드러지고 사상사 전반에 걸쳐 남긴 그의 족적이 교육분야에서 가장 큰 의미를 지닌다고 판단되기 때문이다. 사실 '해동공자'라는 칭호도 학자나 경세가로서 지니는 그의 명성 때문이 아니라 교육자로의 위상을 평가하여 능히 공자와 그것과 비견 될 수 있다고 간주하여 생긴 별칭이라고 이해해야 할 것이다. 결코 강남 사교육빨(?)이 아닌 것이다. 특히 인터넷상에 떠도는 사교육의 원조로 폄하하여 회자되고 있는 내용은 이제 삭제해야 할 것이다. 끝으로 해동공자 최충이 남긴 시 한 수를 소개한다.

滿庭月色無烟燭 入座山光不速賓
만정월색무연촉 입좌산광불속빈

更有松絃彈譜外 只堪珍重未傳人
갱유송현탄보외 지감진중미전인

위의 시는 칠언절구이다. 원문을 의역하면

[뜰에 가득한 달빛은 연기 없는 촛불이요 / 자리에 드는 산 빛은 초대(招待)하지 않은 손님이네 // 다시 소나무 현이 있어 악보 밖의 곡을 연주하느니 / 다만 보배로이 여길 뿐 사람에겐 전할 순 없네] 라고 번역된다. 최충의 문장은 시구 몇 절과 약간의 금석문자가 전해질 뿐 무인의 난으로 문신이 살해되고 그들의 문집도 불태워질 때 함께 없어졌다. 지금 볼 수 있는 것은 원주 거돈사의 비문(碑文)과 직산 홍경사의 갈기(碣記)가 남아 있을 뿐이다. 위에 소개한 시는 자연을 기묘하게 표현하는 재주와 시심이

살아 있는 듯하다. "달빛은 연기 없는 촛불이요, 산 빛은 소대하지 않는 손님"이라고 표현하면서, 소나무 '현'이 악보를 연주하고 있다고 표현한 것은 자연의 아름다움과 자연이 주는 메시지를 "어찌 사람에게만 다 전달할 수 있겠는가"라고 묻는데서 이 시의 묘미가 살아 가슴에 와 닿는다. 출처〈장희구/시조시인·문학평론가, 문학박사, 필명 장강(張江)(사)한국한문교육연구원 이사장〉http://www.sgilbo.kr

〈참고문헌 및 자료〉

• 고혜령. 문헌공 최충의 삶과 구재학당. 문헌공최충포럼발표논문. ㈜해동 공자최충기념사업회. 2016.

• 김민지. 고려시대 사학십이도의 설립과 운영양상(석사학위 논문). 한국외국 어대학교 교육대학원. 2018.

• 김선희. 고려최충의 교육활동과 교육관(석사학위 논문). 건국대학교 교육대 학원. 2002.

• 高永權. 최충(崔冲)의 敎育觀(석사학위 논문). 고려대학교교육대학원.1987.

• 권오영. 최충의 구재와 유학사상. 사학지. 31.1998.

• 김기현. 최충의 유교철학 탐색. 儒學史上 崔冲의 位相. 海州崔氏大宗 會.1999.

• 김준혁. 최충선생과 문헌서원의 교육사상을 계승한 오산평생교육도시의 정책개발. 문헌공최충포럼발표논문. ㈜해동공자최충기념사업회. 2017.

• 金忠烈. 최충 사학과 고려유학. 崔冲硏究論叢. 慶熙大學校出版局. 1984.

• 金忠烈. 최충의 유학사적 위상-부론 문묘배향의 문제- 儒學史上 崔冲의 位相. 海州崔氏大宗會. 1999.

• 김충열. 최충의 사학십이도. 고려유학사. 고려대출판사. 1984.

• 朴性鳳. 崔冲硏究論叢의 회고와 자료보유. 儒學史上崔冲의 位相. 海州崔 氏大宗會. 19

• 朴性鳳. 사학에 바친 해동공자 최충. 인문한국사2. 인물한구사편찬회. 1969.

- 朴性鳳. 최충의 인간상과 사학십이도. 최충(崔冲, 984~1068) 研究論叢. 慶熙大學校出版局. 1984.

- 朴龍雲. 고려시기 인물사연구의 성과와 방향. 한국인물사연구1. 2004.

- 송호준. 최충 시의 도학적 성격에 대한 고구. 儒學史上 崔冲의 位相. 海州崔氏大宗會. 1999.

- 엄정식. 최충의 교육사상과 현대적 해석. 문헌공최충포럼발표논문. (사)해동공자최충기념사업회. 2017.

- 安東植. 최충의 教育活動과 私學(석사학위논문). 국민대교육대학원. 1991.

- 劉明鍾. 최충 선생과 문헌공도의 송학수용. 儒學史上 崔冲의 位相. 海州崔氏大宗會. 1999.

- 이성호. 최충과 호원의 분재교학법 비교. 지역과 역사. 28. 2011.

- 이성호. 최충의 정치교육활동과 유교사상(박사학위논문). 부산대학교대학원. 2013.

- 진봉옥. 문헌공 구재학당과 교육혁신의 과제. 문헌공최충포럼발표논문. (사)해동공자최충기념사업회. 2019.

- 최강민. 해동공자 최충선생의 발자취와 구재학당 재건. 문헌공최충포럼발표논문. (사)해동공자최충기념사업회. 2019.

- 최강현. 최충의 시조를 살핌. 건국어문학. 9.1985.

- 최운선. 구재학당 학교 운영계획안. 문헌공최충포럼발표논문. (사)해동공자최충기념사업회. 2019.

- 최운선. 최충 신유학사상을 기저로 한 인성교육 방안. 문헌공최충포럼발표논문. (사)해동공자최충기념사업회. 2018.

- 최태호. 문헌공 최충의 문학연구. 한문학논집. 20. 2002.

- 한관일. 최충의 교육사상 연구. 교육과학연고. 16-2. 2003.

자료집

- 儒學史上 최충(崔冲)의 位相/學術發表論文 및 資料集문헌공최충선생기념
  사업회 海州崔氏大宗會. 1999.

- 최충(崔冲) 研究論叢/최충誕生一千年 紀念論文 및 資料集.

- 경희대학교 慶熙大學校出版局. 1984.

- 최충(崔冲) 研究論叢/崔冲 誕生 一千年 紀念論文 및 資料集.

- 경희대학교 慶熙大學校 出版局. 1998.

- 韓國思想論文選集 36.최충(崔冲) 金富軾 李奎報 박성봉 불함문화사.
  1998.

986년 (고려 성종3)

황해도 해주(海州) 대령군 호장(戶長) 최온(崔溫)이 규성(奎星) 별자리가 환하게 빛나는 태몽을 꾸고 아들이 탄생하니 이름은 충(沖), 자(字)는 호연(浩然), 호(號)는 성재(惺齋) 월포(月圃) 방회재(放晦齋), 시호는 문헌공(文憲公)으로 풍모는 석대(碩大)하고 성품은 굳세며 행실은 곧았다.

1005년 (목종8, 22세)

갑과(甲科)에 장원급제(壯元及第)하여 서경 장서기(西京 掌書記)에 임명되다.

1011년 (현종2, 28세)

수제관(修制官)으로 보임되어 있다가 거란군과의 2차 전쟁에 참여하여 좌복야(左僕射) 직임을 받다. 다음해 우습유(右拾遺)로 승진하다.

1013년 (현종4, 30세)

수찬관(修撰官)으로 거란군의 침입으로 불에 탄 역대 문적을 편수하고 태조부터 목종까지 7대 실록을 편찬하다.

1020년 (현종11, 37세)

중서문하성 기거사인(中書門下省 起居舍人)에 임명되다.

1024년 (현종15, 41세)

중추원직학사(中樞院直學士)에 임명되다.

1025년 (현종16, 42세)

한림학사 내사사인(內史舍人) 지제고(知制誥)로 임명되어 왕의 명을 받아 원주 거돈사 원공국사 승묘탑 비문을 짓다. 거돈사는 소실되었으나 탑비(塔碑)는 현존하여 대한민국 보물 제78호로 지정되다.

1026년 (현종17, 43세)

한림학사 지공거(知貢擧)로 과거시험을 주관, 갑과 최황 등 2명, 병과2명, 동진사과 7명, 명경과 1명을 선발하다. 같은 해 4월 왕명을 받아 직산 홍경사 비문을 지은 공로로 태자중윤에 오르다. 홍경사는 소실되었으나 비갈은 현존하여 대한민국 국보 제7호로 지정되다.

1030년 (현종21, 47세)

태자우유덕(太子右諭德)에 임용되어 현종의 왕자(德宗 靖宗 文宗)들을 가르치다.

1031년 (현종22, 48세)

현종이 승하하자, 내우외환을 극복하고 선정을 베푼 22년의 치적을 찬양하는 명문을 지어 공표하다.

1033년 (덕종2, 50세)

우산기상시(右散騎常侍)로 제수되었다가 4월에 동지중추원사(同知中樞院使)로 제수되어 설원(說苑)의 육정육사(六正六邪)의 글과 자사(刺史) 육조령(六條令)을 관청에 게시하다.

1034년 (덕종3, 51세)

형부상서(刑部尙書)에 임명되어 법률, 소송, 형옥을 관장하다.

1035년 (정종1, 52세)

중추형부상서(中樞刑部尙書)로 임명되었다가 다시 지공거(知貢擧)로 임명되어 과거시험을 주관, 김무체 등 15명의 유능한 인재를 선발하다.

1037년 (정종3, 54세)

참지정사(參知政事) 수국사(修國史)에 올라 현종과 덕종의 실록편찬을 감수하다.

1040년 (정종6, 57세)

상서우복야(尙書右僕射)로 국정운영의 중요 현안을 왕에게 건의하여 시행하다.

1041년 (정종7, 58세)

판서북로병마사 상서좌복야(判西北路兵馬使 尙書左僕射)로 중용되어 북쪽변방 천리장성의 기틀을 구축하다. 이때 왕이 문무겸전(文武兼全)장군이라 치하하고 내사시랑평장사(內史侍郞平章事)에 등용하다.

1043년 (정종9, 60세)

수사도 수국사 상주국 문하시랑(守司徒 修國史 上柱國 門下侍郞)에 오르다.

1047년 (문종1, 64세)

최고 관직인 문하시중(門下侍中)에 등용되어 법관들을 불러 모아 율령을 제정하여 반포하다. 이 무렵 제정된 법률은 공신을 위한 공음전시법, 세금을 면제하는 재면법, 세금을 감면하는 담험손실법, 노약자를 우대하는 구휼법, 중죄인을 심문할 때 3인의 형관이 공정한 재판을 심의하는 삼원신수법을 공표 시행하니 나라가 안정되다.

1049년 (문종3, 66세)

문하시중 수태보(守太保)에 임명된 후 다음해 사추충찬도공신(賜推忠贊道功臣)이 되다. 이때 최충은 나라의 元老, 老人, 義士, 節婦를 초청하여 잔치를 베풀어 음식을 대접하고 홀아비, 과부, 고아, 폐인, 병자, 봉양해 줄 이가 없는 사람들을 편안히 보살펴 근심이 없도록 하는 복지정책을 실현하다.

1050년 (문종4, 67세)

도병마사 문하시중으로 서북지역의 휼민대책을 건의하고 국경을 침범하여 구금된 여진의 추장 염한(鹽漢) 등을 석방하여 여진과의 친선외교를 도모한 공으로 개부의동삼사 수태부(開府儀同三司 守太傅)에 오르다.

1053년 (문종7, 70세)

퇴직을 청했으나 문종의 교시는 [문하시중 최충은 누대로 내려오는 선비들의 영수이며 삼한의 덕망 높은 어른이다. 이제 비록 은퇴하기를 청하나 내 어찌 그 청을 허락하랴, 주관부서에서는 마땅히 전래하는 예법에 의거하여 편한 의자와 지팡이를 주어 나라일을 계속 보게 하라] 명하여 시중(侍中)의 직무를 계속하다.

1055년 (문종9, 72세)

추충찬도협모동덕치리공신(推忠贊道協謀同德致理功臣)에 개부의동삼사(開府儀同三司) 수태사 겸 문하시중 상주국(上柱國)으로 퇴임(致仕)하다. 퇴임 후 구재학당(九齋學堂)을 창설하고 신분과 지역을 가리지 않고 학생들을 선발하여 유학교육에 진력하다.

1058년 (문종12, 75세)

국가 중요정책이나 군국대사를 자문(諮問)한 공로로 문종이 공에게 예물로 포상하며 [그대의 뛰어난 계책을 채납하여 백성들을 문명하고 평화롭게 만들어 무궁한 국운이 흥성되었도다]는 관고(官誥)를 내리다.

1065년 (문종19, 82세)

문종이 금자광록대부(金紫光祿大夫), 벽상삼한삼중대광태사(壁上三韓三重大匡太師), 중서령(中書令)판상서이부사(判尙書吏部事), 상주국(上柱國), 양평부원군(楊平府院君)에 봉(封)하고 치사(致仕)를 선고(宣誥)하다. 이로써 다섯 임금을 섬기며 60여년간 벼슬하며 재상(宰相)으로 14년, 수상(門下侍中)으로 9년 자문관(諮問官)으로 5년 동안 문덕(文德)으로 왕도 정치에 헌신진력(獻身盡力)하여 국태민안(國泰民安)을 이루다.

1068년 (문종22, 85세)

음력 9월 15일 향년 85세에 서거하시다. 백성들의 조문은 [만복을 누리며 문덕을 베푸시고 승천하셨다]하고 문종의 조문은 [그대의 아버지는 봉황처럼 뛰어난 인물로 나라에 어려운 문제를 잘 해결해주었도다. 이상적인 정치를 실현할만한 높은 학문을 지니고 일찍부터 대신의 지위에 올랐으며 우수한 계책을 세워 정책을 보좌하였으니 공의 업적은 역사에 길이 빛날 것이다.] 또한 고려 조정에서는 시법(諡法)에 의거 시호를 문헌(文憲)으로 정하고 정종묘정에 배향하다. 공은 유학 교육에 진력하여 유능한 인재를 연이어 배출하니 동방학교의 흥성이 시작되고, 성현의 가르침이 성하여 동방예의지국을 이루는데 공헌하니 사학의 시조로, 해동공자(海東孔子)로 추앙해왔다.

집필을 끝내며

필자는 해주최씨 36세이다. 시조이신 최온은 해주(海州)에서 목민관(牧民官)이 되시고, 이후에는 판리부사(判吏部事)를 역임하셨다. 후손들이 본관을 해주로 삼고 수양산 아래서 세거(世居)하였기 때문에 우리는 해주최씨가 되었다.

해주최씨는 고려시대에 많은 학자와 명신을 배출하였고, 조선시대에 문과 급제자 45명을 냈다. 해주최씨의 대표적 인물은 동방 유학의 비조(鼻祖)로 추앙받고 있는 최충(崔冲)이시다. 그는 문하시중을 역임한 후 벼슬에서 물러나와 최초의 사학인 구재학당(九齋學堂)을 열었는데, 그곳에서 수많은 인재가 배출되었다. 이로 인해 최충은 '해동공자'로 추앙받고 있으며, 그의 아들인 최유선(崔惟善), 최유길(崔惟吉) 형제도 뛰어난 인물로 칭송받고 있다. 또한 5대손 최윤의(崔允儀)는 예학(禮學)에 밝아 '상정고금예문(詳定古今禮文)'을 편찬하였다고 하나, 전해지진 않고 있다. 이렇듯 해주최씨는 학자나 문인들을 배출한 우리나라에서 대표적인 문인가문 중의 하나이다. 조선시대의 대표적 인물로는 세종 때의 학자요 청백리였던 최만리(崔萬理)어른이 있으며, 그밖에 시와 문장에 뛰어났던 최경창(崔慶昌), 선조 때 이조판서를 지낸 최황(崔滉) 등이 있고, 영조 때 영의정을 역임했던 최규서(崔奎瑞)어른이 있다. 또한 3·1운동을 일으켰던 33인의 한 사람이었다가 친일파로 변절한 최린(崔麟)도 해주최씨 문중이다.

해주최씨는 주로 황해도에서 세거했으나, 이후에는 28개 파가 전국 각 지역에 퍼져 살고 있는 것으로 파악되고 있다. 28개 지파에는 사정공파(司正公派) 교리공파(校理公派) 직제학공파(直提學公派) 문정공파(文貞公派) 집의공파(執義公派) 대녕군파(大寧君派) 서운부정공파(書雲副正公派) 전서공파(典書公派) 현감공각파(縣監公?派) 좌랑공파(佐郎公派) 생원공파(生員公派) 진사공파(進士公派) 전한공파(典翰公派) 판사복시공파(判司僕寺公派) 승지공파(承旨公派) 장사랑공파(將仕郎公派) 좌윤공파(左尹公派) 감찰공파(監察公派) 사평공파(司評公派) 소윤공파(少尹公派) 해릉군파(海陵君派) 복야공파(僕射公派) 등이 있다. 해주최씨는 남한에 총 5만 6500 가구에 대략 18만 2000명이 거주하고 있는 것으로 파악되고 있다. 이는 전체 최씨의 8.4%를 차지하는 것이다. 물론 북한 지방을 본관으로 하고 있는 만큼 북한에도 많은 인구가 살고 있을 것으로 추정되나, 현재로는 파악할 길이 없다. 이는 본관성씨 인구 순위에서 43위에 위치하는 것이며, 최씨 가운데서도 경주최씨(慶州崔氏)·전주최씨(全州崔氏)에 이어 세 번째이다. 최충 선조님 이후 해주최씨 가문은 고려시대 명문가의 반열에 올라서게 되었다. 그것은 선조님의 학문이 뛰어났을 뿐 아니라, 구재학당이라는 사학을 세워 수많은 인재를 배출했기 때문이다. 이는 고려시대 유학발전에 기반이 되었다.

최충 선조님이 두 아들에게 내린 유훈으로 '계이자시(戒二子詩)'가 전해지는데, 이것이 해주최씨 문중의 정신적 규범이 되고 있다. "청렴하고 검소함을 몸에 새기고 문장으로 한 몸을 수놓아라,문장은 비단이요 덕행은 구슬이라. 오늘 이르는 말을 뒷날 잊지 않으면, 나라의 기둥이 되어 길이 흥창하리라." 이렇듯 해주최씨는 '문장'과 '덕행'을 중시하는 가문이다. 고려사(高麗史)에도 최충 선조님의 자손으로 재상에 오른 자가 수십 인이었다고 전해지고 있다. 고려사 명신전에 수록된 문헌공 최충 열전을 살펴보면 최충 선조님의 손자인 최사추(崔思諏)는 이부상서(吏部尙書)·추밀원사(樞密院使)를 거쳐 문하시랑평장사(門下侍郎平章事)를 역임하였으며, 숙종 8년에 고문개(高文盖)의 반란음모를 적발, 처리한 공으로 보정공신(輔正功臣)이 되고 문하시중에 올랐다. 그의 형 최사량(崔思諒)도 서경유수(西京留守)와 좌복야참지정사(左僕射參知政事)를 역임했다. 의종 때 평장사(平章事)를 지낸 최윤의(崔允儀)는 학문에도 뛰어나 '상정고금예문(祥定古今禮文)'을 저술했다. 이 책의 간행에는 세계 최초의 금속활자가 사용되었다고 한다. 이렇듯 최충 선조 님 이후 무신란이 일어나기까지 100여년이 해주최씨 최전성기 였다. 하지만, 무인시대가 도래하자 문장을 중시여기는 해주최 씨 집안에도 어려움이 닥쳤다. 정중부(鄭仲夫)-경대승(慶大升)-이의 민(李義旼)-최충헌(崔忠獻)으로 이어지는 무인정변시대는 문인들에 게 악몽과도 같은 세월이었다. 최충헌에 이어 최우(崔瑀)시대에 와서야 무인들의 전횡을 피해 중앙을 등진 문인, 학자들을 조정 에서 불러들였다.

이규보(李奎報) 이인로(李仁老) 등이 바로 그들인데, 이때 해주최 씨 가문에서도 최자(崔滋)가 초빙되었다. 그는 충청, 전라안찰사 (按察使)를 거쳐 상서우복야(尙書右僕射)·한림학사(翰林學士)·승지(承旨) 를 역임하고 문하시랑평장사(門下侍郎平章事)에 올랐다. 그는 '유가 집(有家集) 10권' '보한집(補閑集)' 등 저술을 남겼고, 그의 시는 '동문 선(東文選)'에 수록되어 있다. 그런 문인집안인 해주최씨에서 무인 도 나왔다. 그 사람이 바로 최춘명(崔椿命)이다. 그는 몽골이 고려 를 침입했을 때 평안도의 자주부사(慈州府使)로 몽골장수 살리타 이(撒禮塔)에 맞섰다. 인근의 모든 성이 다 함락되고 끝내 고려는 몽골과 강화했으나, 그는 끝까지 성을 지켰다. 그로 인해 조정 의 명령에 불복했다는 죄명으로 사형 선고를 받게 되었지만, 오 히려 살리타이가 나서서 '몽골에는 거역했지만, 고려에는 충신'

이라고 하며 구명을 해서 살아났다고 한다. 그 후 1등 공신에 오르고 벼슬이 추밀원부사(樞密院副使)에 이르렀다.

조선조에서 해주최씨의 인물로는 최만리가 있다. 그는 세종의 총애를 받았음에도 세종의 훈민정음 반포를 반대한 완고한 유학자로 알려져 있다. 하지만, 그는 세종이 믿고 의지할 정도로 청렴하고 강직한 청백리(淸白吏)로 평가받고 있다. 최만리 외에도 조선 중기 해주최씨를 대표하는 인물로 시인이자 풍류아였던 고죽(孤竹) 최경창이 있다. 그는 기생 홍랑과의 일화로 유명한데, 홍랑이 그에게 선사했다는 "묏버들 가려 꺾어 보내노라 님의 손에 / 주무시는 창밖에 심어두고 보소서 / 밤비에 새잎 곧 나거든 날인가도 여기소서"라는 시조는 아직도 많은 이들의 인구에 회자하고 있다. 그는 선조 때 종성부사(鍾城府史)를 지냈는데, 시인이면서도 글씨를 잘 쓰고 피리를 잘 불며 활쏘기에도 명수였던 것으로 전해지고 있다. 그의 작품은 '고죽집(孤竹集)'으로 엮어져 전해 내려오고 있다. 그는 숙종 때에 청백리에 녹선되기도 했다. 또 조선조의 해주최씨를 대표하는 인물로 임진왜란 때 의병을 이끌고 진주성을 사수하다 순국한 최경회(崔慶會)를 꼽을 수 있다. 그는 영해군수(寧海郡守) 등을 지내다 부모의 상을 당해 벼슬을 버리고 고향인 능주(綾州·전남 화순)에 돌아가 있던 중, 전쟁이 터지자 의병을 일으켰다. 금산(錦山)·성주(星州) 등에서 왜군을 무찔러 경상우도병마절도사(慶尙右道兵馬節度使)에 임명됐고, 제2차 진주성 싸움에서 순국했다. 후에 좌찬성(左贊成)이 추증(追贈)되고 충의(忠毅)라는 시호가 내려졌다. 촉석루에서 왜장을 껴안고 진주 남강에 몸을 던진 논개(論介)가 그의 둘째 부인(후실)이다. 최만리의 현손인 최황은 함경도 암행어사로 실적을 올렸으며 대사간·대사헌을 거쳐 이조판서·좌찬성을 지냈다. 그의 아들 최유원(崔有源)은 광해군 때 대사헌으로 인목대비 폐모를 극력 반대했다. 영조 때 영의정 최규서(崔奎瑞)는 최경창의 후손이다. 그는 대사간에 있을 때 장희빈을 왕비로 맞으려는 것을 극력 반대했다. 대사헌·대제학과 이조판서를 거치고, 우의정·좌의정·영의정을 모두 역임했다. 그는 소론(少論)의 영수였다. 영조 때 이인좌의 난을 토평한 공으로 영조로부터 일사부정(一絲扶鼎)이란 친필을 하사받았으며, 시호는 충정(忠貞)이고 영조묘정에 배향됐다. 문집으로 '간재집'이 전한다. 또한 최효원은 숙빈 최씨의 아버지로서 영의정에 추존된 인물이다. 숙빈 최씨는 무수리가 아닌 검증 절차를 거쳐 궁에 입궐한 학식을 겸비한 재원이었다. 항간에 잘못 전해지고 있는 내용에 아쉬움을 금치 못한다. 최운서(崔雲瑞)는 현종 때 문과·무과에 모두 급제, 충청도병마절도사를 지냈고 그의 후손들이 두각을 나타내며 명문의 전통을 이었다.

해주최씨의 근현대 인물로는 3·1운동 33인 중 한 사람인 최린을 꼽을 수 있다. 그는 함흥에서 출생하였으며, 메이지법과대학에 유학할 때 조선인유학생회를 결성하여 회장이 되었다. 이

후 귀국하여 동학에 귀의하고, 보성학교 교장이 되었으며, 신민회에서도 활동하였다. 3·1독립선언에 민족대표 33인의 한 사람으로 참여했다가 3년간 옥고를 치렀다. 하지만, 1933년 이후에는 대동방주의를 부르짖으며 친일로 변절하여 중추원 참의가 되었으며, 매일신보사장을 역임하였다. 광복이 되고 6·25전쟁 때 납북되었다가 58년에 사망하였다. 또한 무용가로서 명성을 날린 최승희가 해주 최씨이다.

현재 각계각층에서 활동하고 있는 인물들을 살펴보면 최윤모(대법관), 최대현(부장검사), 최재형(감사원장), 최동(연세대교수), 최규흥(인하대사범대교수), 최강훈(대종회고문), 최공재(농촌지도소장), 최승남(사회복지법인 국제원이사장), 최근유(부산의사회장), 최윤섭(한국서민연합회회장), 최재상(군서면장, 군의원), 최효선(한약업), 최창섭(덕성여고 교장), 최병권(국회의원), 최병호(연세대교수), 최봉수(동국대교수), 최상금(가톨릭의대교수), 최용철(의학박사), 최응상(농촌진흥청장), 최정헌(의학박사, 경북대교수), 최중길(서예가), 최진(의학박사, 우석대교수), 최찬주(의학박사, 우석대교수), 최태호(춘천교대학장, 아동문학가), 최학선(대전체신청장), 최창윤(국회의원, 문화공보부차관), 최국경(수도여고교장), 최기호(영풍광업사장), 최상업(이학박사, 서강대교수), 최재서(문학박사, 동국대대학원장), 최창수(의학박사, 우석대교수), 최홍룡(친화화공약품사장), 최강현(홍익대교수), 최순필(공학박사), 최의부(공학박사, 고려대교수), 최재갑(서울농대교수), 최용주(삼양물산회장), 최재율(전남대교수), 최선홍(연세대교수), 최애경(홍익대재단이사장), 최명헌

(노동부장관), **최수일**(인천제철사장), **최창섭**(서강대교수), **최불암**(탤런트), **최규식**(연세대교수), **최상업**(이학박사, 서강대교수), **최용규**(국회의원, 변호사), **최정섭**(전남병무청장), **최기선**(인천시장, 국회의원), **최병각**(봉화군의회의장), **최중화**(부천시총무국장), **최중극**(염광여고교감), **최현선**(명지대교수, 행정학박사), **최강신**(이화여대교수, 물리학박사), **최강호**(공인회계사), **최준영**(최준영외과원장), **최운선**(장안대교수, 문학박사), **최일숙**(변호사), **최광일**(용주정사주지), **최성호**(변호사), **최근수**(재원회계법인고문), **최영훈**(공인회계사), **최창환**(장수돌침대회장), **최창식**(서울중구청장), **최동석**(동우전자 대표이사), **최남용**(복령버섯 임업인, 갈데까지가보자), **최은순**(대우그룹사CEO), **최순정**(공항버스대표이사), **최창호**(건국대학교대학원장), **최병륜**(변호사), **최봉섭**(의학박사, 치과의원장), **최원식**(인천항운회장), **최준기**(한양대교수, 문학박사), **최승군**(마포개발공사사장), **최창섭**(이천금속대표이사), **최순현**(행시10회, 한국경제사회발전연구원사무총장), **최종찬**(건설교통부장관, 국가경영전략연구원원장), **최완주**(행정법원장), **최기호**(문학박사, 상명대교수), **최윤식**(문학박사, 교원대교수), **연예인 리아**(본명 최지수), **설리**(본명 최진리), **최경록**(육군참모총장, 교통부장관), **최동오**(독립운동가), **최수종**(배우), **최승재**(국회의원), **최여진**(배우), **최은희**(배우), **최완주**(법관, 서울고등법원장), **나훈아**(가수, 본명 최홍기), **최갑현**(행정학박사, 호남대교수), **최중태**(대해실업회장), **최민성**(인적자원개발학박사, 포스코인터내셔날그룹장), **최환종**(공군 준장),**최강민**(문학박사, 우석대교수), **최중웅**(통진고등학교장), **최근수**(공인회계사),**최장호**(경제학박사, 단국대명예교수), **최봉섭**(의학박사, 치과의원장), 등 기라성 같은 인물들이 사회각분야에서 두각을 나타내고 있다.

지금까지 열거한 인물들은 무순으로 전, 현직 구분하지 않고 해주최씨 대종회 인물들을 살펴본 결과이다. 이는 해주최씨 문중의 끈질긴 생명력이 아직도 살아있다는 것이다. 특히 봉화일보 기자가 쓴 인터넷 뉴스를 인용하면 해주최씨가 "조선시대에 262명의 과거 급제자를 배출했다"고 한다. "문과 49명, 무과 46명, 사마시161명, 역과 2명, 의과 2명, 율과 2명 등"으로서 실로 이땅의 명문거족인 것이다. 〈출처:신아일보http://www.shinailbo.co.kr)김성회,kshky@naver.com〉